LA CHICA CUERVO

LA CHICA CUERVO

Los rostros de Victoria Bergman

Erik Axl Sund

Traducción de
Joan Riambau

es una colección de
RESERVOIR BOOKS

*En memoria de
una hermana, aquellos de nosotros que fallamos,
y aquellos de vosotros que perdonasteis*

Nuestra vida es sombría. Es profunda la innata decepción —que tantas leyendas hace brotar en los bosques de Escandinavia—, y taciturno se consume en nuestro corazón el fuego hambriento. Los carboneros se inquietan mucho por su propio corazón y, tullidos a fuerza de ensoñaciones, arriman el oído a la muela y la escuchan apagarse con un silbido.

Harry Martinson, *Las ortigas florecen*

PARTE I

El edificio

tenía cien años, con sólidos muros de piedra de un metro de grosor: no había necesidad de aislarlos, pero ella quiso asegurarse.

A la izquierda del salón había una pequeña habitación esquinera que había utilizado como despacho y dormitorio de invitados.

Con un baño contiguo y un amplio vestidor.

La habitación era perfecta, con una única ventana, justo debajo de un desván que no se utilizaba.

Basta de negligencia, de creer que todo cae por su propio peso.

No dejar nada al azar. Es un compañero peligrosamente traidor. A veces es un amigo, pero a menudo es también un imprevisible enemigo.

Los muebles del comedor los arrinconó contra una pared y liberó una amplia superficie en medio del salón.

Luego ya no hubo más que esperar.

Las primeras placas de poliestireno llegaron, según lo acordado, a las diez, transportadas por cuatro hombres. Tres rondaban la cincuentena y el cuarto apenas tendría veinte años. Lucía el cráneo rasurado y vestía una camiseta negra con dos banderas suecas entrecruzadas debajo del texto «Mi patria». Se había hecho tatuar telarañas en los codos y en las muñecas un motivo de la edad de piedra.

Una vez de nuevo sola, se sentó en el sofá y planificó el trabajo. Decidió empezar por el suelo, puesto que era el único punto que podía plantear problemas. Los jubilados del piso de abajo eran casi sordos, por descontado, y nunca había oído el menor ruido procedente de su casa, pero era un detalle importante.

Fue a ver en la habitación.

El crío seguía durmiendo profundamente.

Su encuentro había sido muy extraño, en el tren de cercanías. Él solo la tomó de la mano, se levantó y la siguió tranquilamente, sin que ella tuviera que decirle nada.

Había dado a la vez con el alumno que buscaba y con el hijo que nunca pudo tener.

Le puso la mano sobre la frente, sintió que la fiebre había bajado y luego le tomó el pulso.

Todo era normal.

Había acertado con la dosis de morfina.

El despacho estaba cubierto con una gruesa moqueta blanca que siempre le había parecido fea y poco higiénica, pero agradable al pisarla. Ahora serviría también para su proyecto.

Cortó con el cúter las placas de poliestireno y pegó los trozos con una espesa capa de cola.

El fuerte olor enseguida la aturdió y tuvo que abrir la ventana que daba a la calle. Era de triple vidrio, con un cristal antirruido suplementario en el exterior.

El azar como amigo.

El trabajo en el suelo le llevó todo el día. Regularmente, iba a echar un vistazo al muchacho.

Una vez acabado el suelo, recubrió las juntas con cinta adhesiva.

Los tres días siguientes comenzó con las paredes. El viernes ya solo le quedaba el techo, que le llevó más tiempo puesto que primero tenía que colar el poliestireno y luego apuntalar la placa con planchas para sostenerla.

Mientras aguardaba a que se secara la cola, clavó unas mantas viejas en lugar de las puertas que previamente había quitado. Encoló cuatro capas de poliestireno sobre la puerta que daba al salón.

Tomó un trapo viejo, lo colgó delante de la única ventana y, para mayor seguridad, pegó luego una doble capa de aislante. Acabada la habitación, cubrió el suelo y las paredes con una lona estanca.

Ese trabajo tenía un aspecto meditativo y, cuando se sentó para contemplar su obra, se sintió orgullosa.

La habitación recibió los acabados a lo largo de la semana siguiente. Compró cuatro ruedecillas de caucho, un pestillo, diez metros de cable eléctrico, unos metros de zócalo, un casquillo y una caja de bombillas. Se hizo entregar a domicilio una colección de pesas, halteras y una sencilla bicicleta estática.

Vació todos los libros de una de las estanterías del salón, la tumbó de costado y atornilló las ruedecillas, una en cada esquina. En la parte frontal colocó un zócalo para ocultar el dispositivo y luego colocó la estantería delante de la puerta de la habitación secreta.

Acto seguido atornilló la estantería a la puerta y trató de abrir.

La puerta se deslizó sin ruido sobre las ruedas, todo funcionaba a la perfección. Instaló el pestillo, cerró la puerta y colocó una pantalla para disimular el sencillo mecanismo de apertura.

Dispuso de nuevo todos los libros en su lugar y fue a por un delgado colchón de una de las camas del dormitorio.

Al anochecer, llevó al chaval dormido a lo que a partir de entonces sería su nueva casa.

Gamla Enskede—Casa de los Kihlberg

Lo extraño no era que el chaval estuviera muerto, sino que hubiera sobrevivido tanto tiempo. Algo le había mantenido con vida cuando un individuo normal habría sucumbido mucho antes.

La comisaria Jeanette Kihlberg no sabía aún nada de eso al salir marcha atrás del garaje. Y no podía sospechar ni por asomo que ese caso sería el inicio de una serie de acontecimientos que tendrían una decisiva incidencia en su vida.

Saludó a Åke por la ventana de la cocina, pero estaba al teléfono y no la vio. Este iba a pasar la mañana lavando su montón de camisetas empapadas de sudor, calcetines embarrados y calzoncillos sucios. Con una mujer y un hijo aficionados a jugar al fútbol, una de las tareas domésticas habituales era hacer funcionar la vieja lavadora al límite de su capacidad por lo menos cinco veces a la semana.

A la espera de que terminara el programa de lavado, seguramente subiría al pequeño taller instalado en el desván para ponerse con uno de los lienzos inacabados en los que trabajaba sin descanso. Era un romántico, un soñador al que le costaba concluir lo que empezaba: Jeanette había insistido varias veces para que contactara a uno de los galeristas que se habían interesado por su trabajo, pero siempre lo había descartado con aspavientos. Aún no estaba acabado. Todavía no, pero pronto lo estaría.

Y entonces, todo cambiaría.

Se haría un nombre, el dinero comenzaría a correr a raudales y por fin podrían llevar a cabo sus sueños. Arreglar la casa, viajar a donde les apeteciera.

Después de casi veinte años, ella empezaba a dudar de que eso fuera a ocurrir algún día.

Mientras circulaba por Nynäsvägen, oyó un preocupante tintineo procedente de la rueda delantera izquierda. Aunque fuera negada para las cuestiones mecánicas, comprendió que algo no funcionaba en su viejo Audi y que debería dejarlo una vez más en el taller. Por experiencia, sabía también que la reparación no le iba a salir gratis, aunque el serbio de Bolindenplan trabajaba bien y barato.

El día anterior había vaciado su cuenta de ahorro para liquidar la hipoteca de la casa, cuyo pago llegaba cada trimestre con sádica puntualidad, y esperaba que esta vez pudiera reparar su coche a crédito. Ya le había funcionado otras veces.

Una fuerte vibración en el bolsillo de su chaqueta, acompañada de la *Novena* de Beethoven estuvo a punto de hacer que se saliera de la carretera.

—Diga... Kihlberg al habla.

—Hola, Nenette, tenemos un asunto en Thorildsplan. —Era la voz de su colega Jens Hurtig—. Hay que ir allí inmediatamente. ¿Dónde estás?

Los gritos resonaban en el teléfono, y Jeanette tuvo que alejarlo diez centímetros de su oreja para no ensordecer.

Detestaba que la llamaran Nenette, y sintió que comenzaba a irritarse. Ese apodo surgió como una broma durante una fiesta del personal tres años atrás, pero acabó extendiéndose por toda la comisaría de Kungsholmen.

—Estoy en Årsta, acabo de tomar la autopista de Essinge. ¿Qué ha ocurrido?

—Han hallado a un niño muerto entre los arbustos en la boca del metro, cerca de la Escuela de Magisterio. Billing quiere que vayas lo antes posible. Parecía muy excitado. Todo indica que se trata de un asesinato.

Jeanette oyó que el tintineo proseguía con más fuerza y se preguntó si iba a verse obligada a detenerse en el arcén para llamar a una grúa y a un taxi.

—Si este maldito coche aguanta, estaré allí dentro de cinco o diez minutos y quiero que vayas tú también.

El coche carraspeó y, por precaución, Jeanette se situó en el carril derecho.

—Por supuesto. Iré enseguida. Llegaré antes que tú.

Un muerto arrojado entre unos arbustos le sonaba a Jeanette a una agresión que había acabado mal, se consideraría homicidio.

Un asesinato, se dijo sintiendo una sacudida en el volante, es una mujer a la que su marido celoso mata en casa justo después de que ella le haya dicho que quiere divorciarse.

Por lo general, en todo caso.

Pero, decididamente, los tiempos habían cambiado y lo que había aprendido en la escuela de policía ya no solo era caduco sino también erróneo. Se habían reformado los métodos y el trabajo de policía era en varios aspectos mucho más difícil que veinte años antes.

Jeanette recordaba sus inicios, las patrullas en contacto con personas corrientes. Les ayudaban, la gente confiaba en la policía. Hoy solo se denunciaba un robo para cobrar el seguro y no con la esperanza de ver elucidado el delito.

¿Qué esperaba al dejar sus estudios de sociología para entrar en la policía? ¿Cambiar las cosas? ¿Ayudar a la gente? Eso era en todo caso lo que orgullosamente le había dicho a su padre el día en que aprobó el examen de ingreso. Y sí, quería diferenciar entre ir por mal camino y hacer el mal.

Quería convertirse en una persona de bien.

Y eso era formar parte de la policía.

Toda su infancia escuchó religiosamente a su padre y a su abuelo contar historias de polis. Ya fuera Navidad o Pascua, en la mesa solo se hablaba de atracadores a mano armada sin escrúpulos, de ladrones simpáticos y de estafadores con mucha jeta. Anécdotas y recuerdos del lado oscuro de la vida.

El prometedor aroma del jamón asado de Navidad se mezclaba con la algarabía de las conversaciones masculinas y creaba una atmósfera tranquilizadora.

Sonrió al pensar en el desinterés y el escepticismo de su abuelo ante los nuevos medios técnicos. Habían sustituido las esposas de toda la vida por un modelo desechable de plástico que simplificaba el trabajo. Una vez, afirmó que el ADN no era más que un capricho pasajero.

El trabajo policial consistía en marcar la diferencia. No en simplificar. Había que adaptarse a las mutaciones de la sociedad.

Ser policía era querer ayudar, preocuparse por los demás. No atrincherarse detrás de los cristales ahumados de un coche patrulla blindado.

El aeropuerto

era tan gris y frío como la mañana de invierno. Había llegado en un vuelo de Air China a un país del que nunca había oído hablar. Sabía que varios cientos de niños habían hecho el mismo viaje antes que él y, al igual que ellos, había memorizado lo que tenía que contarle a la policía. Sin vacilar ni en una sola sílaba, les relató la historia que había machacado durante varios meses hasta sabérsela de carrerilla.

Había trabajado en las obras de construcción de uno de los grandes estadios de los Juegos Olímpicos, carreteando ladrillos y mortero. Su tío, un obrero pobre, le daba alojamiento, pero cuando ese tío fue hospitalizado a causa de un grave accidente, se quedó sin nadie que se ocupara de él. Sus padres habían muerto y no tenía hermanos ni hermanas ni otros parientes a quienes dirigirse.

En su interrogatorio por la policía de fronteras explicó que a su tío y a él les trataban como esclavos, en unas condiciones dignas del apartheid. Que había trabajado cinco meses en las obras, sin esperanzas de poder llegar a convertirse en ciudadano de la ciudad.

Según el antiguo sistema de *hukou*, estaba censado en su pueblo natal, lejos de la ciudad y por ello casi no tenía derecho alguno allí donde vivía y trabajaba.

Por eso se había visto obligado a ir a Suecia, donde vivían sus últimos parientes. No sabía dónde residían, pero, según su tío, habían prometido que se pondrían en contacto con él en cuanto llegara.

Había llegado a ese nuevo país sin más bienes que la ropa que vestía, un teléfono móvil y cincuenta dólares estadounidenses. Su teléfono estaba virgen, no contenía ningún número, SMS o imágenes que pudieran revelar algo acerca de él.

De hecho, nunca había sido utilizado.

Lo que no mencionó a la policía, sin embargo, fue el número que llevaba en un papel escondido en su zapato izquierdo. Un número al que tenía que llamar en cuanto se evadiera del campo de refugiados.

El país al que había llegado no se parecía a China. Todo estaba muy limpio y vacío. Después del interrogatorio, al atravesar custodiado por dos policías los pasillos desiertos del aeropuerto, se preguntó si a eso era a lo que se parecía Europa.

El hombre que inventó su historia, le dio el número y le proporcionó el dinero y el teléfono móvil le dijo que en cuatro años había mandado con éxito a más de setenta niños a diversos países de Europa.

Le contó que la mayoría de sus contactos se encontraban en un país llamado Bélgica, donde se podía ganar mucho dinero. Se trataba de servir a personas ricas y, siendo discreto y concienzudo, uno también podía hacerse rico. Pero Bélgica era un lugar arriesgado. No había que ser muy visible.

Nunca había que dejarse ver afuera.

Suecia era más seguro. Allí se trabajaba por lo general en restaurantes y se circulaba más libremente. No estaba tan bien pagado pero, con un poco de suerte, también se podía ganar mucho dinero, en función de los servicios solicitados.

En Suecia había personas que querían lo mismo que en Bélgica.

El campo de refugiados no estaba muy lejos del aeropuerto y le condujeron allí en un coche de policía sin distintivos. Pasó la noche compartiendo habitación con un chaval negro que no hablaba chino ni inglés.

El colchón estaba limpio, pero olía a cerrado.

Ya a la mañana siguiente, llamó al número escrito en el pedazo de papel y una voz femenina le explicó cómo ir hasta la estación y tomar el tren para Estocolmo. En cuanto llegara, tendría que volver a llamar para recibir nuevas instrucciones.

El tren disponía de buena calefacción y era agradable. Rápido y casi silencioso, le transportó a través de una ciudad donde todo estaba cubierto de nieve. Sin embargo, por casualidad o porque así lo decidió el destino, nunca llegó a la estación central de Estocolmo.

Tras unas cuantas estaciones, una mujer rubia y guapa se sentó frente a él. Lo miró un buen rato y comprendió que ella sabía que estaba solo. No únicamente solo en el tren, sino también solo en el mundo.

En la siguiente estación, la mujer rubia se levantó y le dio la mano. Le indicó la salida con un movimiento de la cabeza y él no rechistó. La siguió como en trance.

Tomaron un taxi y cruzaron la ciudad. Vio que estaba rodeada de agua y le pareció bonita. No había tanto tráfico como en su ciudad. El aire era más puro, probablemente más fácil de respirar.

Pensó en el destino y en el azar, preguntándose por un instante qué hacía al lado de ella. Pero cuando ella se volvió hacia él con una sonrisa, dejó de preguntárselo.

En su país, la gente siempre le preguntaba qué sabía hacer, le palpaba los brazos para sopesar su fuerza. Le hacía preguntas que él fingía comprender.

Siempre titubeaban. Luego, eventualmente, le elegían.

Pero ella le había elegido sin contrapartida alguna, cosa que nadie había hecho nunca.

La habitación a la que le condujo era blanca, con una cama de matrimonio. Le acostó y le dio a beber algo caliente. Tenía casi el sabor del té de su país y se durmió antes de haber vaciado la taza.

Despertó sin saber cuánto tiempo había dormido pero en otro dormitorio. Esa nueva habitación era ciega y estaba empapelada de arriba abajo con plástico.

Al levantarse para dirigirse a la puerta, sintió que el suelo era blando y cedía bajo sus pies. Tanteó el picaporte, pero la puerta estaba cerrada.

Su ropa y su teléfono habían desaparecido.

Desnudo, se tendió en el colchón y volvió a dormirse.

Esa habitación sería su nuevo mundo.

Estación de metro Thorildsplan– Escena del crimen

Jeanette sintió que el volante giraba a la derecha y el coche avanzaba perpendicularmente a la calzada. Se arrastró a sesenta durante el último kilómetro y, al tomar Drottningsvägen, presintió que después de quince años su viejo coche estaba en las últimas.

Aparcó y se dirigió hacia la escena del crimen, donde vio a Hurtig. Les sacaba una cabeza a todos los demás, el cabello rubio escandinavo, corpulento pero sin ser gordo.

Pronto haría cuatro años que trabajaban juntos: Jeanette había aprendido a leer sus expresiones, y le pareció preocupado.

Casi atormentado.

Sin embargo, al verla se iluminó, fue a su encuentro y le apartó la cinta de balizamiento.

—Por lo que veo, el coche no te ha dejado tirada. —Hizo una mueca—. No entiendo cómo sigues conduciendo ese trasto.

—Yo tampoco y, si me consiguieras un aumento, me permitiría un pequeño descapotable Mercedes para pasear a gusto.

Si Åke encontrara un trabajo decente, con un sueldo decente, ella podría comprarse un coche decente, pensó mientras seguía a Hurtig hacia el perímetro precintado.

—¿Huellas de ruedas? —preguntó ella a una de las dos técnicas agachadas en el camino de gravilla.

—Sí, varias —respondió alzando la vista hacia Jeanette—. Creo que algunas son de los vehículos de limpieza que pasan por aquí para vaciar las papeleras. Pero también hay otras ruedas más delgadas.

Ahora que había llegado al lugar de los hechos, Jeanette era la de mayor grado y se encontraba al mando de la investigación.

A última hora de la tarde informaría a su jefe, el comisario principal Billing, que a su vez informaría al fiscal Von Kwist. Conjuntamente, los dos hombres decidirían los pasos a dar, sin que ella pudiera decir nada.

Jeanette se volvió hacia Hurtig.

—Bueno, veamos. ¿Quién lo ha encontrado?

Hurtig se encogió de hombros.

—No lo sabemos.

—¿Cómo que no lo sabemos?

—La central de emergencias ha recibido una llamada anónima hace… —consultó su reloj— exactamente tres horas, y el tío solo ha dicho que había un cuerpo de un niño, muerto, cerca de la boca del metro. Eso es todo.

—¿Se ha grabado la conversación?

—Por supuesto.

—¿Y por qué han tardado tanto en avisarnos? —Jeanette sintió que su irritación crecía.

—En la central han entendido mal la dirección y han enviado una patrulla a Bolindenplan en lugar de a Thorildsplan.
—¿Han identificado la llamada?
Hurtig alzó la vista al cielo.
—Una tarjeta de prepago sin registrar.
—¡Mierda!
—Pero pronto sabremos desde dónde se hizo la llamada.
—Bien, bien. Escucharemos la grabación de regreso a comisaría. ¿Hay testigos? ¿Alguien ha visto u oído algo?
Miró con insistencia en derredor, pero todos sus subordinados menearon la cabeza.
—Alguien ha tenido que traer al chaval aquí —prosiguió Jeanette cada vez más desanimada. Sabía que el caso sería mucho más difícil si no daban con una pista en las horas siguientes—. No me imagino a alguien tomando el metro con un cadáver, pero de todas formas quiero copias de las cámaras de vigilancia.
Hurtig se aproximó.
—Ya he puesto a trabajar en ello a uno de los hombres, las tendremos esta tarde.
—Vale, y como es probable que hayan traído el cadáver en coche, quiero la lista de todos los vehículos que han cruzado el peaje estos últimos días.
—Por supuesto —respondió Hurtig alejándose con su móvil—. Haré que lo tengamos lo antes posible.
—Calma. Aún no he acabado. También es posible que trajeran el cuerpo hasta aquí cargado en un remolque de bici o alguna cosa por el estilo. Pregunta en la Escuela de Magisterio si tienen cámaras de vigilancia.
Hurtig asintió y se alejó despacio.
Jeanette suspiró y se volvió hacia una de las técnicas que examinaba la hierba junto a los matorrales.
—¿Algo raro?
La mujer meneó la cabeza.

—De momento, no. Hay huellas de pasos, claro, y tomaremos moldes de las mejores. Pero no espere mucho de ello.

Jeanette se acercó despacio al matorral donde había sido hallado el cuerpo en una bolsa de basura negra. El chaval estaba desnudo, rígido en posición sentada, con los brazos alrededor de las rodillas. Sus manos estaban atadas con cinta adhesiva. La piel de su rostro había adquirido un tono de cuero amarillento y un aspecto apergaminado.

Sus manos, por el contrario, estaban casi negras.

—¿Hay señales de violencia sexual? —Se dirigía a Ivo Andrić, en cuclillas delante de ella.

Ivo Andrić era especialista en esos casos extremos de muertes extrañas.

La policía de Estocolmo le había llamado muy temprano aquella mañana y, como no era cuestión de tener la boca del metro cerrada más tiempo del necesario, había que actuar rápidamente.

—Todavía no puedo decírtelo, aunque no hay que descartarlo. No quiero sacar conclusiones apresuradas pero, por experiencia, es raro encontrar ese tipo de heridas extremas sin que haya también violencia sexual.

Jeanette asintió con la cabeza.

Se inclinó para examinar el cuerpo del muchacho y vio que se trataba de un físico extranjero. Árabe, palestino, quizá incluso indio o pakistaní.

El cuerpo yacía, bastante visible, entre unos matorrales a solo unos metros de la boca del metro de Thorildsplan, en Kungsholmen: no podía haber estado allí mucho tiempo sin ser descubierto.

La policía había hecho cuanto estaba en sus manos para aislar el lugar con vallas de obras y lonas, pero el terreno accidentado permitía tener una visión de la escena desde cierta distancia. Algunos fotógrafos provistos de teleobjetivos rondaban alrededor del perímetro. A Jeanette casi le daban pena. Vivían el día entero conectados a la frecuencia de la policía, aguardando a que se produjera algún suceso espectacular.

Por el contrario, no vio a ningún periodista. Los periódicos sin duda ya no tenían medios para enviar a alguien sobre el terreno.

−Vaya... −dijo uno de los policías meneando la cabeza ante el espectáculo−. Mierda, ¿cómo se puede llegar a algo así?

La pregunta iba dirigida a Ivo Andrić.

El cuerpo estaba *grosso modo* momificado, cosa que para Ivo Andrić significaba que había sido conservado mucho tiempo en un lugar muy seco, y no en el exterior, con el tiempo de perros que hacía en Estocolmo en invierno.

−Mira, Schwarz −respondió alzando la cabeza−. Precisamente es lo que trataremos de comprender.

−Sí, pero el chaval está completamente momificado, mierda. Como un puto faraón. ¡Eso no se hace en cinco minutos!

Ivo Andrić asintió con un gesto de la cabeza. No era ningún pardillo y había visto un montón de atrocidades. Era originario de Bosnia, y había sido médico en Sarajevo durante los casi cuatro años del sitio serbio. En toda su carrera que cabía calificar por lo menos de agitada, jamás había visto algo parecido.

No cabía duda de que la víctima había sufrido graves violencias pero, curiosamente, no presentaba ninguna de las heridas que se suelen sufrir al tratar de defenderse. Sus morados y hematomas hacían pensar más en un boxeador. Un boxeador que no hubiera podido defenderse y hubiera recibido muchos golpes durante doce asaltos hasta acabar noqueado.

En los brazos y el torso, el muchacho presentaba centenares de marcas más duras que los tejidos circundantes, lo que significaba que en vida había recibido una inusitada cantidad de golpes. Por las articulaciones aplastadas de los dedos podía deducirse que no se había contentado con recibir golpes, sino que también había propinado muchos.

Lo más notable, sin embargo, era la ablación de los órganos genitales.

Ivo Andrić observó que habían sido cortados con un cuchillo muy afilado.

Quizá un escalpelo o una hoja de afeitar.

Pero en la espalda momificada del muchacho había también un gran número de heridas profundas, como latigazos.

Ivo Andrić trató de imaginarlo. Un chico que defiende su piel a puñetazos y que, si renuncia a ello, lo azotan. Ivo sabía que en algunos suburbios con mucha población inmigrada se celebraban peleas de perros clandestinas. Podía tratarse de algo semejante, con la diferencia de que no fueran perros los que se pelearan a muerte sino chiquillos.

En fin, uno de ellos por lo menos era ese chaval.

¿Quién era su adversario? Solo cabía especular.

Bueno. ¿Y el hecho de que hubiera resistido tanto antes de morir? Cabía esperar que la autopsia permitiera identificar rastros de drogas o de productos químicos, como Rohypnol o quizá PCP. Ivo Andrić se daba cuenta de que su verdadero trabajo no podría empezar hasta que el cadáver fuera trasladado al Instituto de Medicina Legal del hospital en Solna.

Hacia mediodía se procedió al levantamiento del cadáver en una bolsa de plástico gris y lo cargaron en un furgón funerario en dirección a Solna. El trabajo allí de Jeanette Kihlberg había acabado e iba a tomar de nuevo la carretera de Kungsholmen. Mientras caminaba hacia el aparcamiento, empezó a caer una fina lluvia.

—¡Mierda! —maldijo para sí.

Åhlund, un joven colega, la miró atónito.

—Nada, es por culpa de mi coche. Lo había olvidado, pero se ha muerto al llegar aquí. Y ahora tendré que llamar a la grúa.

—¿Dónde está? —preguntó su colega.

—Allá. —Señaló el Audi rojo, oxidado y sucio a unos veinte metros de allí—. ¿Qué pasa? ¿Entiendes de coches?

—Es mi hobby. No hay coche que no pueda arrancar. Dame las llaves, seguramente daré con el problema.

Åhlund arrancó y salió a la calle. El tintineo y el chirrido parecían aún más fuertes desde fuera. Jeanette se rindió ante la evidencia: tendría que telefonear a su padre para pedirle un pequeño préstamo. Le preguntaría si Åke había encontrado trabajo y ella le explicaría que para un artista no era fácil estar en paro, pero que eso pronto cambiaría.

Cada vez ocurría lo mismo. Tenía que tragar sapos y culebras y actuar de red de seguridad de Åke.

Cuando podría ser la mar de sencillo, si solo pudiera tragarse un poco su orgullo y aceptar un trabajo temporal. Aunque fuera solo para demostrarle que se preocupaba por ella y que comprendía su inquietud ante su situación económica. O que se había dado cuenta de lo mucho que le costaba dormir, justo antes de pagar las facturas.

Tras dar una vuelta a la manzana de casas, su colega salió del coche con una sonrisa triunfal.

—El balancín, el eje o los dos. Si me lo dejas ahora, me pongo esta misma noche. Lo tendrás dentro de unos días. Las piezas de recambio a tu cargo, y una botella de whisky. ¿Vale?

—Eres un ángel, Åhlund. ¡Llévatelo y haz con él lo que quieras! Si consigues algo, tendrás dos botellas y un buen informe el día que quieras un ascenso.

Jeanette Kihlberg se dirigió hacia el coche patrulla.

Espíritu de grupo, pensó.

Barrio de Kronoberg–Central de Policía

Jeanette consagró la primera reunión a la distribución de tareas. Un grupo de policías novatos fue destinado al puerta a puerta toda la tarde. Jeanette tenía esperanzas.

Schwarz recibió la ingrata tarea de revisar la lista de los vehículos que habían cruzado los peajes periurbanos, alrededor de ochocientos mil pasos, mientras Åhlund examinaría las grabaciones de las cámaras de vigilancia proporcionadas por la Escuela de Magisterio y la estación de metro.

Jeanette no echaba de menos sus inicios y la monotonía de esas labores repetitivas que, muy a menudo, eran el destino de los policías menos experimentados.

La prioridad era identificar al muchacho: Hurtig se encargó de contactar con todos los campos de refugiados de los alrededores de Estocolmo. Jeanette iría a ver a Ivo Andrić.

Después de la reunión, regresó al despacho y llamó a casa. Ya eran más de las seis y le tocaba cocinar a ella.

–¡Hola! ¿Qué tal ha ido hoy?

Se esforzó en parecer alegre.

En muchos aspectos, por descontado, se hallaban en una situación de igualdad. Compartían las tareas domésticas: él se ocupaba de lavar la ropa, ella pasaba el aspirador. Cocinaban por turnos, y también Johan participaba. Pero a pesar de todo, era ella quien se ganaba las lentejas.

–He acabado de lavar la ropa hace justo una hora. Por lo demás, todo va bien. Johan acaba de llegar y dice que le has prometido llevarlo al partido esta noche. ¿Podrás?

–No, imposible –suspiró Jeanette–. Esta mañana se me ha estropeado el coche de camino. Tendrá que coger su bici, no está tan lejos.

Jeanette dejó que su mirada se deslizara sobre el retrato familiar que había clavado en su tablón mural. Johan parecía muy pequeño en la foto y, en cuanto a ella, apenas quería mirarse.

−Aún tendré que quedarme unas horas, y luego tendré que volver en metro si no encuentro a alguien que me lleve. Pide unas pizzas. ¿Tienes dinero?

−Sí, sí −suspiró Åke−. O habrá en la caja.

Jeanette hizo memoria.

−Sí, vale. Ayer metí un billete de quinientas. ¡Hasta luego!

Como Åke no respondía, colgó y se echó hacia atrás.

Cinco minutos de descanso.

Cerró los ojos.

Hurtig entró en el despacho de Jeanette con la grabación de la misteriosa llamada recibida por la mañana en la central de emergencias. Le tendió el cedé y tomó asiento.

Jeanette se frotó los ojos, cansada.

−¿Has hablado con los que encontraron el cadáver?

−Claro. Eran dos colegas. Según su informe, llegaron al lugar alrededor de dos horas después de la llamada. Hubo un lío y en la central entendieron mal la dirección.

Jeanette extrajo el cedé del estuche y lo introdujo en el ordenador.

La conversación duraba veinte segundos.

−112, dígame.

Se oía un chisporroteo, pero ninguna voz.

−¿Oiga? Ha llamado al 112, dígame.

El telefonista aguardaba una respuesta, y entonces se oyó una respiración trabajosa.

−Solo quiero decir que hay un tipo fiambre en Thorildsplan, en un parterre.

El hombre tenía la voz pastosa. Borracho o drogado, pensó Jeanette.

−¿Puede decirme su nombre? −preguntó el telefonista.

—Eso da igual. Pero ¿me ha entendido?

—¿Ha dicho que hay un tipo que pasa hambre en Bolindenplan?

El hombre parecía irritado.

—Un tipo «fiambre», en el parterre cerca de la boca del metro.

Silencio.

Luego solo el telefonista, titubeando:

—¿Oiga?

Jeanette frunció el ceño.

—No hay que ser Einstein para afirmar que la llamada se hizo desde cerca del metro, ¿verdad?

—Sí, pero... Quizá si...

—¿Quizá qué?

Oía el tono irritado de su propia voz: pensaba que esa grabación aportaría al menos algunas respuestas. Le daría algo con lo que entretener al comisario principal y al fiscal.

—Perdóname –dijo, pero Hurtig se contentó encogiéndose de hombros.

—Mañana será otro día. –Se levantó y se dirigió a la puerta–. Será mejor que vuelvas con Åke y Johan.

Jeanette le dirigió una sonrisa de agradecimiento.

—Buenas noches, hasta mañana.

Cuando Hurtig hubo cerrado la puerta, marcó el número de su superior jerárquico, el comisario principal Dennis Billing.

El jefe de la sección de investigación respondió después de cuatro timbres.

Jeanette le puso al corriente: el muchacho momificado, la llamada anónima y las últimas novedades de la tarde y la noche.

En otras palabras, no tenía nada muy sólido.

—Veremos qué nos depara el puerta a puerta y aguardaremos las conclusiones de Ivo Andrić. Hurtig hablará con los colegas de la unidad de delitos violentos, la rutina, vamos.

—Estoy seguro de que comprendes que será mejor resolver este caso lo antes posible. Tanto para ti como para mí.

A Jeanette le costaba mucho soportar esa actitud condescendiente que, como bien sabía, se debía a que ella era mujer.

Dennis Billing era uno de los que se habían opuesto a su ascenso a comisaría. Con el apoyo oficioso del fiscal Von Kwist, propuso otro nombre: un hombre, por descontado.

A pesar de su declarada oposición fue ascendida, pero esa hostilidad pesaba desde entonces sobre su relación.

—Por supuesto, haremos lo necesario. Te llamaré mañana, en cuanto sepamos más cosas.

Dennis Billing se aclaró la voz.

—Tengo que decirte algo más.

—¿Ah, sí?

—Sí, de hecho es confidencial, pero puedo saltarme las reglas por una vez: necesitaré robarte tu equipo.

—No, imposible. Estamos con una investigación importante.

—A partir de mañana por la tarde, y durante veinticuatro horas. Luego lo recuperarás. Es necesario incluso a pesar de la nueva situación, lo siento.

Jeanette se sintió impotente, demasiado cansada para protestar.

Dennis Billing continuó.

—Mikkelsen necesita refuerzos. Pasado mañana tiene que registrar los domicilios de varias personas sospechosas de tráfico de pornografía infantil y le hace falta ayuda. Ya he hablado con Hurtig, Åhlund y Schwarz. Trabajarán mañana como de costumbre y luego se unirán a Mikkelsen. Bueno, ya estás al corriente.

Jeanette comprendió que no cabía añadir nada.

Mariatorget–Oficina de Sofia Zetterlund

En el sangriento siglo XVIII, el rey Adolfo Federico dio su nombre a esta plaza, hoy de Mariatorget, a condición de que estuvieran prohibidas las ejecuciones. Desde entonces, por lo menos ciento cuarenta y ocho personas habían perdido allí la vida en circunstancias más o menos emparentadas con ejecuciones capitales y poco importaba ya el nombre de la plaza.

Varios de esos ciento cuarenta y ocho asesinatos tuvieron lugar a menos de veinte metros de donde Sofia Zetterlund tenía su consulta de psicoterapia, en el último piso de un edificio antiguo de Sankt Paulsgatan, justo al lado del Tvålpalatset. Los tres apartamentos de la planta habían sido transformados en oficinas, ahora alquiladas por dos dentistas, un cirujano estético, un abogado y otro psicoterapeuta.

La sala de espera daba una impresión de fría modernidad. El decorador había comprado dos lienzos de Adam Diesel-Frank con la misma gama de grises que el sofá y los dos sillones.

En un rincón de la estancia, un bronce de la escultora nacida en Alemania Nadya Ushakova representaba un jarrón de rosas con varias de las flores marchitas. Alrededor de uno de los tallos, una tarjeta de bronce colado con la frase «DIE MYTHEN SIND GREIFBAR».

Con ocasión de la inauguración del local se habló largamente de su significado, sin que nadie consiguiera dar una explicación satisfactoria.

«Los mitos son tangibles».

Las paredes claras, las alfombras caras y las obras de arte originales producían una atmósfera delicada y acomodada.

Después de varias entrevistas, contrataron a la antigua secretaria de consulta médica Ann-Britt Eriksson para que atendiera la recepción común y se ocupara de las citas y de las diversas tareas administrativas.

—¿Hay algo para mí? —preguntó Sofia Zetterlund a su llegada, como siempre a las ocho en punto.

Ann-Britt alzó la vista del diario que había extendido delante de ella.

—Sí, han llamado del hospital de Huddinge para adelantar a las once la cita de Tyra Mäkelä. He dicho que llamarías para confirmarlo.

—De acuerdo. Llamaré enseguida. —Sofia se dirigió a su despacho—. ¿Algo más?

—Sí —respondió Ann-Britt—. Acaba de llamar Mikael y ha dicho que no podrá tomar el vuelo de esta tarde y que no llegará a Arlanda hasta mañana por la mañana. Dice si puedes dormir en su casa esta noche para que podáis veros un rato mañana.

Sofia se detuvo, con la mano en el picaporte.

—Hum… ¿A qué hora tengo la primera cita?

Le irritaba tener que cambiar sus planes. Pensaba sorprender a Mikael con una cena en el restaurante Gondolen pero, como siempre, se lo echaba a perder.

—A las nueve, y dos más por la tarde.

—¿Quién es la primera?

—Carolina Glanz. Según el periódico, acaban de contratarla como presentadora en la televisión y tendrá que viajar por el mundo entero entrevistando a famosos. ¿Extraño, no crees?

Ann-Britt meneó la cabeza y suspiró profundamente.

Carolina Glanz se hizo famosa cuando ganó estrepitosamente una de esas operaciones triunfo u otros concursos de talentos que llenan la parrilla de la programación de televisión. Por supuesto, no tenía una gran voz pero, a decir del jurado, tenía madera de estrella. Pasó todo el invierno y la primavera de gira por las discotecas cantando en play-back una canción grabada por una chica menos guapa pero con una voz mucho más bonita. La prensa la criticó y los escándalos se sucedieron.

Cuando los medios de comunicación dejaron de interesarse por ella, empezó a dudar de sí misma.

A Sofia no le gustaba hacer de coach de esos famosos de medio pelo: le costaba motivarse para esas entrevistas, aunque fueran importantes desde un punto de vista estrictamente financiero. Tenía la sensación de perder el tiempo: su capacidad profesional, lo sabía, habría estado mejor empleada con clientes que realmente necesitaran ayuda.

Quería ocuparse de gente corriente.

Sofia se instaló en su consulta y llamó inmediatamente a Huddinge. El cambio de la cita hacía que solo dispusiera de menos de una hora para prepararse. Después de esa llamada, sacó cuanto tenía sobre Tyra Mäkelä. Casi quinientas páginas en total, un legajo que a buen seguro se multiplicaría por dos antes de que se archivara el caso.

Lo había leído todo dos veces, informe tras informe, y se concentró en la parte central.

El estado psíquico de Tyra Mäkelä.

El grupo de peritos estaba dividido: el psiquiatra que dirigía el examen se pronunciaba a favor de la prisión, al igual que los asistentes sociales y uno de los psicólogos. Pero otros dos psicólogos se oponían y recomendaban el internamiento en un hospital psiquiátrico.

La misión de Sofia era ayudarles a llegar a una resolución común pero, como había comprendido, no sería una tarea fácil.

Tyra Mäkelä había sido condenada junto con su marido por el asesinato de su hijo adoptivo de once años, un niño al que se le había diagnosticado el síndrome del X frágil, que se manifiesta con trastornos físicos y psíquicos.

La familia vivía en el campo, en una casa aislada. La autopsia relataba con términos crudos los maltratos de los que había sido objeto el chaval: restos de excrementos en los pulmones y el estómago, quemaduras de cigarrillos, y golpes con el tubo de una aspiradora.

El cadáver fue hallado en el bosque no lejos de la casa.

El caso tuvo una gran repercusión mediática, en particular debido a la implicación de la madre. La opinión pública, de forma casi unánime, liderada por algunos políticos y periodistas influyentes, reclamaba la pena máxima. Había que enviar a Tyra Mäkelä a la cárcel de mujeres de Hinseberg tanto tiempo como fuera posible.

Sofia sabía que un internamiento psiquiátrico suponía en la mayoría de ocasiones para el condenado un aislamiento más largo que la pena de prisión.

¿Tyra Mäkelä era penalmente responsable en el momento en que tuvieron lugar los hechos? La investigación había demostrado que las torturas habían durado por lo menos tres años.

Los problemas de la gente corriente.

Sofia resumió los puntos que deseaba abordar con esa mujer condenada por asesinato y la sacó de sus reflexiones la entrada en la habitación de Carolina Glanz con botas altas rojas, minifalda de vinilo rojo y chaqueta de cuero negro.

Hospital de Huddinge

Sofia llegó a Huddinge justo después de las diez y media y aparcó el coche frente al gran complejo hospitalario.

Enteramente recubierto de placas grises y azules, el edificio contrastaba con los vivos colores de las casas que lo rodeaban. Se suponía que era un camuflaje contra eventuales bombardeos durante la Segunda Guerra Mundial. Desde el cielo, el hospital debía de parecer un lago y las casas circundantes dar la ilusión de campos y prados.

Se detuvo en la cafetería a tomar un café, un bocadillo y leer la prensa del día y luego se dirigió a la entrada.

Dejó los objetos de valor en la consigna, cruzó el arco de seguridad y se adentró por el pasillo. Pasó primero frente al departamento 113, donde como era habitual se oían gritos y peleas. Allí era donde los casos más graves aguardaban, atiborrados de medicamentos, el traslado a Säter, Karsudden, Skogome o alguna otra institución en el campo.

Continuó, giró a la derecha en el 112 y entró en la sala de consultas que compartían los psicólogos. Echó un vistazo a su reloj: aún disponía de un cuarto de hora.

Cerró la puerta, se sentó a la mesa y comparó los titulares:

«Hallazgo macabro en el centro de Estocolmo» a un lado, y al otro «¡Aparece una momia entre los arbustos!».

Mordió el bocadillo y mojó los labios en el café hirviente. Habían encontrado el cadáver momificado de un muchacho cerca de Thorildsplan.

Niños muertos, pensó apenada.

Un imponente enfermero abrió la puerta.

—Hay una aquí con la que me parece que tienes que hablar. Una joyita... tiene mucha mierda de la que arrepentirse —dijo, señalando por encima del hombro.

No le gustaba la jerga de los enfermeros. Aunque se tratara de criminales, no había razón para herirlos o humillarlos.

—Hazla pasar y déjanos solas.

Mariatorget–Oficina de Sofia Zetterlund

A las dos, Sofia Zetterlund estaba de vuelta en la ciudad, en su consulta. Le quedaban dos citas antes de acabar el día y comprendió que le costaría concentrarse después de su visita a Huddinge.

Sofia se instaló en su despacho para redactar la recomendación de internamiento psiquiátrico de Tyra Mäkelä. La reunión con el grupo de peritos después de su visita había llevado al psiquiatra a reconsiderar en parte su postura, y Sofia albergaba esperanzas: quizá cabía esperar una decisión definitiva.

Era necesario, sobre todo por Tyra Mäkelä.

Esa mujer necesitaba ser tratada.

Sofia había escrito un resumen de su historia y de los rasgos de su carácter. Tyra Mäkelä ya tenía dos intentos de suicidio en su haber: a los catorce años se tomó voluntariamente una sobredosis de medicamentos y a los veinte le concedieron la invalidez debido a sus reiteradas depresiones. Los quince años que había pasado al lado del sádico Harri Mäkelä se saldaron con un nuevo intento de suicidio y luego el asesinato de su hijo adoptivo.

Sofia estimaba que la compañía del marido –al que, a su vez, se le había juzgado suficientemente cuerdo como para ser condenado a una pena de prisión– agravó su enfermedad.

La conclusión de Sofia era que Tyra Mäkelä había sufrido sucesivas psicosis a lo largo de los años anteriores a la agresión. Dos ingresos psiquiátricos en el curso del último año respaldaban su tesis. En los dos casos, habían encontrado a esa mujer errando perdida por el pueblo y la habían ingresado a la fuerza varios días para después dejarla salir.

Sofia estimaba que aún subsistían zonas de sombras alrededor de la participación de Tyra Mäkelä en el asesinato del niño. El coeficiente intelectual de esa mujer era tan bajo que por sí solo justificaba que no se la pudiera responsabilizar de ese asesinato, cosa que el tribunal había dejado más o menos de lado. Sofia veía a una mujer que ponía por las nubes las ideas de su marido, bajo la constante influencia del alcohol. Su pasividad la convertía tal vez en cómplice, pero su estado psíquico la hacía incapaz de intervenir.

La sentencia fue confirmada tras el recurso de apelación y solo quedaba por determinar la pena.

Tyra Mäkelä necesitaba recibir tratamiento con urgencia. Lo hecho no tenía remedio, pero una pena de prisión no ayudaría a nadie.

Las atrocidades del caso no debían cegarles a la hora de tomar una decisión.

Por la tarde, Sofia terminó de redactar el informe y atendió sus citas de las tres y las cuatro: el directivo de una empresa estresado y una actriz ya mayor a la que no le ofrecían ningún papel y se había hundido en una profunda depresión.

Hacia las cinco, cuando se disponía a marcharse a su casa, Ann-Britt la retuvo en la recepción.

—¿Recuerdas que el sábado tienes que ir a Goteburgo? Tengo tus billetes de tren y te he reservado el hotel Scandic.

Ann-Britt le tendió una carpeta.

—Sí, claro —dijo Sofia.

Tenía una reunión con un editor que se disponía a publicar la traducción del libro del antiguo niño soldado Ishmael Beah, *Un largo camino*. El editor quería pedirle su opinión a Sofia, dada su experiencia con niños traumatizados.

—¿A qué hora salgo?

—Temprano. En el billete figura la hora de salida.

—¿Las cinco y doce?

Sofia suspiró y entró de nuevo en su despacho a por el informe que había redactado para Unicef siete años atrás.

Al sentarse a su mesa ante el documento, se preguntó si realmente estaba lista para liberar los recuerdos de esa época.

Aún soñaba con los relatos de los niños soldados de Port Loko. Los dos chicos al lado del camión, uno sin brazos, el otro sin piernas. El pediatra de UNICEF, asesinado por los mismos niños a los que iba a ayudar. Las víctimas se convertían en verdugos. Los sonidos de alguien que cantaba «Mambaa manyani… Mamani manyimi».

Siete años, pensó.

¿Tan lejos quedaba?

Barrio de Kronoberg–Central de Policía

Al día siguiente, la comisaria Jeanette Kihlberg leyó sistemáticamente todos los documentos que su asistente Jens Hurtig había preparado. Atestados, informes y sentencias relativos a todo tipo de casos de violencia o crímenes con connotaciones sádicas. Jeanette constató que el autor de los mismos siempre era un hombre, con prácticamente una única excepción: Tyra Mäkelä, condenada recientemente junto con su marido por el asesinato de su hijo adoptivo.

Nada de cuanto había visto en el escenario del crimen de Thorildsplan le traía recuerdo alguno. Sentía que necesitaba ayuda.

Tomó el teléfono y llamó a Lars Mikkelsen, encargado en la criminal de los casos de violencia y agresiones sexuales infantiles. Decidió limitarse a un resumen tan breve como fuera posible. Si Mikkelsen podía ayudarla, le proporcionaría más detalles.

Qué trabajo más horrible, pensó mientras esperaba a que respondiera.

Interrogar a pederastas o investigar sobre ellos a lo largo del día entero: ¿de dónde se sacaban las fuerzas para visionar miles de horas de agresiones filmadas y millones de fotos de niños de los que habían abusado? Imaginaba lo ingrata que era la tarea.

¿Podía uno mismo tener hijos?

Después de su conversación con Mikkelsen, Jeanette Kihlberg reunió a todos los hombres para tratar de esbozar una imagen de conjunto a partir de los elementos disponibles. No era sencillo, pues hasta ese momento las pistas eran poco consistentes.

—La llamada a la centralita de emergencias se hizo desde los alrededores del rascacielos del *Dagens Nyheter*. —Åhlund agitó un papel—. Acabo de recibir esto, y pronto dispondremos de información más precisa.

Jeanette meneó la cabeza. Se aproximó a la pizarra en la que colgaba una decena de fotos del niño muerto.

—Bueno, ¿qué es lo que sabemos?

Se volvió hacia Hurtig.

—En el césped y el parterre junto al lugar donde ha sido hallado el cadáver hemos encontrado huellas de ruedas de un cochecito y de un pequeño vehículo. Por lo que respecta al vehículo, se trata del vehículo de limpieza y hemos hablado con el barrendero: podemos tacharlo.

—¿Así que alguien ha podido utilizar un cochecito para trasladar el cuerpo?

—Así es.

—¿Pueden haber cargado con el niño? —preguntó Åhlund.

—Para una persona robusta es absolutamente posible. El cuerpo pesaba apenas cuarenta y cinco kilos.

Se hizo el silencio y Jeanette supuso que los demás, al igual que ella, imaginaban a alguien transportando el cadáver de un chaval envuelto en una bolsa de basura negra.

Åhlund rompió el silencio.

—Al ver los maltratos sufridos por el niño, me ha venido inmediatamente a la cabeza Harri Mäkelä, y de no haber sabido que estaba encarcelado en Kumla, entonces...

—Entonces ¿qué? —le interrumpió Schwarz con una sonrisa.

—Pues en tal caso habría pensado que era a él a quien buscábamos.

—No me digas... ¿Y crees que no habíamos pensado ya en ello?

—¡Basta! —Jeanette se sumergió en sus papeles—. Olvidad a Mäkelä. Por el contrario, y a través de Lars Mikkelsen, de la criminal, he recibido información acerca de un tal Jimmie Furugård.

—¿Quién es? —preguntó Hurtig.

—Un veterano de los Cascos Azules. Primero estuvo dos años en Kosovo. Luego uno en Afganistán. Fue detenido hace tres años, con opiniones ambivalentes.

—¿Y por qué nos interesa?

Hurtig abrió su cuaderno y lo hojeó en busca de una página en blanco.

—Jimmie Furugård tiene varias condenas por violación y violencia a sus espaldas. En la mayoría de los casos, sus víctimas son inmigrantes u homosexuales, pero parece que Furugård también ataca a sus novias. Tres casos de violación. Condenado dos veces, liberado una.

Hurtig, Schwarz y Åhlund se miraron y asintieron.

Están interesados, pensó Jeanette, pero en absoluto convencidos.

—Vale, pero ¿por qué ese bruto dejó los Cascos Azules? —preguntó Åhlund.

Schwarz lo miró de arriba abajo.

—Por lo que puedo ver fue a raíz de la sanción que recibió por abusar en repetidas ocasiones de prostitutas en Kabul, pero no dispongo de los detalles.

—¿Así que no está en el talego? —preguntó Schwarz.

—No, salió de Hall el año pasado, a finales de setiembre.

—Pero ¿realmente buscamos a un violador? —objetó Hurtig—. ¿Y por qué Mikkelsen nos habla de él? Me refiero a que se ocupa de violencia infantil, ¿no es cierto?

—Calma —continuó Jeanette—. En nuestra investigación cualquier tipo de violencia sexual puede ser interesante. Ese Jimmie Furugård parece un tipo de la peor calaña que tampoco debe de dudar en atacar a niños. Por lo menos en una ocasión fue sospechoso de violencia e intento de violación de un joven.

Hurtig se volvió hacia Jeanette.

—¿Y dónde se encuentra ahora?

—Según Mikkelsen, ha desaparecido sin dejar rastro. Le he enviado un mail a Von Kwist para que lance una orden de búsqueda, pero aún no ha respondido. Debe de querer tener más carne en el asador.

—Por desgracia, no tenemos gran cosa acerca de Thorildsplan, y Von Kwist no es una flecha… —suspiró Hurtig.

—De momento —le interrumpió Jeanette—, nos limitaremos a la rutina mientras en el laboratorio hacen su trabajo. Con método y sin apriorismos. ¿Alguna pregunta?

Todos menearon la cabeza.

—Perfecto. Pues que cada uno vuelva a sus ocupaciones.

Reflexionó un momento y acto seguido golpeó sobre la mesa con la punta del bolígrafo.

Jimmie Furugård, pensó. Probablemente una doble personalidad. Sin duda no se considera homosexual y lucha contra su propio deseo. Se hace reproches y siente culpabilidad.

Algo no cuadraba.

Abrió uno de los periódicos que había comprado de camino al trabajo y que aún no había tenido tiempo de leer. Ya había visto que todos tenían más o menos el mismo titular en la portada.

Cerró los ojos y contó hasta cien sin moverse, luego tomó su teléfono y llamó al fiscal Von Kwist.

—Buenos días. ¿Ha leído mi mail? —espetó.

—Sí, por desgracia, y aún me pregunto qué le ha pasado por la cabeza.

—¿Qué quiere decir?

—¿Que qué quiero decir? ¡Ni más ni menos que parece haber perdido la razón!

Jeanette sintió que estaba fuera de sus casillas.

—No le entiendo…

—Jimmie Furugård no es su hombre. ¡No le busque tres pies al gato!

—¿Y pues…? —Jeanette empezaba a perder la paciencia.

—Jimmie Furugård es un buen casco azul, apreciado por sus superiores. Ha sido condecorado varias veces y…

—Yo también sé leer —le interrumpió Jeanette—, pero ese tipo es un nazi, condenado varias veces por violación y violencia. Frecuentó a prostitutas en Afganistán y…

Jeanette se interrumpió. ¿De qué servía dar su opinión? A ella le parecía que el fiscal se equivocaba, pero veía a las claras que se hacía el sordo.

—Tengo que dejarle. —Jeanette había recuperado el control de su voz—. Solo nos queda buscar en otra dirección, eso es todo. Gracias por el tiempo que nos ha dedicado. Hasta luego.

Colgó, apoyó las manos sobre su mesa de despacho y cerró los ojos.

Con el tiempo había aprendido que había mil maneras de violar, maltratar, pervertir y asesinar a alguien. Con los puños apretados delante de ella se dio cuenta de que había muchas maneras de cerrar un caso y que un fiscal podía obstruir la investigación por oscuras razones.

Se levantó y cruzó el pasillo hasta el despacho de Hurtig. Estaba al teléfono y le indicó que tomara asiento. Jeanette miró alrededor.

El despacho de Hurtig era la antítesis del suyo. En las estanterías, unos clasificadores numerados y sobre su mesa de trabajo unas carpetas bien apiladas. Incluso las flores en la ventana parecían muy cuidadas.

Hurtig acabó su conversación y colgó.

—¿Qué ha dicho Von Kwist?

—Que Furugård no es nuestro hombre.

Jeanette se sentó.

—Tal vez tenga razón. —Jeanette no respondió nada. Hurtig apartó una pila de papeles y continuó—. ¿Sabes que mañana llegaremos un poco tarde?

Hurtig parecía avergonzado.

—No te preocupes. Solo vais a echar una mano para trasladar unos cuantos ordenadores llenos de pornografía pedófila, y luego estaréis aquí de vuelta.

Hurtig sonrió.

Gamla Enskede–Casa de los Kihlberg

Jeanette Kihlberg salió de la comisaría justo después de las ocho de la tarde al día siguiente del hallazgo del cadáver en Thorildsplan.

Hurtig le había propuesto llevarla en coche, pero ella declinó la invitación con el pretexto de caminar hasta la estación central.

Necesitaba estar sola un rato. Tan solo dejar vagar un poco sus pensamientos, relajarse.

Mientras descendía la escalera hacia Kungsbro Strand, su teléfono indicó que había recibido un SMS. Era su padre.

«Hola. ¿Qué tal?».

Al acercarse al viaducto de Klaraberg, ya volvía a pensar en su trabajo.

Tres generaciones de policías en la familia. Su abuelo, su padre y ahora ella. Su abuela y su madre habían sido amas de casa.

Al igual que Åke, pensó. Artista. Y amo de casa.

Cuando su padre comprendió que tenía intención de seguir sus pasos, la apabulló con historias que supuestamente debían asustarla.

Gente destrozada. Drogadictos, alcoholizados. La violencia absurda. Que antes no se golpeaba a un hombre en el suelo era un mito. Siempre se había hecho, y así seguiría.

Pero había sobre todo una parte del trabajo que detestaba.

Destinado en la periferia sur de Estocolmo, cerca del metro y del tren de cercanías, por lo menos una vez al año tenía que bajar a las vías para recoger restos humanos.

Una cabeza.

Un brazo.

Una pierna.

Un tórax.

Eso le desesperaba cada vez.

No quería que ella tuviera que ver todo lo que él había tenido que ver, y su mensaje podía resumirse en una frase.

«Haz lo que quieras, pero no seas policía».

Pero nada pudo hacerla cambiar de opinión. Al contrario, todas aquellas historias la motivaron.

El primer obstáculo para entrar en la escuela de policía fue un defecto en el ojo izquierdo. La operación le costó todos sus ahorros y tuvo que hacer horas extraordinarias casi todos los días durante seis meses para conseguirlo.

Otra contrariedad fue cuando descubrió que era demasiado baja.

Un kinesiterapeuta la sacó de apuros: tras doce semanas de estiramientos de la espalda, logró que ganara los dos centímetros que le faltaban.

El día del examen, llegó tumbada en el coche puesto que sabía que podía achaparrarse si permanecía demasiado rato sentada.

¿Qué ocurrirá si pierdo mi motivación?, pensó.

Eso no va a suceder, se dijo. Solo cabía hacer una cosa, avanzar.

Atravesó la estación, descendió la escalera mecánica y luego tomó el pasillo de la estación de cercanías hacia el metro.

Abrió su monedero. Solo le quedaban dos billetes de cien muy arrugados, de los cuales treinta coronas estaban destinadas a su billete de vuelta. Esperaba que Åke aún tuviera un poco del dinero que ella le había dado a primeros de la semana para los gastos de la casa. Aunque Åhlund lograra reparar el coche, seguramente le costaría unas dos mil.

Trabajo y ahorro, pensó.

¿Cómo evitarlo, a fin de cuentas?

Una vez Johan estuvo acostado, Jeanette y Åke se encontraron en la sala con una taza de té cada uno. El campeonato de Europa de fútbol se acercaba y en la televisión hablaban largo y tendido acerca de las oportunidades del equipo nacional. Como de costumbre, se esperaba con llegar por lo menos a cuartos de final, se especulaba con la semifinal y quizá, incluso, ganar la final.

—Por cierto, te ha llamado tu padre —dijo Åke sin apartar la vista del televisor.

—¿Algo en particular?

—Como siempre. Me ha preguntado por ti, por Johan y por el colegio. A mí me ha preguntado si aún no había encontrado una manera de ganarme la vida.

Jeanette sabía que Åke no le caía bien a su padre. Ganso, le llamó una vez. Holgazán, en otra ocasión. Payaso. Zángano. Una lista de lindezas larga y variada. También se lo decía directamente a la cara en presencia de toda la familia.

La mayoría de las veces, ella se apiadaba de Åke y se ponía inmediatamente de su lado pero, cada vez más a menudo, en su fuero interno aprobaba las críticas.

Con frecuencia decía que a él le gustaba ser ama de casa pero, estrictamente hablando, también ella era un ama de casa para él. La situación era aceptable mientras avanzaba un poco con sus cuadros pero, francamente, en ese terreno no ocurría gran cosa.

—Åke…

No la oía, profundamente absorto en un programa sobre los capitanes de los diversos equipos suecos.

—Estamos en números rojos —dijo ella—. Me da vergüenza tener que volver a llamar a papá.

Él no respondió.

—¿Åke? —aventuró—. ¿Me escuchas o qué?

Suspiró.

—Sí, sí —dijo aún cautivado por la televisión—. Pero ahora tienes una excusa para llamarle.

—¿Qué quieres decir?

—Pues que ha llamado hace un rato. —Åke parecía irritado—. Debe de esperar que le devuelvas la llamada, ¿no te parece?

Joder, no es posible, pensó Jeanette.

Sintió que la cólera se apoderaba de ella. Para evitar una discusión, se levantó y se fue a la cocina.

Una montaña de platos. Åke y Johan habían comido *crêpes*, y se notaba.

No, no era cuestión de fregar los platos. Allí se quedarían hasta que él decidiera ocuparse de ellos. Se sentó a la mesa de la cocina y marcó el número de sus padres.

Es la última vez, se dijo.

Tras su llamada, Jeanette regresó a la sala, se sentó en el sofá y aguardó pacientemente a que acabara el programa. Le gustaba mucho el fútbol, sin duda más que a Åke, pero ese tipo de programas no le interesaban. Demasiado blablablá.

—He llamado a papá —dijo cuando comenzaron a desfilar los créditos—. Me hará una transferencia de cinco mil a mi cuenta para que lleguemos a final de mes.

Åke asintió, con aspecto ausente.

—Pero no volverá a suceder —continuó ella—. Esta vez hablo en serio. ¿Lo has entendido?

Él se enfurruñó.

—Sí, sí, lo he entendido.

Vita Bergen–Apartamento de Sofia Zetterlund

Sofia y su exmarido Lasse habían conseguido el piso después de un complejo intercambio triangular: a cambio del pequeño apartamento de dos habitaciones de Sofia en Lundagatan y el de tres habitaciones de Lasse en Mosebacke tenía hoy aquel amplio piso de cinco habitaciones en lo alto de Åsaberget, cerca de la plaza Nytorget y del parque de Vitaberg.

Se quitó el abrigo en el recibidor y entró en la sala. Dejó sobre la mesa la bolsa de comida india para llevar y fue a la cocina a por cubiertos y un vaso de agua.

Encendió el televisor, se sentó en el sofá y empezó a comer.

Raras veces lograba la serenidad necesaria para consagrarse únicamente a la comida y siempre velaba por tener algo en que ocuparse al mismo tiempo: un libro, un periódico o, como ahora, la televisión. Por lo menos, eso le hacía un poco de compañía.

Combustible, pensó.

El cuerpo necesita combustible para funcionar.

Cenar sola la deprimía y se apresuró a comer mientras zapeaba. Un programa para niños, una serie cómica norteamericana, publicidad y un programa educativo.

Vio que pronto sería la hora del telediario y dejó el mando a distancia en el momento en que sonó su teléfono.

Un SMS de Mikael.

«¿Cómo estás? Te echo de menos…».

Tragó un último bocado y le respondió.

«Agotada. Esta noche voy a trabajar un poco en casa. Besos».

Desde hacía algún tiempo, la personalidad de una paciente acaparaba su atención.

Sofia había adquirido la costumbre de sumergirse en sus notas todas las noches, esperando siempre hallar en ellas algo nuevo o decisivo.

Fue a la cocina a tirar los restos de comida a la basura. Oyó la sintonía del telediario en la sala. Por segundo día consecutivo, la noticia principal era el asesinato de Thorildsplan.

El presentador anunció que la policía había hecho pública una llamada recibida en la centralita de emergencias la mañana precedente.

Quien llamaba tenía la voz de alguien que había bebido.

Sacó un lápiz USB de su bolso, lo conectó a su ordenador y abrió la carpeta «Victoria Bergman».

Era como si faltaran varios pedazos de su personalidad. En el curso de sus entrevistas, salió a la luz que en su infancia y su juventud había vivido muchas experiencias traumáticas que requerían tratamiento. Varias sesiones se transformaron en largos monólogos que ya no cabía llamar entrevistas.

A veces, Sofia incluso había estado a punto de dormirse escuchando a Victoria Bergman hablando machaconamente con su voz monótona. Sus monólogos funcionaban como una especie de autohipnosis que le provocaba también a Sofia agujeros en la memoria y somnolencia, hasta el punto de que a veces le resultaba difícil recordar algunos detalles de los relatos de Victoria. Cuando se lo comentó a su compañero de consulta, le recordó que podía recurrir a grabaciones y, a cambio de una buena botella, le prestó su pequeño dictáfono.

Ordenó las casetes por fecha y hora: tenía ahora veinticinco guardadas bajo llave en su despacho. Había transcrito los pasajes que le parecían más interesantes y los había copiado en su lápiz USB.

Sofia abrió la carpeta bautizada VB, que contenía algunas de esas transcripciones.

Clicó dos veces sobre uno de los archivos y leyó:

Algunos días eran mejores que otros. Era como si mi vientre pudiera advertirme por adelantado de cuándo iban a discutir.

Sofia vio en sus notas que la entrevista se refería a los veranos que Victoria, en su infancia, pasaba en Dalecarlia. Casi todos los fines de semana, la familia Bergman recorría doscientos cincuenta kilómetros hasta su pequeña granja en Dala-Floda y Victoria había explicado que por lo general se quedaban allí cuatro semanas seguidas durante las vacaciones.

Prosiguió la lectura:

Mi vientre no se equivocaba nunca y, varias horas antes de que empezaran los gritos, ya me había refugiado en mi cuartito secreto.

Siempre me preparaba unos bocadillos porque nunca podía saber cuánto tiempo iban a discutir ni cuándo mamá iba a tener tiempo de cocinar.

Una vez le vi entre las tablas separadas perseguir a mamá por el campo. Mamá corría con todas sus fuerzas, pero él era más rápido y la derribó de un golpe en la nuca. Luego, cuando regresaron al patio de la granja, ella tenía una gran herida sobre el ojo y él lloraba, desesperado.

Mamá se apiadaba de él.

Qué injusto destino tener la pesada tarea de domar a sus dos mujeres...

¡Si mamá y yo le hubiéramos escuchado y no hubiéramos sido tan rebeldes!

Sofia anotó algunos puntos en los que habría que profundizar y cerró el documento.

Al azar, abrió otra transcripción y comprendió de inmediato que se trataba de una de aquellas sesiones en las que Victoria había desaparecido en sí misma.

La entrevista comenzó como de costumbre, Sofia hizo una pregunta y Victoria respondió.

A cada pregunta, sin embargo, la respuesta era cada vez más larga e incoherente. Victoria decía algo que, por asociación de ideas, la hacía pasar a otra cosa muy diferente, y así sucesivamente, cada vez más deprisa.

Sofia buscó la grabación de la entrevista, puso la casete en el magnetófono, le dio al play, se repantigó en el sillón y cerró los ojos.

La voz de Victoria Bergman.

Entonces tragué para cerrarles el pico y se callaron de golpe cuando vieron lo que estaba dispuesta a hacer para ser su amiga. Sin llegar a lamerles el culo. Hacer ver que las quería. Hacer que me respetaran.

Hacerles comprender que yo también tenía un cerebro y que podía pensar.

Sofia abrió los ojos, miró la etiqueta de la caja de la casete y vio que la grabación estaba fechada dos meses atrás. Victoria le había hablado de su estancia en el internado de Sigtuna y de una novatada particularmente retorcida.

La voz continuaba.

Victoria Bergman cambió de tema.

Una vez acabada la cabaña de madera, ya no me pareció divertido, no me apetecía quedarme allí dentro tumbada con él leyendo tebeos, así que en cuanto se durmió salí de la cabaña, bajé a la barca, cogí uno de los bancos de madera, lo coloqué contra la obertura y clavé unos cuantos clavos hasta que se despertó preguntándome qué estaba haciendo. Quédate acostado, le dije, y seguí clavando hasta vaciar la caja de clavos...

La voz calló y Sofia se dio cuenta de que se estaba durmiendo.

... y la ventana era demasiado estrecha para que él saliera por allí, pero mientras lloraba allí dentro fui a buscar más tablas para taparla. Quizá le dejaría salir más tarde, o quizá no, pero, en la oscuridad, tendría mucho tiempo para pensar lo mucho que me quería...

Sofia paró el magnetófono, se levantó y consultó su reloj.

¿Una hora?

No, es imposible, se dijo. He debido de dormirme.

El Monumento–Apartamento de Mikael

Hacia las nueve de la noche, Sofia decidió hacer lo que Mikael quería, ir a su apartamento de Ölandsgatan en la zona del Monumento. De camino, compró cosas para el desayuno porque sabía que su frigorífico estaría vacío.

Una vez en casa de Mikael, se durmió tumbada en el sofá y despertó cuando él la besó en la frente.

—¡Hola, cariño! ¡Sorpresa! —dijo él en voz muy baja.

Ella miró en derredor, aturdida, y se rascó allí donde él le había cosquilleado con su áspera barba morena.

—Hola, ¿qué haces aquí? ¿Qué hora es?

—Las doce y media. He cogido el último vuelo.

Dejó un gran ramo de rosas rojas sobre la mesa y fue a la cocina. Ella miró las flores con desagrado, se levantó, atravesó el amplio salón y llegó junto a él. Había sacado del frigorífico mantequilla, pan y queso.

—¿Te apetece? —preguntó—. ¿Una taza de té y una tostada?

Sofía meneó la cabeza y se sentó a la mesa de la cocina.

—¿Qué tal te ha ido la semana? —continuó él—. ¡La mía ha sido de mierda! A un maldito periodista se le ha metido en la cabeza que una de nuestras moléculas tenía unos efectos secundarios nefastos y los periódicos y la tele han armado mucho ruido. ¿Aquí también se ha hablado de ello?

Dejó los dos platos con las tostadas y fue a por el agua que hervía ruidosamente en la cocina.

—No lo sé, pero es muy posible.

Aún estaba atontada de sueño y su llegada de improviso la había desconcertado.

—Hoy he tenido que escuchar a una mujer que se considera acosada por los medios de comunicación...

—Ya me lo imagino. No debe de ser la alegría de la huerta —la interrumpió, tendiéndole una taza humeante de té a los arándanos—. Pero ya se le pasará. Hemos descubierto que el periodista en cuestión era una especie de activista ecologista que participó en una acción de comandos contra una granja de visones. Cuando se sepa...

Se rio e indicó con un gesto delante de su cuello cuál sería el destino del que había osado alzarse contra aquel gran laboratorio farmacéutico.

A Sofía no le gustaba su arrogancia, pero no tenía valor para enzarzarse en una discusión. Era demasiado tarde para eso. Se puso en pie, recogió los platos y enjuagó las tazas, y fue a lavarse los dientes.

Mikael se durmió a su lado por primera vez desde hacía más de una semana y Sofia sintió cuánto lo había echado de menos, a pesar de todo.

Le recordaba a Lasse.

Los faros que barrían el techo despertaron a Sofia. Primero no supo dónde estaba pero, al sentarse en la cama, reconoció el dormitorio de Mikael y vio en el radio-despertador que había dormido apenas una hora.

Cerró despacio la puerta de la habitación y se dirigió a la sala.

Abrió una ventana y se encendió un cigarrillo. Un viento tibio sopló en la estancia y el humo desapareció en la oscuridad, detrás de ella. Mientras fumaba, observó en la calle una bolsa de plástico blanca arrastrada por el viento que fue a caer sobre un charco en la acera de enfrente.

Tengo que empezar de cero con Victoria Bergman, pensó. Hay algo que se me ha pasado por alto.

Su bolsa estaba junto al sofá. Sacó el ordenador portátil y lo dejó sobre la mesa delante de ella.

Abrió el documento en el que había anotado punto por punto un breve resumen de conjunto de la personalidad de Victoria Bergman.

> Nacida en 1970.
> Soltera. Sin hijos.
> Entrevistas centradas en experiencias traumáticas durante la infancia.
> Primera infancia: hija única de Bengt Bergman, inspector de la Agencia Sueca para el Desarrollo y la Cooperación Internacional, y de Birgitta Bergman, ama de casa. Sus primeros

> recuerdos son el olor de la transpiración del padre y los veranos en Dalecarlia.
> Infancia: se cría en Grisslinge, en el municipio de Värmdö. Casa de vacaciones en Dala-Floda, Dalecarlia. Muy brillante. Colegio privado a partir de los nueve años. Empezó la escuela con un año de adelanto y en el colegio, se saltó segundo de secundaria. Víctima desde muy joven de abusos sexuales (¿el padre?, ¿otros hombres?). Recuerdos fragmentarios, explicados mediante asociaciones incoherentes.
> Adolescencia: comportamientos de riesgo, ideas suicidas (¿desde los catorce o quince años?). Describe sus primeros años de adolescencia como «débiles». En ese caso, también, recuerdos fragmentarios. Bachillerato en el internado de Sigtuna. Actos autodestructivos reiterados.

Sofia comprendía que los años de instituto fueron muy conflictivos para Victoria Bergman. En cuarto de secundaria, tenía dos años menos que sus compañeras de clase y estaba claramente menos desarrollada que las demás en el aspecto afectivo y en el físico.

Sofia sabía por experiencia propia hasta qué extremos podía llegar la crueldad de las adolescentes entre ellas en los vestuarios en la clase de gimnasia. Además, estaba completamente sometida a la autoridad de las alumnas mayores, lo que se denomina tutoría de los pares.

Pero faltaba algo.

> Vida adulta: los éxitos profesionales se describen como «sin importancia». Vida social limitada. Pocos centros de interés.
> Tema central/preguntas: el trauma. ¿Qué le ocurrió a Victoria Bergman? ¿Qué relación tuvo con el padre? Recuerdos fragmentarios. ¿Problemática disociativa?

Sofia comprendió entonces que había que trabajar otra cuestión central. Añadió una anotación.

¿Qué significa la debilidad?

Discernía una gran angustia y un profundo sentimiento de culpabilidad en Victoria Bergman.
Juntas, con el tiempo, quizá podrían ahondar hasta allí y, tal vez, deshacer algunos entuertos.
Pero no era en absoluto seguro.
Había muchos elementos que sugerían que Victoria Bergman padecía una problemática disociativa y Sofia sabía que, en el noventa y nueve por ciento de los casos, eso era consecuencia de abusos sexuales o de un trauma análogo reiterado. Sofia ya se había encontrado con varias personas con experiencias traumáticas, aparentemente incapaces de recordarlas. A veces, Victoria Bergman explicaba horribles agresiones y en cambio, en otras ocasiones, parecía no tener el menor recuerdo de ellas.
En el fondo, se trata de una reacción absolutamente lógica, pensó Sofia. La psique se protege de experiencias demasiado trastornadoras y, para hacer frente a la vida cotidiana, Victoria Bergman rechaza la impresión dejada por esos acontecimientos y se crea una memoria de sustitución.
Pero ¿qué significa esa «debilidad» de la que habla Victoria Bergman?
¿Es la persona víctima de abusos quien es débil?
Cerró el documento y apagó el ordenador.
En una ocasión, le dio a Victoria Bergman una de sus propias cajas de paroxetina, extralimitándose en sus competencias. No solo era ilegal, sino también contrario a la ética y suponía una absoluta falta de profesionalidad. Sin embargo, a fuerza de razonamientos, se había persuadido de los fundados motivos de esa infracción de las reglas. El medicamento no le hizo daño alguno. Al contrario, Victoria Bergman se sintió mejor y Sofia decidió

por ello que había hecho bien. Victoria necesitaba ese medicamento, eso era lo esencial.

Junto a los rasgos disociativos, había una tendencia a comportamientos compulsivos y Sofia había advertido incluso un síntoma que sugería el síndrome del sabio: una vez, Victoria Bergman comentó el consumo de tabaco de Sofia.

—Se ha fumado casi dos paquetes —dijo señalando el cenicero—. Treinta y nueve colillas.

Una vez sola, Sofia lo comprobó y constató que Victoria llevaba razón. Pero aquello también podía ser una pura casualidad.

Todo ello sumado hacía de la personalidad de Victoria Bergman el caso más complejo de lejos que Sofia había tenido que tratar en sus diez años de profesión.

Sofia se despertó la primera, se desperezó y pasó los dedos entre los cabellos y la barba de Mikael. Observó que empezaban a salirle canas y eso la hizo sonreír.

El radiodespertador indicaba las seis y media. Mikael se movió, se volvió hacia ella, apoyó un brazo en su pecho y le tomó la mano.

Aquella mañana ella no tenía citas y decidió llegar más tarde a la consulta.

Mikael estaba de un excelente humor. Le explicó cómo, durante la semana, además de buscarle las cosquillas a aquel periodista metomentodo, había conseguido un suculento contrato con un gran hospital de Berlín. Su bono permitiría financiar un viaje de lujo a donde ella quisiera.

Sofia reflexionó sin dar con el lugar al que soñaba ir.

—¿Qué te parecería Nueva York? Ir de compras a las mejores tiendas. Desayuno en Tiffany y todo eso.

Nueva York, pensó ella, estremeciéndose con el recuerdo.

Ella y Lasse fueron a Nueva York menos de un mes antes de que todo se hundiera.

Para ella sería muy duro reabrir esa antigua herida.

−¿O preferirías ir al sol? ¿Un viaje chárter?

Veía su entusiasmo pero por más que se esforzara no lograba compartirlo con él. Se sentía pesada como una piedra.

De repente, vio ante ella el rostro de Victoria Bergman.

A veces, durante las entrevistas, caía en un estado de apatía que recordaba el de los heroinómanos y no mostraba el menor signo de reacción afectiva. Se sentía ahora en el mismo estado y se dijo que en la próxima visita tendría que pedirle a su médico que le aumentara la dosis de paroxetina.

−No sé qué me pasa, cariño. −Le besó en los labios−. Me gustaría mucho, pero en estos momentos no tengo ánimos para nada. Quizá es por culpa de todo lo que me ronda la cabeza en el trabajo.

−En ese caso, con mayor motivo hay que tomarse unas vacaciones. No hace falta que nos marchemos mucho tiempo. ¿Un fin de semana, por ejemplo?

Se dio la vuelta en la cama y se volvió hacia ella mientras su mano le ascendía por el vientre.

−Te quiero.

Sofia estaba completamente en otro lugar y no respondió nada, pero sintió su irritación cuando se levantó apartando bruscamente la sábana. Ella no estaba por la labor. Él reaccionó rápida e impulsivamente.

Mikael suspiró, se puso los calzoncillos y se fue a la cocina.

¿Por qué ella se sentía culpable? ¿Por qué debería tener mala conciencia por culpa de él? ¿Qué le daba derecho a ello? La culpabilidad era a buen seguro el peor invento de la humanidad, se dijo Sofia.

Se tragó su rabia y lo siguió. Ocupado preparándose un café, él le dirigió una mirada torva por encima del hombro y fue presa entonces de una gran ternura hacia él. No era culpa suya si era así.

Se deslizó detrás de él, le besó en la nuca y dejó caer su albornoz sobre el suelo de la cocina. Que la tomara contra el fregadero antes de darse una ducha.

De todas formas, no era el fin del mundo.

Mariatorget–Oficina de Sofia Zetterlund

Al acabar la jornada, cuando Sofia Zetterlund se disponía a regresar a su casa, sonó su teléfono.

—Buenas tardes, soy Rose-Marie Bjöörn, de los servicios sociales de Hässelby. ¿Tiene un momento?

La mujer parecía amable.

—Solo quería saber si es cierto que tiene usted experiencia con niños traumatizados por la guerra.

Sofia se aclaró la voz.

—Sí, así es. ¿Qué desea saber?

—Resulta que aquí en Hässelby tenemos una familia cuyo hijo necesitaría ver a alguien que pudiera comprender mejor lo que ha vivido. He oído hablar de usted por casualidad, y me he decidido a llamarla.

Sofia se sintió cansada. Colgar, eso era lo que más hubiera deseado.

—La verdad es que estoy a tope. ¿Qué edad tiene el chico?

—Dieciséis años. Se llama Samuel, Samuel Bai. Es de Sierra Leona.

Sofia sopesó los pros y los contras durante un instante.

Qué extraña coincidencia, se dijo. No había vuelto a pensar en Sierra Leona desde hacía varios años y de repente me aparecen dos proposiciones ligadas a ese país.

—Pero quizá podré organizarme, a pesar de todo —acabó por decir—. ¿Es urgente?

Acordaron una primera entrevista de evaluación una semana

más tarde y, cuando la asistente social prometió a Sofia que le mandaría el historial del muchacho, colgaron.

Antes de salir del despacho, se puso unos zapatos rojos Jimmy Choo, a sabiendas de que la llaga de su talón volvería a sangrar antes incluso de llegar al ascensor.

Pueblo de Dala-Floda, 1980

Inhala la bolsa que ha llenado de cola. Primero le empieza a dar vueltas la cabeza y luego todos los sonidos se desdoblan. La Chica Cuervo acaba viéndose a sí misma desde arriba.

Sale de la autopista a la altura de Bålsta. Durante toda la mañana, ella ha temido la hora en la que él se detendría en la cuneta y apagaría el motor. Cierra los ojos y trata de dejar de pensar cuando la toma de la mano para guiarla. Siente que él ya está empalmado.

—Ya sabes que tengo mis necesidades, Victoria –dice–. No es nada raro. Todos los hombres las tienen, y es natural que me ayudes a relajarme para que podamos continuar luego el camino.

Ella no responde, sigue cerrando los ojos mientras él le acaricia la mejilla con una mano y con la otra se abre la bragueta.

—Vamos, no seas tan terca y haz algo tú también. No va a ser muy largo.

Su cuerpo huele a sudor y su aliento a leche agria.

Ella hace como él le ha enseñado.

Con el tiempo, se ha vuelto más hábil, y el día en que le hizo un cumplido casi se sintió orgullosa. De ser capaz de alguna cosa. De estar dotada para eso.

Cuando él acaba, ella coge el rollo de papel junto al cambio de marchas para limpiarse las manos pringosas.

—¿Qué te parece si nos pasamos por el supermercado en Enköping para comprarte algo bonito? —dice él sonriendo, con una mirada afectuosa.

—Sí, claro —murmura ella, porque siempre responde con murmullos a sus proposiciones.

Nunca sabe lo que ocultan en el fondo.

Van de camino a la pequeña granja de Dala-Floda.

Un fin de semana entero solos.

Ella y él.

Ella no quería ir.

A la hora de desayunar, ha dicho que no quería marcharse con él, que prefería quedarse en casa. Entonces él se ha levantado para coger otro tetrabrik de leche del frigorífico.

Se ha colocado detrás de ella, ha abierto el embalaje y le ha derramado el líquido helado sobre la cabeza. La leche ha caído sobre sus cabellos y su cara hasta las rodillas. En el suelo se ha formado un gran charco blanco.

Mamá no ha dicho nada, se ha contentado con apartar la vista y él se ha ido sin decir palabra al garaje a cargar el equipaje en el Volvo.

Y ahí está, de camino a través del verde verano de Dalecarlia, presa de una sombría inquietud.

No la toca en todo el fin de semana.

Por supuesto, la ha contemplado ponerse el camisón, pero no ha ido a meterse en su cama.

Acostada sin lograr conciliar el sueño, al acecho de sus pasos, finge ser un reloj. Se tumba boca abajo, son las seis, luego se vuelve en el sentido de las agujas del reloj, y cuando está sobre el costado izquierdo son las nueve.

Un cuarto de vuelta más, está boca arriba y son las doce.

Luego sobre el costado derecho, las tres.

Y de nuevo boca abajo, son las seis.

Costado izquierdo, las nueve; boca arriba, medianoche.

Si consigue controlar el reloj, el tiempo lo engañará y no irá a verla.

No sabe si es debido a eso, pero él guarda las distancias.

El domingo por la mañana, cuando se disponen a regresar a Värmdö, le calienta las gachas mientras ella expone su idea: ya está de vacaciones y le gustaría quedarse un poco más.

Al principio a él le parece que es demasiado pequeña para apañárselas sola una semana entera. Ella le dice que ya le ha preguntado a tía Elsa, la vecina, si puede alojarla, y que Elsa está encantada.

Cuando se sienta a la mesa de la cocina, las gachas ya están heladas. Siente una arcada solo con pensar en esa bazofia gris que se va a hinchar en su boca y, como si no tuviera ya suficiente azúcar, le añade más de un decilitro de azúcar en polvo.

Para quitarse el sabor de la avena pastosa, grumosa y fría, intenta beber un trago de leche. Pero le cuesta, la bazofia trata sin cesar de ascender de nuevo.

La mira fijamente por encima de la mesa.

Se observan, uno y otra.

–De acuerdo. Así lo haremos. Te quedas. Ya sabes que de todas formas siempre serás la niñita de tu papá –dice alborotándole el cabello.

Ella comprende que nunca la dejará crecer.

Siempre le pertenecerá.

Le dice que irá a hacer unas compras para que no le falte de nada.

A su regreso, guardan las provisiones en casa de tía Elsa. Luego recorren en coche los cincuenta metros hasta la granja para ir a por su pequeña maleta con ropa, y al detenerse ante el portal le da un beso rápido en su mejilla mal afeitada y se apresura a salir del coche. Ha visto sus manos dirigirse hacia ella y quiere adelantarse a él.

Quizá se contentará con un beso.

—Y pórtate bien —dice al cerrar la puerta.

Durante al menos dos minutos, se queda allí, sentado en el coche. Ella coge su maleta y se sienta en las escaleras. Solo entonces aparta la mirada y arranca.

Las golondrinas se lanzan sobre el patio de la granja y las vacas lecheras de Anders el Gallo pacen en el prado, a lo lejos, detrás del cobertizo pintado de rojo.

Le ve tomar la carretera y luego adentrarse entre los bosques, y sabe que pronto regresará con la excusa de haber olvidado algo.

También sabe con la misma certeza lo que él quiere que ella haga.

Es muy previsible, y se repetirá por lo menos dos veces antes de que se marche definitivamente. Quizá necesitará regresar tres veces antes de sentirse tranquilo.

Aprieta los dientes y escruta el linde del bosque, donde se ve el lago entre los árboles. Al cabo de tres minutos, ve llegar el Volvo blanco y se mete en la cocina.

Esta vez, se acaba en diez minutos. Luego, él se sienta pesadamente en el coche, se despide con la mano y gira a la llave de contacto.

Victoria ve desaparecer de nuevo el Volvo detrás de los árboles. El ruido del motor se aleja cada vez más pero ella permanece allí esperando, guardando intacto el peso en su vientre para no cantar victoria demasiado pronto. Sabe lo dura que sería la decepción.

Pero él no regresa.

Cuando lo comprende, va al pozo a lavarse. Sube trabajosamente un cubo de agua helada y se enjuaga temblando antes de ir a casa de tía Elsa a almorzar y jugar un rato a las cartas.

Ahora, comienza a respirar.

Después de comer, decide bajar a bañarse al lago. El sendero es estrecho y está cubierto de pinaza. Es suave bajo sus pies descalzos. En el bosque oye un insistente piar y comprende que son los pajarillos que aguardan a que sus padres les lleven algo de comer. Los chillidos se oyen muy cerca y se detiene para buscarlos con la mirada.

Un pequeño agujero, apenas a dos metros de altura en el tronco de un viejo pino, delata la presencia de un nido.

Una vez en el lago, se tumba boca arriba en la barca y mira fijamente al cielo.

Están a mediados de junio y el aire aún es bastante fresco.

El agua fría corre a lo largo de su espalda, al ritmo de las olas. El cielo es del color de la leche sucia con una mancha de fuego. En el lindero del bosque, sobre una rama, un somorgujo emite su lamento.

Piensa en dejar que las olas la arrastren hasta el río, en partir, libre, abandonarlo todo. Tiene sueño pero, en su fuero interno, ha comprendido ya hace tiempo que nunca podrá dormirse tan profundamente como para escapar. Su cabeza es como una lámpara encendida olvidada en una casa silenciosa y lóbrega. Alrededor del frío resplandor eléctrico revolotean las polillas y sus alas secas le rozan los ojos.

Como de costumbre, nada cuatro largos entre el embarcadero y la roca grande, a cincuenta metros dentro del lago, y luego se tumba en una manta, un poco más allá de la estrecha banda de arena blanca. Los peces empiezan a despertarse, los mosquitos zumban en la superficie en compañía de las libélulas y los zapateros.

Cierra los ojos y saborea esa soledad que nadie puede perturbar cuando, de repente, oye voces que llegan del bosque.

Un hombre y una mujer descienden por el sendero y delante de ellos corretea un chiquillo de cabello largo y rizado.

La saludan y le preguntan si es una playa privada. Responde que no está segura pero que, por lo que sabe, todo el mundo puede ir allí. Ella, en todo caso, siempre se ha bañado allí.

—Ah, ¿así que vives aquí desde hace tiempo? —pregunta el hombre con una sonrisa.

El chiquillo se acerca a la orilla y la mujer se apresura a ir tras él.

—¿Aquella es tu casa? —pregunta el hombre, señalándola.

Un poco más lejos, entre los árboles, se distingue la pequeña granja.

—Sí. Papá y mamá trabajan en la ciudad y voy a pasar aquí sola toda la semana.

Miente, pues quiere observar su reacción. Se ha constituido una lista de respuestas tipo y quiere comprobar la validez de la misma.

—Ah, ¿así que eres una chica independiente? —dice el hombre.

Ella ve que la mujer está ayudando al chiquillo a desvestirse en la playa.

—Bastante, sí —dice volviéndose hacia el hombre.

Este parece divertirse.

—¿Y cuántos años tienes?

—Diez.

Él sonríe y empieza a quitarse la camisa.

—Diez años y sola una semana entera... Como Pippi Calzaslargas.

Ella se echa atrás pasándose la mano por el cabello y luego le mira directamente a los ojos.

—Sí, ¿qué pasa?

Para decepción suya, el hombre no parece en absoluto sorprendido. En lugar de responder, se vuelve hacia su familia.

El chiquillo avanza en el agua, la mujer le sigue, con los vaqueros arremangados hasta las rodillas.

—¡Bravo, Martin! —grita la madre con orgullo.

Él se descalza y empieza a desabrocharse el pantalón. Debajo de los vaqueros lleva un bañador ceñido con los colores de la bandera estadounidense. Está muy moreno y a ella le parece atractivo. No como papá, que tiene tripa y una piel siempre paliducha.

La mira de arriba abajo.

—Pareces una niña muy espabilada.

No responde, pero durante un segundo ve en su mirada algo que cree reconocer. Una cosa que no le gusta.

—Bueno, ahora al agua —dice él, volviéndose sobre sus talones.

Baja a la playa y tienta el agua. Victoria se levanta y recoge sus cosas.

—Hasta luego, tal vez —dice el hombre saludándola con la mano—. ¡Adiós!

—Hasta luego —responde sintiéndose de repente avergonzada por su soledad.

Caminando por el sendero que cruza el bosque hacia la pequeña granja, trata de calcular cuánto tiempo tardará en ir a verla.

Seguramente irá ya al día siguiente, se dice, y pedirá prestado el cortacésped.

Se acabó la seguridad.

Gamla Enskede–Casa de los Kihlberg

Estocolmo es infiel como una puta. Desde el siglo XIII, se baña en unas aguas salobres y provoca al transeúnte con sus islas e islotes, y su aire inocente. Es tan bella como traicionera y su historia está jalonada de baños de sangre, incendios y excomuniones.

Y de sueños truncados.

Al dirigirse Jeanette por la mañana a Enskede Gård y al metro, flotaba en el aire una bruma helada, casi tan espesa como la niebla, y los céspedes de las villas en derredor estaban húmedos por el rocío.

Se acerca el verano, pensó. Largas noches claras, vegetación y caprichosos saltos entre el frío y el calor. En el fondo, le gustaba esa estación pero en aquel momento ese tiempo la hacía sentirse sola. Había una especie de presión colectiva, como si hubiera que atrapar al vuelo ese corto período. Sentirse alegre, liberado y disfrutar de ello.

En esta ciudad, la llegada del verano es traidora, pensó.

Era la hora punta de la mañana y el tren estaba abarrotado. La circulación se veía perturbada debido a las obras en las vías y había retrasos provocados por un problema técnico. Tuvo que quedarse de pie, apretujada en un rincón junto a una puerta.

¿Un problema técnico? Sin duda alguien que se había arrojado a la vía al paso de un tren.

Miró en derredor.

Un número inusual de sonrisas. A buen seguro porque solo faltaban ya unas semanas para las vacaciones.

Pensó en la imagen que sus colegas podían tener de ella. Sin duda a veces la de una auténtica cascarrabias. Atosigadora. Autoritaria, quizá. Y que podía ser una polvorilla.

En el fondo, no era muy diferente de la mayoría de los investigadores jefe. Ese trabajo requería autoridad y resolución, y la responsabilidad conducía a veces a exigir demasiado a sus subordinados. Y a perder el sentido del humor y la paciencia. ¿La apreciaban los que trabajaban con ella?

A Jens Hurtig le caía bien, lo sabía. Y Åhlund la respetaba. Schwarz, ni una cosa ni otra. En cuanto a los demás, probablemente un poco de todo.

Pero una cosa la molestaba.

La mayoría la llamaban Nenette y estaba convencida de que todos sabían que eso no le gustaba.

Era signo de cierta falta de respeto.

Podían dividirse en dos bandos. Schwarz estaba a la cabeza del bando Nenette, seguido por numerosos colegas. El bando Jeanette lo integraban Hurtig y Åhlund, que a pesar de todo a veces sufrían algún lapsus, y un puñado de colegas o de novatos que solo habían visto su nombre sobre un papel.

¿Por qué no gozaba del mismo respeto que los demás jefes? Sus evaluaciones eran netamente mejores y tenía una mejor tasa de elucidación que la mayoría de ellos. Y cada año, cuando llegaba el momento de los aumentos de sueldo, podía constatar sin asomo de duda que siempre estaba por debajo de la media salarial de los jefes de su categoría. Diez años de experiencia que para nada contaban en cuanto unos jefes acabados de reclutar llegaban con altas exigencias salariales u otros eran promocionados.

¿Era así de sencillo? ¿Esa falta elemental de respeto era puramente sexista? ¿Se debía únicamente al hecho de que fuera una mujer?

El metro se detuvo en Gullmarsplan. Allí descendieron muchos pasajeros y se acomodó en un asiento libre al fondo del vagón mientras este volvía a llenarse.

Era una mujer que ocupaba un puesto en el que dominaban los hombres. Las mujeres no eran jefes en la policía. No mandaban, ni en el trabajo ni en un campo de fútbol. No eran, como ella, controladoras, atosigadoras y autoritarias.

El tren se bamboleó, dejó atrás Gullmarsplan y cruzó el puente de Skanstull.

Nenette, se dijo. Uno de los tíos.

Barrio de Kronoberg–Central de Policía

Al cabo de tres días del macabro descubrimiento en Kungsholmen, aún no había nada que permitiera encauzar la investigación. Jeanette estaba frustrada. Había cotejado el registro de menores desaparecidos pero, a primera vista, ninguno parecía corresponder al chico de Thorildsplan. Había, por descontado, cientos, incluso un millar de niños sin papeles en Suecia, pero los contactos oficiosos vía la Iglesia o el Ejército de Salvación no habían permitido identificar a nadie con un parecido con su víctima.

La misión municipal, organización benéfica con sede en el casco antiguo de la ciudad, tampoco les había podido proporcionar información. Sin embargo, uno de los voluntarios del turno de noche les había indicado que algunos niños tenían por costumbre reunirse bajo los arcos del puente central.

—Esos jóvenes son muy ariscos —dijo el voluntario, preocupado—. Cuando estamos, pasan a por un bocadillo y un tazón de caldo al vuelo y se largan. Está claro que prefieren no tratar con nosotros.

—¿Los servicios sociales no pueden hacer nada? —preguntó Jeanette, a pesar de que ya sabía la respuesta.

—Lo dudo. Sé que fueron allí hará cosa de un mes: los jóvenes se dieron a la fuga y no volvieron a aparecer en semanas.

Jeanette Kihlberg le dio las gracias, y se dijo que quizá una visita al puente podía dar algún fruto, si lograba encontrar a un joven que quisiera hablar con ella.

El puerta a puerta alrededor de la Escuela de Magisterio no había dado ningún resultado y el trabajo a largo plazo que consistía en contactar con los campos de refugiados se había extendido ya a todo el centro de Suecia.

En ningún sitio se había denunciado la desaparición de un niño que pudiera corresponder al muchacho hallado momificado entre los arbustos a poca distancia de la boca del metro. Åhlund había analizado horas de grabaciones de cámaras de vigilancia de la estación de metro y de la Escuela de Magisterio pero no había descubierto nada inusual.

A las diez y media, llamó a Ivo Andrić al instituto forense de Solna.

—¡Dime que tienes algo para mí! Aquí estamos completamente atorados.

—Bueno... —Andrić respiró hondo—. Ahí va: en primer lugar, le han arrancado todos los dientes, así que es inútil recurrir a un odontólogo. En segundo lugar, el cuerpo está completamente desecado, ¿sabes?, momificado...

Calló. Jeanette aguardó la continuación.

—Empezaré de nuevo. ¿Qué prefieres, la explicación técnica o la versión light?

—Como prefieras. Si no entiendo algo, ya te pediré que me lo aclares.

—De acuerdo. Ahí va: un cuerpo muerto colocado en un medio seco, cálido y bien ventilado se seca bastante deprisa. Por lo tanto, no se produce putrefacción. En un caso de disecación masiva, como este, es difícil para no decir imposible arrancar la piel, y en particular la del cráneo. La piel de la cara se ha incrustado al secarse y es simplemente imposible separarla de...

—Perdona que te interrumpa —se impacientó Jeanette—. No quiero ser desagradable, pero lo que me interesa sobre todo es cómo y cuándo murió. Que se ha secado, hasta yo lo he visto.

—Claro. Quizá me he dejado llevar. Tienes que comprender que es casi imposible fechar la muerte. Lo único que puedo decir es que debe de remontarse a hace seis meses, por lo menos. El proceso de momificación también lleva cierto tiempo, así que supongo que la muerte debió de producirse entre noviembre y enero.

—De acuerdo, pero igualmente es un período bastante largo. ¿No? ¿Y habéis podido obtener su ADN?

—Sí, hemos obtenido el ADN de la víctima y también el de la orina en la bolsa de plástico.

—¿Cómo? ¿Quieres decir que alguien se ha meado sobre la bolsa?

—Sí, pero no tiene por qué ser el asesino, ¿verdad?

—No, es cierto.

—Pero nos llevará por lo menos una semana multiplicar las secuencias de ADN y completar su perfil. Es un poco complicado.

—Vale. ¿Tienes alguna idea acerca del lugar donde se pudo conservar el cadáver?

—Pues... Como te he dicho, en un lugar seco.

Se hizo el silencio un momento. Jeanette reflexionó y luego continuó.

—¿Así que puede ser en cualquier sitio? ¿Habría podido hacerlo en mi casa?

Le vino a la cabeza una imagen repugnante y completamente absurda: el cadáver del muchacho en su casa, en su chalet de Enskede, secándose y momificándose semana tras semana.

Una imagen de indescriptible crueldad se dibujó ante ella. Lo que Ivo Andrić describía tenía un propósito.

—No sé cómo es tu casa, pero sería posible incluso en un apartamento normal. Quizá al principio olería un poco, pero con un pequeño deflector de aire caliente y colocando el cuerpo en un local cerrado, podría hacerse perfectamente sin que los vecinos se quejaran.

—¿Quieres decir dentro de un armario?

—Si no es muy pequeño, quizá. Un vestidor, un cuarto de baño o algo por el estilo.

—No hemos avanzado mucho.

Sintió crecer su frustración.

—No, ya lo veo. Pero ahora viene algo que quizá pueda serte útil.

El rostro de Jeanette se iluminó.

—El análisis preliminar muestra que el cuerpo está atiborrado de productos químicos.

Por fin algo, se dijo ella.

—Para empezar, anfetaminas. Hemos encontrado rastros en el estómago y en las venas. Así que las ha comido y bebido, pero hay muchos indicios que sugieren que también se las han inyectado.

—¿Un drogadicto?

Esperaba que el médico le respondería que sí: todo sería mucho más fácil si se tratara de un toxicómano muerto en alguna casa okupada y que, con el tiempo, se hubiera desecado completamente. En ese caso se podría archivar el caso y concluir que fue uno de sus camaradas drogadictos quien, perturbado, se deshizo del cadáver abandonándolo entre los arbustos.

—No, no lo creo. Muy probablemente se lo inyectaron a la fuerza. Hay pinchazos de aguja por todas partes y la mayoría ni siquiera tocaron la vena.

—¡Mierda!

—Ni que lo digas.

—¿Estás seguro de que no se inyectó la droga él mismo?

—Absolutamente. Pero más interesante que lo de las anfetaminas es que tiene anestésico en el cuerpo. Xylocaína adrenalina, para ser precisos, un invento sueco de los años cuarenta. Al principio, el laboratorio AstraZeneca comercializó la Xylocaína como medicamento de lujo: se empleó para tratarle el hipo al papa Pío XII y la hipocondría a Eisenhower. Hoy es un anestésico usual, y es lo que los dentistas inyectan en las encías.

—Pero... no te sigo.

—Sí, ese muchacho no lo tiene en la boca, sino por todo el cuerpo. En mi opinión, es muy extraño.

—Y fue salvajemente maltratado, ¿no?

—Sí, recibió muchos golpes, pero el anestésico le permitió aguantarlo. Al fin, después de horas de sufrimiento, las drogas le paralizaron el corazón y los pulmones. Una muerte lenta y terriblemente dolorosa. Pobre chaval...

Jeanette sintió vértigo.

—Pero ¿por qué? —preguntó, esperando que Ivo se hubiera guardado en la manga una explicación creíble.

—Si me autorizas a especular un poco...

—Por supuesto, te lo ruego.

—Instintivamente, lo primero que me ha venido a la cabeza han sido las peleas de perros. Cuando se hace pelear a dos pitbulls hasta que uno de ellos muere. Eso pasa a veces en nuestros suburbios.

—Me parece muy traído por los pelos —fue la primera reacción de Jeanette ante esa idea macabra.

Pero no estaba tan segura. La experiencia le había enseñado a no descartar nada por inverosímil que resultara. A menudo, cuando la verdad salía a la luz se constataba que la realidad bruta superaba a la ficción. Pensó en aquel caníbal alemán que se puso en contacto a través de Internet con un hombre que se dejó devorar voluntariamente.

—Oh, es pura especulación —continuó Ivo Andrić—. Quizá hay otra hipótesis más creíble.

—¿Cuál?

—Que fue golpeado hasta quedar irreconocible por alguien que no se detuvo cuando el muchacho ya estaba muriéndose. Que lo atiborró de productos varios y siguió maltratándolo.

Jeanette sintió que le venía a la cabeza un recuerdo hiriente.

—¿Te acuerdas del jugador de hockey de Västerås que recibió más de cien cuchilladas?

—No, la verdad. ¿Quizá fue antes de que yo llegara a Suecia?

—Sí, ya hace tiempo. Fue a mitad de los años noventa. Un skinhead colocado de Rohypnol. El jugador de hockey era abiertamente homosexual y el nazi detestaba a los maricas. El skinhead siguió apuñalando el cuerpo sin vida a pesar de que mucho antes ya debería haber sentido una rampa en el brazo.

—Sí, pensaba en algo así. Un loco lleno de odio y pongamos por caso... de Rohypnol o de esteroides anabolizantes, quizá.

Jeanette colgó. Tenía hambre y miró la hora. Decidió tomarse el tiempo de almorzar tranquilamente en la cantina de la comisaría. Se sentaría a la mesa al fondo del restaurante, para estar tranquila el mayor tiempo posible. Una hora más tarde, la cantina estaría atestada y deseaba estar sola.

Antes de sentarse con su bandeja, cogió al vuelo un periódico que alguien había olvidado. Comprendió de inmediato que la fuente policial era alguien de su entorno: había párrafos del artículo que se basaban en hechos que solo conocía el primer círculo de investigadores. Dado que estaba convencida de la inocencia de Hurtig, solo quedaban Åhlund o Schwarz.

—¿Qué haces ahí, en un rincón?

Jeanette alzó la vista del periódico.

Hurtig la miraba con una sonrisita en los labios.

—¿Puedo sentarme? —Señaló con la cabeza el asiento libre frente a ella.

—¿Ya estás de vuelta? —dijo Jeanette invitándole a sentarse con un gesto.

—Sí, hemos acabado hace una hora. Danderyd. Un pez gordo de la construcción con un disco duro atestado de pornografía infantil. Penoso. —Hurtig rodeó la mesa, dejó la bandeja y se sentó—. Su mujer estaba completamente abatida y su hija de catorce años se ha quedado allí plantada mirando cómo le deteníamos.

—¿Y por lo demás? ¿Todo bien? —preguntó ella.

—Mi madre me ha llamado esta mañana —dijo entre un bocado y otro—, para decirme que mi padre se ha herido y se encuentra en el hospital en Gällivare.

Jeanette dejó sus cubiertos y le miró.

—¿Es grave?

Hurtig meneó la cabeza.

—No creo. Al parecer, se ha pillado la mano derecha con la astilladora de leña. Mi madre dice que han podido salvarle casi todos los dedos. Ella los ha recogido y los ha puesto en una bolsa de hielo.

—¡Dios mío!

—Pero no ha logrado encontrar el pulgar. —Hurtig se echó a reír—. Seguramente se lo habrá llevado el gato. Pero para mi padre, la mano derecha no es un drama. Le gusta la ebanistería y tocar el violín, y en los dos casos, la izquierda es la más importante.

Jeanette se preguntó qué sabía en el fondo acerca de su colega y se vio obligada a reconocer que no mucho.

Hurtig se crio en Kvikkjokk, fue al colegio en Jokkmokk y al instituto en Boden. Luego trabajó unos años, no recordaba en qué, y, cuando la universidad de Umeå lanzó su programa de formación de policías, se matriculó en la primera promoción. Tras sus prácticas en la policía de Luleå, pidió el traslado a Estocolmo. Simplemente hechos, se dijo ella, nada personal, aparte de que vivía solo en un apartamento de Söder. ¿Novia? Sí, tal vez.

—¿Pero por qué al hospital de Gällivare? —preguntó—. Aún viven en Kvikkjokk, ¿verdad?

Dejó de masticar y la miró.

—¿Crees que allí hay hospital, en un pueblo de apenas cincuenta habitantes?

—¿Tan pequeño es? Ya lo entiendo, entonces. ¿Tu madre ha tenido que llevar a tu padre hasta Gällivare? Debe de estar a decenas de kilómetros.

—El hospital está a doscientos kilómetros y normalmente se tarda cuatro horas en coche.

—Ya veo —dijo Jeanette, avergonzada por su crasa ignorancia en geografía.

—No es fácil. La maldita Laponia es muy grande, condenadamente grande.

Hurtig calló un instante y prosiguió.

—¿Crees que estaba bueno?

—¿Qué? —preguntó Jeanette, desconcertada.

—El pulgar de mi padre. —Se rio—. ¿Crees que le habrá gustado al gato? Bah, no debe de haber mucha chicha en el pulgar calloso de un maldito viejo lapón. ¿Qué crees?

Un sami, se dijo ella. Otra cosa de la que no tenía la menor idea. Decidió aceptar la invitación la próxima vez que le propusiera salir a tomar una cerveza. Para ser de verdad una buena jefa y no solo aparentarlo ya era hora de que empezara a conocer mejor a sus subordinados.

Jeanette se levantó con su bandeja y fue a por dos cafés. Cogió también unas galletas y regresó.

—¿Alguna novedad respecto a la llamada?

Hurtig tragó.

—Sí, he recibido un informe justo antes de bajar a la cantina.

—¿Y? —Jeanette mojó sus labios en el café hirviente.

Hurtig dejó los cubiertos.

—Es lo que pensábamos. La llamada se hizo desde los alrededores del rascacielos del *Dagens Nyheter*. Más exactamente, desde Rålambsvägen. ¿Y tú? —Hurtig tomó una galleta y la mojó en su taza de café—. ¿Qué has hecho esta mañana?

—He tenido una interesante conversación con Ivo Andrić. Parece que al muchacho lo atiborraron de productos químicos.

—¿Qué? —se sorprendió Hurtig.

—Grandes cantidades de anestésico. Inyectado. —Jeanette recuperó el aliento—. Probablemente contra su voluntad.

—¡Joder!

Durante la tarde, Jeanette trató de ponerse en contacto con el fiscal Von Kwist, pero su secretaria le dijo que se hallaba en Goteburgo, donde iba a intervenir en un debate en televisión. No volvería hasta el día siguiente.

Se trataba de un programa en directo sobre el aumento de la violencia en los suburbios. Kenneth von Kwist, partidario del endurecimiento de los métodos y de la ampliación de las penas de cárcel, criticaría entre otros al antiguo ministro de Justicia.

Antes de volver a su casa, Jeanette pasó a ver a Hurtig para fijar una cita en la estación central a las diez. Había que lograr hablar enseguida con uno de los chavales que vivían bajo el puente del tren.

Gamla Enskede–Casa de los Kihlberg

A las cuatro y media la circulación en Sankt Eriksgatan era completamente caótica.

El viejo Audi le había costado a Jeanette ochocientas coronas en piezas de recambio y dos botellas de Jameson, pero el desembolso había merecido la pena. Después de la reparación de Åhlund, su coche funcionaba como un reloj.

Los provincianos, poco habituados al desenfrenado ritmo de la capital, disputaban a la población local más experimentada el limitado espacio de la calzada. Y funcionaba más o menos bien.

La red de carreteras de Estocolmo databa de una época en la que el parque automovilístico era mucho menor y había que reconocer honradamente que parecía más adecuada para una ciudad de talla media como Härnosänd que para una metrópoli de un millón de habitantes. El cierre por obras de uno de los carriles del puente Västerbron no ayudaba a mejorar la situación. A Jeanette le llevó más de una hora llegar a Gamla Enskede.

En buenas condiciones, se requería menos de un cuarto de hora.

Al llegar a su casa, se cruzó con Johan y Åke. Iban al fútbol, vestidos con la misma camiseta y con bufandas verdiblancas a juego. Parecían seguros de la victoria y ansiosos por luchar por ella, pero Jeanette sabía por experiencia que regresarían al cabo de unas horas decepcionados y abatidos.

–¡Hoy vamos a ganar! –Åke la besó rápidamente en la mejilla y acto seguido empujó a Johan hacia las escaleras de la entrada–. ¡Hasta luego!

–Seguramente no estaré aquí cuando regreséis.

Jeanette vio que Åke parecía cariacontecido.

–Tengo que ir a trabajar, volveré después de medianoche.

Åke se encogió de hombros, alzó la vista al cielo y salió con Johan.

No era la primera vez que se encontraban en la puerta antes de despedirse al momento. Llevaban dos vidas completamente separadas bajo el mismo techo, pensó ella. Sonrisas que se transformaban en miradas de decepción e irritación. Åke y ella iban por caminos muy diferentes, tenían sueños diferentes. Eran más amigos que amantes.

Jeanette cerró la puerta tras ellos, se descalzó, entró en la sala y se tumbó en el sofá para intentar descansar un poco. Al cabo de solo tres horas tendría que salir de nuevo y esperaba por lo menos echar una cabezada.

Empezó a dar vueltas a sus ideas y sus pensamientos flotaban como hilos sueltos, y los aspectos del caso se entremezclaban con consideraciones prácticas. Había que segar el césped, escribir algunas cartas, proceder a los interrogatorios. Tenía que ser una madre atenta con su hijo. Ser capaz de amar y sentir deseo.

Y además de todo eso, tener tiempo para vivir.

Dormir sin soñar y sin descansar verdaderamente. Una interrupción en el movimiento sin fin. Un respiro en ese perpetuo desplazamiento de su cuerpo.

Sísifo, pensó.

Puente central

El tráfico se había despejado y, al aparcar, vio que el reloj de la entrada de la estación central indicaba las diez menos veinte. Salió de su coche y cerró la puerta. Hurtig se hallaba junto a un puesto de comida, con dos salchichas en la mano. Al ver a Jeanette, sonrió, casi azorado. Como si hubiera hecho algo prohibido.

—¿Es tu cena? —dijo Jeanette señalando con la cabeza las enormes salchichas.

—Ten, toma una.

—¿Has visto a algún chico? —preguntó Jeanette con un gesto hacia el puente central, aceptando el bocadillo que le tendía.

—Al llegar he visto unos vehículos de la misión municipal. Iremos allí y charlaremos un rato —dijo limpiándose con una servilleta restos de salsa que se le habían quedado en la mejilla.

Pasaron por delante de la entrada del aparcamiento situado bajo el acceso de la autovía de Klarastrand, dejando a su izquierda la plaza Tegelbacken y el hotel Sheraton. Dos mundos sobre una superficie que no era mayor que un campo de fútbol, pensó Jeanette al ver un grupo de individuos apelotonados en la oscuridad cerca de los pilares de hormigón gris.

Una veintena de jóvenes, algunos aún niños, se amontonaban alrededor de una camioneta con el logo de la misión municipal.

Algunos chavales retrocedieron al ver acercarse a los recién llegados y desaparecieron bajo el puente.

Los dos voluntarios de Stadsmission no pudieron darles ninguna información. Los muchachos iban y venían y, aunque estuvieran allí todas las noches, pocos de ellos se les confiaban. Los rostros anónimos se sucedían. Algunos volvían a sus casas, otros se marchaban a otros lugares y una parte no desdeñable de ellos moría.

Era un hecho.

Sobredosis o suicidios.

El dinero, o más exactamente la falta de dinero, era un problema común a todos esos jóvenes, y uno de los voluntarios les contó que algunos restaurantes empleaban ocasionalmente a esos chicos para fregar platos. Por una jornada entera de trabajo, de doce horas, recibían una comida caliente y cien coronas. A Jeanette no le sorprendió averiguar que algunos ofrecían también servicios sexuales.

Una muchacha de quince años osó acercarse a preguntarles quiénes eran. La chica sonrió y Jeanette vio que le faltaban varios dientes.

Jeanette reflexionó antes de responder. No era conveniente mentir sobre el motivo que les había llevado allí. Era mejor decir la verdad para ganarse la confianza de la joven.

—Me llamo Jeanette, soy policía —empezó—. Este es mi colega Jens.

Hurtig sonrió y tendió la mano para saludarla.

—¿Ah, sí? ¿Y qué quieren?

La muchacha miró fijamente a Jeanette a los ojos, ignorando el gesto de Hurtig.

Jeanette le explicó el asesinato del muchacho y que necesitaban ayuda para identificarlo. Le mostró un retrato que habían mandado hacer a un dibujante de la policía.

La chiquilla, que se llamaba Aatifa, dijo que solía rondar por la estación central. Por lo que dijeron los voluntarios, no era muy diferente a los demás.

Su padre y su madre habían huido de Eritrea y estaban sin trabajo. Vivía en un apartamento en Huvudsta con sus padres y sus seis hermanos y hermanas. Cuatro habitaciones y una cocina.

Ni Aatifa ni ninguno de sus amigos reconoció al muerto. Nadie sabía nada acerca de él. Dos horas después, se rindieron y regresaron al aparcamiento.

—Son pequeños adultos. —Hurtig meneó la cabeza al sacar las llaves del coche—. ¡Pero solo son críos, joder! ¡Deberían estar jugando y construyendo cabañas!

Jeanette vio que estaba conmocionado.

—Sí, y también pueden desaparecer sin que nadie se dé cuenta de ello.

Pasó una ambulancia, con el girofaro encendido pero sin sirena. En Tegelbacken, tomó a la izquierda y desapareció por el túnel Klara.

Jeanette se estremeció y se ajustó la chaqueta.

Åke roncaba en el sofá. Lo tapó con una manta, subió al dormitorio y se acostó desnuda debajo del edredón. Apagó la luz y se quedó tumbada en la oscuridad sin cerrar los ojos.

Oía soplar el viento en la ventana, el murmullo de los árboles y el lejano silbido de la autopista.

Se sentía triste.

No quería dormir.

Quería comprender.

Mariatorget–Oficina de Sofia Zetterlund

Al salir de Huddinge, Sofia estaba para el arrastre. La entrevista con Tyra Mäkelä la había fatigado mucho y además había aceptado una nueva misión que probablemente sería igual de agotadora. Lars Mikkelsen le había pedido que participara en el caso de un pederasta imputado por agresión sexual a su hija y difusión de pornografía infantil. El hombre admitió los hechos en el momento de su detención.

¿No se acabará nunca?, se dijo al tomar Huddingevägen con un peso muy grande en el pecho.

Era como si también ella estuviera obligada a cargar con el peso de lo que Tyra Mäkelä había vivido. Recuerdos de envilecimiento, cicatrizados en ella, que hubieran querido salir a la luz y dejar en evidencia su propia vulnerabilidad. Saber el mal que un ser humano puede infligir a otro se había convertido en una suerte de coraza impenetrable.

Nada podía entrar, y nada podía salir.

Ese peso la acompañó hasta su consulta, donde la aguardaba la cita concertada con los servicios sociales de Hässelby. Con el antiguo niño soldado Samuel Bai, de Sierra Leona.

Una entrevista en la que sabía que se hablaría de violencia ciega y de actos de barbarie.

En días como aquel, no almorzaba. Silencio en la habitación de descanso. Ojos cerrados y posición horizontal para tratar de recobrar el equilibrio.

Samuel Bai era un joven alto y musculoso que al principio se mostró reticente e indiferente pero, cuando Sofia le propuso abandonar el inglés y hablar en krio, se abrió y de inmediato se volvió más locuaz.

En el curso de sus tres meses en Sierra Leona, había aprendido esa lengua del África Occidental y hablaron un buen rato de Freetown, de los lugares y los edificios que los dos conocían. Al hilo de la conversación, la confianza de Samuel hacia ella aumentó a medida que la veía capaz de comprender una parte de lo que había vivido.

Al cabo de veinte minutos, empezó a tener esperanzas de poder ayudarlo.

El problema de atención y de concentración de Samuel Bai, su incapacidad de permanecer sentado tranquilo más de medio minuto, así como su dificultad para contener impulsos repentinos y explosiones emotivas hacían pensar en un TDAH, un trastorno de déficit de atención con hiperactividad.

Pero no era tan sencillo.

Advirtió que la impostación de la voz de Samuel, su entonación y su gestualidad cambiaban según los temas abordados en la conversación. A veces pasaba súbitamente del krio al inglés y otras empleaba un dialecto del krio que ella nunca había oído. Sus ojos y su postura cambiaban también con su manera de hablar. A veces se mantenía muy erguido y hablaba en voz alta y clara del restaurante que tenía intención de abrir en la ciudad, o se acurrucaba, con la mirada apagada, y murmuraba en ese extraño dialecto.

Si Sofia había podido identificar rasgos disociativos en Victoria, estos aún eran más marcados en el caso de Samuel Bai.

Sofia sospechaba que Samuel, debido a las atrocidades que había vivido de pequeño, sufría un estrés postraumático que le había provocado un trastorno de personalidad: parecía albergar en él varias personalidades y pasar aparentemente de forma inconsciente de una a otra.

A veces se llama a ese fenómeno «trastorno de la personalidad múltiple», pero Sofia consideraba que «disociación» era una denominación más apropiada.

Sabía que era muy difícil tratar a esas personas.

En primer lugar se requería mucho tiempo, tanto para cada entrevista como para la duración global del tratamiento. Sofia comprendía que la sesión tradicional de entre cuarenta y cinco minutos y sesenta minutos no bastaría. Habría que prolongar cada entrevista con Samuel Bai hasta noventa minutos y proponer a los servicios sociales por lo menos tres sesiones a la semana.

El tratamiento sería difícil, además, porque exigiría una atención total de la terapeuta.

En el curso de la primera entrevista con Samuel Bai, reconoció de inmediato lo que había vivido con los monólogos de Victoria Bergman. Samuel, al igual que Victoria, era un hábil hipnotizador y su estado de casi somnolencia influía en Sofia.

Tendría que entregarse a fondo para poder ayudar a Samuel.

A diferencia de sus intervenciones en el terreno judicial, en las que en absoluto era cuestión de tratar a las personas a las que atendía, sentía que en este caso podría ser de utilidad.

Hablaron más de una hora y, cuando Samuel abandonó la consulta, a Sofia le pareció que la imagen de su psique herida empezaba a clarificarse ante sus ojos.

Estaba cansada, pero su jornada aún no había acabado: tenía que concluir el caso Tyra Mäkelä y preparar el informe que le habían solicitado del libro de un antiguo niño soldado. El relato de lo que ocurre cuando se le concede a un niño el derecho a matar.

Sacó los documentos de que disponía y hojeó la versión inglesa del libro. Los editores habían enviado la lista de preguntas que esperaban que les respondiera en su próxima reunión en Goteburgo y pronto se dio cuenta de que no podría darles una respuesta directa.

Era demasiado complicado.

El libro ya estaba traducido, solo intervendría en los detalles.

Pero el libro de Samuel Bai aún no estaba escrito. Estaba allí, frente a ella.

Lo dejaré estar, da igual, pensó.

Sofia le pidió a Ann-Britt que anulara el billete de tren y el hotel en Goteburgo. Le daba igual lo que dijera el editor.

A menudo, la mejor decisión se toma sin pensárselo dos veces.

Antes de regresar a su casa, puso punto final al caso Mäkelä enviando por correo electrónico sus conclusiones al grupo de peritos de Huddinge.

En el fondo, no era más que una formalidad.

Habían llegado a un acuerdo: Tyra Mäkelä sería condenada al internamiento psiquiátrico, como había propuesto Sofia.

Pero sentía que ella había hecho decantar la balanza.

El Monumento–Apartamento de Mikael

Después de cenar, Sofia y Mikael recogieron juntos la mesa y cargaron el lavavajillas. Mikael dijo que solo le apetecía descansar viendo la televisión y a Sofia le pareció una buena idea, porque tenía un poco de trabajo. Se instaló en su despacho. Había empezado a llover de nuevo. Cerró la ventana y encendió su ordenador portátil.

Sacó de su bolso la casete en la que se leía «Victoria Bergman 14» y la introdujo en el magnetófono.

Sofia recordó que, durante esa entrevista en concreto, Victoria estaba triste, que algo había sucedido pero que, cuando le preguntó al respecto, Victoria se contentó con menear la cabeza.

Oyó su propia voz.

—Puede explicar lo que le apetezca. O si lo prefiere, podemos callar.

—Hum... quizá, pero a veces el silencio me parece muy desagradable. Terriblemente íntimo.

La voz de Victoria Bergman se volvió más lúgubre. Sofia se echó hacia atrás y cerró los ojos.

Conservo un recuerdo de cuando tenía diez años. Fue en Delicarlia. Buscaba un nido de pájaros y cuando encontré un agujerillo me acerqué lentamente al árbol. Golpeé fuerte el tronco con la mano y los gritos cesaron. No sé por qué hice eso, pero me parecía justo. Luego retrocedí unos pasos, me senté entre las matas de arándanos y esperé. Al cabo de un rato, un pajarillo se posó a la entrada del nido. Se metió dentro y los gritos empezaron de nuevo. Recuerdo que eso me irritó. Luego el pájaro alzó el vuelo y encontré un viejo tocón, lo arrastré y lo apoyé contra el árbol. Cogí una rama suficientemente larga y me subí al tocón. Entonces golpeé con fuerza, al fondo del agujero, y seguí hasta que cesaron los gritos. Bajé y fui a esperar al pájaro que no tardaría en regresar. Quería ver cómo reaccionaría al encontrar a sus polluelos muertos.

Sofia sintió que se le secaba la boca. Se levantó y fue a la cocina a beber un vaso de agua.

Algo en el relato de Victoria le sonaba familiar.

Le recordaba algo.

¿Un sueño, tal vez?

Regresó a su despacho. El magnetófono que no había apagado seguía dándole vueltas a lo mismo.

La voz de Victoria Bergman era tan ronca que daba miedo. Seca.

Sofia se sobresaltó cuando la casete se acabó. Adormilada, observó en derredor. Era más de medianoche.

Al otro lado de la ventana, Ölandsgatan estaba desierta y silenciosa. La lluvia había cesado, pero la calle seguía húmeda y brillaba bajo la luz de las farolas.

Apagó el ordenador y volvió a la sala. Mikael ya se había acostado. Se acurrucó con cuidado detrás de él.

Permaneció un buen rato despierta soñando con Victoria Bergman.

Lo más curioso era que Victoria, después de sus monólogos, volvía de inmediato a su yo habitual, contenido.

Como si cambiara de programa. Apretaba un botón del mando a distancia y cambiaba de canal.

Otra voz.

¿Sucedía lo mismo en el caso de Samuel Bai? ¿Diferentes voces que se relevaban? Probablemente.

Sofia advirtió que Mikael no dormía, y le besó en el hombro.

—No quería despertarte —dijo él—. Parecías estar a gusto. Y hablabas en sueños.

Hacia las tres de la madrugada, se levantó de la cama, cogió una de las casetes, puso en marcha el magnetófono, se echó hacia atrás y se dejó absorber por la voz.

Había pedazos de la personalidad de Victoria Bergman que cobraban forma y Sofia tenía la sensación de comenzar a comprender. A sentir simpatía.

A ver las imágenes pintadas por Victoria Bergman con sus palabras con tanta claridad como en una película.

Era demasiado grande para comprenderlo.

Pero el lúgubre dolor de Victoria la asustaba.

Sin duda había amasado sus recuerdos, día tras día, para crear su propio universo mental en el que ora se consolaba a sí misma, ora se reprochaba lo ocurrido.

Sofia se estremeció al oír los gruñidos que la voz de Victoria Bergman arrastraba.

A veces un susurro. A veces tan exaltada que acababa escupiendo.

Sofia se durmió y no se despertó hasta que Mikael llamó a la puerta para decirle que ya era de día.

—¿Te has quedado ahí toda la noche?

—Sí, casi, hoy tengo cita con una paciente y aún no he encontrado por dónde cogerla.

—Vale. Oye, tengo que marcharme. ¿Nos vemos esta noche?

—Sí. Luego te llamo.

Cerró la puerta. Sofia decidió seguir escuchando y le dio la vuelta a la casete. Se oyó a sí misma respirar cuando Victoria Bergman hizo una pausa. Cuando prosiguió, su voz era reposada.

... él estaba sudando e insistía para que nos estrujáramos uno contra el otro a pesar del calor que hacía y de que seguía echándole agua al radiador. Podía ver cómo le bamboleaba el paquete entre las piernas cuando se agachaba para meter el cazo en el cubo de madera, y hubiera querido empujarle para que cayera sobre las piedras ardientes. Esas piedras que nunca se enfriaban. Calentadas todos los miércoles, un calor que nunca penetraba hasta los huesos. Me quedaba en un rincón, callada, callada como un ratoncillo, y veía que él me miraba todo el rato. Y la mirada se le enturbiaba y empezaba a respirar pesadamente y luego yo tenía que frotarme bajo la ducha para estar bien limpia después de jugar. Salvo que yo sabía que nunca iba a estar limpia. Tenía que estar agradecida por enseñarme tantos secretos que me permitirían estar lista el día en que conocería a chicos, que a veces son torpes e impacientes, cosa que él no era en absoluto, porque se había ejercitado a lo largo de toda la vida y lo habían formado la abuela y su hermano, cosa que no le había hecho daño alguno. Por el contrario, le había hecho fuerte y resistente. Había participado cien veces en la carrera de esquí de fondo de Vasaloppet con costillas rotas y la rodilla dislocada, sin quejarse, aunque vomitó en Evertsberg. Los arañazos que yo tenía ahí abajo, una vez había acabado él de jugar sobre el banco de la sauna y retiraba sus dedos, no eran para quejarse. Cuando había acabado conmigo y cerraba la puerta de la sauna, yo pensaba en las arañas hembras que después del acoplamiento devoran a los minúsculos machos...

Sofia se sobresaltó. Se sentía mal.

Visiblemente, había vuelto a dormirse y había tenido unas horribles pesadillas. Comprendía que se debían al magnetófono que había permanecido encendido. La voz monótona había guiado sus pensamientos y sus sueños.

El relato machacón de Victoria Bergman había penetrado en su inconsciente.

Pueblo de Dala-Floda, 1980

Las alas de la mosca están desesperadamente pegadas al chicle. No vale la pena que te agites, piensa la Chica Cuervo. No volverás a revolotear. Mañana el sol brillará como de costumbre, pero no brillará para ti.

Cuando el padre de Martin la toca, retrocede instintivamente. Se encuentran en el sendero de gravilla frente a la casa de tía Elsa, y él ha bajado de su bicicleta.

—Martin ha preguntado varias veces por ti. Seguramente le gustaría tener a alguien con quien jugar.

Le tiende la mano y le acaricia la mejilla.

—Me gustaría que vinieras a bañarte con nosotros un día de estos.

Victoria aparta la mirada. Está acostumbrada a que la toquen y sabe perfectamente adónde conduce.

Lo ve en su mirada cuando menea la cabeza, dice adiós y se sube a la bicicleta. Como esperaba, detiene la bicicleta y se vuelve.

—Ah, sí... ¿No tendréis un cortacésped que podáis prestarme?

Es exactamente como todos los demás, se dice ella.

—Está en el cobertizo —responde, y lo saluda con la mano.

Se pregunta cuándo vendrá a buscarlo.

Siente el corazón en un puño al pensar en ello, porque sabe que entonces volverá a tocarla.

Lo sabe, pero no puede evitar ir.

Sin que ella misma sepa el porqué, se lo pasa bien con ellos a pesar de todo, y sobre todo con Martin.

Aún no habla muy bien, pero sus lacónicas declaraciones de amor a menudo incomprensibles son las más bonitas que nunca le hayan hecho. Sus ojos brillan cada vez que se ven y corre a su encuentro para estrecharse con fuerza entre sus brazos.

Han jugado, se han bañado y han recorrido el bosque. Martin caminando con paso inseguro por el terreno accidentado señalándole cosas y Victoria diciéndole amablemente el nombre de las mismas.

Pronuncia «seta», «pino», «cochinilla», y Martin se esfuerza para imitarle.

Ella le descubre el bosque.

Empieza descalzándose y siente la arena que le cosquillea un poco entre los dedos de los pies. Se quita la camiseta y siente que el sol le calienta suavemente la piel. Las olas frías le golpean las piernas antes de lanzarse al agua.

Se queda tanto tiempo en el agua que se le arruga la piel y llega a desear que se le despegue y le caiga a tiras para tener otra nueva, intacta.

Oye llegar a la familia por el sendero. Martin lanza un grito de alegría al verla. Se precipita hacia la orilla y ella se apresura a ir a su encuentro para que no se meta en el agua vestido.

—¡Pippi, mi Pippi! —dice abrazándola.

—Martin, ya sabes que hemos decidido quedarnos aquí hasta que empiece de nuevo el cole —dice el padre mirando a Victoria—. No la ahogues ahora mismo con tantos mimos.

Victoria responde a los abrazos de Martin y se da cuenta súbitamente, como una ducha de agua fría.

Queda muy poco tiempo.

—Ah, si solo estuviéramos tú y yo —susurra al oído de Martin.

—Tú y yo —repite él.

La necesita y ella aún lo necesita más a él. Se promete darle la tabarra a su padre para que la deje quedarse allí tanto tiempo como sea posible.

Victoria se pone la camiseta sobre el bañador mojado y se calza las sandalias. Toma a Martin de la mano y lo guía junto a la orilla. Justo bajo la reluciente superficie del lago ve a un cangrejo de río arrastrándose por el fondo.

—¿Te acuerdas de cómo se llama esa planta? —pregunta señalando un helecho para distraer la atención de Martin mientras atrapa el cangrejo.

Lo sostiene firmemente por el caparazón y lo oculta a la espalda.

—¿Felecho? —pregunta Martin volviéndose hacia ella.

Ella se echa a reír y Martin ríe a su vez.

—¡Felecho! —repite.

Entre risas, ella le pone de repente el cangrejo delante de las narices. Ve cómo su rostro se retuerce de miedo y rompe en sollozos histéricos. Para disculparse, arroja el cangrejo al suelo y lo pisotea hasta que sus pinzas dejan de moverse. Lo abraza, pero su llanto es inconsolable.

Siente que ha perdido el control sobre él, ya no basta con estar delante de él, hace falta algo más, pero no sabe qué.

No controlarlo es como si no se controlara ya a sí misma.

Es la primera vez que no confía en ella. Ha creído que quería hacerle daño, que era como todos los demás, los que quieren hacer daño.

Desearía que el tiempo que pasa con Martin no acabara nunca, pero sabe que su padre volverá a buscarla el domingo.

Quiere quedarse en la granja para siempre.

Estar con Martin.

Para siempre.

La colma. Puede contemplarlo dormir, observar cómo se mueven sus ojos debajo de los párpados, escuchar sus leves gemidos. Un sueño apacible. Él le ha enseñado cómo es eso, que eso existe.

Pero inexorablemente llega el sábado.

Como de costumbre, han ido a la playa. Martin, sentado al borde de la manta a los pies de sus padres adormilados, juega distraídamente con los dos caballitos de Dalecarlia de madera pintada que le han comprado en una tienda en Gagnef.

Las nubes se amontonan en el cielo y el sol de la tarde solo despunta intermitentemente.

—Vamos, es hora de irnos —dice la madre levantando la cabeza del brazo de su marido.

Se pone en pie y empieza o recoger la cesta del picnic. Le coge los caballos a Martin, que contempla sorprendido sus manos vacías.

El padre sacude la manta y la dobla.

En la hierba se adivina el vago rastro que sus cuerpos han dejado. Victoria imagina la hierba que pronto se enderezará y se alzará hacia el cielo. La próxima vez que vea ese lugar será como si esa familia nunca hubiera existido.

—Victoria, ¿te apetece cenar con nosotros? —dice la madre—. Podemos aprovechar para probar el nuevo juego de croquet. Podrías hacer equipo con Martin, ¿qué te parece?

Se sobresalta. Más tiempo, se dice. Tengo más tiempo.

Piensa que tía Elsa se pondrá triste si no pasa con ella la última noche, pero no puede negarse. Imposible.

Mientras la familia se aleja por el sendero, siente una serena impaciencia adueñarse de ella.

Recoge y guarda cuidadosamente sus cosas en la bolsa de playa, pero no regresa directamente. Prefiere entretenerse cerca de las cabañas de madera a orillas del lago y disfrutar de la calma y la soledad.

Pasa las manos por la superficie lisa de la madera, piensa en el tiempo que ha transcurrido para esas tablas, en todas las manos que las han tocado y pulido hasta borrar cualquier aspereza. Como si ya nada pudiera afectarlas.

Quisiera ser como esa madera, igual de intocable.

Vagabundea varias horas por el bosque, observa los troncos que se contorsionan para alcanzar la luz o los que el viento ha doblado y los atacados por el musgo o los parásitos. Pero en el corazón de cada tronco se oculta un fuste perfecto. Basta con saberlo encontrar, se dice.

Se adentra en un claro.

En medio de la densa vegetación del bosque hay un lugar donde la luz se filtra a través de las copas de los pinos delgados y desciende sobre el musgo mullido.

Como en un sueño.

Después, pasaría varios días tratando de encontrar de nuevo ese claro, en vano, hasta el punto de que llegaría a preguntarse si realmente existió alguna vez.

Pero de momento allí está, y ese claro es tan tangible como ella misma.

Al llegar Victoria a la puerta de tía Elsa, siente cierta inquietud. Las personas decepcionadas pueden hacer daño, incluso sin querer. Es algo que la experiencia le ha enseñado.

Abre la puerta y oye el arrastrar de las zapatillas de tía Elsa. Cuando aparece en la entrada, a Victoria le parece que tía Elsa está más encorvada y su rostro más pálido que de costumbre.

–Hola, hijita –la saluda.

Victoria permanece en silencio.

—Pasa y siéntate, y hablaremos —continúa Elsa dirigiéndose a la cocina.

Victoria lee la fatiga en los ojos de Elsa, sus labios apretados, su mala cara.

—Mi pequeña Victoria —comienza, tratando de sonreír.

Victoria ve que tiene los ojos brillantes, como si hubiera llorado.

—Sé que es tu última noche —prosigue—, y me hubiera gustado prepararte una cena de gala y jugar a cartas toda la noche... pero no me encuentro muy bien, ¿lo entiendes?

Victoria respira, aliviada, y descubre entonces la culpabilidad en los ojos de Elsa. La reconoce, como si fuera la suya. Como si también Elsa llevara en su interior ese miedo a que le derramaran leche fría sobre la cabeza, de que la obligaran a comer lentejas hasta vomitar, de no tener regalo de cumpleaños por haber dicho alguna inconveniencia, de ser castigada al menor error.

En los ojos de Elsa, Victoria cree ver que también ella ha aprendido que hacer todo cuanto está en sus manos nunca basta.

—Puedo preparar té —dice Victoria alegremente—. Y luego acostarte y leerte un cuento hasta que te duermas.

El rostro de Elsa se endulza, sus labios se alzan para esbozar una sonrisa y se abren para soltar una risa.

—¡Qué bonica eres! —dice acariciándole la mejilla—. Pero si no hay cena de gala, ¿qué harás para entretenerte una vez me haya dormido? No será muy divertido quedarte aquí sola a oscuras.

—No te preocupes —dice Victoria—. Los padres de Martin me han dicho que podía ir a acostarlo, y que podría cenar con ellos. Así que te acostaré a ti, meteré a Martin en la cama y encima me darán de comer.

Elsa se ríe y menea la cabeza, asintiendo.

—Vamos a preparar una ensalada que puedas llevarles.

Se instalan una al lado de la otra frente a la encimera para cortar las hortalizas.

Cada vez que Victoria se acerca demasiado a Elsa, le viene el olor agrio del pipí que le hace pensar en su padre.

Papá, cuando la tiene tiesa.

Ese olor le provoca arcadas. Conoce demasiado bien el sabor que tiene en la boca.

Tía Elsa tiene unos caramelos de naranja que ella puede coger sin pedir permiso. Están en una caja de lata sobre la mesa de la cocina. Abre la caja cuando quiere sacarse a su padre del pensamiento. Nunca sabe por anticipado cuándo el recuerdo de su padre se apoderará de ella por sorpresa, así que nunca muerde los caramelos, ni siquiera cuando ya no queda más que una lámina cortante como una hoja de afeitar.

Chupa el caramelo mientras corta el pepino a rodajas de un grosor perfecto. Aunque Elsa las ha lavado cuidadosamente, las hojas de lechuga aún tienen un poco de tierra, pero Victoria no dice nada puesto que comprende que la vista de Elsa ya no le permite verlo.

Acuesta a Elsa, como ha prometido, pero piensa en Martin.

—Eres muy buena niña. Acuérdate de esto —dice Elsa antes de que Victoria cierre la puerta de su dormitorio.

Va a por la ensalada y, devorada por la impaciencia, se dirige a casa de Martin con la ensaladera en las manos.

Qué bueno sería convencer a su padre de que la dejara quedarse una semana más. Sería bueno para todo el mundo. Y hay aún tantas cosas apasionantes que enseñarle a Martin en los alrededores.

La única nota discordante es el padre de Martin. Le parece que sus miradas se han vuelto más insistentes, su risa más jovial, que sus manos se entretienen más tiempo sobre sus hombros. Pero está dispuesta a aceptar eso para huir de su padre una semana más. Las primeras veces nunca es tan terrible, se dice. Solo cuando ya lo dan por hecho empiezan a andarse con menos cuidado.

Al avanzar por el camino, oye voces dentro de la casa. Parece el padre de Martin, y aminora el paso. La puerta está entreabierta y oye también un chapoteo.

Se acerca, abre de par en par y eso hace sonar la vieja campana que cuelga en el umbral. Suelta unos sonidos sordos.

—¿Eres tú, Pippi? —grita el padre desde la cocina—. Adelante, adelante.

En el recibidor huele bien.

Victoria entra en la cocina. En el suelo, Martin está de pie en un barreño. Su madre está sentada en un balancín, junto a la ventana, haciendo punto. De espaldas a los demás, vuelve la cabeza para saludar rápidamente a Victoria. El padre está sentado con el torso desnudo y en pantalones cortos junto al barreño de Martin.

A Victoria se le hiela la sangre al ver lo que hace.

Martin está cubierto de jabón. El padre le dirige una amplia sonrisa a Victoria. Con un brazo rodea el culo de Martin y utiliza la otra mano para lavarlo.

Victoria mira fijamente.

—Ya ves, ha habido un pequeño accidente —dice el padre—. Martin se ha hecho caca mientras jugaba en el bosque.

El padre restriega cuidadosamente la entrepierna del chiquillo.

—Tiene que estar muy limpio, ¿sabes? —le dice.

Victoria ve al padre atrapar la colita entre el pulgar y el índice. Con la otra mano, frota suavemente hasta la pequeña punta violeta.

La escena le es familiar. El padre y el hijo, la madre en la misma habitación dándoles la espalda.

De repente, la ensaladera le parece tan pesada que le cae de las manos. Tomates, pepinos, cebolla y lechuga se desparraman por el suelo. Martin se echa a llorar. La madre deja su labor y se levanta del balancín.

Victoria retrocede hacia la puerta.

En el recibidor, se echa a correr.

Baja las escaleras de la entrada, tropieza y cae de bruces sobre la gravilla, pero se pone en pie y sigue corriendo. Recorre el camino, franquea la verja, corre hacia su casa junto a la carretera y asciende hasta el patio de la granja. Cubierta de lágrimas, abre la puerta de golpe y se echa sobre la cama.

Es una tormenta interior. Comprende que Martin será destruido, crecerá, se convertirá en un hombre, será como los demás. Le hubiera gustado protegerlo de eso, sacrificarse para salvarlo. Pero ha llegado demasiado tarde.

Se acabó el bien, y es culpa suya.

Llaman suavemente a su puerta. Oye la voz del padre de Martin, justo afuera. Se arrastra hasta la puerta para cerrarla.

—¿Qué pasa, Victoria? ¿Por qué haces eso?

Comprende que ahora no puede abrir la puerta. Sería demasiado embarazoso.

Prefiere deslizarse por el dormitorio, abrir la ventana que da a la parte trasera de la casa y saltar afuera. Rodea el cobertizo hasta el sendero de gravilla. Al oírla, se vuelven y van a su encuentro.

—Si estás aquí… pensábamos que estabas dentro. ¿Dónde te habías metido?

Siente que va a echarse a reír.

La madre y el padre con el hijo en brazos, envuelto en una toalla.

Tienen un aspecto ridículo.

Parecen muy asustados.

—Tenía muchas ganas de hacer caca —miente ella sin saber de dónde salen esas palabras, pero suenan bien.

La madre la lleva hasta casa de ellos, como si nada sucediera.

Sus brazos transmiten seguridad, como los abrazos cuando todo está resuelto.

Cuando no hay ya nada que temer.

Sus piernas tropiezan a cada paso con el muslo de la madre, pero eso no parece molestarla. Sigue avanzando con paso decidido. Como si con ellos Victoria estuviera en su propia casa.

—¿Volveréis el próximo verano? —pregunta al sentir la mejilla de la madre contra la suya.

—Sí, por supuesto —susurra—. Vendremos a verte todos los veranos.

Ese verano, Martin aún tiene seis años por delante.

Hospital de Huddinge

Karl Lundström iba a ser acusado de pornografía infantil y abusos sexuales contra su hija Linnea. Al dirigirse hacia el hospital de Huddinge, Sofia Zetterlund recapituló lo que sabía sobre él.

Karl Lundström, de cuarenta y cuatro años, ocupaba un alto cargo en el seno del grupo constructor Skanska, como responsable de varias obras importantes de construcción o de remodelación en curso. Su esposa Annette tenía cuarenta y un años, y su hija Linnea catorce. Esos últimos diez años, la familia se había mudado más de media docena de veces entre Umeå al norte y Malmö al sur, y residía en la actualidad en una gran mansión de principios del siglo anterior en la bahía de Edskiven en Danderyd. Una vasta operación policial se hallaba en curso para descubrir la presunta red de pederastia de la que quizá fuera miembro.

Constantes cambios de domicilio, se dijo al acceder al aparcamiento. Típico de los pederastas. Se mudan para evitar ser descubiertos y eludir las sospechas que podrían surgir en la familia.

Ni Annette Lundström ni su hija Linnea querían reconocer lo que había ocurrido. La madre estaba desesperada y lo negaba todo, mientras la hija se había encerrado en un estado apático de mutismo absoluto.

Sofia estacionó frente a la entrada principal y accedió al edificio. En el ascensor, decidió hojear de nuevo el informe.

De los interrogatorios policiales y del primer examen psiquiátrico se deducía que Karl Lundström se contradecía enormemente.

Los atestados de los interrogatorios eran muy precisos: había descrito en particular sus relaciones con los otros hombres de la presunta red de pedófilos.

Según Lundström, esos hombres se encontraban por todas partes puesto que reconocían entre ellos alguna cosa en su manera de estar con los menores: una atracción física hacia las niñas de la que los demás pocas veces se daban cuenta, pero que los pedófilos identificaban instintivamente entre ellos. A veces, cuando todo estaba claro, podían confirmar tácitamente sus inclinaciones con simples miradas o gestos.

A primera vista, correspondía a un determinado tipo de hombre que padece trastornos de la personalidad pedófilos o efebófilos ante el que ya se había encontrado varias veces.

Su arma principal era su capacidad de domar, manipular, inspirar confianza e instilar culpabilidad y sumisión en sus víctimas. Al final se creaba incluso una especie de mutua dependencia entre víctima y verdugo.

No solo tenían en común su interés por las niñas: compartían la misma visión de la mujer. Sus esposas eran sumisas y comprendían lo que ocurría sin intervenir nunca.

—En tal caso, mejor acabar cuanto antes. Está usted aquí para evaluar mi responsabilidad penal. ¿Qué quiere saber?

Sofia observó al hombre sentado frente a ella.

Karl Lundström tenía el cabello fino y rubio y empezaba a lucir canas. Sus ojos parecían cansados, un poco hinchados, y le pareció advertir una especie de gravedad triste en su mirada.

—Me gustaría que habláramos de su relación con su hija —dijo ella—. Será mejor ir al grano.

Se pasó la mano por la perilla.

—Quiero a Linnea, pero ella no me quiere a mí. He abusado de ella y lo he reconocido para facilitarnos las cosas a todos. Me refiero a mi familia. Quiero a mi familia.

Su voz parecía fatigada, lejana, con una indolencia que sonaba falsa.

Le habían detenido tras una larga vigilancia y el material de pornografía infantil hallado en su ordenador contenía varias imágenes y secuencias filmadas en las que aparecía su hija. ¿Qué otro remedio tenía aparte de reconocer los hechos?

—¿En qué cree que les facilita las cosas?

—Necesitan protección. De mí y de los demás.

Esa afirmación era tan curiosa que decidió insistir en ella.

—¿Protegerlas de los demás? ¿Y de quién?

—De aquellos que solo yo puedo protegerlas.

Hizo un gesto amplio con el brazo y ella advirtió que olía a sudor. Probablemente no se había lavado desde hacía varios días.

—Al explicarle a la policía los entresijos de este caso, permito que Annette y Linnea obtengan protección judicial y una nueva identidad. Saben demasiado, así de claro. Y hay gente peligrosa. Para esa gente, una vida humana no vale nada. Créame, lo sé. Dios no tiene nada que ver con esa gente, no son sus hijos.

Comprendió que Karl Lundström se refería a los traficantes de menores. Durante los interrogatorios, había contado con detalle a la policía cómo la Organizatsiya, la mafia rusa, le había amenazado en varias ocasiones y que temía por la vida de sus allegados. Sofia había hablado con Lars Mikkelsen: para él, Karl Lundström mentía. La mafia rusa no operaba de la manera que describía y sus declaraciones contenían varias contradicciones internas. Además, había sido incapaz de presentar a la policía la menor prueba tangible que pudiera dar crédito a esa amenaza.

Para Mikkelsen, Karl Lundström deseaba obtener una identidad protegida para sus familiares con el simple objetivo de evitarles la vergüenza.

Sofia sospechaba que Karl Lundström quizá tratara de fabricarse unas circunstancias atenuantes o de atribuirse el papel de una especie de héroe, justamente al contrario de lo que realmente habría ocurrido.

—¿Se arrepiente de lo que ha hecho?

Tarde o temprano tenía que plantear esa pregunta.

Él parecía ausente.

—¿Si me arrepiento? —dijo tras un silencio—. Es complicado... Perdón, ¿cómo ha dicho que se llamaba? ¿Sofia?

—Sofia Zetterlund.

—Ah, sí, eso es. Sofia significa sabiduría. Buen nombre para una psicóloga... Disculpe. Pues bien... —Inspiró profundamente—. Nosotros... me refiero a mí y a los demás, intercambiamos libremente a nuestras mujeres y nuestras hijas. Y al fin y al cabo, creo que eso se hacía con el acuerdo tácito de Annette. Y también de las otras esposas... De la misma manera que nos reconocemos instintivamente los unos a los otros, elegimos de igual forma a nuestras mujeres... Nos encontrábamos en la casa de las sombras, ¿me entiende?

¿La casa de las sombras? Sofia había visto esa expresión en el informe de la investigación preliminar.

—El cerebro de Annette está como cerrado, a cal y canto —prosiguió sin aguardar su respuesta—. No es tonta, pero elige no ver lo que no le gusta. Es su forma de autodefensa.

Sofia sabía que no era un fenómeno raro. En los allegados de los pederastas se daba a menudo una pasividad que permitía que los abusos prosiguieran.

Pero la respuesta de Karl Lundström era esquiva. Le había preguntado si se arrepentía.

—¿Nunca consideró que lo que hacía estaba mal? —reformuló.

—Tendrá que definir la palabra «mal» para que entienda lo que quiere decir. ¿Mal desde un punto de vista cultural, social o bien otra cosa?

—Karl, intente hablarme de su idea del mal, no de la de los demás.

—Nunca he dicho que haya actuado mal. Solo he actuado siguiendo una pulsión que en el fondo todos los hombres conocen, pero que rechazan.

Sofia comprendió que había comenzado el alegato.

—¿No lee usted? —prosiguió—. Hay un hilo que une la Antigüedad con nuestros días. Lea a Arquíloco... «Jugaba con un vástago de mirto y de un rosal la linda flora, y el pelo y los hombros y la espalda le tapaba. De su cabello y pecho perfumados se habría enamorado incluso un viejo...». Los griegos ya escribieron sobre ello. Alcmán, en sus himnos, celebra la sensualidad infantil. El solitario que vive sin hijos los añora amargamente. Y consumido por ese deseo, acude a la casa de las sombras... En el siglo XX, Nabokov y Pasolini escribieron cosas parecidas, por citar solo a algunos. Salvo que Pasolini hablaba de los chiquillos.

Sofia reconoció algunas formulaciones del atestado de los interrogatorios.

—Decía que podían encontrarse en la casa de las sombras, ¿a qué se refiere?

Él le sonrió.

—Era solo una imagen. La metáfora de un lugar secreto, prohibido. Si uno quiere sentirse comprendido halla un gran consuelo en la poesía, la psicología, la etnología y la filosofía. No estoy solo, no, pero tengo la sensación de hallarme solo en mi época. ¿Por qué lo que deseo está mal en nuestros días?

Sofia comprendió que esa era una pregunta a la que le había dado estando vueltas durante mucho tiempo. Sabía que los trastornos pedófilos eran en el fondo incurables. Se trata principalmente de hacer comprender al pederasta que su perversión es inaceptable y que causa perjuicio a otros. Sin embargo, no le interrumpió, puesto que quería entender su manera de razonar.

—Fundamentalmente no está mal, no está mal para mí, y tampoco creo que esté mal para Linnea. Ese mal es una construcción social y cultural. Por ello no es un mal en el verdadero sentido de la palabra. Las mismas ideas y los mismos sentimientos existían ya hace dos mil años, pero lo que estaba culturalmente bien está ahora culturalmente mal. Solo hemos aprendido que estaba mal.

A Sofia le pareció provocativa la irracionalidad de su razonamiento.

—Así, según usted, ¿es imposible reevaluar una concepción antigua?

Parecía absolutamente seguro de sí mismo.

—Sí, si supone ir contra natura.

Karl Lundström se cruzó de brazos, con aspecto súbitamente hostil.

—Dios es la naturaleza... —murmuró.

Sofia permaneció en silencio, aguardando la continuación, pero como esta no llegaba decidió reorientar la entrevista.

Volvamos a la vergüenza.

—Dice que hay gente de la que quiere proteger a sus familiares. He tenido conocimiento de algunos atestados en los que afirma estar amenazado por la mafia rusa.

Asintió.

—¿Hay otras razones por las que desearía que Annette y Linnea obtuvieran una identidad protegida?

—No —respondió lacónicamente.

Esa aparente seguridad no la convenció. Su rechazo a razonar delataba la duda, al contrario de su intención. En ese hombre había vergüenza, aunque estuviera escondida muy dentro de él.

Se inclinó de nuevo sobre la mesa. Su mirada había recuperado la intensidad y su olor la hizo echarse atrás.

No era solo sudor. Su aliento olía a acetona.

—Voy a decirle algo, algo que no le he contado a la policía...

Esos cambios de humor inquietaban a Sofia. El olor a acetona podía ser síntoma de subalimentación. ¿O se medicaba?

—Hay hombres de lo más vulgares y corrientes, quizá alguno de sus colegas, un pariente, no sé... yo nunca he comprado una niña, pero ellos sí...

Sus pupilas parecían normales, pero su experiencia acerca de los psicotrópicos le decía que había algo raro.

—¿Qué quiere decir?

Él se echó de nuevo hacia atrás, con aspecto algo más sereno.

—La policía ha encontrado cosas comprometedoras para mí en mi ordenador, pero si realmente quieren algo gordo, tienen que echar un vistazo en una barraca de Ånge. En casa de un tal Anders Wikström. La policía tendría que registrar su sótano.

La mirada de Lundström flotaba en el vacío. Sofia era escéptica.

—Anders Wikström le compró un niño a un hombre de la Organizatsiya. La tercera brigada, o algo parecido. Solntsevskaya Bratva. Hay dos vídeos en un armario. En el primero, aparecen un niño de cuatro años y un pediatra del sur de Suecia. En la filmación nunca se le ve la cara, pero tiene en el muslo un lunar en forma de trébol fácilmente identificable. En el otro, aparece una chiquilla de siete años con Anders, otros dos hombres y una tailandesa. Fue el verano pasado, y de las dos filmaciones es la más horrible.

Karl Lundström respiraba superficialmente por la nariz y su nuez se estremecía al hablar. Sofia experimentaba repulsión física al verlo. No sabía si quería seguir escuchándole y sentía que le costaba conservar un punto de vista objetivo sobre lo que le explicaba.

Pero por más vueltas que le diera, su deber era escucharle y tratar de comprenderle.

—¿Ocurrió el verano pasado?

—Sí... Anders Wikström es el gordo, en la película. Los otros no querían decir su nombre y se ve claramente que la tailandesa hubiera preferido no estar allí. Había bebido mucho y, en un momento en que se negó a hacer lo que le ordenaba Anders, le dio una bofetada.

Sofia no sabía qué creer.

—Entiendo que ha visto esas películas —dijo—, pero ¿cómo está al corriente acerca de todos esos detalles del rodaje?

—Estuve presente —dijo.

Sofia sabía que tenía que comunicar a la policía lo que acababa de oír.

—¿Tiene otras experiencias de ese tipo de agresión?

Karl Lundström adoptó un aire triste.

—Voy a explicarle cómo funciona —comenzó—. En el momento en que le estoy hablando, alrededor de quinientas mil personas están intercambiando a través de internet pornografía infantil en forma de fotos o películas. Para tener acceso a ese material, uno también tiene que producirlo a cambio. No es difícil, a condición de disponer de buenos contactos. En tal caso, incluso se puede encargar un niño por internet. Por ciento cincuenta mil, puede usted tener un chaval latinoamericano, entregado en un lugar seguro. Ese niño no tiene una existencia oficial, así que es suyo. Por descontado. Puede hacer con él lo que guste y, muy a menudo, acaba desapareciendo. Para eso también se puede pagar, si no tiene el valor de matarlo uno mismo. Y casi nadie lo tiene. Cuesta por lo general más que las ciento cincuenta mil ya pagadas, y con ese tipo de personas no se regatea.

Esos hechos no constituían una novedad para Sofia. Ya figuraban en los atestados de los interrogatorios policiales. Se le puso, sin embargo, mal cuerpo: se le hizo un nudo en el estómago y se le secó la garganta.

—¿Quiere decir que usted ha comprado una niña?

Karl Lundström sonrió, hastiado.

—No, pero como le he dicho, conozco a gente que lo ha hecho. Anders Wikström compró las criaturas que aparecen en las películas de las que le he hablado.

Sofia tragó saliva. Tenía la garganta ardiendo y le temblaban las manos.

—¿Y qué siente al haber sido testigo de todo eso?

Sonrió de nuevo.

—Me excitó. ¿Qué cree?

—¿Participó en ello?

Se echó a reír.

—No, solo miré... Pongo a Dios por testigo.

Sofia le miró de arriba abajo. Su boca aún reía, pero sus ojos parecían tristemente vacíos.

—Menciona a Dios a menudo. ¿Quiere hablarme de su fe?

Se encogió de hombros y arqueó las cejas, atónito.

—¿De mi fe?

—Sí.

Nuevo suspiro. Prosiguió, en tono cansino.

—Creo en una verdad divina. Un Dios más allá de nuestra capacidad de entendimiento. Un Dios próximo a los hombres en la noche de los tiempos. Pero cuya voz se ha apagado en nosotros a lo largo de los siglos. Cuanto más ha sido institucionalizado Dios a fuerza de inventos humanos como la Iglesia o los curas, menos ha subsistido en su forma original.

—¿Y cuál es esa forma original?

—La Gnosis. Pureza y sabiduría. Pensaba que Dios estaba presente en Linnea cuando era pequeña y... pensaba haberlo encontrado. Pero quizá me equivocaba, no lo sé. Hoy un niño es impuro desde su nacimiento. Está infectado desde el útero por el ruido del mundo exterior. Un ruido lleno de falsedad terrestre y de mezquindad, de palabras vacías de sentido y del pensamiento de las cosas materiales y efímeras...

Permanecieron un momento en silencio, mientras Sofia pensaba en lo que acababa de oír.

¿Las cavilaciones religiosas de Karl Lundström trataban de explicar de una manera u otra por qué había abusado de su hija? Sintió que había que llevar más lejos esa entrevista, llegar al meollo de la cuestión.

—¿Cuándo abusó sexualmente de Linnea por primera vez?

Respondió como por reflejo.

—¿Cuándo? Pues... ella tenía tres años. Tendría que haber esperado unos años, pero sucedió así... como por casualidad.

—Cuénteme cómo vivió usted esa primera vez. Dígame también cómo lo ve hoy con el paso del tiempo.

—Pues… no lo sé. Para mí es difícil.

Lundström se removió en la silla y varias veces pareció dispuesto a lanzarse. Su boca se abrió y se cerró varias veces mientras su nuez se movía cada vez que tragaba.

—Fue… como le he dicho, fue una especie de casualidad —acabó diciendo—. La ocasión no fue sin duda la mejor, pues entonces vivíamos en una casa en el centro de Kristianstad. En plena ciudad, todo el mundo podía ver lo que ocurría.

Se interrumpió, pensativo.

—La bañaba en el jardín. Tenía una piscina y le pregunté si yo también podía bañarme, y dijo que sí. Estaba un poco fría, así que cogí la manguera para añadir agua caliente. Tenía una boca a la antigua, metálica, más ancha en el extremo. Había estado todo el día al sol, estaba caliente y era agradable de manipular. Entonces dijo que parecía una pilila…

Pareció incómodo. Con un gesto de la cabeza, Sofia le invitó a proseguir.

—Entonces comprendí que pensaba en la mía o no sé…

—¿Y cómo se sintió entonces?

—Pues sentí una especie de vértigo… Tenía un sabor metálico en la boca, como de sangre. ¿Era quizá del corazón? Como la sangre, en general.

Calló.

—¿Así que le introdujo la boca de la manguera y no considera que actuó mal?

Sofia se sentía mal y tenía que luchar para ocultar su asco.

Karl Lundström parecía cansado y no respondió.

Ella decidió continuar.

—Acaba de decir que creyó haber encontrado a Dios en Linnea. ¿Tiene eso alguna relación con los acontecimientos de Kristianstad? ¿Con sus reflexiones acerca del bien y del mal?

Lundström meneó lentamente la cabeza.

—No lo entiende…

Miró entonces a Sofia fijamente a los ojos y prosiguió su razonamiento.

—Nuestra sociedad se basa en una moral construida... ¿Por qué el hombre no es perfecto si está hecho a imagen de Dios?

Separó las manos y él mismo respondió a la pregunta.

—Es porque no fue Dios quien escribió la Biblia, sino los hombres... El verdadero Dios está más allá del bien y del mal, más allá de la Biblia...

Sofia comprendió que iba a seguir dándole vueltas a la cuestión del bien y del mal.

¿Quizá se había equivocado ella al plantear la cuestión desde el principio?

—El Dios del Antiguo Testamento es imprevisible y vengativo porque en el fondo no es más que un hombre. Hay una verdad original acerca de la esencia del hombre que el Dios de la Biblia ignora completamente.

Sofia consultó su reloj. El tiempo que se les había concedido se acababa, y le dejó continuar.

—La Gnosis. Verdad y sabiduría. Usted debería saberlo, llamándose Sofia. Significa sabiduría en griego. En el gnosticismo, Sofia es un ser femenino que causa la caída.

Una vez Lundström fue conducido de nuevo a su celda, Sofia se quedó reflexionando. No podía evitar pensar en la hija de Lundström, Linnea. Apenas adolescente, y ya herida tan profundamente que su vida entera quedaría marcada. ¿Qué sería de ella? ¿Se convertiría Linnea, al igual que Tyra Mäkelä, ella misma en predadora? ¿Cuánto podía soportar un ser humano antes de romperse en pedazos y convertirse en un monstruo?

Sofia hojeó los documentos, en busca de datos sobre Linnea. Solo había unas parcas indicaciones acerca de su escolaridad. Primer curso en el internado de Sigtuna. Buenas notas. Brillante sobre todo en deportes. Campeona escolar en ochocientos metros.

Una muchacha capaz de escapar de la mayoría de la gente, pensó Sofia.

Ciudad de Sigtuna, 1984

El viejo es una persona cualquiera, no lo ha visto nunca. Sin embargo, visiblemente cree tener derecho a comentar su manera de vestir. La Chica Cuervo, por su parte, nada tiene que decir acerca del chaquetón de marino que lleva él, así que escupirle en la cara le parece lo más normal del mundo.

Sobre la colina al oeste de Sigtuna se alzan los diez hogares de alumnos que pertenecen al internado. El establecimiento, que antaño acogió a alumnos como el rey Carlos Gustavo XVI, Olof Palme o los primos Peter y Marcus Wallenberg, desborda de ritos y tradiciones.

Por ese motivo, el imponente edificio central, amarillo, es incluso impermeable al escándalo.

Lo primero que aprenderá Victoria Bergman es que todo cuanto sucede aquí se queda aquí, un orden de las cosas que desde hace mucho tiempo le es de lo más familiar: ha vivido toda su infancia en esa burbuja de terror mudo. Es su recuerdo más nítido, mucho más nítido que cualquier acontecimiento en concreto.

La *omertà* que reina en Sigtuna no es nada en comparación.

En cuanto baja del coche, siente una liberación que no había conocido desde la vez en que se quedó sola en Dala-Floda. Inmediatamente, respira. Sabe que ya no tendrá que acechar los pasos a la puerta de su habitación.

En la recepción, le presentan a las dos chicas con las que compartirá habitación.

Se llaman Hannah y Jessica. También son de Estocolmo y le parecen silenciosas y cuidadosas, para no decir aburridas. Hablan animosamente de sus padres, altos cargos en la magistratura de Estocolmo. Como diciendo que seguirán sus pasos después de estudiar derecho.

Victoria comprende en el fondo de sus ojos azules e inocentes que nunca representarán un peligro para ella.

Son demasiado débiles.

Las ve como dos muñecas sin voluntad, que dejan que sean siempre los demás quienes piensen y decidan por ella. Sombras de individuos. Casi nada les interesa. Es casi imposible asirlas.

Durante las primeras semanas, Victoria sospecha que algunas chicas del último curso están tramando algo. Sorprende miradas divertidas dirigidas de una mesa a otra en el comedor, una exagerada educación y una tendencia a mantenerlas a ella y a las otras nuevas siempre vigiladas. Todo eso le hace tener la mosca detrás de la oreja.

Y con razón, como el futuro demostrará.

Observando atentamente las miradas y gestos, Victoria pronto identifica a la cabecilla del grupo. Es una morena alta, Fredrika Grünewald. A Victoria le parece que, con su cara alargada y sus dientes prominentes, tiene aspecto de caballo.

Victoria aprovecha la pausa del almuerzo.

Ve a Fredrika dirigirse a los aseos y la sigue discretamente.

—Ya sé de qué va la novatada —miente con aplomo ante las narices de Fredrika—. No contéis con que vaya a someterme. —Se cruza de brazos y alza la cabeza altiva—. Quiero decir, sin armar jaleo.

Fredrika está claramente impresionada por la franqueza descarada y la seguridad de Victoria. Comienzan entonces a conspirar fumando a escondidas. En el curso de la conversación, Victoria le expone un plan que afirma que pondrá muy alto el listón de las novatadas futuras.

Va a armar un escándalo, seguro, y Fredrika Grünewald está particularmente excitada ante los titulares dramáticos de la prensa que imagina Victoria: «¡Escándalo en el Liceo Real! ¡Unas chicas son víctimas de un humillante ritual!».

A lo largo de la semana, se aproxima a sus compañeras de habitación Hannah y Jessica. Las anima a confiarle sus secretos y, en poco tiempo, se las gana como amigas.

—¡Mirad esto!

Hannah y Jessica contemplan con unos ojos como platos las tres botellas de licor de grosella Aurora que Victoria ha logrado introducir clandestinamente en el internado.

—¿Os apetece?

Hannah y Jessica sueltan una risilla dubitativa, intercambian una mirada indecisa y finalmente aceptan asintiendo con la cabeza.

Victoria les sirve unos generosos vasos, convencida de que no tienen la menor idea de lo que pueden soportar.

Beben deprisa, curiosas y alborotadas.

Primero se parten de risa y pronto están borrachas, fatigadas. Hacia las dos de la madrugada las botellas están vacías. Hannah ya se ha dormido en el suelo y Jessica logra encaramarse trabajosamente a su cama, donde se duerme de inmediato.

Victoria no ha bebido más que unos sorbos y se tumba en su cama, ardiente de impaciencia.

Con los ojos abiertos, espera.

Como han convenido, las mayores se presentan a las cuatro de la madrugada. Hannah y Jessica se despiertan mientras las llevan a la otra punta del pasillo, bajan las escaleras y cruzan el patio hasta el cobertizo de las herramientas adosado al alojamiento del guarda, pero están tan abotagadas que no oponen la menor resistencia.

En el cobertizo, las chicas se cambian y se ponen unas túnicas rosas y unas máscaras de cerdo. Han fabricado las máscaras con vasos de plástico y tela rosa en la que han recortado unas oberturas para los ojos. Con rotulador negro, han dibujado unas bocas sonrientes y en el hocico dos puntos para las fosas nasales. Las máscaras se sostienen con unas gomas elásticas alrededor de la cabeza.

Una vez cambiadas, una de las chicas saca una cámara de vídeo y otra toma la palabra. Lo que sale de los prominentes hocicos llenos de papel de aluminio a tiras parece más un silbido metálico que verdaderas palabras.

Victoria ve que una de las mayores sale del cobertizo.

—¡Atadlas! —eructa otra.

Las chicas enmascaradas se lanzan sobre Hannah, Jessica y Victoria, las colocan a cada una en una silla, les atan las manos a la espalda con una sólida cinta adhesiva y les vendan los ojos.

Victoria, divertida, se echa hacia atrás al oír que regresa la chica que ha salido del cobertizo.

A Victoria le revuelve el estómago la peste que trae consigo.

Más tarde, al alba, Victoria se frota para deshacerse de la pestilencia, pero esta parece habérsele incrustado en la piel.

Todo ha sido peor de lo que había imaginado.

A la luz del amanecer, fuerza la puerta de Fredrika y, cuando esta se despierta, Victoria está sentada a horcajadas sobre ella.

—¡Dame la cinta! —susurra en voz muy baja para no despertar a las compañeras de dormitorio, mientras Fredrika trata de defenderse.

Victoria le ha inmovilizado las manos.

—¡Vete a la mierda! —dice Fredrika, pero Victoria percibe que tiene mucho miedo.

—Creo que olvidas que sé quiénes sois. Soy la única que sabe quién se ocultaba tras esas máscaras. ¿No querrás que tu papaíto se entere se lo que habéis hecho, verdad?

Fredrika comprende que no tiene elección.

Victoria sube a la sala de vídeos y hace dos copias de la cinta. La primera, la echará al buzón de la estación de autobuses dentro de un sobre dirigido a su domicilio, en Värmdö. La segunda, tiene intención de guardarla a buen recaudo para enviarla a la prensa si llegaran a intentar hacerle algo.

Isla de Svartsjö–Escena del crimen

Por segunda vez en menos de dos semanas, Jeanette Kihlberg estaba obligada a participar en la investigación del asesinato de un muchacho.

Hurtig llamó por la mañana y Jeanette Kihlberg fue directamente a la isla de Svartsjö para hacerse cargo del caso. El cuerpo había sido descubierto muy temprano por una pareja de personas de edad avanzada que hacían jogging.

A diferencia del muchacho hallado cerca de Thorildsplan, en ese caso se sabía con mucha probabilidad quién era la víctima. Se llamaba Yuri Krylov, un joven bielorruso cuya desaparición fue denunciada a primeros de marzo tras fugarse de un campo de refugiados cerca de Upplands Väsby. Según la oficina de inmigración, no tenía familia ni en Suecia ni en Bielorrusia.

Jeanette se dirigió al embarcadero donde se encontraba el cuerpo del chico. El horrible hedor le picó en la nariz. Tras haber estado mucho tiempo en el agua, las grasas corporales se habían transformado en una especie de masilla de olor rancio. Al cabo de solo unas horas, el cuerpo fue atacado por las moscas, y se podían ver unos granitos amarillos y anaranjados en el rabillo de los ojos, alrededor de la boca y de la nariz. Eran los huevos de las moscas que en unos días se transformarían en larvas o gusanos, muy móviles, que se adentrarían profundamente en las mucosas para alimentarse.

La epidermis de las manos y de los pies había absorbido tanta agua que se había desprendido, como guantes y calcetines.

—Joder —fue todo lo que pudo decir antes de salir del embarcadero y dirigirse a Ivo Andrić.

—¿Qué tenemos hasta ahora? —preguntó, a pesar de que sabía que no podría darle toda la información relevante hasta que hubiera realizado la autopsia.

A primera hora de la mañana, el fiscal Von Kwist había ordenado una autopsia detallada de Yuri Krylov, dentro del procedimiento habitual en ese tipo de crímenes.

Ivo Andrić sacudió la cabeza.

—Los cuerpos sumergidos largo tiempo en el agua adoptan una postura característica, con la cabeza, los brazos y las piernas hacia abajo, y el torso y la espalda levantados. Por ese motivo la putrefacción empieza por la cabeza, debido a la sangre acumulada.

Jeanette asintió.

—En los pulmones del muchacho no había la cantidad de líquido suficiente que indicara un ahogamiento, por lo que…

—Ya estaba muerto cuando lo arrojaron al agua —concluyó Jeanette—.

Ivo Andrić sonrió.

—Y tampoco es extraño que los cuerpos hallados en el agua presenten rastro de ataques de peces, como es el caso. Al muchacho se le han comido en parte los ojos y tiene grandes hematomas en la mandíbula y el mentón.

—¿Y qué hay de los genitales?

—También le han amputado los órganos sexuales.

Ivo Andrić advirtió que la ablación se había efectuado con la misma precisión que la vez precedente. En ese caso también había habido una violencia extrema. En la espalda constató los sangrados subcutáneos longilíneos que atestaban que también ese muchacho había sido azotado.

—No me sorprendería que este cuerpo estuviera igualmente atiborrado de Xylocaína adrenalina —concluyó el forense.

Jeanette esperaba que el laboratorio pudiera analizar rápidamente las muestras.

Vio casi inmediatamente que muy verosímilmente se trataba del mismo autor, convertido ya en un doble asesino. ¿Cuántos muchachos más iban a encontrar muertos?

El único hallazgo importante eran dos huellas de zapatos, una de una talla grande y la otra pequeña, casi la de un niño, así como una huella de neumático de coche. Los técnicos habían sacado moldes que solo serían de utilidad con un elemento de comparación.

A un centenar de metros del cadáver, Åhlund advirtió que el mismo vehículo había rozado contra un árbol: si se trataba del coche del asesino, sabían que era azul.

Andaba suelta una persona que raptaba niños que nadie reclamaba y luego los atormentaba hasta matarlos. Y aunque habían publicado en los principales periódicos anuncios en los que se solicitaba la colaboración ciudadana para identificar al muchacho de Thorildsplan, los números de teléfono puestos a disposición seguían mudos.

Por el contrario, un anuncio en el programa televisivo *Se busca* había provocado una avalancha de perturbados que trataban de endosar el asesinato. A menudo, un anuncio de ese tipo podía dar un empujón a una investigación estancada pero, en ese caso, había hecho perder un tiempo precioso. Todos los que habían llamado eran hombres que, de no ser por diversas decisiones políticas recientes, habrían sido internados en hospitales psiquiátricos para recibir el tratamiento adecuado. En lugar de eso, campaban por las calles de Estocolmo, donde mantenían a raya a sus demonios a base de drogas y alcohol.

Menuda mierda de estado del bienestar, pensó ella, bruscamente fuera de sí.

Barrio de Kronoberg–Central de Policía

—¡Olvídese de Furugård! —se contentó con decir Von Kwist.
—¿Qué? ¿Qué quiere decir? —Jeanette Kihlberg se levantó y se acercó a la ventana—. Ese tipo es el más... No, ya no entiendo nada.
—Furugård tiene una coartada, no tiene nada que ver con esto. Fue un grave error por mi parte escucharla.
Jeanette oyó la voz indignada del fiscal e imaginó su rostro colorado.
—Furugård está limpio —continuó—. Tiene una coartada.
—¿Ah, sí? ¿Cuál?
Von Kwist calló un momento y luego prosiguió.
—Lo que voy a decirle es confidencial y debe quedar entre usted y yo. Solo le transmito una información. ¿Está claro?
—Sí, sí, por supuesto.
—Las fuerzas armadas suecas en Sudán. Es cuanto puedo decirle.
—¿Y qué más?
—Furugård sirvió en Afganistán y luego estuvo destinado toda la primavera en Sudán. Es inocente.
Jeanette no sabía qué decir.
—¿En Sudán? —exclamó finalmente, presa de un sentimiento de impotencia.
Vuelta a empezar. Sin sospechoso, y solo con el nombre de una de las dos víctimas.
El muchacho de la isla de Svartsjö era efectivamente Yuri Krylov. En cuanto a las circunstancias de su llegada a Suecia, solo disponían de conjeturas. La embajada de Bielorrusia, en Lidingö, no se mostraba demasiado cooperativa.
El muchacho momificado del metro de Thorildsplan seguía sin identificar. Por si acaso, Jeanette había contactado con Europol en La Haya. En vano, por supuesto. Europa estaba llena de

niños refugiados clandestinos y por todas partes había chavales que llegaban y desaparecían sin que nadie supiera adónde habían ido a parar. Y aunque se supiera, nadie movía un dedo.

En el fondo, no eran más que niños.

Ivo Andrić la había llamados desde Solna para informarla de que Yuri Krylov probablemente había sido castrado vivo.

Pensó en lo que aquello podía significar. Por experiencia, todo, la inusitada violencia y ese recurso a la tortura, indicaba que el autor era un hombre.

Pero si todo aquello tenía una dimensión ritual, no podía descartarse la participación de varias personas. ¿Podía tratarse de traficantes de seres humanos?

De momento, lo principal era concentrarse en la hipótesis más verosímil. Un hombre solo, violento, probablemente con antecedentes penales. La dificultad de esos criterios era que había una multitud de candidatos.

Miró fijamente los legajos de informes sobre su mesa.

Miles de páginas acerca de un centenar de agresores potenciales.

Tres horas después, dio con algo interesante. Se levantó y salió al pasillo a llamar a la puerta de Jens Hurtig.

—¿Tienes un momento?

Hurtig se volvió hacia ella y le respondió con una sonrisa.

—Ven conmigo —dijo ella.

Se instalaron a un lado y a otro de la mesa de despacho y Jeanette le tendió una carpeta a Hurtig.

La abrió y pareció sorprendido.

—¿Karl Lundström? Justamente hemos registrado su casa. Es el tipo con el ordenador lleno de pornografía infantil. ¿Qué pasa con él?

—Te lo explicaré. Karl Lundström fue interrogado por la criminal: en el atestado que tienes ante tus ojos, Lundström describe detalladamente qué hay que hacer para comprar un niño.

Hurtig pareció interesado.

—¿Comprar un niño?

—Sí. Y Lundström es pródigo en detalles. Menciona sumas exactas y aunque asegura no haber participado nunca personalmente en ese comercio pretende conocer a varias personas que sí lo habrían hecho.

Hurtig se echó hacia atrás y retomó el aliento.

—¡Joder, eso parece interesante! ¿Da nombres?

—No. Pero el expediente de Lundström aún no está completo. Paralelamente a los interrogatorios se le está sometiendo a un examen psiquiátrico. Quizá los psicólogos que están hablando con él podrán darnos más información.

Hurtig hojeó la pila de documentos.

—¿Algo más?

—Sí, un par de cosas más. Karl Lundström preconiza la castración de los pederastas y violadores, pero entre líneas se entiende que considera que eso no basta: habría que castrar a todos los hombres.

Hurtig alzó la vista al cielo.

—¿No es un poco traído por los pelos? En nuestro caso, se trata de muchachos.

—Es posible, pero tengo más razones para querer seguirlo de cerca —continuó Jeanette—. En su historial figura un caso archivado de violación de menor, con violencia y secuestro. Fue hace siete años. La que le denunció fue una tal Ulrika Wendin, de catorce años. ¿Adivinas quién archivó el caso?

Él rio.

—El fiscal Von Kwist, supongo.

Jeanette asintió.

—Ulrika Wendin vive cerca de Hammarby y propongo que vayamos a verla en cuanto podamos.

—Vale... ¿qué más?

La miró con insistencia y ella no pudo evitar hacer esperar un poco la respuesta.

—La mujer de Karl Lundström es dentista.

Pareció desconcertado.

—¿Dentista?

—Sí, dentista, y como tal tiene acceso a medicamentos. Sabemos que por lo menos una de nuestras víctimas fue envenenada con un anestésico utilizado por los dentistas. Xylocaína adrenalina. No me sorprendería que también encontráramos rastro del mismo en la sangre de Krylov. En resumidas cuentas, no es imposible que todo esté relacionado.

Hurtig dejó la carpeta sobre la mesa y se levantó.

—Vale, me has convencido. Ese Lundström nos interesa.

—Voy a llamar a Billing —dijo Jeanette—. Esperemos que logre convencer al fiscal para que ordene un interrogatorio.

Hurtig se detuvo en el umbral de la puerta.

—¿Seguro que hay que poner a Von Kwist sobre aviso? ¿No se trata solo de una conversación para sondear el terreno?

—Lo siento —dijo Jeanette—. Dado que ya está imputado, por lo menos debemos informar al fiscal.

Hurtig suspiró y salió.

Jeanette llamó al comisario principal Billing que, para su sorpresa, se mostró muy complaciente y prometió hacer todo lo posible para convencer al fiscal. Acto seguido telefoneó a Lars Mikkelsen, que estaba al mando de la investigación en la criminal.

Le expuso el caso, pero cuando mencionó a Karl Lundström se echó a reír.

—No, mira, esto no encaja. —Mikkelsen se aclaró la voz—. No es un asesino. He visto a un montón y sé reconocerlos. Ese hombre es un enfermo, pero un asesino no.

—Tal vez —dijo Jeanette—, pero me gustaría saber más sobre sus contactos relacionados con el comercio de niños.

—Lundström da la impresión de saber mucho, pero no estoy muy seguro de que puedas sacarle algo. Se trata de un tráfico internacional y no creo siquiera que Interpol pueda serte de gran ayuda. Créeme, trabajo en esta mierda desde hace veinte años y siempre nos damos de bruces.

–¿Cómo puedes estar tan seguro de que Lundström no es un asesino?

Se aclaró de nuevo la voz.

–Por supuesto, todo es posible, pero si le conocieras lo entenderías. Será mejor que hables con uno de los psicólogos, una tal Sofia Zetterlund a la que han consultado como perito. Pero el examen no ha hecho más que empezar, habrá que esperar unos días para tener las conclusiones de Huddinge.

Colgaron.

Jeanette no tenía nada que perder y esa psicóloga quizá podría echarle una mano, aunque fuera solo con un detalle aparentemente insignificante. No sería la primera vez. Con el cariz que tomaban los acontecimientos, era conveniente llamar a esa Sofia Zetterlund.

Pero ya estaban fuera del horario de oficina y decidió dejar la llamada para el día siguiente. Era hora de regresar a casa.

Gamla Enskede–Casa de los Kihlberg

Desde el coche llamó a Åke para saber si había comida en casa, pero Johan y él habían cenado unas pizzas y el frigorífico estaba vacío: se detuvo de camino en la tienda de la gasolinera Statoil del Globe a comprar un par de salchichas asadas.

El aire era agradable. Bajó la ventanilla de su puerta para dejar que el viento fresco le acariciara el rostro. Una vez aparcó el coche frente a la casa olió a hierba cortada al atravesar el jardín y, en la parte trasera, encontró a Åke sentado tomándose una cerveza en el porche. Estaba sudado y sucio después de haber trabajado en el jardín pedregoso y accidentado. Fue a darle un beso en su mejilla mal afeitada.

–Hola, guapetón –dijo ella por costumbre–. Menudo trabajo has hecho. ¡Ya hacía falta! Ya les había visto mirar de reojo desde detrás de la cerca.

Señaló con el mentón a los vecinos e hizo gesto de vomitar. Åke se rio y asintió.

—¿Dónde está Johan?

—Ha ido a jugar a fútbol con unos amigos.

La miró y sonrió, con la cabeza un poco ladeada.

—Qué guapa eres, incluso cuando pareces cansada.

La asió de la cintura y la atrajo sobre sus rodillas. Ella pasó la mano por su cabello al rape, se liberó, se levantó y fue a la cocina por la puerta acristalada.

—¿Tenemos vino? Necesito una copa.

—Hay un tetrabrik sin abrir sobre la encimera y unos restos de pizza en el frigorífico. Pero como tenemos una hora para nosotros, ¿quizá podríamos entrar un rato?

No habían hecho el amor desde hacía varias semanas. Ella sabía que él se había acostumbrado a aliviarse en el baño, pero la verdad era que se sentía demasiado cansada. Al volverse, vio que ya la seguía.

—Vale, de acuerdo —dijo ella sin gran entusiasmo.

Se daba cuenta de ello, pero no tenía el valor de fingir.

—Si es así, dejémoslo correr.

Le vio volverse a sentar en el porche y abrir otra cerveza.

—Perdóname —dijo—, pero la verdad es que estoy muy cansada. Solo me apetece ponerme cómoda y relajarme tranquilamente mientras esperamos a que regrese Johan. ¿Podemos hacerlo antes de dormir?

Él apartó la vista y masculló:

—Sí, sí. Está bien así.

Ella exhaló un profundo suspiro, abrumada por no sentirse a la altura.

Con paso decidido, se plantó frente a Åke.

—No, así no está bien, ¡joder! Cierra la boca y ven a echarme un polvo, ahora mismo. ¡Déjate de preliminares y de tonterías! —Lo asió de la mano y lo levantó del sillón–. ¡Aquí mismo, en el suelo de la cocina!

–¡Joder, deja de provocarme! –Åke se liberó y se alejó–. Voy a por la bici e iré a buscar a Johan.

¡Todos esos tíos que creían tener derecho a venirle con exigencias y a hacerla sentir culpable! Sus jefes, Åke y todos esos cabrones a los que durante todo el día trataba de mandar al talego.

Todos esos hombres que, de una manera u otra, tenían una influencia en su vida y de los cuales, muy a menudo, le hubiera resultado mucho más fácil prescindir.

Hospital de Huddinge

Sofia se sintió completamente agotada cuando el padre de Linnea Lundström, el pederasta Karl Lundström, abandonó la estancia. Por mucho que lo negara, la vergüenza le reconcomía. Lo había visto en sus ojos al explicar el episodio de Kristianstad. Utilizaba las elucubraciones religiosas y las historias de tráfico de niños como excusa.

En esos últimos casos, se trataba más bien de reprimirla.

La falta y la vergüenza no eran cosa suya sino de la conciencia humana entera o de la mafia rusa.

¿Esas historias se las dictaba su inconsciente?

Sofia decidió comunicar a Lars Mikkelsen las informaciones recabadas a lo largo de la entrevista, aunque pensaba que la policía nunca encontraría a ningún Anders Wikström en Norrland, ni ninguna cinta de vídeo en un armario de su sótano.

Marcó el número de la policía, le pasaron a Mikkelsen y le resumió brevemente lo que Karl Lundström le había contado.

Acabó la conversación con una pregunta retórica.

—¿Conseguiremos alguna vez que en los grandes hospitales suecos se deje de repartir ansiolíticos a diestro y siniestro?

—¿Lundström estaba confuso?

—Sí. Si quieren que haga correctamente mi trabajo, que por lo menos no vaya colocado aquel con quien tengo que hablar.

Al salir del departamento 112 del hospital de Huddinge, Sofia reflexionó acerca de sus decisiones profesionales.

¿De qué tipo de pacientes quería ocuparse realmente? ¿Cuándo y cómo era más útil? ¿Y qué precio estaba dispuesta a pagar en términos de insomnio y de nudos en el estómago?

Quería trabajar con clientes como Samuel Bai y Victoria Bergman pero, en ese caso, no había estado a la altura.

Con Victoria Bergman se había implicado de una manera demasiado personal, hasta perder la capacidad de juicio.

¿Y si no?

Llegó al aparcamiento, sacó las llaves del coche y echó un vistazo en dirección al complejo hospitalario.

Por un lado estaba su trabajo allí, con gente como Karl Lundström. No tenía que tomar las decisiones sola. Redactaba un informe pericial que, en el mejor de los casos, se entregaría a título de recomendación a las autoridades judiciales.

Era como el juego del teléfono.

Ella susurraba su opinión al oído de alguien, que lo transmitía a la persona siguiente, luego a otra y finalmente llegaba a oídos de un juez que tomaba entonces una decisión totalmente diferente, quizá empujado por un fiscal influyente.

Abrió su coche y se dejó caer en el asiento.

Por otro lado, estaba su trabajo en la consulta, con pacientes como Carolina Glanz, que le pagaban por horas.

El paciente paga por un tiempo convenido, aspira a una concentración total sobre su persona y utiliza al terapeuta que, por su parte, cobra por dejarse utilizar por el paciente.

Una triste tautología, constató al salir del aparcamiento. Soy igual que una prostituta.

Klara Sjö–Ministerio Fiscal

El despacho de Kenneth von Kwist es sobrio, muy masculino con sus sillones de cuero negro, una gran mesa de trabajo y numerosos cuadros naturalistas.

Le arde el estómago, pero se sirve sin embargo un buen whisky y luego le tiende la botella a Viggo Dürer, que menea la cabeza.

Von Kwist alza su copa, se moja los labios y degusta el poderoso aroma ahumado.

Por el momento ese encuentro con Viggo no ha cambiado nada, ni para bien ni para mal. Por supuesto, ha reconocido ser más que un simple conocido de la familia Lundström.

–Viggo… –dice el fiscal Kenneth von Kwist con un profundo suspiro–. Hace mucho tiempo que nos conocemos y siempre he estado de tu lado, como tú cada vez que he necesitado tu ayuda.

Viggo Dürer asiente.

–Así es.

–Pero en este caso no sé si puedo ayudarte. La verdad es que ni siquiera sé si me apetece.

–Pero ¿qué dices? –Viggo Dürer lo mira, atónito.

–Karl había tomado unos medicamentos muy fuertes cuando reconoció haber abusado de Linnea.

–Sí, es una historia muy complicada. –Viggo Dürer resopla con una mueca de repugnancia poco creíble–. Pero ¿en qué me concierne?

–Linnea se reafirma en su declaración.

Viggo Dürer parece sorprendido.

–Creía que Annette...

Calla y Kenneth reacciona ante esa interrupción.

–¿Qué pasa con Annette?

Entorna los ojos.

–Pues... que ya había olvidado todo eso.

Algo en la apariencia de Viggo Dürer reafirma la sospecha del fiscal Kenneth von Kwist de que la chica lleva razón.

–Linnea afirma que tú también estabas implicado en las... como decirlo... las actividades de Karl.

–¡Oh, mierda! –Viggo Dürer palidece y se lleva la mano al corazón.

–¿Estás bien?

El abogado gime y respira hondo, y le tranquiliza con un gesto.

–Nada grave. Pero lo que dices es muy alarmante.

–Lo sé. Razón de más para que seas pragmático. ¿Entiendes qué quiero decir?

Mariatorget–Oficina de Sofia Zetterlund

A su regreso a la consulta, Sofia se sintió completamente vacía. Disponía de una hora antes de su siguiente cliente, una mujer ya madura a la que había visto dos veces y cuyo principal problema era precisamente tener un problema.

Una entrevista que estaría dedicada a comprender un problema que inicialmente no lo era, pero que insensiblemente se convertiría en uno a lo largo de la conversación.

Luego sería el turno de Samuel Bai.

Los problemas de la gente corriente, pensó.

Una hora.

Victoria Bergman.

Enchufó los auriculares.

La voz de Victoria parecía divertida.

Era tan fácil mearse de risa al ver sus caras serias cuando me compraba un caramelo por diez céntimos y tenía los bolsillos llenos de chuches que podía revender a los que se peleaban por ver quién se atrevería a magrearme las tetas o a meterme mano en las bragas y luego reírse cuando me enfadaba y metía pegamento en la cerradura para que llegaran tarde y ese tipo barbudo que te pegaba tan fuerte en la cabeza con su libraco que te hacía castañetear los dientes y te hacía escupir el chicle que de todas formas ya no sabía a nada y que luego pegué sobre una mosca...

Sofia se sorprendía al ver hasta qué punto la voz cambiaba según las asociaciones. Como si esos recuerdos pertenecieran a varias personas que hablaran a través de un médium. A mitad de la frase, la voz de Victoria adoptó un tono triste.

... pero tenía otros chicles de reserva y pude meterme uno en la boca mientras él leía sobre la tarima mirando de reojo si copiaba mis manos húmedas manchaban mis deberes y hacía faltas de ortografía solo porque era nerviosa no tonta como todos aquellos cretinos que podían regatear la pelota mil veces sin cansarse pero no sabían nada sobre las capitales o las guerras cuando deberían saberlo porque siempre eran tipos como ellos los que empezaban las guerras sin comprender nunca cuando ya era suficiente y siempre caían sobre el que daba un poco la nota y lucía la mala marca de vaqueros o un peinado feo o era demasiado gordo...

La voz se volvió más cortante. Sofia recordó que Victoria se enfadó.

... como esa chica gorda en su triciclo, con su careto raro, siempre babeaba, una vez le dijeron que se desnudara pero no lo entendió hasta que le quitaron los pantalones. Siempre habían creído que era solo gorda, la chavala, así que les sorprendió ver que abajo era adulta y luego se recibía un castigo porque no había que llorar cuando te daban puñetazos en el vientre y se reían y te ibas sin chivarte ni quejarte de dura y decidida que eras...

Luego la voz calló. Sofia oyó su propia respiración. ¿Por qué no invitó a Victoria a continuar?

Pulsó el avance rápido. Casi tres minutos de silencio. Cuatro, cinco, seis minutos. ¿Por qué grabó eso? Solo se oían respiraciones y ruidos de papeles.

Al cabo de siete minutos, Sofia se oyó sacarle punta al lápiz. Luego Victoria rompió el silencio.

Nunca pegué a Martin. ¡Nunca!

Victoria casi gritaba y Sofia tuvo que bajar el volumen.

Nunca. No soy una traidora. Me comí la mierda por ellas. Mierda de perro. ¡Me cago en la puta, ya estoy acostumbrada a tragármela! ¡Malditas pijas de Sigtuna! ¡Tuve que comer mierda por culpa de ellas!

Sofia se quitó los auriculares.

Sabía que Victoria perdía el hilo, mezclaba sus recuerdos y a menudo olvidaba lo que acababa de decir.

Pero ¿esos momentos en blanco eran banales huecos en su memoria?

Los nervios se apoderaban de ella a medida que se acercaba la entrevista con Samuel. Tenía que evitar que la conversación acabara en un callejón sin salida como había ocurrido en las sesiones precedentes.

Tenía que agarrarlo por la cintura antes de que fuera demasiado tarde, antes de que se le escapara entre los dedos. Sabía que tendría que emplear toda su energía para esa entrevista.

Como de costumbre, Samuel Bai llegó puntualmente, acompañado de un asistente social de Hässelby.

—¿Nos vemos a las dos y media?

—Creo que hoy alargaré un poco la entrevista —dijo Sofia—. Venga a buscarle a las tres.

El asistente social desapareció por el ascensor. Sofia miró a Samuel Bai, que silbó.

—*Nice meeting you, ma'am** —dijo con una gran sonrisa.

---

* «Me alegro de verla, señora».

Sofia se sintió aliviada al comprender cuál de las personalidades de Samuel se presentaba ante ella.

Era Frankly Samuel, como le llamaba Sofia en sus notas, el Samuel franco, abierto y amable que empezaba todas sus frases con «Frankly, ma'am, I have to tell ya...».* Hablaba siempre en un inglés muy peculiar que divertía a Sofia.

Esos últimos tiempos, Samuel se convertía en Frankly Samuel en cuanto el asistente social se marchaba.

Es interesante que elija ese rostro cuando viene a verme, se dijo invitándolo a entrar.

La actitud franca de Frankly Samuel le convertía en el más interesante de todos los Samuel que Sofia había observado hasta el momento en el curso de las entrevistas. El Samuel «corriente», al que había bautizado como Samuel Common —su personalidad principal— era retraído, correcto y se confiaba poco.

Frankly Samuel era la faceta de su personalidad que hablaba de las atrocidades que había cometido de niño. Era casi surrealista oírle piropear los bonitos ojos de Sofia o sus bellos pechos, siempre sonriente y encantador, y acabar su frase explicando cómo en un sombrío hangar de Lumley Beach cerca de Freetown le cortó cuidadosamente las orejas a una niña. Acto seguido, podía echarse a reír con unas expresivas risotadas que le recordaban a Sofia las del futbolista Zlatan Ibrahimović. Un jo, jo, jo alegre y como aspirado que hacía resplandecer todo su rostro.

A veces, sin embargo, había visto destellos en sus ojos y pensaba que allí había otro Samuel que aún no se había mostrado.

El trabajo terapéutico de Sofia estaba encaminado a reunir esas diferentes personalidades en una persona coherente. Pero sabía perfectamente que no había que quemar las etapas. El paciente debía poder afrontar lo que llevaba dentro de sí.

Con Victoria Bergman, todo se había hecho solo.

---

* «Francamente, señora, debo decirle...».

Victoria era como una lavadora: trataba de lavar el mal en la machacona repetición de sus monólogos.

Pero con Samuel Bai era diferente.

Con él tenía que ser prudente, sin por ello dejar de ser eficaz.

Frankly Samuel no se mostraba especialmente afectado al relatar los horrores que había vivido, pero Sofia tenía cada vez más la impresión de que frente a ella se hallaba una bomba de efecto retardado.

Le invitó a tomar asiento y Frankly Samuel se acurrucó en el sillón. Una especie de gestualidad elástica y ondulante acompañaba esa personalidad.

Sofia le miró y sonrió, un poco a la defensiva.

—*So... how do you do, Samuel?**

Golpeó la mesa con su abultado anillo de plata y la miró con ojos alegres. Luego sacudió los hombros, como mecido por una ola.

—*Ma'am, dat has never been better... And frankly, I must tell ya...***

A Frankly Samuel le gustaba charlar. Manifestaba también un franco interés por Sofia, hacía preguntas personales y pedía sin rodeos su opinión sobre diversos problemas. Mejor, pues así podía orientar la conversación hacia temas que le parecían apropiados para avanzar en la terapia.

Llevaban media hora de entrevista cuando Samuel, para gran decepción de Sofia, cambió bruscamente de personalidad y se convirtió de nuevo en Samuel Common. ¿Qué error había cometido?

Habían hablado de segregación, un tema que a él le interesaba mucho, y él le había preguntado dónde vivía y en qué estación de metro había que bajarse para ir a visitarla. Ante su respuesta —barrio de Södermalm, metro Skanstull o Medborgarplatse— su sonrisa franca se evaporó y se volvió más reservado.

---

* «Bueno... ¿cómo estás, Samuel?».

** «Mejor que nunca, señora... Y, francamente, debo decirle...».

—Monumental, ah sí, joder… —dijo en sueco macarrónico.
—¿Samuel?
—¿Quién es? Ese de ahí, que me escupe a la cara… arañas en los brazos. *Tattoos…*

Sofia sabía a qué acontecimientos se refería. Los servicios sociales de Hässelby la habían informado de que Samuel había sido víctima de una agresión bajo un porche de Ölandsgatan. Con «monumental», se refería a la zona del Monumento, junto a la parada de metro Skanstull.

Cerca del apartamento de Mikael, pensó ella.

—Mira mi tatuaje, R de *Revolution*, U de *United*, F de *Front*. ¡Aquí!

Tiró del cuello de su camiseta: tenía un tatuaje en el pecho.

RUF, con mala letra. Sofia conocía perfectamente esas siglas de siniestras connotaciones.

¿Era el recuerdo de esa agresión lo que había hecho resurgir a Samuel Common?

Reflexionó un instante mientras él miraba la mesa en silencio.

Quizá Frankly Samuel no había sabido cómo hacer frente a la humillación de esa agresión y lo había delegado en Samuel Common, que se ocupaba por así decirlo de sus contactos formales con la policía o los servicios sociales. Por eso Frankly Samuel había desaparecido al salir a relucir la zona del Monumento.

Entra dentro del orden de las cosas, pensó. El lenguaje está cargado de valores simbólicos.

Imaginó en el acto cómo hacer regresar a Frankly Samuel.

—Discúlpame un momento, Samuel.
—¿Qué pasa?

Sofia le sonrió.

—Te voy a enseñar una cosa. Espérame aquí, vuelvo dentro de un minuto.

Salió de la estancia y fue directamente a la sala de espera del dentista Johansson, la puerta a la derecha de su consulta.

Sin llamar a la puerta, entró en el quirófano. Se disculpó ante el sorprendido Johansson, que le estaba enjuagando la boca a una mujer de edad provecta, y le pidió que le prestara la vieja maqueta de una moto que tenía en una estantería detrás de él.

—La necesitaré solo una hora. Sé que la tienes en gran estima, pero te prometo tratarla con cuidado.

Le dirigió una sonrisa cautivadora al dentista sexagenario. La apreciaba, Sofia lo sabía. Seguramente también se sentía un poco solo.

—Ay, los psicólogos, los psicólogos... —exclamó riendo bajo su mascarilla.

Fue a por la pequeña moto metálica.

Era la maqueta de una Harley Davidson *vintage*, lacada en rojo. Estaba muy bien hecha, fabricada según Johansson en Estados Unidos en 1959 con el metal fundido y el caucho de una verdadera Harley.

Es perfecta, se dijo Sofia.

Johansson le tendió la pequeña moto recordándole su valor. Al menos dos mil coronas en internet, y más incluso si se vendía a un japonés o a un americano.

Debe de pesar por lo menos un kilo, se dijo al salir de la consulta del dentista. Volvió a excusarse ante Samuel y colocó la moto sobre el alféizar de la ventana a la izquierda de su mesa.

—*Jeesus, ma'am!** —exclamó.

Sofia no se había imaginado que la transformación pudiera ocurrir tan deprisa.

Los ojos de Frankly Samuel comenzaron a brillar. Se precipitó hacia la ventana y, divertida, Sofia lo contempló examinar minuciosamente la moto por todos lados silbando y gritando entusiasmado.

—*Jeesus, beautiful...***

* «¡Jesús, señora!».
** «Jesús, qué bonita...».

Durante las entrevistas precedentes, había descubierto una pasión de Frankly Samuel. En varias ocasiones, le había hablado del club de moteros de Freetown, adonde iba a menudo a admirar las largas filas de motos. A los catorce años, cedió a la tentación y robó una Harley para ir a recorrer las largas playas de los alrededores.

Samuel había vuelto a sentarse, sosteniendo la moto en los brazos y palmeándola como si fuera un perrito. Le brillaban los ojos y en su rostro lucía una amplia sonrisa.

—*Freedom, ma'am. Dat is freedom… Dem bikes are for me like momma-boobies are for dem little children.**

Empezó a hablar de su pasión. Poseer una moto no solo supuso para él la libertad, sino que también le permitió impresionar a las chicas y hacer amigos.

—Háblame de ellos. *Your friends…*

—*Which friends? Da cool sick or da cool fresh? Myself prefer da cool freshies! Frankly, I have lots of dem in Freetown… start with da cool fresh Collin…***

Sofia sonrió discretamente y le dejó hablar de Collin y de sus otros amigos, a cual de ellos más enrollado. Al cabo de diez o quince minutos se dio cuenta de que a base de anécdotas admirativas o fantochadas sin duda iba a pasarse toda la sesión retratando a sus amigos con apabullante riqueza de detalles.

Sintió que tenía que estar ojo avizor. La logorrea y la agitación de Frankly Samuel le hacían perder la concentración.

Tenía que reorientar la entrevista.

Se produjo entonces lo que por descontado ya había previsto, pero que no esperaba en ese preciso momento.

Le apareció un nuevo rostro de Samuel.

---

* «La libertad, señora. Eso es la libertad… Esas motos son para mí como la teta de su madre para un bebé».

** «¿Qué amigos? ¿Los colgados o los enrollados? ¡Yo prefiero los enrollados! Francamente, tengo muchos en Freetown… Para empezar, mi colega Collin, muy enrollado…».

La sala

estaba bañada por el resplandor tembloroso de la televisión. El Discovery Channel se había quedado encendido toda la noche y, a las cinco y media de la madrugada, la despertó la voz monótona del locutor.

–*Pla kat* significa «plagio» en tailandés, pero también es el nombre de una especie de pez de combate gigante y agresivo, criado y utilizado en Tailandia en unas espectaculares peleas. Encierran a dos machos en un pequeño acuario y, para defender su territorio, se atacan de inmediato. El sangriento enfrentamiento solo llega a su fin con la muerte de uno de los peces.

Sonrió, se levantó y fue a prepararse un café en la cocina.

Mientras esperaba a que estuviera listo, miró por la ventana.

El parque y sus árboles que empezaban a verdear, los vehículos aparcados y los transeúntes con cuentagotas.

Estocolmo.

Södermalm.

¿Su casa?

No, estar en casa es algo muy diferente.

Un estado de ánimo. Un sentimiento que ella nunca conocería. Jamás.

Lentamente, a pequeños retazos, alumbró una idea.

Una vez se bebió el café, recogió la mesa y abrió la puerta escondida detrás de la estantería de libros.

Vio que el muchacho dormía profundamente.

La mesa de la sala estaba cubierta de periódicos de la semana anterior. Esperaba encontrar por lo menos un artículo sobre la desaparición y pensaba incluso que habría sido noticia de portada.

¿Un niño que se volatiliza debería ser una noticia importante?

Para la prensa sensacionalista, una razón para vender papel por lo menos durante una semana.

Así era por lo general.

Pero no había encontrado nada que indicara que lo estuvieran buscando. Tampoco había oído nada en las noticias en la radio: empezaba a decirse que aún era más perfecto de lo que había osado esperar.

Si nadie se preocupaba por su desaparición, se refugiaría junto a ella mientras le satisficiera las necesidades elementales, y eso sabía que lo haría.

Haría más que satisfacerlas.

Se anticiparía a sus deseos hasta que se confundieran con los suyos propios y él y ella fueran solo uno. Ella sería la cabeza de esa nueva criatura, él los músculos.

De momento, sin conocimiento sobre el colchón, no era más que un embrión, pero en cuanto aprendiera a pensar como ella ya solo existiría una única verdad para los dos.

En cuanto le enseñara lo que suponía ser víctima y verdugo a la vez, lo comprendería.

Él sería el animal y ella la que decidiría si el animal debía o no dar libre curso a sus pulsiones. Juntos formarían un ser perfecto, cuyo libre albedrío estaría guiado por una conciencia y las pulsiones físicas por otra.

Ella podría liberar sus pulsiones a través de él y él podría gozar de ello.

Ninguno podría ser considerado responsable de lo que el otro hiciera.

El cuerpo estaría constituido por dos entidades, un animal y un ser humano.

Una víctima y un verdugo.

Un verdugo y una víctima.

El libre albedrío unido a las pulsiones físicas.
Dos antípodas en un mismo cuerpo.

La habitación estaba a oscuras y encendió la bombilla del techo. El muchacho se despertó y ella le dio de beber. Le enjugó la frente sudada.

Fue a llenar la palangana con agua tibia en el rincón del aseo y volvió junto a él para lavarlo cuidadosamente con un guante, agua y jabón. Luego lo secó.

Antes de volver al apartamento, le inyectó otra dosis de somnífero y aguardó a que perdiera de nuevo la conciencia.

Se durmió con la cabeza apoyada contra el pecho de ella.

Harvest Home

Como de costumbre la clientela estaba formada por una mezcla de artistas locales, músicos y actores de cierto renombre, y turistas de paso deseosos de codearse con la supuesta bohemia de Södermalm.

En realidad, era uno de los barrios más burgueses y étnicamente homogéneos del país.

Era también una de las zonas más criminógenas, aunque la prensa se obstinara en dar una imagen moderna e intelectual más que violenta y peligrosa.

Debilidad, pensó Victoria Bergman riendo. Ya hacía seis meses que seguía esa terapia con Sofia Zetterlund y ¿qué había conseguido?

Al principio le pareció que esas entrevistas le aportaban algo, eran la ocasión de remover sus emociones y sus reflexiones, y además Sofia Zetterlund sabía escuchar.

Luego le pareció que no obtenía mucho a cambio. Sofia Zetterlund parecía dormir mientras le hablaba. Cuando Victoria se confiaba verdaderamente, Sofia se contentaba con asentir fríamente con la cabeza, tomaba alguna nota, ordenaba sus papeles o manipulaba su pequeño dictáfono, con aire ausente.

Sacó el paquete de cigarrillos de su bolso y lo dejó sobre la mesa, y empezó a tamborilear nerviosamente sobre la misma con las puntas de los dedos. El malestar estaba allí, como un peso en el pecho.

Estaba allí desde hacía mucho tiempo.

Demasiado tiempo para ser soportable.

Victoria Bergman estaba en una terraza de Bondegatan. Desde que se había instalado en Södermalm, iba allí a menudo a tomar un par de copas de vino.

El personal era amable sin ser excesivamente familiar. Detestaba a los camareros invasivos que después de solo algunas visitas ya empezaban a llamarte por tu nombre.

Al imaginar el rostro amorfo, adormilado e indiferente de Sofia Zetterlund, a Victoria Bergman se le ocurrió una idea. Se sacó un bolígrafo del bolsillo de su chaqueta y alineó tres cigarrillos frente a ella.

En el primero escribió Sofia, en el segundo débil y en el último dormida.

Luego, de un lado a otro de la cajetilla, Sofia zzzzzzz...

Encendió el cigarrillo en el que se leía Sofia.

A tomar por saco, pensó. Se acabaron las consultas. ¿Por qué tendría que volver? Sofia Zetterlund se las daba de psicoterapeuta, pero era una persona débil.

Pensó en Gao. Gao y ella no eran débiles.

Los acontecimientos recientes aún estaban grabados en sus párpados y una sensación casi eufórica se adueñó de su cuerpo. Sin embargo, a pesar de la excitación que aún sentía, la reconcomía una insatisfacción, una frustración. Como si necesitara más.

Comprendió que debía someter a Gao a una prueba en la que fallara. Así quizá ella recuperaría la sensación del principio. Comprendió que lo que quería sentir era la mirada de Gao y de nadie más, los ojos de él al darse cuenta de que ella lo había traicionado.

Sabía que la traición era para ella una droga y utilizaba la mentira para sentirse bien. Tener dos seres en su poder y decidir ella sola a cuál acariciar y a cuál golpear. Si de buenas a primeras se cambiaba arbitrariamente de víctima, se les hacía odiarse mutuamente y hacían cualquier cosa para obtener el reconocimiento de uno.

Cuando se sentían muy en peligro, se les llevaba a querer matarse entre ellos.

Gao era su niño. Su responsabilidad, todo.

Solo había habido uno así antes que él: Martin.

Mojó sus labios en el vino y se preguntó si había desaparecido por culpa suya. No, pensó. No fue culpa suya, en esa época no era más que una niña.

Fue culpa de su padre. Destruyó en ella la confianza hacia los adultos: puso al padre de Martin en el mismo saco.

Me tenía en estima, eso es todo, y malinterpreté sus caricias, se dijo Victoria.

Era una niña desorientada.

Bebió un buen trago de vino y echó un vistazo a la carta, aunque sabía que no tenía intención de comer nada.

Bondegatan–Distrito comercial

Sofia Zetterlund entró en la tienda Tjallamalla, en Bondegatan, con la esperanza de encontrar algo bonito con lo que ampliar su guardarropía, pero salió con un pequeño cuadro en el que se veía a la Velvet Underground, el antiguo grupo de Lou Reed que tanto había escuchado en su adolescencia.

La sorprendió que también vendieran arte, era la primera vez. Pero no dudó ni un segundo: ese cuadro era un verdadero hallazgo.

Se instaló en la terraza del pub Harvest Home, a dos pasos de allí, y dejó el cuadro en la silla vecina.

Pidió una jarra de medio litro del blanco de la casa. La camarera sonrió al reconocerla y ella le devolvió la sonrisa al encenderse un cigarrillo.

Pensó en Samuel Bai y su sesión de terapia, unas horas antes. Se estremeció al pensar en lo que había liberado y en su propia reacción.

Cuando se encolerizaba era imprevisible, parapetado tras una sólida fachada y desprovisto de cualquier atisbo de racionalidad. Sofia recordó cómo había tratado de tomar el toro por los cuernos, de aterrizar en medio del estrépito de una caótica reminiscencia presentándole algo a lo que agarrarse. Pero fracasó.

Se desanudó el fular y se palpó el cuello dolorido. Había tenido suerte de salir viva de ello.

Todo había ido bien hasta el momento en que el nuevo Samuel salió a la luz.

De repente, ella fue testigo de la espantosa metamorfosis. En un inciso que concernía a su camarada, Samuel mencionó Pademba Road Prison.

A partir de la tercera palabra su voz cambió, adoptando un silbido sordo:

—Prissssión...

Sabía que las personalidades disociativas podían cambiar muy deprisa de identidad. Una palabra, un gesto le habían bastado a Samuel.

Se echó a reír con unas carcajadas que le helaron la sangre. Su amplia sonrisa seguía allí, pero completamente vacía, y su mirada se volvió torva.

Sus recuerdos eran confusos.

Pero recordaba que Samuel se había levantado bruscamente golpeando la mesa y había volcado el bote de lápices que le rodó sobre las rodillas.

Recordaba lo que le había escupido.

Primero en krio.

—*I redi, an a de foyu. If yu ple wit faya yugo soori!*

Estoy listo y estoy aquí para cogerte. Si juegas con fuego, lo lamentarás.

Luego en lengua mendé:

—*Mambaa manyani... Mamani manyimi...*

Era como una lengua infantil, de extraña gramática, pero no cabía duda alguna acerca del sentido de esas palabras. Ya las había oído.

Luego la levantó por el cuello como a una muñeca.

Y todo se volvió negro.

Cuando Sofia se llevó con mano temblorosa la copa de vino a los labios, se dio cuenta de que estaba llorando. Se enjugó los ojos con la manga de la blusa y comprendió que tenía que ordenar sus recuerdos.

El asistente social fue a buscarlo.

Sofia recordaba haberle confiado a Samuel, como si no hubiera ocurrido nada inusual. Pero ¿qué ocurrió antes?

Extrañamente, el único recuerdo que guardaba era el de un perfume que reconocía.

El que utilizaba Victoria Bergman.

No alcanzo a diferenciar a mis clientes unos de los otros, constató brutalmente bebiendo unos sorbos. Por eso no me aclaro.

Samuel Bai y Victoria Bergman.

Además del choque y de la falta de oxígeno, se le había ido completamente la pinza y por eso su único recuerdo de la sesión de Samuel se refería a Victoria Bergman.

No me aclaro, repitió en silencio. Anular su próxima cita no bastará, voy a anularlo todo. De momento, soy incapaz de ayudarle.

A veces había que aceptar ser débil.

El teléfono interrumpió sus reflexiones. Un número desconocido.

—¿Diga? —dijo con voz titubeante.

—Soy Jeanette Kihlberg, de la policía de Estocolmo. ¿Es usted Sofia Zetterlund?

—Sí, soy yo.

—Se trata de uno de sus pacientes, Karl Lundström. Tenemos motivos para pensar que quizá esté involucrado en un caso que estamos investigando y Lars Mikkelsen me ha sugerido que me ponga en contacto con usted acerca de las entrevistas que ha mantenido con él. Quisiera saber si le ha explicado algo que pueda ayudarnos.

—Todo depende, por supuesto, de lo que me pida. Como sabrá, estoy sujeta al secreto profesional y, si no me equivoco, se requiere la autorización del fiscal para que pueda pronunciarme acerca de una investigación en curso.

—La tendremos muy pronto. Estoy investigando sobre dos muchachos que han sido torturados y luego asesinados. Supongo que lee los periódicos o ve las noticias, así que imagino que estará al corriente. Le estaré muy agradecida si puede decirnos algo acerca de Lundström por insignificante que pueda parecer.

A Sofia no le gustaba el tono de esa mujer, a la vez humilde y condescendiente, como si tratara de embaucarla y tirarle de la lengua.

—Como le he dicho, no puedo decirle nada sin una orden del fiscal y, además, no tengo aquí el expediente de Karl Lundström.

Advirtió la decepción en la voz de la policía.

—La comprendo, pero si cambiara de opinión no dude en llamarme. Todo puede ser de utilidad.

El Monumento–Apartamento de Mikael

Esa noche, Sofia y Mikael charlaban frente al televisor y, como de costumbre, él la obsequiaba con el relato de sus éxitos profesionales. Sabía que era egocéntrico y, por lo general, le gustaba escuchar el sonido de su voz, pero esa noche también sentía la necesidad de aliviarse hablando de lo que le había ocurrido.

—Hoy me ha agredido un paciente.

—¿Qué? —Mikael la miró, atónito.

—Nada grave, solo una bofetada, pero... tengo intención de deshacerme de ese paciente.

—Pero esas cosas ocurren a menudo, ¿verdad? —preguntó Mikael acariciándole el brazo—. Está claro, no puedes continuar con un paciente amenazador.

Ella le dijo que necesitaba un achuchón.

Más tarde, acurrucada bajo el brazo de Mikael en la penumbra del dormitorio, contemplaba su perfil muy cercano.

—Hace unas semanas me preguntaste si me apetecía ir a Nueva York, ¿te acuerdas?

Le acarició la mejilla y él se volvió hacia ella.

A la vista de que se animaba, lamentó por un momento haber abordado el tema. Por otro lado, quizá había llegado la hora de explicárselo.

—Lasse y yo fuimos el año pasado, y...

—¿Estás segura de que es algo que debo saber?

—No lo sé, pero lo que ocurrió es importante para mí. Quería tener un hijo con él y...

—Ah, de acuerdo... ¿Y crees que debo saberlo? —Mikael suspiró.

Sofia se apartó de su hombro y tendió la mano hacia la lámpara de la mesita. La encendió y se sentó en el borde de la cama.

—Ahora quiero que me escuches —dijo ella—. Por una vez, tengo algo verdaderamente importante que decirte.

Mikael se tapó con la manta y le dio la espalda.

—Quería tener un hijo con él —empezó—. Llevábamos juntos diez años pero, hasta entonces, él no había querido hijos. Durante ese viaje, sin embargo, las circunstancias hicieron que cambiara de opinión.

—Me molesta la luz, ¿puedes apagarla?

Su falta de interés la hirió, sin embargo apagó la lámpara y se deslizó contra su espalda.

—¿Quieres un hijo, Mikael? —preguntó al cabo de un rato.

Le tomó el brazo y lo colocó alrededor de él.

—Hum… quizá, no enseguida.

Pensó en lo que siempre le había repetido Lasse. Durante diez años. «No enseguida». Pero en Nueva York cambió de parecer.

Estaba convencida de que fue en serio, aunque a su regreso todo hubiera cambiado.

No quería pensar en lo que ocurrió entonces. Cómo cambiaba la gente… A veces parece incluso que cada uno contenga varias versiones de la misma persona. Lasse había estado a su lado, la había elegido. Al mismo tiempo, había otro Lasse que la rechazaba. En el fondo era psicología básica, pero eso, a pesar de todo, la asustaba.

—¿Te da miedo algo, Mikael? —preguntó en voz queda—. ¿Hay algo que te da mucho miedo?

No respondió, y comprendió que se había dormido.

Permaneció un rato despierta pensando en Mikael.

¿Qué le había encontrado?

Era mono.

Se parecía a Lasse.

La había interesado, a pesar o justamente a causa de su aspecto tan ordinario.

Un clásico pasado burgués. Criado en Saltsjöbaden con sus padres y una hermana más pequeña. Una infancia protegida, confortable. Sin problemas de dinero. El colegio, el fútbol y luego un camino ya trazado, como su padre. Todo atado y bien atado.

Su padre se suicidó justo antes de que se conocieran y Mikael nunca había querido hablar de ello. Cada vez que trataba de abordar el tema, abandonaba la habitación.

La muerte de su padre aún no había cicatrizado. Sabía que habían estado muy apegados. Sólo había visto una vez a su madre y a su hermana.

Se durmió contra su espalda.

A las cuatro de la madrugada, se despertó empapada de sudor. Por tercera noche consecutiva había soñado con Sierra Leona. Estaba demasiado agitada para dormirse de nuevo. Mikael dormía profundamente al lado de ella. Se levantó con cuidado para no despertarlo.

A él no le gustaba que fumara dentro, pero se encendió un cigarrillo debajo de la campana de la cocina.

Pensó en Sierra Leona preguntándose si no había cometido un error al rechazar el informe que le habían encargado.

Hubiera sido una manera más astuta y prudente de volver sobre lo que vivió allí en lugar de aceptar encontrarse brutalmente cara a cara con un antiguo niño soldado como Samuel Bai.

Sierra Leona fue una decepción en muchos aspectos. No consiguió acercarse a los niños a los que había imaginado que podría ayudar a lograr una vida mejor. Solo recordaba sus rostros vacíos y su aversión hacia los cooperantes. Enseguida comprendió que para ellos estaba en el otro bando. Era una extranjera, adulta y blanca, y seguramente les asustaba más de lo que les ayudaba. Unos niños la apedrearon. Habían perdido toda confianza en los adultos. Nunca se había sentido tan impotente.

Y ahora había fracasado con Samuel Bai.

Una decepción, pensó. Si Sierra Leona fue una decepción, su vida actual, siete años después, no era mucho mejor.

Se preparó unas tostadas y bebió un vaso de zumo de frutas pensando en Lasse y Mikael.

Lasse la traicionó.

Pero ¿también Mikael era motivo de decepción? Sin embargo, todo había empezado muy bien entre ellos…

¿Se estaban alejando incluso antes de estar realmente juntos?

En el fondo, no había ninguna diferencia entre su trabajo y su vida privada. Los rostros se confundían. Lasse. Samuel Bai. Mikael. Tyra Mäkelä, Karl Lundström.

Todos, alrededor de ella, eran extraños.

Se alejaban, escapaban a su control.

Se sentó de nuevo frente a la cocina, se encendió otro cigarrillo y contempló cómo el humo desaparecía por la campana. El pequeño magnetófono se hallaba sobre la mesa y lo tomó.

Era muy tarde, hubiera sido mejor intentar dormir, pero no pudo resistir la tentación. Lo puso en marcha.

... siempre había tenido vértigo, pero tenía muchas ganas de subir a la noria. Sin eso, nunca hubiera ocurrido, hoy tendría acento de Escania, hubiera crecido, hubiera aprendido a atarse solo los zapatos. Joder, qué duro es recordar. Pero estaba muy consentido. Siempre tenía que conseguir todo lo que quería.

Sofia sintió que se relajaba.

En ese estado justo antes del sueño, sus pensamientos se liberaban.

La puerta

se abrió y la mujer rubia se acercó a él. Ella también estaba desnuda y era la primera vez que veía a una mujer sin ropa. Ni siquiera su madre se había mostrado así ante él.

Cerró los ojos.

Se deslizó junto a él y permaneció allí absolutamente silenciosa mientras olisqueaba sus cabellos y le acariciaba suavemente el pecho. No era su verdadera madre, pero le había elegido a él. Solo le miró y luego, con una sonrisa, le tomó de la mano.

Nadie le había acariciado así nunca y nunca se había sentido tan seguro.

Los otros siempre vacilaban. No le tocaban, le pellizcaban para ver lo que valía.

Pero la mujer rubia no titubeaba.

Cerró de nuevo los ojos y la dejó hacer con él lo que quisiera.

El colchón estaba húmedo después de sus ejercicios. Durante varios días se quedaron en la cama, sin hacer nada más que ejercitarse y dormir alternativamente.

Cuando no entendía bien lo que esperaba de él, ella le mostraba cuidadosamente lo que quería que hiciera. A pesar de que para él todo era nuevo, aprendía deprisa y se volvía cada vez más hábil.

Lo que más le costaba aprender a manejar era el objeto en forma de garra.

A menudo no tiraba de él con fuerza suficiente y ella se veía obligada a mostrarle cómo debía arañarla hasta que sangraba.

Si tiraba demasiado fuerte ella gemía, sin que nunca hiciera amago de castigarle: cuanto más fuerte tiraba mejor era, aunque él no llegara a comprender el porqué.

Quizá porque ella era un ángel, insensible al dolor.

El techo y las paredes, el suelo y el colchón. El plástico que crujía bajo sus pies y la pequeña estancia con ducha y aseo. Todo para él.

Los días transcurrían levantando pesas, haciendo dolorosos ejercicios de abdominales y pedaleando durante horas en la bicicleta estática que ella había instalado en un rincón de la habitación.

En el aseo había un armarito lleno de aceites y cremas con las que lo untaba cada noche. Algunas tenían un olor muy fuerte pero le hacían desaparecer las agujetas. Otras tenían un perfume maravilloso y le dejaban la piel lisa y elástica.

Se contempló en el espejo, tensó sus músculos y sonrió.

La habitación era una miniatura del país al que había llegado. Silenciosa, segura, limpia.

Recordó lo que el gran filósofo chino decía acerca de la capacidad del hombre para aprender.

Oigo y olvido, veo y recuerdo, hago y comprendo.

Las palabras eran superfluas.

Se contentaba con observarla y aprender lo que quería que hiciera.

Luego lo haría y comprendería.

La habitación estaba silenciosa.

Cada vez que hacía un gesto de querer decir algo, ella le ponía la mano sobre la boca y le decía «Chsss...». Cuando se comunicaba con él era mediante pequeños gruñidos ahogados y precisos, o gestos. Al cabo de un tiempo, dejó de hablar por completo.

Veía lo contenta que estaba de él cuando lo miraba. Se sentía tranquilo cuando apoyaba la cabeza sobre sus rodillas y ella le acariciaba su cabello al rape, y con un ronroneo le demostraba que eso le gustaba.

La habitación era segura.

La observaba y aprendía, memorizaba lo que quería que hiciera y, con el tiempo, dejó de pensar mediante palabras y frases para trasladar todas sus experiencias a su propio cuerpo. La felicidad era un calor en el vientre. La inquietud una tensión en los músculos de la nuca.

La habitación estaba limpia.

Se contentaba con hacer y comprender. Sensaciones puras.

Jamás decía ni una palabra. Si pensaba, era mediante imágenes.

Sería un cuerpo y nada más.

Las palabras no tenían ningún sentido. No tenían cabida en el pensamiento.

Pero allí estaban y nada podía hacer al respecto.

Gao, pensó. Me llamo Gao Lian.

Barrio de Kronoberg–Central de Policía

Después de su conversación con Sofia Zetterlund, Jeanette Kihlberg se sintió desanimada. Sabía que la autorización del fiscal sería un problema. A buen seguro Von Kwist le pondría trabas.

Y luego estaba esa Sofia Zetterlund.

A Jeanette no le gustaba su frialdad. Era demasiado racional e insensible. Se trataba a fin de cuentas de dos chavales asesinados y, si podía serle de utilidad, ¿por qué se negaba a ello? ¿Se parapetaba detrás del secreto profesional solo por rigor deontológico?

Se estaba atascando.

Por la mañana, con Hurtig, había tratado en vano de ponerse en contacto con Ulrika Wendin, la chica que siete años atrás había denunciado a Karl Lundström por agresión y violación. El número de teléfono que le habían proporcionado en información ya no estaba en servicio y nadie les abrió la puerta en su último domicilio conocido, en Hammarby. Jeanette esperaba que el mensaje que le había dejado en el buzón empujaría a la muchacha a manifestarse a su regreso. Pero de momento el teléfono permanecía en silencio.

Era un caso que cada vez se volvía más cuesta arriba. Habían pasado dos semanas, no tenían ninguna pista, y uno de los chicos seguía sin identificar.

Tenía que provocar un giro, abrir nuevas vías.

Si lograba ganarse un ascenso en la policía, significaría trabajar en una oficina y tener funciones administrativas.

Pero ¿era eso lo que en verdad le apetecía?

Mientras leía una circular interna que informaba de un curso de formación continua de tres semanas acerca de los interrogatorios de niños, llamaron a su puerta.

Entró Hurtig, acompañado de Åhlund.

–Íbamos a tomar una cerveza. ¿Te vienes con nosotros?

Echó un vistazo al reloj. Las cuatro y media. Åke iba a ponerse a preparar la cena. Macarrones gratinados y albóndigas frente a la televisión. El silencio, y una pizca de hastío, eso era todo cuanto compartían.

Un cambio, deseó.

Arrugó en una bola la circular y la echó a la papelera. Tres semanas en un pupitre escolar.

–No, no puedo. Otra vez, quizá –dijo al recordar que poco antes había prometido que aceptaría.

Hurtig asintió con la cabeza y sonrió.

–De acuerdo, hasta mañana. Pero no te mates a trabajar.

Cerró detrás de él.

Justo antes de recoger sus cosas para irse a casa, Jeanette tomó una decisión.

Tras una breve conversación con Johan para acordar que le preguntaría a su amigo David si podía quedarse a dormir en su casa, reservó por teléfono dos entradas de cine para la primera sesión. Por descontado, no era un cambio tremendo pero al menos constituía una modesta tentativa de alegrar un poco la monotonía cotidiana. Una película y luego un restaurante. Tal vez una cerveza.

Al responder, Åke pareció irritado.

–¿Qué haces? –preguntó ella.

–Lo de siempre a esta hora. ¿Y tú?

–Me iba a casa, pero se me ha ocurrido que podríamos quedar en la ciudad.

–¿Ah, sí? ¿Ocurre algo especial?

—No, solo me decía que hace mucho que no salimos juntos.
—Johan está por llegar y estoy preparando...
—Johan se quedará a dormir en casa de David –le interrumpió.
—Ah, vale. ¿Dónde quedamos?
—Delante de Söder. A les seis y cuarto.

Fin de la conversación. Jeanette se guardó el teléfono en el bolsillo de la chaqueta. Esperaba que le hiciera ilusión, pero le había parecido más bien mustio. Por otro lado, aunque solo se trataba de ir al cine, hubiera podido mostrar un poco más de entusiasmo, se dijo mientras apagaba el ordenador.

Al tomar la escalera de Medborgarhuset, delante de la placa conmemorativa del asesinato de la ministra Anna Lindh, Jeanette vio a Åke. Parecía enfurruñado. Se detuvo para contemplarlo. Veinte años juntos. Dos décadas.

Se acercó a él.

—A ojo, siete mil –dijo ella con una sonrisa.
—¿Qué? –preguntó Åke, desconcertado.
—Sin duda, algo más. Las mates nunca han sido mi fuerte.
—Pero ¿de qué hablas?
—Llevamos alrededor de siete mil días juntos. ¿Te das cuenta? Veinte años.
—Hum...

Indira–Restaurante

Un estudio extraordinario sobre la humillación humana, primer largometraje en el mundo íntegramente rodado con un teléfono móvil, no era seguramente la mejor película que Jeanette había visto, pero tampoco era tan mala como le parecía a Åke.

—Tendríamos que haber hecho lo que te decía —le dijo Åke al oído—, ir a ver Indiana Jones. Y ya ves, doscientas coronas tiradas.

Jeanette volvió la cabeza y se levantó de su asiento.

Salieron en silencio de la sala, fueron hacia Medborgarplatsen y se dirigieron a Götgatan.

—¿Tienes hambre? —Jeanette se volvió hacia Åke—. ¿O vamos solo a tomar una cerveza?

—Sí comería algo... —Åke miraba al frente—. ¿Qué te apetece?

A Jeanette le pareció que se sacrificaba, como si tener que pasar dos horas más en su compañía representara un enorme esfuerzo.

El restaurante indio estaba lleno; tuvieron que esperar diez minutos a que quedara libre una mesa.

Jeanette se preguntó cuánto tiempo hacía que no comían en un restaurante indio. ¿Cinco años? ¿Y cuándo habían ido por última vez a un restaurante? Hacía dos años, tal vez.

Jeanette tomó un simple *palak paneer* y Åke eligió un plato de pollo muy especiado.

—Sí, siempre pides lo mismo —dijo Åke.

¿Siempre lo mismo? A Jeanette también él le parecía muy previsible. Siempre pedía el plato más picante, le explicaba doctamente por qué había que comer muy especiado y luego se sentía mal al acabar de cenar e insistía en regresar enseguida a casa.

Al oír lo que él dijo tuvo la sensación de haberlo vivido ya.

—En primer lugar, es bueno para la salud. El picante mata las bacterias intestinales y hace sudar. Estimula el sistema de enfriamiento del cuerpo, por eso en los países calurosos se come picante. Por otra parte, te despabila un montón. Las endorfinas circulan en el cerebro y casi parece que vayas drogado.

La aburría, pensó Jeanette con tristeza. Trató de cambiar de tema de conversación, pero a él no pareció interesarle: probablemente también ella le aburría a él.

Estancamiento, pensó mirando a Åke, que no soltaba el móvil.

—¿A quién le mandas mensajes?

Alzó la mirada hacia ella.

—Ehh… Es un nuevo proyecto artístico. Un nuevo contacto.

Jeanette se interesó de inmediato. ¿Al fin se movía alguna cosa?

Él trató de sonreír, sin éxito. Se levantó y fue al baño.

Un nuevo proyecto artístico, pensó. Me pregunto quién debe de ser ese contacto.

Reapareció cinco minutos más tarde. Sin volver a tomar asiento, tomó su chaqueta del respaldo de la silla.

Frente al restaurante, llamaron a un taxi. Jeanette se sentó en el asiento delantero. La factura de la noche saldría por un pico. ¿Y para qué?, se preguntó al ver a Åke desplomarse en el asiento trasero.

Se volvió hacia el taxista.

—A Gamla Enskede.

Jeanette era buena fisionomista y, apenas unos segundos después, cayó en quién era. Era el rostro de un compañero de colegio. Los ojos y la nariz eran los mismos, la boca guardaba cierto parecido, pero los labios ya no eran tan carnosos. Era como ver el rostro de un niño oculto bajo varias capas de grasa y de piel flácida. No pudo evitar echarse a reír.

—Dios mío… ¿Magnus? ¡¿Eres tú?!

Este se rio a su vez pasándose la mano por el cráneo casi calvo, como para ocultar los estragos de los años.

—¿Jeanette?

Asintió con la cabeza.

—Bueno… —dijo al tomar Ringvägen hacia Skanstull—. ¿Y a qué te dedicas ahora?

—Soy policía.

Tomó el puente de Skanstull.

—Debo reconocer que no me extraña que te hicieras poli.

—¿Ah, no? ¿Y por qué?

–Estaba cantado. –La miró con aires de experto–. Ya eras la poli de la clase, en aquel tiempo.
¿Era ella así de previsible?
Probablemente.
Palak paneer.
La poli de la clase, desde la escuela.

Ciudad de Uppsala, 1986

Es la única chica en ese trabajo de verano. Quince tíos que se excitan entre ellos y el cobertizo de las obras no es muy grande, sobre todo cuando llueve sin parar y no pueden salir. Han tomado como costumbre jugarse a las cartas quién irá con la Chica Cuervo a la otra habitación.

El extenso prado al pie del viejo cuartel de Polacksbacken está cubierto de atracciones, ruedas de la fortuna y tenderetes diversos. A principios de agosto, la feria se ha instalado por una semana en Uppsala.

Va allí a pasear con Martin mientras sus padres cenan en la ciudad.

Martin está de un humor encantador: está muy contento de estar allí solo con ella. Tras todos esos veranos que han pasado juntos, se ha convertido en su mejor amiga y a ella se dirige cuando quiere hablar de algo importante, cuando está triste o cuando quiere hacer algo apasionante o prohibido.

Ella supone que será su último verano juntos, puesto que al padre de Martin le han ofrecido un nuevo empleo muy bien pagado en Escania. La familia se mudará al sur a mediados de agosto y parece que ya le han encontrado una canguro a Martin, muy cuidadosa y responsable, según su madre.

Victoria ha prometido reunirse con sus padres a las ocho al pie de la noria, donde Martin acabará la velada contemplando una vista panorámica del llano de Uppsala a diez kilómetros a la redonda. Desde allí arriba seguramente se ve hasta Bergsbrunna.

Durante toda la tarde, Martin ha esperado con impaciencia ese momento. Desde todas partes se ve la noria con sus góndolas, a más de treinta metros sobre el suelo.

Ella no tiene prisa por montarse, puesto que sabe que no será solo el fin de la velada sino también seguramente la última cosa que harán juntos.

Luego, se habrá acabado.

Y no quiere que los adultos estén con ellos. Por eso le propone dar una vuelta en la noria de inmediato: ya darán otra cuando regresen los padres. Y así podrá mostrarles desde allá arriba cosas del paisaje antes de que hayan tenido tiempo de verlas.

A él le parece una idea genial y, antes de ponerse en la cola, se compran cada uno un refresco. Al alzar la mirada, al pie de la noria, tienen vértigo. Es muy alta. Increíble. Ella le rodea con el brazo y le pregunta si tiene miedo.

—Solo un poquito —responde, pero ella puede ver que no es del todo cierto.

Le pasa la mano por el cabello y le mira a los ojos.

—No te preocupes, Martin —dice tratando de ser convincente—. Estoy aquí, así que no te va a pasar nada.

Él le sonríe y se agarra de la mano cuando se instalan en una góndola. A medida que la gente embarca y se elevan poco a poco, Martin le aprieta con más fuerza el brazo. Cuando la góndola se balancea y permanece un rato suspendida casi en lo alto, mientras abajo suben los últimos pasajeros, dice que ya tiene bastante.

—Quiero bajar.

—Pero Martin... —aventura ella—, cuando estemos arriba del todo se verá hasta tu casa en Bergsbrunna. Querrás ver eso, ¿no? —Le señala el paisaje con el dedo, como en otras ocasiones le mostró el bosque–. Mira, allá abajo, ahí está el embarcadero de la zona de baños y allí, la fábrica.

Martin no quiere mirar.

Contiene el deseo de darle un buen zarandeo al verle echarse a llorar.

Cuando la noria vuelve a girar, la mira y enjuga sus lágrimas con la manga de la camiseta. A la tercera vuelta, su miedo parece haber desaparecido y el paisaje que se abre ante sus ojos despierta su curiosidad

–Eres el mejor –le susurra al oído, y se abrazan riendo.

A lo largo del río, se distingue una hilera de gabarras a través de los árboles. Algunos chiquillos se bañan junto al embarcadero y sus risas ascienden hasta la góndola en la que se encuentran sentados.

–¡Yo también quiero bañarme! –dice el muchacho.

Ella sabe la peste que puede hacer allí abajo cuando sopla el viento de la mala dirección y arrastra los efluvios dulzones y asfixiantes de suciedad y de excrementos que emanan de la depuradora, un poco más lejos.

Al acabar la vuelta en la noria, el chiquillo tiene prisa por ir al río.

Se alejan de la multitud de la feria, rodean los edificios del cuartel y siguen el sendero que desciende por una especie de barranco hacia el Fyrisån.

El embarcadero donde unos niños se bañaban un poco antes está desierto, aparte de una toalla olvidada, colgada de uno de los postes. Las gabarras se balancean, oscuras y vacías, sobre las aguas negras del río.

Ella avanza con paso decidido sobre el pontón y se agacha para tocar el agua.

Más tarde, no comprenderá cómo pudo perderlo.

De repente, ya no está allí.

Le llama. Busca desesperadamente entre los arbustos y los juncos de la orilla. Cae y se corta con una piedra aguzada, pero Martin no está en ningún sitio.

Regresa corriendo al embarcadero, pero el agua está en calma absoluta.

Nada.

Ni un movimiento.

Como si ella estuviera dentro de una burbuja opaca que ahogara los ruidos y las sensaciones.

Cuando comprende que no logrará encontrarlo, se precipita con las piernas temblorosas hacia la feria y vagabundea sin rumbo entre las casetas de bebidas y las atracciones, hasta sentarse en medio de una de las calles más animadas.

Piernas y pies de los paseantes, olor nauseabundo de palomitas de maíz. Luces parpadeantes multicolores.

Tiene la impresión de que alguien le ha hecho daño a Martin. Y entonces brotan las lágrimas.

Cuando los padres de Martin la encuentran, no logran hablar con ella. Su llanto es inconsolable y se ha orinado encima.

—Martin ha desaparecido —repite.

Al fondo ve al padre llamar a un enfermero y siente que la envuelven con una manta. Alguien la ase de los hombros y la tiende en la posición lateral de seguridad.

Primero no están muy inquietos por Martin, porque el terreno de la feria no es muy grande y hay mucha gente que puede ocuparse de un niño perdido.

Sin embargo, después de más de media hora de búsqueda una creciente preocupación se apodera de ellos. Martin no aparece y, media hora más tarde, su padre llama a la policía. Comienzan entonces a registrar sistemáticamente los alrededores de la feria.

Esa noche no encuentran a Martin. Hallarán su cuerpo al día siguiente, cuando empiecen a dragar el río.

A la vista de las heridas se ha ahogado, sin duda después de golpearse la cabeza contra una piedra. Observan que el cuerpo, probablemente al atardecer o por la noche, ha sido gravemente desgarrado y suponen que esos cortes han sido causados por la hélice de una motora.

Victoria es ingresada en observación en el hospital universitario durante varios días. El primero, no dice ni una palabra y los médicos diagnostican un grave estado de choque.

Al segundo día la policía puede interrogarla y sufre entonces un ataque de histeria de por lo menos veinte minutos.

Al policía que la interroga le explica que Martin desapareció después de dar una vuelta en la noria y que ella fue presa del pánico cuando no logró encontrarlo.

El tercer día en el hospital, Victoria se despierta a medianoche. Se siente observada y su habitación apesta. Cuando sus ojos se acostumbran a la oscuridad puede ver que no hay nadie, pero no logra liberarse de la sensación de que alguien la está mirando. Y está ese olor apestoso, como de excrementos.

Despacio, se levanta de la cama, sale de su habitación y se adentra en el pasillo. Está iluminado pero en silencio.

Mira en derredor, para dar con la fuente de su inquietud. Y entonces la ve. Una bombilla roja que parpadea. Comprende repentinamente y siente un golpe violento en el diafragma.

—¡Paren eso! —grita—. ¡No tienen derecho a filmarme!

Tres sanitarios del turno de noche aparecen a la vez.

—Pero ¿qué pasa? —pregunta uno de ellos mientras los otros dos le agarran los brazos.

—¡Que os jodan! —grita ella—. ¡Soltadme y parad las grabaciones! ¡No he hecho nada!

Los enfermeros no la sueltan y, cuando opone resistencia, la agarran con más fuerza aún.

—Vamos, tranquila —dice uno de ellos.

Les oye hablar a su espalda, ponerse de acuerdo. El complot es tan evidente que le parece incluso risible.

—¡Déjense de sus mierdas de códigos y de cuchicheos! —espeta ella, empecinada—. Díganme qué pasa. Y ni se les ocurra… no he hecho nada, yo no he untado de caca la ventana.

—Descuide, ya lo sabemos —dice otro.

Tratan de calmarla. Le mienten descaradamente y no puede llamar a nadie, no tiene a nadie que pueda ayudarla. Está en sus manos.

—¡Basta! —grita ella al ver que uno prepara una jeringuilla—. ¡Suéltenme los brazos!

Luego cae en un sueño profundo.

Descanso.

Por la mañana, la visita el psiquiatra y le pregunta cómo se encuentra.

—¿Cómo dice? —responde—. A mí no me pasa nada.

El psiquiatra le explica a Victoria que su sentimiento de culpabilidad ante la muerte de Martin le ha provocado alucinaciones. Psicosis, paranoia y estrés postraumático.

Victoria le escucha hablar en silencio, pero en ella crece una resistencia muda y compacta, como una tempestad amenazadora.

La cocina

estaba equipada como una sala de autopsias. En las estanterías de la alacena en lugar de conservas o provisiones había frascos de glicerina y de acetato de calcio y muchos otros productos químicos.

En el fregadero clínicamente limpio había dispuestos utensilios ordinarios. Un hacha, una sierra, varias pinzas, una cizalla y unas grandes tenazas.

Sobre un trapo, los instrumentos más pequeños. Un escalpelo, unas pinzas, hilo y aguja, así como un instrumento alargado rematado con un garfio.

En cuanto hubo terminado, envolvió el cuerpo con una sábana de lino blanca y limpia. Guardó el bote que contenía los órganos genitales con los otros en el armario de la cocina.

Le empolvó el rostro y lo maquilló cuidadosamente con un lápiz de ojos y un pintalabios claro.

Lo último que hizo fue afeitarle el vello puesto que había observado que el formol endurecía un poco el cuerpo e hinchaba la piel. Los pelos se retractarían y la piel quedaría más lisa.

Al acabar, el muchacho casi parecía vivo.

Como si durmiera.

Danvikstull–Escena del crimen

Al tercer muchacho lo hallaron cuatro semanas después que el primero, cerca del terreno de petanca de Danvikstull. Según los peritos, era un buen ejemplo de embalsamamiento logrado.

Jeanette Kihlberg estaba de un humor de perros. No solo porque su equipo acababa de perder el partido contra Gröndal, sino también porque en lugar de ir a casa a tomar una ducha se hallaba de camino a una nueva escena del crimen.

Llegó allí sudada, aún vestida con chándal. Saludó con la mano a Schwarz y Åhlund y se acercó a Hurtia, que fumaba junto a la cinta de balizamiento.

—¿Qué tal el partido?

—Hemos perdido, tres a dos. Un penalti injusto, un gol en propia puerta y rotura de los ligamentos cruzados de nuestra portera.

—¡Pues vaya! Siempre lo he dicho —soltó Schwarz riendo—, las tías no tendríais que jugar a fútbol. Siempre tenéis problemas con las rodillas. Es que no estáis hechas para eso.

Ella sintió que su cólera iba en aumento, pero no tenía valor para enzarzarse en esa discusión. En cuanto salía el tema de que jugaba al fútbol, siempre merecía los mismos comentarios de sus colegas, pero le parecía raro que un tipo tan joven como Schwarz tuviera unas opiniones tan retrógradas.

—Siempre la misma historia. Y aquí, ¿cómo está la situación? ¿Sabemos quién es?

—Aún no —dijo Hurtig—, pero me temo que recuerda de una manera inquietante los dos casos precedentes. El chaval está embalsamado, parece vivo, solo un poco pálido. Lo han tumbado allá abajo sobre una manta como si estuviera tomando el sol.

Åhlund señaló el bosquecillo junto al terreno de petanca.

—¿Algo más?

—Según Andrić, el cadáver teóricamente puede llevar aquí un par de días —respondió Hurtig—. Para mí, es poco probable. Al fin y al cabo, está al aire libre y a mí me parecería extraño un tipo tendido sobre una manta en plena noche.

—Quizá nadie pasó por aquí anoche.

—No, claro, pero en cualquier caso…

Jeanette Kihlberg hizo cuanto se esperaba de ella y luego le pidió a Ivo Andrić que la llamara en cuanto terminara su informe.

Dos horas después de su llegada a la escena del crimen, Jeanette se metió de nuevo en su coche y, solo en ese momento, sintió las agujetas.

Pasada la rotonda de Sickla, llamó a Dennis Billing.

El jefe de policía parecía sin resuello.

—Voy camino a casa. Cuéntame, ¿qué pinta tiene?

—Pues tenemos otro chaval muerto. ¿Cómo está lo de Lundström y Von Kwist?

—Desgraciadamente, Von Kwist se opone a cualquier interrogatorio de Lundström. De momento, poco puedo hacer.

—Pero ¿por qué es tan tozudo? ¿Juega al golf con Lundström o qué?

—Cuidado con lo que dices, Jeanette. Los dos sabemos que Von Kwist es un hábil…

—¡Tonterías!

—En todo caso, así es. Tengo que dejarte. Hablamos mañana.

Dennis Billing colgó.

En el semáforo en rojo, tras tomar a la derecha la carretera de Enskede, su teléfono sonó.

—Hola... buenos días. Me llamo Ulrika. Me ha dejado un mensaje...

La voz era muy débil. Jeanette comprendió que era Ulrika Wendin.

—¿Ulrika? Gracias por llamarme.

—¿Qué desea?

—Karl Lundström —dijo Jeanette.

Silencio al otro lado del teléfono.

—De acuerdo —dijo la chica al cabo de un momento—. ¿Y por qué?

—Me gustaría hablar con usted de lo que le hizo y espero que pueda ayudarme.

—Mierda... —Ulrika suspiró—. No sé si tengo el valor de recordarlo.

—Sé que es doloroso para usted, pero es por una buena causa. Contándome lo que sabe, puede ayudar a otros. Si Lundström va a la cárcel por el caso en el que está imputado, para usted será una reparación.

—¿De qué está acusado?

—Se lo contaré mañana, si es posible vernos. ¿Quiere que vaya a su casa?

Nuevo silencio. Jeanette escuchó durante unos segundos la pesada respiración de la chica.

—Supongo que sí... ¿a qué hora?

Gamla Enskede–Casa de los Kihlberg

Era ya más de medianoche cuando Jeanette se despertó por el sonido del teléfono.

Era Ivo Andrić.

Le dijo que, casualmente, uno de los empleados que se ocupaba de la limpieza por la noche en el Instituto de Medicina Legal era un ucraniano que había estudiado medicina en la Universidad de Járkov. Al ver llegar el cuerpo, dijo de inmediato que se parecía a Lenin. Ivo Andrić le pidió que le explicara su comentario. El empleado de la limpieza recordaba haber leído que un tal profesor Vorobyov fue quien se encargó de embalsamar a Lenin en los años veinte.

—Lo he comprobado en Internet –dijo Ivo. Jeanette notó lo cansado que estaba–. Una semana después de su muerte, el cuerpo de Lenin comenzó a mostrar signos de putrefacción. La piel empezaba a amarillear y a oscurecerse, y aparecían manchas y enmohecimientos. Y, en efecto, pidieron a Vorobyov, profesor del Instituto de Anatomía de la Universidad de Járkov, que tratara de conservar el cuerpo.

Jeanette escuchaba fascinada mientras Ivo Andrić explicaba el proceso.

—Primero le extrajeron las vísceras, luego lavaron el cadáver con ácido acético y posteriormente le inyectaron formol en las mucosas. Tras varios días de intenso trabajo, sumergieron a Lenin en un barreño de vidrio que contenía una solución de diversos productos químicos entre los que había glicerina y acetato de calcio. Consté enseguida que la persona que había embalsamado al muchacho podía haber consultado también las notas de Vorobyov.

El forense admitió que su primera hipótesis, según la cual se trataba de la obra de un especialista, era quizá precipitada.

—En la actualidad, basta con disponer de un acceso a internet –dijo, y suspiró–. Y, dado que cabe suponer que es obra de la misma persona que en los casos precedentes, que disponía de sustancias anestésicas en grandes cantidades, tampoco debía de haberle sido muy difícil obtener los productos químicos necesarios para un embalsamamiento.

Las lesiones eran idénticas a las de los otros dos chavales. Un centenar de morados, pinchazos de aguja y heridas en la espalda.

Como Jeanette imaginaba, los órganos genitales habían sido amputados con un instrumento muy cortante y con idéntica precisión.

Ivo Andrić terminó explicando que había sacado un molde de yeso de la dentadura milagrosamente intacta, e iba a enviarlo a un odontólogo para su identificación.

Ya eran las dos y media de la madrugada cuando colgaron.

Un criminal andaba suelto y llevaba ya tres asesinatos, pensó Jeanette. Y probablemente no iba a detenerse ahí.

Empezó a tener frío cuando finalmente cerró los ojos para conciliar el sueño. Los ronquidos de Åke no la ayudaban, pero sabía cómo arreglarlo: le dio un ligero codazo y, gruñendo, se volvió de lado.

A las cuatro y media, Jeanette se hartó de dar vueltas en la cama sin dormir. Fue en silencio a la cocina a por un café.

Mientras la cafetera borboteaba, bajó al sótano a poner una lavadora. Se preparó unas tostadas, tomó su taza de café y salió al jardín.

Antes de sentarse, recogió los periódicos en el buzón al final del sendero de gravilla.

Evidentemente, los titulares estaban dedicados al chaval de Danvikstull. Casi se sentía perseguida.

Al otro lado de la calle, había un carrito abandonado junto al buzón del vecino.

Deslumbrada a través del seto por el sol matutino, se cubrió los ojos con la mano a guisa de visera para ver qué sucedía.

Hubo movimiento entre los arbustos. Un joven volvía apresuradamente a la calle abotonándose el pantalón: comprendió que el tipo acababa de orinar contra su seto.

Fue hasta el carrito y sacó un periódico que metió en el buzón del vecino. Luego continuó hasta la casa siguiente.

Un carrito, pensó, y eso le dio una idea.

Barrio de Kronoberg–Central de Policía

Lo primero que hizo Jeanette Kihlberg al llegar a su despacho fue telefonear a la empresa de mensajería AB Tidningstjänst.

—Buenos días, soy Jeanette Kihlberg, de la policía de Estocolmo. Necesito saber a quién tenían de servicio en la zona de la Escuela de Magisterio la mañana del 9 de mayo.

La telefonista pareció nerviosa.

—Sí... creo que es posible. ¿De qué se trata?

—De un asesinato.

Mientras esperaba que la empresa de mensajería la telefonease, Jeanette llamó a Hurtig a su despacho.

—¿Sabes que algunos repartidores de periódicos utilizan carritos en lugar de remolques de bicicleta? —dijo cuando Hurtig se hubo instalado frente a ella.

—No, no lo sabía. ¿Adónde quieres ir a parar?

Parecía desconcertado.

—¿Recuerdas que encontramos huellas de un carrito en Thorildsplan?

—Por supuesto.

—¿Y quién pasea a esas horas de la mañana?

Hurtig sonrió, asintiendo con la cabeza.

—Los repartidores de periódicos...

—Pronto sonará el teléfono —dijo Jeanette—. Quiero que lo cojas tú.

Se quedaron en silencio apenas un minuto antes de la llamada. Jeanette activó el altavoz.

—Jens Hurtig, policía de Estocolmo.

La chica de la empresa de mensajería se presentó.

—Acabo de hablar con una policía que deseaba saber quién estaba de servicio en la zona de Kungsholmen oeste el 9 de mayo.

—Sí, exacto.

Jeanette vio que Hurtig se había puesto en su papel.

—Se llama Martin Thelin, pero ya no trabaja con nosotros.

—¿Tiene un número de teléfono donde podamos localizarle?

—Sí, un número de móvil.

Anotó el número y luego le pidió a la telefonista si disponía de más información acerca de ese repartidor de periódicos.

—Sí, tengo su número de la Seguridad Social. ¿Lo quiere?

—Sí, gracias.

Hurtig tomó nota y colgó.

—¿Qué te parece? —preguntó Jeanette—. ¿Puede ser un sospechoso?

—Sí, o un testigo. Es posible transportar un cadáver en un carrito, ¿verdad?

Jeanette asintió con la cabeza.

—O bien fue ese Martin Thelin quien encontró el cadáver cerca de Thorildsplan mientras hacía su ronda. Y llamó al 112.

Telefoneó a Åhlund y le pidió que localizara a Thelin. Le dio el número de teléfono.

—Bueno, manos a la obra y rápido —continuó ella—. Dime a quién tienes el primero de la lista.

—Karl Lundström —respondió Hurtig sin titubear.

—¿Ah, sí? ¿Y por qué?

La situación parecía gustarle a Hurtig.

—Es un pederasta. Sabe cómo se compran niños del tercer mundo. Está a favor de la castración. Gracias a su mujer dentista puede obtener anestésico.

—Estoy de acuerdo —dijo Jeanette—. Así que vamos a concentrarnos en él. Esta mañana he recibido el expediente del caso Ulrika Wendin, y te propongo que le echemos un vistazo antes de ir a verla.

Hammarbyhöjden–Un suburbio

La chica que les abrió era bajita y menuda. No tendría más de dieciocho años.

–Buenos días, soy Jeanette Kihlberg. Mi colega, Jens Hurtig.

La chica apartó la mirada, bajó la cabeza y les precedió hasta la pequeña cocina.

Jeanette se instaló frente a ella, mientras Hurtig permanecía en el umbral de la puerta.

–Hay otro nombre en la puerta –dijo Jeanette.

–Sí, estoy realquilada, de tercera o cuarta mano.

–Vale, ya conozco eso. La situación en Estocolmo es desesperante. Es imposible encontrar una vivienda de alquiler, a no ser que una sea millonaria –dijo Jeanette con una sonrisa.

La chica les devolvió una sonrisa tímida, ya no parecía tan asustada.

–Ulrika, iré al grano, para que pueda librarse de nosotros lo antes posible.

Ulrika Wendin asintió con la cabeza mientras tamborileaba nerviosamente sobre el mantel.

Jeanette la informó brevemente de la imputación de Karl Lundström: la chica pareció aliviada al comprender que las pruebas contra el pederasta eran sin duda suficientes para condenarlo.

–Hace siete años, usted lo denunció también por violación. Su denuncia podría ser reexaminada y creo que tendría bastantes posibilidades de ganar.

–¿Ganar? –Ulrika Wendin se encogió de hombros–. No quiero empezar otra vez con todo eso...

–¿Quiere explicarnos qué ocurrió?

La muchacha se quedó mirando el mantel en silencio mientras Jeanette estudiaba su rostro.

Vio a una persona asustada y desamparada.

–No sé por dónde empezar...

—Empiece por el principio —dijo Jeanette.

—Una amiga y yo... —aventuró—. Una amiga y yo contestamos a un anuncio en internet...

Ulrika Wendin calló y miró a Hurtig.

Jeanette comprendió que su presencia incomodaba a Ulrika y, con un gesto discreto, le indicó que era mejor que saliera de la habitación.

—Al principio fue para reírnos —continuó una vez Hurtig desapareció en el vestíbulo—, pero pronto comprendimos que se podía ganar dinero. El tipo que había publicado el anuncio quería acostarse con dos chicas a la vez. Nos daría cinco mil coronas...

Jeanette vio lo mucho que le costaba hablar de ello.

—De acuerdo. ¿Y qué ocurrió entonces?

Ulrika Wendin no dejaba de mirar a la mesa.

—En aquella época estaba bastante loca... Bebimos unas copas, fijamos una cita y vino a buscarnos en coche.

—¿Karl Lundström?

—Sí.

—De acuerdo. Siga.

—Nos detuvimos en un bar. Nos invitó a unas copas y mi amiga se largó. Primero él se enfadó, pero le prometí ir con él a mitad de precio... —Sentía vergüenza—. No sé cómo pudo ocurrir... —Su voz se rompió—. Todo empezó a dar vueltas y me llevó al coche. Después de eso, mis recuerdos están en blanco. Al despertarme, me encontraba en una habitación de hotel.

Jeanette comprendió que la habían drogado.

—¿No recuerda qué hotel?

Por primera vez, Ulrika Wendin miró a Jeanette a los ojos.

—No.

Primero titubeante e incoherente, el relato de la joven se volvió más directo y preciso. Le explicó cómo fue obligada a acostarse con tres hombres mientras Karl Lundström filmaba. Al final, también él la violó.

—¿Cómo sabe que fue Karl Lundström?
—No lo supe hasta que vi por casualidad su foto en el periódico.
—¿Y entonces le denunció?
—Sí.
—¿Y pudo identificarlo en una rueda de reconocimiento?
Ulrika Wendin parecía cansada.
—Sí, pero tenía una coartada.
—¿Pudo equivocarse usted?
Un destello de desprecio brilló en los ojos de la chica.
—¡Fue él, joder!
Ulrika Wendin suspiró y se quedó mirando la mesa con aire ausente.
Jeanette asintió con la cabeza.
—La creo.

Cuando Jeanette y Hurtig abandonaron el apartamento y regresaron al aparcamiento, el policía habló por primera vez desde su llegada.
—Bueno, ¿qué me dices a eso?
Jeanette abrió la puerta del coche.
—Von Kwist estará obligado a reabrir el caso, a menos que cometa una falta profesional.
—¿Y en lo que nos concierne?
—Eso es más dudoso.
Tomaron asiento y Jeanette arrancó.
—¿Dudoso? —espetó Hurtig.
Jeanette meneó la cabeza.
—Si, querido Hurtig, fue hace siete años. La chica estaba borracha y drogada. Y además no tiene mucho que ver con los asesinatos que estamos investigando.
Cuando aminoraba en una esquina, sonó su teléfono. Joder, ¿quién será ahora?, se dijo.

Era Åhlund.

—¿Dónde estáis? —preguntó.

—En Hammarby, vamos de camino a comisaría —respondió Jeanette.

—Pues no tenéis más que dar la vuelta. El repartidor de periódicos Martin Thelin vive en Kärrtorp.

Kärrtorp—Un suburbio

El antiguo repartidor de periódicos Martin Thelin les abrió la puerta en pantalón de chándal negro y con la camisa desabotonada, y el aspecto de sufrir una buena resaca. No se había afeitado, tenía el cabello alborotado y su aliento hubiera derribado a un elefante.

—¿Qué quieren?

Martin Thelin se aclaró la voz y Jeanette dio un paso atrás, por miedo a que le vomitara encima.

—¿Nos permite entrar?

Hurtig mostró su placa de policía y señaló hacia el apartamento.

Martin Thelin se encogió de hombros y les hizo pasar.

—Por supuesto, y disculpen el desorden.

A Jeanette le chocó que se mostrara tan indiferente ante su presencia, pero supuso que esperaba que tarde o temprano dieran con él.

El apartamento apestaba a cerveza derramada y a basura podrida. Jeanette trató de respirar solo por la boca. Thelin les hizo entrar en la sala, se sentó en el único sillón y los invitó con un gesto a acomodarse en el sofá.

—¿Me permite que ventile un poco?

Jeanette observó en derredor y, cuando el borracho asintió con la cabeza, fue a abrir de par en par una ventana y se sentó al lado de Hurtig.

—Explíquenos qué ocurrió en Thorildsplan —Jeanette abrió su cuaderno—. Sí, sabemos que estuvo allí.

—Tómese su tiempo —precisó Hurtig—. Queremos todos los detalles posibles.

Martin Thelin empezó a balancearse hacia adelante y atrás, y Jeanette comprendió que rebuscaba en su fragmentaria memoria de borracho.

—Bueno, esa mañana no estaba yo muy lúcido —empezó, y cogió un paquete de cigarrillos y lo sacudió para extraer uno—. Había estado bebiendo toda la tarde y buena parte de la noche, así que...

—¿E igualmente salió a hacer el reparto?

Jeanette tomó notas en su cuaderno.

—Así es. Y en cuanto acabé me detuve en ese metro a mear y fue entonces cuando vi la bolsa de plástico.

A pesar de su ebriedad, les ofreció un relato detallado, sin blancos en sus recuerdos. Se metió entre los arbustos a la izquierda de la boca del metro, orinó y luego descubrió la bolsa de basura negra. La abrió y sufrió un choque.

En su confusión, volvió a la acera, recuperó el carrito en el que transportaba los periódicos y atravesó deprisa el parque hasta Rålambsvägen. Cerca del rascacielos del *Dagens Nyheter*, llamó al 112.

Eso era todo.

No había visto nada más.

Hurtig le miró fijamente.

—Podríamos detenerle por no haber declarado antes, pero si nos acompaña a comisaría para tomarle una muestra de saliva, podríamos hacer la vista gorda.

—¿Para qué quieren una muestra de saliva?

—Para poder excluir su ADN de la escena del crimen —explicó Jeanette—. Ya hemos recogido su orina sobre la bolsa de plástico.

El plástico

se arrugó cuando el otro se movió en sueños. El muchacho había dormido mucho tiempo. Gao había contado casi doce horas, pues había deducido que la campana que se oía débilmente a lo lejos sonaba todas las horas.

En ese momento preciso, la campana sonó de nuevo y se preguntó si sería una iglesia.

Pensaba con palabras sin querer.

Maria. Petrus, Jakob, Magdalena.

Gao Lian. De Wuhan.

Oyó que el otro se despertaba.

La oscuridad amplificaba los ruidos del otro muchacho. Los llantos, el ruido metálico cuando tiraba de su cadena, los gemidos y lamentos, las palabras extranjeras.

Gao no tenía cadena. Era libre de hacer lo que quisiera. ¿Quizá ella volvería si le hacía algo? La echaba de menos, no sabía por qué tardaba en regresar.

Observó que el otro chaval estaba siempre tanteando en la oscuridad, como si buscara algo. A veces llamaba, en su lengua rara. Sonaba *chto, chto, chto*.

Quería que el muchacho desapareciera. Gao lo odiaba. Su presencia en la habitación le hacía sentirse solo.

Finalmente, ella regresó.

Había pasado tanto tiempo a oscuras que la luz que invadió la estancia le molestó en los ojos. El otro muchacho gritó y lloró, pataleando. Al ver a Gao a la luz, se calmó un poco y le dirigió una mirada de odio. ¿Quizá el chico solo estaba celoso de que Gao no estuviera encadenado?

La mujer rubia entró en la habitación y se acercó a Gao, con un bol en la mano. Dejó en el suelo la sopa humeante, le besó en la frente y le pasó la mano por el cabello, y él recordó lo mucho que le gustaba que ella le tocara.

Poco después, volvió con un segundo bol que dio al otro chico. Este empezó a comer ávidamente, pero Gao esperó a que ella hubiera cerrado la puerta y que estuvieran de nuevo a oscuras. No quería que viera el hambre que tenía.

Al cabo de solo una hora, ella regresó. Llevaba un saco al hombro y sostenía un objeto negro que parecía un escarabajo grande.

El techo se iluminó con destellos al morir el otro muchacho. Gao ya no se sentía solo, podía desplazarse por la habitación sin tener que ocultarse del otro. Ahora ella iba a verle más a menudo y eso también estaba bien.

Pero había algo que no le gustaba.

Empezaban a dolerle los pies. Sus uñas habían crecido, se habían enroscado sobre ellas mismas y le costaba caminar sin sentir dolor.

Una noche, mientras dormía, ella se le acercó sin que se diera cuenta. Al despertar, tenía los pies y las muñecas atados, con las manos a la espalda. Estaba sentada a horcajadas sobre él, y podía ver la sombra de su espalda.

Comprendió de inmediato qué se disponía a hacer. Solo una persona se lo había hecho ya, en el orfelinato donde se crio, cerca de Wuhan. Varias veces, el viejo de la cara rajada lo había perseguido por los pasillos. Siempre lo atrapaba y el viejo agarraba a Gao de los pies y apretaba hasta hacerlo llorar. Sacaba entonces el cuchillo de su vaina de madera y se echaba a reír con su boca desdentada.

No le gustaba que ella, a quien tanto quería, también le hiciera eso.

Luego, lo desató y le dio de comer y de beber. Se negó a tocar la comida y, cuando ella se cansó de acariciarle la frente y salió de la habitación, permaneció mucho tiempo acostado despierto, pensando en lo que le había hecho.

La odiaba, ya no quería quedarse allí. ¿Por qué le había hecho daño, cuando él le había dado a entender que no quería hacerlo? Hasta entonces ella nunca lo había hecho y eso no le gustaba.

Pero un poco más tarde, cuando ella regresó y él vio que lloraba, sintió que sus pies ya no le dolían y tampoco sangraban como cuando el viejo le cortaba las uñas.

Entonces le dirigió por primera vez la palabra:
—Gao —dijo—. Gao Lian...

Gamla Enskede–Casa de los Kihlberg

El sol que brillaba desde hacía ya varias horas había secado el rocío sobre la hierba.

Jeanette Kihlberg miró por la ventana de la cocina: sería un día caluroso. No soplaba viento y flotaba una bruma de calor sobre las tejas al otro lado de la calle.

El repartidor de periódicos con su carrito pasó al dar las siete.

Martin Thelin, pensó. Al igual que Furugård, Thelin tenía una coartada indestructible. Mientras Furugård estaba en una misión secreta en Sudán, el repartidor de periódicos se hallaba en rehabilitación. Seis meses en una institución en Hälsingland. Hurtig había verificado todos sus permisos de salida: Martin Thelin estaba descartado.

Eran la siete y media, y desayunaba sola.

Johan aún roncaba en la cama. No sabía adónde había ido Åke. Había salido con un amigo por la noche. No había regresado y no había respondido cuando lo había llamado, media hora antes.

Joder, ¿cómo puede andar por los bares cuando estamos sin pasta?, se dijo.

De las cinco mil coronas de su padre, le había dado dos mil a Åke.

«Invitan mis amigos», ¡y qué más! Sabía perfectamente cómo se comportaba después de tomar unas copas. Era un manirroto. ¡Otra ronda para todo el mundo! Åke, el colega generoso. Su dinero, el de ellos. No, el dinero de ella, que había pedido prestado a su padre y del que se suponía que también tenía que beneficiarse Johan.

Åke y ella apenas se habían visto desde hacía varios días. Recordó el fiasco de la salida al cine y la cena en la ciudad.

¿Qué sentido tenía luchar por una relación que estaba estancada? ¿Por qué debería intentar recuperar algo que quizá ya no existía?

Igual tenían que pasar página, tomar caminos diferentes.

Pensar en la ruptura no la asustaba, era más como una molestia. Algo importuno, como un huésped no deseado.

Cuánto habían cambiado.

No había ocurrido de un día para otro. El cambio se había producido en ellos insidiosamente, sin que fuera posible decir cuándo. ¿Desde hacía cinco años, dos años, seis meses? Era incapaz de decirlo.

Todo cuanto sabía era que habían perdido la complicidad del pasado, incluso si por aquel entonces tenían opiniones diversas en muchos terrenos, discutían, hablaban, eran curiosos y se sorprendían mutuamente. Su diálogo, sin embargo, se había convertido poco a poco en un diálogo de sordos. El trabajo y el dinero se habían vuelto sus únicos temas de conversación e, incluso acerca de esas cosas, eran incapaces de dialogar. Cuando debería haber sido muy sencillo.

Ella tenía la impresión de chochear, él estaba irritable e indiferente.

Jeanette acabó el café y despejó la mesa. Fue al baño, se lavó los dientes y se metió bajo la ducha.

La comunicación, pensó. ¿Dónde podía comunicarse ella?

Con las chicas del equipo de fútbol, sin duda alguna. No siempre, pero lo bastante a menudo para echarlas de menos si los partidos y los entrenamientos estaban muy espaciados.

Diez, quince personas diversas con opiniones, preferencias y ambiciones diferentes formaban una comunidad. Por supuesto, no todo el mundo estaba de acuerdo, pero podía hablarse abiertamente de casi todo. Las risas, bromas o peleas no tenían importancia alguna.

Dos jugadoras que se entendían sobre el campo podían ser amigas aunque fueran personas totalmente diferentes.

Y, sin embargo, no frecuentaba a ninguna de ellas fuera del fútbol. Se conocían desde hacía años, iban de marcha juntas o salían a tomar unas cervezas, pero nunca había invitado a ninguna de ellas a su casa.

Sabía el porqué. Simplemente no tenía fuerzas para ello. Necesitaba su energía para el trabajo: mientras se dedicara a ese oficio, era absolutamente necesario.

Jeanette salió de la ducha, se secó y empezó a vestirse. Echó un vistazo al reloj y pensó que iba a llegar tarde.

Salió del baño, entreabrió la puerta del dormitorio de Johan y vio que aún dormía profundamente. Fue luego a la cocina y le escribió un breve mensaje.

«Buenos días. Volveré tarde. Tienes la cena en el congelador. Solo tienes que calentarla. Que pases un buen día. Besos, mamá».

Afuera hacía casi treinta grados al sol y hubiera preferido ir a broncearse a la playa con Johan, pero estaba claro que de momento no podía contar con tomarse unas vacaciones.

Barrio de Kronoberg–Central de Policía

Llegó a Kungsholmen media hora más tarde e hizo un breve y descorazonador repaso de la situación con Hurtig, Schwarz y Åhlund.

Por la mañana, Jeanette averiguó que estaba autorizada a proseguir la investigación por la única razón de que estaría mal visto abandonarla tan deprisa.

Hablando en plata, a nadie le preocupaban los tres muchachos. Jeanette comprendió entre líneas que el único objeto de su trabajo era por el momento reunir una información que pudiera ser de utilidad en caso de que se encontraran con un chaval asesinado cuya desaparición hubiera sido denunciada.

Un pequeño sueco muerto después de haber sido torturado, con familiares que hicieran declaraciones a la prensa y acusaran a la policía de no haber hecho nada.

Jeanette no creía que eso fuera a suceder: estaba convencida de que el agresor no elegía a sus víctimas al azar.

La crueldad y el modus operandi eran tan parecidos que tenía que tratarse a la fuerza de un único autor, pero era imposible tener la certeza: a menudo el azar complicaba las cosas.

Había excluido todos los asesinatos banales, el marido celoso que estrangula a la esposa, la pelea de borrachos que acaba en homicidio, etcétera. Se hallaba ante torturas, actos de violencia retorcidos y prolongados, de un autor que podía procurarse anestésico y sabía utilizarlo. Las víctimas eran muchachos que habían sufrido la ablación de sus genitales. Si existía algo que pudiera considerarse un asesinato «normal», en ese caso era todo lo contrario.

Llamaron suavemente a la puerta y Hurtig entró. Se sentó frente a ella, con aspecto desanimado.

—Bueno, ¿y ahora qué hacemos? —preguntó.

—La verdad, no lo sé —respondió ella, como si la apatía de su colega fuera contagiosa.

—¿Cuánto tiempo nos dan? No es un caso prioritario, me imagino.

—Unas semanas, sin mayor precisión, pero si no encontramos algo pronto tendremos que dejar la investigación.

—De acuerdo. Propongo que hablemos con Interpol y que volvamos a hacer una ronda por los campos de refugiados. Y si así no obtenemos nada, siempre podremos darnos otra vuelta por el puente central. Me niego a creer que unos niños puedan desaparecer así, sin que nadie los reclame.

—Estoy de acuerdo contigo, salvo que en este caso es todo lo contrario —dijo Jeanette, mirando a Hurtig a los ojos.

—¿Qué quieres decir?

—Esos muchachos no han desaparecido, más bien han aparecido.

Åke llamó a las dos y media. Al principio no entendía lo que decía, de lo excitado que estaba, pero cuando se calmó un poco logró hacerse una idea.

—¿Ves? Voy a exponer. Es una galería buenísima y ella ya me ha vendido tres cuadros.

¿Quién es ella?, pensó Jeanette.

—Está en los barrios pijos, en Östermalm. ¡Joder, no me lo puedo creer!

—Åke, tranquilízate. ¿Por qué no me habías dicho nada?

Por supuesto, en la cena después del cine le dijo que algo tenía entre manos, pero ella pensaba al mismo tiempo en aquellos veinte años o casi en los que se había quedado en casa y durante los cuales lo había mantenido y animado a dedicarse al arte. Y ahora se había metido en un negocio con una galería sin decirle nada.

Podía oírse su respiración, pero no decía nada.

—¿Åke?

Un momento después, despertó.

—Yo... no lo sé. Fue una intuición a raíz de un artículo en *Perspectivas artísticas*. Después de leerlo, decidí ir a hablar con ella. Todo parecía cuadrar con lo que había escrito en el artículo. Tenía un poco de miedo, al principio, pero enseguida supe que era lo que tenía que hacer. Había llegado el momento, simplemente.

Por eso anoche no regresó a casa, pensó.

—Åke, me estás ocultando algo. ¿A quién fuiste a ver?

Le explicó que esa mujer que dirigía una de las galerías de mayor renombre de Estocolmo se había entusiasmado con su obra. A través de ella ya había vendido cuadros por casi cuarenta y cinco mil coronas antes incluso de la inauguración de la exposición.

La galería preveía por lo menos cuadruplicar la suma y le había prometido otra exposición en su sucursal de Copenhague.

—¡El museo Louisiana no queda lejos! —se rio Åke—. Salvo que en esta ocasión se trata de un pequeño local cerca de Nyhamm.

Jeanette se alegraba de que por fin las cosas se movieran, la reconfortaba, pero al mismo tiempo se le había hecho un nudo en el estómago.

¿Su arte solo le pertenecía a él?

Había perdido la cuenta de las noches que habían pasado en blanco hablando de sus cuadros. A menudo acababa llorando lamentándose de que las cosas no funcionaran y ella tenía que consolarlo y animarlo a proseguir su carrera. Había creído en él.

Aunque estuviera lejos de ser una experta en la materia, sabía que estaba dotado.

—Åke, siempre me sorprendes, pero ¡esto es el colmo!

No pudo evitar echarse a reír, aunque le hubiera gustado pedirle que le explicara por qué había dado ese paso en secreto, sin ella. Era, al fin y al cabo, algo de lo que llevaban hablando mucho tiempo.

—Temía bloquearme —le dijo al fin—. Siempre me has apoyado, es cierto. Joder, has pagado para que pudiera continuar, como un mecenas, y aprecio de verdad todo lo que has hecho por mí.

Jeanette no sabía qué decir. ¿Un mecenas? ¿Así era como la veía? ¿Una especie de cajero automático a domicilio?

—¿Y sabes qué? ¿Adivinas quién va a exponer en Copenhague al mismo tiempo que yo? ¿En el mismo sitio? —Deletreó «D-i-e-s-e-l-F-r-a-n-k» entre carcajadas—. ¡Adam Diesel-Frank! Perdona, pero tengo que colgar. He quedado con Alexandra para hablar de algunos detalles. ¡Hasta luego!

Así que se llamaba Alexandra.

Gamla Enskede–Casa de los Kihlberg

Al acceder al camino de la casa, Jeanette tuvo que frenar en seco para no empotrarse contra el coche desconocido aparcado delante de la puerta del garaje. En la matrícula de aquel deportivo rojo se leía el nombre de la propietaria. KOWALSKA. El nombre de la galerista con la que Åke estaba en tratos. Jeanette dedujo que se trataba del coche de Alexandra Kowalska.

Abrió la puerta y entró.

—¿Hay alguien en casa?

Al no responder nadie, subió al primer piso. Oyó risas y carcajadas en el taller y fue a llamar a la puerta.

Se hizo el silencio dentro y abrió. El suelo estaba cubierto de cuadros y Åke estaba a la mesa en compañía de una mujer rubia, de unos cuarenta años, de una gran belleza. Lucía un vestido ajustado e iba discretamente maquillada. Sin duda es la famosa Alexandra, se dijo Jeanette.

—¿Quieres celebrarlo con nosotros? —Åke señaló la botella de vino sobre la mesa—. Pero tendré que ir a por un vaso —añadió al ver que no había para ella.

¿Qué es todo esto?, se dijo Jeanette al ver que había sacado pan, queso y aceitunas.

Alexandra rio y la miró. A Jeanette no le gustaba la risa de esa mujer. Sonaba falsa.

—¿Quizá deberíamos presentarnos?

Alexandra arqueó una ceja en señal de complicidad y se levantó. Era alta, mucho más alta que Jeanette. Se acercó tendiéndole la mano.

—Alex Kowalska —dijo, y por su acento Jeanette supo que no era sueca.

—Jeanette... Iré a por una copa.

Alexandra, Alex para los íntimos, se quedó hasta cerca de medianoche y llamó a un taxi para marcharse. Åke se quedó dormido en el sofá de la sala y Jeanette se encontró sola en la cocina con una copa de whisky.

A Jeanette no le había llevado mucho tiempo descubrir que Alexandra Kowalska era una manipuladora. Visiblemente, no se trataba solo de la pintura de Åke. Alex había pasado la velada tirándole los tejos y piropeándole, ante sus narices, sin vergüenza alguna.

En varias ocasiones Jeanette había hecho alusiones que, sin ser hirientes, hubieran debido hacer comprender a Alex que era hora de que se marchara, pero se instaló a sus anchas e invitó a Åke a ir a por otra de las buenas botellas que había traído.

En el curso de la velada, Alex le prometió otra exposición más a Åke. En Cracovia, de donde era originaria y donde contaba con importantes contactos. Abrirse camino, triunfar: a Jeanette le chocaba la palabrería de esa mujer. Los superlativos acerca de la obra de Åke y los proyectos grandiosos eran una cosa. Luego venían los cumplidos. Alex describía a Åke como un hombre único por sus dotes sociales, un artista que le parecía apasionante y de gran talento, sin parangón. Su mirada era franca, intensa e inteligente, y así sucesivamente. Alexandra incluso había dicho que tenía unas muñecas preciosas y, cuando Åke se las miró sonriendo, ella le acarició con el dedo las venas del dorso de la mano hablando de las líneas del pintor. Jeanette estaba atónita. ¿Es que esa mujer no tenía vergüenza? A Jeanette le pareció patético la mayor parte de lo que Alex dijo a lo largo de la velada, pero Åke fue visiblemente seducido por tantos halagos.

Esa mujer es una víbora, pensó Jeanette al imaginar ya el desengaño que sufriría Åke en cuanto sus esperanzas no se vieran enteramente satisfechas.

¿Cómo habían llegado a ese punto? ¿Se acercaba el final de su relación?

Apagó la luz de la cocina y fue a la sala para tratar, en vano, de despertar a Åke, que roncaba: fue imposible resucitarlo y tuvo que meterse sola en la cama.

Jeanette había dormido mal y sufrido pesadillas; se despertó completamente deprimida. El edredón estaba empapado de sudor y no tenía ningunas ganas de levantarse. Pero no podía quedarse en la cama.

Qué bueno sería tener un trabajo normal, pensó. Un empleo en el que sin problema una pudiera pedir la baja y tomarse un día libre. Donde pudiera ser reemplazada o dejar el trabajo para más tarde.

Se desperezó, sintió un escalofrío y apartó el edredón. Sin saber cómo, de repente se halló en pie. Su cuerpo había tomado por reflejo la decisión en su lugar. Asume tu responsabilidad, le había ordenado, cumple con tu obligación, no te abandones.

Después de tomar una ducha, se vistió y bajó a la cocina, donde Johan estaba desayunando. Su sensación de malestar había desaparecido y se sentía dispuesta para iniciar una nueva jornada de trabajo.

—¿Ya te has levantado? Si solo son las ocho.

Llenó la cafetera.

–Sí, no podía dormir. Esta tarde tenemos partido.

Hojeó el periódico, dio con las páginas de deportes y se puso a leer.

–¿Es un partido importante?

Jeanette sacó una taza y un plato, los dejó sobre la mesa, y cogió la leche y un yogur del frigorífico.

Johan no respondió.

Jeanette fue a por la cafetera, llenó su taza, se instaló frente a él y repitió la pregunta.

–Un partido de copa –murmuró él sin apartar la vista del periódico.

De nuevo Jeanette se sintió impotente: no estaba al corriente de nada, no tenía la menor idea del día a día de su hijo. Recordó que no había pisado su escuela en todo el trimestre, aparte de para la fiesta de fin de año.

–¿Contra quién? ¿Qué copa?

–Olvídalo. –Dobló el periódico y se levantó–. De todas formas, ¡no te interesa!

–Vamos, Johan... Claro que sí, claro que me interesa, pero sabes que mi trabajo es muy absorbente y...

Se interrumpió y reflexionó. Simples excusas, ¿eso era cuanto podía ofrecerle? Sintió vergüenza.

–Jugamos contra el Djurgården. –Dejó el plato en el fregadero–. Esta tarde es la final y creo que papá vendrá.

Salió de la cocina.

–En ese caso ganaréis –le dijo a su espalda–. Los del Djurgården son muy malos.

Sin responder, él fue a encerrarse en su habitación.

Al marcharse, Jeanette oyó a Åke moverse en el sofá. Fue al salón. Adormilado, se frotaba la cara. Tenía el cabello despeinado y los ojos enrojecidos.

–Me voy. Y no sé cuándo regresaré. Quizá tarde.

–Vale, vale...

La miró y ella vio en sus ojos cansados que le daba igual.

—No olvides el partido de Johan esta tarde. Cuenta contigo.

—Ya veremos. —Se levantó—. Iré si tengo tiempo, pero no te lo aseguro. Tengo que verme con Alex para preparar el catálogo de la exposición y puede que nos lleve tiempo. Pero también podrías ir tú, ¿no? —ironizó.

—No me vengas con esas. Ya sabes que no puedo.

Se volvió sobre sí misma y salió de la estancia. En la entrada, los zapatos y botas se apilaban de cualquier manera entre gravilla y pelotillas de polvo.

No está a la altura, pensó. Es un inútil, un egocéntrico.

—Llamaré para saber cómo ha ido.

Abrió la puerta y salió sin darle tiempo a responder.

Barrio de Kronoberg–Central de Policía

Como era habitual, había atascos a la entrada de la ciudad, pero la circulación se despejó después de Gullmarsplan y, al aparcar, constató que apenas eran más de las nueve. Decidió empezar su jornada laboral dando una vuelta por Kungsholmen para vaciar la mente de sus inquietudes personales y dejar lugar para las preocupaciones profesionales.

Al entrar en su despacho se encontró con Hurtig que la esperaba sentado en su silla.

—¿Qué, jefa, llegamos tarde? —Se rio.

—¿Qué haces aquí?

Jeanette se le acercó y le indicó con un gesto que cambiara de silla.

—Dime si me equivoco, Jeanette —empezó—, pero de momento lo tenemos crudo, ¿verdad?

Jeanette asintió con la cabeza.

—¿Adónde quieres ir a parar?

—Me he tomado la libertad de echar un vistazo a casos antiguos de violencia extrema...

—¿Y?

Le picaba la curiosidad: Hurtig no la molestaría de no tener algo entre manos.

—Y por casualidad he encontrado esto...

Dejó sobre la mesa una carpeta marrón, en la que se leía: «Bengt Bergman. Caso archivado».

—Bengt Bergman ha sido interrogado aquí siete veces en los últimos años, el lunes pasado sin ir más lejos.

—¿El lunes pasado? ¿Y por qué?

—Una tal Tatiana Achatova le acusó de violación. Es una prostituta que... —Hurtig se interrumpió—. Qué más da, ella no me ha llamado la atención, pero sí la brutalidad de la agresión y al compararla con las otras denuncias, he visto que siempre es igual.

—¿La violencia?

—Sí. Las chicas fueron maltratadas bestialmente, algunas azotadas con un cinturón y todas sufrieron una violación anal con penetración de objeto. Probablemente una botella.

—Supongo que en ninguno de esos casos fue condenado, porque carece de antecedentes.

—Exacto. Las pruebas eran poco sólidas y la mayoría de las víctimas eran prostitutas. Era la palabra de ellas contra la suya y, si lo he leído bien, su mujer le proporcionó una coartada en todos los casos.

—¿Crees que deberíamos interrogarlo?

Hurtig sonrió. Jeanette comprendió que se había guardado lo mejor para el final.

—Dos de las denuncias son por agresiones sexuales a menores, una niña y un niño. Hermano y hermana, nacidos en Eritrea. En ese caso, también con violencia...

Jeanette abrió inmediatamente la carpeta y hojeó el contenido.

—¡Joder, Hurtig, cómo me alegro de trabajar contigo! Veamos… ¡aquí!

Extrajo un breve documento y lo ojeó.

—Junio de 1999. La niña tenía doce años, el niño diez. Violencia brutal, heridas de látigo, agresión sexual, menores de origen extranjero. Caso archivado debido a… ¿Qué pone aquí? Los niños no fueron considerados suficientemente creíbles debido a las discrepancias en sus declaraciones. Y en esa ocasión también la mujer proporcionó una coartada… Será difícil relacionarlo con nuestra investigación. Necesitaremos algo más…

Hurtig ya había pensado en ello.

—Podemos aventurarnos —dijo—. En el expediente de Bergman he encontrado el nombre de su hija. Quizá podamos tantear el terreno enviándole una señal.

—No te sigo. ¿Qué crees que podría aportarnos ella?

—No lo sé, quizá no tenga tantas ganas como su madre de proporcionarle una coartada a su padre. Por supuesto es un farol, pero a veces esas cosas funcionan. ¿Qué te parece?

—De acuerdo. Pero la llamas tú. —Jeanette le tendió el teléfono—. ¿Tienes su número?

—Claro —dijo Hurtig mostrándole su cuaderno antes de marcar—. Un número de móvil; no tengo su dirección, lo siento.

Jeanette se echó a reír.

—Sabías que me ibas a engatusar, ¿verdad?

Hurtig le sonrió mientras aguardaba en silencio.

—Buenos días… Quisiera hablar con Victoria Bergman. ¿Es este su número? —Hurtig pareció sorprendido—. ¿Oiga? —Frunció el ceño—. Ha colgado.

Se miraron.

—Esperemos un poco; intentaré llamarla. —Jeanette se levantó—. Quizá prefiera hablar con una mujer. Y, además, necesito un café.

Fueron hasta la pequeña cocina.

En el momento en que Jeanette sacaba el vaso caliente de la máquina de cafés, apareció Schwarz seguido de Åhlund.

—¿Os habéis enterado? —dijo Schwarz ajustándose la funda de la pistola.

—¿Qué ocurre? —Jeanette meneó la cabeza.

—Han atracado un transporte de fondos en Söder. En Folkungagatan.

A Jeanette le pareció ver que Schwarz sonreía.

—Billing quiere que echemos una mano. Parece que andan cortos de efectivos.

—Vale, vale. Si lo dice Billing, no os retengo, ¡marchaos! —Jeanette se encogió de hombros.

Diez minutos después, Hurtig volvió a marcar el número y le pasó el teléfono a Jeanette, que echó un vistazo al reloj de su ordenador. Anotó: «10.22, TLF. HIJA DE BENGT BERGMAN».

Después de tres timbres, respondió una mujer.

—Bergman —una voz grave, casi masculina.

—¿Es usted Victoria Bergman? ¿La hija de Bengt Bergman?

—Sí, soy yo.

—Buenos días, soy Jeanette Kihlberg, de la policía de Estocolmo.

—Ah... ¿En qué puedo ayudarla?

—Pues... resulta que me ha dado su número el abogado de su padre, porque quisiera saber si estaría dispuesta a ser testigo de su moralidad en el marco de un juicio.

Esa mentira provocó un asentimiento con la cabeza por parte de Hurtig.

—Buena jugada —susurró.

Después de un silencio, la mujer respondió.

—Ya veo. Así que me llama por eso...

—Comprendo que le pueda resultar desagradable pero, por lo que me han dicho, podría usted testificar en su favor. Seguramente está al corriente de qué se le acusa, ¿no es cierto?

Hurtig meneó la cabeza.

—¿Estás loca?

Jeanette le indicó que callara. Oyó suspirar a la mujer.

—No, lo siento mucho, pero hace más de veinte años que no he hablado con él ni con mi madre y, francamente, me sorprende que se imagine que pueda querer mezclarme en sus asuntos.

Al oír esa respuesta, Jeanette se preguntó si Hurtig llevaba razón.

—¿Ah, sí? No es lo que me han dicho —volvió a mentir.

—Quizá, pero en eso no puedo hacer nada. Por el contrario, si le interesa, le diré que seguramente es culpable, sobre todo si tiene que ver con lo que le cuelga entre las piernas. Me impuso su badajo desde que yo tenía tres o cuatro años.

Jeanette se quedó pasmada ante esa franqueza. Tuvo que aclararse la voz antes de proseguir.

—Si lo que dice es cierto, ¿por qué nunca le ha denunciado?

Joder, pero ¿esto qué es?, pensó mientras Hurtig la felicitaba mostrándole un pulgar en alto.

—Eso es asunto mío. No tiene ningún derecho a telefonearme con esas preguntas. Para mí, está muerto.

—De acuerdo, lo entiendo. No volveré a molestarla.

Un clic y Jeanette colgó a su vez.

Hurtig aguardaba en silencio a que ella dijera algo.

—Iremos a buscar a Bengt Bergman —dijo ella finalmente.

—*Yes!* —Hurtig se levantó—. ¿Quieres interrogarle? ¿O me ocupo yo de él?

—Me encargaré yo, pero puedes asistir, si quieres.

Cuando Hurtig cerró la puerta, sonó el teléfono y Jeanette vio que era su jefe.

—¿Dónde coño te has metido? —Billing parecía enfadado.

—En mi despacho, ¿qué ocurre?

—Hace más de un cuarto de hora que te estamos esperando. Es la hora de la reunión de mandos, ¿se te ha olvidado?

Jeanette se llevó la mano a la frente.

—No, en absoluto. Voy para allá.

Colgó, se precipitó al pasillo y mientras corría hacia la sala de reuniones comprendió que iba a ser un día muy largo.

Gamla Enskede–Casa de los Kihlberg

Cuando al día siguiente, mientras desayunaba, Jeanette vio la foto en el periódico, sintió vergüenza por segunda vez en poco tiempo.

En las páginas de deportes figuraba una foto del equipo de Johan.

El Hammarby había ganado la final contra el Djurgården por cuatro goles a uno, y dos de ellos los había marcado Johan.

Jeanette se moría de vergüenza por haber olvidado el día antes llamar para preguntar cómo había ido el partido, a pesar de que su hijo le había dicho que se trataba de la final.

La reunión de mandos se alargó mucho porque Billing se entretenía en los detalles. El resto de la tarde lo dedicó a dar con Bengt Bergman y a entrevistarse con la prostituta que había denunciado a este. Era poco habladora, y se había contentado con repetir lo que ya había declarado en la denuncia. Eran más de las ocho cuando Jeanette salió de la comisaría. Se durmió frente al televisor antes de que regresaran Åke y Johan y, al despertar, después de medianoche, estos ya se habían acostado.

Jeanette se dio cuenta de que los chavales asesinados en los que trabajaba copaban su atención más que su propio hijo vivo. Pero a la vez, no podía evitarlo. Incluso si hoy no estaba contento de ella y consideraba con razón que se había olvidado de él, cabía esperar que un día lo comprendiera y se diera cuenta de que no había sido tan desafortunado. Tenía un techo, comida y unos padres tal vez demasiado ocupados en sí mismos pero que le querían más que a cualquier cosa en el mundo.

Pero ¿y si cuando fuera adulto no veía así las cosas y solo se acordaba de lo negativo?

Oyó a Johan salir de su habitación para ir al baño al mismo

tiempo que Åke bajaba la escalera. Jeanette se levantó para preparar dos tazas y dos platos.

—Buenos días —dijo Åke sacando del frigorífico un tetrabrik de zumo de naranja que bebió a gollete—. ¿Has hablado con él?

Se sentó y miró por la ventana. El sol brillaba y el cielo era de un azul claro. Unas golondrinas pasaron en vuelo rasante sobre la hierba: el tiempo invitaba a desayunar en el jardín.

—No, se acaba de despertar, se está duchando.

—Le hemos decepcionado mucho.

—¿Por qué hablas en plural? —Jeanette buscó su mirada, pero él no dejó de mirar por la ventana—. Pensaba que era solo yo.

—No, no. —Åke se volvió.

—¿Y qué has hecho para que también esté de morros contigo?

Åke depositó ruidosamente la taza de café, echó hacia atrás su silla y se levantó de golpe.

—¿De morros? —Se inclinó sobre la mesa—. ¿Eso crees? ¿Qué Johan está «de morros» con nosotros?

Ese súbito cambio de humor desconcertó a Jeanette.

—Pero yo…

—No está enfadado y tampoco de morros. Está triste y decepcionado. Le parece que no nos ocupamos de él y que discutimos sin cesar.

—¿No fuiste ayer al partido?

—No, no tuve tiempo.

—¿Cómo que no tuviste tiempo?

Jeanette se dio cuenta de que le estaba reprochando a Åke sus propios fallos. Al mismo tiempo, siempre había considerado que a él le correspondía velar por el buen funcionamiento del hogar. Ella se mataba a trabajar, ponía el plato en la mesa y, cuando no bastaba, también era ella quien llamaba a sus padres para pedirles dinero. Todo lo que él tenía que hacer era ocuparse de fregar los platos, poner las lavadoras y controlar que Johan hiciera los deberes.

—¡Pues no, no me dio tiempo! ¡Así de sencillo!

Jeanette vio que ahora estaba verdaderamente enfadado.

—Yo también tengo una vida fuera de estas cuatro paredes —prosiguió Åke gesticulando—. ¡Joder, aquí me ahogo! Esto se está volviendo irrespirable.

Jeanette sintió que también su cólera crecía.

—¡Pues haz algo! —gritó—. ¡Búscate un trabajo de verdad, en lugar de pasarte el día haciendo el vago en casa!

—¿Por qué os peleáis?

Johan estaba en el umbral de la puerta, vestido pero con el cabello aún húmedo.

Jeanette vio que estaba triste.

—No nos peleamos —Åke se levantó a por más café—. Mamá y yo estamos hablando, eso es todo.

—No lo parece —dijo Johan, volviéndose para regresar a su habitación.

—Vamos, ven a sentarte, Johan.

Jeanette exhaló un profundo suspiró mirando su reloj.

—Papá y yo sentimos mucho no haber estado ayer en el partido. Veo que ganasteis. ¡Felicidades!

Jeanette alzó el periódico para mostrarle la foto.

—Bah... —suspiró Johan, sentándose a la mesa para desayunar.

—Ya sabes que papá y yo estamos un poco desbordados en estos momentos —aventuró Jeanette—, cosas del trabajo y...

Jeanette empezó a untar una rebanada de pan buscando unas palabras que no lograba encontrar. No existían, no había excusa alguna.

Dejó la rebanada ante Johan, que la miró con asco.

—¡Todos los otros padres estaban allí! Y también trabajan.

Jeanette alzó la vista hacia Åke para buscar su apoyo, pero seguía mirando por la ventana.

El amor incondicional, pensó. Era ella quien tenía que llevar la carga pero, sin darse cuenta, la había descargado sobre los hombros de su hijo.

—Ya sabes —dijo implorando a Johan con la mirada— que mamá persigue a los malos para que tú, tus amigos y sus padres podáis dormir tranquilos por la noche.

Johan la miró de arriba abajo y en sus ojos había un brillo de cólera que nunca le había visto.

—¡Me vienes con ese cuento desde que tenía cinco años! —gritó levantándose de la mesa—. ¡Ya no soy un crío, mierda!

La puerta de su habitación se cerró ruidosamente.

Jeanette sostenía su taza.

Caliente.

En ese instante era el único calor alrededor de ella.

—¿Cómo hemos podido llegar a este extremo?

Åke se volvió y la miró pensativo.

—Por lo que recuerdo, nunca ha sido diferente. —Le dirigió una última mirada—. Tengo que poner otra lavadora.

Le dio la espalda y se marchó.

Jeanette ocultó su rostro entre las manos. Las lágrimas le quemaban bajo los párpados. Sentía que el suelo se abría a sus pies. Todo lo que daba por sentado temblaba desde sus cimientos. ¿Quién era ella, sin ellos?

Se serenó, fue al recibidor a por su chaqueta y salió sin despedirse. Ya no querían saber nada de ella.

Se instaló al volante de su coche y fue a reunirse con lo que aún era su vida.

Barrio de Kronoberg–Central de Policía

A la espera de que Von Kwist estuviera disponible, leyó cuanto encontró acerca de los anestésicos en general y de la Xylocaína en particular.

A las diez y media, logró por fin hablar por teléfono con el fiscal.

—¿Por qué se obstina? —la atacó—. Que yo sepa, ese asunto no la incumbe. Mikkelsen está al cargo del caso. ¿Llevo razón?

Su tono aleccionador irritó a Jeanette.

—Sí, así es, pero me gustaría aclarar ciertas cosas. Algunas de sus declaraciones me intrigan.

—¿Ah, sí? ¿Cuál, por ejemplo?

—Principalmente el hecho de que pretenda saber cómo se puede comprar un niño. Un niño al que nadie buscará y al que se puede hacer desaparecer por una suma de dinero. Y dos o tres cosas más que me gustaría aclarar con él.

—¿Qué?

—Los chavales asesinados fueron castrados y sus cuerpos contenían un anestésico utilizado por los dentistas. Karl Lundström tiene una opinión bastante radical acerca de la castración y a buen seguro sabe usted que su mujer es dentista. En resumidas cuentas, es interesante para mi investigación.

—Discúlpeme, pero... —Von Kwist se aclaró la voz— todo eso me parece muy deshilvanado. No hay nada concreto. Y además hay algo que usted ignora. —Calló.

—Ah, ¿qué es lo que no sé?

—Que durante los interrogatorios estaba bajo los efectos de fuertes medicamentos.

—De acuerdo, pero eso no es razón para...

—Jovencita —la interrumpió—, no sabe siquiera de qué medicamentos estamos hablando.

El altivo menosprecio del fiscal le hizo hervir la sangre, pero supo contenerse.

—No, es verdad. Así, ¿de qué medicamentos se trata?

—Xanor, ¿ha oído hablar de él?

Jeanette reflexionó.

—No, no me dice nada...

—Lo imaginaba. De lo contrario, no se hubiera tomado usted en serio las declaraciones de Lundström.

—¿Qué quiere decir?

—El Xanor es el medicamento que llevó a Thomas Quick a reconocer todos los asesinatos no resueltos del planeta. Si se le hubiera pedido, hasta hubiera reconocido haber asesinado a Olof Palme y a Kennedy. E incluso el genocidio ruandés, ni más ni menos. –Von Kwist se echó a reír.

–Quiere decir que…

–Que no es una buena idea continuar por ese camino –la interrumpió–. En otras palabras: le prohíbo continuar.

–¿Puede hacerlo?

–¡Por supuesto! Además, ya he hablado con Billing.

Jeanette temblaba de rabia. Sin aquel tono arrogante quizá habría aceptado la decisión del fiscal, pero, al contrario, su desprecio reforzaba su determinación de desafiarlo. Lundström ya podía tomar todos los medicamentos del mundo, pero lo que había dicho era demasiado interesante para no tenerlo en cuenta.

No iba a dejarlo.

Mariatorget–Oficina de Sofia Zetterlund

Una oscura lluvia de tormenta crepitaba sobre el tejado de cobre de la cervecería München mientras la bahía de Riddarfjärden se iluminaba aquí y allá con violentos relámpagos.

Su dolor de cabeza había empeorado. Fue al baño a lavarse la cara y tomarse dos pastillas de Treo. Esperaba que eso bastara para devolverle las fuerzas.

Abrió el cajón debajo de su mesa de trabajo y sacó el dossier de Karl Lundström para refrescarse la memoria.

Para ella, no había nada que motivara un internamiento psiquiátrico: las declaraciones de Karl Lundström se basaban en convicciones ideológicas y por ello había aconsejado el encarcelamiento.

Pero no sería así.

Todo indicaba que el tribunal optaría por el ingreso de Karl Lundström en una institución psiquiátrica. El informe pericial que ella había presentado se consideraba inutilizable para dictar sentencia dado que Lundström se hallaba bajo los efectos del Xanor durante los interrogatorios.

En otras palabras, la entrevista que había mantenido con él se consideraba sin valor alguno.

El tribunal solo veía en él a un pobre tipo completamente colgado, pero Sofia había comprendido que lo que Karl Lundström le había dicho no lo había inventado bajo los efectos de los medicamentos.

Karl Lundström creía ser el único detentor de la verdad. Era un firme partidario de la ley del más fuerte, que le confería el privilegio de agredir a individuos más débiles. Tenía en gran consideración sus capacidades, y estaba orgulloso de ellas.

Recordaba sus palabras.

No era más que un alegato en su defensa.

«No considero que lo que he hecho esté mal –afirmó–. Solo está mal en la sociedad de hoy. Su moral está mancillada. Las pulsiones son inmemoriales. La palabra de Dios no comporta la prohibición del incesto. Todos los hombres desean lo mismo que yo, es un deseo sin edad, ligado al sexo. Ya fue dicho en pentámetros. Soy una criatura de Dios y actúo siguiendo la misión que me ha encomendado».

Unas justificaciones morales, filosóficas y pseudorreligiosas.

Tenía que reconocer que la certidumbre que Karl Lundström tenía de su propia grandeza lo convertía en una persona muy peligrosa.

Y se consideraba dotado de una inteligencia superior.

Y daba muestras de una notable ausencia de empatía.

El talento de manipulador de Karl Lundström facilitaría que después de cierto tiempo en Säter o en otra institución psiquiátrica, le concedieran permisos: cada segundo que pasara en libertad pondría en peligro a los demás.

Decidió llamar a la comisaria Jeanette Kihlberg.

En la situación presente estaba en su derecho de pasarse por el forro el derecho.

Jeanette pareció sorprendida al oír a Sofia presentarse y pedirle una cita para explicarle lo que sabía acerca de Karl Lundström.

—¿Por qué ha cambiado de opinión?

—No sé si está relacionado con el caso que investiga, pero creo que Lundström quizá esté implicado en algo muy gordo. ¿Mikkelsen ha investigado lo que cuenta acerca de Anders Wikström y de esos vídeos?

—Por lo que me ha parecido comprender, se ocupan de ello en estos momentos, pero Mikkelsen cree que Anders Wikström es fruto de la imaginación de Lundström y que no van a encontrar nada. Le ha examinado, ¿verdad? Parece enfermo.

—Sí, pero no hasta el extremo de no poder responder de sus actos.

—¿Ah, no? De acuerdo, pero hay una escala en la locura, ¿verdad?

—Sí, una escala de las penas.

—¿Y eso significa que uno puede tener ideas de loco y ser castigado por ello? —completó Jeanette.

—Así es. Pero la pena debe adaptarse a cada delincuente y, en el caso presente, he recomendado la prisión. Tengo la convicción de que la atención psiquiátrica no le será de ayuda a Lundström.

—Estoy de acuerdo —dijo Jeanette—. Pero ¿qué dice acerca del hecho de que estuviera bajo los efectos de los medicamentos?

Sofia sonrió.

—Por lo que he podido leer, las dosis no eran tan elevadas como para que pudieran ser decisivas. Se trataba de pequeñas dosis de Xanor.

—El medicamento administrado a Thomas Quick.

—Sí, sí. Pero Quick estaba mucho más drogado.

—¿Cree que no hay que preocuparse por eso?

—Exacto, y me parece que vale la pena interrogar a Lundström acerca de esos chavales asesinados. Donde hay humo hay fuego.

Jeanette se rio.

—¿Donde hay humo hay fuego?

—Sí, si hay algo de verdad en esa historia de la compra de niños, quizá podrá averiguar más.

—Lo entiendo. Gracias por molestarse en llamar.

—De nada. ¿Cuándo podemos vernos?

—La llamaré mañana para quedar a almorzar, si le va bien.

—Perfecto.

Colgaron. Sofia miró por la ventana.

Afuera brillaba el sol.

El Monumento–Apartamento de Mikael

Por la tarde se puso a llover y todo parecía de repente más sucio. Sofia Zetterlund recogió sus cosas y salió de la consulta.

El tiempo era espantoso, pero la cena con Mikael no le iba a la zaga. Ella se había esmerado, porque iba a ser la última velada que compartirían durante mucho tiempo. Habían destinado a Mikael a trabajar en la sede de la empresa, en Alemania, y estaría ausente varios meses. Sin embargo, tras una conversación distraída, él se durmió en el sofá después del postre que a Sofia le había llevado casi hora y media preparar, un pastel de zanahoria y queso fresco, con pasas, y mientras enjuagaba los vasos de pie ante el fregadero al son de los ronquidos que llegaban del salón sintió que no estaba bien.

No se encontraba bien en el trabajo. Todos los que habían participado en el examen de Lundström la irritaban: terapeutas, psicólogos y psiquiatras forenses. En la clínica, también la irritaban sus pacientes. Afortunadamente, se había librado de Carolina Glanz por un tiempo: había anulado sus últimas citas y Sofia sabía por la prensa que ahora se ganaba la vida rodando películas eróticas.

También Victoria Bergman había dejado de acudir. Era una pérdida. Sofia dedicaba ahora el tiempo a hacer de coach de directivos en temas de dirección y comunicación. En buena parte era una rutina que no exigía casi ninguna preparación, pero tan aburrida que se preguntaba si merecía la pena.

Decidió dejar de lado el resto de la vajilla y con una taza de café se fue a su despacho y encendió el ordenador. Sacó del bolso su pequeño dictáfono y lo dejó sobre la mesa.

Victoria Bergman discutía con una chiquilla que, a todas luces, era ella misma de niña.

¿Quizá un acontecimiento en particular fue decisivo?

Durante su primer año de instituto ocurrió un incidente sobre el que volvía sin cesar, pero Sofia no sabía de qué se trataba exactamente porque Victoria siempre hablaba del mismo a toda velocidad.

Tal vez fuera algo más que un acontecimiento en particular. Una vulnerabilidad que se había alargado en el tiempo, quizá durante toda su infancia.

El hecho de ser una paria, de ser la más débil.

Sofia creía que Victoria despreciaba la debilidad.

Hojeó su cuaderno hasta hallar una página en blanco y decidió tener siempre con qué tomar notas cuando escuchaba las grabaciones de las entrevistas.

Al observar la etiqueta, vio que aquella estaba fechada apenas un mes atrás.

La voz seca de Victoria:

… y luego encontrarse allí un día con las manos atadas con cinta adhesiva a la espalda dejando las manos de todos los demás libres de hacer cuanto quisieran aunque a mí no me apeteciera. No quería llorar

cuando ellos no lloraban porque eso hubiera sido verdaderamente una vergüenza sobre todo porque habían hecho todo ese camino para dormir en mi casa y no en casa de sus mujeres. Seguramente estaban la mar de contentos por no tener que quedarse en casa dedicándose a sus cosas todo el día en lugar de tener los brazos y las piernas hechos puré de tanto carretear...

Sofia se sentía desamparada, cansada e incómoda. Una fatiga psíquica, como unas agujetas.

El sonido del televisor. La lluvia contra la ventana.

Y luego esa voz que no cesaba. ¿Debería dejar de escuchar?

... los tíos querían marcharse por la mañana y regresar para la cena que siempre era sana, nutritiva y copiosa aunque a menudo sabía a sexo y no a especias...

Sofia oyó a Victoria echarse a llorar y le pareció extraño no tener el menor recuerdo de ello.

Cuando nadie miraba te podías inclinar sobre las cazuelas y dejar caer dentro lo que tenías en la boca en lugar de ir a escupirlo todo al lavabo. Y entonces me quedé sola con la abuela y el abuelo. Estaba bien, así se acabaron las peleas con papá y pude dormirme más fácilmente sin el vino ni los medicamentos que podía robar para tener esa sensación agradable en la cabeza. Todo cuanto quería era que callara esa voz que me machacaba sin cesar preguntándome si hoy iba a atreverme...

Sofia despertó frente al ordenador a las doce y media de la noche con una desagradable sensación en el cuerpo.

Cerró el archivo y fue a la cocina a por un vaso de agua, pero cambió de opinión y se dirigió al recibidor a por un paquete de cigarrillos que tenía en el abrigo.

Mientras fumaba bajo la campana de la cocina, pensó en los relatos de Victoria.

Todo estaba como imbricado, y aunque al principio pudiera parecer incoherente, en el fondo no había ninguna laguna. Era un único e incluso largo acontecimiento. Una hora extendida hasta las dimensiones de una vida, como una goma elástica vencida.

¿Cuánto puede tirarse de ella sin que se rompa?, pensó al dejar el cigarrillo humeante en el cenicero.

Volvió al despacho y contempló sus notas: «SAUNA, POLLUELOS, PERRO DE PELUCHE, ABUELA, CORRER, ADHESIVO, VOZ, COPENHAGUE». Era su caligrafía, algo menos cuidadosa que de costumbre.

Interesante, pensó al regresar a la cocina con el dictáfono. Acercó una silla a los fogones.

Mientras se rebobinaba la cinta, cogió el cigarrillo del cenicero. Paró a mitad de la casete y la puso en marcha. Al principio oyó su propia voz.

—¿Adónde fuisteis aquella vez que os marchasteis tan lejos?

Recordó cómo Victoria cambió de posición en su asiento y se ajustó la falda del vestido, que se le había subido.

—Uf, por entonces no era yo muy mayor, pero me parece que debimos de ir en coche hasta Dorotea o Vilhelmina en el sur de Laponia. Pero quizá incluso fuimos más lejos. Fue la primera vez que me dejaron sentarme en el asiento delantero, y me sentí mayor. Me contaba un montón de cosas y luego me preguntaba para ver si lo había aprendido. Una vez apoyó una enciclopedia contra el volante y me preguntó todas las capitales del mundo. Ese libro indicaba que la capital de Filipinas era Quezon City, pero yo insistí en que era Manila. Se enfadó y nos apostamos unas botas de esquí nuevas. Cuando más tarde se vio que yo llevaba razón, recibí un par de botas viejas de piel compradas en un rastrillo, que nunca utilicé.

—¿Cuánto tiempo estuvisteis fuera? ¿Tu madre también fue de viaje?

Oyó a Victoria echarse a reír.

—No, qué me dice, ella no venía nunca.

Permanecieron luego un minuto en silencio y acto seguido se escuchó a sí misma recordarle a Victoria que había hablado de una voz.

—¿De qué voz se trataba? ¿Suele oír voces?

Sofia se irritó al oírse machacarla así.

—Sí, me ocurría de pequeña —respondió Victoria—, pero al principio era más bien un sonido sostenido que lentamente se volvía más fuerte y agudo. Una especie de susurro que crecía.

—¿Sigue oyéndolo?

—No, hace ya mucho que no. Pero a los dieciséis o diecisiete años, ese sonido uniforme se convirtió en una verdadera voz.

—¿Y qué decía esa voz?

—Sobre todo me preguntaba si ese día iba a atreverme. «¿Eres capaz? ¿Eres capaz? ¿Hoy vas a ser capaz?». Sí, y a veces era doloroso.

—¿Qué cree que quería decir esa voz? ¿Atreverse a qué?

—¡A suicidarme, claro! ¡Joder, si supiera cómo luché con esa voz! Y de repente, cuando lo hice, calló.

—¿Se refiere a que intentó suicidarse?

—Sí, a los diecisiete años, cuando fui de viaje con las amigas. Nos separamos en Francia, creo, y cuando llegué a Copenhague, estaba hecha una piltrafa e intenté ahorcarme en la habitación del hotel.

—¿Intentó ahorcarse?

Al oír su propia voz, le pareció que le faltaba seguridad.

—Sí... me desperté en el suelo del baño con el cinturón alrededor del cuello. El gancho se arrancó del techo, y me di de morros y con la nariz contra las baldosas. Había sangre por todas partes y me había partido un diente delantero.

Abrió la boca y le mostró a Sofia la reparación en su incisivo derecho. Tenía otro color que el izquierdo.

—¿Y después de eso la voz calló?

—Sí, aparentemente. Como había demostrado que era capaz ya de nada servía que me diera la tabarra.

Victoria se echó a reír.

Sofia oyó en la grabación que permanecieron entonces dos minutos sin decir nada. Luego el ruido de Victoria al apartar la silla, ponerse el abrigo y salir de la estancia.

Sofia apagó el tercer cigarrillo, paró el aspirador de la campana y fue a acostarse. Eran casi las tres de la madrugada y había dejado de llover.

¿Qué había hecho para que Victoria interrumpiera su terapia? Juntas, avanzaban en buena dirección.

Añoraba las entrevistas con Victoria Bergman.

La carretera

que serpenteaba por la isla de Svartsjö estuvo un buen rato desierta pero ella acabó encontrando a un muchacho.

Solo en la cuneta con su bicicleta averiada.

Hacía autostop.

Confiaba en todo el mundo.

No había aprendido a reconocer a quienes han sido traicionados.

La habitación estaba iluminada por la bombilla del techo. Ella asistía a la representación sentada en un rincón.

En la pared de enfrente de la puerta oculta que conducía a la sala había clavado una sólida anilla de acero de las utilizadas para amarrar los barcos.

Habían desnudado al muchacho y le habían puesto un collar atado a la anilla con una cadena de dos metros.

Podía desplazarse sobre cuatro metros cuadrados, pero no tenía ninguna posibilidad de llegar hasta ella.

Junto a ella, en el suelo, el cable eléctrico y, sobre sus rodillas, el táser que podía disparar dos proyectiles: una vez clavadas las agujas, el cuerpo del chaval recibiría durante cinco segundos una descarga de cincuenta mil voltios. Con los músculos paralizados, quedaría fuera de combate.

Le indicó con una señal a Gao que la representación podía comenzar.

Había pasado la mañana purificándose y, gracias a la meditación, había reducido hora tras hora la actividad de su pensamiento. Ninguna lógica debía distraerlo de aquello para lo que había sido entrenado.

En ese momento, en los últimos segundos antes del inicio de la representación, iba a aniquilar en su interior los últimos restos de pensamiento.

Solo sería un cuerpo con cuatro necesidades vitales elementales.

Oxígeno.

Agua.

Comida.

Sueño.

Nada más.

Una máquina, pensó ella.

El plástico sobre el suelo crujió cuando el chaval encadenado comenzó a moverse. Aún estaba perdido, aturdido, apenas consciente, y dirigía miradas inquietas en derredor. Tironeaba torpemente de la cadena atada alrededor de su cuello, pero seguramente ya había comprendido que era imposible liberarse y retrocedió a rastras para levantarse de espaldas a la pared.

Gao iba y venía frente al chiquillo desnudo, indefenso.

De una patada en la entrepierna lo hizo arrodillarse, sin resuello. Luego le golpeó con fuerza sobre una oreja y el chaval cayó al suelo gimiendo.

Algo se le rompió y empezó a sangrar por la nariz.

Ella comprendió de inmediato que el combate era demasiado desigual y soltó la cadena del chaval que lloraba.

La bombilla oscilaba despacio del techo y las sombras bailaban sobre la espalda del muchacho que se arrastraba por el suelo. Gao había comprendido inmediatamente la situación y lo que se le exigía, pero el otro muchacho creía que sus súplicas y sus sollozos iban a salvarlo: en ningún momento comprendió que iba en serio.

Se quedaba tendido en el suelo sollozando como un cachorrillo sumiso.

¿Era la primera vez en su vida que sentía un verdadero dolor físico? ¿Era esa la razón que le impedía reaccionar como el instinto de supervivencia habría requerido? ¿Quizá lo habían educado en la creencia en la bondad innata del hombre? Estaba demasiado desamparado para defenderse en serio.

Gao descargaba sobre él una cascada de puñetazos y patadas.

Ella acabó tratando de equilibrar la situación dándole un cuchillo al chaval, pero este se contentó arrojándolo lejos, gritando aterrorizado.

Fue a darle a Gao la botella de agua con anfetaminas. Estaba sudando y los músculos de la parte superior de su cuerpo se tensaban cuando respiraba profundamente.

Ella y él formarían un todo perfecto.

En la penumbra, no eran más que uno.

Solo orificios abiertos y cerrados.

Sangre y dolor. Descargas eléctricas.

Lentamente, comenzó a azotar la espalda del muchacho con el cable eléctrico, aumentó el ritmo y golpeó cada vez más fuerte.

La espalda del chaval comenzó a sangrar abundantemente.

Ella empuñó una de las jeringas, pero en el momento de inyectarle el anestésico en el cuello, se dio cuenta de que ya no estaba vivo.

Se había acabado.

Barrio de Kronoberg–Central de Policía

Karl Lundström era de momento el único nombre interesante en la lista de sospechosos. Jeanette estaba sorprendida, pero también agradecida, de que Sofia Zetterlund la hubiera llamado. ¿Quizá esa cita aportaría alguna novedad?

Lo necesitaba: la investigación estaba en un punto muerto.

Thelin y Furugård habían sido descartados desde hacía tiempo y el interrogatorio del presunto violador Bengt Bergman no había dado ningún resultado.

A Jeanette, Bergman le había parecido particularmente desagradable. Era de un humor imprevisible, pero a la vez fríamente calculador. Había hablado varias veces de su gran capacidad de empatía, mientras precisamente daba muestras de lo contrario.

No podía evitar ver similitudes con lo que había leído en el expediente de Karl Lundström.

Era la mujer de Bergman quien le había proporcionado una coartada cada vez que habían recaído sospechas sobre él. Jeanette, furiosa, se lo recordó a Von Kwist cuando le propuso volver a hablar con ella. También le recordó al fiscal la similitud con Karl Lundström y su esposa Annette, que se ponía de su lado incluso cuando se trataba de agresiones sexuales a su propia hija.

Como de costumbre, Von Kwist se mostró inflexible y Jeanette tuvo que reconocer que su tentativa con Bengt Bergman había sido una jugada de póquer.

Un farol que había fracasado.

En el curso de la breve conversación que había mantenido con la hija de este había comprendido, sin embargo, que Bengt Bergman tenía la conciencia muy negra.

Nadie corta todos los lazos con los padres sin motivos fundados.

Jeanette constató lacónicamente que muy probablemente el fiscal se disponía a archivar la denuncia por violación con agravante presentada por la prostituta Tatiana Achatova.

¿Qué podía hacer una prostituta ya vieja, condenada varias veces por drogas, contra un alto funcionario de la Agencia Sueca para el Desarrollo y la Cooperación Internacional? Era su palabra contra la de él. Y era fácil adivinar en quién iba a confiar el fiscal Von Kwist.

No, Tatiana Achatova no tenía posibilidad alguna.

Una vez más, sintió que el hastío se apoderaba de ella: le hubiera gustado estar de vacaciones y disfrutar del verano y del calor. Pero Åke se había ido a Cracovia con Alexandra Kowalska y Johan estaba en Dolecarlia con unos amigos: si se tomara las vacaciones en ese momento estaría terriblemente sola.

—Tienes visita —Hurtig entró en su despacho—. Ulrika Wendin te espera en la entrada. No quiere subir, pero dice que quiere verte.

La joven fumaba en la calle. A pesar del calor, vestía una gruesa chaqueta negra con capucha, vaqueros negros y botas militares. Bajo la capucha que le cubría la cabeza, unas grandes gafas oscuras. Jeanette se aproximó a ella.

—Quiero que vuelvan a abrir mi caso —dijo Ulrika apagando el cigarrillo.

—Vale... Vamos a algún sitio a hablar de ello. La invito a un café.

Bajaron en silencio por Hantverkargatan y Ulrika tuvo tiempo de fumarse otro cigarrillo antes de llegar al bar. Pidieron cada una un café y un bocadillo y se sentaron en la terraza.

Ulrika se quitó las grandes gafas de sol y Jeanette comprendió por qué las llevaba. Tenía el ojo derecho hinchado y de un color violeta oscuro. ¿Un puñetazo? Por el color, el morado tendría uno o dos días.

—Pero ¿qué ha ocurrido? —exclamó Jeanette—. ¿Quién le ha hecho esto?

—Tranquila, ha sido un tío al que conozco. Un tío legal, de hecho. Por lo menos, cuando no bebe... —Sonrió, avergonzada—.

Le invité a una copa y nos peleamos cuando quise bajar el volumen de la música.

—¡Dios mío, Ulrika, no es culpa suya! ¡Frecuenta a gente muy extraña! ¿Un tipo que le pega porque quiere bajar el volumen para evitar las quejas de los vecinos?

Ulrika Wendin se encogió de hombros y Jeanette vio que aquello no llevaba a ninguna parte.

—En ese caso... —prosiguió—, la ayudaré en el aspecto jurídico de la cuestión si desea que se reexamine su denuncia contra Lundström. —Sabía que Von Kwist no iba a tomar la iniciativa por su cuenta—. ¿Qué le ha hecho cambiar de opinión?

—Después de nuestra conversación, en mi casa —comenzó—, me di cuenta de que aún no había pasado página. Quiero contarlo todo.

—¿Todo?

—Sí, fue muy duro, en aquel momento. Sentía vergüenza...

Jeanette observó a la joven, impresionada por su aspecto frágil.

—¿Vergüenza? ¿Por qué?

Ulrika se retorcía en su asiento.

—No es solo por haber sido violada...

Jeanette no quería interrumpirla, pero el silencio de Ulrika indicaba que esperaba un empujón.

—¿Qué es lo que no ha explicado?

—Fue muy humillante —soltó finalmente—, me hicieron algo que me hizo perder las sensaciones de cintura para abajo, así que cuando me violaron...

Calló de nuevo.

Jeanette se sobresaltó.

—¿Qué pasó?

Ulrika apagó el cigarrillo y encendió inmediatamente otro.

—No paraba de chorrear por abajo. Los excrementos, vamos... como un puto bebé.

Jeanette vio que Ulrika estaba a punto de echarse a llorar. Le brillaban los ojos y le temblaba la voz.

—Era una especie de ritual. Eso les daba placer. Joder, fue tan humillante que nunca me he atrevido a contarlo a la policía.

Ulrika se enjugó los ojos con la manga.

—¿Quiere decir que la drogaron con un anestésico?

—Sí, algo así.

Observó el morado de Ulrika. El hematoma casi negro se ramificaba desde el ojo derecho hasta la oreja.

Le acababa de pegar un supuesto novio.

Siete años atrás fue violada y humillada por cuatro hombres, uno de los cuales era Karl Lundström.

—Subiremos a mi despacho para tomarle declaración.

Ulrika Wendin asintió con la cabeza.

¿Un anestésico?, pensó Jeanette. El hecho de que los cadáveres de los muchachos asesinados contuvieran anestésico era absolutamente confidencial. No podía tratarse de una coincidencia.

Jeanette sintió que su pulso se aceleraba.

Mariatorget–Oficina de Sofia Zetterlund

Cuando sonó el teléfono, Sofia Zetterlund estaba profundamente sumida en sus pensamientos. El timbre estridente estuvo a punto de hacerle derramar su taza de café. Había pensado en Lasse.

—Soy Jeanette Kihlberg. ¿Podríamos quedar para comer, no muy tarde, para tener un poco más de tiempo? Pasaré de camino por un chino y podemos encontrarnos cerca del estadio de Zinkensdamm. Por cierto, ¿le gusta la comida china?

Dos preguntas y una decisión al mismo tiempo: Jeanette Kihlberg no malgastaba sus palabras.

—Con los Juegos Olímpicos de Pequín de este año, me he entrenado —bromeó Sofia.

Jeanette rio.

Se despidieron y Sofia colgó.

Le costaba concentrarse. Lasse aún ocupaba sus pensamientos.

Abrió el cajón de su mesa y sacó la foto.

Alto y moreno con unos intensos ojos azules. Pero de lo que más se acordaba era de sus manos. A pesar de trabajar en una oficina, parecía que la naturaleza le hubiera dotado con los puños robustos y encallecidos de un artesano.

A la vez, se sentía aliviada al haber logrado dejar de lado la añoranza y haberla reemplazado con la indiferencia. No se merecía que le añoraran.

Recordó lo que le había dicho en su habitación de hotel en el Upper West Side durante su estancia en Nueva York, antes de que todo se hundiera.

«Me entrego a ti, Lasse. Soy tuya, toda tuya, y confío en que cuidarás de mí».

¡Qué ingenua fue! Nunca más. Nunca dejaría que nadie más estuviera tan cerca de ella.

Sofia se puso la chaqueta y salió.

Estadio de Zinkensdamm

—Ah, por fin puedo ponerle cara a esa voz —dijo Jeanette Kihlberg al saludarla estrechándole la mano.

Sonríe.

—Lo mismo digo —respondió Sofia Zetterlund con una sonrisa.

Esa mujer rondaba los cuarenta y era mucho más baja de lo que Sofia había imaginado.

Jeanette se volvió y Sofia la siguió. Sus andares eran gráciles y decididos. Se instalaron en las amplias gradas de hormigón recientemente construidas y contemplaron el césped artificial del estadio de Zinkensdamm.

—Curioso sitio para comer —dijo Sofia.

—Zinken es un campo genial —dijo Jeanette devolviéndole la sonrisa—. Habría que pensar mucho para encontrar otro mejor. Kanalplan, quizá.

—¿Kanalplan?

—Sí, allí entrenaba el Nacka, hace tiempo. Ahora juega ahí el equipo femenino de Hammarby. Pero disculpe el paréntesis, será mejor que nos pongamos manos a la obra. ¿Tiene alguna cita luego?

—No se preocupe. Podemos quedarnos aquí todo el día, si es necesario.

Jeanette estaba concentrada en un ala de pollo.

—Perfecto, porque igual nos lleva mucho tiempo. Ese Lundström no es alguien fácil de entender. Y además hay ciertos hechos que hay que aclarar.

Sofia dejó su bandeja a un lado.

—¿Han localizado a ese Anders Wikström, el amigo de Lundström en Ånge?

—No, he hablado de ello esta mañana con Mikkelsen. Efectivamente, hay un Anders Wikström en Ånge. Un tal Anders Efraim Wikström para ser exactos. Pero tiene más de ochenta años y vive en una residencia cerca de Timrå desde hace casi cinco años. Nunca ha oído hablar de Karl Lundström y no tiene nada que ver con todo eso.

Sofia no estaba sorprendida. Eso confirmaba lo que pensaba desde el principio: Anders Wikström era fruto de la imaginación de Karl Lundström.

—Era de suponer. ¿Y han descubierto algo más?

Jeanette apiló los restos de comida en el fondo de su bandeja.

—El caso de Lundström aún es más grave. Ayer por la tarde, una chica prestó una declaración que quizá sea importante. No puedo decir nada más por el momento, pero guarda relación con los asesinatos que estoy investigando.

Jeanette encendió un cigarrillo y tosió.

—Joder, tendría que dejar de fumar... ¿Quiere uno?

—Sí, gracias...

Jeanette le tendió el encendedor.

—¿Le ha preguntado a su mujer si estaba al corriente de la existencia de esas películas?

Jeanette guardó silencio un momento antes de responder.

—Cuando Mikkelsen se lo preguntó, solo dio explicaciones confusas. No sabe, no lo recuerda, estaba ausente, etcétera. Miente para protegerle. En cuanto a las declaraciones de Karl Lundström, me cuesta entenderlas. Esa historia de Anders Wikström y de la mafia rusa... Mikkelsen cree que miente como un bellaco.

—No estoy tan segura de que Karl Lundström se contente con mentir —dijo Sofia dando otra calada—. En parte esa es la razón por la que la he llamado.

—¿A qué se refiere?

—Creo que es más complicado que eso.

—¿Ah, sí?

—Quiero decir que es posible que a veces diga la verdad, y que luego fantasee de nuevo. O que se imagine cosas y se engañe a sí mismo. Al abusar de su propia hija ha transgredido un tabú capital.

—¿Quiere decir que necesita dar con una manera de sobrellevar su culpabilidad?

—Sí. Se desprecia a sí mismo hasta el punto de asumir un montón de agresiones que de hecho no ha cometido.

Sofia exhaló unos anillos de humo.

—Durante nuestra conversación, en varias ocasiones, problematizó el concepto del mal relativo a la atracción de los hombres hacia las niñas, y está claro que considera esa atracción como algo más o menos natural. Para acabar de convencerse a sí mismo, se inventa una serie de actos tan extremos que es imposible ignorarlos.

Sofia apagó la colilla.

—¿Y Linnea?

Jeanette pareció pensativa.

—Además de lo que había en el ordenador de Lundström, también hemos encontrado una cinta de vídeo en el sótano.

—¿En su casa?

—Sí, y además de las huellas dactilares de Lundström también hemos hallado en ella las de Linnea.

Sofia sintió un escalofrío.

—¿Así que ella vio las películas en compañía de él?

—Sí, eso suponemos. El análisis de la casete muestra que se trata, y perdóneme por la expresión, de pedopornografía clásica. Por lo que sabemos, son unas películas rodadas en Brasil en los años ochenta. Circulan desde hace tiempo en las redes de pederastas y son, y perdóneme de nuevo la expresión, el no va más para los coleccionistas...

—Así que no hay relación alguna con la mafia rusa...

—No, la mafia rusa, al igual que ese Anders Wikström imaginado por Lundström, no tiene nada que ver con todo esto. Por el contrario, el contenido de esas películas se corresponde con los actos a los que hizo referencia en su entrevista con usted, con la diferencia esencial de que fueron filmados en Brasil hace veinte años.

—Parece probable. Sus mentiras acerca de Anders Wikström se inspiraban, pues, en películas existentes. Eso explica por qué sus mentiras son tan detalladas.

—En uno de los cajones de su mesa también se ha hallado un mechón de cabello y unas bragas de su hija. ¿Qué le parece?

—Conozco ese tipo de comportamiento. Colecciona trofeos. El objetivo es ejercer un poder sobre su víctima. Gracias a los objetos, y a través de la imaginación, puede revivir las agresiones.

Permanecieron un momento en silencio. Esa historia escalofriante.

Sofia pensó en lo que Linnea Lundström debía de haber vivido. Le vino a la cabeza Victoria Bergman y se preguntó cómo gestionaba Linnea ese pasado. Victoria había aprendido a canalizar sus experiencias. ¿Pero Linnea?

—¿Cómo está su hija, en la actualidad?

Jeanette hizo un gesto de impotencia.

—Mikkelsen dice que ve en ella la reacción de otros jóvenes con los que ha tratado. Están furiosos pero se sienten tan traicionados que ya no confían en nadie. Cuando no llora, grita que odia a su padre, pero a la par no cabe duda alguna de que lo echa de menos.

Sofia pensó de nuevo en Victoria Bergman. Una mujer adulta que seguía siendo una niña.

—Lo entiendo —dijo.

Jeanette contempló el césped artificial.

—¿Tiene hijos? —preguntó encendiendo otro cigarrillo.

La pregunta sorprendió a Sofia.

—No... No ha habido ocasión. ¿Y usted?

—Sí, un chico. —Sofia observó el aire pensativo de Jeanette—. Tiene... —Jeanette se puso seria—. La edad de Linnea. A esa edad son tan frágiles...

—Lo sé.

—Por supuesto, por lo que me ha dicho Mikkelsen, usted es especialista en niños traumatizados... —Jeanette esbozó un gesto vago y añadió—: Para serle sincera, me cuesta comprender a ese tipo de criminales. Joder, ¿qué es lo que les impulsa?

La pregunta era directa y reclamaba una respuesta igualmente directa, pero Sofia no encontró nada que decir. La energía y la presencia de Jeanette la interesaban y a la vez la desconcentraban.

—No hay una explicación simple —dijo al cabo de un rato—. Pero para responderle, hay dos o tres cosas de Karl Lundström que me han parecido extrañas.

—¿Qué, por ejemplo?

—No sé si eso significa algo, pero en varias ocasiones habló de castración. Una vez me preguntó si sabía cómo se castra un reno y a continuación me explicó que le aplastan los testículos con los dientes. Otra vez llegó incluso a preconizar la ablación de los órganos sexuales desde el nacimiento.

Jeanette permaneció unos segundos en silencio.

—Todo lo que hablemos aquí debe quedar entre nosotras. Pero lo que me está contando indudablemente refuerza mis sospechas. Resulta, en efecto, que a los tres muchachos que hemos hallado asesinados se les amputó el sexo.

—Pues vaya...

Jeanette miró a Sofia con un aire de reproche.

—Lástima que no me lo dijera cuando hablamos por teléfono.

—La primera vez que se puso en contacto conmigo no tenía ningún motivo para romper el secreto profesional. Simplemente no veía que tuviera una relación directa con su caso.

Jeanette la excusó con un gesto.

Tenía temperamento y, para su sorpresa, Sofia descubrió que eso le gustaba.

El rostro de Jeanette Kihlberg no ocultaba sus sentimientos. Sofia vio cómo en su mirada el reproche dejaba paso a la melancolía.

—Bueno, es inútil hurgar en la llaga. ¿Tiene alguna otra cosa para mí?

—Xylocaína y adrenalina —dijo Sofia.

Jeanette se tragó el humo de golpe y le dio un ataque de tos.

Estupefacta ante esa reacción violenta, Sofia no sabía cómo continuar. Jeanette la precedió, sin dejar de toser.

—¿Qué me está diciendo?

—Pues que... Karl Lundström dijo que Anders Wikström tenía la costumbre de inyectar Xylocaína adrenalina a sus víctimas. Yo no conocía esa mezcla. No sé si eso coloca.

Jeanette meneó la cabeza y respiró profundamente.

—No se usa para drogarse —dijo con tono hastiado—. Es un anestésico. El que se ha hallado en los cuerpos de los muchachos asesinados. Los dentistas utilizan Xylocaína adrenalina y Annette Lundström es dentista. ¿Qué más puede decirse?

Nuevo silencio.

—Pues… que esto no huele bien —dijo Sofia al cabo de un rato.

El timbre del teléfono de Jeanette Kihlberg las interrumpió. Se disculpó.

Sofia no oía lo que le decían por teléfono, pero visiblemente Jeanette estaba muy afectada.

—¡Mierda! Vale… ¿Algo más?

Jeanette se puso en pie y empezó a andar arriba y abajo entre los asientos de las gradas.

—Sí, sí, lo comprendo. Pero, joder, ¿cómo ha podido pasar? —Se sentó—. Vale, voy para allá… —Guardó su teléfono y suspiró, desanimada—. ¡Vaya mierda!

—¿Qué ha ocurrido?

—Estamos hablando tranquilamente de él y…

—¿Qué quiere decir?

Jeanette Kihlberg se echó hacia atrás y maldijo en silencio entre una y otra calada. Su rostro era como un libro abierto. Decepción. Cólera. Desánimo.

Sofia no sabía qué decir.

—No habrá más entrevistas con Lundström —murmuró Jeanette Kihlberg—. Se ha ahorcado en su celda. ¿Qué me dice a esto?

Toronto, 2007

La tormenta de nieve en la Costa Este de Estados Unidos obliga a desviar el vuelo 4592 a Toronto en lugar de aterrizar en el aeropuerto Kennedy. Como compensación, los alojan en un hotel de cuatro estrellas a la espera de otro vuelo a la mañana siguiente.

Después de refrescarse, deciden quedarse en la habitación del hotel y beberse una botella de champán.

—¡Joder, esto sí es vida! ¡Por fin estamos de vacaciones!

Lasse se deja caer hacia atrás y se tumba en la cama. Sofia, que se maquilla en ropa interior frente al espejo justo al lado, le lanza una toalla mojada.

—Ven aquí, ven a hacer un crío conmigo —dice él de repente, con la toalla aún sobre la cara—. Quiero un hijo tuyo —repite, y Sofia se queda inmóvil.

—¿Qué?

—Quiero que tengamos un hijo.

Sofia se pregunta si no le estará tomando el pelo.

—¿En serio? ¿De verdad?

A veces dice cosas así y un segundo después dice lo contrario. Pero en su voz hay algo inusual.

—¡Sí, joder! Tú rondas los cuarenta, luego será demasiado tarde. Para mí no, pero sí para ti. Y me digo que tendríamos que ponernos las pilas... Ya sabes a qué me refiero.

Se quita la toalla y ella puede ver que está hablando en serio.

Ella se echa a llorar tal vez debido al alcohol o al cansancio del viaje. Probablemente a la mezcla de ambas cosas.

—Pero, cariño, ¿estás llorando? —Se levanta y se aproxima a ella—. ¿Qué te pasa?

—No me pasa nada. Solo que me siento muy feliz. ¡Claro que quiero tener un hijo contigo! Sabes perfectamente que tengo ganas desde hace mucho tiempo.

Lo mira a los ojos a través del espejo.

—Bueno, pues ¡manos a la obra! Ahora o nunca.

Ella se acerca a la cama. Él la abraza, la besa en el cuello y empieza a desabrocharle el sujetador.

Los ojos de él brillan como en otras ocasiones, y eso la excita.

Después van a una discoteca al final de Nassau Street. Uno de los pocos sitios de la calle donde la cola no es muy larga.

El club, sumido en la penumbra, se compone de una serie de estancias separadas por cortinas de terciopelo rojo. En la más grande hay una pequeña pista de baile que a su llegada está vacía.

No hay mucha gente y se toman una copa en la barra. Pasan las horas y, a medida que ella se emborracha, empieza a llegar gente y en la pista sube el volumen de la música.

Un hombre y una mujer se instalan junto a ellos en la barra.

Luego no recordará sus nombres, pero nunca olvidará lo que va a suceder.

Primero intercambian miradas y sonrisas. La mujer le hace un cumplido a Sofia por un detalle de su ropa.

Se suceden las copas y, al cabo de poco, los cuatro se retiran a un sofá en un rincón más tranquilo del local.

Una estancia amplia.

Luz y música tamizadas. Sofá en forma de corazón.

Entonces comprende a qué tipo de local la ha llevado Lasse.

Ha sido él quien ha propuesto ir a un club. ¿Y acaso no la ha conducido con paso decidido a Nassau Street?

Se siente tonta por haber tardado tanto en comprender dónde se encuentran.

Luego todo sucede muy deprisa, con extraordinaria facilidad.

Y no solo debido al alcohol. Es porque algo ocurre entre ella y Lasse en presencia de esos dos extraños.

La presenta como su compañera. Todos sus gestos indican que están juntos y comprende que lo hace para tranquilizarla.

Se levanta para ir al baño. A su regreso, la mujer está sentada al lado de Lasse y el asiento junto al hombre ha quedado libre. En el acto siente una naciente excitación y la sangre le late en las sienes al sentarse.

Mira a Lasse y ve que ha comprendido que ella sabe lo que está ocurriendo y no tiene nada que objetar.

Por supuesto que ella puede imaginar compartirlo con otra. Ahí está, ¿no? Y él no haría nada sin su consentimiento.

Ya no tienen secretos. Siempre se amarán así, pase lo que pase.

Y juntos tendrán un hijo.

Al despertar a la mañana siguiente, Sofia padece un espantoso dolor de cabeza. Un simple bostezo le hace ver las estrellas.

—Despierta, Sofia... El avión sale dentro de una hora.

Echa un vistazo al despertador sobre la mesita de noche del hotel.

—Mierda, las seis menos cuarto... ¿Cuánto tiempo he dormido?

—Media hora, como mucho —se ríe Lasse—. Tendrías que haberte visto anoche...

—¿Anoche?

Ella le sonríe, aunque el dolor de cabeza le hace ver las estrellas.

—Hace un rato, querrás decir. ¡Ven aquí!

Está desnuda y deja deslizar la sábana. Se tumba boca abajo y levanta una pierna.

—¡Ven!

Lasse vuelve a reírse.

—¡Joder, que guapa estás así! Pero... ¿has olvidado que tenemos visita?

Ella oye entonces el agua de la ducha caer en el baño y ve los cuerpos desnudos a través de la puerta entreabierta al volverse para abrazarlo.

—¿Y qué importa?

¿Han hecho bien? En cualquier caso, ella se siente cómoda y él también parece feliz.

—Un polvo rápido, pues —susurra él—. El avión no espera a los chiflados.

Su migraña ya es solo un agradable vértigo.

—¿Sofia? Tienes que ver esto. Es casi futurista...

Se ha dormido sobre su hombro. Se incorpora, muy rígida, y mira por la ventanilla. Se ve Nueva York bajo la nieve a ambos lados del Hudson, que corta en dos la imagen. La cuadrícula de las calles del Bronx y de Brooklyn parece dibujada con finas líneas sobre una hoja en blanco. Las sombras de los rascacielos forman gráficos.

Se siente segura sentada al lado de él.

A su llegada al hotel del Upper West Side de Manhattan, el sol brilla en el cielo azul claro. Sofia ya ha estado una o dos veces en Nueva York, pero de eso hará casi diez años y ha olvidado lo bonita que puede ser esa ciudad.

Lasse y ella están abrazados y mirando por la ventana de su habitación, en el decimoquinto piso, desde donde cuentan con una fantástica vista sobre Central Park dormido bajo el grueso manto de nieve caído durante la noche.

Ella se vuelve y le besa en la boca.

—Siento que me entrego a ti, Lasse. Soy tuya, toda tuya, y confío en que cuidarás de mí.

—Yo... —Se interrumpe y la abraza, mucho rato. A ella le parece que está a punto de contarle algo—. Yo también te quiero... —dice al cabo de un momento, pero ella tiene la sensación de que iba a decirle otra cosa.

En el espejo de la habitación ve la ventana hacia la que él se ha vuelto. Su rostro se refleja en el cristal y le parece que está llorando. Piensa en lo que sentía apenas unas semanas antes. Tiene la impresión de encontrarse en otro mundo. Ahora él quiere tener un hijo con ella y todo será diferente.

Entonces él vuelve a mirarla. Sí, ha llorado, pero ahora sonríe radiante.

—¿Sabes qué tendríamos que hacer?

—No... ¿Qué? Eres tú quien ha estado aquí cientos de veces, a ver qué se te ocurre —dice ella riendo también.

—Empezaremos con un almuerzo temprano en el restaurante del hotel. Su cocina es única, o en todo caso lo era cuando me alojé aquí el año pasado. Luego te llevaré a un sitio, a un lugar muy especial en esta época.

A los postres, un brillo malicioso se ilumina entonces en sus ojos, se disculpa y se dirige directamente a la barra y le tiende algo al camarero. Conversan brevemente y luego se reúne con ella en la mesa, con una sonrisa en los labios.

Se oye de repente una guitarra y una caja de batería por los altavoces. Reconoce inmediatamente la canción, pero ¿dónde la ha oído?

—¡Mierda, Lasse! Me encanta esta canción... ¿cómo lo sabías?

Entonces lo recuerda.

Hará un año aproximadamente, vio en el cine una película asiática, tailandesa o vietnamita, en la que sonaba esa canción. En el fondo, la película no le gustó mucho, pero esa canción, que sonaba en bucle, se le metió en la cabeza.

De regreso a su casa ya había olvidado el título de la película, pero recuerda haberle dicho a Lasse que le había gustado la canción. Ella le hizo reír al tratar de cantársela, pero visiblemente él comprendió de qué canción hablaba.

—¿Quién la canta? Es de aquella película... pero tú no la viste.

Se inclina hacia ella.

—No, pero te he oído cantar la canción. Brinda conmigo y te lo explicaré. —Sirve dos copas y continúa—. De hecho, la protagonista de la canción es del sitio adonde iremos a pasear. Además, el disco lleva más de diez años en un armario, sobre el equipo de música... pero las raras veces que me lo has dejado poner, nunca has querido escucharlo hasta el final. Demasiado macho, decías. Esta es la última canción del disco.

Brindan y Lasse calla. Ella se lo toma con paciencia y escucha atentamente la letra. Y enseguida lo comprende.

And the straightest dude
I ever knew was standing right for me all the time...
Oh my Coney Island baby, now
(I'm a Coney Island baby, now).

Suspira y se hunde en su silla.

—¿Coney Island? ¿Vamos a ir a Coney Island, en pleno invierno?

—Créeme, será fantástico —dice muy serio—. Te va a gustar.

Y le acaricia el dorso de la mano.

—¿Playa, tiovivos, nieve sucia, viento y ni un alma? ¿Drogadictos y perros callejeros? ¿Eso se supone que me gustará? ¿Y quién es el idiota que canta esa canción?

Se besan largamente y luego le dice que es Lou Reed. Ella se queda boquiabierta.

—¿Lou Reed? Pero si no tenemos ningún disco de Lou Reed...

Lasse sonríe.

—¿No recuerdas la carátula? Lou Reed con esmoquin, el rostro medio oculto detrás de un sombrero negro.

Ella ríe.

—Me estás tomando el pelo, Lasse. Te digo que no tenemos ese disco en casa. A veces ordeno ese armario.

Se queda atónito.

—Claro que tenemos ese disco, ¿no?

Su agobio la divierte.

—Estoy absolutamente segura de que no lo tenemos y de que nunca me lo has hecho escuchar. Pero no importa, lo que acabas de hacer hace que te perdone el lío.

—¿Lo que acabo de hacer?

—Pues claro, ¡poner la canción, listo! —Ella vuelve a reírse—. ¡Te has acordado de que me gustaba!

Parece aliviado y la duda desaparece de su rostro.

—Bueno... ¡salud!

Vuelven a brindar y ella se da cuenta de lo mucho que lo quiere.

Cuando ella le cantó la canción al salir del cine, él fingió que no la conocía y ha aguardado pacientemente la ocasión apropiada para hacerla sonar.

Durante un año se lo ha guardado en secreto, ha esperado y se ha acordado.

Es un detalle, pero un detalle al que ella concede una gran importancia. Ella cuenta para él y, aunque no lo diga abiertamente, lo dice a su manera.

Pasan el último día de compras y descansando en la habitación del hotel.

El paseo por Coney Island ha sido maravilloso, como le había prometido.

En el vuelo de regreso, Sofia se pregunta cuánto tiempo hacía que no estaban tan bien juntos. Acaba de encontrar de nuevo a ese Lasse desaparecido desde hace años, pero que siempre ha sabido que seguía allí.

De repente ha vuelto, el Lasse del que se enamoró tiempo atrás.

A su regreso a Estocolmo, sin embargo, todo se empaña. Al cabo de solo unas semanas en casa, Sofia comprende que por mucha buena voluntad que ponga, él siempre le hará la zancadilla.

Tan súbitamente como había vuelto, desaparece.

Leen el periódico mientras desayunan.

—¿Lasse?

—¿Sí...?

Está concentrado en la lectura.

—La prueba del embarazo...

Él ni siquiera levanta la vista del periódico.

—Ha dado negativo.

Ahora alza la vista, sorprendido.

—¿Qué?

—No estoy embarazada, Lasse.

Permanece silencioso unos segundos.

—Perdona, lo había olvidado...

Sonríe, azorado, y se sumerge de nuevo en la lectura del periódico.

Hacerse el distraído ya no le funciona.

—¿Lo has olvidado? ¿Has olvidado lo que hablamos en Nueva York?

—Claro que no. —Parece cansado—. Es solo que he tenido mucho trabajo. Ni quisiera sé qué día es hoy.

Se oye el ruido al pasar la página.

Él mira fijamente el periódico, pero ella puede ver que no lee. Sus ojos están inmóviles, la mirada extraviada. Lasse suspira, aún más hastiado.

Los días en Nueva York comienzan a parecer recuerdos difusos de un sueño Su proximidad, su complicidad, el día pasado en Coney Island, todo ha desaparecido.

El sueño ha sido reemplazado por una cotidianeidad gris y previsible en la que Lasse y ella solo se cruzan, como sombras.

Ella siente que pronto va a estallar.

—Ah, sí, Sofia, tengo algo que decirte —dice, dejando por fin el diario—. Me han llamado de Hamburgo porque han surgido problemas. Me necesitan y no he podido decir que no. —Tiende la mano para tomar el zumo de naranja, titubea, y finalmente la sirve a ella y luego se sirve a sí mismo—. Ya sabes cómo son los alemanes, nunca descansan. Ni siquiera en Navidad o para Año Nuevo.

En ese momento ella estalla.

—¡Joder, basta ya! —grita arrojándole el periódico a la cara—. Te fuiste para San Juan. Para Santa Lucía, no estuviste. ¡Y ahora te marchas para Navidad y Año Nuevo! Esto no puede seguir así. ¡Mierda, pero si eres el jefe! ¡Podrías delegar el trabajo los festivos, joder!

—No te pongas así, Sofia, tranquilízate —dice con un gesto de impotencia, meneando la cabeza.

A ella le parece que se ríe. Ni siquiera cuando se enfada la toma en serio.

—No es tan fácil como crees. Basta que me dé la vuelta para que todo se desmorone. Los alemanes trabajan bien, pero no son muy autónomos. Ya sabes, les gusta la ley, el orden y la disciplina.

Se ríe y se acerca a ella sonriendo. Pero a ella no se le pasa el enfado.

—Igual no solo se desmoronan las cosas en Alemania en cuanto estás ausente.

—¿Cómo? ¿A qué te refieres? —De repente, parece asustado—. ¿Qué se desmorona? ¿Ha ocurrido algo?

Su reacción no es la que ella esperaba, y su cólera disminuye por sí sola.

—No, nada, solo estoy enfadada y decepcionada por tener que pasar las fiestas otra vez sola.

—Lo entiendo, pero no puedo hacer nada —dice él, mientras se levanta y comienza a guardar el desayuno en el frigorífico.

De repente parece infinitamente lejano.

Más tarde, mientras él se ducha, ella hace algo que nunca ha hecho desde que empezaron a vivir juntos.

Va al recibidor y coge su teléfono de la empresa del bolsillo de la chaqueta. El que siempre está en modo silencioso cuando se encuentra de vacaciones o en casa. Lo desbloquea y va a la lista de llamadas.

Las cuatro primeras son números alemanes, pero la quinta es un teléfono de la región de Estocolmo.

Otros números alemanes y luego siempre el mismo teléfono de Estocolmo.

Hace desfilar la lista y ve que ese número aparece a intervalos regulares: Lasse llama a alguien en Estocolmo varias veces al día.

Da con el número desconocido y llama, vigilando por el rabillo del ojo la puerta del baño.

Contesta una dulce voz de mujer.

—¡Hola, cariño! Creía que estabas ocupado...

Sofia cuelga.

Se sienta a la mesa de la cocina.

¿A mis espaldas?, se dice. A mis espaldas todo se desmorona.

Lasse sale, con una toalla a la cintura. Le sonríe y va a vestirse al dormitorio. Sabe que acto seguido se preparará un café.

Ella abre el frigorífico, coge el tetrabrik de leche y lo vacía en el fregadero. Luego aplasta el embalaje en el fondo del cubo de la basura.

Él entra en la cocina.

—Si quieres un café, tendrás que salir a por leche. No queda.

—Bueno, voy a por leche, prepárame mientras un café.

Cuando oye cerrarse la puerta, vuelve al recibidor. Solo se ha puesto un jersey. Su chaqueta sigue allí.

Coge el teléfono: dos llamadas perdidas.

Probablemente de la desconocida, pero no se atreve a comprobarlo por miedo a borrarlas de la pantalla.

Va a la mensajería y abre el buzón.

Después de leer una treintena de mensajes intercambiados entre Lasse y la extraña durante los últimos meses, tiene la impresión de haberse estampado contra una pared.

Barrio de Kronoberg–Central de Policía

El «pasaje de los suspiros» une la comisaría de policía de Estocolmo y el Palacio de Justicia: serpentea a través de subterráneos, por allí se conduce a los detenidos ante el tribunal y se dice que ha sido escenario de diversos suicidios.

Karl Lundström se había ahorcado en su celda y se hallaba en esos momentos en coma.

Jeanette Kihlberg sabía qué significaba eso: quizá nunca podría demostrarse su culpabilidad.

La misma tarde de su intento de suicidio, el informativo de la televisión dio cuenta del acontecimiento y varios de los sabelotodos tertulianos habituales criticaron con dureza las carencias del sistema penitenciario. Los psicólogos también fueron objeto de sus ataques por no haber sabido adivinar la tendencia suicida de Lundström. Jeanette se hundió en su desgastado asiento y observó a través de la ventana.

Por lo menos, ella había hecho cuanto había estado en sus manos.

Ahora tenía que llamar a Ulrika Wendin para informarla de la nueva situación.

La joven no pareció sorprendida al oír a Jeanette contarle lo ocurrido y explicarle que, mientras Karl Lundström estuviera en coma, quedaba descartada toda posibilidad de iniciar un nuevo proceso.

A Åhlund y Schwarz les habían confiado la misión de determinar si el Volvo azul de Karl Lundström podía ser el mismo coche que había rozado un árbol en la isla de Svartsjö, pero los primeros análisis indicaban que no era el caso.

El color de la pintura no encajaba. Eran tonos de azul diferentes.

Karl Lundström, pensó ella.

Al otro lado del cristal calentaba el sol de primera hora de la tarde.

Cuando sonó el teléfono, fue para anunciar el hallazgo de un nuevo cadáver.

Casi en el mismo momento en que Karl Lundström se ataba una sábana alrededor del cuello en la cárcel de Kronoberg habían encontrado a un muchacho muerto en un desván de Södermalm.

El Monumento–Escena del crimen

A priori, no había gran cosa que sugiriera que el chico hallado en el desván de la zona del Monumento, cerca de Skanstull, hubiera caído en manos del mismo agresor que las víctimas precedentes.

En el antiguo emplazamiento de los ojos había dos oscuros agujeros y ni siquiera podía adivinarse la forma de la nariz o de los labios. Toda la cara estaba cubierta de ampollas llenas de líquido y solo le quedaban unos pocos mechones de cabello.

La pesada puerta metálica del desván se abrió y entró Ivo Andrić, junto con el médico forense, Rydén.

—Hola, Rydén. ¿Tienes la situación controlada, supongo? —dijo Jeanettte, y se volvió hacia Ivo Andrić—. ¡Anda! ¿Tú también te ocupas de esto?

—Es pura casualidad. Un colega está de vacaciones, y aquí me tienes.

Ivo Andrić se rascó la cabeza.

A primera vista parecía una quemadura, pero como el resto del cuerpo estaba intacto y la ropa no presentaba rastro alguno de ceniza o de hollín, había que sacar otras conclusiones.

—Podría ser ácido —dijo Andrić, y Rydén asintió.

Había salpicaduras en el suelo, debajo del chaval y en las paredes. Rydén sacó un bastoncillo de algodón y lo mojó en uno de los charcos amarillos. Lo olió y pareció perplejo.

—Así, a bote pronto, diríase que es ácido clorhídrico, y aparentemente muy concentrado, visto el efecto que ha causado al tocarle la cara. Me pregunto si quien ha hecho esto era consciente de los riesgos que corría... Era muy fácil herirse a sí mismo.

Ivo Andrić se frotó el mentón.

—Esa pared parece nueva —señaló la pared izquierda y continuó—. Los albañiles suelen utilizar ácido. Frotan los ladrillos viejos para que el cemento se pegue, creo.

—Parece probable —dijo Rydén.

—¿Y se sabe quién es? —Jeanette se volvió hacia ellos.

—Creía que descubrir eso era tu trabajo —respondió Rydén—. Ivo y yo solo nos ocupamos del cómo. No de quién y en absoluto del porqué. En todo caso, el muchacho llevaba un collar muy extraño. Lo hemos fotografiado antes de quitárselo: no sé mucho de etnología, pero parece africano.

Jeanette Kihlberg se aproximó a Schwarz y Åhlund, que conversaban al otro lado del desván.

—Aquí tenemos a Hernández y Fernández... —Se rio—. ¿Quién lo ha encontrado?

Åhlund se echó a reír.

—Un drogadicto que vive en el edificio. Ha dicho que subió al desván a buscar una caja de discos que iba a vender. Pero a la vista de que las puertas de varios trasteros han sido forzadas más adelante en el pasillo, sin duda era eso lo que estaba haciendo cuando ha descubierto al chico colgado del techo. Ha debido de ser muy desagradable, si me permitís que lo diga.

Le confirmó que el hombre que había descubierto el cuerpo iba de camino a Kungsholmen para ser interrogado. Nada parecía indicar que tuviera algo que ver con aquello, pero no podía descartarse.

En el curso de las horas siguientes, la escena del crimen fue precintada y se guardó un montón de objetos en bolsitas de plástico numeradas. El muchacho había sido colgado con una cuerda de tendedero corriente provista de un lazo corredizo. En el cuello tenía la típica marca de estrangulación en forma de V invertida, cuya punta correspondía al nudo y estaba hundida casi un centímetro en la piel. La marca de la cuerda era rojiza y al secarse había adquirido un aspecto de cuero. Jeanette señaló unas pequeñas hemorragias discretas en el borde de la herida.

En el suelo, en la vertical del cuerpo, había un charco de orina y excrementos.

—No cabe la menor duda de que no se ha suicidado. —Rydén señaló lo que fuera el rostro del muchacho—. A menos que primero colgara la cuerda del techo, pasara la cabeza por el lazo corredizo y se arrojara un cubo de ácido clorhídrico a la cara, cosa que me parece muy traída por los pelos. Claro que si un joven muy perturbado decide matarse, por retorcido que parezca su método, no hay que sospechar que se trata de un asesinato salvo cuando es obvio que el suicidio es físicamente imposible, como es el caso.

—¿A qué te refieres? —preguntó Jeanette.

—La cuerda de la que colgaba el chaval es por lo menos diez centímetros demasiado corta.

—¿Demasiado corta?

—Sí, la cuerda no es lo bastante larga para que pudiera atarla al techo subido en el caballete. Elemental, querido Watson. —Rydén señaló al techo—. Además, lo colgaron vivo. Vació los intestinos y, si observamos de cerca, deberíamos encontrar los restos de una emisión de esperma.

—¿Quieres decir que se corrió cuando lo estrangularon?

Schwarz se volvió hacia Rydén y Jeanette creyó que iba a echarse a reír.

—Sí, es muy usual. En resumidas cuentas, alguien lo colgó del techo, probablemente con esto —Rydén señaló una escalera apoyada contra la pared un poco más lejos—. Luego colocaron el caballete para hacer creer que se había encaramado a él y, para acabar, le arrojaron ácido a la cara… ¿Y por qué?

—Buena pregunta…

—Lo primero que me viene a la mente es: para ocultar su identidad. —Ivo se volvió hacia Jeanette—. Pero no nos corresponde a nosotros dilucidar eso. Y menos aún ese detalle extraño de la cuerda demasiado corta. Tienes un hueso duro de roer…

—Lo más curioso es que es la segunda vez en poco tiempo que veo eso.

Era extraño, pero en el rostro de Rydén había una expresión de satisfacción.

—¿A qué te refieres?

—No lo del ácido, pero sí eso de la cuerda demasiado corta.
—¿Ah, sí?
A Jeanette se le había despertado la curiosidad.
—Sí, idéntico. El muerto era un hombre joven que engañaba a su compañera y llevaba una doble vida. Solo hubo ese detalle de la cuerda demasiado corta que nos dio que pensar, de lo contrario todo indicaba que se trataba de un suicidio.
—¿Y no había otros motivos de sospecha?
—No, su compañera explicó que lo encontró al regresar de viaje. Fue ella también quien avisó a la policía. Al pie de la silla había una pila de listines de teléfono.
—¿Y creyeron que había puesto los listines sobre la silla para alcanzar el lazo corredizo?
—Sí, esa fue nuestra conclusión. Su compañera nos dijo que en estado de choque hizo caer los listines al descolgarlo y no teníamos razón alguna para no creerla. Además, no había ningún rastro de otras personas en el lugar y, si no recuerdo mal, ella tenía una coartada. Un vigilante de un aparcamiento y un revisor del tren podían confirmar su declaración.
—¿Le hicieron un análisis de sangre?
Jeanette tenía la desagradable sensación de que se le escapaba algo que, sin embargo, se hallaba allí, ante sus narices. Una coincidencia que no lograba determinar.
—No, que yo sepa. No pareció necesario. El caso fue archivado como suicidio.
—¿Así que no crees que tenga ninguna relación con esto?
—No, no te lleves a engaño, Nenette —dijo Rydén—. Son dos casos muy diferentes.
—Vale, quizá sí, pero transporta al chaval a Solna y pide al laboratorio que comprueben si hay rastro de anestésicos.
Rydén pareció desconcertado. Ivo Andrić, que había comprendido inmediatamente las intenciones de Jeanette, explicó:
—Tenemos tres cadáveres en la morgue, de unos muchachos que creemos que han sido víctimas del mismo agresor. Por supues-

to, hay muchas diferencias. Todos han sido golpeados brutalmente y encima castrados. Y anestesiados: había trazas de narcóticos en la sangre. Así que si también se le encuentran a este chaval...
Con un gesto, cedió la palabra a Jeanette.
–Sí, no lo sé... Igual es solo un presentimiento.
Le dio las gracias a Ivo con una sonrisa.

Barrio de Kronoberg-Central de Policía

En el bolsillo del muchacho hallaron una citación de los servicios sociales de Hässelby. De golpe, tenían un nombre. Schwarz y Åhlund fueron de inmediato a buscar a sus padres y los condujeron a Solna para proceder a la identificación.

El collar que llevaba el chico resultó ser una joya de familia que había pasado de generación en generación.

Por supuesto, y debido al rostro desfigurado por el ácido, fue imposible identificarle formalmente pero, cuando los padres vieron el tatuaje del muchacho estuvieron absolutamente convencidos de que era su hijo. RUF, grabado en el pecho con un pedazo de cristal, no era el ornamento corporal más corriente en Estocolmo y, a las once y veintidós, los papeles habían sido firmados y el muerto ya tenía cara.

En cuanto al ácido, Rydén había acertado: se trataba de ácido clorhídrico al noventa y cinco por ciento.

Jeanette Kihlberg llamó a Ivo Andrić, y el forense le resumió los resultados.

–Esa violencia extrema recuerda a los otros muchachos –comenzó–. Pero todavía no sabemos en qué medida se le ha
 suministrado también adrenalina Xylocaína. Hasta ahora solo hemos encontrado restos de anfetaminas, pero no le fueron inyectadas.

—¿No?
—No, no había pinchazos de aguja, así que las absorbió de otra manera. Por el contrario, he encontrado dos pequeñas marcas en su pecho.
—¿Qué tipo de marcas?
—Parecen los electrodos de un táser, pero no estoy seguro.
—¿Y estás seguro de que en los otros no hay marcas de ese tipo?
—No a ciencia cierta, visto su mal estado, pero puedo sacarlos del frigorífico para comprobarlo. Te llamaré luego.
Colgaron.
Un táser, pensó Jeanette Kihlberg.
Eso es signo de que a alguien se le va la cabeza peligrosamente.
El muchacho hallado colgado en el desván de la zona del Monumento se llamaba Samuel Bai, de dieciséis años, desaparecido desde que se había fugado de su casa. Los servicios sociales de Hässelby proporcionaron su expediente: droga, robos, violencia.
Sus padres combatieron en Sierra Leona y fueron investigados en varias ocasiones. El mayor problema de la familia era su hijo mayor Samuel, que manifestaba claros síntomas de un trauma de guerra y durante un tiempo había sido atendido por la psiquiatra infantil Maria Prästgatan así como por una terapeuta privada, Sofia Zetterlund.
Jeanette torció el gesto. ¡Otra vez Sofia! Primero Lundström, y ahora Samuel Bai. Si el mundo era un pañuelo, Estocolmo lo era aún más.
Llamaba la atención que esa mujer estuviera relacionada con todos esos casos, pensó Jeanette. Pero en el fondo, quizá no fuera algo tan curioso. En Suecia, solo cinco policías formaban el conjunto de expertos en crímenes sexuales contra la infancia. ¿Cuántos psicólogos habría especialistas en niños traumatizados?
Quizá dos o tres.

Descolgó el teléfono y marcó el número de Sofia Zetterlund.

—Buenos días, Sofia. Soy otra vez Jeanette Kihlberg, y ahora mi llamada se debe a Samuel Bai, de Sierra Leona. Le atendió en su consulta. Lo hemos hallado muerto.

—¿Muerto?

—Sí. Asesinado. ¿Podemos vernos esta tarde?

—Venga ahora mismo. Iba a marcharme, pero la esperaré.

—De acuerdo, ahí estaré en un cuarto de hora.

Mariatorget–Oficina de Sofia Zetterlund

Jeanette tuvo que dar dos vueltas a la plaza Mariatorget para encontrar aparcamiento. Tomó el ascensor y a la entrada de la consulta la recibió una mujer que se presentó como Ann-Britt, secretaria de Sofia.

Mientras la mujer iba a avisar a Sofia, Jeanette inspeccionó la estancia. La decoración de lujo con obras de arte originales y muebles caros le dio la impresión de que allí era donde había que trabajar para ganar dinero a espuertas y no, como ella, matándose a currar en Kungsholmen.

La secretaria regresó acompañada de Sofia, que le preguntó a Jeanette si deseaba beber algo.

—No, gracias. No quiero hacerle perder su tiempo, así que será mejor que empecemos de inmediato.

—De verdad, no se preocupe —respondió Sofia—. Si puedo ayudarla, lo haré con mucho gusto. Siempre es agradable ser útil.

Jeanette miró a Sofia. Instintivamente, le gustaba. Durante su conversación precedente hubo entre ellas una cierta distancia pero, en ese momento, al cabo de solo unos minutos, Jeanette descubrió una verdadera amabilidad en la mirada de Sofia.

—Trataré de evitar los lapsus freudianos —bromeó Jeanette.

Sofia sonrió a su vez.

—Se lo agradezco.

Jeanette no comprendía lo que pasaba, de donde salía ese tono íntimo, pero ahí estaba. Se dejó imbuir por él y lo disfrutó un instante.

Se instalaron a un lado y a otro de la mesa y se miraron con curiosidad. Había algo diferente en Sofia desde su último encuentro. Es atractiva, se dijo Jeanette antes de apartar el pensamiento.

—¿Qué desea saber? —preguntó Sofia.

—Se trata de Samuel Bai y... está muerto. Lo han encontrado ahorcado en un desván.

—¿Suicidio? —preguntó Sofia.

—No, en absoluto. Ha sido asesinado y...

—Pero acaba de decirme que...

—Sí, pero lo ha ahorcado otra persona. Sin duda tratando torpemente de hacer creer que se trata de un suicidio... De hecho no, ni siquiera han tratado de simularlo.

—Ahí sí que no la sigo. O fue un suicidio o no lo fue.

Sofia meneó la cabeza perpleja mientras encendía un cigarrillo.

—Propongo que dejemos de lado los detalles. Samuel ha sido asesinado, eso es todo. Quizá tendremos ocasión de volver a hablar de ello con más detenimiento pero, de momento, necesito saber más sobre él. Cualquier cosa que pueda ayudarme a comprender quién era.

—De acuerdo. Pero ¿qué desea saber concretamente?

Adivinó por el tono de voz que Sofia estaba decepcionada, pero no tenía tiempo para entrar en pormenores.

—Para empezar, ¿a título de qué lo conoció?

—La verdad es que no tengo una formación específica en psiquiatría infantil pero, dada mi experiencia en Sierra Leona, hicimos una excepción.

—No debió de ser un viaje de placer —se compadeció Jeanette—. Pero ha hablado de «nosotros», ¿quién más estuvo implicado en esa decisión?

—Los servicios sociales de Hässelby se pusieron en contacto conmigo para ver si podía ocuparme de Samuel... Es de Sierra Leona, pero eso ya debe de saberlo.

—Por supuesto. —Jeanette reflexionó antes de proseguir—. ¿Qué sabe de lo que vivió en...?

—Freetown —completó Sofia—. Me explicó, entre otras cosas, que formó parte de una banda que vivía de robos y atracos. Y además, a veces llevaban a cabo misiones de intimidación por encargo de los jefes de la mafia local. —Sofia tomó fuerzas—. No sé si puede comprenderlo... Sierra Leona es un país sumido en el caos. Los grupos paramilitares utilizan a niños para hacer aquello que a ningún adulto se le pasaría por la cabeza hacer. Los niños son dóciles y...

Jeanette se daba cuenta de que para Sofia era muy doloroso evocar ese tema. Le hubiera gustado evitárselo, pero tenía que saber más acerca de ello.

—¿Qué edad tenía Samuel por entonces?

—Me dijo que a los siete años ya había matado. A los diez, perdió la cuenta de los asesinatos y violaciones que había cometido, siempre bajo los efectos del hachís y del alcohol.

—¡Mierda, qué horror! ¿A qué juega la humanidad?

—No se trata de la humanidad, solo de los hombres... El resto, no cuenta para nada.

Permanecieron en silencio. Jeanette se preguntó qué debía de haber vivido la propia Sofia durante su estancia en África. Le costaba imaginarla allí. Con esos zapatos, ese peinado...

Era tan impecable...

—¿Puedo cogerle uno?

Jeanette señaló el paquete de cigarrillos junto al teléfono.

Sofia lo empujó lentamente hacia Jeanette, sin dejar de mirarla. Colocó el cenicero ante ella, en medio de la mesa.

—Para Samuel, su implantación en la sociedad sueca fue extremadamente difícil y, desde el principio, le costó mucho adaptarse.

—¿A quién no le hubiera costado?

Pensó en Johan que, durante un tiempo, padeció enormes problemas de concentración sin que hubiera pasado por algo ni remotamente parecido a lo que Samuel había vivido.

—Exactamente —asintió Sofia—. En la escuela le costaba estar tranquilo. Era turbulento y molestaba a sus compañeros de clase. En varias ocasiones se enfadó y se mostró violento al sentirse agredido o incomprendido.

—¿Qué sabe de su vida fuera del colegio y de su casa? ¿Le dio la impresión de que tuviera miedo de algo?

—La agitación de Samuel, sumada a su enorme experiencia de la violencia, le llevó a menudo a conflictos con la policía o las autoridades. La pasada primavera, sin ir más lejos, él mismo fue agredido y le robaron.

Sofia tendió la mano hacia el cenicero.

—¿Por qué se fugó de su casa, en su opinión?

—Cuando desapareció, su familia y él acababan de saber que iban a trasladarlo a un hogar de acogida en otoño. Creo que eso fue lo que le empujó a fugarse. —Sofia se levantó—. Necesito un café. ¿Le apetece uno?

—Sí, gracias.

Sofia salió y Jeanette oyó el borboteo de la cafetera de la recepción.

Era una situación extraña.

Dos mujeres equilibradas, adultas, inteligentes, conversando acerca del asesinato de un joven violento y muy perturbado.

Y, sin embargo, nada tenían en común con la realidad de ese muchacho.

¿Qué se esperaba de ellas? ¿Que descubrieran una realidad que no existía? ¿Que entendieran algo que no podía comprenderse?

Sofia regresó con dos tazas humeantes de café que dejó sobre la mesa.

—Lamento no poder serle de más ayuda, pero si me da unos días para revisar mis notas, ¿quizá podríamos volver a vernos?

Curiosa mujer, pensó Jeanette. Era como si Sofia pudiera leerle el pensamiento y eso era tan fascinante como atemorizador.

—¿De verdad lo dice? Le estaría muy agradecida. —Sofia sonrió, cada vez con mayor confianza—. Y, si le apetece, podríamos cenar juntas y así hacer que el trabajo sea más agradable.

Jeanette se oyó decir aquello con sorpresa. ¿Cómo se le había ocurrido eso de ir a cenar? Podía interpretarlo como un intento de intimar, y no había sido su intención, ¿verdad? ¿Qué estoy haciendo?, pensó.

No tenía por costumbre ser tan familiar. Ella, que nunca había invitado a su casa a las chicas del equipo de fútbol, cuando las conocía desde hacía mucho tiempo.

Lejos de declinar la invitación, Sofia se acercó a ella y la miró a los ojos.

—¡Qué buena idea! ¡Hace una eternidad que no he cenado con alguien aparte de conmigo misma! —Sofia hizo una pausa y prosiguió, sin dejar de mirar fijamente a Jeanette—. De hecho, estoy haciendo reformas en mi cocina, pero si se contenta con comida para llevar, será un placer invitarla a mi casa.

Jeanette asintió.

—¿Quedamos el viernes, por ejemplo?

Mariatorget–Oficina de Sofia Zetterlund

Tras acompañar a Jeanette Kihlberg al ascensor, Sofia regresó a su despacho. Se sentía muy animada, casi alegre. Había invitado finalmente a Jeanette a cenar a su casa. ¿Era una buena idea?

Sentía algo hacia Jeanette, pero ¿sería recíproco? ¿Y qué sentía ella, exactamente? Había conexión, eso era obvio, una especie de afinidad.

¿Pero realmente deseaba tener contacto físico con Jeanette? Tras meditarlo unos instantes Sofia concluyó que sí, aunque no fuera más que un abrazo.

En cualquier caso, ya estaba hecho e iban a verse en privado: lo que aquello podría dar de sí, el futuro lo diría.

La experiencia de Sofia tanto con mujeres como con hombres le decía que lo mejor era esperar, dejar que ocurriera de forma natural. Como pasó en Nueva York con Lasse.

Bueno, ya es suficiente, pensó. Es hora de volver al trabajo.

Sacó las casetes de Victoria Bergman, metió una en el magnetófono y le dio a la tecla de play. Al oír la voz de Victoria, tomó su cuaderno, se lo apoyó sobre las rodillas, se repantigó en el sillón y cerró los ojos.

... la muy burra claro que siempre estaba al corriente la cobarde pero hacía como que no era raro despertarse sola y encontrarlo en mi cuarto con los calzoncillos por el suelo con aquellas manchas amarillas que apestaban.

Sofia trató de apartar las imágenes invasivas que la voz de Victoria vehiculaba. Tengo que ser una profesional, pensó, y no convertirlo en un asunto personal. Y, sin embargo: la imagen del padre que se mete en la habitación de su hija.

Se acuesta junto a ella.

Sofia imaginó el olor a sexo, empezó a respirar con dificultad y a sentirse mal.

Por todas partes esa putrefacción imposible de lavar.

... y por descontado que no podía quejarme porque habría recibido un bofetón y acabado llorando. El pepinillo sobre mi rebanada de pan con paté ya era bastante salado sin mis lágrimas así que era mejor callar y canturrear con la radio y responder a las preguntas. Me gustaba adivinar la canción y llamar para saludar a mi primo que vive en Östersund, Borgholm o vete a saber dónde. Papá decía que había tanta gente chalada que se podría eliminar a la mitad y yo siempre estaba de acuerdo. Seguía canturreando y ponía su mano de nuevo allí cuando mamá miraba a otra parte...

Sofia sentía que no tenía fuerzas para seguir escuchando, pero algo le impedía detener el magnetófono.

... y se podía correr aún más lejos y aún más deprisa pero nunca lo suficiente para ganar un trofeo que pudiera ponerse en la estantería junto a la foto del muchacho que no quiso nadar después de ver el paisaje...

La voz se volvía más intensa, más aguda, pero seguía siendo igualmente monótona.

La frecuencia y el timbre se metamorfoseaban.

Primero bajo.

... y solo quería que le besaran pero ya había encontrado a alguien con quien irse de vacaciones...

Luego alto.

... y ocuparse de él mientras ella viajara hacia el norte, al parque natural de Padjelanta...

Mezzo, soprano, una voz cada vez más clara.

... avanzar dificultosamente veinte kilómetros al día y olfatear raíces de rhodiola, lo único interesante, porque al cavar se encontraba algo que no era feo.

Sin abrir los ojos, buscó a tientas sobre la mesa, dio con el magnetófono y lo tiró al suelo.

Silencio.

Abrió los ojos y contempló su cuaderno.

Dos palabras.

«PADJELANTA, RHODIOLA».

¿De qué estaba hablando Victoria?

¿De la herida al ser arrancada bruscamente de su vida en el momento más inesperado?

¿Del hecho de alcanzar la integridad volviéndose inaccesible?

Sofia sentía que se estaba atascando. Quería comprender, pero era como si Victoria estuviera completamente derrotada. Allí adonde se volviera, Victoria estaba confrontada a sí misma, mirándose a sus propios ojos y cuando trataba de encontrarse solo descubría a una extraña.

Sofia cerró su cuaderno y se preparó para volver a casa. Miró el reloj. Las diez menos veinte, así que había dormido casi cinco horas.

Eso explicaba su dolor de cabeza.

Gamla Enskede–Casa de los Kihlberg

Tras su cita con Sofia Zetterlund, a Jeanette le costó concentrarse en su trabajo. Algo se había removido dentro de ella, sin que supiera qué era. Tenía ganas de volver a verla. Sí, incluso estaba ansiosa por que fuera viernes.

Al dejar Nynäsvägen, estuvo a punto de chocar contra un pequeño coche deportivo rojo que salió por su izquierda y hubiera debido respetar la prioridad. En el mismo momento en que hacía sonar violentamente la bocina, vio que era Alexandra Kowalska.

Menuda estúpida, pensó, saludándola alegremente con la mano. Alexandra la saludó a su vez y se disculpó meneando la cabeza.

Aparcó ante el camino de acceso, entró en su casa y encontró a Åke en la cocina guisando unas albóndigas. Estaba de un humor excelente.

Jeanette se sentó a la mesa, dispuesta a cenar.

—¿Te das cuenta? —comenzó él de inmediato—. Alex ha venido a decirme que se ha inaugurado la exposición de Copenhague y que ya he vendido dos cuadros. ¡Mira esto! —Sacó del bolsillo un papel que dejó sobre la mesa. Vio que era un cheque de ochenta mil coronas—. ¡Y esto no ha hecho más que empezar!

Se rio, mientras revolvía la sartén antes de ir a por un par de cervezas al frigorífico.

Jeanette se quedó pensativa, sin decir nada. Esa era la gran conmoción. Ayer se inquietaba por saber si podrían llegar a final de mes y hoy, solo unas horas más tarde, estaba ante un cheque que representaba más de dos meses de su salario.

—Bueno, ¿y ahora qué pasa? —Plantado frente a ella, Åke le tendió una cerveza abierta—. ¿No te parece bien que por fin gane un poco de dinero con lo que, durante todos estos años, has considerado como un hobby?

Ella podía sentir lo decepcionado que estaba.

—Vamos, Åke, ¿por qué dices eso? Sabes que siempre he creído en ti.

A ella le hubiera gustado ponerle la mano sobre el brazo, pero él se zafó volviendo ante la cocina.

—Sí, ahora dices eso. Pero no hace ni dos semanas viniste lloriqueando y llamándome irresponsable.

Se volvió y le sonrió. Pero no era su sonrisa habitual, era más bien una sonrisa triunfal.

Ella sintió que su cólera iba en aumento al ver lo satisfecho que estaba de sí mismo. ¿No habían recorrido ese camino juntos? ¿Acaso era completamente ciego ante el hecho de que durante toda su vida en común había sido ella quien había velado para que tuvieran un plato en la mesa y pinturas para su paleta?

Åke se aproximó a ella y la abrazó.

—Perdóname, soy un tonto.

Pero sonó falso.

—Alex dice que el domingo saldrá una crítica en el *Dagens Nyheter* y que quieren entrevistarme para el suplemento del sábado. ¡Joder, me lo he ganado a pulso!

Extendió los brazos hacia arriba, como si hubiera marcado un gol.

Vita Bergen—Apartamento de Sofia Zetterlund

—En la cocina no se puede estar, como le dije. Pasemos al salón —dijo Sofia al abrirle a Jeanette.

Jeanette entró y notó que llegaba a su nariz un olor desconocido. En lugar del tufo a trementina y a ropa de deporte vieja que reinaba en su casa, imperaba allí un olor a limpieza agresivo, casi químico, vagamente floral, que se mezclaba con el perfume de Sofia.

—Los hay que tienen suerte —dijo Jeanette recorriendo con la mirada el amplio salón sobriamente amueblado—. Me refiero a tener una casa así, en pleno centro, y sola además.

Jeanette se acomodó con un profundo suspiro.

—A veces daría cualquier cosa por poder regresar a casa y simplemente sentarme, así. —Echó la cabeza hacia atrás y miró a Sofia por encima del respaldo—. Sería un sueño poder acabar con las miradas apremiantes, el ir y venir, las cenas que hay que prever y las discusiones ante el televisor...

—Quizá —dijo Sofia con una sonrisa de complicidad—, pero aquí una también puede sentirse muy sola. —Regresó a la sala—. Hay momentos en que solo deseo una cosa: vender el apartamento y mudarme.

Cogió dos copas de un armario de puertas vidriadas, sirvió el vino y fue a sentarse al lado de Jeanette.

—¿Tiene mucha hambre, o esperamos un poco? Tomaremos italiano.

—Podemos esperar, no hay problema.

Se miraron.

—¿Y adónde le gustaría ir a vivir? —prosiguió Jeanette.

—Ah, eso... Si lo supiera vendería el piso mañana mismo, pero no tengo la menor idea. Al extranjero, quizá.

Sofia levantó la copa.

—Visto así, a mí también me entran ganas —dijo Jeanette alzando la copa a su vez—, pero no sé si eso evita la soledad.

Sofia se echó a reír.

—Debo de ser víctima del mito del sueco encerrado en sí mismo y que cree que basta con saltar al continente para que todo se vuelva amable y cálido.

Jeanette se rio a su vez. Ese comentario era muy apropiado. También ella sentía esa frialdad nórdica.

—Lo que más me tentaría sería no tener que comprender lo que la gente dijera.

La sonrisa de Sofia se ensombreció.

—¿En serio?

—En el fondo no, pero a veces estaría bien tener la barrera de la lengua como excusa para no tener que oír las tonterías que llega a decir la gente...

Jeanette hizo una pausa antes de lanzarse de nuevo.

—... es decir que tú y yo aún no nos conocemos muy bien... —Miró a Sofia a los ojos y humedeció sus labios en la copa—. ¿Puedes guardarme un secreto?

Lamentó de inmediato el tono dramático que había dado a la conversación al expresarse así. Como si fueran dos adolescentes arreglando el mundo en su habitación, como si las palabras fueran la única garantía necesaria para sentirse en confianza.

También habría podido preguntarle si quería ser su mejor amiga. Siempre esa misma voluntad cándida de controlar la realidad caótica mediante palabras en lugar de dejar que sea la situación real la que decida qué se dice.

Las palabras en lugar de la acción.

Las palabras a guisa de confianza.

—Depende de si se trata de algo criminal, pero ya sabes que estoy obligada al secreto profesional.

Sofia sonrió.

Jeanette agradeció a Sofia haber reaccionado así a su pregunta de adolescente boba.

Sofia la miraba como si realmente quisiera ver y la escuchaba como si realmente quisiera comprender.

—Si fueras del partido democratacristiano, sin duda te parecería criminal.

Sofia echó la cabeza hacia atrás con una carcajada. Su cuello era largo y musculoso, vulnerable y sólido a la vez.

Jeanette rio a su vez y se aproximó un poco, apoyando una rodilla sobre el sofá. Se sentía como en su propia casa. Se preguntó si realmente era tan sencillo como creía, si con los años sus amigos se habían vuelto cada vez menos numerosos porque siempre había priorizado el trabajo.

Ahí había otra cosa.

Otra cosa evidente.

—Llevo veinte años casada con Åke, y eso empieza a pesarme. —Se volvió para situarse de nuevo frente a Sofia—. A veces me siento muy harta de saber exactamente por adelantado lo que va a decir.

—Algunos a eso lo llamarían una relación de confianza —dijo Sofia con un punto de escepticismo en la voz, muy profesional.

—Por supuesto, tener a alguien tan próximo ofrece seguridad, pero a la vez... es como vivir con un amigo. ¡Buf, no sé qué es la proximidad! Seguramente no es solo una cuestión geográfica. Dios mío, qué rollo te estoy soltando.

Jeanette hizo un gesto de impotencia, aunque estaba segura de que Sofia no iba a juzgarla.

—No hay problema. —Sofia sonrió dulcemente y Jeanette le devolvió la sonrisa—. Estoy encantada de escucharte, pero solo como amiga.

—Claro que quiero a Åke, pero me parece que no quiero seguir viviendo con él. O mejor, no, sé que no quiero. Solo está Johan, mi hijo, que me retiene. Tiene trece años. No sé si soportaría un divorcio. Igual «soportar» no es el término apropiado. En fin, a la vez es lo bastante mayor como para comprender que son cosas que pasan.

—¿Åke lo sabe?

—Debe de sospechar que no estoy al cien por cien en nuestra relación.

—Pero ¿nunca habéis hablado de ello?

—No, la verdad es que no. Es más una atmósfera. Yo me ocupo de mis cosas y él de las suyas.

—¿Siempre presente y siempre ausente? —dijo Sofia, sarcástica.

—Además, me parece que sale con su galerista —se oyó soltar Jeanette.

¿Era tan fácil de decir porque Sofia era psicóloga?

—Para tener confianza también hay que sentirse reconocida, ¿verdad? —Sofia bebió un trago de vino—. Eso es uno de los puntos flacos fundamentales en la mayor parte de las relaciones humanas. Uno olvida observar y apreciar lo que hace el otro, porque considera que su propio camino es el único que merece la pena. Lo achaco al individualismo, que se ha convertido en una verdadera religión. En el fondo, es una verdadera locura que en un mundo lleno de guerras y sufrimiento la gente rechace tanto la confianza y la lealtad. ¡Es una increíble paradoja!

Algo cambiaba en Sofia, su voz era cada vez más oscura y ese súbito cambio de humor desconcertaba un poco a Jeanette.

—Perdón, no quería ponerte en ese estado.

—No pasa nada, es solo que yo también he pasado por la experiencia de ser ninguneada, como si fuera parte del decorado. —Sofia se levantó—. Bueno, ¿qué te parece si comemos?

La voz de Sofia se había vuelto aún más sombría, menos melodiosa. Jeanette comprendió que había metido el dedo en una herida dolorosa.

Sofia trajo los platos, llenó las copas y se sentó.

—¿Le has contado lo que sientes? El estrés económico es una de las causas más corrientes de discusiones conyugales.

—Hemos tenido broncas, pero es como si... no sé, a veces tengo la sensación de que es incapaz de figurarse por lo que paso cuando no puedo pagar las facturas y tengo que llamar a mis padres para pedirles dinero prestado. Como si solo fuera responsabilidad mía.

Sofia la miró muy seria.

—Por lo que me dices, tengo la impresión de que él nunca ha tenido que asumir sus responsabilidades, que siempre ha tenido a alguien que se ha ocupado de él.

Jeanette asintió con la cabeza silenciosamente. Era como si las piezas del rompecabezas empezaran a encajar.

—Vale, dejemos eso —dijo apoyando la mano sobre el hombro de Sofia—. Teníamos que vernos para hablar de Samuel, ¿no?

—Ya tendremos tiempo para eso, aunque no sea esta noche.

—¿Sabes? —susurró Jeanette—, estoy encantada de haberte conocido. Me gustas.

Sofia se aproximó y puso la mano sobre la rodilla de Jeanette. Esta sintió que le silbaban los oídos mientras miraba en lo más hondo de los ojos de Sofia.

Ahí quizá encontraría todo lo que siempre había buscado.

Al mismo tiempo, se oyó a un vecino colgar un cuadro.

Alguien clavaba un clavo.

Estocolmo, 2007

Mirando hacia atrás a veces se puede fechar con precisión el nacimiento de una nueva era aunque en aquel entonces los días parecieran sucederse a su ritmo habitual.

Para Sofia Zetterlund, eso comenzó después del viaje a Nueva York. Con las vacaciones de Navidad, su vida privada empezó a preocuparle cada vez más.

El primer día después de las vacaciones, decide llamar a la agencia tributaria para obtener información detallada del hombre del que creía saberlo todo.

En la agencia tributaria solo le solicitan el número de la Seguridad Social para enviarle todos los datos disponibles acerca de Lars Magnus Pettersson.

¿Por qué ha esperado tanto?

¿Se negaba a verlo?

¿Lo había comprendido todo ya, de hecho?

En la empresa farmacéutica primero no entienden a quién se refiere cuando pregunta por Lars Pettersson pero, al insistir, acaban pasando su llamada al departamento comercial.

La telefonista es amable y hace cuanto está en su mano para ayudar a Sofia. Tras buscar un momento, encuentra a un tal Magnus Pettersson que solo trabajó durante un breve período en la oficina de Hamburgo y que dejó la empresa ocho años atrás.

Su última dirección conocida es en Saltsjöbaden. Pålnäsvägen.

Cuelga sin despedirse y saca el papel en el que ha apuntado el número desconocido hallado en el teléfono de Lasse. Según el listín, el abonado es una tal Mia Pettersson, domiciliada en Pålnäsvägen, en Saltsjöbaden. En la misma dirección, otro número, el de la floristería Petterssons Blommor en Fisksätra. Aunque empieza a comprender que comparte a su hombre con otra, quiere creer que no se trata más que de un gigantesco malentendido.

Lasse no puede hacer algo así.

Es como si se encontrara en un pasillo cuyas puertas se abrieran una tras otra frente a ella. Por una fracción de segundo se entreabren todas y, al final de un pasillo infinitamente largo, descubre la verdad.

En un instante lo ve todo, lo entiende todo y todo se vuelve tan claro como el agua.

Lasse lleva una doble vida, tiene dos familias. Una en Saltsjöbaden y otra con ella en el apartamento de Södermalm.

Por supuesto, tendría que haberse dado cuenta de ello mucho antes.

Sus manos callosas son la prueba de que desempeña un trabajo manual, a pesar de que finja trabajar en una oficina.

La incertidumbre y los celos la corroen y se da cuenta de que ha dejado de pensar de manera lógica. ¿Es la única que no ha comprendido la situación?

Necesita ayuda, piensa. Pero no la que yo puedo ofrecerle.

Ella no puede salvar a alguien como él, si acaso puede ser salvado.

Va al despacho y registra los cajones. No sabe qué espera encontrar, pero algo debe de haber que pueda arrojar luz sobre el hombre con el que vive.

Debajo de unos folletos con el logo de la empresa farmacéutica encuentra un sobre del hospital de Söder. Saca un papel y lo lee.

Es un impreso de hace nueve años, en el que se indica que Lars Magnus Pettersson tiene cita en urología para una vasectomía.

Al principio no entiende nada, y luego se da cuenta de que Lasse se hizo esterilizar. Nueve años atrás.

Durante todos esos años no ha podido darle el hijo que ella deseaba. Cuando le dijo en Nueva York que quería un hijo no solo era una mentira, sino que era imposible.

Es como si alguien le hubiera puesto un lazo corredor alrededor del pecho y apretara lentamente, cada vez más fuerte, y piensa que va a desvanecerse. Tiene experiencia con pacientes que han sido víctimas de ataques de pánico: comprende que eso es exactamente lo que le ocurre.

Pero aunque se vea a sí misma de forma racional, no puede evitar tener miedo.

¿Voy a morirme ahora?, piensa antes de que todo se vuelva negro.

El viernes 28 va a Fisksätra. Cae aguanieve y el termómetro de Hammarby indica justo por encima de cero.

Aparca junto al agua y sube a pie hacia el centro.

¿Qué quiere saber que no sepa ya?

Supone que simplemente desea ponerle cara a esa mujer desconocida.

Pero ahora que se encuentra sola en medio de la plaza, ya no está tan segura. Titubea, pero si regresara a su casa con las manos vacías eso seguiría reconcomiéndola.

Entra con paso decidido en la tienda, pero se lleva un chasco al ver que la persona al frente de la misma es una chica de unos veinte años.

–Buenos días y felices fiestas. –La chica rodea la caja y se acerca a Sofia–. ¿En qué puedo ayudarla?

Sofia vacila, se dispone a darse la vuelta pero, en el mismo momento, la puerta de la trastienda se abre y una bella mujer morena de unos cincuenta años entra en la tienda. Sobre el pecho derecho luce una placa con su nombre: «Mia».

La mujer es casi tan alta como Sofia, con grandes ojos oscuros. Sofia no puede apartar la vista de esas dos mujeres de extraordinario parecido.

Madre e hija.

Reconoce en la joven los rasgos de Lasse. Su nariz un poco torcida.

El rostro ovalado.

–Disculpe... ¿desea algo en particular?

La joven interrumpe el extraño silencio y Sofia se vuelve hacia ella.

–Un ramo para mi... –Sofia traga saliva–. Para mis padres. Hoy celebran su aniversario de boda.

La joven se dirige hacia el escaparate de las flores frescas.

–En tal caso, creo que estas serán perfectas.

Cinco minutos después, Sofia entra en el bar de al lado y pide un café largo y un bollo de canela. Para beberse el café, va a sentarse en un banco desde el que puede ver la plaza.

Nada ha ocurrido como había imaginado.

La joven le ha arreglado un ramo mientras Mia volvía al almacén. Luego nada más. Sofia supone que ha pagado, pero no está muy segura de ello. Seguramente, puesto que nadie ha salido tras ella. Recuerda el tintineo de la campanilla de la puerta y luego el crujido de la nieve.

Piensa en Lasse y, cuanto más vueltas le da, más irreal se vuelve a sus ojos.

Estruja el ramo y lo arroja a la papelera junto al banco. El café sigue el mismo camino, no sabe a nada, ni siquiera la hace entrar en calor.

Esas malditas lágrimas le asoman a los ojos y debe hacer un tremendo esfuerzo para contenerlas. Oculta el rostro entre las manos y trata de pensar en otra cosa que en Lasse y Mia. Pero es imposible.

Esa Mia que durante todo ese tiempo hacía el amor con él. ¿Y esa chica, la hija de Lasse? Su hija. Con ella no quería tener hijos. Todo lo que Lasse tenía con Mia no quería tenerlo con ella, la otra mujer.

Piensa en el disco de Lou Reed, que él hizo sonar para ella en el bar del hotel en Nueva York. Comprende entonces que seguro que está entre su colección de discos en Saltsjöbaden, y que fue con Mia con quien lo escuchó.

Sofia echa la cabeza hacia atrás, como para evitar que las lágrimas le resbalen por las mejillas.

Comprende que tiene que romper con Lasse. Luego nada más. No volver a pensar en ello, no darle más vueltas, nada. Dejarle que se ocupe como quiera de sus asuntos, pero que para ella esté como muerto.

Hay cosas que sencillamente hay que amputar de la propia vida para sobrevivir. Ya lo ha hecho. Pero hay una cosa que debe hacer antes, por doloroso que resulte.

Tiene que ver juntos a Lasse, a Mia y a su hija.

Sabe que tiene que verlos o de lo contrario no dejará de pensar en ello. La imagen de esa familia feliz no la dejará en paz, lo sabe. Está obligada a enfrentarse a ello.

Hasta Año Nuevo, Sofia Zetterlund no hace gran cosa. Solo habla una vez con Lasse, una conversación de menos de treinta segundos.

A las once, en Nochevieja, Sofia coge su coche y se dirige a Saltsjöbaden. No tiene que buscar mucho para dar con Pålnäsvägen.

Aparca a un centenar de metros de la gran casa y se dirige hacia el camino de acceso. Es un chalet amarillo de dos plantas con un frontón saliente y un jardín muy cuidado. Frente a la puerta del garaje, el coche de Lasse.

Rodea el garaje y pasa al otro lado de la casa. Escondida detrás de unos árboles, tiene una buena vista sobre el gran ventanal. La luz amarilla es cálida y acogedora.

Ve a Lasse entrar en la sala con una botella de champán, gritando algo hacia el interior de la casa.

La bella mujer morena de la floristería sale de la cocina con una bandeja de flautas de champán. De una habitación contigua llega la hija en compañía de un muchacho que se parece a Lasse.

¿Tiene también un hijo? ¿La niña y el niño, hoy ya adultos?

Se instalan en el amplio sofá, Lasse sirve el champán y brindan alegremente.

A lo largo de treinta minutos, Sofia asiste paralizada a esa farsa.

Es real y al tiempo absolutamente ficticia.

Recuerda una visita entre bambalinas a un teatro de Estocolmo. Ver el reverso del decorado fue para ella una experiencia impactante.

Desde la sala era un bar, o un restaurante con vistas al mar a la puesta del sol. Todo parecía muy auténtico.

Una vez entre bambalinas, todo era falso. Los muebles eran de conglomerado unido con cinta adhesiva y sargentos. El contraste con la luz tan cálida del decorado visto desde la sala era tal que se sintió estafada.

Es la misma escena que ahora tiene ante sus ojos: atractiva desde fuera pero falsa por dentro.

Justo antes de medianoche, en el momento en que los ve ponerse en pie para brindar de nuevo, saca su móvil y marca el número de él. Le ve sobresaltarse, comprende que está en modo vibración.

Dice algo y sube a la primera planta. La luz se enciende en una ventana y, unos segundos más tarde, suena su teléfono.

—¡Hola, cariño! ¡Feliz año nuevo! ¿Qué haces?

Se esfuerza por parecer estresado, pues se supone que se encuentra en la oficina de Alemania, de guardia en Nochevieja.

Antes de tener tiempo de decir algo, ella aparta el teléfono y vomita entre unos arbustos.

—¿Hola? ¿Qué haces? Te oigo fatal. ¿Puedo llamarte más tarde? Aquí hay mucho ruido.

Abre el grifo del lavabo para que su familia no pueda oírle.

Se han roto las compuertas del embalse y deja que corra el infame torrente de la traición. No tiene intención de aceptar ser la otra mujer.

Cuelga y regresa a su coche.

Llora durante todo el camino de regreso. El aguanieve que fustiga el parabrisas se confunde con sus lágrimas y siente el sabor amargo del maquillaje. Llora tanto que se ve obligada a parar.

Diez años durante los cuales ella ha lanzado globos sonda y, cuando ha creído que por fin él iba a devolverle la pelota, se ha quedado de brazos caídos.

«¿Qué te parece, Lasse, si nos tomamos cuatro semanas de vacaciones este verano y alquilamos una casa en Italia?».

«Dime, Lasse, ¿y si dejo de tomar la píldora?».

«Me decía...».

«Me gustaría...».

Diez años de propuestas, de ideas con las que se había desnudado, con sus sueños. Muchos años de titubeos y de evasivas.

«No lo sé...».

«Ahora tengo mucho trabajo...».

«Tengo que ausentarme...».

«No es el mejor momento, ahora mismo, pero pronto...».

En un único y largo instante, se lo ha robado todo.

Se siente apática. Durante horas circula sin destino y solo el indicador rojo del depósito la devuelve a la realidad. Se detiene y apaga el motor.

Todo lo que, apenas unos días atrás, era verdadero y tangible ha resultado ser una ilusión, un mero espejismo.

¿Se supone que tiene que quedarse quieta mientras su vida se desmorona?

Un camión pasa rozándola haciendo sonar la bocina. Enciende las luces intermitentes. Si tiene que morir, que por lo menos sea con clase y no en una asquerosa cuneta de la zona industrial de Västberga.

Victoria Bergman, su nueva paciente, no aceptaría nunca ser arrojada como un kleenex.

Aunque solo se hayan visto en unas pocas sesiones, Sofia ha comprendido que Victoria posee una energía con la que ella solo podría soñar. A pesar de todo lo que ha sufrido, Victoria ha sobrevivido y transformado su experiencia en fuerza.

Impulsivamente, decide llamar a Victoria. Ve entonces que tiene un mensaje de Lasse: «Amor mío, regreso a casa en el primer avión. Tenemos que hablar». Vuelve al menú y marca el número de Victoria y espera a que suene el tono. Para su decepción, es el tono de ocupado. Se ríe entonces al darse cuenta de lo que se disponía a hacer. ¿Victoria Bergman? Es ella la paciente, y no a la inversa.

Piensa en el mensaje de Lasse. ¿A casa? ¿Qué significa eso? ¿En avión? Va a venir de Saltsjöbaden en coche, eso es todo.

Pero igual sospecha que ella lo sabe. Algo ha debido de empujarlo a dejar de golpe a su verdadera familia. Al fin y al cabo, es Nochevieja.

De repente vuelve a tener náuseas y abre justo a tiempo la puerta para vomitar hipando sobre la nieve sucia.

Arranca, pone la calefacción a tope y se dirige hacia Årsta, se mete en el túnel y continúa hacia Hammarby Sjöstad.

Se detiene a poner gasolina en la estación de servicio de Statoil y entra en la tienda. Pasea entre los expositores y se pregunta a dónde ir maldiciéndose por haberse dejado aislar hasta el extremo de hallarse patéticamente sola.

Al llegar a la caja, mira su cesta y descubre que ha cogido unos limpiaparabrisas, un abeto mágico y seis paquetes de galletas.

Paga y se dirige hacia la salida, donde se detiene ante un expositor de gafas de lectura baratas. Mecánicamente, se prueba un par con la menor graduación posible. Por fin encuentra unas con montura negra que la hacen parecer más delgada, más severa y algo mayor. La cajera le da la espalda y, deprisa, se las mete en el bolsillo. ¿Qué le ocurre? Nunca había robado nada.

Una vez sentada de nuevo en el coche, saca su móvil, recupera el último mensaje de Lasse y pulsa «responder».

«De acuerdo. Nos vemos en casa. Espérame si no estoy allí».

Luego va al centro de la ciudad y estaciona su coche en el aparcamiento de la calle Olof Palme. Con su tarjeta de crédito, toma un ticket para un día entero.

Eso bastará ampliamente.

Sin embargo, no coloca el ticket a la vista en el salpicadero y se lo guarda en la cartera.

Son las cinco y media de ese uno de enero. Llega a la estación central, frente al panel de salidas. Västeras, Goteburgo, Sundsvall, Uppsala... Va a una taquilla automática, saca su tarjeta de crédito y compra un billete de ida y vuelta a Goteburgo, con salida a las ocho.

En el kiosco compra dos paquetes de cigarrillos y luego va al bar a esperar la hora de salida.

¿Goteburgo?, piensa.

De repente, se da cuenta de qué se dispone a hacer.

Gamla Enskede–Casa de los Kihlberg

Ese domingo por la mañana hacía un día espléndido y Jeanette se despertó temprano. Por primera vez desde hacía mucho tiempo sentía que había descansado de verdad.

El fin de semana había transcurrido sin grandes sobresaltos. La visita de los padres de Åke había sido sorprendentemente indolora, aunque a su madre el asado de cerdo le había parecido un poco reseco y había protestado diciendo que no había que comprar la ensalada de patatas ya preparada en el supermercado.

Aparte de eso, habían pasado un buen rato, viendo la televisión y entretenidos con juegos de mesa.

Sus suegros tenían que coger el tren de la mañana y luego dispondría del resto del día para ella. Se quedó en la cama pensando en a qué iba a dedicar ese tiempo libre.

Absolutamente nada de trabajo.

Algo de bricolaje, leer un poco y quizá dar un buen paseo.

Oyó a Åke despertarse. Respiraba ruidosamente, arrebujándose en la cama.

–¿Todo el mundo se ha levantado?

Parecía cansado y se tapó la cabeza con el edredón.

–No creo. Son las siete y media, aún podemos quedarnos un rato en la cama. Ya oiremos a tu madre cuando empiece a hacer ruido en la cocina.

Åke se levantó y empezó a vestirse.

Vamos, vete, de todas formas ya no queda nada entre nosotros, se dijo ella pensando en el rostro claro de Sofia.

–¿A qué hora sale su tren?

–Justo antes de mediodía. ¿Quieres que les acompañe yo? –dijo Jeanette tratando de disimular.

–Podemos ir juntos –le respondió, esforzándose visiblemente por ser amable.

Media hora más tarde bajó a la cocina a desayunar con los demás. Luego, una vez despejada la mesa, salió al jardín con una taza de café.

A pesar de todo, se sentía bastante feliz.

Su encuentro con Sofia había tomado unos derroteros inesperados y esperaba que ella sintiera lo mismo. Por primera vez, había sentido por una mujer lo que hasta entonces solo había sentido con hombres.

¿Quizá la sexualidad no tenía por qué necesariamente estar ligada al género? Tenía las ideas confusas. Quizá lo que contaban eran las personas, así de fácil. Hombre o mujer, no tenía importancia.

Tenía que ser así de sencillo. Y a la vez tan complicado.

Cuando llegó el momento de ir a la estación, Jeanette fue a cargar las maletas en el coche para no estar en medio cuando sus suegros recogieran las últimas cosas y se despidieran emotivamente de Johan.

Jeanette los llevó hasta la estación y aparcó entre dos taxis. Les ayudaron a llevar las maletas y, después de unas lágrimas derramadas en el andén, se despidieron y Jeanette sintió que respiraba mejor. Tomó la mano de Åke y regresaron lentamente al coche.

Sus lúgubres ideas de la mañana parecían haberse desvanecido. A pesar de todo, Åke y ella estaban juntos.

¿Qué podía aportarle Sofia que no pudiera encontrar en Åke?, se dijo.

La excitación y la curiosidad no lo son todo.

En el fondo, había que tomarse los males con paciencia.

En el camino de regreso, se detuvieron en un kiosco para comprar el *Dagens Nyheter*. El diario tenía que publicar una crítica de la exposición de Åke. Él hubiera preferido comprarlo antes de desayunar, pero como quería evitar que sus padres leyeran una eventual crítica despiadada, se había abstenido.

De regreso en casa, abrieron juntos el periódico sobre la mesa de la cocina. Jeanette nunca le había visto tan nervioso.

Bromeaba y exageraba su desenvoltura.

—¡Aquí está! —dijo doblando el periódico, que colocó entre los dos.

Leyeron en silencio, cada uno por su cuenta. Cuando Jeanette asumió que era de su Åke de quien hablaban, la cabeza empezó a darle vueltas.

El autor de la crítica era absolutamente ditirámbico. Afirmaba que la pintura de Åke Kihlberg era lo más importante que había ocurrido en la vida artística sueca de la última década y le predecía un brillante futuro. Sin duda alguna pronto sería el nuevo valor seguro de la proyección cultural internacional de Suecia y, a su lado, sus colegas pintores Ernst Billgren y Max Book eran unos pálidos epígonos.

—Tengo que llamar a Alex. —Åke fue a por su teléfono al recibidor—. Luego tendré que ir a la ciudad. ¿Puedes acompañarme?

Jeanette se quedó inmóvil, sin saber qué debía pensar.

—Sí, claro —respondió ella dándose cuenta de que ya nada sería como antes.

Allhelgonagatan–Un barrio

El sonido del acordeón ahogaba el ruidoso tráfico de Dalslandsgatan bajo una melodía familiar. De una ventana abierta surgían las notas de la «Balada del Brick Blue Bird». Sofia Zetterlund se detuvo a escuchar la canción y siguió su camino hacia la plaza Mariatorget.

Algunos transeúntes también se detuvieron y asentían con la cabeza sonriendo, y una mujer empezó a cantar esa triste historia del grumete atado al palo mayor y olvidado a bordo mientras el barco se hunde.

La música permitía una pausa inesperada, era como un catalizador verbal en un país donde nadie abre la boca sin motivo. Todo el mundo conoce las canciones de Evert Taube, y las ha mamado con la leche materna y el primer arenque.

Al llegar a Allhelgonagatan se detuvo, sacó el pequeño dictáfono del bolso y se puso los auriculares. En la etiqueta de la casete vio que la grabación era de cuatro meses atrás.

Sofia pulsó play y siguió andando.

... entonces cogí el ferry a Dinamarca con Hannah y Jessica, esas dos hipócritas a las que había conocido en Sigtuna y tuvieron que ir al festival de Roskilde dejándome sola en la tienda con aquellos cuatro tíos alemanes asquerosos que se pasaron la noche sobando, restregando, apretando y gimiendo mientras oía a lo lejos a Sonic Youth y a Iggy Pop sin poder moverme porque se relevaban para aguantarme...

Completamente aislada del mundo exterior, caminaba como una sonámbula, sin ver ni oír a la gente que la rodeaba.

... sabía que mis supuestas amigas estaban al pie del escenario y les importaba una mierda que sus vinos calientes azucarados me hubieran tumbado y que hubiera sido violada y que luego no me apeteciera decirles por qué estaba triste y solo quisiera marcharme.

Magnus Ladulasgatan. Todo se hacía solo. Timmermansgatan. Las palabras se transformaban en imágenes nunca vistas pero, sin embargo, familiares.

... y continuar hasta Berlín, donde les vacié las mochilas con el cuento de que nos habían robado mientras dormía y ellas habían salido a comprar aún más vino como si no hubiéramos bebido ya bastante. Pero ellas se aprovechaban cuando sus padres no las veían porque estaban en sus chalets pijos de Danderyd trabajando y ganando dinero que enviaban a Alemania para que pudiéramos seguir nuestro viaje...

Entonces comprende lo que Victoria se dispone a contar y recuerda que ya ha escuchado varias veces esa casete. Seguramente ha oído diez veces ese relato del viaje de Victoria por Europa.

¿Cómo ha podido olvidarlo?

... hasta Grecia y allí que nos detuvieran en la aduana y nos registraran el equipaje con perros y nos cachearan unos tíos uniformados que nos miraban las tetas los muy cerdos como si nunca hubieran visto ninguna y les parecía conveniente utilizar guantes de plástico para meterte los dedos por todas partes. Luego se acabó el mal rollo cuando nos pusimos a beber vodka, un agujero en la memoria que cubre Italia y Francia. Entonces las dos traidoras se hartaron y quisieron regresar las muy guarras así que las planté y me largué a casa de un tipo en Ámsterdam que tampoco sabía tener los dedos quietecitos y por eso le cayó una maceta en la cabeza. Fue normal robarle la cartera y la pasta bastaba para una habitación de hotel en Copenhague, donde todo debía acabar, así hubiera hecho callar la voz y demostrado que era capaz, pero el cinturón se soltó y caí al suelo y se me rompió un diente y...

De repente, se sobresalta al notar que alguien la toma del brazo.

Se tambalea, da un paso al lado.

Alguien le arranca los auriculares y, durante un segundo, todo está en absoluto silencio.

Deja de existir y se calma.

Es como al salir a la superficie después de una profunda inmersión, cuando te llenas los pulmones de aire fresco.

Luego oye los coches y los gritos y mira en derredor, desorientada.

—¿Se encuentra bien?

Se vuelve y observa fijamente un muro de peatones sobre la acera, y se da cuenta de que está en medio de Hornsgatan.

Todas las miradas están dirigidas a ella y la juzgan con severidad. Al lado de ella hay un coche. El conductor hace sonar la bocina furiosamente, la amenaza con el puño y arranca en tromba.

—¿Necesita ayuda?

Oye la voz pero no logra determinar a quién pertenece entre la multitud.

Le cuesta concentrarse.

Sube rápidamente a la acera y se dirige a la plaza Mariatorget.

Coge el dictáfono para extraer la casete y guardarla en su estuche. Aprieta eject.

Sorprendida, se queda mirando el compartimiento para la casete: está vacío.

Antes, Vita Bergen–Apartamento de Sofia Zetterlund

Mambaa manyani... Mamani manyimi...

Sofia Zetterlund despierta con una migraña espantosa.

Ha soñado que caminaba por la montaña con un hombre mayor que ella. Buscaban algo, pero no logra recordar qué era. El hombre le ha señalado una florecilla insignificante y le ha dicho que la arrancara. El suelo era de guijarros y le dolían las manos. Una vez extraída la planta, el hombre le ha indicado que oliera la raíz.

Olía a rosa.

Rhodiola, piensa al dirigirse a la cocina.

Últimamente, la migraña era esporádica y se le pasaba al cabo de solo unas horas, pero ahora la siente continuamente.

Forma parte de ella.

Mientras la cafetera borbotea, Sofia hojea el cuaderno con sus notas acerca de las grabaciones de Victoria Bergman.

Lee: «SAUNA, POLLUELOS, PERRO DE PELUCHE, ABUELA, CORRER, ADHESIVO, VOZ, COPENHAGUE, PADJELANTA, RHODIOLA».

¿Por qué ha anotado esas palabras en particular?

Probablemente porque son detalles que le han parecido importantes para Victoria.

Enciende un cigarrillo y sigue hojeando. En la penúltima página, ve otras notas, pero escritas al revés, como si hubiera empezado a escribir de nuevo dándole la vuelta al cuaderno: «QUEMAR, AZOTAR, BUSCAR LA BONDAD EN LA CARNE...».

Al principio no reconoce la letra. Un garabateo infantil, casi ilegible. Saca un bolígrafo del bolso y trata de escribir esas palabras con la otra mano.

Comprende entonces que lo ha escrito ella en el cuaderno, pero con la mano izquierda.

¿Quemar? ¿Azotar? ¿Buscar la bondad?

Sofia siente vértigo y oye un vago murmullo en su cabeza, detrás de la migraña. Se le ocurre salir a pasear. Quizá un poco de aire fresco le aclarará las ideas.

El murmullo aumenta y le cuesta concentrarse.

Por la ventana llegan los gritos de los niños en la calle y un olor agrio le pica en la nariz. Es su propio sudor.

Se levanta para poner en marcha la cafetera, pero al ver que ya está encendida, va a por una taza del armario. La llena y vuelve a sentarse a la mesa de la cocina.

Sobre la mesa ya hay cuatro tazas.

Una vacía y las otras tres llenas a rebosar.

Le cuesta recordar.

Como si se repitiera, encallada en el surco de una única acción. ¿Desde cuándo está despierta? ¿Se habrá acostado siquiera?

Trata de serenarse, reflexiona, pero su memoria parece dividida en dos.

Primero Lasse, el viaje a Nueva York. ¿Pero qué sucedió a su regreso?

Los recuerdos de Sierra Leona son tan tangibles como las entrevistas con Samuel, pero ¿qué sucedió luego?

De la calle asciende un griterío y Sofia empieza a ir y venir, inquieta.

La segunda parte de su memoria está más bien constituida por imágenes fijas o percepciones. Lugares a los que ha ido. Gente a la que ha conocido.

Pero no hay paisajes ni rostros. Solo fragmentos furtivos. Una luna que parecía una bombilla, ¿o era al revés?

Va al recibidor, se pone la chaqueta y se mira en el espejo. Las marcas azules de las manos de Samuel han empezado a palidecer. Le da una vuelta más al pañuelo alrededor de su cuello para ocultarlas.

Son casi las diez y afuera hace un calor estival, pero eso no la incumbe. Solo tiene ojos para su propio interior, trata de comprender lo que le está ocurriendo.

Pensamientos que no reconoce la atraviesan fulminantemente.

El discurso de Victoria Bergman sobre exponer su cuerpo a la violencia; quién decide cuándo las fantasías individuales, los impulsos y los anhelos traspasan el límite de lo aceptado socialmente y se convierten en algo destructivo.

Las palabras de Victoria sobre el bien y el mal, en las que el mal, como un cáncer, vive y crece en un organismo aparentemente sano. ¿O era Karl Lundström quien decía eso?

Al llegar al parque Björn, se sienta en un banco bajo los árboles. El murmullo se ha vuelto ensordecedor y no sabe si logrará regresar.

Entonces de nuevo la voz de Victoria, machacona.

¿Eres capaz? ¿Eres capaz? ¿Hoy vas a ser capaz, cobarde de mierda?

No, tiene que regresar a su casa y acostarse. Tomarse una pastilla y dormir aún un poco. Probablemente solo sufre de agotamiento, añora la penumbra solitaria de su apartamento.

¿Cuándo comió por última vez? No lo recuerda.

Padece malnutrición. Sí, debe de ser eso. Por mucho que no tenga apetito, se obligará a comer y hará lo que esté en sus manos para no vomitar.

En el momento en que se pone en pie varios coches de policía pasan a toda velocidad, con las sirenas aullando. Les siguen tres grandes todoterrenos con cristales ahumados y los girofaros encendidos. Sofia comprende que ha ocurrido algo.

Compra dos bolsas de comida en el McDonald's de Medborgarplatse y, escuchando las conversaciones excitadas de los otros clientes, averigua que acaban de atracar un furgón de transporte de caudales un poco más abajo en Folkungagatan. Alguien habla de un tiroteo y otro de varios heridos.

Sofia coge su comida y sale.

No ve a Samuel Bai al salir a la calle y se dirige a su casa.

Pero él sí la ve y la sigue.

Deja atrás los controles de policía, gira a la derecha en Östgötagatan, pasa Kocksgatan y luego toma Åsögatan a su izquierda.

A la altura del pequeño parque, Samuel la alcanza y le da una palmada en la espalda.

Ella se sobresalta y se vuelve.

Muy deprisa, la rodea, y ella tiene que volverse para ver quién es.

—*Hi! Long time no seen, ma'am!* —Samuel luce su sonrisa resplandeciente y da un paso atrás—. *Hav'em burgers enuff 'or me? Saw' ya goin' donall for two.**

Es como si dejara de respirar.

Calma, se dice ella. Calma.

---

* «¡Hola! ¡Cuánto tiempo, señora! ¿Tiene también una hamburguesa para mí? La he visto coger dos en el McDonald's».

Se lleva por reflejo la mano al cuello.

Calma.

Reconoce el inglés de Frankly Samuel y comprende que la observa desde hace un rato.

Sonríe.

Ella sonríe y le dice que también hay para él y le invita a comer en su casa.

Él sonríe.

Curiosamente, el miedo desaparece tan deprisa como ha llegado.

De repente, sabe qué va a hacer.

Samuel coge las bolsas. Recorren Renstiernasgatan y luego toman Borgmästargatan.

Ella deja la bolsa de hamburguesas sobre la mesa de la sala. Él le pide si puede tomar una ducha para refrescarse un poco antes de comer y va a buscarle una toalla limpia.

Cierra la puerta detrás de ella.

¿Qué sucede?

Sauna, polluelos, correr, adhesivo, voz, Copenhague, Padjelanta, rhodiola, quemar, azotar.

Se oye el gorgoteo de las tuberías.

—Sofia, Sofia, calma Sofia —se susurra tratando de respirar profundamente.

Polluelos, correr, adhesivo.

Espera un momento antes de regresar a la sala. Un olor a grasa y carne quemada sale de las hamburguesas.

Quemar, azotar.

Un mareo se apodera de ella y se deja caer en el sofá, con la cabeza entre las manos.

Sauna.

Se oye la ducha y en su cabeza resuena la voz de Victoria. Es como si la devorara por dentro, le royera la corteza cerebral.

Es una voz que ha oído toda su vida, sin nunca acostumbrarse a ella.

¿Eres capaz? ¿Eres capaz? ¿Hoy vas a ser capaz?

Temblándole las piernas, va a la cocina a por un vaso de agua. Vamos, piensa, tengo que calmarme.

Se cruza con su reflejo en el espejo del recibidor y constata que parece cansada. Cansada a más no poder.

Abre el grifo del fregadero y deja correr el agua, pero es como si el agua no quisiera enfriarse e imagina entonces las rocas originales de donde la extraen, muy hondo bajo sus pies, donde hace un calor infernal.

Se quema bajo el chorro, como si fuera magma, y ve las llamas ante sus ojos.

Los niños delante del fuego del campamento.

Mambaa manyani... Mamani manyimi...

Sofia se estremece al recordar la canción infantil.

Va al recibidor y hurga en su bolso, buscando a tientas la caja de paroxetina.

Trata de acumular suficiente saliva para tragarse el comprimido. Tiene la boca seca, pero se mete igualmente la pastilla. Es espantosamente amarga. El pequeño comprimido se le pega en la garganta cuando trata de tragárselo. Vuelve a tragar saliva y siente descender el comprimido a trompicones.

¿Hoy eres capaz? ¿Eres capaz?

—No, no me atrevo —murmura ella dejándose resbalar contra la pared del recibidor—. Estoy muerta de miedo.

Se acurruca allí esperando a que el medicamento haga efecto. Trata de arrullarse para calmarse.

La espera. Ese murmullo del que no escapará.

Sauna, polluelos, perro de peluche.

Se aferra a la idea del perro de peluche, calma. Perro de peluche, perro de peluche, se repite para hacer callar la voz y retomar el control de sus pensamientos. De repente suena su móvil en el recibidor, pero es como si el sonido procediera de otro mundo.

Un mundo al que ya no tiene acceso.

Se levanta trabajosamente para contestar esa llamada enviada por el azar en el momento en que está a punto de caer. Esa llamada es el camino de regreso, el vínculo entre ella y la realidad.

Si logra responder, aterrizará y encontrará de nuevo el camino a su casa. Lo sabe, y esa convicción le da fuerzas para descolgar.

—¿Diga? —murmura dejándose resbalar de nuevo contra la pared. Lo ha conseguido. Ha conseguido agarrarse de la cuerda de rescate.

—¿Diga? ¿Quién es...? Sí, diga —responde Sofia Zetterlund.

Ha vuelto. Se siente de nuevo segura.

—Quisiera hablar con Victoria Bergman. ¿Es este su número?

Cuelga y se echa a reír.

Mambaa manyani... Mamani manyimi...

Reconoce de repente la voz de Victoria, se levanta y mira en derredor.

¿Crees que no sé lo que estás tramando, gallina de mierda?

Sofia sigue el sonido de esa voz hasta la sala, pero la habitación está vacía.

Siente que necesita un cigarrillo y tiende la mano hacia el paquete. Tantea, acaba encontrando uno, se lo lleva con mano temblorosa a los labios, lo enciende y aspira profundamente una calada esperando a que Victoria se manifieste.

Oye a Samuel hacer ruido en el baño.

¿Así que hoy no fumas debajo del extractor?

Sofia se sobresalta. Mierda, ¿cómo puede saber Victoria que tiene por costumbre hacer eso? ¿Cuánto tiempo hace que está allí? No, trata de tranquilizarse. Es imposible.

¿Qué ocurre en tu cocina, por cierto?

—¿Qué quieres decir con eso, Victoria? —Sofia se esfuerza por recuperar su papel profesional. Pase lo que pase, no tiene que dar muestras de tener miedo, tiene que conservar la calma, controlarse.

La puerta del baño se abre.

—*Talkin' to ya'self?**

Sofia se vuelve y ve a Samuel desnudo en el umbral de la puerta. La mira, chorreando agua. Sonríe.

—*Who you talking to?* —Mira a un lado y a otro de la estancia—. *Nobody here.* —Samuel da unos pasos por el recibidor y avanza hasta la puerta—. *Who's there?***

—*Forget about her* —dice Sofia—. *We're playing hide-and-seek.****

Toma a Samuel del brazo.

Parece sorprendido y tiende una mano hacia el rostro de Sofia.

—*What's happen'd to ya' face, ma'am? Look strange…*****

—Ve a vestirte y come rápido, antes de que se te enfríe.

Abre la cómoda y le tiende otra toalla. Se cubre con ella y vuelve al baño.

Ella cierra la puerta detrás de él, saca la caja de pentobarbital de su bolso y la vacía en el vaso de Coca-Cola.

¿A él también lo vas a encerrar?

—Victoria, por favor —suplica—, no sé de qué estás hablando. ¿A qué te refieres?

Tienes a un chiquillo encerrado, aquí, en el apartamento. En la habitación detrás de la estantería.

Sofia no entiende nada y su malestar va en aumento.

Recuerda el significado de la canción que oyó por primera vez cuando estaba atada en un agujero en plena selva.

Mambaa manyani… Mamani manyimi…

El espantapájaros se folla a los niños… Debe de tener el coño sucio…

Puta asquerosa. ¿De nada sirvió cortarte los brazos con una hoja de afeitar?

---

* «¿Está hablando sola?».
** «¿Con quién está hablando?… Aquí no hay nadie… ¿Quién es?».
*** «Olvídala. Estamos jugando al escondite».
**** «¿Qué le ocurre en la cara, señora? Es raro…».

Sofia recuerda cómo fue a cortarse detrás de la casa de tía Elsa.

Ocultó las heridas sangrantes debajo de camisetas de manga larga.

Ahora te compras zapatos demasiado pequeños. Solo para que te recuerden el dolor.

Sofia se mira los pies. En los talones tiene grandes llagas, después de torturarse durante tantos años. En los brazos, las cicatrices más claras de las hojas de afeitar, de los trozos de cristal y de los cuchillos.

De repente, la segunda parte de su memoria se abre y lo que hasta ese instante no eran más que imágenes fijas y borrosas se transforman en secuencias enteras.

Lo ocurrido se vuelve presente y todo se coloca en su sitio.

Las manos de papá y las miradas desaprobadoras de mamá. Martin en la noria, el embarcadero a orillas del Fyrisån y luego la vergüenza por haberlo perdido. El hospital universitario de Uppsala, los medicamentos y la terapia.

El recuerdo de Sigtuna y de las muchachas enmascaradas alrededor de ella.

La humillación.

Los chicos que la violaron en Roskilde y luego la huida a Copenhague y el frustrado intento de suicidio.

Sierra Leona y aquellos niños que no sabían qué odiaban.

El agujero en la oscuridad, la tierra blanda bajo los dedos y la luna a través de la lona.

Un cobertizo de herramientas en Sigtuna, un suelo de tierra batida y una bombilla a través de una venda en los ojos.

La misma imagen.

Sofia ha ahondado en Victoria y a veces ha visto cosas que la propia Victoria ha tratado de olvidar a lo largo de toda su vida. Ahora Victoria ha penetrado en ella, en su esfera privada. Está por todas partes y en ninguna.

Y ese magnetófono con el que has estado horas hablando, hablando y hablando. No es raro que Lasse te dejara. No podía soportar más ese rollo machacón de tu mierda de infancia. *Eras tú quien quería ir a un club de intercambio de parejas en Toronto, tú quien querías una orgía. Joder, ¡suerte que él no quería tener un hijo contigo!*

Sofia hace ademán de protestar, pero no llega a producir sonido alguno. Pero se hizo esterilizar, piensa.

Pero eres perversa. Has intentado robarle a su hijo. ¡Mikael es hijo de Lasse! ¿Lo has olvidado?

La voz es tan aguda que recula y se deja caer en el sofá. Tiene la sensación de que le van a estallar los tímpanos.

¿Mikael? ¿Hijo de Lasse? Eso es imposible...

La imagen de la familia feliz en Nochevieja en Saltsjöbaden. Sofia ve a Lasse brindar con Mikael.

Después de matar a Lasse, te ligaste a Mikael. ¿No te acuerdas? Los listines que tiraste al suelo para hacer creer que se trataba de un suicidio. La cuerda era demasiado corta, ¿verdad?

A lo lejos oye a Samuel regresar del baño y le ve, borroso, instalarse delante de la mesa baja. Abre una de las bolsas y empieza a comer mientras ella lo observa en silencio.

Samuel bebe el refresco ávidamente.

—*Who ya talking to, lady?** —dice meneando la cabeza.

Sofia se levanta y vuelve al recibidor.

—*Eat and shut up*** —le espeta.

Es imposible saber si él ha entendido su voz, porque no reacciona.

Se ve la cara en el espejo encima de la mesa del recibidor. Como si estuviera medio paralizada. No se reconoce. Parece muy vieja.

—¡Joder! —murmura a su imagen en el espejo. Avanza un paso, sonríe, con un dedo se aparta el labio para descubrir el diente delantero que se rompió veinte años atrás cuando trató de ahorcarse en una habitación de hotel en Copenhague.

* «¿Con quién habla, señora?».
** «Come y calla».

Mímesis.

No se puede dudar de la relación entre lo que ve y lo que es.

Ahora lo recuerda todo.

Y en ese momento vuelve a sonar su móvil.

Mira la pantalla.

10.22.

–Bergman –responde.

–¿Es usted Victoria Bergman? ¿La hija de Bengt Bergman?

Mira hacia la sala. En el sofá, el somnífero ha noqueado a Samuel. Lentamente, sus ojos se sumen en la inconsciencia.

–Sí, así es.

Mi padre es Bengt Bergman, piensa Sofia Zetterlund.

Soy Victoria, Sofia y todo lo que hay entre las dos.

Una voz que le parece reconocer le interroga acerca de su padre y responde mecánicamente a las preguntas pero, al colgar, no tiene recuerdo alguno de lo que ha dicho.

Sin embargo, sabe que cometió un gran error cuando llamó a sus padres. Han debido de guardar su número, y de alguna manera ha llegado a la policía. Aunque el número no puede rastrearse, va a tener que deshacerse del teléfono.

Aprieta compulsivamente el teléfono mirando a Samuel. Tiene tantas cosas en su conciencia y, sin embargo, es tan inocente, piensa dirigiéndose a la estantería para abrir el pestillo que la cierra. Al abrir la puerta oculta, la inunda el olor a cerrado.

Gao está sentado en un rincón, con los brazos rodeándose las rodillas. Entorna los ojos hacia la luz que penetra por la puerta entreabierta. Todo está bajo control, vuelve a salir, desliza la estantería para colocarla en su sitio y empieza a desnudarse. Después de una ducha rápida, se envuelve en una toalla grande roja y ventila el apartamento unos minutos. Enciende entonces una vara de incienso, se sirve una copa de vino y se sienta en el sofá al lado de Samuel. Su respiración es profunda y regular. Suavemente, le acaricia la cabeza.

De todas las atrocidades que ha cometido como niño soldado en Sierra Leona, no es culpable ante nadie, se dice. Es una víctima.

Sus intenciones eran puras, sin tacha de sentimientos como la venganza o la envidia.

Los mismos sentimientos que siempre la han movido a ella.

El sol empieza a ponerse, afuera anochece y la estancia está sumergida en una penumbra gris. Samuel se mueve, bosteza y se incorpora. La mira y muestra su resplandeciente sonrisa. Ella afloja un poco su toalla y se desplaza para sentarse justo frente a él. Su mirada asciende por las pantorrillas y se mete bajo la toalla.

Ahora puedes elegir, piensa ella. Seguir tus impulsos o combatirlos.

Tú eliges.

Ella le sonríe a su vez.

—¿Qué es eso? —dice señalándole el collar—. ¿Dónde lo has conseguido?

Su rostro se ilumina, le quita la joya y la exhibe ante él.

—*Evidence of big stuff.**

Finge estar impresionada y cuando se inclina para observar el collar de más cerca, se da cuenta de que le está mirando los pechos.

—¿Y qué hiciste para merecer algo tan bonito?

Se sienta de nuevo en el sofá y levanta un poco más la toalla para que vea que no lleva bragas. Traga saliva y se acerca a ella.

—*Killed a monkey.***

Sonríe y pone su mano sobre su muslo desnudo.

Como está mirando a otra parte, no la ve asir el martillo que desde el principio ha tenido escondido debajo de un cojín.

* «Recompensa por algo importante».
** «Maté a un mono».

¿Se puede ser malo si uno no siente culpabilidad alguna?, piensa ella mientras golpea con todas sus fuerzas el ojo derecho de Samuel con el martillo.

¿O el sentimiento de culpabilidad es una condición del mal?

Barrio de Kronoberg–Central de Policía

Sofia Zetterlund cuelga y se pregunta qué ha ocurrido.

Jeanette ha dicho que necesitaba hablar con ella. Parecía urgente, había novedades en el caso de Samuel Bai.

¿De qué tenía que hablar Jeanette con ella? ¿Había descubierto algo?

¿La habrá visto alguien en compañía de Samuel?

Sofia va a la sala para comprobar que la estantería está en su debida posición. Ahora ya solo está Gao y ese no causa problemas.

De vuelta en el recibidor, comprueba su maquillaje antes de coger el bolso y salir a la calle. Folkungatan, cuatro manzanas y luego el metro. Un trayecto demasiado corto para tener tiempo de pensar.

Para cambiar de opinión.

Se ha acostumbrado a la voz de Victoria, pero la migraña es algo nuevo que le desgarra la frente.

Está cada vez menos segura de ella a medida que se acerca a la comisaría, pero es como si Victoria la empujara hacia adelante y le dijera qué hacer.

Un paso a la vez. Un pie delante del otro. Repite el movimiento. Paso de peatones. Stop. Mira a la izquierda, a la derecha, otra vez a la izquierda.

Sofia Zetterlund se presenta en la recepción de la comisaría y, después de un somero control de seguridad, accede a los ascensores.

Abre la puerta. Todo recto.

Después de unos minutos de espera, la recibe una Jeanette radiante.

—Gracias por venir tan deprisa —dice cuando se encuentran a solas en el ascensor—. He pensado mucho en ti y me ha alegrado tener un motivo para llamarte.

Sofia titubea. No sabe cómo reaccionar.

Dentro de ella, dos voces se disputan su atención. Una le dice que abrace a Jeanette y le diga quién es realmente. Abandona, dice esa voz. Pon fin a todo esto. Tienes que verlo como la señal de que has encontrado a Jeanette.

¡No, no y no! Todavía no. No puedes confiar en ella. Es como todos los demás, te traicionará en cuanto te muestres débil.

—Han ocurrido muchas cosas... —Jeanette mira a Sofia—. Estamos bajo mucha presión y esa historia de Samuel es cada vez más extraña. Pero veremos eso luego. ¿Te apetece un café?

Se sirven cada una un vasito en la máquina y luego siguen el largo pasillo hasta la puerta de su despacho.

—Aquí es, esta es mi madriguera —dice Jeanette.

La estancia es exigua, llena de archivadores y de pilas de documentos. En la repisa de la pequeña ventana, una flor seca cuelga al lado de la fotografía de un hombre en compañía de un muchacho. Sofia comprende que se trata de Åke y de Johan.

—¿Recuerdas si Samuel te habló de la agresión de la que fue víctima? Hará un año.

Recuerda los detalles, Sofia.

Sofia reflexiona.

—Sí, me contó que lo atacaron cerca de Ölandsgatan...

—Cerca del Monumento —completa Jeanette—. Fue agredido cerca del Monumento. Allí mismo donde, más tarde, fue hallado muerto.

—¿Ah, sí? Tal vez. Pero ahora recuerdo que contaba también que uno de sus agresores tenía serpientes tatuadas en el brazo o algo parecido.

—No eran serpientes, eran telarañas. —Jeanette arroja su vasito vacío a la papelera—. El tipo fue neonazi en la adolescencia y en esos círculos lucir telarañas tatuadas en los codos es el no va más. Se supone que significa que se ha matado a alguien, cosa de la que dudo mucho en su caso, pero eso no importa.

Jeanette se levanta para abrir la ventana.

Se oye a los niños jugar en el parque de Kronoberg.

Sofia recuerda a Gao golpeando brutalmente a Samuel, demasiado gravemente herido para ofrecer resistencia. Samuel se tambaleó sin poder hacer nada para protegerse de los golpes que le propinaba Gao.

Sofia mira por la ventana pensando en Samuel que perdía tanta sangre por su ojo herido que acabó perdiendo el conocimiento y comprendió sin duda que era para siempre.

En el mismo momento en que se desvaneciera, la bestia salvaje que tenía enfrente se le arrojaría encima para despedazarlo. Lo había visto hacer en Sierra Leona, y sabía que ese juego del gato y el ratón siempre acaba igual.

El teléfono suena sobre la mesa del despacho y Jeanette se disculpa antes de responder.

—Sí, está aquí conmigo, vamos para allí ahora mismo.

Jeanette cuelga y escruta a Sofia con la mirada.

—El tipo de las telarañas se llama Petter Christoffersson y está en la comisaría. Le han detenido por violencia y se imagina que podrá negociar con nosotros contándonos algo. Ha debido de ver demasiadas malas películas americanas y piensa que aquí las cosas funcionan igual.

A Sofia le da vueltas la cabeza y empieza a transpirar.

—Me decía que podrías venir a escucharle conmigo. Pretende que tiene algo que decirnos acerca de Samuel. Parece que lo vio la víspera de su muerte, delante del McDonald's de Medborgarplatsens, en compañía de una mujer. Aparentemente, sabe quién es esa mujer y... —Jeanette calla—. Bueno, no hace falta hacerte un dibujo.

Sofia piensa en la facilidad con la que Gao despedazó al muchacho que encontraron en la carretera en la isla de Svartsjö. Mientras Jeanette estaba en su casa, Gao le había partido el cráneo a martillazos. Más tarde, arrojaron las astillas de hueso a la basura con los restos de un pollo asado.

Miente. Inventa. Sé ofensiva.

—Uf, no sé si es muy apropiado. No estoy segura de que esté autorizado... Pero si quieres, iré, por descontado.

Sofia ve que Jeanette observa atentamente su reacción. Como si la pusiera a prueba.

—Tienes razón, no está permitido. Pero podrías quedarte fuera y observar, escuchar lo que tenga que contarnos.

Se levantan y salen al pasillo.

La sala de interrogatorio está una planta más abajo. Jeanette hace entrar a Sofia en un pequeño cuarto contiguo y a través de una ventana se ve la sala en la que Petter Christoffersson está sentado, repantigado en su asiento, aparentemente relajado. Sofia observa sus tatuajes y se acuerda.

Es él.

La última vez que lo vio llevaba una camiseta con dos banderas suecas entrecruzadas en el pecho. Le llevó los materiales para la habitación secreta que había construido detrás de la estantería. Poliestireno, tablas, clavos, cola, lonas y cinta adhesiva.

¿Cómo podía verse atrapada por una coincidencia tan infernal? El sudor le resbalaba por la espalda.

—Un espejo sin azogue —Jeanette señaló la ventana—. Puedes verle sin ser vista.

Sofia rebusca en el bolsillo de su chaqueta y encuentra un pañuelo de papel con el que secarse las manos húmedas. Está mareada.

Sus zapatos la hieren y tiene un nudo en la garganta.

—¿Estás bien, Sofia? —Jeanette la observa.

—De repente, me ha entrado mal cuerpo. Creo que voy a vomitar.

Jeanette parece preocupada.

—¿Quieres ir a mi despacho?

Sofia asiente con la cabeza.

—Quizá no ha sido buena idea. Estaré contigo en media hora.

Sofia sale al pasillo.

Se ha librado.

De regreso en el despacho de Jeanette, se aproxima a la estantería y enseguida da con un archivador en el que se lee «THORILDSPLAN-DESCONOCIDO». Buscando un poco más, da con los otros. «SVARTSJÖ-YURI KRYLOV» y «DANVIKSTULL-DESCONOCIDO».

Se vuelve y observa el despacho desordenado. Cerca del teléfono, una pila de cedés. Al coger el montón, ve que son interrogatorios grabados.

Los observa distraídamente, sin leer realmente lo que ponen las etiquetas pero, al llegar al último, se detiene.

Primero cree haberlo visto mal pero, al volver atrás, encuentra entre el montón un cedé en el que se lee «BENGT BERGMAN». Rápido, busca la caja de cedés vírgenes, tiene que haber una. La encuentra en el último estante, junto a un bote de cristal lleno de gomas elásticas y clips.

Inspecciona el despacho, se instala delante del ordenador, carga el cedé original y el cedé virgen y da orden de copiarlo.

Pasan lentamente los segundos, piensa en la manera como transportó con Gao en su coche el cadáver de Samuel hasta casa de Mikael, en la zona del Monumento.

Cómo lo subieron al desván y cómo aunaron sus fuerzas para colgar el cuerpo del techo.

Después de menos de dos minutos, el ordenador escupe los dos discos. Deja el original allí donde lo ha encontrado y se guarda la copia en el bolso.

Sofia se sienta y abre un periódico.

Fue Gao quien encontró el ácido y le echó todo el cubo en la cara a Samuel.

Jeanette regresa diez minutos después y halla a Sofia absorta en la lectura de un ejemplar antiguo del boletín de la policía sueca.

—¿Es interesante? —pregunta, pensativa.

Jeanette parece mirarla como si hubiera averiguado algo acerca de ella. Vuelve a sentir inquietud.

—El crucigrama, quizá —responde Sofia—, pero no he encontrado otra cosa, así que miro las fotos. ¿Qué se cuenta Spiderman? ¿Has averiguado algo interesante?

Jeanette parece perpleja.

—¿Cuánto hace que vives en Borgmäsargatan? —pregunta de repente, sobresaltando a Sofia.

—Desde el noventa y cinco... Hace trece años que vivo allí, es increíble lo rápido que pasa el tiempo.

—¿Has visto algo extraño, desde que vives allí? En particular estos últimos seis meses...

Parece un interrogatorio, como si fuera sospechosa de algo.

—¿A qué te refieres al decir extraño? —Sofia traga saliva—. Es Estocolmo, ¿qué esperas? Södermalm, además, con todo lo que eso implica de borrachos, peleas, chiflados que hablan solos, coches que circulan como locos y...

—Chavales desaparecidos...

—Sí, eso también. Y muchachos muertos en los desvanes. Pero tendrás que ser algo más precisa si quieres que pueda ayudarte con algo interesante.

Sofia siente que Victoria se hace de nuevo con las riendas de la situación. Las mentiras brotan solas, sin que tenga necesidad de pensar. Es como una obra de teatro de la que se supiera de memoria todos los papeles.

—La cuestión es que Petter Christofferson ha trabajado como aprendiz este invierno en la ferretería Fredell, en Sickla. Afirma recordar que poco después de Año Nuevo realizó una entrega de material aislante en un apartamento de Söder. No recuerda exactamente dónde, pero era en el barrio que la gente llama ahora SoFo. Afirma categóricamente que la mujer que recibió ese pedido era la misma que se encontraba en compañía de Samuel la víspera del día en que fue hallado muerto.

Sofia se aclara la voz.

—¿Estás segura de que dice la verdad y no trata de hacerse el listo? Decías que quería negociar, ¿verdad?

Jeanette se cruza de brazos y se sienta en su silla. No aparta la mirada de Sofia.

—Eso es justamente lo que me pregunto. Pero en su historia hay algo convincente, algunos detalles que la hacen creíble.

Se inclina adelante bajando un poco la voz.

—Por supuesto, la descripción que proporciona es muy vaga. La mujer era rubia, un poco más alta que la media, ojos azules. Dice que le pareció guapa, incluso más guapa de lo habitual, según él. Pero por lo demás, podría ser cualquiera. Sí, oyéndole, hasta podrías ser tú.

Sonríe.

Sofia ríe haciendo una mueca para mostrar lo absurda que le parece esa insinuación.

—Ya veo que no te encuentras muy bien —dice Jeanette—, será mejor que te vayas a casa.

—Sí... creo que será lo mejor.

—Descansa un poco y puedo pasarme por tu casa después del trabajo.

—¿Quieres?

—Sí, de verdad. Ve a acostarte. Traeré un poco de vino. ¿Te apetece?

Jeanette mira a Sofia con atención.

Vita Bergen–Apartamento de Sofia Zetterlund

Metro de Rådhuset a la estación central, correspondencia con la línea verde dirección Medborgarplatsen. Luego el mismo recorrido a pie que unas horas antes, pero en sentido inverso.

Folkungagatan, cuatro manzanas y ya está. Ciento doce peldaños.
Al llegar a su casa, inserta en su ordenador portátil el disco que ha copiado.

—Primera declaración de Bengt Bergman. Son las trece horas y doce minutos. Interrogatorio conducido por Jeanette Kihlberg, asistida por Jens Hurtig. Bengt, es usted sospechoso de varios crímenes, pero este interrogatorio concierne en particular a una violación o violación con agravante y violencia o violencias con agravantes, crímenes castigados con al menos dos años de prisión. ¿Podemos empezar?
—Hum...
—A partir de este momento, le pido que hable claramente y delante del micrófono. Si baja la cabeza, no se le oye. Queremos que se exprese tan claramente como sea posible, ¿me entiende? Bueno. Empezamos.

Una pausa. Sofia oye a alguien beber y luego depositar un vaso sobre la mesa.

—¿Cómo se siente, Bengt?
—Ante todo, ¿qué estudios tiene usted?

Reconoce de inmediato la voz de su padre.

—¿Cuáles son sus cualificaciones para interrogarme? Yo tengo un doctorado, una licenciatura universitaria y además he estudiado psicología por mi cuenta. ¿Conoce a Alice Miller?

Su voz sobresalta a Sofia y tiene el reflejo de echarse hacia atrás levantando los brazos para protegerse.
Incluso ya adulta, la huella en su cuerpo es tan profunda que reacciona instintivamente. Una descarga de adrenalina, y está lista para huir.

—Mire, Bengt, aquí soy yo quien hace las preguntas. ¿Está claro?
—No sé...

Jeanette Kihlberg le interrumpe en el acto.

—Se lo repito: ¿está claro?
—Sí.

Sofia comprende que la desafía porque aún tiene la costumbre de llevar la voz cantante y se siente mal en ese papel de criminal.

—Le he preguntado cómo se siente.
—¿Y usted qué cree? ¿Cómo se sentiría si estuviera aquí, acusada injustamente de un montón de atrocidades?
—Seguramente me parecería horrible y haría cuanto estuviera en mis manos para tratar de aclarar las cosas. ¿Siente usted lo mismo? ¿Quiere explicarnos por qué ha sido detenido?
—Como sabrá, la policía me detuvo al sur de la ciudad cuando regresaba a casa en Grisslinge. Ahí vivimos, en la isla de Värmdö. Acababa de recoger a esa mujer en la carretera, sangrando. Mi única intención era ayudarla llevándola al hospital de Söder para que recibiera la atención que requería. Eso no está prohibido, ¿verdad?

Su voz, su dicción, su superioridad, sus estudiados silencios y su calma fingida la convierten de nuevo en una niña de diez años.

—¿Afirma ser inocente de las heridas causadas a la denunciante Tatiana Achatova, descritas en el documento que le ha sido entregado?
—¡Es completamente absurdo!

—¿Quiere leer ese documento?
—Mire usted, lo cierto es que detesto la violencia. En la tele, solo miro los informativos y, si a mi pesar tuviera que ver una película o ir al cine, elegiría alguna de calidad. Simplemente no quiero verme implicado en el mal que se expande por todas partes...

La sensación del sendero cubierto de pinaza que desciende hasta el lago. Cómo desde los seis años aprendió a tocarlo para que fuera bueno. Y aún recuerda el sabor azucarado de los caramelos de tía Elsa. El agua fría del pozo y el cepillo rasposo sobre su piel.

Jeanette la interrumpe de nuevo.

—¿Va a leerlo o tendré que hacerlo yo?
—Prefiero que lo lea usted, la verdad. Como le decía, no quiero...
—Según el médico que examinó a Tatiana Achatova, llegó al hospital de Söder el domingo por la tarde, hacia las diecinueve horas, y presentaba las lesiones siguientes: importantes desgarros del ano así como...

Era como si hablaran de ella, y recuerda el dolor.

Cuánto daño le había hecho, cuando él decía que era bueno.

Su confusión cuando comprendió que lo que hacía con él estaba mal.

Sofia no tiene fuerzas para seguir escuchando y apaga.

Por fin sus actos repelentes le han hecho caer, se dice. Pero no va a ser castigado por lo que me ha hecho a mí. No es justo. Estoy obligada a vivir con mis cicatrices mientras él puede continuar como si no pasara nada.

Sofia se tumba en el suelo y mira al techo. Solo quiere dormir. Pero ¿cómo lograrlo?

Se llama Victoria Bergman y él sigue allí.

Bengt Bergman. Papá. Aún vivo.

Apenas a veinte minutos de su casa.

Cuando se abrazan, Sofia huele que Jeanette acaba de tomar una ducha y ha cambiado de perfume. Entran en la sala y Jeanette deja un tetrabrik de vino sobre la mesa baja.

—Siéntate, iré a por copas. ¿Supongo que tomarás vino?

—Sí, con mucho gusto. Menuda semanita...

Toma la jarra. Llénala de vino. Llena la copa.

Sofia sirve un poco de vino.

Analiza la situación. Haz una pregunta personal.

Sofia advierte que los ojos de Jeanette están húmedos y comprende que no se debe solo a la fatiga.

—Cuéntame, ¿cómo estás? Pareces triste.

Busca sus ojos. Compadécete. Quizá una sonrisita.

Mira fijamente a Jeanette con una sonrisa comprensiva.

En silencio, Jeanette baja la mirada hacia la mesa.

—¡Maldito Åke! —dice de repente—. Creo que está enamorado de su galerista. ¿Se puede ser más gilipollas? Sinceramente, ya no sé siquiera si me importa, estoy harta de él. —Jeanette calla y toma aire—. Dime, ¿qué es lo que huele tan mal?

Sofia piensa en los botes en la cocina, en Gao detrás de la estantería, y le viene el olor agrio de productos químicos que flota por todo el apartamento.

—Es un problema de cañerías. Los vecinos están reformando el baño.

Jeanette se muestra escéptica, pero parece contentarse con la explicación.

Cambia de tema.

—¿Hay alguna novedad respecto a Lundström? ¿Sigue en coma?

—Sí, aún está en coma. Pero en el fondo eso no cambia nada. El fiscal se aferra a esa historia de la medicación, no da su brazo a torcer... Ya sabes cómo es...

—¿Habéis comprobado las historias del otro, de Spiderman?

—¿Te refieres a Petter Christoffersson? No, tampoco hemos avanzado con eso. No sé qué pensar. Sinceramente, creo que lo que más le interesaba era mirarme las tetas —dice, echándose a reír con una risa contagiosa.

Sofia se siente aliviada.

—Pero ¿qué impresión te ha causado?

—Bah, muy banal. Es un tipo acomplejado, inseguro, obseso sexual —empieza Jeanette—. Probablemente violento, en todo caso cuando es algo importante para él, quiero decir que se muestra violento hacia todo aquello que va contra su voluntad o cuestiona su ideología. No es tonto, pero tiene una inteligencia destructiva que parece volverse contra él mismo.

—¡Vaya, diría que estoy oyendo a una psicóloga! —Sofia bebe vino—. Y debo decir que tu diagnóstico sobre ese joven me pica la curiosidad...

Jeanette calla unos instantes y prosigue con exagerada seriedad.

—Imaginemos a Petter Christoffersson ante una disyuntiva en el momento de tener que interpretar una situación digamos... de infidelidad. Por ejemplo, pongamos que su novia ha pasado la noche en casa de un amigo. Él lo ve como una traición y siempre elegirá la opción más negativa para él mismo y para todas las personas implicadas, dando por hecho que ella le ha engañado...

—Pero en realidad ha dormido sola en el sofá del amigo —añade Sofia.

—Y... —completa Jeanette— pasar la noche en casa de un amigo significa para él follar con el amigo en cuestión y, en todas las posiciones que imagina...

Jeanette se interrumpe para dejar que Sofia concluya.

—Y después, ella y su amigo se burlan de ese burro que se queda en un rincón comiéndose el coco sin enterarse de nada.

Se ríen y, cuando Jeanette se echa atrás en el sofá, Sofia ve una mancha roja oscura sobre la tela clara. Rápidamente, le lanza un cojín a Jeanette, que lo atrapa en el aire y lo deja a su lado, sin saber que oculta así la mancha de sangre de Samuel.

—Madre mía, pareces uno de mis colegas. ¿Seguro que no has estudiado psicología?

Jeanette parece casi agobiada.

—¿Y qué piensas de esa mujer a la que pretende haber visto?

—Creo que vio a una mujer rubia y guapa en compañía de Samuel. Incluso le miró el culo. Es joven y solo piensa en eso. Mirar, grabar, mirar, grabar, imaginar y masturbarse. —Jeanette ríe—. Por el contrario, no creo que fuera la misma mujer a la que entregó los materiales de construcción.

Adopta un aire de interesada.

—¿Ah, no? ¿Y por qué?

—Porque ese mocoso a las mujeres solo les mira el culo y las tetas. A sus ojos, todas las mujeres se parecen.

Apura su copa y se sirve otra.

Permanecen un rato mirándose en silencio. A Sofia le gustan los ojos de Jeanette. Su mirada es firme y curiosa. Se puede leer su inteligencia en sus ojos. Y también otra cosa. El coraje, el carácter. Es difícil de decir.

Sofia se da cuenta de que cada vez está más fascinada por ella. En diez minutos, todos los sentimientos, todos los rasgos de carácter de Jeanette han desfilado ante ella. Risa. Confianza en sí misma. Inteligencia. Tristeza. Decepción. Duda. Frustración.

Otra vez, en otro lugar, se dice.

No debe desvelarle a Jeanette su lado oscuro.

Está obligada a repudiarla: Jeanette no tiene que conocer jamás a Victoria Bergman.

Pero Victoria y ella están encadenadas como dos hermanas siamesas y por ello también dependen una de la otra.

Comparten el mismo corazón y la sangre que corre por sus venas es la misma sangre. Pero cuando Victoria menosprecia a Sofia por su debilidad, ella admira a Victoria por su fuerza, con la admiración del esclavo hacia el amo.

Recuerda cómo se encerraba en sí misma cuando la buscaban. Cómo se tomaba obedientemente la sopa y le dejaba tocarla.

Se adaptó, cosa que Victoria nunca pudo hacer.

Victoria se ha escondido mucho tiempo en ella.

Victoria ha esperado su hora. Ha aguardado el momento en que Sofia se ha visto forzada a dejarle campo libre para no hundirse ella misma.

Si se hubiera contentado con buscar en ella, quizá habría encontrado la fuerza pero, por el contrario, trató de borrar a Victoria de su memoria. Durante décadas, Victoria había tratado de llamar la atención de Sofia sobre el hecho de que era ella y no Sofia quien llevaba las riendas y, a veces, Sofia la había escuchado.

Como cuando hizo callar el lloriqueo del chaval a orillas del río.

Como cuando se ocupó de Lasse.

Sofia siente que su migraña va a estallar y su conciencia se tensa como una goma elástica a punto de romperse. Le gustaría contárselo todo a Jeanette. Explicarle cómo su padre abusó de ella. Describirle las noches en que no se atrevía a dormir, temiendo que se metiera en su habitación. Esos días de colegio en los que no lograba mantenerse despierta.

Le gustaría explicarle a Jeanette lo que es atiborrarse de comida para luego provocarse el vómito. Gozar con el dolor de una hoja de afeitar.

Quisiera explicárselo todo.

Entonces, de repente, la voz de Victoria reaparece.

—Perdona, es el vino, tengo que ir al baño.

Sofia se levanta, el alcohol le sube a la cabeza, se echa a reír y se apoya sobre Jeanette, que reacciona poniéndole una mano sobre la suya.

—Oye... —Jeanette alza la vista hacia ella—. Me hace muy feliz haberte conocido. Es lo mejor que me ha ocurrido desde... no, no sé desde cuándo.

Sofia se detiene, azorada por esa efusión de ternura.

—¿Qué va a ser de nosotras si no nos vemos más? Me refiero a por el trabajo.

Sonríe. Sé sincera.

Sofia sonríe.

—Creo que tendríamos que vernos.

Jeanette continúa.

—Más adelante me gustaría que conocieras a Johan. Seguro que te encantará.

Sofia se queda inmóvil, ¿Johan?

Ha olvidado completamente que hay otras personas en la vida de Jeanette.

—Tiene trece años, ¿verdad? —dice.

—Sí, eso es. Hará segundo de secundaria este otoño.

Este año, Martin habría cumplido treinta años.

Si sus padres no hubieran visto por casualidad el anuncio de una casa en alquiler en Dala-Floda.

Si no hubiera querido subir a la noria.

Si no hubiera cambiado de opinión y hubiera preferido ir a bañarse.

Si el agua no le hubiera parecido demasiado fría.

Si no se hubiera caído al agua.

Sofia piensa en la desaparición de Martin después de subir a la noria.

Mira a Jeanette a los ojos, mientras oye resonar en su interior la voz de Victoria.

—*¿Quieres que lo llevemos un fin de semana a la feria de Gröna Lund?*

Sofia observa la reacción de Jeanette.

—Genial. Qué buena idea —dice sonriendo—. Te va a encantar.

Vita Bergen–Apartamento de Sofia Zetterlund

Jeanette enciende un cigarrillo. Pero ¿quién es realmente Sofia Zetterlund? A la vez tan próxima y tan enigmática. Una presencia inusitada y, de repente, sin previo aviso, es otra persona.

Quizá sea eso lo que la cautiva: es sorprendente, imprevisible.

¿Y en algunas ocasiones no le cambia incluso el tono de voz?

Al cerrar Sofia la puerta del baño, Jeanette se pone en pie y se acerca a la estantería.

Varios gruesos volúmenes sobre psicología, diagnóstico psicoanalítico y desarrollo cognitivo del niño. Muchos libros de filosofía, sociología, biografías y literatura. *Thomas De Quincey, Los 120 días de Sodoma, Petrificados: la traición del hombre estadounidense,* al lado de los thrillers políticos de Jan Guillou y de la trilogía policíaca de Stieg Larsson.

En el extremo izquierdo de la estantería, un libro cuyo título le llama la atención: *Un largo camino. Memorias de un niño soldado.* Al sacarlo del estante, observa un pequeño pestillo en el montante del mueble. Extraño, ese sistema de bloqueo en una estantería, piensa en el momento en que Sofia regresa.

—¿Así que te gusta Stig Larsson? —dice Sofia.

—¿Cuál de los dos? ¿Stig o Stieg? ¿El malévolo o el bueno?

Jeanette se echa a reír y le muestra la cubierta. *Año Nuevo,* del poeta Stig Larsson.

—¿El malévolo, supongo? Veo también que tienes dos ejemplares del *Manifiesto SCUM* de Valerie Solanas.

—Sí, en esa época era joven y rebelde. Ahora el libro me parece divertido. Lo que entonces me tomaba muy en serio ahora me hace reír.

Jeanette deja el libro.

—SCUM, Society for Cutting Up Men. Asociación para castrar a los hombres, o algo por el estilo. No soy tan forofa como tú, aunque también lo he leído. Era joven, una adolescente, supongo. Pero ¿qué te parece divertido de ese libro?

—Es radical, y ese radicalismo es divertido. Es un texto con un odio tan riguroso al destrozar lo malo de los hombres que estos acaban siendo unas criaturas tan ridículas que solo dan risa. Tenía diez años cuando lo leí por primera vez, y me lo creí a pies juntillas. Me lo tragué todo, al pie de la letra. Ahora, tanto los detalles como el libro en conjunto, me hacen reír, por suerte.

Jeanette acaba su copa.

—¿A los diez años, has dicho? A mí, a esa edad, el romántico de mi padre me obligó a leer *El señor de los anillos*. Pero ¿qué educación recibiste para leer semejantes libros de pequeña?

—Fue por iniciativa propia.

Sofia calla y respira profundamente.

Jeanette se da cuenta de que Sofia está azorada y le pregunta qué le ocurre.

—Ese libro, el que tenías en las manos cuando he llegado —responde—. Me impresionó mucho.

—¿Te refieres a este?

Jeanette saca el libro sobre el niño soldado y mira la cubierta. Un muchacho con un fusil sobre los hombros.

—Sí, ese. Samuel Bai fue niño soldado en Sierra Leona. El autor de ese libro se llama casi igual. Ishmael Beah. Me pidieron un informe del libro, pero fui demasiado cobarde para aceptar el encargo.

Jeanette lee el texto de la contracubierta.

—Lee en voz alta —dice Sofia—. El párrafo subrayado en la página marcada.

Jeanette abre el libro y lee:

—«Érase una vez un cazador que se internó en la selva para cazar un mono. Cuando estuvo cerca de él, se ocultó detrás de un árbol, se llevó el fusil al hombro y apuntó. Cuando iba a apretar el gatillo, el mono le dijo: "Si me matas, tu madre morirá, y si renuncias morirá tu padre". El mono se sentó y se puso a comer rascándose con deleite. ¿Qué harías si fueras el cazador?».

Jeanette mira a Sofia y deja el libro.

—No lo mataría —dice Sofia.

Grisslinge–Un suburbio

Sofia Zetterlund toma el metro de Skanstull a Gullmarsplan, donde ya ha dejado aparcado el coche la víspera, para evitar ser grabada por las cámaras que controlan las entradas y salidas del centro urbano de Estocolmo los laborables entre las seis y media y las dieciocho horas treinta.

El bosque de Årsta colorea de matices verdes oscuros el paisaje desde el puente de Skanstull. Al pie del mismo reina una febril actividad en el puerto deportivo y la terraza del restaurante Skanskvarnen ya está llena.

Después de varias semanas sin apetito, Sofia ya no distingue los dolores. El malestar físico que le provoca vómitos varias veces al día se ha fusionado con el malestar psíquico. Sus zapatos demasiado pequeños la martirizan. Todos los dolores ya no son más que uno. Durante el verano, sus tinieblas interiores se han vuelto cada vez más compactas.

Cada vez le es más difícil apreciar lo que antes le había parecido interesante y, de repente, lo que le gustaba ha empezado a ponerla de los nervios.

Por mucho que se lave, siempre siente que huele a sudor y que apenas una hora después de ducharse ya empiezan a olerle mal los pies. Observa atentamente su entorno para ver si los demás perciben sus olores corporales y ante la ausencia de reacción por parte de estos, supone que es a la única a la que le molestan.

Se le han acabado las pastillas de paroxetina y no tiene el valor de ir al médico para conseguir más.

Ni siquiera tiene fuerzas para utilizar el magnetófono.

Después de cada sesión, completamente agotada, necesitaba varias horas para volver a ser ella misma.

Al principio, le iba bien tener a alguien que la escuchara pero, al fin, ya no había nada que decir.

No necesita análisis. Ya no es el momento para ello.

Tiene que actuar.

Sofia saca sus llaves del coche, abre la puerta y se instala al volante. A regañadientes, empuña el cambio de marchas y se pone en punto muerto. Tiene que obligarse a hacerlo y la cabeza le da vueltas. Los recuerdos se vuelven muy nítidos. El rollo de papel higiénico al lado del cambio de marchas, su respiración. Ella tenía diez años cuando él salió de la autopista antes de llegar a Båltsa, de camino a Dala-Floda.

Siente el cuero frío del cambio de marchas en el interior de su mano. La superficie estriada cosquillea su línea de la vida. Ase el pomo firmemente.

Está decidida.

Ya no titubea.

No tiene duda alguna.

Mete decididamente la primera, arranca en tromba y toma la autovía de Hammarby en dirección a Värmdö. A la altura de Orminge, empieza a lloviznar y el aire fresco se carga de humedad. Cada respiración le causa dolor.

De nuevo le cuesta respirar.

Ya basta de esperar, se dice circulando mientras anochece.

Las farolas la guían.

El coche se calienta lentamente, pero ella está helada hasta la médula y el calor solo forma una fina capa de sudor en la superficie de la piel. No llega a penetrar.

No atenúa su convicción clara y helada.

Nada puede frenarla.

Le lleva un cuarto de hora llegar a Gustavsberg, donde estaciona en el aparcamiento de Willys. Allí, su memoria está virgen. Ese supermercado no existía en aquella época. Le da vértigo pensar que las cosas puedan cambiar tan radicalmente a solo unos cientos de metros del lugar donde el tiempo se detuvo. Donde su vida se detuvo.

Por aquel entonces había allí un bosquecillo por el que merodeaban, según se decía, tipos de mala catadura y borrachos. Pero los extraños no le deseaban ningún mal. Solo sus allegados podían realmente hacerle daño.

El bosque era un lugar tranquilizador.

Recuerda el claro cerca de la granja, el que nunca pudo volver a encontrar, los rayos del sol entre el follaje, los matices de los líquenes blancos que embotaban cuanto era duro y cortante.

En el asiento trasero lleva una vieja chaqueta deportiva demasiado grande para ella. Inspecciona los alrededores, se pone la chaqueta y cierra el coche. Ya ha decidido recorrer a pie el tramo final.

Ese trayecto exige ponerse en movimiento.

Pide reflexión y la reflexión puede engendrar el perdón. Pero el viaje en coche de Gullmarsdplan a Värmdö sola ha reforzado la resolución de Sofia Zetterlund: no tiene intención de cambiar de opinión. Rechaza cualquier idea de reconciliación.

Él ya eligió.

Ahora le ha llegado a ella la hora de actuar.

Cada adoquín está cubierto de recuerdos: todo cuanto ve le recuerda la vida de la que huyó.

Sabe que lo que se dispone a hacer es irrevocable.

Ha llegado al punto en que el movimiento que él inició se va a acabar. Nunca ha habido alternativa.

Se recoge lo que se siembra.

Se cubre con la capucha y empieza a caminar por Skärgårdsvägen hacia Girrlinge.

La persigue el repiqueteo de sus zuecos de infancia que resuena entre las casas.

Piensa en todas las ocasiones en que subió y bajó la calle corriendo, en esa época en la que debería de haber estado solo jugando.

La niña que fue quiere impedirle hacer lo que va a hacer, quiere continuar existiendo.

Pero esa criatura debe ser eliminada.

La casa de sus padres es un chalet funcional de tres plantas. Parece más pequeña que antaño, pero se alza contra el cielo tan amenazadora como siempre. Desde lo alto, la casa la mira con sus ventanas decoradas con cortinas donde las plantas bien cuidadas trepan contra los cristales como si quisieran huir a toda costa.

Hay un Volvo blanco aparcado y comprende que están en casa.

A su izquierda, ve el serbal que sus padres plantaron el día de su nacimiento. Ha crecido desde la última vez que lo vio. A los siete años trató de incendiarlo, pero no quería arder.

Al abrigo del alto cerco que su padre construyó para evitar las miradas de los curiosos, rodea en silencio la fachada, sube a la veranda y echa un vistazo por el tragaluz del sótano.

Llevaba razón. Siguen aún su rutina con una cómica regularidad: como todas las noches de los miércoles, se disponen a tomar una sauna. Frente a la ventana, ve su ropa cuidadosamente doblada sobre el banco. Se sobresalta al pensar en el olor de su pantalón, en el ruido de la bragueta al abrirse, en la tufarada de sudor agrio al caer el pantalón al suelo.

Despacio, abre la puerta de entrada que no está cerrada con llave y avanza por el vestíbulo. Su primera sensación es el olor asfixiante a infusión de menta. Allí dentro huele a enfermedad, se dice. A una enfermedad incrustada en las paredes. Titubea un segundo antes de quitarse las zapatillas deportivas. El olor se le mete en la nariz. Olor a miedo, olor a rabia.

Ha puesto sus zapatillas al lado de las de él, una vez más.

Por un instante se queda paralizada ante la idea de que todo vuelve a ser como antes. Que regresa después de un día corriente en la escuela y que aún pertenece a ese mundo.

Descarta esa idea antes de que se vuelva más tenaz.

Ese mundo no es el mío, se convence a sí misma.

Nosotras elegimos.

Entra en la sala de puntillas y observa en derredor. Todo está como de costumbre. No hay ni un objeto que no se encuentre donde siempre ha estado.

La amplia estancia está amueblada con una sencillez que invariablemente le ha parecido miserable: recuerda que evitaba invitar a sus amigas a casa porque le daba mucha vergüenza.

Sobre las paredes blancas, unas pocas pinturas con motivos folclóricos, en particular una copia de un cuadro de Carl Larsson del que, por alguna curiosa razón, siempre habían estado muy orgullosos. Y allí estaba colgado, en toda su insignificancia.

Ahora ya ha sacado a la luz todas sus mentiras y sus imposturas.

Los muebles del comedor los compró su padre muy caros en una subasta en Bodarna. Requirieron una restauración importante: un tapicero de Falun cambió la tela gastada por otra casi idéntica a la original. Todo parecía perfecto entonces pero, ahora, la tela nueva también está raída por el tiempo.

Un ligero olor a putrefacción emana de esa vida detenida.

Él detesta los cambios, quiere que todo esté como siempre. Detesta que mamá cambie los muebles.

Era como si en un momento dado hubiera considerado que todo era perfecto y luego el tiempo se hubiera detenido.

Vivía con la ilusión de que la perfección era un estado permanente que no exigía mantenimiento alguno.

Está ciego ante el deterioro, se dice ella, ante la sarnosa decrepitud de su vida, que ella ve hoy tan claramente.

La porquería.

Los olores rancios.

Al lado de la escalera que asciende al primer piso, su diploma, enmarcado. Llena el vacío dejado por la máscara africana que estuvo allí colgada y había desaparecido.

Sube en silencio, gira a la izquierda y abre la puerta de su antigua habitación de niña.

No consigue respirar.

La habitación se encuentra en el estado en que la dejó el día en que, en un arranque de rabia, la abandonó pensando en no volver jamás. Ahí la cama, hecha, intacta. Allí la mesa de estudio y la silla. Una flor seca en la ventana. Otro instante más detenido.

Habían conservado el recuerdo de ella, cerrado la puerta de la vida de ella para no volver a abrirla.

Abre la puerta del armario donde cuelga aún su ropa. De un clavo, al fondo, está la llave que no ha utilizado desde hace más de veinte años. En el suelo encuentra el cofre de madera con motivos tradicionales que tía Elsa le regaló el verano en que conoció a Martin.

Sigue con los dedos el motivo de la tapa y trata de blindarse antes de abrirlo.

No sabe qué va a hallar allí.

O mejor dicho sabe exactamente qué va a encontrar allí, pero no lo que va a provocarle.

En el cofre hay un sobre, un álbum de fotografías y un peluche raído. Encima del sobre, la cinta de vídeo que en su momento se envió a sí misma.

Su mirada se dirige al escritorio sobre la mesa en el que dibujó muchos corazones con nombres escritos dentro. Sus dedos resiguen las letras y busca los rostros que esas letras simbolizan. Ningún recuerdo.

El único nombre que tiene sentido es el de Martin.

Ella tenía diez años y él tres cuando se conocieron, durante aquella semana en la granja.

La primera vez que él puso su mano en la de ella, lo hizo sin querer nada más.

Solo quería tocarla.

Sofia pone la mano allí donde el nombre de Martin está escrito en el escritorio y siente ascender la pena en su pecho como la savia. Ella le tenía entre las manos, hacía todo lo que ella quisiera. Tan lleno de confianza.

Se recuerda al lado del padre de Martin. Aquella amenaza que creía ver en él. Cómo ella había tratado de jugar a aquel juego que se sabía de memoria. Esperando siempre ese instante, ese momento en que la atraparía y la haría suya. Cómo ella había querido proteger a Martin de esos brazos de adulto, de ese cuerpo de adulto.

Se ríe de esos recuerdos y de esa ingenua idea de que todos los hombres son iguales. De no haber visto al padre de Martin tocarlo, todo habría sido diferente. Fue ese instante lo que confirmó definitivamente a sus ojos que todos los hombres eran capaces de cualquier cosa, sin límite.

Pero con él se equivocó.

El padre de Martin era como cualquier padre. Le vio lavar a su hijo. Nada más.

Culpabilidad, piensa.

Bengt y los demás convirtieron en culpable al padre de Martin. A los diez años, Victoria reconoció en él la culpabilidad colectiva de los hombres en sus ojos y en su manera de tocarla.

Era un hombre y eso bastaba.

No hacía falta ningún análisis.

Justo las consecuencias de su propia reflexión.

Lee la etiqueta de la cinta que sostiene en la mano.

«Sigtuna-84».

Un coche pasa a toda velocidad por Skärgårdsvägen, ella suelta la casete. El ruido le parece ensordecedor, se queda inmóvil, pero nada indica que la hayan oído desde la sauna, en el sótano.

Por el momento hay silencio, y se dice de repente que tal vez todo cesó cuando ella desapareció de su vida.

¿Quizá fuera ella el origen de todo el mal?

En ese caso, ya no hay costumbres que respetar ni un horario rutinario del que fiarse a ciegas. A pesar de esa incertidumbre, no puede resistir la tentación de volver a ver la filmación. Tiene que revivirlo todo una vez más.

Liberación, se dice.

Se sienta en la cama, introduce la casete en el reproductor de vídeo y enciende el monitor.

La cinta se pone en marcha chisporroteando y baja el volumen. La imagen es nítida: una habitación iluminada por una única bombilla desnuda.

Ve a tres chicas arrodilladas delante de una hilera de máscaras de cerdos.

A la izquierda está ella, Victoria, con una ligera sonrisa en los labios.

La vieja cámara de vídeo ronronea.

—¡Atadlas! —gruñe alguien, y se echa a reír.

Mientras les atan las manos a la espalda con cinta adhesiva a las tres chicas y les vendan los ojos, una de las enmascaradas trae un cubo de agua.

—¡Silencio! ¡Estamos rodando! —dice la chica de la cámara—. ¡Bienvenidos al instituto de Sigtuna! —prosigue, mientras vacían el contenido del cubo sobre la cabeza de las tres chicas.

Hannah tose, Jessica profiere un grito, mientras Sofia ve que ella permanece impasible.

Una de las chicas avanza, se pone una gorra de estudiante, saluda a la cámara con grandes aspavientos y luego se vuelve hacia las muchachas en el suelo. Fascinada, Sofia ve a Jessica empezar a balancearse adelante y atrás.

—¡Soy la representante de la asociación de estudiantes! —Todas las demás se ríen ruidosamente y Sofia se inclina para bajar aún más el volumen, mientras la chica continúa con su discurso—.

Y para poder ser admitidas como miembros, tenéis que comeros este regalo de bienvenida obsequiado por nuestro estimado director.

Las risas aumentan y a Sofia le parecen forzadas. Como si las chicas rieran por obligación, como si no se divirtieran francamente. Empujadas por Fredrika Grünewald.

La cámara se acerca en un zoom y en el plano solo se ve a Jessica, Hannah y Victoria sentadas en el suelo.

Sofia Zetterlund está sentada, muda ante la luz temblorosa de la pantalla. Siente crecer la rabia en su interior. Convinieron darles a comer chocolate, pero Fredrika Grünewald les sirvió auténticas cagarrutas de perro para afirmar su autoridad sobre las más jóvenes.

Al verse en la filmación, se siente orgullosa. A pesar de todo, obtuvo su revancha porque les robó la victoria al aguantar esa última sorpresa.

Cumplió con su papel hasta el final.

Estaba acostumbrada a comer mierda.

Sofia extrae la cinta y la guarda en su estuche. Ruido en las tuberías, el calentador se pone en marcha en el sótano. Desde la sauna asciende la voz encolerizada de él y la de su madre que trata de calmarlo.

Huele a cerrado: con cuidado, Sofia abre la ventana. Contempla el jardín sumido en las sombras del anochecer. Su viejo columpio sigue colgado del árbol, allá al fondo. Recuerda que era rojo, pero no queda nada del color. Solo escamas de pintura grisácea.

Un mundo de fachada, se dice contemplando la habitación. En la pared, un retrato de ella cuando estaba en tercero de secundaria. Con una sonrisa radiante y los ojos llenos de vida. Nada delata lo que realmente ocurría en su interior.

Había aprendido las reglas del juego.

Sofia siente que va a echarse a llorar. No es que lamente algo, sino que de repente se pone a pensar en Hannah y Jessica, víctimas del juego de Victoria sin haber sabido nunca que la idea era suya, desde el principio.

Se convirtió en un experimento sobre la culpabilidad. La broma se volvió algo muy serio.

Asumió el papel de víctima ante Hannah y Jessica, cuando era lo contrario.

Fue una traición.

Durante tres años, compartió la vergüenza con ellas.

Durante tres años, la idea de la venganza las mantuvo unidas.

Odió a Fredrika Grünewald y a todas aquellas otras chicas anónimas de los barrios pijos de Danderyd y Stocksund que, gracias al dinero de sus padres, podían pagarse la mejor ropa de marca y se creían interesantes por sus distinguidos apellidos.

Cuatro años más.

Cuatro años mayores que ella.

¿Quién sufre mayor angustia en la actualidad? ¿Lo han olvidado todo, lo han enterrado?

Sofia se sienta sobre la moqueta mullida azul claro e inclina la cabeza hacia atrás. Mira al techo: las antiguas grietas en el yeso no han cambiado. Pero desde la última vez han aparecido otras.

Se pregunta quién se quedó con el contrato que redactaron y firmaron con su propia sangre.

¿Hannah? ¿Jessica? ¿Ella?

Durante tres años permanecieron unidas y luego se perdieron de vista.

La última vez que las vio fue en el tren procedente de la Gare du Nord en París.

Coge el ajado álbum de fotos y abre la primera página. No se reconoce en las imágenes. Es solo una niña, no es ella. Al pensar en su infancia, no siente nada.

Esa no soy yo, y tampoco a los cinco o a los ocho años. Esas niñas no pueden ser yo, porque no siento como ellas sentían, no pienso como ellas pensaban.

Han muerto todas.

Recuerda a la niña de ocho años que acababa de aprender a leer la hora y que en la cama hacía como que era un reloj.

Pero nunca logró engañar al tiempo. Fue el tiempo quien la agarró del brazo y se la llevó lejos de allí.

En el álbum que tiene ante la vista, envejece a cada página que pasa. Se suceden las estaciones y los pasteles de cumpleaños.

Después de las fotos de Sigtuna, pegó un billete InterRail al lado de una entrada del festival de Roskilde. En la página de al lado, tres fotos borrosas de Hannah, Jessica y ella misma. Sigue mirando las fotos prestando oído de vez en cuando a los ruidos que llegan del sótano, pero parece que la cosa se ha calmado.

Fueron como los tres mosqueteros, aunque al final le dieron la espalda e hicieron gala de ser de la misma calaña que las demás. Por supuesto, al principio lo compartieron todo e hicieron frente juntas a las dificultades, pero a la hora de la verdad se revelaron también como unas traidoras. Cuando las cosas se pusieron serias y hubo que dar muestras de carácter, volvieron corriendo a llorar entre las faldas de sus madres.

En aquella época le parecieron completamente estúpidas. Al mirar hoy las fotos, comprende que tan solo estaban indemnes. Tenían buena opinión de la gente. Confiaban en ella. Nada más.

Sofia se sobresalta al oír golpes y gritos en el sótano. Se abre la puerta de la sauna y, por primera vez desde hace muchos años, le oye hablar.

—Nunca vas a estar limpia, pero esto, por lo menos, ¡te quitará el olor!

Supone que, como de costumbre, ha agarrado a su madre del cabello para arrastrarla fuera de la sauna. ¿Va a escaldarla o la obligará a permanecer varios minutos en el agua helada?

Sofia cierra los ojos preguntándose que hará si dan por terminada ahora su sesión de sauna. Mira la hora. No, es un hombre de rutinas, la tortura se alargará aún media hora.

Sofia se pregunta qué debe de contarles su madre a las amigas. ¿Cuántas veces puede una partirse la ceja contra un armario de la cocina o resbalar en la bañera? ¿No habría que andarse con más cuidado en la escalera, cuando una ya se ha caído cuatro veces en los últimos seis meses? La gente debe de sospechar a la fuerza.

Una sola vez él le levantó la mano a Victoria como si fuera a pegarle, pero cuando ella le dio en la cabeza con un cazo, se batió en retirada, como un tiburón, y durante varios meses se quejó de dolores de cabeza.

Su madre nunca devolvía los golpes, se contentaba con llorar y acurrucarse contra Victoria para que la consolara. Victoria hacía siempre cuanto estaba en sus manos y la velaba hasta que se dormía.

Tras una de sus peleas, su madre cogió el coche y pasó varios días en un hotel. Su padre, que no sabía adónde había ido, se preocupó, y Victoria tuvo que calmarlo mientras él lloraba apoyado en su pecho.

Esos días hacía campana en la escuela e iba a pasear en bicicleta. Cuando llegaba el aviso de ausencia lo firmaban sin preguntar nada. Sus peleas tenían algo bueno, a fin de cuentas.

Sofía se rio al recordar esa sensación de llevar las riendas, en secreto.

Victoria guardaba las debilidades de sus padres profundamente ocultas en su interior. Los dos sabían que podía utilizarlas contra ellos en cualquier momento. No lo hizo nunca. Prefirió ignorarlas. Quien no es objeto de ninguna atención no tiene posibilidad alguna de defenderse.

Se sienta en la cama y toma el perrito de auténtica piel de conejo y hunde la nariz en él. Huele a polvo y a moho. Los ojillos de vidrio la miran fijamente y ella los mira a su vez.

De pequeña, sostenía el perro junto a ella y lo miraba a los ojos. Al cabo de un momento se abría un mundo minúsculo, muy a menudo una playa, y exploraba ese universo en miniatura hasta dormirse.

Ahora, sin embargo, no es momento de dormirse.

Ese viaje va a liberarla para siempre.

Va a quemar todos los puentes.

Abraza de nuevo a su perro. Era como si en aquel entonces hubiera creído que nadie podría herirla nunca si se lo guardaba todo para ella y seguía el juego, tratando de ser la más maligna. Como si hubiera creído que podía obtenerse la victoria aniquilando a los demás.

Era su lógica, cuando sufría sus ataques.

—Papá, papá, papá —murmura para sí, tratando de vaciar la palabra de sentido.

Está en la sauna, abajo, y nunca nadie se ha atrevido a abandonarlo. Salvo Victoria. Lo único que él le ha dado es la voluntad de huir. Nunca le ha enseñado a querer quedarse.

La huida ante todo, piensa. El instinto de conservación va de la mano del de destrucción.

Los recuerdos se adueñan de ella. Le queman la garganta. Todo le duele. No está preparada para esa avalancha, para que las imágenes de una época en la que no había pensado desde hacía veinte años se presenten con semejante nitidez. Comprende que en aquel entonces debería haber sido mucho más sensible, pero sabe que entonces prefería reírse de ello y, despreocupada, aceptar las cosas como eran. Ir de humillación en humillación.

Oye el sonido que esa risa tenía. Cada vez más fuerte, pronto ensordecedor. Se balancea adelante y atrás en su habitación de la infancia. Murmura sola. Como si la voz dentro de su cabeza rezumara a través de sus labios cerrados. Un ruido de cámara de aire agujereada.

Se lleva las manos a los oídos para tratar de no oír más esa risa de locura, lo que creía que era felicidad.

Abajo, en la sauna, es él quien lo ha destruido todo antes de empezar siquiera, con su sadismo enfermizo o su lacrimógena autocompasión.

Sofia coge el sobre del cofre. Está marcado con la letra M y contiene una carta y una foto.

La carta está fechada el 9 de julio de 1982. Visiblemente, Martin pidió ayuda para escribirla, pero él mismo escribió su nombre, y que hacía buen tiempo y calor, y que se bañaba casi todos los días. Luego dibujó una flor y algo que parecía un perrito.

Debajo, la leyenda: ROCA Y FLOR ARAÑA.

En el dorso de la foto se lee: «Ekeviken, isla de Fårö, verano de 1982». En la imagen, Martin, cinco años, debajo de un manzano. En sus brazos, un conejo blanco que parece querer huir. Sonríe y entorna los ojos por el sol, con la cabeza un poco ladeada.

Tiene los cordones de los zapatos desatados y parece feliz. Acaricia suavemente con el dedo el rostro de Martin pensando en esos cordones que nunca supo atarse debidamente y que siempre le hacían tropezar. En su sonrisa que hacía que no pudiera contenerse y lo abrazara.

Se pierde en la foto, en sus ojos, en su piel. Recuerda aún el olor de su piel después de un día al sol, después del baño de la noche, por la mañana cuando aún tenía en la cara las marcas de la almohada. Piensa en sus últimas horas juntos.

Cruza los brazos sobre su pecho y se abraza con fuerza.

Empieza a correr agua por las tuberías junto a la cama.

Unos pasos pesados que reconoce.

Su corazón late tan fuerte que casi no puede respirar.

No era yo, se dice. Eras tú.

Le oye revolver en la cocina y abrir el grifo. Luego lo cierra y sus pasos descienden de nuevo al sótano.

Ya no tiene fuerzas para continuar con los recuerdos, solo quiere acabar con todo eso. Todo cuanto queda por hacer es bajar hasta ellos y hacer lo que ha ido a hacer.

Sale de la habitación y baja la escalera pero se detiene en seco ante la puerta de la cocina. Entra y mira en derredor.

Hay algo diferente.

Allí donde había un hueco vacío bajo el fregadero puede verse ahora un flamante lavavajillas. ¿Cuántas horas pasó allí, escondida detrás de la cortina, escuchando las conversaciones de los adultos?

Pero hay también otra cosa, que sigue allí, como sospechaba.

Se acerca al frigorífico y ve el recorte de periódico de *Upsala Nya Tidning*, de un color amarillento después de casi treinta años.

«TRÁGICO ACCIDENTE: UN NIÑO DE 9 AÑOS HALLADO MUERTO EN EL FYRISÅN».

Sofia contempla el recorte de periódico. Tras haber leído y releído el artículo durante años, se lo sabe de memoria. Se apodera de ella repentinamente un mareo, diferente del que siente normalmente ante esa noticia.

Ese malestar no se parece a la pena, es otra cosa.

Como años atrás, es un consuelo leer acerca del inexplicado ahogamiento del pequeño Martin, de nueve años, en el Fyrisån, y que la policía no vea ningún indicio criminal y solo hable de un trágico accidente.

Siente la calma adueñarse de su cuerpo y su sentimiento de culpabilidad se desvanece lentamente.

Fue un accidente.

Nada más.

Ciudad de Uppsala, 1986

Al bajar al embarcadero, sumerge una y otra vez la mano en el agua.

—No está tan fría —miente.

Pero él no quiere reunirse con ella.

—Aquí apesta —dice—. Y tengo frío.

No sabe qué quiere y eso la irrita. Primero la noria y de repente ya no. Luego ir a bañarse, y ahora tampoco quiere.

—¡Pues tápate la nariz si huele mal! ¡Mírame, y verás que no está fría!

Ella comprueba que no hay nadie en los alrededores. Los únicos que podrían verlos serían los que están en lo alto de la noria, pero por el momento las góndolas están vacías y paradas.

Se quita su chaqueta de lana y la camiseta y las deja sobre el embarcadero. Luego se quita el pantalón y los calcetines y, en bragas, se tumba sobre el embarcadero. Una ráfaga de viento helado en la espalda le pone la piel de gallina.

—Ya ves que no hace tanto frío. ¡Vamos, por favor, ven!

Se acerca a ella despacio y ella se vuelve de lado para desatarle los zapatos.

—Tenemos nuestras chaquetas, así que no pasaremos frío. Y además se está mejor dentro del agua.

Se inclina para descolgar la toalla de baño olvidada en uno de los postes.

—Mira, hasta tenemos una toalla para secarnos. Ni siquiera está mojada, y te dejaré secarte primero.

Se oye entonces una señal estridente que llega del puente de Kungsängen, a lo lejos, cerca de la depuradora. Martin tiene miedo, se sobresalta. Ella ríe, puesto que sabe que se trata de la señal que avisa de que van a levantar el puente. A la primera señal siguen otras, más seguidas. Está tan oscuro en la orilla, sobre el embarcadero, que el resplandor rojo intermitente ilumina la copa de los árboles por encima de su cabeza, pero el puente está fuera de su campo de visión.

—No tengas miedo, es solo el puente que van a abrir para que pasen los barcos.

Parece desconcertado.

Al ver que sigue teniendo frío, lo atrae hacia ella y lo abraza con fuerza. Sus cabellos le cosquillean la nariz y la hacen reír.

—No tienes por qué bañarte, si no te atreves...

El puente levadizo se abre y enseguida llegan un barquito de madera con todas las luces encendidas y luego un yate más grande de cabina cubierta.

Se quedan tumbados en el embarcadero, uno junto a la otra, mientras pasan los barcos. Ella piensa en lo vacío que será ese otoño, sin él.

Se queda un buen rato en silencio, acurrucado contra ella.

—¿En qué piensas? —pregunta ella.

La mira, y se da cuenta de que está sonriendo.

—Será muy chulo mudarnos a Escania —dice.

Ella se queda helada.

—Mi primo vive en Helsingborg, y podremos jugar juntos casi todos los días. Tiene un circuito de coches muy grande y tendré uno de sus coches, quizá un «Ponchac Fayabir».

Siente que su cuerpo se vuelve blando, como si se quedara paralizada. ¿Así que tiene ganas de irse a vivir a Escania?

Piensa en que le van a robar a Martin, piensa que ella misma va a desaparecer de su vida.

Lo mira. Está tumbado junto a ella, con sus ojos soñadores perdidos en el cielo.

En la cara tiene una sombra en forma de ala de pájaro.

Quiere ponerse en pie, pero es como si un puño de acero le agarrara los brazos y el pecho.

¿Adónde ir?, piensa, aterrorizada. Quiere borrar todo lo que le ha dicho y llevárselo lejos de allí.

A casa de ella.

Entonces ocurre algo.

Todo empieza a dar vueltas y siente que va a vomitar.

Entonces oye como un cuervo graznándole al oído.

Asustada, alza la vista y, muy cerca, ve su rostro sonriente.

Pero no, no es él, son los ojos de su padre y sus labios repulsivos, húmedos, que se burlan de ella. Y el cuervo se ha metido dentro de ella y unas alas negras baten ante sus ojos. Todos los músculos de su cuerpo se tensan y, muerta de miedo, se defiende.

La Chica Cuervo lo agarra del cabello y tira con tanta fuerza que le arranca grandes mechones.

Le golpea.

En la cabeza, en la cara, en el cuerpo. Sangra por la nariz y las orejas y, en el fondo de sus ojos, no ve primero más que miedo y luego otra cosa.

Él no entiende lo que ocurre.

La Chica Cuervo le golpea, una y otra vez, y cuando él ya no se mueve, sus golpes cesan.

Llora y se inclina sobre él. Ya no hace ruido alguno, solo está ahí tendido, mirándola fijamente. Sus ojos no expresan nada, pero se mueven y parpadean. Su respiración se acelera, con estertores en la garganta.

Ella siente vértigo, su cuerpo se vuelve pesado.

Como entre la niebla, se levanta, sale del embarcadero y va hasta la orilla en busca de una piedra grande. Todo da vueltas cuando regresa hacia él con la piedra.

Le cae sobre la cabeza con un ruido de manzana aplastada.

—No soy yo —dice ella. Luego hace caer el cuerpo en el agua—. Ahora, a nadar...

Grisslinge–Casa de los Bergman

Sofia Zetterlund arranca el recorte de periódico, lo dobla cuidadosamente y lo guarda en su bolsillo.

No fui yo, piensa.

Fuiste tú.

Abre el frigorífico y constata que, como siempre, está lleno de leche. Todo es como de costumbre, como está previsto. Sabe que él se bebe dos litros al día. La leche es pura.

Recuerda que él le vertió un tetrabrik entero sobre la cabeza cuando no quiso acompañarle a la granja. La leche se derramó desde su cabeza por todo el cuerpo y encharcó el suelo pero, sin embargo, lo acompañó, y fue allí donde conoció a Martin.

Tendrían que haberse derramado lágrimas, piensa al cerrar el frigorífico.

Siente de repente una vibración, pero no es el frigorífico, viene de su bolsillo.

El teléfono.

Deja que suene.

Sabe que pronto habrán acabado abajo y tiene que apresurarse pero, sin embargo, sube en silencio a su habitación. Debe asegurarse de que no hay nada que quiera conservar. Nada que pueda echar en falta.

El peluche. Decide salvar al perrito de piel de conejo.

Él no ha hecho nada malo, al contrario, todos esos años la consoló escuchando sus pensamientos.

No, no puede abandonarlo.

Coge el perro de la cama. Por un instante piensa en llevarse también el álbum de fotos, pero no, será destruido. Son las fotos de Victoria, no las suyas. A partir de ese momento ya solo será Sofia, aunque deberá compartir su vida para siempre con otra.

Antes de descender de puntillas, se asoma al dormitorio de sus padres. Al igual que en la sala, allí no ha cambiado nada. Ni siquiera el cubrecama oscuro de flores, aunque está más raído y descolorido que en su recuerdo. Se detiene en la entrada y aguza el oído. Por el murmullo que asciende de la sauna, deduce que están en plena fase de reconciliación. Mira de nuevo el reloj y ve que esta vez se trata de una sesión maratoniana.

Regresa a la sala y oye entonces ruido en el sótano. Alguien sale de la sauna.

Cada sesión de sauna tenía su propia dramaturgia, siguiendo un guion determinado.

La primera fase era silencio y un nudo en el vientre y, aunque sabía que iba a llegar la segunda fase, nunca había dejado de esperar que esa vez sería la excepción, que tomarían una sauna como todo el mundo. Cuando él empezaba a retorcerse y a pasarse la mano por el cabello era la transición a la fase siguiente, un signo dirigido a su madre. A la larga, había aprendido a interpretar las señales que le ordenaban alejarse y dejarlos solos.

«Bueno, para mí ya hace demasiado calor —solía decir—. Creo que saldré y prepararé el té».

Hoy, la vaca gorda no lo detiene.

Por lo que le llega del sótano, la segunda fase está ahora dominada por la violencia, a diferencia de como era cuando era ella quien se quedaba allí.

En su época, eso llevaba alrededor de veinte minutos antes de pasar a la tercera fase, que era la más penosa, cuando él lloraba y quería que se le perdonara, y si no se le seguía el juego, una se arriesgaba a volver a pasar por la segunda fase.

Antes de bajar hasta ellos, mira en derredor una última vez. A partir de ahora, solo quedará la memoria y no habrá nada físico que pueda confirmar sus recuerdos.

En la sala, descuelga el cuadro y lo deja en el suelo. Despacio, camina sobre él para romper el vidrio. Extrae a continuación la litografía del marco roto y la contempla por última vez mientras la hace pedazos lentamente.

El interior de una casa en Dalecarlia.

En primer plano está ella, desnuda, calzada con unas grandes botas de equitación que le llegan a las rodillas. Oculta a su espalda una sábana sucia. En segundo término, Martin, sentado en el suelo, no le presta atención.

Hoy solo ve a una niña sonriente y a un niño muy mono que juega distraídamente con una caja o un cubo. Las botas de equitación que una vez se vio obligada a llevar cuando se abalanzó sobre ella, son dos medias corrientes y la sábana manchada de su sangre y de su semen es un camisón limpio.

Es un Carl Larsson.

Salvo que sabe que esa escena idílica es falsa.

Todos los demás veían una imagen decorativa, y nada más.

Respira profundamente y el olor a moho le cosquillea la nariz.

Detesta a Carl Larsson.

Al bajar la escalera del sótano, evita sin titubear los peldaños que crujen y entra en la sala de juegos.

Coge una tabla larga y entra en la sala de la ducha, justo al lado de la sauna. Ahora los oye claramente. Solo habla él.

—Joder, con los años no adelgazas. Tápate con la toalla, ¿quieres?

Sabe que su madre hará lo que le ha dicho, sin rechistar. Llorar ya hace mucho que dejó de hacerlo. Aceptó que la vida no siempre es como una se imagina.

Sin tristeza.

Solo con indiferencia.

—Si no tuviera piedad de ti, te diría que te largaras. Y no solo que salieras de la sauna, sino que te marcharas. ¡A tomar viento! Pero ¿cómo ibas a apañártelas? ¿Eh?

Mamá calla. Eso también siempre lo ha hecho.

Por un instante, duda. Quizá solo él debe morir.

Pero no, mamá debe pagar por su silencio y su condescendencia. Sin eso, él no habría podido seguir haciéndolo. Ese silencio era una condición necesaria.

Quien calla otorga.

—¡Pero di algo, joder!

Están tan ocupados allí dentro que no la oyen calzar la tabla entre el picaporte y la pared.

Saca su encendedor.

Barrio de Kronoberg–Central de Policía

Suena el teléfono: es Dennis Billing.

—¡Buenos días, Jeanette!

Su tono meloso la pone en guardia de inmediato.

—Buenos días, Dennis, querido amigo —ironiza ella sin poder contenerse, y añade—: ¿A qué se debe el honor?

—Para el carro —dice riéndose—. ¡Ese no es tu estilo!

Fuera las máscaras. Jeanette se siente de inmediato más cómoda.

—Desde hace más de dos meses leo tus informes sin entender adónde vas, y ahora recibo esto...

El jefe de policía se calla.

—¿Esto? —pregunta Jeanette fingiendo no entenderlo.

—Sí, este resumen absolutamente brillante de esos terribles acontecimientos, de esas muertes de... —Pierde el hilo de la frase.

—¿Te refieres a mi último informe sobre los asesinatos de los muchachos?

—Eso es. —Dennis Billing se aclara la voz—. Has hecho un trabajo excelente y estoy contento de que haya acabado. Envíame una solicitud de vacaciones y la semana próxima estarás en la playa.

—No lo entiendo...

—¿Qué es lo que no entiendes? Todo parece acusar a Karl Lundström, ¿verdad? Sigue en coma y, aunque despierte, será imposible interrogarle. Según los médicos, las lesiones cerebrales que sufre son graves y se quedará como un vegetal. Por lo que respecta a las víctimas, dos de ellas siguen sin identificar y no son más que... ¿cómo te diría?

Busca las palabras apropiadas.

—¿Unos niños, quizá? —sugiere Jeanette, que siente que ya no puede contener su cólera.

—Tal vez no diría las cosas así, pero de no haber sido inmigrantes clandestinos, quizá...

—... las cosas habrían sido diferentes —completa Jeanette, antes de proseguir—. Hubieran puesto a cincuenta investigadores a trabajar en el caso, no como ahora, que estamos solos Hurtig y yo, y Schwarz y Åhlund nos echan una mano cuando les viene en gana. ¿Eso es lo que quieres decir?

—Por favor, Nenette, déjalo estar. ¿Qué insinúas?

—No insinúo nada, he entendido que me llamas para decirme que el caso está cerrado. Pero ¿qué hacemos con Samuel Bai? Hasta Von Kwist debe de comprender que es imposible que lo matara Lundström.

Billing inspira profundamente.

—¡Pero no tenéis ningún sospechoso! —vocifera por teléfono—. ¡Ninguna pista, ningún indicio! También podría tratarse de tráfico de seres humanos. ¿Qué pensabas hacer?

—Ya veo —suspira Jeanette—. Quieres decir que vamos a empaquetar todo lo que tenemos y se lo vamos a mandar tal cual a Von Kwist.

—Exactamente —responde Billing.

Jeanette prosigue.

—... y Von Kwist leerá nuestros papeles y archivará el caso porque no tenemos ningún sospechoso.

—Exactamente. Cuando quieras. —El jefe de policía se echa a reír—. Y luego te vas de vacaciones con Jens y todo el mundo contento. ¿Hacemos eso? ¿Tu informe y la solicitud de vacaciones mañana a la hora de comer?

—Eso haremos —responde Jeanette antes de colgar.

Decide ir a ver en el acto a Hurtig para informarle de las nuevas órdenes.

—Acabo de saber que tenemos que detener nuestro trabajo.

Hurtig parece primero sorprendido y luego se inclina hacia delante con un gesto de impotencia. Sobre todo parece decepcionado.

—¡Joder, esto es absurdo!

Jeanette se deja caer pesadamente en una silla. Se siente muy cansada. Tiene la sensación de que su cuerpo se derrama por el suelo como un yogur.

—¿Tan absurdo es? —responde ella. No tiene el valor para hacer de abogado del diablo pero sabe también que como jefe tiene el deber de defender la decisión de su superior—. Hace mucho que no ha ocurrido nada nuevo. No tenemos ni una pista. Es muy posible que se trate de traficantes de seres humanos, como dice Billing, y en tal caso, por así decirlo, no es de nuestra incumbencia.

Hurtig menea la cabeza.

—¿Y en ese caso, qué ocurre con Karl Lundström?

—¡Joder, está en coma! ¡No puede sernos de ninguna ayuda!

—¡No sabes mentir, Nenette! Evidentemente, ese pederasta...

—Es así y punto. No puedo hacer nada.

Hurtig alza la vista al cielo.

—¡Un asesino anda suelto y aquí estamos atados de pies y manos por el cabrón del fiscal! ¡Solo porque se trata de chavales que nadie reclama! ¡Me cago en todo! ¿Y ese Bergman, qué? ¿No iremos a hablar con su hija? Parecía tener un montón de cosas que contar.

—No, Jens. Ni hablar, y lo sabes tan bien como yo. Creo que será mejor rendirnos. Al menos de momento.

Solo le llama Jens cuando la irrita, pero su cólera se apacigua de inmediato al verlo tan decepcionado. Han hecho todo ese trabajo juntos y está tan metido en el caso como ella.

Ahora, ella se irá a casa y se dormirá en el sofá.

—Me largo —dice ella—. Tengo días de vacaciones por recuperar.

—Vale, vale.

Hurtig le da la espalda.

Gamla Enskede–Casa de los Kihlberg

Todos sus movimientos son maquinales, los ha hecho miles de veces.

Pasa frente al Globe.

A la derecha en la rotonda de Södermalms Bröd. Autovía de Enskede.

No tiene que pensar.

Es la rutina pero, al entrar en el camino de acceso a su casa, Jeanette Kihlberg está a punto por tercera vez en poco tiempo de chocar contra el coche deportivo de Alexandra Kowalska. Como la primera vez, está mal aparcado delante de la entrada del garaje y Jeanette se ve obligada a frenar en seco.

—¡Mierda! —exclama cuando el cinturón de seguridad le tira del hombro.

Furiosa, retrocede y aparca junto al seto, sale del coche y cierra la puerta de golpe.

La noche de verano en Enskede huele a carne asada: al salir del coche, la recibe el olor a grasa quemada de cientos de barbacoas. El olor dulzón, mareante, flota sobre los alrededores e invade su jardín: para Jeanette es un signo de felicidad familiar y de compartir. Una barbacoa supone compañía, no es algo que se haga a solas en un rincón.

Las conversaciones de los vecinos, las risas y los gritos que llegan del campo de fútbol rompen el frágil silencio. Piensa en Sofia, se pregunta qué estará haciendo.

Jeanette asciende los peldaños de la entrada y en ese momento abren la puerta desde dentro y tiene que saltar a un lado para que no la golpee.

—*Bye bye*, guapo…

Alexandra Kowalska le da la espalda en el umbral de la puerta y agita la mano hacia Åke, que sonríe en el recibidor.

Su sonrisa desaparece al ver a Jeanette.

Alexandra se vuelve.

—¡Ah, hola! —Sonríe como si nada ocurriera—. Ya me iba.

Maldita bruja, piensa Jeanette, que entra sin responderle.

Cierra la puerta y cuelga su chaqueta. *¿Guapo?*

Va a la cocina, donde Åke se despide saludando con la mano desde la ventana. La mira con desconfianza cuando ella deja caer el bolso sobre la mesa.

—Siéntate —dice ella abriendo el frigorífico—. ¿Guapo? —continúa, cabreada–. Ahora mismo vas a explicarme qué está pasando. ¿Qué es toda esta comedia?

Jeanette evita alzar la voz, pero tiembla de rabia.

–¿Qué? ¿Qué quieres que te explique?

Decide ir al grano. No debe dejarse engañar por su mirada de perro apaleado, que siempre saca en esas situaciones.

–Dime por qué no viniste ayer por la noche, sin ni siquiera llamar.

Le mira. Y ahí está su mirada de perro apaleado.

Él trata de sonreír, en vano.

–Yo… quiero decir nosotros… salimos. Al bar de la Ópera. Bebimos mucho…

–¿Y?

–Bueno, pues que pasé la noche en la ciudad, y Alexandra me ha acompañado.

Åke vuelve la cabeza y mira por la ventana.

–Pareces avergonzado… ¿Por qué? ¿Os acostáis juntos?

Tarda mucho en responder, piensa Jeanette.

Åke apoya los codos sobre la mesa y esconde la cara entre las manos, con la mirada perdida en el vacío.

–Creo que estoy enamorado de ella…

Bueno, ya está, piensa Jeanette suspirando.

–Joder, Åke…

Sin una palabra, ella se levanta, coge su bolso, se dirige al recibidor y sale. Desciende el camino hasta la calle, se sienta en el coche, toma su teléfono y marca el número de Sofia Zetterlund.

No contesta.

Acaba de llegar a Nynäsvägen cuando Åke telefonea para decirle que se marcha con Johan a pasar el fin de semana en casa de sus padres. Que quizá sea útil que piensen cada uno por su cuenta en la situación unos días. Que necesita pensar.

Jeanette comprende que no es más que un pretexto.

Callarse es una buena arma, piensa al entrar en la rotonda de Gullmarsplan.

Eso retrasa las cosas.

La vida que solo unos meses antes le parecía tan evidente parece borrada de golpe y plumazo. No sabe siquiera cómo será el día de mañana.

Enciende la radio para no oírse pensar.

Se da cuenta de que se despertará sola en casa.

Hammarby Sjöstad–Gasolinera

De regreso de Grisslinge, Sofia Zetterlund se detiene en la estación de servicio Statoil de Hammarby Sjöstad para cambiarse. Encerrada en el baño, embute en la papelera su vestido de lujo ahora chamuscado por las llamas. Se ríe sola pensando que le costó más de cuatro mil coronas. Sale y va a la tienda, donde compra un buen trozo de queso de cabra, un paquete de galletas saladas, un bote de aceitunas negras y una bandeja de fresas.

Al pasar por caja, le vibra de nuevo el teléfono en el bolsillo. Esta vez, lo saca para ver quién la llama.

Deja de sonar en su mano mientras recoge el cambio. Dos llamadas perdidas, lee en la pantalla, al decirle adiós a la cajera. Ve que Jeanette Kihlberg ha tratado de llamarla y se guarda de nuevo el teléfono en el bolsillo.

Luego, se dice.

Al dirigirse a la salida, ve el expositor de gafas de lectura. Su mirada se detiene inmediatamente en unas idénticas a las que robó la mañana de Año Nuevo, justo seis meses antes. Se para en seco.

Entonces fue a la estación central a comprar un billete a Goteburgo. Ida y vuelta. El tren de las ocho salió a la hora y se instaló frente a un café en el vagón restaurante desierto.

Justo después de la salida, el revisor pasó a picarle el billete, que le tendió derramando voluntariamente con la otra mano el café hirviendo sobre la mesa. Chilló y el revisor fue enseguida a buscar algo con que limpiarlo.

Sonríe al recordarlo y coge las gafas del expositor, se las pone y se mira en el pequeño espejo.

El revisor le trajo unas servilletas para secarse y ella hizo gala expresamente de sus senos inclinándose para preguntarle si no se veían mucho las manchas en la blusa. Cabía esperar que se acordara de ella si más adelante verificaban su coartada.

Pero ni siquiera tuvo que enseñarle a la policía el billete de tren picado comprado con su tarjeta de crédito. Se tragaron su historia sin titubear.

Cuando el tren se detuvo en Södertälje Sur, fue enseguida a los servicios para recogerse el cabello en una cola y ponerse las gafas robadas.

Antes de bajar del tren, le había dado la vuelta a su abrigo negro y en un santiamén se vistió de marrón claro. Luego se sentó en un banco y esperó el tren de cercanías hacia Estocolmo y hacia Lasse.

No había nada que decir, piensa al dejar de nuevo las gafas en el expositor.

Ninguna explicación válida.

La traicionó.

Se le meó encima.

La humilló.

Simplemente ya no había un lugar para él en su nueva vida. Romper y enviarlo al diablo no hubiera sido bastante. Se hubiera quedado siempre allí, en un rincón.

Sale de la tienda, se mete en el coche y solo entonces se da cuenta de que su cabello huele a humo.

Abre la puerta y recuerda cómo encontró a Lasse en el sofá de la sala. Una botella de whisky casi vacía indicaba que sin duda estaba bastante borracho.

Probablemente no era sorprendente que un hombre desenmascarado tras llevar una doble vida durante diez años se emborrachara y se suicidara.

Más bien era algo que cabía esperar.

Arranca. El motor ronronea, pone primera y sale de la estación de servicio.

Roncaba ruidosamente con la boca abierta y tuvo que hacer grandes esfuerzos para resistir el deseo de despertarlo para cantarle las cuarenta.

En silencio, fue al baño a por el cinturón del albornoz burdeos de Lasse. El que robó en el hotel, en Nueva York.

Conduce hacia el centro de la ciudad.

Autopista 222 hacia el oeste. El resplandor de las farolas se desliza por el parabrisas.

Lasse estaba acostado de lado, con la cara hacia el interior del sofá y el cuello descubierto. Era importante que el cinturón apretara directamente en el lugar indicado, sin dejar más de una marca. Hizo un nudo corredizo y se lo pasó despacio alrededor del cuello.

Una vez tuvo el nudo colocado exactamente allí donde debía estar, cuando solo faltaba tirar, se quedó en blanco.

Titubeó y calculó los riesgos, pero no se le ocurrió nada que pudiera delatarla.

Una vez acabada la faena, volvería a la estación y allí esperaría el tren de la tarde procedente de Goteburgo antes de ir a buscar su coche al aparcamiento. Su coche tendría una multa pero, al mostrar su ticket válido, los vigilantes del aparcamiento se verían obligados a retirársela. Así podrían confirmar e incluso probar su coartada: había pasado el día en Goteburgo, entre una ida y vuelta en tren.

Toma a la derecha para bajar por Hammarbybacken, cruza el viejo puente de Skanstull y se mete en el túnel bajo el hotel Clarion.

Hay que tener disciplina, se dice. Hay que estar alerta y no actuar de forma impulsiva si una no quiere que la detengan.

La multa del aparcamiento, el billete de tren y el testimonio del revisor bastaron para librarla de toda sospecha en lo que, a fin de cuentas, no era más que un suicidio. El detalle de los listines de teléfono por el suelo al pie de la silla completó la escena.

Sube por Renstiernasgatan, cruza Skånegatan y Bondegatan y luego toma a la derecha Åsögatan.

Asió firmemente el cinturón del albornoz y tiró con todas sus fuerzas. Lasse se ahogó, pero su borrachera le impidió todo reflejo.

No se despertó. Lo colgó del gancho de la lámpara, en el techo. Colocó una silla debajo de él y, al ver que sus pies no la alcanzaban, completó el espacio con unos listines que luego hizo caer al suelo. Un suicidio, tan claro como el agua.

Skanstull–Un barrio

Justo antes del puente de Johanneshov, Jeanette Kihlberg ve que el gran reloj esférico de Skanstull marca las nueve y veinte y decide volver a llamar a Sofia.

Marca el número y, en el momento en que se lleva el teléfono al oído, oye las sirenas de los bomberos. Por el retrovisor ve a los camiones de bomberos acercarse a toda velocidad.

El teléfono suena, pero nadie contesta.

A Jeanette le gustaría estar en otro lugar, en otra vida, y piensa en un documental que vio sobre un hombre que, un buen día, se hartó.

En lugar de ir como de costumbre a su trabajo en el hospital de Copenhague, dio media vuelta y se fue en bicicleta hasta el sur de Francia, dejando a la mujer y los hijos en Dinamarca para rehacer su vida como herrero en un pueblecito en la montaña.

Cuando el equipo del documental fue a entrevistarlo, declaró que no quería volver a oír hablar de su antigua vida y envió a todo el mundo al diablo.

Jeanette se dijo que podría hacer lo mismo. Dejarlo todo en manos de Åke.

La única complicación sería Johan, pero podría reunirse con ella más tarde. Siempre lleva encima su pasaporte y, en el fondo, nada le impediría marcharse. Curiosamente, su angustia se calma entonces, como si el hecho de saber que no estaba prisionera redujera su deseo de liberarse.

La radio interrumpe su programa musical para anunciar a todos los habitantes de Grisslinge que cierren las contraventanas de sus casas debido a un violento incendio en una casa.

Sigue conduciendo al azar.

Cayendo en picado.

Vita Bergen–Apartamento de Sofia Zetterlund

Sofia Zetterlund encuentra el apartamento desierto y vacío. Ni rastro de Gao. Ha ordenado el cuarto secreto, oculto detrás de la estantería, y lo ha dejado limpio. Ahora huele a detergente en polvo aunque aún con un leve toque de orina.

La gruesa manta está cuidadosamente doblada sobre el colchón.

Las jeringuillas se hallan sobre la mesa baja al lado del frasco de Xylocaína y se pregunta por qué su colega de consulta, el dentista Johansson, nunca ha advertido la desaparición de la misma. Una vez más, la suerte ha jugado a su favor.

La irrita que Gao haya hecho gala de su capacidad de iniciativa, que haya actuado sin esperar a sus órdenes. ¿Qué ocurre?

Un miedo incontrolable la invade. Esa situación es nueva para ella. De golpe suceden acontecimientos que no están bajo su control, que escapan a su poder.

Sin saber por qué, empieza a proferir gritos histéricos. Las lágrimas ruedan por sus mejillas y le es imposible dejar de chillar. Tiene muchas cosas de las que desahogarse de golpe. Aporrea las paredes hasta perder toda sensibilidad en los brazos.

El ataque dura casi media hora. Una vez calmada, sobre todo agotada, se acurruca en posición fetal sobre el suelo enmoquetado.

El olor a humo le cosquillea la nariz.

Piensa en las cicatrices que tiene en el cuerpo.

Heridas que se han curado dejándole marcas más claras en la piel.

Alientos que le han dado ganas de vomitar y que hacen que en la actualidad le cueste dar besos.

Son experiencias necesarias para la memoria. Las cosas ocurren, se sienten y se convierten en un recuerdo pero, con el tiempo, sus contornos se difuminan y forman un todo. Varios acontecimientos forman uno solo: su vida no es más que un bloque en el que todas las violaciones y maltratos se confunden en un único acontecimiento convertido en una experiencia, un saber.

No hay un principio y, por lo tanto, tampoco un después.

¿Qué ha habido en ella que ya no exista?

¿Qué pudo ver antaño que no pueda ver ya? Buscó nuevas posibilidades de desarrollar su personalidad. No una alternativa o un complemento sino la creación de un ser nuevo. Un compromiso sin reservas.

Desgarra la fina membrana que la separa de la locura. Nada ha empezado conmigo, se dice. Nada ha comenzado en mí. Soy una fruta muerta en curso de putrefacción.

Mi vida no es más que una sucesión de instantes, sumados uno a otro, cada uno diferente de los demás, unos hechos distintos alineados uno al lado del otro.

Toma de conciencia y comprensión inmediata de la singularidad del ser.

Gamla Stan–Casco antiguo de Estocolmo

Por primera vez desde que se encuentra en su nuevo país, Gao Lian de Wuhan camina solo por Estocolmo. Desde el apartamento de Borgmästargatan desciende los peldaños resbaladizos de la escalera de piedra en la prolongación de Klippgatan, dando la espalda a la iglesia de Sofia. Cruza Folkungagatan y toma la escalera que sube hacia el hospicio de Ersta.

En Fjällgatan se sienta en un banco y contempla la vista de Estocolmo. Al pie están amarrados los grandes ferrys y, más lejos en la bahía, los pequeños veleros se balancean sobre el agua. A la izquierda ve el casco antiguo y el castillo.

Las golondrinas que se lanzan en picado, piando, a la caza de insectos son las mismas que vivían bajo el tejado de su casa en Wuhan.

El aire también es el mismo, pero más limpio.

Sigue bajando hasta Slussen desde donde, por el puente, llega hasta el casco antiguo. Le llama la atención que, al escuchar esa lengua extraña, tiene la impresión de que la gente habla cantando. Esa nueva lengua le parece amable, como si estuviera hecha para la poesía. Se pregunta cómo sonará cuando esa gente se enfada.

Durante varias horas camina por el dédalo de las calles y callejuelas y pronto comienza a orientarse y a saber ir a donde quiere. Al atardecer, ha memorizado un mapa muy claro de esa pequeña ciudad entre los puentes. Volverá y, más adelante, será su punto de partida cuando explore otros barrios.

Regresa por Götgatan hasta el cruce con Skånegatan, donde toma a la izquierda y de ahí regresa directamente al apartamento.

Encuentra a la mujer rubia en la habitación oscura y acolchada. Está tumbada en el suelo. Por sus ojos, ve que se ha ido muy lejos. Se inclina para besarle los pies y luego se desnuda.

Antes de tumbarse junto a ella, dobla cuidadosamente su ropa como ella le ha mostrado tantas veces. Cierra los ojos y espera a que le dé instrucciones.

Vita Bergen–Apartamento de Sofia Zetterlund

Sofia Zetterlund aún tiene el cabello mojado cuando suena el teléfono.

—¿Victoria Bergman? —pregunta una voz desconocida.

—¿De parte de quién? —responde con fingida desconfianza, pues sabía que tarde o temprano la llamarían.

—Soy de la policía local de Värmdö y quisiera hablar con Victoria Bergman. ¿Es usted?

—Sí, soy yo. ¿Qué desea?

Aparenta nerviosismo, se imagina cómo debe de sentirse la gente cuando la policía llama en plena noche.

—¿Es usted la hija de Bengt y Birgitta Bergman, de Grisslinge, en Värmdö?

—Sí, soy yo... ¿De qué se trata? ¿Ha ocurrido algo?

Se alarma y, durante unos segundos, se siente realmente inquieta. Como si hubiera salido de sí misma e ignorara lo que había ocurrido.

—Me llamo Göran Andersson. He tratado de ponerme en contacto con usted, pero no he encontrado su dirección.

—Qué raro. ¿Qué desea?

—Tengo el penoso deber de anunciarle que sus padres muy probablemente están muertos. Su casa ha ardido completamente esta tarde y suponemos que los cuerpos que hemos hallado son los suyos.

—Pero… —tartamudea.

—Lamento anunciárselo de esta manera, pero sigue usted domiciliada en casa de sus padres y su abogado me ha dado este número…

—¿Cómo puede ser que estén muertos? —Victoria alza la voz—. He hablado con ellos hace apenas unas horas y papá me ha dicho que iban a bajar a la sauna.

—Sí, exacto. Hemos encontrado a sus padres en la sauna. Según las primeras constataciones, el incendio comenzó en el sótano y, por algún motivo desconocido, no consiguieron salir. Quizá se atrancó la puerta, pero de momento no son más que especulaciones. La investigación lo aclarará. En todo caso, es un trágico accidente.

Un accidente. Si creen que se trata de un accidente significa que probablemente no han encontrado la tabla que bloqueaba la puerta. Había tenido razón al suponer que tendría tiempo de quemarse antes de que apagaran el incendio.

—Imagino que necesitará hablar con alguien. Le daré el teléfono de un psicólogo de guardia y puede llamarle.

—No, no es necesario —responde—. Soy psicóloga y tengo mis propios contactos. Pero gracias, de todas formas.

—Ah, de acuerdo. La llamaremos mañana, en cuanto tengamos más noticias. Beba algo fuerte y llame a un amigo. Siento mucho habérselo tenido que comunicar de esta forma.

—Gracias —dice Sofia Zetterlund antes de colgar.

Por fin, piensa. Le duelen los pies, pero se siente muy viva.

Ahora, ya no queda nada.

Finalmente ve la luz al final del túnel.

Barrio de Kronoberg–Central de Policía

Al cerrar la puerta de la casa, Jeanette oye las primeras gotas de lluvia crepitar contra el alféizar de la ventana. El cielo se ha nublado y, a lo lejos, se oye retumbar un trueno. Se instala al volante de su coche y deja la casa desierta de Gamla Enskede en el momento en que la primera tormenta del verano se abate sobre un Estocolmo gris y negro.

A su llegada a la comisaría, ordena su mesa de trabajo, riega las plantas y, antes de abandonar su lugar de trabajo, va a saludar a Jens Hurtig para desearle que pase unas buenas vacaciones.

—¿Qué vas a hacer? —pregunta.

—Pasado mañana tomaré el tren nocturno a Älvsbyn, y luego el autobús hasta Jokkmokk, y allí vendrá a buscarme mi madre. Tranquilidad, un poco de pesca…, y quizá le echaré una mano a mi padre con la casa.

—¿Cómo está, después del accidente? —pregunta, avergonzada por no habérselo dicho antes.

—Consigue sostener el arco, aunque ya no pueda tocar nada del otro mundo al violín, pero es triste que mamá se vea obligada a atarle los cordones de los zapatos. —Hurtig parece primero muy serio, y luego su rostro se ilumina—. ¿Y tú qué tal? ¿Unas vacaciones tranquilas?

—No exactamente. Iré a Gröna Lund con Johan y Sofia. Ya sabes que tengo un poco de vértigo, pero me apetecía que Sofia conociera a Johan y ella ha propuesto ir a la feria, así que no me queda otro remedio.

Su sonrisa se transforma en risa.

—Siempre te queda el tren de la bruja o el castillo encantado.

Jeanette ríe y le golpea amistosamente el vientre.

—Bueno, nos vemos dentro de unas semanas —dice ella, sin sospechar que volverán a verse menos de setenta y dos horas después.

Entonces su hijo llevará desaparecido casi veinticuatro horas.

Vita Bergen–Apartamento de Sofia Zetterlund

Sofia Zetterlund se despierta con Victoria Bergman y se siente entera.

Durante dos días, en compañía de Gao, se ha quedado en la cama hablando con Victoria.

Sofia le ha explicado todo lo ocurrido desde su separación, veinte años atrás.

La mayor parte del tiempo, Victoria ha callado.

Juntas han escuchado las casetes, una vez y otra, y cada vez Victoria se ha dormido. Al contrario de lo habitual.

Solo hoy, cuarenta y ocho horas después, Sofia se siente por fin dispuesta a afrontar la realidad.

Toma una taza de café y se instala frente a la pantalla de su ordenador. Inmediatamente después de ser informada de la muerte de sus padres, ha consultado la página en internet de las pompas fúnebres Fonus para ver cómo dar sepultura a sus restos de la manera más sencilla posible. El entierro tendrá lugar el viernes en el cementerio de Skogskyrkogården.

Al ver en su teléfono que Jeanette la ha llamado un montón de veces, tiene un poco de mala conciencia. Recuerda que le ha prometido acompañarla a Gröna Lund con Johan y la llama de inmediato.

–¿Dónde te habías metido? –se inquieta Jeanette.

–No me he sentido muy bien, y no tenía valor para coger el teléfono. Bueno, ¿qué hay de Gröna Lund?

–¿Sigue en pie para el viernes?

Sofia piensa en el entierro de la urna.

–¡Claro! –responde–. ¿Dónde quedamos?

–¿En el ferry de Djurgården, a las cuatro?

—¡Allí estaré!

Su siguiente llamada es al abogado que se ocupa de la herencia. Se llama Viggo Dürer y es un viejo amigo de la familia. De niña lo vio varias veces, pero los recuerdos de Sofia son vagos. Old Spice y aguardiente.

No te fíes de él.

El abogado le explica que es la única heredera. Lo hereda todo.

—¿Todo? —dice, sorprendida—. Si la casa se ha quemado y...

Viggo Dürer la informa de que, además del seguro de la casa que asciende a unos cuatro millones de coronas y el terreno valorado en más de un millón, sus padres dejan un capital de novecientas mil coronas y una cartera de acciones que, a la venta, representarían unos cinco millones.

Sofia indica al abogado que liquide cuanto antes las acciones. Viggo Dürer trata de persuadirla de no hacerlo, pero acaba aceptando cumplir lo que quiere.

Echando cuentas, se dice que dispone de más de once millones de coronas. Se ha hecho muy rica.

PARTE II

Gamla Enskede–Casa de los Kihlberg

Jeanette está alegre al colgar. Sofia solo estaba un poco indispuesta y no tenía valor para responder al teléfono. No había motivos para inquietarse.

Esa salida a Gröna Lund le permite, por fin, darle una sorpresa a Johan y al mismo tiempo ver a Sofia.

Ahora que está de vacaciones, descansará unos días y solo después pensará en el futuro.

El timbre interrumpe sus reflexiones. Va a abrir.

En el umbral de la puerta, un policía uniformado, al que nunca había visto.

—Buenos días, me llamo Göran —dice tendiéndole la mano—. ¿Es usted Jeanette Kihlberg?

—¿Göran? ¿Qué desea?

—Andersson —precisa—. Göran Andersson, destinado en Värmdö.

—Vale, ¿y en qué puedo ayudarle?

—Pues verá… —Se aclara la voz—. Estoy destinado en Värmdö y hace unos días hubo allí un gran incendio. Fallecieron dos personas en lo que parecía un accidente. Estaban en la sauna y…

—¿Y…?

—Se trata de una pareja, Bengt y Birgitta Bergman, y lo que a primera vista parecía un accidente parece más complicado.

Jeanette se disculpa y le hace entrar.

—Pasemos a la cocina. ¿Un café?

—No, será solo un momento.

—Bueno, le escucho… ¿Qué le trae aquí?

Jeanette va a sentarse a la mesa de la cocina. El policía la sigue.

Se acomoda y prosigue.

—He hecho algunas indagaciones y enseguida he visto que había interrogado usted a Bengt Bergman en relación con una violación.

Jeanette asiente con la cabeza.

—Sí, así es. Pero no condujo a nada. Fue puesto en libertad.

—Sí… Y ahora está muerto, así que… Cuando llamé a su hija para decirle lo que había sucedido, reaccionó… ¿Cómo le diría?

—¿De forma extraña?

Jeanette recuerda su propia conversación por teléfono con Victoria Bergman.

—No, más bien con indiferencia.

—Perdone, Göran —empieza a impacientarse Jeanette—, pero ¿por qué ha venido a verme?

Göran Andersson se inclina sobre la mesa y sonríe.

—No existe.

—¿Quién no existe?

Jeanette tiene una sensación desagradable.

—Hubo algo de la hija que me intrigó, así que investigué.

—¿Y qué ha encontrado?

—Nada. Cero. No hay ningún dato, ninguna cuenta bancaria. Nada de nada. Victoria Bergman no ha dejado ningún rastro desde hace veinte años.

Capilla de la Santa Cruz

Una violenta tormenta de otoño habría sido un marco más apropiado para el entierro de la urna con las cenizas de Bengt y Birgitta Bergman, pero el sol brilla y en Estocolmo hace un día espléndido.

Los árboles de Koleraparken muestran en su paleta todos los matices imaginables, del amarillo pálido dorado al violeta oscuro. Los más magníficos son los arces de follaje verde oscuro.

Hay una decena de coches aparcados en el cementerio, pero sabe que ninguno está allí para la ceremonia. Será la única persona presente.

Quita el contacto, abre la puerta y sale del coche. El aire es fresco e inspira profundamente.

A lo lejos, ve al cura.

Serio, con la cabeza inclinada.

Una urna para dos personas en el suelo delante de él.

Cerezo rojo oscuro. Biodegradable, precisa la página de las pompas fúnebres en internet.

Un poco más de mil coronas.

Quinientas cada uno.

Solo estarán ellos dos. Ella y el cura. Así lo ha decidido.

Sin necrológica ni recordatorio. Un adiós tranquilo, sin lágrimas ni emociones fuertes. Sin grandes discursos de consuelo, ni torpes intentos de elevar a los muertos a una dimensión que nunca han tenido.

Sin recuerdos que atribuyan a los muertos virtudes que no tenían o que traten de hacer pasar a los difuntos por ángeles.

No van a crear nuevos dioses.

Saluda y el cura le explica cómo serán las cosas.

Dado que ha renunciado a la ceremonia religiosa, solo habrá unas palabras antes de la inhumación de la urna.

Previamente a la cremación, en ausencia de Sofia, ya se han encomendado sus almas al Señor y se ha rogado que participen de la resurrección de Cristo.

Polvo eres y en polvo te convertirás.

Nuestro Señor Jesucristo te resucitará el día del Juicio Final.

La ceremonia no se alargará más de diez minutos.

Avanzan juntos, más allá del pequeño estanque, entre los árboles del cementerio.

El cura, un hombrecillo filiforme de edad indeterminada, lleva la urna. Su cuerpo endeble tiene la lentitud de un anciano mientras sus ojos poseen la curiosidad de un muchacho.

No hablan y a ella le cuesta apartar la mirada de la urna. Allí dentro están los restos de sus padres.

Después de la cremación, los huesos carbonizados se han dejado enfriar en un cuenco. Se ha retirado lo que no se ha quemado, como la prótesis de cadera de Bengt, y el resto se ha pulverizado con un molino.

Al morir, paradójicamente, su padre ha cobrado vida para ella. Se ha abierto una puerta, como dibujada en el aire. Está abierta de par en par ante ella y le ofrece la liberación.

Huellas, piensa. ¿Qué huellas dejan tras ellos? Recuerda un acontecimiento muy lejano.

Ella tenía cuatro años y Bengt había colocado una losa de cemento en una de las estancias del sótano. La tentación de imprimir su mano en la superficie lisa y pegajosa del cemento fue mayor que el miedo al castigo que recibiría. La pequeña huella de la mano permaneció allí hasta el incendio. Probablemente aún esté allí, bajo los escombros de la casa incendiada.

Pero ¿qué queda de él?

Todo lo material que deja ha sido destruido o dispersado. Listo para ser subastado. Pronto no serán más que objetos anónimos en manos de perfectos desconocidos. Cosas sin historia.

La huella que en ella ha dejado, por el contrario, le sobrevivirá en forma de vergüenza y culpabilidad.

Una deuda que jamás podrá saldar.
Por mucho que haga.
Continuará creciendo en ella sin cesar.
¿Qué sabía yo en el fondo de él?, se pregunta.
¿Qué ocultaba él en el fondo de su alma, con qué soñaba? ¿Qué deseaba?

Era un eterno insatisfecho, se dice. Por mucho calor que hiciera, temblaba de frío. Y por mucho que comiera, su estómago siempre reclamaba más comida.

El cura se detiene, deposita la urna y baja la cabeza, como si rezara. Sobre la lápida de granito rojo hay extendida una tela verde con un agujero en medio.

Siete mil coronas.

Busca la mirada del cura y, cuando este alza finalmente la vista, le hace una señal con la cabeza.

Ella avanza unos pasos, rodea la tela, se inclina y toma con las dos manos el cordón atado a la urna roja. Le sorprende el peso. La cuerda le siega las manos.

Se dirige acto seguido despacio hacia el agujero negro, se detiene y hace descender lentamente la urna. Titubea y por fin suelta el cordón, lo deja caer sobre la tapa de la urna.

Le queman las palmas. Al abrir las manos ve una marca de un rojo vivo en cada una de ellas.

Estigmas, piensa.

Caída Libre

La atracción más popular de la feria de Gröna Lund es una torre de observación de cien metros de altura que se divisa desde buena parte de Estocolmo. Los pasajeros son izados lentamente hasta una altura de ochenta metros, donde permanecen un momento suspendidos y luego se precipitan hacia el suelo a una velocidad de más de ciento veinte kilómetros por hora. El descenso dura dos segundos y medio y, al frenar, los pasajeros experimentan una fuerza equivalente a 3,5 G.

Al aterrizar, un cuerpo humano pesa más de tres veces su propio peso.

Pero es peor durante la caída.

Un hombre lanzado a ciento veinte kilómetros por hora pesa más de doce toneladas.

—¿Sabes que el verano pasado cerraron la Caída Libre?

Sofia se ríe.

—¿Ah, sí? ¿Y por qué?

Jeanette toma del brazo a Johan y avanza unos pasos en la cola. Solo pensar que Sofia y Johan van a estar pronto suspendidos allí arriba le da vértigo.

—A uno le cortó los pies un cable en un parque de atracciones en Estados Unidos. Gröna Lund tuvo que cerrar para una inspección de seguridad.

—¡Mierda… basta ya! No es momento de hablar de eso, justo antes de subirnos.

Johan ríe y le da un codazo.

Ella le sonríe. Hacía mucho que no le veía tan contento.

En el curso de las últimas horas, Johan y Sofia se han montado en la Montaña Rusa, el Pulpo, el Molino Infernal y la Catapulta. Y tienen cada uno su foto gritando a bordo de la Alfombra Voladora.

Jeanette siempre se ha quedado abajo contemplándolos, con un nudo en el estómago.

Les toca a ellos, y se aparta.

Johan parece que se echa atrás, pero Sofia se sube a la plataforma y él la sigue con una sonrisa vacilante.

Un empleado comprueba los arneses de seguridad.

Luego todo ocurre muy deprisa.

La góndola comienza a subir y Sofia y Johan agitan nerviosamente las manos.

En el preciso instante en que Jeanette ve que dirigen su atención a la panorámica sobre la ciudad, oye un ruido de cristales rotos detrás de ella.

Unas voces excitadas.

Jeanette se vuelve y ve a un hombre a punto de pegar a otro.

A Jeanette le lleva cinco minutos calmarlos.

Trescientos segundos.

Palomitas, sudor y acetona.

Los olores trastornan a Sofia. Le cuesta distinguir los olores reales de los que imagina. Cuando pasa frente a los autos de choque, el aire es eléctrico, asfixiante.

Un olor imaginario a caucho quemado se mezcla con los efluvios dulzones muy reales que emanan de los aseos de caballeros.

Empieza a oscurecer, pero la tarde es agradable y el cielo está despejado. El asfalto aún está mojado después del chaparrón repentino y las bombillas multicolores que se reflejan en los charcos provocan picazón en los ojos. De golpe, un grito procedente de la Montaña Rusa la sobresalta y da un paso atrás. Alguien la empuja por la espalda y oye una maldición.

–Joder, ¿qué haces?

Se detiene y cierra los ojos, trata de separar sus sensaciones de la voz dentro de su cabeza.

¿Qué vas a hacer ahora? ¿Sentarte en el suelo y llorar?

¿Qué has hecho con Johan?

Sofia mira en derredor y se da cuenta de que está sola.

–... no, él no tenía vértigo, pero en cuanto ha bajado la barandilla de seguridad ha empezado a llover y allí atados he notado que temblaba de miedo y cuando la góndola se ha empezado a mover se ha arrepentido y ha querido bajarse...

Le quema la mejilla, la nota húmeda y salada. La gravilla se le clava dolorosamente en la espalda.

—¿Qué le pasa?
—¿Alguien puede llamar a una ambulancia?
—¿Qué dice?
—¿Hay algún médico?
—... y ha llorado y tenía miedo y ella ha tratado primero de consolarlo mientras subían cada vez más arriba y podían ver ya todo Uppsala y todos los barcos en el Fyrisån y cuando le ha dicho eso ha dejado de gemir y le ha dicho que lo que se veía era Estocolmo y los ferrys de Djurgården...
—Me parece que dice que es de Uppsala.
—... y allá arriba han empezado a caer rayos y truenos y todo se ha parado de repente y la gente abajo eran puntitos y si querías los podías coger entre el pulgar y el índice como si fueran moscas...
—Creo que se va a desmayar.
—... y entonces se revuelve el estómago y todo se precipita sobre una y eso es exactamente lo que se pretende...
—¡Déjenme pasar!
Reconoce esa voz, pero no logra realmente situarla.
—Apártense, la conozco.
Una mano fresca sobre su frente ardiendo. Un olor que identifica de inmediato.
—Sofia, ¿qué ha pasado? ¿Dónde está Johan?
Victoria Bergman cierra los ojos.

Caída Libre

La pesadilla viste un abrigo azul cobalto, un poco más oscuro que el cielo del anochecer sobre Djurgården y la bahía de Ladugårdsviken. Es rubia, de ojos azules, y lleva un bolso al hombro. Los zapatos rojos demasiado pequeños le hieren los talones, pero está acostumbrada a ello. Las llagas ya forman parte de su personalidad y el dolor la mantiene despierta.

Sabe que el perdón bastaría para liberarlos, a ella y a los perdonados. Durante años ha tratado de olvidar, siempre en vano.

No alcanza a verlo, pero su venganza es una reacción en cadena.

Una bola de nieve se puso en movimiento hace ya un cuarto de una vida en un cobertizo para guardar las herramientas del internado de Sigtuna y la arrastró con ella rodando hacia lo inevitable.

Cabe preguntarse qué saben hoy acerca del rodar de esa bola de nieve quienes en su día la tuvieron en sus manos. Probablemente nada. Sin duda han pasado página, simplemente. Han olvidado el acontecimiento como si se hubiera tratado solo de un juego inocente que empezó y acabó allí, en aquel cobertizo de las herramientas.

Pero la bola está en movimiento. Para ella el tiempo no cuenta, pues no cura las heridas.

El odio no se derrite. Al contrario, se endurece en cristales de hielo cortantes que rodean toda su persona.

La noche es un poco fresca y el aire se ha vuelto más húmedo tras los chubascos dispersos que se han sucedido a lo largo de la tarde. Llegan gritos de las montañas rusas, se pone en pie, se sacude el polvo y mira en derredor. Se queda un momento inmóvil, inspira profundamente y recuerda qué está haciendo allí.

Sabe qué tiene que hacer.

Al pie de la alta torre de observación en obras, ve la escena, un poco más lejos.

Las bombillas de colores del parque de atracciones lanzan vivos reflejos sobre el asfalto mojado.

Comprende que se avecina el momento de actuar, aunque no sea lo que había previsto. El azar le ha facilitado las cosas. Es tan sencillo que nadie comprenderá qué ha ocurrido.

Ve al chico un poco más lejos, solo delante de la reja de la Caída Libre.

Perdonar lo perdonable no es perdonar, piensa. El auténtico perdón consiste en perdonar lo imperdonable. Algo de lo que solo Dios es capaz.

El muchacho parece perdido y ella se le acerca lentamente mientras él mira a otro lado.

Con ese gesto, el chico le ha hecho casi ridículamente fácil aproximarse a él sigilosamente, y ahora se encuentra a solo unos metros detrás de él. Sigue dándole la espalda, como si buscara a alguien con la mirada.

El verdadero perdón es imposible, loco e inconsciente, piensa. Y dado que espera que los culpables muestren arrepentimiento, nunca se podrá consumar. La memoria es y será una herida que se niega a sanar.

Agarra con firmeza al muchacho del brazo.

Él se sobresalta y se vuelve mientras ella le clava la jeringuilla en el antebrazo izquierdo.

Durante unos segundos la mira, atónito, y acto seguido le flaquean las piernas. Ella lo sostiene y lo sienta en un banco vecino.

Nadie la ha visto hacerlo.

Todo es perfectamente normal.

Saca algo del bolso y se lo coloca cuidadosamente sobre la cara.

La máscara de plástico rosa representa el hocico de un cerdo.

Gröna Lund–Feria

La comisaria Jeanette Kihlberg sabe precisamente dónde estaba cuando se enteró del asesinato del primer ministro Olof Palme: en un taxi de camino a Farsta, al lado de un hombre que fumaba cigarrillos mentolados. Caía una fina llovizna y sentía náuseas por haber bebido demasiada cerveza.

Pero el instante de la desaparición de Johan será para siempre un agujero negro. Cinco minutos desaparecidos. Robados por un borracho en el parque de atracciones de Gröna Lund. Por un fontanero de Flen que había ido a empinar el codo a la capital.

Un paso al lado, la mirada al cielo. Johan y Sofia suben a la góndola, y siente vértigo aunque está segura en tierra firme.

Luego, de repente, se oye un ruido de cristales rotos.

Gritos.

Alguien llora. Jeanette ve la góndola que sigue elevándose. Unos hombres se empujan y Jeanette se dispone a intervenir. Echa un vistazo hacia lo alto. Las piernas de Johan y de Sofia vistas desde abajo. Colgando. Algo hace reír a Johan.

Pronto llegan arriba.

–¡Te voy a matar, cabrón!

Jeanette ve que uno de los hombres ha perdido el control. El alcohol ha hecho que sus piernas sean demasiado largas, sus miembros demasiado tensos y su sistema nervioso demasiado lento.

Tropieza y se desploma en el suelo.

El hombre se levanta, con rasguños en la cara producidos por la gravilla y el asfalto.

Unos niños lloran.

–¡Papá!

Una chiquilla, que no tendrá más de seis años, con un algodón de azúcar rosa en la mano.

–¿Nos vamos ya? ¡Quiero volver a casa!

El hombre no contesta, mira en derredor en busca de su adversario, de alguien en quien descargar su frustración.

Por reflejo policial, Jeanette actúa sin vacilar. Agarra al hombre del brazo.

–¡Alto! –dice tranquilamente–. ¡Calma!

Quiere hacerle entrar en razón y trata de evitar parecer que se dispone a echarle una bronca.

El hombre se vuelve y Jeanette le ve los ojos turbios e inyectados en sangre. Una mirada triste y decepcionada, casi avergonzada.

—Papá... —repite la niña, pero el hombre no reacciona, con la mirada extraviada.

—¿Y tú quién eres, joder? —Se suelta—. ¡Vete a la mierda!

Su aliento apesta a alcohol y tiene los labios cubiertos de una espuma blanquecina.

En el mismo momento, allá arriba, oye desprenderse la góndola y los gritos de alegría teñida de miedo distraen un instante su atención.

Ve a Johan, con los cabellos de punta y gritando con la boca abierta.

Oye a la niña.

—¡No, papá, no!

Pero no ve al hombre levantar el brazo.

La botella alcanza a Jeanette en la sien. Se tambalea. Le corre sangre por la mejilla. Pero no pierde el conocimiento, al contrario.

Con el pulso firme, le hace una llave a su adversario y lo inmoviliza en el suelo. Un vigilante del parque de atracciones acude enseguida a echarle una mano.

Es en ese momento, cinco minutos más tarde, cuando lo descubre: Johan y Sofia han desaparecido.

Trescientos segundos.

Waldemarsudde del Príncipe Eugenio– Isla de Djurgården

Como esas personas a las que se ha privado de felicidad a lo largo de toda su vida y aun así son capaces de mantener siempre la esperanza, Jeanette Kihlberg alienta en su vida profesional una hostilidad sin parangón ante la menor expresión de pesimismo.

Por eso no abandona nunca y por eso reacciona así cuando el inspector Schwarz la provoca quejándose ostensiblemente del mal tiempo, del cansancio y de la falta de progresos en la búsqueda de Johan.

Jeanette Kihlberg está furiosa.

—¡Mierda! Lárgate, vete a tu casa, ¡aquí no sirves de nada!

Efecto seguro. Schwarz retrocede, con la cola entre las piernas, y Åhlund a su lado no las tiene todas consigo. El ataque de cólera hace que le duela la herida bajo el vendaje.

Jeanette se calma un poco, suspira y con un gesto despide a Schwarz.

—¿Lo has entendido? Estás dispensado de servicio hasta nueva orden.

Acto seguido Jeanette se encuentra sola.

Con profundas ojeras, muerta de frío, espera en la esquina del museo Vasa la llegada de Jens Hurtig, quien, al tener noticia de la desaparición de Johan, ha interrumpido de inmediato sus vacaciones para sumarse a la investigación.

Al ver aproximarse lentamente un poco más tarde el vehículo de policía sin distintivos, sabe que es él, acompañado por otra persona: un testigo que afirma haber visto a un chiquillo solo junto al agua la víspera al anochecer. Por la radio, Hurtig no le ha dado muchas esperanzas, pero aun así se aferra a ellas, pase lo que pase.

Trata de serenarse y de reconstruir la cronología de esas últimas horas.

Johan y Sofia desaparecieron, de golpe. Al cabo de media hora y con todas las de la ley hizo llamar a Johan por los altavoces del parque de atracciones y esperó en la entrada, muy nerviosa. Unos vigilantes llegaron justo antes de que los últimos estremecimientos de esperanza acabaran con ella y emprendieron juntos una búsqueda al azar. Encontraron entonces a Sofia tendida en el suelo en una de las calles, en medio de una aglomeración a través de la cual Jeanette se abrió paso a codazos. Aquel rostro del que unos instantes antes aguardaba la salvación reforzó, por el contrario, su inquietud y su incertidumbre. Sofia estaba trastornada y Jeanette dudaba incluso de que pudiera reconocerla, así que de ningún modo podría indicarle dónde se encontraba Johan. Jeanette no permaneció a su lado, tenía que seguir buscando.

Transcurrió media hora más hasta que contactó con sus colegas de la policía. Pero ni ella, ni la veintena de agentes que dragaron la bahía junto al parque de atracciones y organizaron una batida por Djurgården encontraron a Johan. Tampoco los vehículos que patrullaron por el centro de la ciudad con su descripción.

Y la llamada a la colaboración ciudadana a través de las radios locales no había dado resultado alguno hasta tres cuartos de hora antes.

Jeanette sabe que ha actuado correctamente. Pero como un robot. Un robot paralizado por sus sentimientos. La contradicción personificada. Dura, fría y racional por fuera pero guiada por impulsos caóticos. La cólera, el mosqueo, el miedo, la angustia, la confusión y la resignación experimentados a lo largo de la noche se funden en una masa indistinta.

El único sentimiento consistente es el de su insuficiencia.
Y no solo respecto a Johan.
No sabe cómo contactar con Åke en Polonia.
Jeanette piensa en Sofia.
¿Cómo estará?

Jeanette la ha llamado varias veces, sin éxito. Si supiera algo de Johan habría llamado. ¿O bien necesita hacer acopio de fuerzas para decir lo que sabe?

Mierda, no le des más vueltas a eso, piensa tratando de dejar de lado lo impensable. Concéntrate.

El coche se detiene y sale Hurtig.

—Joder, eso no tiene buena pinta —dice él señalando su cabeza vendada.

Ella sabe que parece más grave de lo que es realmente. La herida causada por la botella se la han cosido allí mismo y la venda está manchada de sangre, al igual que su chaqueta y la camiseta.

—No te preocupes, no es nada —dice—. No tenías que anular tus vacaciones en Kvikkjokk por culpa mía.

Él se encoge de hombros.

—Déjate de bobadas. ¿Qué iba a hacer allí arriba? ¿Muñecos de nieve?

Por primera vez desde hace doce horas, Jeanette sonríe.

No hay nada que añadir, ella sabe que ha comprendido su profunda gratitud.

Abre la puerta y ayuda a la anciana a salir del coche. Hurtig le ha enseñado una foto de Johan: su testimonio es vago. Ni siquiera ha sido capaz de indicar el color de la ropa de Johan.

—¿Allí es donde le ha visto?

Jeanette señala la orilla pedregosa junto al embarcadero donde está amarrado el barco-faro *Finngrund*.

La anciana asiente con la cabeza temblando de frío.

—Estaba tumbado sobre las piedras, dormía y le he sacudido. ¡Mira qué bonito!, le he dicho. Borracho, tan joven y ya...

—Sí, sí —se impacienta Jeanette—. ¿Y ha dicho algo?

—No, solo ha gruñido. Si ha hablado, no le he entendido.

Hurtig saca la foto de Johan y se la muestra de nuevo.

—¿Y no está segura de que se trate de este chiquillo?

—Pues no, como le he dicho tiene el cabello del mismo color, pero el rostro... Es difícil decirlo. Es que estaba borracho.

Jeanette suspira y luego los precede por el sendero que bordea el arenal. ¿Borracho? ¿Johan? ¡Menuda sandez!

Divisa Skeppsholmen, al otro lado, entre la bruma gris.

Joder, ¿cómo puede hacer tanto frío?

Desciende hasta la orilla y trepa por las rocas.

—¿Estaba aquí? ¿Está segura?

—Sí —afirma la anciana—. Más o menos ahí.

Hurtig se vuelve hacia la anciana.

—¿Y luego se ha marchado? ¿Hacia Junibacken?

—No... —La mujer saca un pañuelo del bolso y se suena ruidosamente—. Se ha marchado tambaleándose. Estaba tan borracho que apenas se tenía en pie...

Jeanette pierde los estribos.

—Pero ¿se ha marchado en esa dirección? ¿Hacia Junibacken?

La anciana menea la cabeza y se suena de nuevo.

En ese momento pasa un vehículo de emergencias de camino hacia el interior de la isla, a juzgar por la sirena.

—¿Otra falsa alarma? —pregunta Hurtig mirando el rostro tenso de Jeanette, que menea la cabeza, desanimada.

Es la tercera vez que oye la sirena de una ambulancia, y ninguna de las precedentes concernía a Johan.

—Voy a llamar a Mikkelsen —dice Jeanette.

—¿A la criminal? —exclama Hurtig, sorprendido.

—Sí. Para mí es el más apto para ocuparse de este tipo de casos.

Se pone en pie y regresa a grandes zancadas a la carretera.

—¿Un crimen de un menor, quieres decir? —Hurtig parece lamentar sus palabras—. Vamos, quiero decir, aún no sabemos de qué se trata...

—Tal vez no, pero sería un error no contemplar esa hipótesis. Mikkelsen ha coordinado la búsqueda en Beckholmen, Gröna Lund y Waldemarsudde.

Hurtig asiente y la mira, compadeciéndose.

Al coger su móvil, Jeanette se da cuenta de que está muerto

y, en el mismo instante, la radio comienza a chisporrotear en el coche de Hurtig, a una decena de metros.

Siente una opresión en el pecho, sabe qué significa.

Como si toda la sangre de su cuerpo le bajara a los tobillos y quisiera inmovilizarla en el suelo.

Han encontrado a Johan.

Hospital Karolinska

Los enfermeros creyeron que el chiquillo estaba muerto.

Lo encontraron cerca del viejo molino de Waldemarsudde, con la respiración y el pulso casi imperceptibles.

Sufría una hipotermia severa y saltaba a la vista que había vomitado varias veces durante esa noche de finales de verano inusualmente fría.

Temían que los jugos gástricos hubieran afectado a los pulmones.

Justo después de las diez, Jeanette Kihlberg subió a la ambulancia que conduciría a su hijo a los servicios de reanimación del hospital Karolinska de Solna.

La habitación está sumida en la oscuridad, pero el resplandor del débil sol de la tarde se abre paso entre las persianas y dibuja rayas naranjas sobre el torso desnudo de Johan. Con las pulsaciones de los pilotos del respirador artificial, Jeanette Kihlberg tiene la impresión de estar en un sueño.

Acaricia el dorso de la mano de su hijo y echa un vistazo a los instrumentos de medición que se hallan junto a la cama.

Su temperatura corporal se aproxima a la normal.

Sabe que tenía mucho alcohol en la sangre: casi tres gramos al llegar al hospital.

No ha pegado ojo y siente que su cuerpo está embotado, y es incapaz de decir si el corazón que se desboca en su pecho late al mismo ritmo que en su sien. Le dan vueltas en la cabeza unos pensamientos que no reconoce, una mezcla de frustración, cólera, miedo, confusión y desánimo.

Ella era un ser racional. Hasta ese día.

Lo contempla allí tendido. Es la primera vez que su hijo está en el hospital. No, la segunda. La primera vez fue trece años atrás, al nacer. Entonces todo estaba en calma. Ella estaba tan bien preparada que anticipó la cesárea incluso antes de que los médicos tomaran la decisión.

Pero esta vez la han pillado completamente por sorpresa.

Aprieta su mano con más fuerza. Sigue estando fría, pero parece más relajado y respira apaciblemente. Y la habitación está en silencio. Solo se oye el ronroneo de las máquinas.

—Oye... —susurra, a sabiendas de que incluso inconsciente quizá pueda oírle—, creen que todo va a salir bien.

Interrumpe su intento de darle ánimos a Johan.

¿Lo «creen»? ¡Si no saben nada!

Podían hablarle de monitorización cardíaca, de gas carbónico y de perfusión y explicarle cómo una sonda en el esófago controlaba la temperatura interna mientras la máquina corazón-pulmón trabajaba para estabilizarlo.

Podían hablar de hipotermia crítica, de los efectos en el cuerpo de una larga permanencia en el agua fría seguida de una noche de lluvia y fuerte viento.

Podían explicarle que, al dilatar las venas, el alcohol aceleraba la bajada de la temperatura y que al caer la glucemia aumentaba el riesgo de sufrir lesiones cerebrales.

Que creían que el peligro seguramente había pasado, que a primera vista la gasometría arterial y la radiografía pulmonar eran positivas.

¿Qué quería decir eso?

Creen. Pero no saben nada.

Si Johan puede oír, ha oído todo lo que se ha dicho en esa habitación. No puede mentirle. Le acaricia la mejilla. Eso no es una mentira.

La llegada de Hurtig interrumpe sus pensamientos.

—¿Cómo está?

—Está vivo y saldrá de esta. Todo en orden, Jens. Vete a casa.

Bandhagen–Un suburbio

Los rayos alcanzan la tierra alrededor de cien veces por segundo, lo que arroja un total de ocho millones de veces al día. La tormenta más violenta del año se abate esa noche sobre Estocolmo, y a las diez y veintidós cae un rayo en dos lugares a la vez: en Bandhagen, al sur de la ciudad, y cerca del hospital Karolinska, en Sona.

El inspector Jens Hurtig se encuentra en el aparcamiento y se dispone a regresar a su domicilio cuando le suena el teléfono. Antes de contestar, se instala al volante de su coche. Ve que es el comisario principal Dennis Billing y supone que quiere tener noticias.

—Parece que habéis encontrado al chaval de Jeanette. ¿Cómo está?

El jefe parece inquieto.

—Duerme, y ella está a su lado. —Hurtig le da al contacto—. Gracias a Dios, parece que su vida no corre peligro.

—Muy bien, en ese caso seguramente volverá al trabajo dentro de unos días. —El comisario chasquea la lengua—. ¿Y tú cómo estás?

—¿A qué te refieres?

—¿Estás cansado o tienes fuerzas para ir a echar un vistazo a algo en Bandhagen?

—¿De qué se trata?

—Han encontrado a una mujer muerta, quizá violada.

—Vale, voy para allá inmediatamente.

—Ese es el tempo que me gusta. Eres un gran tipo, Jens. Y otra cosa... —El comisario principal Dennis Billing traga saliva—. Dile a Nenette que me parece muy normal que se quede unos días en casa cuidando de su hijo. Entre tú y yo, creo que tendría que ocuparse más de su familia. He oído decir que Åke la ha dejado.

—¿Qué quieres decir? —Las insinuaciones de su jefe comienzan a exasperar a Hurtig—. ¿Pretendes que le diga que se quede en casa porque consideras que una mujer no tendría que trabajar, que debería ocuparse de su marido y de sus hijos?

—Joder, Jens, olvídalo. Pensaba que tú y yo nos entendíamos y que...

—Que los dos seamos tíos no significa que vayamos a opinar lo mismo.

—No, por supuesto. —El comisario principal suspira—. Solo pensaba que...

—Vale. Hasta luego.

Hurtig cuelga sin darle tiempo a Dennis Billing para embrollarse aún más.

En la salida hacia Solna, divisa el puerto deportivo de Pampas Marina y sus veleros atracados.

Un barco, se dice. Voy a comprarme un barco.

Llueve a mares sobre el campo de fútbol del instituto de Bandhagen. El inspector Jens Hurtig se cubre con la capucha de su chaquetón y cierra la puerta del coche. Reconoce el lugar.

Varias veces ha asistido allí a partidos en los que Jeanette jugaba en el equipo mixto de la policía. Recuerda su sorpresa al verla jugar tan bien, mejor incluso que la mayoría de los jugadores masculinos, la más creativa de todos en su papel de centrocampista. Era ella quien iniciaba los ataques cuando veía una ocasión de jugada.

Pudo constatar el impresionante reflejo de sus características de jefe en el terreno de juego. Con autoridad, pero sin machacar a los demás.

Se pregunta cómo está. Por mucho que él no tenga hijos, ni intención de tenerlos, comprende lo duro que debe de ser para ella. ¿Quién la cuida ahora que Åke se ha ido?

Sabe que esos casos de los muchachos asesinados la han castigado mucho.

Y lo que le ha ocurrido a su hijo le hace desear ser para ella más que un simple ayudante. Un amigo, también.

Piensa en los muchachos sin identificar. Un desaparecido siempre ha desaparecido para alguien.

Al aproximarse a los edificios que rodean el terreno de juego, Hurtig se deprime.

Al entrar en el aparcamiento del instituto de Bandhagen, Ivo Andrić ve a Hurtig, Schwarz y Åhlund. Se disponen a marcharse en un coche de policía. Responde a Hurtig, que le saluda con la mano, y acto seguido aparca junto al gran edificio de ladrillo.

Antes de salir del coche, Andrić contempla el amplio campo de fútbol oscuro y encharcado. A un lado, la pequeña carpa de la policía científica, al otro una triste portería de fútbol abandonada, con la red rota. Llueve a cántaros y no parece que vaya a amainar: tiene intención de permanecer resguardado tanto tiempo como sea posible. Se siente cansado, derrotado por la fatiga y con legañas en los ojos. Piensa en los últimos acontecimientos, en esos casos de muchachos asesinados.

Durante varias semanas del verano esos cuatro casos le habían ocupado todo su tiempo e Ivo Andrić sigue convencido de que se trata de un solo y único asesino.

La investigación estuvo en manos de Jeanette Kihlberg. Nada tenía que decir acerca de ella: había hecho un buen trabajo, pero el comisario principal y el fiscal no hicieron su trabajo y el asunto acabó con sus últimas ilusiones y destruyó por completo su confianza ya vacilante en el Estado de derecho.

Cuando el fiscal archivó el caso, se quedó atónito.

Ivo Andrić se cierra la chaqueta y se cubre con su gorra de béisbol. Abre la puerta, sale bajo la lluvia torrencial y corre hacia el escenario del crimen.

Vita Bergen–Apartamento de Sofia Zetterlund

Sofia Zetterlund tiene grandes lagunas en su memoria. Unos agujeros en sus sueños o durante sus interminables paseos. A veces, el agujero se amplía cuando huele un perfume o cuando alguien la mira de determinada forma. Hay unas imágenes que se reconstituyen cuando oye unos zuecos sobre la grava o ve una silueta de espaldas en la calle. Entonces es como si un tornado se adentrara irremediablemente a través de ese punto que ella denomina «yo». Sabe que ha vivido algo innombrable.

Había una vez una chiquilla que se llamaba Victoria. Cuando cumplió tres años, su padre construyó dentro de ella una habitación. Una habitación desierta y helada donde solo había dolor. Con los años, la habitación se rodeó de sólidas paredes de pena, se pavimentó con deseo de venganza y se cubrió con un grueso techo de odio.

La habitación era tan hermética que Victoria nunca pudo huir de ella.

Allí se encuentra hoy.

No he sido yo, piensa Sofia. No ha sido culpa mía. Al despertar, su primer sentimiento es de culpabilidad. Todo su cuerpo está dispuesto a huir, a defenderse.

Se incorpora, tiende la mano hacia la caja de paroxetina y se traga dos comprimidos con saliva. Se deja caer de nuevo sobre la almohada y espera a que la voz de Victoria se calle. No completamente, eso no lo hace nunca, pero sí lo suficiente como para que pueda oírse a sí misma.

Oír la voluntad de Sofia.

Pero ¿qué ha pasado?

Recuerdos de olores. Palomitas de maíz, gravilla mojada. Tierra.

Quisieron llevarla al hospital, pero ella se negó.

Luego ya nada más. La oscuridad absoluta. No recuerda haber regresado al apartamento y menos aún cómo volvió de Gröna Lund.

¿Qué hora debe de ser?

El móvil está sobre la mesilla de noche. Un Nokia, un viejo modelo, el teléfono de Victoria Bergman. Se va a deshacer de él. Es el último vínculo con su antigua vida.

La pantalla indica 07.33 y una llamada perdida. Pulsa para ver el número.

No lo identifica.

Al cabo de diez minutos está lo suficientemente calmada como para levantarse. El apartamento huele a cerrado y abre la ventana de la sala que da a Borgmästargatan. La calle está silenciosa y llueve. A la izquierda, la iglesia de la Reina Sofia se eleva majestuosamente sobre las alturas de Vita Bergen en medio de la fatigada vegetación de ese final de verano y, desde la plaza Nytorget, un poco más lejos, llega el olor a pan recién horneado y a tubo de escape.

Hay algunos coches estacionados.

En el aparcamiento de bicicletas de la acera de enfrente, una de las doce bicis tiene una rueda deshinchada. Ayer no lo estaba. Los detalles se graban, lo quiera ella o no.

Y si le preguntaran, podría decir por orden de qué color es cada bicicleta. De izquierda a derecha o a la inversa.

Ni siquiera tendría que pensar.

Sabe que tiene razón.

La paroxetina la alivia, calma su cerebro y le hace llevadero el día a día.

Decide tomar una ducha cuando suena su teléfono. Su teléfono profesional, esta vez.

Sigue sonando cuando se mete bajo la ducha.

El agua caliente tiene un efecto vigorizante: al secarse piensa que pronto estará sola. Libre para hacer exactamente lo que le venga en gana.

Ya hace tres semanas de la muerte de sus padres. Pronto dispondrá de casi once millones de coronas.

Dinero suficiente para no pasar penurias hasta el fin de sus días.

Puede cerrar su consulta.

Mudarse allí donde le apetezca. Empezar de nuevo su vida. Convertirse en otra.

Sin embargo, aún no. Pronto, tal vez, pero aún no. De momento, necesita la rutina que crea el trabajo. Unas horas en las que no necesita pensar, en las que puede permanecer en vela. Tener que hacer solo lo que se espera de ella le confiere la calma necesaria para mantener a Victoria a distancia.

Una vez seca, se viste y va a la cocina.

Se prepara un café y enciende el ordenador portátil sobre la mesa de la cocina.

En las páginas amarillas ve que el número desconocido es el de la policía local de Värmdö. Se le hace un nudo en el estómago. ¿Habrán descubierto algo? ¿Y qué?

Se sirve una taza de café y decide esperar. Dejar el problema para más tarde.

Se sienta delante del ordenador, abre la carpeta VICTORIA BERGMAN y contempla los veinticinco archivos de texto.

Todos numerados, con el nombre LA CHICA CUERVO.

Sus propios recuerdos.

Sabe que estuvo enferma, que tuvo que reunir todos esos recuerdos. A lo largo de varios años. Se entrevistó con ella misma y grabó sus monólogos para luego analizarlos. Gracias a ese trabajo conoció a Victoria y se hizo a la idea de que siempre tendrían que vivir juntas.

Pero hoy, cuando sabe de lo que es capaz Victoria, no se dejará manipular.

Selecciona todos los archivos de la carpeta, inspira profundamente y finalmente pulsa BORRAR.

Un cuadro de diálogo le pregunta si está segura de querer eliminar la carpeta.

Reflexiona.

Ya le ha pasado antes por la cabeza destruir esas transcripciones de sus entrevistas con ella misma, pero nunca ha reunido el valor suficiente.

—No, no estoy segura —dice en voz alta, y acto seguido pulsa NO.

Respira aliviada.

Ahora se preocupa por Gao. Calienta una gran cazuela de gachas y llena un termo, que le lleva al chico. Está desnudo y tumbado en la cama en el cuarto oscuro y acolchado. Por sus ojos, ve que se ha marchado muy lejos. En el suelo se apilan los dibujos que él hace, bien ordenados. Aunque ella ha limpiado durante varias horas, el olor a orina persiste aún bajo el del detergente.

¿Qué va a hacer con él? Ahora es más un lastre que una baza.

Deja el termo en el suelo. Delante de la cama. Al salir, empuja la estantería que oculta la puerta y echa el pestillo. Con eso aguantará hasta la noche.

La lengua

miente y murmura y Gao Lian, de Wuhan, tiene que desconfiar de lo que dice la gente.

Nada debe poder sorprenderle, puesto que tiene el control y no es un animal.

Sabe que los animales son incapaces de prever. La ardilla almacena avellanas para el invierno en el hueco de un tronco. Pero si el agujero se hiela, ya no contiene nada. Fuera de su alcance, las avellanas ya no existen. La ardilla abandona y muere.

Gao Lian comprende que hay que estar listo ante los imprevistos.

Los ojos ven lo prohibido y Gao tiene que cerrarlos y aguardar a que desaparezca.

El tiempo significa la espera así que no es nada.

Lo que tiene que suceder es el contrario absoluto del tiempo mismo.

Cuando sus músculos se tensan, su estómago se cierra y su respiración rápida le llena de oxígeno, no será más que uno con el todo. Su pulso, hasta ese momento muy lento, aumentará hasta el estruendo ensordecedor y entonces todo ocurrirá al mismo tiempo.

En ese instante, el tiempo ya no es ridículo, lo es todo.

Cada segundo tiene vida propia, una historia con un principio y un final. Una vacilación de una centésima de segundo tendrá consecuencias devastadoras. Marcaría la diferencia entre la vida y la muerte.

El tiempo es el mejor amigo del indeciso, incapaz de actuar.

La mujer le ha proporcionado lápices y papel y, durante horas, puede dibujar a oscuras. Se inspira en sí mismo, en las personas que ha conocido, las cosas que echa a faltar y los sentimientos olvidados.

Un pajarito en su nido con sus polluelos.

Cuando acaba, deja el papel a un lado y vuelve a empezar.

Nunca se detiene a contemplar lo que ha dibujado.

La mujer que lo alimenta no es ni verdadera ni falsa y, para Gao, el tiempo antes de ella ya no existe. Ya no hay antes ni después. El tiempo no es nada.

Todo en él se absorbe con el mecanismo propio de los recuerdos.

Hospital Karolinska–Bar Amica

Jeanette sale de la habitación de Johan y se dirige hacia la cafetería, en la entrada principal del hospital. Es policía, y mujer: le es imposible dejar de lado su trabajo, incluso en semejantes circunstancias. Sabe que luego podrían utilizarlo contra ella.

Cuando las puertas del ascensor se abren ante el ajetreo del vestíbulo alza la vista y observa los movimientos y las sonrisas. Se llena los pulmones de ese aire lleno de vida. Le cuesta reconocerlo, pero necesita escaparse media hora de esa vigilia inquieta junto a la cama de su hijo en la atmósfera inmóvil de esa habitación de hospital.

Hurtig trae en una bandeja dos tazas de café humeantes y dos bollos de canela que deposita entre ellos antes de sentarse. Jeanette se moja los labios en el café ardiente. Eso le calienta el vientre y hace que le entren ganas de fumar.

Hurtig toma su taza sin dejar de mirarla. A ella no le gusta esa mirada crítica.

—Bueno, ¿cómo está? —pregunta Hurtig.

—Controlado. Ahora mismo, lo peor es no saber qué le ha ocurrido.

—Lo entiendo, pero se puede esperar para hablar de ello a que se encuentre mejor y pueda volver a casa, ¿verdad?

—Sí, por supuesto. —Jeanette suspira y prosigue—: Pero estar sola en medio de este silencio me vuelve loca.

—¿Åke no ha venido?

Jeanette se encoge de hombros.

—Åke tiene una exposición en Polonia. Quería venir, pero ahora que hemos encontrado a Johan… —Vuelve a encogerse de hombros—. Ya no ve qué puede hacer.

Jeanette ve que Hurtig se dispone a decir algo, pero ella le interrumpe.

—¿Y qué dice Billing?

—¿Aparte de que deberías quedarte en casa cuidando de Johan, que es culpa tuya que huyera y que si Åke quiere divorciarse es culpa tuya?

—¿Eso ha dicho el hijoputa?

—Sí. Eso mismo.

Alza la vista al cielo.

Jeanette se siente cansada, impotente.

—Joder —murmura, y deja vagar su mirada en derredor.

Hurtig calla. Parte un pedazo de bollo y se lo lleva a la boca. Ella se da cuenta de que tiene algo más en mente.

—¿Qué te pasa? ¿Qué estás pensando?

—No te has rendido, ¿verdad? —dice, titubeando—. Se nota. Estás furiosa porque nos han quitado el caso.

Se sacude unas migas pegadas en la barba.

—Oye, Jens… —reflexiona—. Estoy tan frustrada como tú y me parece asqueroso, pero no soy tan tonta como para no admitir que es económicamente injustificable…

—Unos chavales refugiados. Una mierda de chavales refugiados… es económicamente injustificable. Me dan ganas de vomitar.

Hurtig se pone en pie y Jeanette ve que está muy indignado.

–Siéntate, Jens, aún no he acabado.

La sorprende la firmeza de su tono a pesar de estar hecha polvo.

Hurtig vuelve a sentarse, suspirando.

–Esto es lo que vamos a hacer... Tengo que ocuparme de Johan, y no sé cuánto tiempo llevará. –Hace una pausa antes de proseguir–. Pero sabes igual que yo que nos quedará tiempo para otras cosas... ¿Entiendes lo que quiero decir?

Los ojos de Hurtig empiezan a brillar y algo se ilumina en ella. Un sentimiento casi olvidado. El entusiasmo.

–¿Quieres decir que seguimos pero sin que nadie se entere?

–Sí, eso es. Pero esto tiene que quedar entre tú y yo. Si nos descubren, lo tendremos crudo los dos.

Hurtig sonríe.

–La verdad es que ya he hecho algunas preguntas de las que espero tener respuesta esta semana.

–Bien, Jens –dice Jeanette, sonriendo ella también–. Te tengo en gran estima, pero hay que hacer esto con mucho tacto. ¿Con quién has hablado?

–Según Ivo Andrić, el muchacho de Thorildsplan tenía rastros de penicilina en la sangre además de los anestésicos y otras drogas.

–¿Penicilina? ¿Y eso qué significa?

–Que el chaval estuvo en contacto con los servicios de salud. Probablemente con un médico que trabaja con refugiados clandestinos, sin papeles. Conozco a una chica que trabaja para la iglesia sueca y que me ha prometido ayudarme dándome algunos nombres.

–Genial. Por mi parte, sigo en contacto con el ACNUR en Ginebra. –Jeanette ve que se dibujan lentamente nuevas perspectivas. El futuro existe y no solo ese presente sin fondo–. Y además tengo una idea.

Hurtig la escucha atentamente.

—¿Qué te parecería si pidiéramos un perfil del asesino?

Hurtig la mira, atónito.

—Pero ¿cómo vamos a convencer a un psicólogo para que participe oficiosamente en...? —empieza, antes de comprender—. Ah, ya veo, ¿estás pensando en Sofia Zetterlund?

Jeanette asiente con la cabeza.

—Sí, pero aún no se lo he pedido. Primero quería hablarlo contigo.

—Joder, Jeanette —dice Hurtig con una amplia sonrisa—, eres el mejor jefe que he tenido.

Jeanette sabe que es sincero.

—Me reconforta. Y ahora lo necesito más que nunca.

Piensa en Johan, en Åke, en el divorcio y en todo lo que eso implica. Por el momento, no sabe aún nada de su futuro personal. ¿Esas horas pasadas sola velando a Johan son una prefiguración de la vida que le espera? La soledad definitiva. Åke se ha instalado en casa de su nueva compañera, la galerista Alexandra Kowalska. Jeanette la contempla con amargura. «Conservadora», dice su tarjeta de visita. Eso hace pensar en «taxidermista». Que da apariencia de vida a un animal muerto.

¿Se habrá ido Åke para siempre? No lo sabe, pero quizá sea lo mejor. Él ha dado el primer paso, así que ahora todo depende de ella.

—¿Salimos a fumar un cigarrillo?

Hurtig se pone en pie, como si hubiera sentido la necesidad de cortar por lo sano los pensamientos de Jeanette.

—Pero ¿tú fumas?

—A veces hay que hacer excepciones. —Saca un paquete del bolsillo y se lo ofrece—. No sé nada de cigarrillos, pero te he comprado estos.

Jeanette mira la cajetilla y se echa a reír.

—¿Mentolados?

Se ponen las chaquetas y salen fuera, frente a la puerta del hospital. La lluvia ha amainado y, en el horizonte, se ve una franja de cielo despejado. Hurtig enciende un cigarrillo para Jeanette y luego otro para él. Inspira profundamente una calada, tose y saca el humo por la nariz.

—¿Te vas a quedar en la casa? ¿Te lo puedes permitir? —pregunta.

—No lo sé. Pero por Johan tengo que tratar de llegar a final de mes. Y además ahora a Åke le va bien, sus cuadros se empiezan a vender.

—Sí, leí la crítica en el *Dagens Nyheter*. Puro lirismo.

—Es un poco penoso haber patrocinado su trabajo durante veinte años y al final no recoger los frutos.

Nunca hubiera creído que Johan y ella contaran tan poco para él, que fuera capaz de marcharse así dándoles la espalda.

Hurtig la mira, apaga el cigarrillo y le sostiene la puerta.

—*Sic transit…*

La abraza, y ella necesita ese abrazo, aunque no ignora que las manifestaciones de ternura pueden ser tan huecas como un tronco muerto. Incapaz de distinguir lo vivo de lo muerto, se dice blindándose antes de sumergirse de nuevo en el silencio de la habitación, junto a la cama de Johan.

Vita Bergen–Apartamento de Sofia Zetterlund

Sofia Zetterlund apaga su ordenador y cierra la pantalla. Ahora que, a pesar de todo, ha decidido no borrar los archivos relativos a Victoria Bergman, se siente más liviana.

Se levanta y llena el fregadero.

El agua caliente le enrojece las manos, pero se obliga a mantenerlas sumergidas. Soportándolo, se pone a prueba.

Su única razón para entablar una relación con Mikael fue vengarse de Lasse. Ahora todo eso le parece absurdo. Vacío, vano. Lasse está muerto y Mikael ha dejado lentamente pero sin remedio de interesarle, aunque aún está tentada de revelarle quién es ella en realidad.

Voy a romper, se dice sacando finalmente las manos del fregadero. Abre el grifo del agua fría. Primero es un respiro agradable, luego se impone el frío y de nuevo se obliga a soportarlo. Hay que vencer el dolor.

Cuantas más vueltas le da, menos añora a Mikael. Soy su madrastra, se dice, y al mismo tiempo su amante. Pero es imposible revelarle la verdad.

Cierra el grifo y vacía el fregadero. Al cabo de un momento, sus manos recuperan el color normal y, en cuanto desaparece el dolor, se sienta de nuevo a la mesa de la cocina.

Tiene el teléfono frente a ella: debería llamar a Jeanette. Pero le cuesta. No sabe qué decirle. Lo que debería decirle.

La angustia le provoca un nudo en el estómago. Llevándose la mano al vientre, empieza a temblar, sufre palpitaciones, la abandonan las fuerzas como si le hubieran cortado las venas. La cabeza le arde, pierde el control, no tiene ni idea de lo que va a hacer su cuerpo.

¿Darse de cabeza contra las paredes? ¿Arrojarse por la ventana? ¿Gritar?

No, tiene que oír una voz de verdad. Una voz que atestigüe que sigue existiendo, que es tangible. Es lo único que ahora puede hacer callar los ruidos que oye. Agarra el teléfono. Jeanette Kihlberg responde tras diez tonos.

Se oye un ruido de fondo en la línea. Un chisporroteo interrumpido a veces por chasquidos.

—¿Cómo está?

Es todo cuanto a Sofia se le ocurre decir.

Jeanette Kihlberg también tiene como un chisporroteo en la voz.

—Lo han encontrado. Está vivo, acostado a mi lado. De momento, eso me basta.

Tu hijo está a tu lado, se dice. Y Gao está conmigo.

Sus labios se mueven.

—Puedo pasarme hoy —se oye decir.

—Encantada. Vente dentro de una hora.

—Puedo pasarme hoy. —Su propia voz repercute en las paredes de la cocina. ¿Se ha repetido?–. Puedo pasarme hoy. Puedo...

Johan ha desaparecido toda una noche, que Sofia ha pasado en su casa con Gao. Han dormido. Nada más. ¿O no ha sido así?

—Puedo pasarme hoy.

La incertidumbre se adueña de ella y se da cuenta en el acto de que no tiene la menor idea de lo ocurrido después de que Johan y ella se instalaran en la góndola de la Caída Libre.

A lo lejos, oye la voz de Jeanette.

—De acuerdo, hasta luego. Te echo de menos.

—Puedo pasarme hoy.

El teléfono está en silencio. Al contemplar la pantalla, constata que la conversación ha durado veintitrés segundos.

Va al recibidor, se calza sus zapatos y se pone la chaqueta. En la estantería de los zapatos, sus botas están húmedas, como si acabara de utilizarlas.

Las examina. Hay una hoja amarillenta pegada en el talón del pie izquierdo, hierba y pinaza en los agujeros de los cordones, y las suelas están llenas de tierra.

Calma, se dice. Ha llovido mucho. ¿Cuánto tiempo hace falta para que se sequen unas botas?

Coge su chaqueta. También está mojada. La observa más detenidamente.

Un desgarrón de unos cinco centímetros en una manga. En el doblez de algodón destripado encuentra algunas piedrecillas.

Algo asoma del bolsillo.

¿Qué puede ser?

Una polaroid.

Cuando la mira, no sabe qué pensar.

En la foto se la ve a ella, a los diez años, en una playa desierta. Hace mucho viento, sus largos cabellos rubios están casi horizontales. Una hilera de postes rotos sobresale de la arena y, a lo lejos, se ve un faro pintado con rayas rojas y blancas. Se adivinan las siluetas de las gaviotas en el cielo gris.

Su corazón se acelera. La imagen no le dice nada, ese lugar le es absolutamente extraño.

Dinamarca, 1988

Sin lograr conciliar el sueño, acechaba sus pasos y fingía ser un reloj. Si conseguía controlar el reloj, él se confundía de hora y la dejaba tranquila.

Es pesado, tiene la espalda peluda, está sudado y huele a amoníaco después de haber trabajado durante dos horas en la máquina esparcidora. Sus maldiciones se oían desde el hangar hasta su habitación.

Los huesos salientes de sus caderas frotan con dureza contra su vientre mientras ella mira por encima de sus hombros estremecidos por las sacudidas.

La bandera danesa que cubre el techo es una cruz diabólica, rojo de sangre y blanco de hueso.

Es más fácil hacer lo que él quiere. Acariciarle la espalda y gemirle al oído. Eso permite ganar por lo menos cinco minutos.

Cuando los muelles de la vieja cama dejan de chirriar, en cuanto él ha salido, va al baño. Tiene que librarse de la peste a estiércol.

Es mecánico, originario de Holstebro: ella lo llama el Cerdo de Holstebro, en alusión a la raza porcina regional, excelente para la tocinería.

Ha anotado su nombre en su diario íntimo. Con todos los demás, y el primero de la lista es el cerdo de su jefe, al que se supone que tiene que estarle agradecida por dejarla vivir en su casa.

Este otro cerdo tiene estudios, es jurista, o algo parecido, y trabaja en Suecia cuando no viene a la granja a matar cerdos. A sus espaldas, lo llama el Coco.

El Coco se enorgullece de trabajar con viejos métodos avalados. El cerdo de Jutlandia hay que quemarlo y no escaldarlo para eliminarle el sebo.

Abre el grifo y se enjuaga las manos. La punta de sus dedos se ha hinchado de tanto trabajar con los cerdos. Las cerdas de la piel se clavan debajo de las uñas y provocan inflamaciones, y de poco ayuda usar guantes.

Ella los ha matado. Aturdidos con una descarga eléctrica y luego desangrados. Luego lo dejó todo impoluto, limpió los desagües y evacuó los restos. Una vez, la dejó matar uno con la pistola de sacrificio y a punto estuvo de volverla hacia él. Justo para ver si su mirada se quedaría tan vacía como la de los cerdos.

Tras lavarse someramente, se seca y regresa a su habitación.

No puedo más, se dice. Tengo que marcharme de aquí.

Mientras se viste, oye arrancar el viejo automóvil del Cerdo de Holstebro. Aparta las cortinas y mira por la ventana: el coche sale de la granja y el Coco regresa al hangar a ocuparse de la separación del estiércol.

Decide ir a pasear hacia la punta de Grisetåudden y quizá llegar hasta el puente de Oddesund.

El viento cortante se mete entre su ropa. Aunque lleva un jersey debajo del anorak, ya tiembla antes incluso de llegar a la parte trasera de la casa.

Va hasta la vía del tren y sigue el talud hasta la punta. Pasa regularmente frente a las trincheras y los búnkers de la Segunda Guerra Mundial. La punta se estrecha y pronto tiene agua a uno y otro lado, y cuando los raíles giran a la izquierda hacia el puente, ve el faro a unos cientos de metros delante de ella.

Baja a la playa y descubre que está absolutamente sola. Al llegar al pequeño faro rojo y blanco, se tumba en la hierba y contempla el cielo azul. Recuerda haber estado así tumbada y haber oído voces en el bosque.

Al igual que hoy soplaba viento y lo que oía eran los gritos de alegría de Martin.

¿Por qué desapareció?

No lo sabe, pero cree que alguien lo ahogó. Desapareció junto al embarcadero en el momento en que la Chica Cuervo llegó.

Pero sus recuerdos son vagos. Hay un agujero negro.

Juguetea lentamente con una brizna de hierba entre los dedos y la observa cambiar de color al sol. En lo alto del tallo una gota de rocío y, debajo, una hormiga inmóvil. Le falta una de las patas traseras.

—¿En qué estás pensando, hormiguita? —susurra soplando suavemente sobre la brizna.

Se tumba de lado y coloca delicadamente la brizna de hierba sobre una piedra. La hormiga se mueve y se da a la fuga. El hecho de tener una pata menos no parece ser un inconveniente.

—¿Qué estás haciendo aquí?

Una sombra cae sobre su rostro al oír su voz. Una bandada de pájaros pasa volando sobre su cabeza.

Se levanta y lo acompaña hasta el búnker. En diez minutos ha acabado, no tiene mucho aguante.

Él le habla de la guerra, de los sufrimientos que padecieron los daneses durante la ocupación alemana y de las mujeres que violaron.

—Esas guarras que andaban con los alemanes —suspira—. Putas, no eran más que putas. Se follaron a miles de ellos.

Le ha hablado varias veces de esas mujeres danesas que se acostaron con soldados alemanes y, desde hace tiempo, ha comprendido que él mismo es hijo de un alemán, el Coco es un retoño del invasor.

De regreso, camina unos pasos por detrás de él ajustándose la ropa sucia. Tiene el jersey desgarrado y espera que no se encuentren con nadie. Le duele por todas partes, porque él la ha tratado con más mano dura que de costumbre y el suelo era pedregoso.

Dinamarca es el infierno en la tierra, se dice.

Hospital Karolinska

—¡Maldita tormenta! —exclama Sofia Zetterlund al entrar en la habitación del hospital.

Luce una sonrisa titubeante. Jeanette Kihlberg la saluda con un gesto de la cabeza, con ciertas reservas. Por supuesto se alegra de volver a ver a Sofia, pero en su cara hay algo extraño, algo nuevo que no sabe cómo interpretar.

La lluvia bate contra las ventanas y la habitación se ilumina a veces con el resplandor de un rayo. Se encuentran frente a frente.

Sofia mira a Johan con inquietud y Jeanette se acerca y le acaricia la espalda.

—Hola, me alegro de verte —susurra.

Sofia responde a su gesto abrazando a Jeanette.

—¿Cuál es el pronóstico? —pregunta.

Jeanette sonríe.

—Si te refieres al del tiempo, pinta mal. —Su tono alegre se diluye—. Pero en lo que concierne a Johan, se presenta bien.

Empieza a despertarse. Se ve cómo mueve los ojos debajo de los párpados.

El rostro de Johan ha recobrado por fin sus colores y ella le acaricia el brazo.

Los médicos por fin se han aventurado a dar sin ambigüedades una opinión positiva acerca de su estado y Jeanette aprecia la compañía de alguien que es más que una simple colega. Con la que no está obligada a hacer de jefe.

Sofia se relaja y vuelve a ser ella misma.

—No te hagas mala sangre por esto —dice Jeanette—. Su desaparición no es culpa tuya.

Sofia la mira muy seria.

—No, tal vez no, pero me avergüenzo de haber sido presa del pánico. Quisiera ser una persona de fiar, y evidentemente ese no es el caso.

Jeanette piensa en la reacción de Sofia. La encontró llorando, tendida boca abajo. Desesperada.

—Espero que me perdones por haberte dejado allí tirada —dice Jeanette—, pero Johan había desaparecido y…

—Por el amor del cielo… —la interrumpe Sofia—. Yo siempre me las apaño. —Mira a Jeanette a los ojos—. No lo olvides nunca, yo siempre me las apaño, no tienes que preocuparte por mí, pase lo que pase.

Jeanette está casi asustada ante la gravedad del tono y de la mirada de Sofia.

—Si consigo ocuparme de esos empresarios bocazas que necesitan un coaching, bien puedo ocuparme de mí misma.

Jeanette se siente aliviada al oír bromear a Sofia.

—Como puedes ver, yo no soy capaz ni de ocuparme de un borracho —se ríe Jeanette mostrando el vendaje.

—¿Y cuál es tu pronóstico? —dice Sofia.

Ahora también sus ojos sonríen.

—Un botellazo en la cabeza. Cuatro puntos de sutura que me quitarán dentro de un par de semanas.

Un nuevo resplandor ilumina la habitación. La ventana vibra y la luz viva deslumbra a Jeanette.

Paredes blancas, techo y suelo blancos. El rostro pálido de Johan. Sus retinas se quedan impresionadas.

—Pero ¿qué te pasó?

Jeanette apenas se atreve a mirar a Sofia al preguntárselo. Los pilotos rojos del respirador parpadean. Ahora distingue los rasgos de Sofia.

—Ah, eso... —Suspira alzando la vista al techo, como si buscara las palabras—. Nunca hubiera imaginado que tendría tanto miedo de morir. Simplemente.

—¿Nunca habías pensado en ello?

Jeanette la observa y, en el acto, comienza a latirle dentro del pecho su propio miedo a lo inevitable.

—Sí, pero no de esa forma. No tan fuerte. Parece que la idea de la muerte no está clara antes de haber tenido hijos, y me encontraba allá arriba con Johan y... —Sofia calla y apoya una mano sobre la pierna de Johan—. De repente, la vida tenía un nuevo sentido, me ha pillado por sorpresa. —Se vuelve hacia Jeanette y sonríe—. Quizá darme cuenta de que la vida tiene sentido me provocó un choque.

Por vez primera, Jeanette siente que Sofia no es solo una psicóloga con la que es fácil hablar.

También lleva algo dentro de sí, una carencia, un deseo, tal vez un duelo.

Ella también tiene experiencias en las que trabajar, vacíos que llenar.

Se avergüenza de no haberlo comprendido antes. Que Sofia no podía estar siempre dando.

—Ser permanentemente fuerte hace que una no viva en absoluto —logra decir, con la intención de hacerle saber que trata de consolarla.

De repente se oye un gemido de Johan. Durante una fracción de segundo se miran antes de comprender. La piedra cae sin ruido dentro de ella. Jeanette se inclina hacia él.

—Cariño —murmura acariciándole el pecho—. Bienvenido, chavalote. Aquí está mamá, esperándote.

Llama a un médico, que le explica que es una etapa normal del despertar, pero que aún pasarán horas antes de poder comunicarse con él.

—La vida vuelve lentamente a nosotros —dice Sofia una vez que se ha marchado el médico.

—Sí, tal vez —dice Jeanette, decidiendo contarle lo que sabe—. ¿A que no adivinas quién está ingresado también aquí al lado?

—Ni idea. ¿Alguien a quien conozco?

—Karl Lundström —dice Jeanette—. Hoy mismo he pasado por delante de su habitación. Ya es extraño. A dos pasillos de aquí, Karl Lundström está acostado sobre las mismas sábanas que Johan, y a los dos los tratan con el mismo cuidado. La vida tiene el mismo valor para todo el mundo.

—Vivimos en un mundo de hombres —responde Sofia—, en el que Johan no vale más que un pederasta. En el que nadie vale más que un pederasta o un violador. Solo puedes valer menos.

Jeanette se ríe.

—¿Qué quieres decir?

—Pues que si eres una víctima, vales menos que el propio pederasta. Se prefiere proteger al presunto autor que a la presunta víctima. Es un mundo de hombres.

Jeanette asiente con la cabeza, aunque no está segura de haberlo entendido. Mira a Johan en su cama. ¿Víctima? Aún no se ha atrevido a pensarlo. ¿Víctima de qué? Piensa en Karl Lundström. No, imposible. Piensa en otra cosa.

—Pero, en el fondo, ¿cuál es tu experiencia con los hombres? —se arriesga a preguntar.

—Supongo que los odio —responde Sofia. Su mirada está vacía—. Colectivamente, quiero decir —continúa, dirigiendo de nuevo la mirada a Jeanette—. ¿Y tú?

Jeanette no está preparada para que le devuelvan así la pregunta. Mira a Johan, piensa en Åke, en sus jefes y colegas. Por

supuesto hay algunos cabrones, pero no todos lo son. Su mundo no es ese del que habla Sofia.
¿Cuál es el lado oscuro de Sofia?
La expresión de sus ojos es difícil de descifrar.
Odio o ironía, locura o sabiduría. ¿Cuál es la diferencia?, piensa Jeanette.
—Me apetece un cigarrillo. ¿Me acompañas? —propone Sofia sacándola de sus pensamientos.
En cualquier caso con ella no se aburre. No como con Åke.
—No... Ve tú. Me quedo con Johan.
Sofia Zetterlund se pone el abrigo y se marcha.

Estocolmo, 1987

El serbal lo plantaron el día de su nacimiento. Una vez trató de prenderle fuego, pero el árbol se negó a arder.

En el compartimento hace calor y está lleno de los olores de los viajeros precedentes. Victoria abre la ventana para ventilarlo, pero los olores permanecen incrustados en el terciopelo de las banquetas.

La migraña que sufre desde que se ha despertado con una cuerda al cuello en el suelo del baño de un hotel en Copenhague comienza a remitir. Pero su boca aún está sensible y el diente delantero roto le da punzadas. Se pasa la lengua por encima. Se ha desprendido una esquirla y en cuanto regrese tendrá que hacérselo arreglar.

El tren traquetea y abandona lentamente la estación, mientras comienza a lloviznar.

Puedo hacer lo que me apetezca, se dice. Dejarlo todo atrás, no volver a verle. ¿Lo permitiría él? No lo sabe. Él la necesita, y ella a él.

En todo caso, en ese momento.

Una semana antes, con Hannah y Jessica, tomó el ferry de Corfú a Brindisi, luego el tren hacia Roma y París. Una lluvia gris a lo largo de todo el camino. Julio parecía el mes de noviembre. Dos días perdidos en París. Hannah y Jessica, sus dos compañeras del internado de Sigtuna, tenían prisa por regresar y heladas y mojadas se subieron al tren en la estación del Norte.

Victoria se acurruca en un rincón y se cubre la cabeza con su chaqueta. Después de un mes viajando en InterRail a través de Europa, esa es ya la última recta.

Durante todo el viaje, Hannah y Jessica han sido como unas muñecas de trapo. Se ha hartado y, en la estación de Lille, ha decidido bajarse del tren. Un camionero danés la ha llevado en autostop hasta Ámsterdam. En Copenhague ha cambiado sus últimos cheques de viaje y se ha instalado en una habitación de hotel.

La voz le ha dicho lo que tenía que hacer. Pero se ha equivocado.

Ha sobrevivido.

El tren se aproxima al embarcadero del ferry de Helsingør. Se pregunta si su vida hubiera podido ser diferente. Sin duda no. Su padre acuchilló su infancia y la hoja del cuchillo aún vibra. Pero ahora ya no importa. Ahora ya es uña y carne con su odio, como el rayo y el trueno. Como el puño cerrado y el golpe.

El viaje hasta Estocolmo dura toda la noche y duerme todo el rato. El revisor la despierta justo antes de la llegada, y siente vértigo y náuseas. Ha soñado, pero no recuerda qué, su sueño solo le ha dejado ese malestar en todo el cuerpo.

Es temprano y el aire es frío. Baja del tren con su mochila y se dirige hacia el amplio vestíbulo abovedado. Como era de prever, nadie ha ido a esperarla. Toma las escaleras mecánicas para bajar al metro.

Desde Slussen, el autobús a Värmdö y Grisslinge tarda una media hora, que dedica a inventarse algunas anécdotas inocentes sobre el viaje. Sabe que él querrá saberlo todo y no se contentará con un relato sin detalles.

Victoria se apea del autobús y camina lentamente a lo largo de la calle familiar: ahí están el Árbol que se Trepa y la Roca Escalera. La pequeña colina que ella bautizó la Montaña y el arroyo antaño conocido como el Río.

A sus diecisiete años, en cierta medida, aún tiene dos años.

El Volvo blanco se halla en el camino de acceso y los ve a los dos en el jardín. Él le da la espalda mientras su madre, agachada, arranca las malas hierbas de un parterre. Victoria deja su mochila en la veranda.

En ese momento él la oye y se vuelve.

Ella le sonríe y le saluda con la mano, pero él la mira sin expresión alguna y vuelve a ponerse a trabajar.

Su madre levanta la vista del parterre y la saluda con un leve gesto de la cabeza. Victoria le responde de igual manera, coge su mochila y entra en la casa.

En el sótano, vacía en la cesta la ropa sucia. Se desnuda y se mete bajo la ducha.

Una súbita corriente de aire hace temblar la cortina de la ducha. Comprende que está allí, justo delante.

—¿Te lo has pasado bien? —dice.

Su sombra se abate sobre la cortina y ella siente que se le hace un nudo en el estómago. No quiere responder, pero, a pesar de las humillaciones a las que la ha sometido, no puede guardar ante él un silencio que lo haría salir a la luz.

—Sí, muy bien.

Se esfuerza por parecer alegre y despreocupada, como si él no estuviera a unos centímetros de su cuerpo desnudo.

—¿Y has tenido suficiente dinero para todo el viaje?

—Sí. Incluso todavía me queda un poco. También tenía mis ahorros y...

—Bien, Victoria. Eres...

Él calla y lo oye sorberse los mocos.

¿Estará llorando?

—Te he echado de menos. Esto estaba vacío, sin ti. Sí, los dos te hemos echado de menos.

—Pero ahora ya he regresado.

Trata de mostrarse alegre, pero se le hace un nudo aún más fuerte en el estómago, pues sabe lo que él quiere.

—Bien, Victoria. Acaba de ducharte y vístete. Luego tu madre y yo queremos hablar contigo. Mamá está calentando agua para el té.

Se suena y se sorbe los mocos.

Sí, está llorando, se dice.

—De acuerdo, ahora mismo voy.

Espera a que se haya marchado para cerrar el agua y secarse. Sabe que puede regresar en cualquier momento, y se apresura a vestirse. Sin tomarse la molestia de ir a por unas bragas limpias, se vuelve a poner las que ha llevado durante todo el viaje desde Dinamarca.

La aguardan en silencio, sentados a la mesa de la cocina. Todo cuanto se oye es la radio en el alféizar de la ventana. Sobre la mesa, la tetera y el plato de galletas de almendras. Su madre le sirve una taza, y huele a menta y a miel.

—Bienvenida a casa, Victoria.

Su madre le tiende el plato de galletas sin mirarla a los ojos.

Victoria trata de mirarla cara a cara. Una y otra vez.

No me reconoce, piensa Victoria.

Solo existe ese plato.

—Debes de haberlas echado en falta, unas auténticas... —Su madre pierde el hilo de la frase, deja el plato y limpia unas migas invisibles sobre la mesa—. Después de todas las cosas raras que...

—Está muy bien. —Victoria recorre la cocina con la vista y lo mira—. Teníais algo que decirme.

Moja la galleta con azúcar escarchado en su té. Un pedazo se parte y se hunde en el fondo de la taza. Fascinada, lo contempla cómo se disuelve: pronto solo queda una pila de migas en el fondo, como si el pedazo nunca hubiera existido.

—Durante tu ausencia, mamá y yo hemos estado pensando y hemos decidido marcharnos dentro de un tiempo.

Se inclina sobre la mesa y su madre asiente con la cabeza, como un eco.

—¿Marcharnos? ¿Adónde?

—Me han confiado la dirección de un proyecto en Sierra Leona. Para empezar, viviremos allí seis meses y luego podremos quedarnos seis meses más, si queremos.

Une sus finas manos frente a él, parecen viejas y arrugadas.

Muy duras, apretadas. Ardientes.

Se estremece al pensar que va a tocarla.

—Pero si ya me he matriculado en la facultad en Uppsala y...

Las lágrimas se le agolpan en los ojos pero no quiere dar muestras de debilidad. Eso le daría ocasión de consolarla. Mira el fondo de la taza, remueve con la punta de la cucharilla la pasta de galleta.

—Está en el culo de África y yo...

Estará completamente a su merced. Sin conocer a nadie y sin poder huir a ningún sitio.

—Ya hemos arreglado eso. Podrás estudiar por correspondencia. Y recibirás apoyo un par de veces por semana.

La mira con sus ojos de un azul desleído. Ya lo ha decidido y ella nada tiene que decir.

—¿Qué podré estudiar?

El diente le da una punzada y se frota el mentón con la mano.

Ni siquiera le han preguntado por su diente.

—Un curso básico de psicología. Creemos que te irá bien.

Apoya frente a él los puños cerrados a la espera de su respuesta.

Su madre se levanta y deja la taza en el fregadero. La enjuaga sin decir palabra, la seca cuidadosamente y la guarda en el armario.

Victoria no dice nada. Sabe que de nada sirve protestar.

Es mejor reservar la cólera para que crezca dentro de ella. Un día abrirá las compuertas y el fuego se extenderá por el mundo, y ese día será despiadada e inmisericorde.

Le sonríe.

—Vale, pues. Y además será solo por unos meses. Estará bien cambiar de aires.

Él asiente con la cabeza y se levanta de la mesa para poner fin a la conversación.

—Bueno, cada uno puede volver a sus ocupaciones —dice—. Victoria quizá necesite descansar un poco. Yo me vuelvo al jardín. A las seis la sauna estará caliente y podremos continuar la conversación. ¿De acuerdo?

Dirige una mirada imperiosa a Victoria y luego a la madre.

Las dos asienten con la cabeza.

Al llegar la noche, le cuesta dormirse y da vueltas en la cama.

Tiene fuertes dolores, él ha sido brutal. La piel escaldada le escuece y le duele el bajo vientre, pero sabe que se le pasará durante la noche. A condición de que él esté satisfecho y logre dormirse.

Olisquea el perrito de auténtica piel de conejo.

Anota en su interior todos los ultrajes, esperando impacientemente el día en que él y todos los otros se arrastrarán suplicándole clemencia.

Hospital Karolinska

Matar a un hombre es sencillo. El problema es sobre todo de orden mental, y esas cuestiones pueden variar enormemente de un individuo a otro. Para la mayoría de la gente, hay que salvar un gran número de obstáculos. La empatía, la conciencia y la reflexión se alzan por lo general como obstáculos al uso de la violencia mortal.

Pero para algunos, es algo tan sencillo como abrir un tetrabrik de leche.

Es la hora de las visitas, hay mucha gente. Afuera llueve a cántaros y la tempestad azota las ventanas. Un rayo ilumina intermitentemente el cielo negro seguido de inmediato por el retumbar del trueno.

La tormenta está muy cerca.

En el ascensor hay colgado un plano del hospital. Como no quiere pedir que le indiquen el camino, comprueba que no se haya equivocado.

Sosteniendo con una mano crispada un ramo de tulipanes amarillos, baja la vista para no cruzarse con ninguna mirada.

Su abrigo es muy corriente, al igual que su pantalón y sus zapatos blancos de suelas de goma flexibles. Nadie se fija en ella y si, por un casual, alguien se acordara de ella más tarde, sería incapaz de dar una descripción precisa.

Es una persona cualquiera, acostumbrada a ser ignorada. Ahora eso ya no le importa, pero antaño esa indiferencia la hizo sufrir.

Mucho tiempo atrás, estaba sola, pero ahora ya no.

En todo caso no como antes.

Su habitación es la segunda puerta a la izquierda. Rápidamente, entra, cierra la puerta y se detiene, al acecho. Nada inquietante.

No se oye ni un ruido. Como estaba previsto. Lo encuentra solo en su habitación.

Una lamparilla en la ventana ilumina la habitación con un resplandor amarillo febril y hace que aún parezca más pequeña.

Su ficha cuelga al pie de la cama y la consulta.

Karl Lundström.

Junto a la cama, diversos aparatos y dos perfusiones conectadas a su cuello, cerca de la clavícula. Dos sondas traslúcidas salen de su nariz y otra de su boca.

No es más que un trozo de carne, se dice.

Uno de los aparatos que lo mantienen con vida emite un pitido regular, hipnótico. Sabe que no le basta con desenchufarlos. Se dispararía la alarma y el personal se presentaría allí de inmediato.

Lo mismo si trata de ahogarlo.

Lo mira. Sus ojos se mueven debajo de los párpados cerrados. ¿Quizá es consciente de su presencia?

Tal vez incluso comprende el porqué de su presencia allí, y no puede hacer nada.

Deja el bolso al pie de la cama, lo abre, saca una jeringuilla y se dirige al portasueros.

Examina las bolsas de los sueros de las perfusiones.

MORFINA Y NUTRICIÓN.

Solo el ruido de la lluvia y del respirador.

Clava la jeringuilla en lo alto de la segunda bolsa e inyecta el contenido. Después de retirar la aguja, agita suavemente todo para que la morfina se mezcle con la glucosa.

Una vez guardada la jeringuilla en el bolso, toma el jarrón de encima de la mesita de noche y lo llena de agua en el baño.

Luego desenvuelve el ramo y lo coloca en el jarrón.

Antes de abandonar la habitación, saca su Polaroid.

El flash se dispara al mismo tiempo que un rayo, la cámara escupe la foto y esta comienza a revelarse lentamente ante sus ojos.

La observa.

El destello hace que las paredes de la habitación y las sábanas de la cama aparezcan velados, pero Karl Lundström y el jarrón de flores amarillas están perfectamente iluminados.

Karl Lundström. El que durante años abusó de su hija y no se ha arrepentido de ello.

Que quiso poner fin a su vida con una patética tentativa de ahorcamiento.

Que fracasó en algo que, sin embargo, está al alcance de cualquiera.

Como abrir un tetrabrik de leche.

Pero va a ayudarle a llevar a cabo su propósito.

A poner un punto final.

Al abrir lentamente la puerta oye cómo su respiración se vuelve más lenta.

Pronto cesará completamente y liberará muchos metros cúbicos de aire para los vivos.

Gamla Enskede–Casa de los Kihlberg

Están sentados en silencio en el coche. Solo se oye el ruido de los limpiaparabrisas y el débil chisporroteo de la radio. Jens Hurtig conduce y Jeanette está sentada detrás con Johan.

Hurtig toma Enskedevägen y echa un vistazo a Johan.

—Por lo que veo, ya estás mejor.

Sonríe por el retrovisor.

Johan asiente con la cabeza sin decir nada, se vuelve y mira al exterior.

¿Qué puede haberle ocurrido?, piensa Jeanette, a punto una vez más de abrir la boca para preguntarle cómo se encuentra. Pero esta vez se abstiene. No quiere atosigarlo con preguntas. Insistiendo no logrará hacerle hablar, sabe que es él quien debe dar el primer paso. Eso llevará el tiempo que sea necesario. Quizá no tiene la menor idea de lo que ocurrió, pero siente que no le ha contado todo.

El silencio en el coche es incómodo cuando Hurtig accede al camino de entrada de la casa.

—Mikkelsen ha llamado esta mañana —dice al apagar el motor del coche—. Lundström ha muerto esta noche. Quería decírtelo antes de que te enteraras por la prensa.

Algo se desmorona dentro de ella. El violento crepitar de la lluvia sobre el parabrisas le hace creer por un instante que el coche sigue en movimiento, a pesar de saber que está estacionado frente a la puerta del garaje. Su única pista en la persecución del asesino de los chavales ha muerto.

—Espera aquí, por favor, ahora vuelvo —dice ella al abrir la puerta—. Ven, Johan, ya estamos en casa.

Johan la precede al entrar en su domicilio. Sin decir palabra, se quita los zapatos, cuelga su abrigo empapado y va a su dormitorio.

Ella se queda un instante mirándolo.

Cuando vuelve junto al garaje, la lluvia se ha convertido en un suave chirimiri. Hurtig fuma junto al coche.

—¿Se ha convertido en un vicio?

Él sonríe y le ofrece un cigarrillo.

—¿Así que Karl Lundström ha muerto esta noche de repente?

—Sí, aparentemente le han fallado los riñones.

A dos pasillos de allí. La noche en que Johan despertó.

—¿No hay nada extraño?

—No, probablemente nada. Sin duda será cosa de todos esos medicamentos con que lo atiborraban. Mikkelsen nos ha prometido un informe mañana y... eso es todo, solo quería que lo supieras.

—¿Nada más?

—Nada en particular. Salvo que recibió una visita justo antes de morir. La enfermera que lo encontró dice que le llevaron un ramo durante la tarde. Unos tulipanes amarillos. De su mujer o de su abogado. Son los únicos inscritos esa tarde en el registro de visitas.

—¿Annette Lundström? ¿No está ingresada?

—No, no ingresada en el sentido clínico. Más bien aislada. Mikkelsen dice que Annette Lundström prácticamente no ha salido de la casa de Danderyd desde hace varias semanas, salvo para visitar a su marido. Han ido esta mañana a verla para anunciárselo y... realmente olía a cerrado.

Alguien le ha regalado flores amarillas a Karl Lundström, piensa Jeanette. El color de la traición.

—¿Soy una mala madre?

Hurtig se echa a reír, vacilante.

—¡Qué dices, anda! Johan es un adolescente. Se marchó y se encontró con alguien que le hizo beber. Se emborrachó, todo se vino abajo y ahora se avergüenza.

Eso es, dame ánimos, piensa Jeanette. Pero esto no cuadra.

—¿Es un chiste?

Ella ve enseguida que no.

—No, Johan está avergonzado. Eso se nota.

Hurtig se apoya en el capó. Quizá lleve razón, piensa Jeanette. Hurtig tamborilea sobre el techo del coche.

Después de despedirse, entra en la casa y va a la cocina a por un vaso de agua para Johan.

Se ha dormido. Deja el vaso sobre su mesita de noche y le acaricia la mejilla.

Luego baja al sótano y pone rápidamente una lavadora con la ropa sucia de Johan. Su chándal de entrenamiento y sus medias de fútbol. Y las camisas que Åke dejó.

Apura el detergente que queda en el fondo del paquete, cierra la puerta y se sienta frente al tambor. Los restos de una vida pasada giran delante de ella.

Piensa en Johan. Silencioso en el coche hasta casa. Sin decir ni una palabra. Sin ni una mirada. La ha descalificado. La ha apartado a conciencia.

Eso duele.

Vita Bergen–Apartamento de Sofia Zetterlund

Sofia Zetterlund ha hecho la limpieza, pagado las facturas y tratado de resolver las cuestiones prácticas.

A la hora de almorzar, llama a Mikael.

—¿Sigues viva?

Se da cuenta de que está enfadado.

—Tenemos que hablar...

—No es el mejor momento. Tengo una comida de trabajo. ¿Puedes llamarme esta tarde? Ya sabes la de cosas que tengo que hacer durante el día.

—Por la noche también estás muy ocupado. Te he dejado varios mensajes...

—Oye, Sofia... —Suspira—. ¿A qué estamos jugando? ¿No sería mejor que lo dejáramos correr?

Se queda muda y traga saliva varias veces.

—¿Qué quieres decir?

—Pues que evidentemente no tenemos tiempo para vernos. Y en tal caso, ¿de qué sirve obstinarse?

Cuando comprende lo que quiere decir, siente un gran alivio. Solo se le ha adelantado unos segundos. Quiere cortar. Simplemente. Sin más historias.

Ella suelta una carcajada.

—Mikael, justamente ese era el motivo por el que quería hablar contigo. ¿No tienes cinco minutos para hablar de ello?

Después de esa conversación, Sofia se sienta en el sofá.
Lavar la ropa. Hacer la limpieza. Pagar las facturas. Regar las plantas. Romper. Unas acciones prácticas comparables.
No piensa que vaya a echarlo en falta.
Sobre la mesa, la polaroid que encontró en su chaqueta.
¿Qué voy a hacer con ella?
No lo comprende. Se la ve a ella en la foto y, sin embargo, no es ella.
Por un lado sus recuerdos no son fiables, la infancia de Victoria Bergman aún está llena de lagunas, pero por otro se conoce lo bastante como para saber que los detalles visibles en esa foto son incontestablemente del tipo que debería despertar en ella algún recuerdo.
Lleva un anorak rojo con solapas blancas, botas de goma blancas y un pantalón rojo. Ella nunca se vestiría así. Parece que la hubieran disfrazado.
El faro al fondo también es rojo y blanco, cosa que hace pensar que la imagen se concibió en función de los colores.
No se ve gran cosa, aparte de la playa con los postes rotos. Es un paisaje desnudo, de dunas bajas con hierbas altas amarillentas.
Podría ser la isla de Gotland, la costa sur de Inglaterra o Dinamarca. ¿Escania? ¿El norte de Alemania?
Son lugares en los que ha estado, pero no de pequeña.
Parece que sea a finales de verano, quizá otoño, por sus ropas. Da la sensación de que debe de hacer viento y frío.
La chiquilla tiene una sonrisa en los labios, pero sus ojos no sonríen. Mirándolos con más atención, se ve en ellos una mirada desesperada.
¿Cómo ha ido a parar esa foto al bolsillo de mi chaqueta? ¿Lleva allí tiempo? ¿La puse yo misma en Värmdö antes de que se quemara la casa?
No, no llevaba esa chaqueta.
Victoria, se dice. Cuéntame lo que no recuerdo.

No hay reacción.
Ni un solo sentimiento.

Kungsgatan–Centro de Estocolmo

Después de varios años de excavación a través de las colinas de Brunkeberg, Kungsgatan fue inaugurada en noviembre de 1911. Durante las obras, descubrieron los restos de un pueblo vikingo situado en el emplazamiento actual de la plaza Hötorget.

La calle, que originariamente se llamaba Helsingegathum, fue rebautizada Luttnersgatan a primeros del siglo XVIII y era una calle de mala fama bordeada de casas bajas y barracas de madera.

El escritor Ivar Lo-Johansson evocó esa calle, la bohemia alrededor de la iglesia de Santa Clara y a las prostitutas del barrio.

En los años sesenta, cuando el centro de la ciudad se desplazó más al sur hacia Hamngatan, la calle quedó en un estado decrépito hasta que la renovación de los años ochenta le devolvió parte de su lustre de antaño.

El fiscal Kenneth von Kwist baja del metro en la estación de Hötorget. Como de costumbre, le cuesta situarse. Hay muchas salidas y su sentido de la orientación no funciona bajo tierra.

Unos minutos más tarde, se encuentra delante de Konserthuset.

Llueve. Abre su paraguas y se dirige lentamente por Kungsgatan hacia el oeste.

No tiene prisa.

Más bien arrastra los pies de camino a su oficina: está preocupado. Por más vueltas que le da al problema, y haga lo que haga, es él quien va a pagar el pato.

Cruza Drottninggatan, Målargatan y Klara Norra Kyrkogatan.

¿Qué pasaría si no hiciera nada y se limitara a esconder los documentos en el último cajón de su escritorio?

Está claro que existe la posibilidad de que ella no oiga nunca hablar del asunto y, con el tiempo, llegarán nuevos casos que harán olvidar los antiguos.

Sin embargo, tratándose de Jeanette Kihlberg, es poco probable que vaya a dejarlo estar.

Se ha tomado muy a pecho el caso de los muchachos asesinados y es muy testaruda. Tiene gran dedicación a su trabajo.

No ha encontrado nada comprometedor acerca de ella.

Ni una falta profesional.

Es una policía de tercera generación. Su padre y su abuelo sirvieron en Västerort, y tampoco hay nada que destacar acerca de ellos.

Pasa por delante del teatro Oscar y del casino Cosmopol.

Todo esto es un embrollo y él es el único capaz de resolver el problema.

¿O hay algo que se le ha escapado?

¿Un enfoque que se le ha pasado por alto?

De momento, Jeanette está ocupada con su hijo, pero en cuanto se haya restablecido volverá al trabajo y, tarde o temprano, se enterará de las novedades.

No puede evitarlo.

¿O sí?

Barrio de Kronoberg–Central de Policía

Llaman a su puerta y entra el comisario principal Dennis Billing.

Jeanette contempla su tez bronceada.

—Ah, ¿ya estás de vuelta? —pregunta él, sin resuello. Toma una silla y se acomoda—. ¿Cómo van las cosas?

Jeanette sabe que la pregunta no se refiere únicamente a su bienestar.

—La situación está controlada. Espero a que Hurtig venga a informarme del interrogatorio de Schwarz a Leif Karlsson.

—¿Y ahora? —Abre la puerta del pasillo y aparece Hurtig, que se disponía a entrar.

—¿Y tienes algo más para nosotros?

Jeanette se repantiga en su sillón contemplando los anchos hombros de Billing. Una gran aureola de sudor justo encima de la cintura. Señal de que pasa demasiado tiempo sentado.

—No, nada en particular. En estos momentos todo parece muy tranquilo, quizá será mejor que retoméis vuestras vacaciones.

Jeanette y Hurtig menean la cabeza al mismo tiempo, pero es Hurtig quien toma la palabra.

—Ni hablar. Mejor me tomaré las vacaciones en invierno.

—Yo también —añade Jeanette—. No soportaba estar de vacaciones.

Billing se vuelve y la observa.

—Está bien, de acuerdo. Tomáoslo con tranquilidad unos días, hasta que pase algo. Ordenad los papeles. Reinstalad Windows. Un poco de relax, vamos. Hasta luego.

Sin aguardar la respuesta, aparta a Hurtig y se marcha.

Hurtig cierra detrás de él con una pequeña sonrisa y coge una silla.

—¿Ha confesado?

Jeanette se despereza, incorpora la espalda y se lleva los brazos detrás de la cabeza.

—Caso cerrado. —Hurtig se sienta y prosigue—: Se le va a acusar de varias violaciones y violencia contra su mujer y, si mantiene su versión ante el juez, de secuestro. —Hurtig calla. Parece reflexionar—. Creo que le ha sentado bien contárnoslo.

A Jeanette le cuesta sentir compasión por un hombre como ese.

Sentirse rechazado no es excusa, se dice imaginando a Åke y Alexandra. Así es la vida.

—Perfecto. Así podemos dejarlo ya y tendremos un poco de tiempo para los chicos.

Abre un cajón de su mesa y saca una carpeta rosa que hace reír a Hurtig.

Ella sonríe.

—He aprendido a dar una apariencia poco interesante a los documentos sensibles. Nadie se tomaría la molestia de abrir esta carpeta. —Empieza a hojear los documentos—. Hay varios puntos que investigar —dice—. Annette y Linnea Lundström. Ulrika Wendin. Kenneth von Kwist.

—¿Ulrika Wendin? —Hurtig parece desconcertado.

—Sí, creo que no nos lo contó todo. Habrá que echar mano de la intuición.

—¿Y Von Kwist? —Hurtig hace un gesto de impotencia.

—Hay algo turbio entre Von Kwist y la familia Lundström. No sé qué, pero... —Jeanette respira profundamente antes de proseguir—: Y luego hay otra persona a la que hay que vigilar.

—¿Quién?

—Victoria Bergman.

Hurtig parece perplejo.

—¿Victoria Bergman?

—Sí. La víspera de la desaparición de Johan, vino a verme un tal Göran Andersson, de la policía de Värmdö. No he podido investigarlo, por culpa de todo el caos con lo de Johan, pero me dijo que Victoria Bergman no existe.

—¿Cómo no va a existir? ¡Pero si hemos hablado con ella!

—Por supuesto, pero he verificado ese número y ya no existe. Vive, pero bajo otro nombre. Sucedió algo hace veinte años y desapareció de todos los archivos. Alguna cosa empujó a Victoria Bergman a pasar a la clandestinidad.

—¿Su padre? Bengt Bergman. Abusó de ella.

—Sí, probablemente sea culpa de él. Y algo me dice que la pista Bergman no está completamente muerta.

—¿La pista Bergman? ¿Qué relación tiene con nuestro caso?

—De nuevo, es una cuestión de intuición. Puedes pensar lo que quieras, pero me pregunto por qué nos encontramos ante nuestras narices esos dos nombres casi siempre a la vez. ¿Fatalidad? ¿Casualidad? ¡Qué más da! El vínculo entre nuestro caso y las familias Bergman y Lundström existe, pondría la mano en el fuego. Además, ¿sabes que siempre han recurrido al mismo abogado? Viggo Dürer. Eso no puede ser una casualidad. Le he pedido a Åhlund que investigue a Dürer.

Jeanette ve que Hurtig comprende la gravedad de lo que dice.

—Bengt Bergman y Karl Lundström abusaron de otros niños además de sus hijas. ¿Recuerdas la denuncia contra Bengt Bergman relacionada con los dos pequeños eritreos, el hermano y la hermana? Como de costumbre, Birgitta Bergman le proporcionó una coartada. Ocurre lo mismo con Annette Lundström, que siempre defiende a su marido, aunque este reconozca haber estado implicado en el tráfico sexual de niños del Tercer Mundo.

—Lo entiendo. Ahí tenemos una pista. La única diferencia es que Karl Lundström reconocía los hechos mientras que Bengt Bergman los negaba.

—Sí, es un buen lío, pero creo que hay un punto en común. Todo eso está relacionado, y vinculado con nuestro caso. Hay un esqueleto en el armario. Se trata de peces gordos, Bergman al frente de la Agencia Sueca para el Desarrollo y la Cooperación Internacional y Lundström en la construcción en el grupo Skanska. Hay mucha pasta de por medio. Y hay que evitar la vergüenza de las familias. Estamos hablando de negligencias en las investigaciones, incluso de sabotajes premeditados.

Hurtig asiente con la cabeza.

—Y alrededor de esas familias hay personas que no existen —continúa Jeanette—. Victoria Bergman no existe. Y un niño sin nombre al que se compra por internet, al que se castra y se le esconde entre unos matorrales... ese niño tampoco existe.

—¿Crees en la teoría de la conspiración?

No se da por aludida ante la eventual ironía de Hurtig.

—No. Más bien en el holismo.

—¿El holismo?

—Creo que la totalidad es superior a la suma de las partes. Si no se comprende el contexto global, nunca se podrán comprender los detalles. ¿Me sigues?

Hurtig parece pensativo.

—Ulrika Wendin. Annette y Linnea Lundström. Viggo Dürer. Victoria Bergman. ¿Por dónde empezamos?

—Propongo que empecemos por Ulrika Wendin. Voy a llamarla ahora mismo.

Abusos de menores, se dice. No se trata más que de eso de principio a fin. Dos niños no identificados, el joven bielorruso Yuri Krylov y Samuel Bai, que fue niño soldado en Sierra Leona. Y tres mujeres que sufrieron abusos sexuales en su infancia. Victoria Bergman, Ulrika Wendin y Linnea Lundström.

Llaman a la puerta y entra Åhlund.

—Qué rápido has ido —dice ella, mirándole con interés.

—He ido rápido porque Viggo Dürer está muerto.

—¿Muerto?

—Sí, lo hallaron carbonizado con su mujer en su velero, hace dos semanas. Frente a Simrishamn.

—¿Un accidente?

—Sí, un escape en un tubo del gasóleo. El barco ardió en cuestión de segundos. No tuvieron ninguna posibilidad de salir vivos.

Åhlund le tiende un papel con un número de teléfono.

—Llama al responsable del caso. Se llama Gullberg.

Jeanette marca el número. Será mejor resolverlo cuanto antes.

Gullberg resulta ser simpático y hablador y le explica con marcado acento de Escania que los servicios de salvamento marítimo recibieron dos semanas atrás una llamada de emergencia emitida desde el teléfono de Viggo Dürer. Este comunicó que su barco se había incendiado y solicitó ayuda, pero cuando llegó la unidad de salvamento, el barco ya ardía en llamas y los dos cuerpos ya estaban casi enteramente carbonizados.

Al día siguiente hallaron en el puerto deportivo un coche a nombre de Henrietta Dürer, en el que había una maleta con los efectos personales de la pareja, entre ellos su documentación.

–Lo que ha confirmado que se trata efectivamente del matrimonio Dürer son sus alianzas. –Gullberg parece satisfecho de sí mismo–. Con el nombre y la fecha. Como no tenían ningún familiar, sus cuerpos fueron incinerados después de la autopsia.

–¿Y se trata de un accidente?

–Según los técnicos, el fuego se inició en el depósito de gasóleo. Se trataba de un barco viejo. Con unos conductos en mal estado. No sospechamos que pueda tratarse de un acto criminal, si es eso lo que insinúa.

–No insinúo nada –dice Jeanette, y cuelga.

Café Zinken

Cuando Ulrika Wendin entra al pequeño bar de barrio cerca del estadio de Zinkensdamm, Jeanette observa de inmediato que la muchacha ha adelgazado mucho. Lleva el mismo jersey que en su último encuentro, pero ahora parece que le vaya varias tallas grande.

Ulrika se instala frente a Jeanette.

–¡Menudo cabrón, el revisor! –exclama al dejar su bolso–. Me he pasado media hora discutiendo con un gilipollas que no quería aceptarme el billete. Mil doscientas coronas de multa porque un conductor de autobús cretino no sabe utilizar un tampón para sellos.

—¿Qué le apetece tomar?

La sonrisa en el rostro delgado de la joven parece forzada, le brilla la mirada y sus gestos denotan impaciencia.

—Lo mismo que usted.

Piden y Jeanette se acomoda en su banqueta.

—¿Le importa si salimos a fumar mientras traen la comida?

Ulrika se levanta sin darle tiempo a responder a Jeanette. Todo lo que hace muestra que no está en sus cabales.

—De acuerdo.

Salen. Ulrika se sienta en el alféizar de la ventana del bar y Jeanette le ofrece el paquete de cigarrillos.

—Ulrika, sé que es difícil, pero me gustaría que habláramos de Karl Lundström. Nos dijo que quería contárnoslo todo. ¿Nos ha dicho todo lo que sabe?

Ulrika Wendin se enciende un cigarrillo y mira despreocupadamente a Jeanette a través del humo.

—¿Y qué más da, si ya está muerto?

—Eso no nos impide seguir investigando. ¿Ha hablado con alguien acerca de lo que ocurrió?

La chica da una profunda calada y suspira.

—No, como sabe la investigación preliminar se abandonó. Nadie me creía. Ni siquiera mi madre, tengo la impresión. El fiscal me cameló, me habló de las ayudas sociales para chicas como yo, pero la verdad era que lo único que quería era enviarme a un psiquiatra por comportamiento desviado. Para él no era más que una puta de catorce años. Y el cerdo del abogado...

—¿Qué ocurrió?

—Leí su informe.

Jeanette asiente con la cabeza. Aunque no sea habitual, un abogado defensor puede intervenir en la investigación preliminar.

—Sí, el informe de la defensa, continúe.

—Decía que yo no tenía ninguna credibilidad, que tenía problemas... De todo tipo, fracaso escolar, alcoholismo. Nunca me había visto pero me presentaba como a una mierda. Que no merecía nada. Me sentí tan herida que me dije que nunca olvidaría su nombre.

Jeanette piensa en Viggo Dürer y Kenneth von Kwist. Casos archivados.

¿Hubo otros? Tendría que comprobarlo. Debería examinar detalladamente el pasado del abogado y del fiscal.

—Viggo Dürer ha muerto —dice.

—Nadie le echará de menos.

Ulrika apaga el cigarrillo contra el alféizar de la ventana.

—¿Vamos?

Sus platos las esperan. Jeanette empieza a comer mientras Ulrika hace caso omiso de su ración de patatas fritas. Mira por la ventana. Reflexiona tamborileando nerviosamente con la punta de los dedos sobre la mesa.

Jeanette no dice nada. Aguarda.

—Se conocían —dice Ulrika al cabo de un buen rato.

Jeanette deja los cubiertos y mira a la chica, tratando de animarla.

—¿A qué se refiere? ¿Quiénes?

Ulrika Wendin titubea y acto seguido saca su teléfono. Un móvil de última generación, un verdadero ordenador de bolsillo.

¿Cómo ha podido permitírselo?

Ulrika teclea sobre la pantalla y lo vuelve hacia Jeanette.

—He encontrado esto en Flashback. Lea.

—¿Flashback?

—Sí, léalo y lo entenderá.

En la pantalla del móvil aparece una página de internet con una serie de comentarios.

Uno de ellos da una lista de suecos que supuestamente financian la fundación Sihtunum Diaspora.

La lista incluye una veintena de nombres. Al leerla, Jeanette comprende lo que Ulrika quiere decir.

Además de los dos nombres de los que habla, Jeanette reconoce un tercero.

Vita Bergen–Apartamento de Sofia Zetterlund

Sofia Zetterlund está en el sofá de la sala, a oscuras, con la mirada fija. Desde que ha regresado, no se ha preocupado por encender la luz. La oscuridad es casi completa, aparte del resplandor del alumbrado público.

Sofia siente que ya no puede resistir más. Sabe también que es irracional tratar de rechazarlo.

Victoria y ella están obligadas a colaborar. De lo contrario, las cosas no harán más que empeorar.

Sofia se sabe enferma. Y sabe qué hay que hacer.

Victoria y ella son el producto complejo de un pasado común, pero se separaron en dos personalidades distintas en un desesperado intento de hacer frente a una vida cotidiana atroz.

Tienen maneras de defenderse y de curarse diferentes. Sofia ha mantenido la enfermedad a distancia aferrándose a la rutina. El trabajo en su consulta le ofrece un marco que adormece su caos interior.

A Victoria la guían el odio y la furia, las soluciones simples y una lógica de blanco o negro con la que puede zanjar cualquier cosa como último recurso.

Victoria odia la debilidad de Sofia, su voluntad de diluirse en la masa y adaptarse. Su obstinación en tratar de olvidar los ultrajes y su indiferente aceptación del papel de víctima.

Desde el regreso de Victoria, Sofia se desprecia y ya no sabe adónde va. Todo ha quedado a la deriva.

Todo va mal.

Dos voluntades que se oponen en todo deben satisfacerse y no formar más que una. Es una ecuación irresoluble.

Se dice que una persona está hecha de sus miedos: Sofia ha construido su personalidad sobre el miedo a ser Victoria. Victoria siempre ha estado latente en Sofia, como su contraria.

Sin Victoria, Sofia dejaría de existir, no sería más que una cáscara vacía.

Hueca.

¿De dónde viene Sofia Zetterlund?, se pregunta. No lo recuerda.

Se acaricia el brazo.

Sofia Zetterlund. Le da vueltas al nombre, sorprendida ante la idea de que ella misma sea la creación de otra persona. Que sus brazos pertenezcan en realidad a otra.

Todo empezó con Victoria.

Soy el producto de otra persona, piensa Sofia. De otro yo. La idea es vertiginosa, le cuesta respirar.

¿Dónde hallar un punto de encuentro? ¿Dónde hay dentro de Victoria una necesidad que llene a Sofia? Tiene que encontrar ese punto, pero para ello debe dejar de temer los pensamientos de Victoria. Atreverse a mirarla a la cara con la mente abierta. Ponerse al alcance de lo que ha estado huyendo toda su vida.

Para empezar, tiene que encontrar el momento en que sus recuerdos se convierten en los suyos, y no los de Victoria.

Piensa en la polaroid. Diez años, vestida con un horrible anorak rojo y blanco, en una playa. Está claro, no lo recuerda. Ese tiempo, esa secuencia pertenecen a Victoria.

Sofia se acaricia el otro brazo. Las estrías claras de las cicatrices son de Victoria. Tenía la costumbre de cortarse con hojas de afeitar o con trozos de vidrio detrás de la casa de tía Elsa en Dala-Floda.

¿Cuándo apareció Sofia? ¿En la época del internado de Sigtuna? ¿Durante el viaje en tren con Hannah y Jessica? Todos esos recuerdos son vagos y Sofia se da cuenta de que su memoria solo adopta una estructura lógica en la época de sus estudios, hacia los veinte años.

Sofia Zetterlund se matriculó en la universidad y vivió cinco años en la ciudad universitaria de Uppsala, antes de trasladarse a Estocolmo. Residente en el hospital de Nacka y luego dos años de psiquiatría forense en Huddinge.

Luego conoció a Lasse y abrió su consulta privada.

¿Qué más? Sierra Leona, naturalmente.

Su vida le parece de repente muy corta y vacía, y es culpa de una sola persona. Su padre, Bengt Bergman, que le robó la mitad de su vida y la condenó a pasar la otra prisionera de la rutina. El trabajo, el dinero, la ambición, el talento, y sus torpes intentos de tener además una vida sentimental. Mantener a distancia sus recuerdos tratando de estar siempre lo más ocupada posible.

A los veinte años, Sofia fue lo suficientemente fuerte para reemplazar a Victoria, dejarla atrás y empezar su vida. En la universidad ya solo era Sofia Zetterlund, que camuflaba a Victoria, olvidando los abusos de su padre. El cual, al borrar la existencia de Victoria, había perdido su control.

Sofia va a mirarse en el espejo de la entrada. Sonríe ante su reflejo, al descubrir el diente que Victoria se rompió en una habitación de hotel en Copenhague. El cuello al que ató el nudo corredizo. Nudoso, musculado.

Se desabrocha la blusa y se acaricia con las manos por debajo. Siente su cuerpo de mujer madura, recuerda las caricias de Lasse, de Mikael.

Se imagina lo que sentiría si Jeanette la tocara. Piel contra piel. Las manos de Jeanette serían frías y suaves.

Su mano vacilante corre sobre su piel. Cierra los ojos y entra dentro de ella. Está vacía. Se quita la blusa y se mira. Sigue su contorno en el espejo.

El fin del cuerpo es definitivo. Allí donde acaba la piel empieza el mundo.

Todo lo que hay en el interior, soy yo.

Yo.

Se cruza de brazos sobre el pecho y se agarra los hombros con las manos, como si se abrazara. Sus manos ascienden a sus mejillas, sus labios. Cierra los ojos. Una náusea se apodera de ella. Un sabor agrio en la boca.

A la vez familiar y extraño.

Lentamente, Sofia se quita el pantalón y las bragas. Se mira en el espejo. Sofia Zetterlund. ¿De dónde has salido? ¿Cuándo te dio el relevo Victoria?

Sofia examina su piel como un mapa de la vida de Victoria y de la suya.

Se toca los pies, los talones doloridos, cuya callosidad nunca es lo bastante gruesa para impedir que se le despellejen de nuevo.

Son los talones de Sofia.

Sus manos se deslizan a lo largo de los tobillos y se detienen en las rodillas. Toca las cicatrices y siente la gravilla contra la que se desollaron cuando Bengt la tomó por detrás y la aplastó con todo su peso en el camino de acceso a la casa.

Las rodillas de Victoria, se dice.

Los muslos. Suaves al tacto de su mano. Cierra los ojos y sabe qué aspecto tenían, después. Los moratones que trató de ocultar. Siente en el interior los ligamentos dolorosos, como cuando la agarraba de ahí en lugar de por las piernas.

Los muslos de Victoria.

Remonta, hacia la espalda, y descubre unas irregularidades que nunca había notado.

Cierra los ojos y rememora un olor a tierra caliente, ese olor tan particular que solo desprende la tierra roja de Sierra Leona.

Sofia se acuerda de Sierra Leona, pero no de esas cicatrices en su espalda, no comprende el mensaje que Victoria trata de enviarle. A veces hay que contentarse con símbolos, se dice al recordar su despertar en el fondo de un hoyo cubierto, convencida de que los niños soldados que sembraban el terror iban a enterrarla viva. Siente ese peso en ella, las tinieblas amenazadoras, el olor de la tela enmohecida. Logró salir de allí.

Hoy considera aquello como una proeza sobrehumana, pero entonces no tuvo conciencia de enfrentarse a lo imposible.

Fue la única que sobrevivió.

La única que supo franquear el abismo y volver a engancharse a la realidad.

Café Zinken

Tres nombres. Tres hombres.

Primero Karl Lundström y Viggo Dürer. Dos personas cuyos destinos parecen curiosamente ligados. Pero al mismo tiempo quizá no sea tan sorprendente, piensa Jeanette. Los dos eran miembros de la misma fundación, se conocían, habían cenado juntos. Cuando Lundström tenía problemas se dirigía al único abogado que conocía. Viggo Dürer. Así es como funcionan las cosas. Favores e influencias.

En la lista de los patrocinadores de esa fundación desconocida, Sihtunum Diaspora, figura también Bengt Bergman.

El padre de Victoria, recientemente desaparecida.

Jeanette siente que el espacio a su alrededor se encoge.

—¿Cómo ha encontrado esto?

Jeanette mira a la joven frente a ella y le devuelve el teléfono.

Ulrika Wendin sonríe.

—En Google, simplemente.

Debo de ser una mala policía, se dijo Jeanette.

—¿Flashback? ¿Esa página es de fiar?

Ulrika se ríe.

—Sí, es verdad, tiene mucho cotilleo pero también hay cosas que son ciertas. Se trata sobre todo de chismes sobre las meteduras de pata de los famosos. Se los cubre de mierda citándolos por su nombre y luego la prensa sensacionalista hace lo mismo con la excusa de que ya está en internet. A veces cabe preguntarse si no son los propios periodistas los que empiezan.

Jeanette se dice que la chica lleva razón.

—¿Y qué es esa organización? ¿Sihtunum Diaspora?

Ulrika coge su tenedor y empieza a picotear de su plato de patatas fritas.

—Una fundación cualquiera. No he encontrado gran cosa sobre ella...

Tiene que haber algo, piensa Jeanette. Haré que Hurtig lo investigue.

Ulrika levanta la vista del plato.

—¿Cómo murió Viggo Dürer?

—Su barco se incendió. Un accidente. La policía de Escania lo encontró delante de Simrishamn.

—¿Sufrió?

—No lo sé. Probablemente.

—¿Y es seguro?

—Sí. Él y su mujer fueron incinerados y enterrados.

Jeanette observa la delgadez de la muchacha. Su mirada está vacía, como si viera a través del plato, mientras con la punta de una patata dibuja rayas en la bearnesa.

Esta chica necesita ayuda.

—Eh... ¿Ha pensado en ir a terapia?

Ulrika mira a Jeanette y se encoge de hombros.

—¿Terapia? ¡Qué más quisiera!

—Tengo una amiga psicóloga que ha trabajado con jóvenes. Sé que hay cosas que le duelen. Se le nota. —Jeanette hace una pausa y continúa—: ¿Cuánto pesa? ¿Cuarenta y cinco kilos?

Ulrika vuelve a encogerse de hombros despreocupadamente.

—No, cuarenta y ocho. —Ulrika sonríe y despierta la simpatía de Jeanette—. No sé si es para mí. Debo de ser muy tonta para que me ayuden así.

Te equivocas, piensa Jeanette. Te equivocas completamente.

A pesar de sus heridas, Jeanette adivina que esa muchacha es fuerte. Saldrá de esta, si le tienden la mano.

—La psicóloga se llama Sofia Zetterlund. Podría verla a partir de la semana próxima, si lo desea. —Es un farol, pero conoce lo suficiente a Sofia para saber que podrá contar con ella. Si Ulrika da ese paso—. ¿Quiere que le dé su número?

Ulrika se retuerce en su silla.

—Vale, vale... pero nada de líos, ¿eh?

Jeanette se ríe.

—No, se lo prometo. Es muy seria.

Sierra Leona, 1987

—Acábate el plato, Victoria. —La mira fijamente desde el otro lado de la mesa del desayuno—. Luego podrás ir a echar una pastilla de cloro a la piscina. Me daré un chapuzón cuando acabe la reunión de esta mañana.

Afuera ya hace más de treinta y cinco grados y se enjuga la frente. Ella responde asintiendo con la cabeza mientras tritura la avena humeante, asquerosa. Cada bocado se hincha en su boca. Detesta la canela azucarada que él la obliga a espolvorear sobre la papilla. Pronto llegarán sus colegas de la Agencia Sueca para el Desarrollo y la Cooperación Internacional y se levantará de la mesa. Entonces podrá tirar el resto.

—¿Cómo van tus estudios?

Ella no le mira a la cara, pero sabe que la está observando.

–Bien –responde con voz apagada–. Estamos leyendo a Maslow. Habla de las necesidades, de la motivación.

No cree que él conozca a Maslow y espera que su ignorancia le cierre la boca.

Lleva razón.

–La motivación –murmura él–. La vas a necesitar.

Aparta la mirada y se concentra de nuevo en su plato.

La necesidad, piensa ella.

Mientras finge acabarse la avena, piensa en lo que ha leído acerca de la jerarquía de las necesidades, que comienza por las necesidades fisiológicas. Necesidades como la alimentación o el sueño, del que él la priva sistemáticamente.

Luego viene la necesidad de seguridad, luego la necesidad afectiva y de pertenencia, luego la necesidad de estima. Todo aquello de lo que la ha privado y continúa privándola.

En la cúspide de la jerarquía, la necesidad de realización de una misma, un término que ni siquiera tiene capacidad para comprender. No sabe quién es ni qué quiere, su realización personal está fuera de su alcance porque se encuentra más allá de ella misma, es externa a su yo. Él la ha privado de todas sus necesidades.

La puerta de la veranda se abre y entra una muchacha, unos años más joven que Victoria.

–¡Ah, aquí estás! –exclama él con una gran sonrisa volviéndose hacia la criada.

Desde el primer día, Victoria la tiene en gran estima.

Bengt también se ha encandilado de esa chiquilla enclenque y alegre, y la corteja con cumplidos y comentarios zalameros.

La primera noche, a la hora de cenar, él decidió que, por cuestiones prácticas, ella dejaría los locales de servicio y se instalaría en la casa grande. Desde entonces, Victoria duerme más tranquila que nunca y su madre también parece satisfecha con esas disposiciones.

Vaca burra y ciega. Un día todo eso caerá sobre ti y pagarás por haber cerrado los ojos.

La chiquilla entra en la cocina. Primero parece asustada, pero se calma un poco al ver a Victoria y Birgitta.

—Tú recogerás la mesa —continúa él, vuelto hacia ella, pero un ruido de motor y de neumáticos sobre la gravilla le interrumpe—. ¡Vaya, ya están aquí!

Se levanta, se acerca a la chiquilla y le acaricia el cabello.

—¿Has dormido bien?

Victoria adivina que probablemente no habrá pegado ojo en toda la noche. Tiene los ojos hinchados e inyectados en sangre, y parece inquieta cuando él la toca.

—Siéntate y come.

Le guiña un ojo a la chiquilla y le da un billete que ella hace desaparecer de inmediato antes de sentarse a la mesa al lado de Victoria.

—Mira qué bien comes —dice antes de salir—. Podrías darle una lección a mi Victoria sobre el apetito.

Señala su plato con la cabeza y desaparece riendo por el vestíbulo.

Victoria sabe que la noche será espantosa. Cuando está de tan buen humor a primera hora de la mañana, el día suele acabar como una terrible pesadilla.

Se comporta como un colonialista de mierda, se dice. ¿La Agencia Sueca para el Desarrollo y la Cooperación Internacional, los derechos del hombre? No son más que la tapadera para pasearse como un cerdo esclavista.

Mira a la chiquilla enclenque, ahora pendiente de su desayuno.

¿Qué le ha hecho? Tiene equimosis en el cuello y una pequeña herida en el lóbulo de la oreja.

—Bueno, ¿sabéis qué os digo…? —suspira la madre—. Voy a ocuparme de la colada. ¿Os portaréis bien?

Victoria no responde. ¿Sabéis qué os digo? Tú nunca dices nada. Eres una sombra muda, ciega, sin contorno.

La chiquilla se ha acabado su plato y Victoria le pasa el suyo. Su rostro se ilumina y Victoria sonríe al verla lanzarse sobre la papilla gris que flota sobre la leche tibia.

–¿Me echas una mano con la piscina? Te enseñaré cómo hay que hacerlo.

La chiquilla la mira por encima del plato y asiente de inmediato.

En cuanto acaba, salen al jardín. Victoria le enseña dónde están las pastillas de cloro.

La humanitaria Agencia Sueca para el Desarrollo y la Cooperación Internacional dispone de varias casas en los alrededores de Freetown. Ellos viven en una de las más grandes, pero la más aislada. El edificio blanco de tres plantas está rodeado por un muro y la entrada está custodiada por hombres armados y uniformados.

Victoria oye las voces en la casa. La reunión se ha trasladado allí porque en esos momentos Freetown no es un lugar seguro.

–Rompe la esquina del envoltorio –ordena Victoria–. Y ahora echa con cuidado la pastilla al agua.

Ve un titubeo en los ojos de la chiquilla y recuerda que está estrictamente prohibido que el personal doméstico utilice la piscina.

–Te he dicho que puedes hacerlo –insiste Victoria–. La piscina también es mía y te digo que puedes.

La chiquilla exhibe la sonrisa triunfal de quien, por unos instantes, es autorizado a acceder al sanctasanctórum. Con un gesto ampuloso, mete la mano en el agua. La sumerge varias veces antes de soltar la pastilla, que sigue con la mirada mientras se hunde lentamente hacia el fondo. Saca su mano mojada y la mira.

–¿Está buena? –pregunta Victoria. Le responde con un prudente asentimiento con la cabeza–. ¿Nos damos un baño antes de que llegue él? –continúa.

La chica titubea y al cabo de un momento menea la cabeza balbuciendo que está prohibido. Victoria la tranquiliza.

—Conmigo, está permitido —dice mirando de reojo a la casa mientras empieza a desnudarse—. No tenemos que preocuparnos por ellos, ya les oiremos cuando acaben.

Se lanza a la piscina y da unas brazadas bajo el agua.

Flota unos instantes justo sobre el fondo y disfruta de la presión del agua en sus oídos.

El agua entre ella y el mundo exterior constituye una muralla compacta.

Cuando empieza a faltarle el oxígeno, vuelve a bucear y al acercarse al borde ve que la chiquilla ha sumergido una pierna. Victoria emerge al lado de ella, bajo el sol deslumbrante. La muchacha está sentada en la escalera y sonríe a contraluz.

—*Like fish** —dice señalando a Victoria, que ríe a su vez.

—Métete en el agua. Diremos que te he obligado.

La muchacha se deja convencer rápidamente, pero se niega a bañarse solo en bragas y sujetador como Victoria.

—Quítate las sandalias y ponte esto.

Le arroja su camiseta de tirantes.

Mientras la chiquilla se apresura a quitarse el vestido y ponerse la camiseta, Victoria alcanza a ver que tienes unos grandes moratones en el vientre y los riñones. Una extraña sensación se apodera de ella.

Primero cólera por lo que él ha hecho, y luego alivio por no haber sido golpeada ella.

Luego llega la vergüenza, creciente, mezclada con un sentimiento desconocido hasta entonces. Se avergüenza de ser hija de su padre, pero eso no es todo. Algo le quita las ganas de enseñarla a nadar.

Mira a esa criatura sonriente de pie junto al borde de la piscina, chapoteando con su camiseta con los colores del internado de Sigtuna, que le queda demasiado grande.

---

* «Como los peces».

Verla meterse así en el agua con su camiseta la incomoda de repente. Victoria trata de comprender qué le encuentra su padre a esa muchacha. Es guapa y está intacta, es más joven y no hace las cosas a regañadientes, como ella ha empezado a hacer.

¿Quién te has creído para tratar de reemplazarme?, piensa.

–Ven aquí.

Victoria se esfuerza en parecer amable, pero aquello más parece una orden.

Le viene a la memoria un recuerdo: un niño al que quería pero que la traicionó y luego se ahogó. Qué fácil sería, piensa.

–Déjate caer hacia delante, yo te sostengo. –Victoria se coloca junto a la muchacha, que titubea–. Vamos, no seas cobarde. Yo te aguanto.

Lentamente, se hunde en el agua.

Parece ligera como un bebé en brazos de Victoria.

La chiquilla mueve los brazos y las piernas siguiendo las instrucciones pero, en cuanto Victoria la deja flotar, cesa de nadar de inmediato y comienza a agitarse. Eso hace enfadar a Victoria, pero no dice nada. Lenta pero segura, la guía hacia la parte más honda.

Aquí ya no hace pie, piensa Victoria, que flota moviendo las piernas.

Y entonces la suelta.

Barrio de Kronoberg–Central de Policía

–¿Sihtunum Diaspora? ¿Qué significa?

Jens mira a Jeanette perplejo.

–Es Sigtuna en sueco antiguo y la palabra griega que significa dispersión, exilio. Se refiere a la asociación de antiguos alumnos del internado de Sigtuna.

—¿Qué es ese internado? ¿Es en el que estuvo Jan Guillou?
—No, otro. En el que estudió el rey. El liceo clásico de Sigtuna es el internado más grande y de mayor renombre de Suecia. En su época estudiaron allí Olof Palme y Peter y Marcus Wallenberg, si esos nombres te dicen algo.

Jeanette y Hurtig intercambian unas miradas de complicidad.

Cierra la puerta del despacho y se sienta frente a ella.

—¿Quieres decir que el rey financia esa fundación?

—No, no todos los nombres de la lista son tan famosos, pero estoy segura de que por lo menos conoces a tres.

Hurtig silba al ojear la lista de donantes.

—Dürer, Lundström y Bergman aportan aparentemente grandes sumas desde mediados de los años setenta —continúa Jeanette—. Pero, cosa extraña, esa asociación no está registrada en la administración regional.

—¿Algo más?

—Tenían una propiedad en Dinamarca, pero que luego vendieron. El único bien de valor era el *Gilah*, el velero donde murieron Dürer y su esposa.

—Interesante. ¿Y qué dicen los estatutos de esa fundación?

Jeanette toma un papel y lee en voz alta.

—El objetivo de la fundación es combatir la pobreza y promover la mejora de las condiciones de vida de los niños de todo el mundo.

—¿Un pedófilo que ayuda a los niños?

—Dos pedófilos, por lo menos. La lista contiene veinte nombres, dos de los cuales son con seguridad de pedófilos. Bergman y Lundström. Eso representa un diez por ciento. Los otros no los conozco, aparte de Dürer, el abogado. ¿Podría haber otros nombres interesantes? ¿Entiendes a qué me refiero?

—Entiendo. ¿Algo más?

—Nada que no supiera ya. —Jeanette se acerca a él y baja la voz—. Parece que tú conoces esa web, Hurtig, y sabes más que yo de informática. ¿Crees que se puede seguir el rastro de un usuario? ¿Podrías hacerlo?

Hurtig sonríe, sin responder a la pregunta.

—No por ser hombre sé más de informática.

—No, no es porque seas un hombre. Es porque eres más joven. Pero si aún te gustan los videojuegos...

Hurtig parece incómodo.

—¿Videojuegos? ¿Yo?

—¡No me vengas con cuentos! Por la calle te detienes frente a los escaparates de las tiendas de videojuegos y tienes callos en la punta de los dedos, a veces hasta ampollas. Un día, comiendo, comentaste que el pizzero se parecía a tu personaje en GTA. Eres un jugador empedernido, Hurtig, y punto.

—Vale, pero... —Titubea—. ¿Seguirle el rastro a un usuario? ¿No es una violación de la ley de protección de datos?

—Nadie tiene por qué saberlo. Con una dirección IP quizá encontraremos un nombre y eso tal vez nos permitirá avanzar, o no. No es para tanto. No se trata de acoso ni de espionaje. Lo único que quiero es un nombre.

—De acuerdo, lo intentaré —prosigue Hurtig—. Si no funciona, conozco a alguien que igual puede ayudarnos.

—Perfecto. Luego está la lista de donantes. Compruébala también ya que estás en ello, y yo me ocuparé de localizar a Victoria Bergman.

En cuanto Hurtig se marcha, introduce «Victoria Bergman» en el archivo de la policía: sin resultado alguno, como era de prever.

Sí hay dos Victorias Bergman, pero sus edades no corresponden.

El siguiente paso consiste en comprobar el estado civil. Jeanette se conecta al registro de la administración fiscal, en el que están censados todos los suecos vivos.

Localiza a treinta y dos Victorias Bergman.

La mayoría con la ortografía más común, Viktoria, hecho que sin embargo no basta para descartarlas. La ortografía puede variar.

Jeanette piensa en una compañera del colegio que de un plumazo cambió sus *s* por *z*: la banal Susanne se convirtió en Zuzanne, más exótica. Unos años después, Zuzanne murió de una sobredosis de heroína.

Continúa su investigación y obtiene las declaraciones de renta de las personas concernidas.

Solo falta una.

La vigesimosegunda de la lista, una Victoria Bergman censada en Värmdö.

La hija del violador Bengt Bergman.

Jeanette busca un año antes, pero sucede lo mismo. Esa Victoria Bergman de Värmdö aparentemente no presenta su declaración de renta.

Remonta diez años atrás: nada.

No hay ningún dato.

Solo un nombre, un número de teléfono y una dirección en Värmdö.

Intrigada, Jeanette rebusca en todos los archivos y registros a su disposición, pero todo confirma lo que le había dicho Göran Andersson, de la policía de Värmdö.

Victoria Bergman siempre ha vivido en la misma dirección, nunca ha ganado ni gastado ni una corona, no tiene impuestos pendientes de pago ni ha sido atendida en ningún hospital desde hace casi veinte años.

Decide que a lo largo del día se pondrá en contacto con la agencia tributaria para comprobar si puede tratarse de un error.

Luego recuerda haberle comentado a Hurtig la posibilidad de encargar un perfil del asesino, y piensa en Sofia.

Quizá sea el momento.

Lo que al principio no era más que una idea, al fin y al cabo quizá no sea una tontería. Por lo que sabe, Sofia tiene la experiencia necesaria para establecer un perfil provisional.

Al mismo tiempo, concentrarse en una única descripción y

confiar ciegamente en un peritaje psicológico puede ser catastrófico.

Jeanette piensa en el caso de Niklas Lindgren, apodado el Hombre de Haga, en el que la investigación se vio entorpecida por un perfil psicológico completamente disparatado.

Varios de los mejores expertos del país consideraron que tenía que tratarse de un marginado. De un lobo solitario.

Al ser detenido por ocho agresiones, violaciones y tentativas de asesinato, resultó ser un padre de familia corriente.

Así que nunca hay que bajar la guardia ni dejarse influir por Sofia Zetterlund.

De una manera o de otra, nada tiene que perder. Y además tiene que hablarle de Ulrika Wendin. Descuelga, marca el número de la consulta y se acerca a la ventana.

Afuera, el parque Kronoberg está desierto, aparte de un joven que pasea distraídamente al perro mientras teclea su teléfono. Jeanette observa al perro, que no para de engancharse con la correa en una papelera, tratando desesperadamente de llamar la atención de su dueño.

Ann-Britt responde y transfiere inmediatamente la llamada.

—Hola, soy yo —dice Jeanette entre risas—. ¿Eres buena para los perfiles criminales?

—¿Qué? —Sofia ríe a su vez. A Jeanette le parece serena y relajada—. ¿Eres tú, Jeanette?

—Claro, ¿quién va a ser?

—Debería haberlo sospechado. Al grano, como de costumbre. —Sofia calla y Jeanette la oye echarse hacia atrás. Su sillón chirría—. ¿Los perfiles criminales? —prosigue—. La verdad es que no son mi fuerte, pero supongo que se estudian las características demográficas, sociales y de comportamiento más probables del asesino. Luego se concentra la investigación en el grupo concernido y con un poco de suerte...

—¡Has dado en el blanco! —la interrumpe Jeanette, contenta de que Sofia haya empezado especulando—. La verdad es que en la actualidad se conoce como análisis del caso. Está menos cargado de esperanza. –Reflexiona antes de desarrollarlo–. El objetivo, como bien has dicho, es reducir el número de sospechosos esperando poder orientar la investigación hacia una persona en concreto.

–¿Nunca descansas? –exclama Sofia.

Apenas han pasado unos días desde que Johan salió del hospital y Jeanette ya se dedica en cuerpo y alma al trabajo. ¿A eso se refiere? ¿A que es racional y tiene sangre fría? ¿Y qué otra cosa podría hacer?

–Ya me conoces –acaba respondiendo, sin saber si debe sentirse ofendida o halagada–. Pero en eso necesito verdaderamente tu ayuda. Por diversas razones, no puedo dirigirme a nadie más.

Sabe que hay que poner las cartas sobre la mesa. Es cierto, si Sofia no se ocupa de ello Jeanette no tiene otra solución a mano.

–De acuerdo –responde Sofia con cierto titubeo–. Supongo que todo esto se basa en la teoría de que todo lo que hacemos en nuestra vida es acorde a nuestra personalidad. Por ello, normalmente una persona maníaca tendrá siempre un despacho impecablemente ordenado y rara vez llevará una camisa arrugada.

–Exactamente –responde Jeanette–. Y al reconstruir cómo se ha ejecutado un asesinato se pueden sacar conclusiones acerca del autor del mismo.

–¿Y quieres que te ayude?

–Se trata de un presunto asesino en serie y tenemos algunos nombres. Algunas descripciones y dos o tres cosas más. –Hace una pausa retórica para subrayar la importancia de lo que va a decir a continuación–. El analista tiene que evitar examinar a los sospechosos. Eso crea un filtro que enturbia su visión de conjunto.

Jeanette oye a Sofia respirar más hondo, sin decir nada.

—¿Podemos vernos más tarde en casa para hablar de ello? —propone Jeanette para atraer la atención de Sofia, por si aún está dubitativa—. Y hay otra cosa que quisiera pedirte.
—Ah, ¿qué?
—¿Lo hablamos esta noche, si te va bien?
—De acuerdo. Ahí estaré —responde Sofia en un tono súbitamente desprovisto de todo entusiasmo.

Cuelgan y Jeanette está una vez más desconcertada: no sabe nada acerca de Sofia.

Sentirse atraído por una persona puede llevar dos minutos, y años conocerla.

A medida que Jeanette trata de acercarse a Sofia, la tarea le parece inabarcable.

Pero no quiere rendirse. Por lo menos quiere intentarlo.

Decide llamar a la madre de Åke para que Johan pase el fin de semana con los abuelos. En su casa se siente a gusto y eso es lo que necesita en estos momentos. Que le dediquen tiempo y atenciones. Todo cuanto ella no puede darle.

La madre de Åke está contenta de poder hacer ese favor, e irá a buscar a Johan a última hora de la tarde.

Ahora, a informarse acerca de Victoria Bergman.

El servicio telefónico de la agencia tributaria no se anda con chiquitas y la comisaria Jeanette Kihlberg aguarda educadamente su turno.

Una voz artificial metálica, amable pero insobornable, indica que en esos momentos hay treinta y siete agentes a su servicio y su turno es el 29. El tiempo de espera estimado es de catorce minutos. Jeanette pulsa el altavoz y aprovecha para regar las flores y vaciar la papelera mientras la voz monótona prosigue su cuenta atrás.

Su turno es el 22. Tiempo de espera, once minutos.

Alguien debió de grabar un día todos los números, piensa.

Un pitido en el teléfono, seguido de un chisporroteo.

—Buenos días, ¿qué desea?

Jeanette se presenta, el funcionario se disculpa por la espera y pregunta por qué no ha utilizado la línea directa. Jeanette explica que ignoraba la existencia de la misma y que al fin y al cabo eso le ha permitido recogerse un rato en la contemplación.

El funcionario de la agencia tributaria se ríe y le pregunta en qué puede ayudarla. Le pide toda la información disponible acerca de Victoria Bergman, nacida en 1970, censada en Värmdö. Le ruega que espere.

Regresa unos minutos después. Parece desconcertado.

—¿Supongo que se trata de Victoria Bergman, 700607?

—Sin duda. Espero.

—En ese caso, hay un problema.

—¿Ah? ¿De qué tipo?

—Pues lo único que he encontrado es una referencia al juzgado de Nacka. Nada más.

—Sí, pero ¿qué dice exactamente esa referencia?

El funcionario se aclara la voz. De conformidad con la decisión del juzgado de Nacka, esa persona cuenta con una identidad protegida. Cualquier pregunta que la concierna debe, por lo tanto, dirigirse a la mencionada autoridad.

—¿Eso es todo?

—Sí. —El funcionario suspira lacónicamente.

Jeanette le da las gracias, cuelga, llama a la telefonista y pide que la pongan con el juzgado de Nacka. Si es posible, por la línea directa.

El secretario judicial no es tan servicial como el funcionario, pero promete enviarle cuanto antes todo lo relativo a Victoria Bergman.

Maldito burócrata, piensa Jeanette mientras le desea al secretario judicial buenas tardes, y le cuelga.

A las cuatro y veinte recibe un correo electrónico del juzgado.

Jeanette Kihlberg abre el documento adjunto. Para su decepción, constata que la información proporcionada por el juzgado de Nacka se reduce a tres líneas:

VICTORIA BERGMAN, 1970-XX-XX-XXXX
CONFIDENCIAL.
TODOS LOS DATOS TACHADOS.

Gamla Enskede–Casa de los Kihlberg

Jeanette oye llegar el coche, que toma el camino de acceso y aparca al lado de su Audi.

Se le hace un nudo en el estómago, está nerviosa.

Antes de abrir a Sofia, se arregla un poco el cabello ante el espejo.

Quizá habría tenido que maquillarme, se dice. Pero como es algo que no acostumbra a hacer, habría parecido extraño. Y además no tiene mucha mano para pintarse. Un poco de lápiz de labios y colorete, y basta.

Abre, y Sofia Zetterlund entra y cierra a su espalda.

—Buenas noches, y bienvenida.

Jeanette abraza a Sofia, pero no demasiado tiempo. No quiere parecer demasiado demostrativa.

¿Demostrativa de qué?, piensa al soltarla.

—¿Te apetece una copa de vino?

—Sí, gracias. —Sofia la mira con una ligera sonrisa—. Te he echado de menos.

Jeanette responde con una sonrisa preguntándose de dónde le viene esa angustia. Observa a Sofia y le parece que sus rasgos están tensos.

Jeanette va a la cocina, seguida de Sofia.

—¿Dónde está Johan?

—Pasará el fin de semana con los abuelos —responde Jeanette—. La madre de Åke ha venido a buscarle y se ha marchado con ella sin decirme ni adiós. Aparentemente, soy la única a la que no le habla.

—Paciencia, ya se le pasará, créeme.

Sofia observa la cocina, como si quisiera evitar tener que mirar a Jeanette a los ojos.

—¿Sabes algo más acerca de lo que pasó en Gröna Lund?

Jeanette suspira y descorcha una botella de vino.

—Dice que conoció a una chica que le invitó a tomar cerveza. Luego no recuerda nada. En todo caso, eso dice.

Jeanette tiende una copa a Sofia.

—¿Y le crees? —dice al aceptarla.

—No lo sé. Pero ahora está muchísimo mejor y he decidido no ser una madre aguafiestas. Insistiendo, no voy a descubrir nada.

Sofia parece pensativa.

—¿Quieres que le organice una entrevista con un psicólogo?

—No, para nada. Pondría el grito en el cielo. Me refiero a que necesita normalidad, por ejemplo una madre que esté en casa cuando él regrese del colegio.

—¿Así que Johan y tú estáis de acuerdo en que todo es culpa tuya? —dice Sofia.

Jeanette se detiene en mitad de su gesto. Culpa mía, se dice paladeando las palabras. Tiene un sabor amargo, sabor a fregadero que desborda y a suelo sucio.

Mira a Sofia y se oye preguntarle qué quiere decir.

Sonriendo, Sofia apoya su mano sobre la de Jeanette.

—No te preocupes —la consuela—. Lo que ha ocurrido quizá sea una reacción ante vuestro divorcio y te achaca a ti la responsabilidad porque eres la más cercana.

—¿Quieres decir que cree que le he traicionado?

—Sí —responde Sofia con el mismo tono de voz dulce—. Pero, claro está, es irracional. Es Åke quien cometió la traición. Quizá Johan os considera a ti y a Åke como un todo. Sois los padres en bloque quienes le habéis traicionado. La traición de Åke se convierte en vuestra traición como padres... —Hace una pausa y prosigue—: Discúlpame. Parece como si me lo tomara a guasa.

—No hay problema. Pero ¿qué se puede hacer para salir de esta situación? ¿Cómo se perdona una traición?

Jeanette bebe un trago largo de vino y deposita su copa con un gesto de desánimo.

La dulzura desaparece del rostro de Sofia y su voz se endurece.

—La traición no se perdona, solo se aprende a vivir con ella.

Se quedan en silencio y Jeanette mira a Sofia a los ojos.

Jeanette comprende, a su pesar. La vida está hecha de traiciones y, si no se aprende a sobrellevarlas, se vuelve imposible de vivir.

Jeanette se echa hacia atrás y exhala un profundo suspiro para eliminar la tensión y la inquietud acumuladas a lo largo de todo el día acerca de Johan.

Inspira profundamente y su cerebro se pone en funcionamiento.

—Oye —aventura Jeanette prudentemente—, me gustaría que visitaras a una chica que conozco… Mejor dicho, le he prometido que podrías verla, quizá haya sido una tontería por mi parte, pero…

Se interrumpe para esperar a la aprobación de Sofia y la ve asentir con la cabeza.

—Esa chica se encuentra en un estado lamentable, y no creo que sea capaz de salir sola de esa situación.

—¿Qué tipo de problemas tiene?

—No los conozco al detalle, pero cayó en manos de Karl Lundström.

—¡No me digas! —replica Sofia—. Bueno, con eso me basta. Mañana consultaré mi agenda y te diré.

El rostro de Sofia es misterioso. Su sonrisa es casi tímida.

—Eres una buena persona —dice Jeanette, a quien la disponibilidad de Sofia no la sorprende: cuando se trata de hacer un favor, nunca falla.

—Supongo que Lundström ya no es sospechoso de los crímenes, dado que quieres que se elabore un perfil.

Jeanette se ríe.

—Claro, en primer lugar está muerto, pero en el fondo creo que no era más que un chivo expiatorio. ¿Qué sabes acerca de los criminales sexuales?

—Una vez más, directa al grano y sin zarandajas. Hay dos tipos. Los organizados y los caóticos. Los organizados proceden de entornos sociales ordenados, por lo menos en apariencia, y en general no tienen el perfil de un asesino. Planean sus crímenes y dejan pocos rastros. Atan y torturan a sus víctimas antes de matarlas, y van a buscarlas a lugares en los que nada permite localizarlos a ellos.

—¿Y los otros?

—Los criminales sexuales caóticos, por lo general procedentes de entornos más difíciles, matan al azar. A veces incluso conocen a sus víctimas. ¿Te acuerdas del Vampiro?

—No, la verdad es que no.

—Mató a sus dos cuñadas, se bebió su sangre y creo que incluso se comió... —Sofia calla, hace una mueca de asco y prosigue—: Por supuesto, hay muchos asesinos que tienen rasgos de los dos tipos, pero la experiencia demuestra que esta división es en la mayoría de los casos pertinente y supongo que cada tipo de asesino deja rastros diferentes en el lugar del crimen.

De nuevo la impresiona la vivacidad de Sofia.

—¡Eres increíble! ¿De verdad que nunca has hecho perfiles?

—Nunca. Pero sé leer, he estudiado psicología, he trabajado con psicópatas y un montón de chorradas más...

Se echan a reír. Jeanette siente lo mucho que quiere a Sofia. Sus repentinos cambios de la seriedad a la broma.

Su capacidad de tomarse la vida tan en serio que hasta es posible reírse de ella. Reírse de todo.

Piensa en la apariencia taciturna de Åke, en su postura grave: ¿de dónde le viene, a alguien que nunca había asumido ninguna responsabilidad?

Observa los rasgos de Sofia.
El cuello delgado, los pómulos altos.
Los labios.

Mira sus manos de uñas con una cuidadosa manicura, pintadas de un color claro de reflejos nacarados. Muy limpias, se dice, con la sensación de haber pensado ya en eso.

Está aquí ahora, abierta. Adónde llevará eso, el futuro lo dirá.

Gamla Enskede–Casa de los Kihlberg

Sofia está en el sofá, sentada al lado de una persona que le gusta. Se siente también cada vez más atraída por Jeanette y entiende el porqué. Es una atracción física. Contradictoria. Sabe que Jeanette ha adivinado su lado oscuro.

Se siente segura con ella, pero incapaz de comprender quién es Jeanette Kihlberg y qué busca. Jeanette la sorprende, la desafía y a la vez parece respetarla sinceramente. De ahí la atracción.

Sofia inspira profundamente y los perfumes llenan sus pulmones. La respiración de Jeanette se mezcla con el ruido de la lluvia contra el alféizar de la ventana.

Ha aceptado instintivamente cuando Jeanette le ha propuesto ayudarla en su investigación, pero ya se arrepiente de ello.

Desde un punto de vista puramente racional, la proposición de Jeanette debería aterrorizarla, lo sabe. Pero a la vez quizá haya alguna manera de aprovechar la situación. Lo sabrá todo acerca de la investigación policial y estará en condiciones de inducirlos a error.

Jeanette expone con calma y objetividad los detalles de los asesinatos.

Así le hace sentir quién es, quién no debería ser.

Quién no quiere ser.

—Tenían marcas de latigazos en la espalda.

En lo más hondo de su conciencia se abren puertas. Recuerda las marcas en su propia espalda.

Quiere dejar atrás sus antiguos yos, desnudarse completamente.

Sofia sabe que nunca podrá fusionarse con Victoria mientras no acepte lo que esta ha hecho. Tiene que comprender, considerar los actos de Victoria como suyos.

—También fueron mutilados. Les cortaron los genitales.

Sofia querría huir, así sería más fácil, cerrarle la puerta a Victoria, encerrarla a cal y canto en lo más hondo de ella misma esperando que se apagara poco a poco.

Ahora tiene que hacer como el actor que lee un guion y deja que lentamente el personaje madure en su interior.

Y para ello necesita más que empatía.

Se trata ni más ni menos que de «convertirse» en otra persona.

—Uno de los muchachos estaba desecado, pero otro estaba embalsamado de una forma casi profesional. Le habían vaciado la sangre y la habían sustituido por formol.

Permanecen un momento en silencio. Sofia tiene las manos húmedas. Se las enjuga sobre los muslos y habla.

Las palabras le vienen solas. Las mentiras se le ocurren automáticamente.

—Tengo que estudiar toda esa información pero, a primera vista, se trata de un hombre de entre treinta y cuarenta años. El acceso al anestésico sugiere que trabaja en el sector de la medicina: médico, enfermero, veterinario o similar. Pero, insisto, tengo que analizar todo esto con mayor detenimiento. Luego hablaremos.

Jeanette la mira con gratitud.

Mariatorget–Oficina de Sofia Zetterlund

Sofia Zetterlund almuerza en su consulta. Al haberla convencido Jeanette Kihlberg de aceptar a Ulrika Wendin, tiene la agenda del día muy llena.

Mientras arroja en la papelera los restos de su comida rápida, se abre una ventana de diálogo en la pantalla de su ordenador portátil.

Acaba de recibir un correo electrónico.

El nombre del remitente la sobresalta.

¿Annette Lundström?

Abre el correo.

> Buenos días. Sé que se entrevistó con mi marido en dos ocasiones. Necesito hablar con usted de Karl y Linnea y le agradeceré que se ponga en contacto conmigo lo antes posible llamando al número siguiente.

Interesante, se dice consultando su reloj. La una menos cinco. Ulrika no tardará en llegar, pero a pesar de ello toma el teléfono y marca el número.

Ulrika se sienta con las piernas cruzadas, los brazos sobre los reposabrazos y las manos juntas sobre las rodillas. Sofia la imita.

Se trata de crear un efecto de espejo, de copiar las señales físicas como los gestos o las expresiones del rostro. Ulrika Wendin tiene que reconocerse en Sofia, sentir que está de su parte. Así, la propia Ulrika podrá a su vez reflejarse en Sofia y, mediante imperceptibles modificaciones de su lenguaje corporal, conseguirá que la joven se relaje un poco.

De momento, tiene las piernas y los brazos cerrados, con los codos apuntando agresivamente a las paredes, como espinas.

Su cuerpo entero transpira la falta de confianza en sí misma.

Uno no se puede proteger más, piensa Sofia descruzando las piernas e inclinándose hacia delante.

—Buenos días, Ulrika —comienza—. Bienvenida.

El objetivo de la primera entrevista es ganarse la confianza de Ulrika. De entrada. Sofia la deja llevar la conversación libremente a los terrenos en que se siente más segura.

Sofia escucha, echada hacia atrás, interesada.

Ulrika le explica que casi nunca ve a nadie.

A veces se siente sola, pero cada vez que se encuentra en compañía el pánico se apodera de ella. Se matriculó en un curso para adultos en la universidad. Fue allí el primer día, encantada con la idea de aprender y hacer amigos, pero, a la puerta del centro, su cuerpo dijo no.

Nunca se ha atrevido a entrar.

—No sé cómo me he atrevido a venir hasta aquí —dice Ulrika, con una carcajada nerviosa.

La chica se ríe para atenuar la gravedad de lo que acaba de decir.

—¿Recuerda lo que ha pensado al abrir la puerta para entrar aquí?

Ulrika reflexiona seriamente acerca de la pregunta.

—«Ya veremos adónde nos lleva esto», creo —dice, sorprendida—. Pero me parece muy raro, ¿por qué iba a pensar eso?

—Es usted la única que puede decirlo —dice Sofia con una sonrisa.

Tiene ante ella a una chica que ha tomado una decisión.

Que no quiere seguir siendo una víctima.

Por lo que cuenta Ulrika, Sofia deduce que tiene una serie de problemas. Pesadillas, pensamientos obsesivos, ataques de vértigo, rampas, trastornos del sueño, desórdenes alimentarios.

Ulrika dice que lo único que logra tragar sin problemas es la cerveza.

Esa chica necesita un apoyo regular y sólido.

Alguien tiene que abrirle los ojos para mostrarle que hay otra vida posible, ahí, al alcance de su mano.

Idealmente, Sofia querría verla dos veces por semana.

Si transcurre demasiado tiempo entre dos sesiones, hay un riesgo elevado de que comience a ponerlas en cuestión y a vacilar, y ello complicaría notablemente el proceso.

Pero Ulrika se niega.

Por mucho que Sofia le diga, Ulrika no acepta más de una sesión cada quince días, a pesar de que ella le promete que no le hará pagar.

Al marcharse, Ulrika dice algo que inquieta a Sofia.

—Hay una cosa…

Sofia alza la vista de sus notas.

—¿Sí?

Ulrika parece muy pequeña.

—No sé… A veces me cuesta… saber qué ocurrió verdaderamente.

Sofia le pide que cierre la puerta y vuelva a sentarse.

—La escucho —dice con tanta delicadeza como le es posible.

—Yo… a veces creo que fui yo quien los incitó a humillarme y a violarme. Sé que no es verdad, pero a veces, al despertarme por la mañana, estoy segura de haberlo hecho. Siento mucha vergüenza… y luego comprendo que no es verdad.

Sofia mira fijamente a Ulrika.

—Está bien que me lo cuente. Es normal sentir eso cuando se ha vivido lo que usted ha vivido. Asuma la culpabilidad. Comprendo que decirle que es normal no hace que las cosas sean menos desagradables, pero confíe en mí. Y, sobre todo, tiene que confiar en mí cuando le digo que no ha hecho nada malo.

Sofia espera una reacción de Ulrika, pero esta permanece en su silla y asiente despacio con la cabeza.

—¿Seguro que no quiere volver la semana próxima? —intenta de nuevo Sofia—. Tengo dos sesiones libres, una el miércoles y la otra el jueves.

Ulrika se pone en pie. Mira al suelo, azorada, como si hubiera metido la pata.

—No, creo que no. Tengo que marcharme.

Sofia se contiene de asirla del brazo para subrayar la gravedad de la situación. Aún es demasiado pronto para ese tipo de gestos. Inspira profundamente y se serena.

—De acuerdo. Llámeme si cambia de opinión. Mientras, le reservaré esas horas.

—Hasta luego —dice Ulrika al abrir la puerta—. Y gracias.

Ulrika desaparece. Sofia se queda en su despacho y la oye entrar en el ascensor, que desciende ronroneando.

El «gracias» prudente de Ulrika la convence: ha logrado su objetivo. Con esa sola palabra, Sofia adivina que Ulrika no está acostumbrada a que la vean como es realmente.

Sofia decide llamarla al día siguiente para saber si ha reflexionado acerca de la situación y estaría dispuesta a pesar de todo a regresar la semana siguiente. Si eso no funciona, siempre puede proponerle a Jeanette que vaya a verla durante la semana. No hay que perder el contacto con ella.

Sofia quiere ayudar a que una nueva vida nazca de esas cenizas.

Sofia se rodea con los brazos y palpa las cicatrices irregulares de su espalda.

Las cicatrices de Victoria.

Sierra Leona, 1987

Agarró los cabellos del muchacho, con tanta fuerza que le arrancó un mechón. En su mano, los cabellos eran como hilillos. Le golpeó en la cabeza, en la cara y en el cuerpo, mucho rato. Desorientada, se puso en pie, salió del embarcadero y fue a por una piedra grande junto a la orilla. No soy yo, dijo al dejar que el cuerpo del niño se hundiera en el agua. Ahora, a nadar...

La chiquilla empieza de inmediato a agitar los brazos y las piernas, pero se ahoga y se hunde.

Victoria se aleja un metro para mirar.

Dos veces la chiquilla sale a la superficie tosiendo y vuelve a hundirse tras intentar en vano llegar al borde.

Pero justo entonces, Victoria nada calmadamente hacia ella, la agarra por debajo de los brazos y le saca la cabeza del agua.

La chica no se sostiene sobre sus piernas y se desploma sobre las losas que rodean la piscina. Se tiende de costado, presa de un vómito repentino. Primero el agua clorada y luego los filamentos grises y pegajosos de la avena que ha comido para desayunar.

Al cabo de unos minutos, la chiquilla se calma y Victoria la acuna en sus brazos.

—Entiéndeme... —dice Victoria—. Me has dado una patada tan fuerte que he estado a punto de desmayarme.

La chiquilla solloza y, al cabo de un momento, susurra un «perdón» silencioso.

—No tiene importancia —dice Victoria, abrazándola—, pero no tienes que contárselo a nadie.

La chiquilla asiente con la cabeza.

—*Sorry* —repite, y el odio de Victoria se aplaca.

Diez minutos después, Victoria limpia las losas con la manguera. La chiquilla está vestida en la tumbona, bajo la sombrilla de la veranda. Su cabello corto ya se le ha secado y, al sonreírle a Victoria, parece avergonzada. Como si se arrepintiera de haber hecho una tontería.

Golpear y acariciar. Primero proteger y luego destruir. Él me lo ha enseñado.

En el salón ya no se oyen voces, las ventanas están cerradas y Victoria espera que nadie haya oído nada. Se oye cerrarse la puerta y cuatro hombres se suben al gran Mercedes negro aparcado en el camino de acceso. Su padre se queda en las escaleras de la entrada y contempla cómo el coche desaparece por la verja. Cabizbajo y con las manos en los bolsillos, desciende los escalones y se dirige a la piscina. Parece decepcionado.

La chiquilla aparta la mirada cuando se quita los calzoncillos y se pone el bañador. Victoria no puede evitar reírse al ver esa reliquia de los años setenta ceñida y floreada de la que se niega a desprenderse.

De repente se vuelve y da dos pasos hacia ella.

Ve en sus ojos lo que va a suceder.

Una vez ya intentó golpearla, pero esquivó el golpe. Ella agarró una cazuela y le golpeó en la cabeza. Desde entonces, no lo ha intentado de nuevo.

Hasta ese día.

No, no en la cara, piensa Victoria antes de que todo se vuelva rojo y caiga de espaldas contra la pared de la veranda.

Otro golpe la alcanza en la frente, el siguiente en el vientre. Unos destellos ante los ojos y se dobla sobre sí misma.

Tendida sobre las losas de piedra, oye el chirrido del recogedor de la manguera, luego le quema la espalda y suelta un grito. Él permanece sin decir palabra detrás de ella, y ella no se atreve a hablar. El calor se extiende a su rostro y su espalda.

Oye sus pasos pesados al pasar junto a ella y descender hacia la piscina. Siempre ha sido demasiado miedoso para saltar al agua, así que utiliza la escalera para entrar en la piscina. Sabe que como de costumbre nadará diez largos, ni más ni menos. Al acabar, sale del agua y regresa junto a ella:

—¡Mírame!

Él suspira al acariciarle la espalda. Nota que la boca de la manguera le ha abierto una larga herida debajo del omoplato izquierdo.

—¡Menuda herida tienes! —Se levanta y le tiende la mano—. Ven, te voy a curar.

Una vez que se ha ocupado de su herida, ella se queda en el sofá, cubierta con su toalla con la que oculta su sonrisa. Golpear, acariciar, proteger y destruir, repite sin hacer ruido mientras él le cuenta que las negociaciones han fracasado y que por ese motivo pronto tendrán que marcharse.

Ella se alegra del fracaso del proyecto en Freetown.

Nada ha funcionado.

Dice que el dinero desaparece, que la gente desaparece y que el eslogan del nacionalismo constructivo y de un nuevo orden suena tan vacío como la caja del Estado.

Treinta personas han muerto envenenadas, se habla de sabotaje y de maldición. El proyecto se ha interrumpido y se ha adelantado casi cuatro meses el regreso.

Al salir él de la estancia, ella contempla su colección de fetiches.

Veinte esculturas de madera, cuerpos de mujeres, su colección alineada sobre la mesa de trabajo, lista para ser embalada.

Colonialista, piensa Victoria. Ha venido aquí para coleccionar trofeos.

También hay una máscara de tamaño natural. Una máscara temné, que recuerda la cara de su joven criada.

Mientras acaricia con los dedos la superficie rugosa, imagina ese rostro vivo. Resigue los párpados, la nariz y la boca. La madera se calienta bajo sus dedos y las fibras se convierten en verdadera piel con su tacto.

Ya no está enojada con la criada, porque ha comprendido que no hay rivalidad alguna entre ellas.

Lo ha comprendido cuando él la ha golpeado en el suelo, junto a la piscina.

Ella es la que más cuenta para él, su criada no es más que un juguete, una muñeca de madera o un trofeo.

Él se llevará la máscara a Suecia.

La colgará en algún sitio, tal vez en la sala.

Será una pieza exótica que mostrará a sus invitados.

Pero, para Victoria, esa máscara de madera será más que un cachivache decorativo. Con sus manos, le puede dar vida y alma.

Si él se lleva la máscara, de igual manera ella podría llevarse a la chiquilla. No tiene derechos, es casi una esclava. Nadie la echará de menos, porque además es huérfana.

La chiquilla le ha contado a Victoria que su madre murió en el parto y su padre fue ejecutado, declarado culpable del robo de una gallina tras la prueba del agua roja.

Se trata de una práctica ancestral: en ayunas, le obligaron a ingurgitar una gran cantidad de arroz y luego le hicieron beber media barrica de agua mezclada con corteza de nuez de kola. Vomitar agua roja es signo de inocencia, pero él fue incapaz. Lo mataron a palos.

Aquí no tiene a nadie que pueda ocuparse de ella, se dice Victoria. Irá con ellos a Suecia y se llamará Solace.

Que significa «consuelo». Con Solace, compartirá su enfermedad.

También se llevará otra cosa a Suecia.

Una semilla plantada en ella.

Gamla Enskede–Casa de los Kihlberg

Las luces están apagadas: Jeanette Kihlberg comprende que Johan aún no ha regresado. El fin de semana en casa de los abuelos no ha cambiado demasiado las cosas. Sigue encerrado en sí mismo y ella se siente completamente desamparada. Es como si no quisiera reconocer el problema. Muchos adolescentes se sienten a disgusto, pero no su chiquillo.

En ese momento está tan frágil que cualquier malentendido podría destruirlo completamente. Probablemente aún no ha podido asimilar que Åke y ella se separan de verdad: siempre han estado a su lado.

¿Es culpa de ella? ¿Ha trabajado demasiado, como insinuó Billing, y dedicado poco tiempo a la familia?

Piensa en Åke, que ha aprovechado la oportunidad de abandonar una vida gris, sin historias, con esposa e hijo, en los suburbios de la ciudad.

No, se dice. No es culpa mía. Y probablemente estemos mejor así, aunque sea duro para Johan.

Una vez a cubierto, enciende las luces y va a la cocina a calentar la sopa de guisantes de la víspera. Los puntos de sutura comienzan a cicatrizar y le pican mucho.

Se sirve un vaso de cerveza y abre el periódico.

Lo primero que ve es una fotografía del fiscal Von Kwist, que firma un artículo de opinión sobre la falta de seguridad en las cárceles suecas.

Menudo payaso, se dice al cerrar el periódico para sentarse a la mesa.

En ese momento se abre la puerta de entrada. Johan ha regresado.

Deja la cuchara y va a su encuentro. Está empapado de la cabeza a los pies. Incluso después de descalzarse sigue chapoteando en calcetines.

No refunfuñes, se dice.

—No importa, ya me ocuparé de eso. ¿Has comido?

Él asiente con la cabeza con aire cansino, se quita los calcetines y pasa rápidamente frente a ella para ir al baño.

Al cabo de diez minutos, que consume entre la sopa y el periódico, se pregunta qué estará haciendo Johan en el baño. No se oye el ruido de la ducha, nada.

Llama a la puerta.

—¿Johan?

Acaba hablando, pero tan bajo que no alcanza a oírle.

—¿No puedes abrir, Johan? No te oigo.

Unos segundos después, descorre el pestillo, sin abrir la puerta. Durante unos instantes, Jeanette se queda de pie mirando la puerta. Un muro entre nosotros, piensa ella. Como de costumbre.

Cuando ella abre finalmente, se lo encuentra acurrucado sobre la taza del váter. Ve que tiene frío y lo cubre con una toalla.

—¿Qué me decías?

Se sienta en el borde de la bañera.

Él respira profundamente y ella comprende que ha estado llorando.

—Es muy rara —dice en voz muy baja.

—¿Rara? ¿Quién?

—Sofia.

Johan aparta la mirada.

—¿Sofia? ¿Qué te hace pensar en ella?

—Nada en particular, pero se puso muy rara —continúa—. Allá arriba, en lo alto de la Caída Libre, empezó a gritarme llamándome Martin... Y cuando nos bajamos se alejó. Intenté seguirla, pero creo que me confundí de persona. Es lo último que recuerdo.

Lo abraza con fuerza y se echan a llorar los dos a la vez.

Edsviken–Casa de los Lundström

El sol de la tarde desaparece detrás de la mansión de principios del siglo anterior al abrigo de las miradas junto al agua. Un camino de gravilla bordeado de arces desciende hacia la casa. Sofia Zetterlund aparca el coche en el patio, apaga el motor y observa a través del parabrisas. El cielo es de un gris plomizo y la lluvia torrencial se ha calmado un poco.

¿Así que aquí vive la familia Lundström?

Un poco más lejos, ve un cobertizo para barcos entre los árboles. En el terreno hay otro edificio y una piscina rodeada por una valla alta. La casa parece desierta, como si nunca nadie se hubiera instalado allí.

Sale del coche y, mientras asciende la escalinata de piedra, la luz se enciende en el recibidor de la torre, se abre la puerta y una mujer baja y delgada envuelta en una manta oscura aparece en el umbral.

—Entre y cierre la puerta —dice Annette Lundström.

Sofia abre la puerta mientras Annette Lundström cruza el vestíbulo titubeando y toma a la derecha. Por todas partes se apilan cajas de mudanza.

Annette Lundström tiene cuarenta y tantos años pero aparenta más de sesenta. Tiene el cabello despeinado y parece cansada, derrengada sobre un sofá cubierto de ropa.

—Tome asiento —le dice en voz muy baja señalándole un sillón al otro lado de la mesa.

Hace frío. Sofia comprende que ya han cortado la calefacción.

Piensa en la situación de la familia Lundström. Imputación por pederastia y pornografía infantil y luego tentativa de suicidio.

Los servicios sociales se ocupan de la hija.

Sofia observa a la mujer ante ella. Debió de ser guapa, antes de hundirse.

—¿Le apetece un café?

Annette tiende la mano hacia la cafetera medio llena sobre la mesa.

—Sí, gracias.

—En esa caja hay tazas.

Sofia se inclina. En una caja bajo la mesa hay vajilla desparejada embalada sin demasiado cuidado. Encuentra una taza desportillada que le tiende a Annette.

El café apenas es bebible. Está completamente frío.

Sofia hace como si no ocurriera nada, bebe unos sorbos y deposita la taza sobre la mesa.

—¿Por qué quería verme?

Annette tose de nuevo y se ajusta la manta con la que se cubre.

—Como le dije por teléfono... Quisiera hablarle de Karl y de Linnea. Y además tengo que pedirle un favor.

—Un favor.

—Pues vayamos al grano... —La mirada de Annette se vuelve más penetrante—. Sé cómo funciona la psiquiatría forense. La muerte no anula el deber de confidencialidad. Karl ha muerto, pero si le preguntara qué le dijo no serviría de nada. No obstante, me preguntaba si... Después de su entrevista, él me dijo algo, como si usted le hubiera comprendido. Que usted había comprendido su... sí, su problema.

Sofia se estremece. En esa casa hace verdaderamente frío.

—Nunca he comprendido su problema —continúa Annette—, y ahora que ha muerto, ya no necesito defenderle. Pero no lo entiendo. Para mí solo ocurrió una vez. En Kristianstad, cuando Linnea tenía tres años. Fue un error, y sé que le habló de ello. Que tuviera esas películas horribles era una cosa, quizá yo podía soportarlo. Pero no que él y Linnea... Quiero decir, Linnea le quería. ¿Cómo hizo usted para comprender su problema?

Sofia siente la presencia de Victoria.

Annette Lundström la pone nerviosa.

Sé que estás aquí, Victoria, piensa Sofia. Pero déjame ocuparme de esto sola.

—Ya he visto cosas así —acaba respondiendo—. A menudo. Pero no saque demasiadas conclusiones de lo que le dijo. Solo le vi dos veces, y no estaba muy bien de la cabeza. Lo más importante ahora es Linnea. ¿Cómo está?

Hay una diferencia esencial entre Annette Lundström y Birgitta Bergman. La madre de Victoria era gorda, mientras que esta mujer no tiene más que piel y huesos.

De tanto adelgazar, acabará destruyéndose.

Sofia rara vez olvida un rostro y de golpe está segura de haber visto a Annette Lundström en algún sitio.

Su mirada se fija de nuevo.

—Se la han llevado, actualmente está ingresada en psiquiatría infantil en Danderyd. No quiere saber nada de mí y casi no me dan noticias suyas. ¿Podría tratar de verla? Seguro que usted tiene contactos.

—No puedo presentarme por las buenas y pedir hablar con ella —dice Sofia—. Solo podría hablar con ella si ella lo solicitara y, francamente, no veo cómo eso sería posible.

—Iré a hablar con ellos —dice Annette.

Sofia ve que lo dice en serio.

—Hay otra cosa... —continúa Annette—. Algo que quiero enseñarle. Esto... —Annette saca unas hojas amarillentas—. Esto no lo he entendido nunca...

Alinea tres dibujos sobre la mesa.

Los tres dibujados con lápices de colores, firmados «Linnea» con una caligrafía infantil.

Linnea a los cinco años, Linnea a los nueve años y Linnea a los diez años.

Sofia toma el primer dibujo.

Está firmado «Linnea 5 años», con un cinco al revés, y representa a una chica rubia en primer plano, al lado de un perro grande. De la boca del perro cuelga una lengua gigantesca que

Linnea cubrió de puntitos. Papilas, piensa Sofia. Al fondo, una gran casa y, delante, algo que parece una pequeña fuente. El perro está atado a una larga cadena y Sofia observa en particular la meticulosidad de la chiquilla en el dibujo de los eslabones, cada vez más pequeños hasta desaparecer detrás de un árbol.

Linnea escribió algo junto al árbol, pero Sofia no alcanza a ver de qué se trata.

Desde allí, una flecha que señala el árbol, detrás del cual aparece un jorobado sonriente con gafas.

En una de las ventanas de la casa se ve a un personaje vuelto hacia el jardín. Cabello largo, boca alegre y una agraciada naricita. Contrariamente al resto del dibujo, rico en detalles, Linnea no le ha provisto de ojos.

Por lo que sabe acerca de la familia Lundström, a Sofia no le cuesta adivinar que el personaje en la ventana representa a Annette Lundström.

Que no ha visto nada. Que no quiere ver.

Por ello la escena del jardín aún es más interesante.

Linnea quiso mostrar lo que Annette Lundström no veía, pero ¿qué era?

¿Un hombre jorobado con gafas y un perro con una gran lengua cubierta de manchas?

Ahora puede ver lo que está escrito: U1660.

¿U1660?

Estocolmo, 1988

Jugaremos en el bosque mientras el lobo no está, porque si el lobo aparece a todos nos comerá, pero como no está no nos comerá.

En la casa de Värmdö, Victoria Bergman observa los fetiches en la pared de la sala.

Grisslinge es una cárcel.

No sabe qué hacer con todas las horas muertas del día. El tiempo la atraviesa como un río irregular.

Algunos días ni siquiera recuerda haber despertado. Otros, haberse dormido. Ciertos días desaparecen.

Otros días estudia sus libros de psicología, da largos paseos, desciende hasta la orilla o va hasta la rotonda de la autovía y luego vuelve sobre sus pasos. Esos paseos la ayudan a pensar, el aire frío en sus mejillas le recuerda los límites de su ser.

No abarca el mundo entero.

Descuelga la máscara que se parece a Solace, de Sierra Leona, y se la pone sobre la cara. Huele mucho a madera, como un perfume.

La máscara encierra una promesa de otra vida, en otro lugar, que Victoria sabe que siempre le será inaccesible. Está encadenada a él.

Apenas ve a través de los agujerillos de los ojos. Oye su propia respiración, su calor se convierte en una película húmeda sobre las mejillas. En el recibidor, se sitúa frente al espejo. La máscara le reduce la cabeza. Como si a los diecisiete años tuviera el rostro de una niña de diez años.

—Solace —dice Victoria—. Solace Aim Nut. Ahora tú y yo somos gemelas.

La puerta se abre en ese instante. Él ha regresado del trabajo.

Victoria se quita de inmediato la máscara y se refugia en la sala. Sabe que no tiene permiso para tocar sus cosas.

—¿Qué estás haciendo?

Parece contrariado.

—Nada —responde ella colgando la máscara en su lugar.

Oye chirriar el zapatero y el entrechocar de las perchas de madera. Luego sus pasos en la entrada. Ella se instala en el sofá y toma un periódico de la mesa baja.

Entra en la sala.

—¿Hablabas con alguien?

Inspecciona la estancia con la mirada y se sienta al lado de ella.

—¿Qué estás haciendo? —pregunta de nuevo.

Victoria se cruza de brazos y lo mira fijamente. Sabe que eso le pone nervioso. Se alegra al ver cómo el pánico se apodera de él: tamborilea exasperado sobre el brazo del sofá y se retuerce sin decir palabra.

Al cabo de un momento, sin embargo, siente cómo aumenta su inquietud. Observa que su respiración se acelera. Parece como si su rostro se rindiera. Se va decolorando y se disuelve poco a poco.

—¿Qué vamos a hacer contigo, Victoria? —dice con desánimo, ocultando la cara entre las manos—. Si el psicólogo no te pone pronto en forma, no sé qué más hacer —suspira.

No responde.

Ve que Solace les observa en silencio.

Ella y Solace se parecen.

—¿Puedes bajar a encender la sauna? —dice su padre con tono decidido, poniéndose en pie—. Mamá está a punto de llegar. Pronto cenaremos.

Victoria se dice que debe de haber alguna manera de salvarse. Que de repente aparezca un brazo para sacarla de allí, arrancarla de ese lugar, o que sus piernas sean lo bastante fuertes para llevarla lejos. Pero ha olvidado qué hay que hacer para marcharse, ya no recuerda cómo tener un objetivo.

Después de cenar, oye a su madre en la cocina. Siempre está limpiando, quitando el polvo u ordenando las cosas. Por mucho que limpie, todo queda como antes.

Victoria sabe que todo eso crea una burbuja tranquilizadora en la que su madre puede acurrucarse para no ver qué ocurre alrededor de ella, y que cuando Bengt está en casa hace entrechocar las cazuelas más que de costumbre.

Baja al sótano. Su madre no ha barrido los peldaños de la escalera y en las juntas aún quedan agujas del árbol de Navidad.

Baja a la sauna, se desnuda y le espera.

Afuera hace el frío de febrero, pero allí la temperatura ha alcanzado casi noventa grados. Es gracias al nuevo radiador de la sauna, muy eficaz, que se pavonea de haber conectado ilegalmente a la red eléctrica.

La tubería del desagüe de la cocina pasa justo por delante de la sauna y el calor del nuevo radiador aumenta el olor a cloaca.

Una peste a cebolla y a diversos desechos alimentarios, tocino, remolachas y crema de leche mezclada con un olor que recuerda al de la gasolina.

Luego se reúne con ella. Parece triste. Al otro lado de la tubería, su madre friega los platos mientras él se quita la toalla.

Cuando ella abre los ojos, está en la sala con una toalla alrededor del cuerpo. Comprende que ha sucedido una vez más. Siente la quemazón en el bajo vientre y tiene los brazos doloridos. Se alegra de haber estado ausente durante esos minutos o esas horas.

Solace cuelga en su lugar en la pared de la sala y Victoria sube sola a su habitación. Se sienta en el borde de la cama, arroja la toalla al suelo y se desliza bajo el edredón.

Las sábanas están frescas, se acuesta de lado y mira hacia la ventana. El frío glacial de febrero hace que casi se rompan los cristales: oye gemir el cristal bajo su violento impulso. Quince grados bajo cero.

Una ventana dividida en seis cristales. Seis cuadros enmarcados en los que ha visto cambiar las estaciones desde su regreso. Por los dos cristales de arriba ve la copa del árbol; en los dos del medio, la casa de los vecinos, el tronco y las cadenas de su viejo columpio. En los cristales de abajo, la nieve blanca y el asiento de plástico rojo del columpio mecido por el viento.

Ese otoño, había hierba amarillenta y luego hojas secas. A partir de noviembre, un manto de nieve diferente cada día.

Solo el columpio no cambia nunca. Cuelga de sus cadenas detrás de los seis pequeños cristales de la ventana que parecen barrotes cubiertos de hielo.

Glasbruksgatan–Un barrio

El otoño barre el lago de Saltsjö y cubre Estocolmo con un pesado manto frío y húmedo.

Desde Glasbruksgatan, en lo alto de Katarinaberg, al pie de Mosebacke, apenas se avista la península de Skeppsholmen a través de la lluvia, y Kastellholmen, un poco más lejos, se pierde entre una bruma gris.

Son poco más de las seis.

Se detiene bajo una farola, saca el papel del bolsillo y vuelve a comprobar la dirección.

Sí, se encuentra en el lugar indicado y no tiene más que esperar.

Sabe que él acaba a las seis y regresa a su casa un cuarto de hora más tarde.

Ha esperado tanto tiempo que una hora más o menos…

Llueve con más fuerza, cierra su abrigo azul cobalto y salta sobre uno y otro pie para entrar en calor, mientras los nervios le hacen un nudo en el estómago.

Mientras repasa su plan visualizando lo que va a hacer, un coche negro se acerca a poca velocidad. Tiene los cristales tintados, pero a través del parabrisas adivina a un hombre solo. El coche se detiene a su altura y aparca marcha atrás en una plaza libre. Treinta segundos más tarde, se abre la puerta y sale del coche.

Reconoce de inmediato a Per-Ola Silfverberg y se aproxima a él.

Su sonrisa reaviva recuerdos. Una gran casa en Copenhague, una granja en Jutlandia y un matadero de cerdos. La peste a amoníaco y su sólida manera de empuñar el cuchillo cuando le enseñó cómo clavarlo subiendo al bies para llegar al corazón.

—¡Cuánto tiempo! —La saluda calurosamente con un fuerte abrazo—. ¿Estás aquí por casualidad o has hablado con Charlotte?

Se pregunta si su respuesta cambiará alguna cosa, y concluye que no. No podrá comprobarlo.

—Casualidad, por así decirlo —dice ella mirándole a los ojos—. Estaba por los alrededores y me he acordado de que Charlotte me dijo que os trasladabais aquí, así que me he acercado para ver si había alguien.

—¡Pues me alegro mucho de que lo hayas hecho! —Se ríe, la toma del brazo y empieza a cruzar la calle—. Desgraciadamente, Charlotte no regresará hasta dentro de unas horas, pero sube a casa y tomaremos un café.

Sabe que ahora es presidente del consejo de administración de una gran empresa de inversiones, un hombre acostumbrado a ser obedecido sin discusión. No hay razón para no seguirlo a su casa.

—Bueno, no tengo ningún compromiso, así que adelante.

Su contacto y el olor de su loción para después del afeitado le dan ganas de vomitar.

Siente que sus intestinos se retuercen, antes que nada tendrá que ir al baño.

El apartamento es inmenso. Mientras se lo muestra, cuenta siete habitaciones antes de llegar a la sala. Está decorada con gusto, un diseño escandinavo luminoso, unos muebles caros pero discretos.

Dos grandes ventanales con vistas sobre Estocolmo y a la derecha un amplio balcón donde caben por lo menos quince personas.

—Discúlpame, pero tengo que ir al baño —dice.

—Por supuesto. En la entrada, a la derecha —le indica—. ¿Un café? ¿O prefieres otra cosa? ¿Una copa de vino, quizá?

Ella se dirige hacia la entrada.

—Vino, gracias. Pero solo si tú también vas a tomar.

Entra en el baño, siente latir su corazón, y en el espejo sobre el lavabo ve el sudor que perla su frente.

Se sienta en la taza y cierra los ojos. Los recuerdos vienen a su mente, el rostro sonriente de Per-Ola Silfverberg, no la sonrisa amable del empresario que acaba de mostrarle, sino la otra, fría y vacía.

Piensa en que con ese hombre ha lavado los intestinos de los cerdos antes de hacer con ellos morcillas o salchichas. Recuerda cómo le enseñó con su insensible sonrisa a preparar el paté de cabeza.

Se lava las manos antes de regresar a la sala.

La higiene es el alfa y la omega de la carnicería, y memoriza todo lo que toca. Luego limpiará todas las huellas digitales.

Per-Ola Silfverberg sirve el vino y le ofrece una copa.

—Ahora cuéntame qué te trae por aquí y dónde has estado todos estos años.

Ella levanta su copa y se la acerca a la nariz. Un chardonnay, sin duda.

El hombre al que odia la contempla beber un pequeño sorbo sin apartar la mirada. Ella chasquea la lengua y deja que el líquido se llene de oxígeno para que desprenda mejor sus aromas.

—Supongo que hay una razón para venir a vernos después de tanto tiempo —dice el hombre que le hizo daño.

Ella saborea el carácter del vino. Afrutado con notas de melón, melocotón, albaricoque y limón. Adivina también un leve perfume de mantequilla.

Lentamente, voluptuosamente, lo traga.

—¿Por dónde quieres que empiece?

Subiendo al bies hacia la derecha...

Glasbruksgatan–Escena del crimen

La alarma suena en la comisaría de policía de Kungsholmen justo antes de las diez.

Una mujer grita por teléfono que acaba de llegar a su casa y se ha encontrado a su marido muerto.

Jens Hurtig se halla de camino a casa cuando oye la alarma, pero, como no cuenta con ningún proyecto concreto para la velada, se dice que así tendrá un poco de compañía.

Le sentará bien pasar un par de semanas en un país cálido: ha decidido tomarse las vacaciones cuando allí haga peor tiempo.

Aunque el invierno en Estocolmo suele ser bastante templado, sin comparación con el infierno de nieve de su infancia en Kvikkjokk, cada año hay varias semanas en las que no soporta más la capital real.

No es el invierno, pero tampoco es otra cosa.

Están a cinco grados, pero parecen cinco bajo cero.

Es debido a la humedad. A toda esa maldita agua.

La única ciudad del mundo donde quizá el invierno es peor es San Petersburgo, al otro lado del Báltico, en el fondo del golfo de Finlandia, sobre una ciénaga. Los suecos fueron los primeros que instalaron allí una ciudad, antes de que los rusos tomaran el relevo. Tan masoquistas como los suecos.

Hay que disfrutar de la propia desgracia.

La circulación en el puente central está congestionada, como de costumbre. Pone su sirena para abrirse paso, pero, pese a mostrar la mejor voluntad del mundo, la gente no tiene adónde apartarse para cederle el paso.

Conduce en zigzag hasta la salida hacia el puerto, donde gira a la izquierda y toma Katarinavägen. La circulación es menos densa y acelera, pisando a fondo.

Al pasar delante de La Mano, el monumento a los suecos caídos en la guerra de España, va a más de ciento cuarenta.

Disfruta de la velocidad, uno de los privilegios de su profesión.

Aparca frente a la puerta, donde ya hay estacionados dos coches patrulla con los girofaros encendidos.

En la entrada, se cruza con un colega al que no conoce. Con la gorra en su mano crispada, está lívido. Blanco tirando a verde: Hurtig se aparta para permitirle llegar a la calle antes de vomitar.

Pobre tío, se dice. La primera vez nunca es divertido. Mierda, la verdad es que nunca es divertido. Uno nunca se acostumbra. Quizá puedas llegar a blindarte un poco, pero eso no te convierte en mejor policía, aunque facilite las cosas.

La costumbre y la jerga que la acompaña, vistas desde fuera, pueden parecer insensibilidad, pero también es una estrategia para guardar las distancias.

Al entrar en el apartamento, Jens Hurtig se alegra de tener esa costumbre.

Diez minutos más tarde comprende que tiene que llamar a Jeanette Kihlberg para pedirle ayuda. Cuando le pregunta qué ocurre, le describe la escena del crimen como la peor mierda de todas las mierdas que ha visto en su mierda de carrera.

Gamla Enskede–Casa de los Kihlberg

Johan ya se ha dormido. Aún está pensando en cómo comportarse con él cuando suena el teléfono.

Jeanette descuelga y constata con decepción que es Hurtig. Por un momento, esperaba que fuera Sofia.

–Dime, ¿qué pasa ahora? Espero que sea importante o...

Hurtig la interrumpe en el acto.

–Sí, es importante.

Calla, y Jeanette oye al fondo unas voces excitadas. Según Hurtig, Jeanette debe ir cuanto antes a la ciudad.

Lo que ha visto es inhumano.

—¡Un loco ha apuñalado al tipo por lo menos cien veces, luego lo ha cortado en pedazos y finalmente ha pintado todo el apartamento con rodillo!

Joder, piensa ella. Ahora no.

—Iré enseguida. Dame veinte minutos.

Y una vez más deja de lado a Johan.

Un asesinato a cuchilladas. Solo faltaba eso. Como si no bastara con ocuparse de Johan. Sin contar con la investigación abandonada.

Y sobre todo Victoria Bergman. En ese caso, el tribunal de Nacka lo había parado todo.

La lluvia ha empezado a amainar, pero quedan grandes charcos y no se atreve a circular muy rápido. El aire es frío. El termómetro del astillero de Hammarby indica once grados.

Las hojas de los árboles adquieren colores otoñales, y cuando la ciudad asoma ante sus ojos desde lo alto del puente de Johanneshov, la vista le parece de una belleza que deja sin resuello.

Edsviken–Casa de los Lundström

Sofia examina los otros dos dibujos. Uno representa una habitación en la que hay tres hombres, una chiquilla tendida en una cama y un personaje que vuelve la cabeza. El otro es más abstracto y más difícil de interpretar, pero aparece dos veces el mismo personaje. En el centro está representado sin ojos, rodeado de un montón de rostros, y en la esquina inferior izquierda está desapareciendo del dibujo. Solo se ve medio cuerpo, pero no la cara.

Compara con el primer dibujo. El mismo personaje sin ojos contempla desde una ventana una escena en un jardín. Un perro grande y un hombre detrás de un árbol. ¿U1660?

—¿Qué es lo que no entiende de estos dibujos? —pregunta Sofia por encima de su taza de café.

Annette Lundström sonríe, titubeante.

—Es ese personaje sin ojos. Supongo que se trata de un autorretrato, que esa figura es ella. Pero no comprendo qué quiere decir.

¿Es ciega o qué?, se dice Sofia. Esa mujer se ha pasado la vida cerrando los ojos. ¿Y ahora imagina poder compensarlo explicándole a una psiquiatra que ve algo raro en los dibujos de su hija? Es una manera de confirmar tibiamente que ella también ve, pero que estaba en las nubes. Le echa toda la culpa a su marido.

—¿Y sabe qué significa esto? —pregunta Sofia señalando la inscripción junto al tronco del árbol en el primer dibujo—. ¿U1660?

—Sí, no entiendo gran cosa pero esto, por lo menos, sí. En esa época, Linnea no sabía escribir, así que copió su nombre. Es el del personaje un poco jorobado, detrás del árbol.

—¿Y quién es?

Sonrisa crispada de Annette.

—No pone U1660, sino VIGGO. Es Viggo Dürer, el marido de una amiga. Linnea dibujó la casa de Kristianstad. A menudo venían a vernos allí, pues en esa época vivían en Dinamarca.

Sofia cae en la cuenta. El abogado de sus padres.

No te fíes de él.

De repente, Annette parece triste.

—Henrietta, una de mis mejores amigas, estaba casada con Viggo. Creo que Linnea tenía un poco de miedo de él y por eso no quiere verlo en el dibujo. También le tenía miedo al perro. Era un rottweiler, en el dibujo se parece mucho.

Sofia asiente con la cabeza.

—Pero si cree que el personaje sin ojos que está en la ventana es Linnea, ¿quién es la chica que está junto al perro?

Annette sonríe en el acto.

—Debo de ser yo. Llevo mi vestido rojo. —Deja el primer dibujo y coge el segundo—. Y ahí estoy tumbada en la cama mientras los hombres están de fiesta.

Se ríe, un poco incómoda ante ese recuerdo.

Para Sofia, el tema de los dibujos de Linnea está más claro que el agua. Annette Lundström cambia su lugar por el de su hija y cree que Linnea es ese personaje sin ojos, que vuelve la cabeza y huye.

Annette Lundström es incapaz de ver lo que ocurre ante ella.

Pero Linnea lo comprendió todo desde los cinco años.

Sofia sabe que tendrá que hablar con Linnea Lundström, con o sin la ayuda de su madre.

—¿Puedo fotografiar esos dibujos?

—Sí, por supuesto.

Sofia hace algunas fotografías con su teléfono y se pone en pie.

—Verá lo que haremos. Iremos juntas a Danderyd. La doctora jefe de psiquiatría es una vieja conocida. Le explicaremos la situación y quizá me dejará ver a Linnea, si sabemos utilizar nuestras cartas.

Cuando Sofia Zetterlund toma Norrtäljevägen son casi las seis.

¿Viggo Dürer? ¿Por qué no logra acordarse de él? Hizo con él el inventario por teléfono tras la muerte de sus padres. El recuerdo de su loción para después del afeitado. Old Spice y aguardiente. Nada más.

Pero Sofia comprende que Victoria conoció a Viggo Dürer. Eso debe de ser.

Se impacienta, enciende la radio. Una dulce voz femenina habla de un trastorno alimentario. La incapacidad de comer y beber por miedo a tragar, una fobia provocada por un trauma. Unos reflejos de base cortocircuitados. Parece muy sencillo.

Sofia piensa en Ulrika Wendin y Linnea Lundström.

Dos chicas cuyos trastornos están causados por el mismo hombre.

Ulrika Wendin no come. Linnea Lundström está muda.

Ulrika y Linnea son las consecuencias de los actos de un hombre del que pronto le contarán la continuación de la historia.

La voz dulce de la radio y los faros de los coches que avanzan despacio en la niebla nocturna sumen a Sofia en un estado casi hipnótico.

Ve dos rostros demacrados con las órbitas vacías y la delgada silueta de Ulrika se confunde con la de Annette Lundström.

Comprende entonces de repente quién es Annette Lundström. O mejor, quién era.

Fue casi veinte años atrás. Su rostro era más redondo, ella reía.

Las conchas

en el fondo de sus oídos escuchan las mentiras. No debe dejar entrar lo falso, puesto que enseguida llegaría al vientre y envenenaría el cuerpo.

Ha aprendido a no hablar, y ahora intenta aprender a no escuchar las palabras.

De pequeño iba a menudo a la pagoda de la Grulla Amarilla, en Wuhan, para escuchar a un monje.

Todo el mundo decía que el viejo estaba loco. Hablaba una lengua que nadie entendía, olía mal y estaba sucio, pero a Gao Lian le gustaba porque hacía suyas sus palabras.

El monje le daba sonidos que se volvían suyos al llegar a sus oídos.

Cuando la mujer rubia hace sus sonidos dulces sobre bellas melodías, piensa en el monje y su corazón se llena entonces de un calor agradable que es solo suyo.

Gao dibuja un gran corazón negro con las tizas que ella le ha dado.

El vientre digiere las mentiras si uno no presta atención, pero ella le ha enseñado a protegerse mezclando los jugos gástricos con los otros líquidos corporales.

Gao Lian, de Wuhan, prueba el agua y está salada.

Se quedan mucho rato cara a cara y Gao le da su propia agua.

Al cabo de un momento no produce más. Ahora le mana sangre del cuello, un sabor rojo un poco azucarado.

Gao busca un sabor agrio, luego amargo.

Cuando ella le deja solo, se queda sentado en el suelo y hace rodar una tiza entre sus dedos hasta que le queda la piel negra.

Cada día hace nuevos dibujos y se da cuenta de que cada vez consigue transcribir mejor sus imágenes interiores sobre el papel. Su mano y su brazo ya no son obstáculos. Su cerebro ya no necesita decir a la mano lo que debe hacer. Esta obedece sin discutir sus instrucciones. Es así de fácil. Solo hace desplazar por el brazo y la mano las imágenes de un punto en el fondo de su imaginación hasta el papel.

Aprende a utilizar las sombras negras para reforzar el blanco y crea nuevos efectos mediante el encuentro de esos contrarios.

Dibuja una casa en llamas.

Barrio de Kronoberg–Central de Policía

INDUSTRIAL SALVAJEMENTE ASESINADO. Debajo del titular, Jeanette lee un resumen completo de la vida y de la carrera de Per-Ola Silfverberg. Al acabar el bachillerato estudió economía industrial y chino y pronto vio el beneficio de la exportación a los mercados asiáticos.

Se instaló en Copenhague, donde llegó a ser director general de una fábrica de juguetes.

Tras una investigación criminal que finalmente fue abandonada, se mudó a Suecia con su esposa. En Suecia pronto adquirió una reputación de buen empresario y se le confiaron funciones directivas cada vez más prestigiosas.

Entra Jens Hurtig, con Schwarz y Åhlund pisándole los talones.

—Ivo Andrić ha enviado su informe y esta mañana he podido leerlo.

Hurtig le tiende un montón de papeles.

—Bueno, en tal caso podrás resumirnos todas las cosas interesantes que cuenta.

Schwarz y Åhlund son todo oídos. Hurtig se aclara la voz antes de comenzar. A Jeanette le parece que tiene un aspecto un poco derrotado. Por su parte, se siente aliviada al saber que la víctima es un hombre adulto y no otro niño.

—Veamos, aquí, cito: «En la matanza del cerdo se hunde el cuchillo en un ángulo especial, para llegar a las grandes arterias que rodean el corazón».

—Todos los hombres son cerdos, ¿no crees? —se ríe Schwarz, y al oírlo Hurtig se vuelve hacia Jeanette y aguarda su comentario.

—Estoy de acuerdo con Schwarz en que parece tratarse de un crimen simbólico, pero dudo que su sexo sea la falta principal de Per-Ola Silfverberg. Pienso más bien en la expresión «cerdo capitalista», pero no nos cerremos en esa dirección.

Jeanette indica a Hurtig con un gesto de la cabeza que prosiga la lectura.

—La autopsia de Per-Ola Silfverberg muestra otro tipo de herida inusual, a la altura del cuello. El cuchillo fue clavado bajo la piel y lo giraron, con lo que la piel se retiró hacia abajo. —Mira al equipo reunido—. Ivo no lo había visto nunca. La manera de cortar las venas del brazo de la víctima también es inusual y todo ello sugiere ciertos conocimientos anatómicos.

—Quizá no se trate de un médico, pero eventualmente podría ser un cazador o un carnicero —aventura Åhlund.

Hurtig se encoge de hombros.

—Ivo también sugiere que tal vez haya más de un autor. La cantidad de cuchilladas y el hecho de que algunas parezcan propinadas por un diestro y otras por un zurdo así lo hacen pensar.

—¿Así que podría tratarse de un agresor con buenos conocimientos anatómicos y otro sin? —pregunta Åhlund mientras toma notas en un cuaderno.

—Tal vez —titubea Hurtig volviéndose hacia Jeanette, que asiente en silencio.

No son más que conjeturas, piensa ella.

Hurtig sigue leyendo: «El cuerpo ha sido descuartizado con un objeto cortante, como un cuchillo grande de un solo filo. El sentido de las cuchilladas sugiere claramente que el descuartizamiento ha sido realizado por lo menos por dos personas. Ante semejante desencadenamiento de violencia, solo cabe pensar en un individuo con inclinaciones sádicas. Sadismo, en ese contexto, significa que un individuo es estimulado por el hecho de infligir al prójimo dolor y humillaciones. Hay que añadir que la experiencia forense muestra que los asesinos de ese tipo tienen una fuerte tendencia a repetir su acto de una manera más o menos idéntica en víctimas comparables. Tratándose de un caso tan grave y tan raro, hay que estudiar cuidadosamente los antecedentes y eso lleva tiempo».

Deja el informe y el silencio se apodera de la habitación.

Dos personas con conocimientos diferentes de anatomía, piensa Jeanette.

—¿Qué dice su mujer? —pregunta—. ¿Tiene la impresión de que Per-Ola Silfverberg estuviera amenazado?

—Ayer no pudimos sacarle nada —responde Hurtig—. Hablaremos con ella más tarde.

—¿Tiene coartada?

—Sí. Tres amigas que afirman que estaban con ella en el momento del crimen.

—En todo caso, la cerradura estaba intacta, así que es posible que fuera alguien a quien conocía —comienza Jeanette, interrumpida por unos golpes en la puerta.

Tras unos segundos de silencio, Ivo Andrić entra en la estancia.

—Pasaba por aquí —dice Ivo.

—¿Tienes algo más? —pregunta Jeanette.

—Sí, una idea un poco más clara, espero —suspira Ivo al quitarse al gorra de béisbol antes de sentarse al lado de Jeanette—. Suponed que Silfverberg se encuentra con su agresor en la calle y luego entra por voluntad propia en su casa en su compañía. Dado que el cuerpo de la víctima no muestra ningún rastro de ataduras, debe de tratarse de un encuentro normal que degeneró—. Creo, sin embargo, que el crimen fue planeado.

—¿Qué te hace pensar eso? —Åhlund levanta la nariz de su cuaderno.

—El autor no muestra ninguna señal de ebriedad ni de enfermedad mental. En el lugar del crimen encontramos dos copas de vino, las dos minuciosamente limpias.

—¿Y qué puedes decir del descuartizamiento en sí? —continúa Åhlund.

Jeanette escucha en silencio. Observa a sus colegas.

—El descuartizamiento posterior al asesinato no es un descuartizamiento clásico para transportar el cuerpo. Probablemente se llevó a cabo en la bañera.

Ivo Andrić describe detalladamente el orden en el que fueron amputadas las partes y la manera en que el asesino las dispuso en el apartamento. Cómo, a lo largo de toda la noche, habían registrado el apartamento hasta el último rincón para hallar el menor indicio significativo. Se había inspeccionado el sifón del lavabo, así como el desagüe de evacuación del baño.

—Lo más notable es la manera en que el muslo ha sido separado de la cadera con muy pocas cuchilladas, con la misma habilidad que la tibia de la rodilla.

Ivo calla y Jeanette concluye lanzando dos preguntas al aire.

—¿Qué nos dice el descuartizamiento acerca del estado mental del criminal? ¿Volverá a hacerlo?

Jeanette los mira uno por uno, a los ojos.

Se quedan mudos de impotencia en la atmósfera asfixiante de la estancia.

Klara Sjö–Ministerio Fiscal

A pesar de su nombre que evoca un agua límpida, el lago Klara es una ciénaga insalubre, inutilizable tanto para la pesca como para el baño.

Los grandes vertidos de aguas residuales, las industrias de los alrededores y el tráfico en la autovía de Klarastrand han causado una importante polución: tasas elevadas de azufre, fósforo, numerosos metales pesados y alquitrán. La transparencia es casi nula, exactamente como en el despacho del fiscal, justo al lado.

Kenneth von Kwist ojea las fotos del cuerpo de Per-Ola Silfverberg.

Es demasiado, piensa. Ya no puedo más.

Sin Viggo Dürer, hubiera podido quedarse tranquilamente en su puesto a la espera de la jubilación.

Primero Karl Lundström, luego Bengt Bergman y ahora Peo Silfverberg. Viggo Dürer se los presentó a todos, pero el fiscal nunca los consideró como amigos cercanos. Había tenido trato con ellos y eso bastaba.

¿Le bastaba a un periodista curioso? ¿O a una investigadora puntillosa como Jeanette Kihlberg?

Por experiencia, sabe que las únicas personas fiables son los perfectos egoístas. Siempre siguen un esquema determinado, siempre se sabe a qué atenerse.

A los únicos a quienes hay muchas posibilidades de poder engañar son los egoístas de pura cepa. Pero cuando se da con alguien como Jeanette Kihlberg, con sus grandes ideas de justicia, la situación se vuelve mucho menos previsible.

Por ello no puede reducir a Jeanette Kihlberg al silencio con el método habitual. Solo hace falta que haga lo necesario para que nunca tenga acceso a los documentos ante los que está sentado y sabe que lo que se dispone a hacer está considerado como un acto delictivo.

Saca del cajón inferior de su mesa un dossier de más de trece años de antigüedad y pone en marcha el triturador de documentos, que arranca con un silbido. Antes de alimentar la máquina, lee lo que declaró el defensor danés de Per-Ola Silfverberg.

> Las acusaciones son numerosas, imprecisas y por ello difícilmente refutables. La parte esencial de la acusación se basa en la declaración de la chica y la credibilidad que a esta se le pueda conceder.

Desliza lentamente el papel en la máquina, que lo mastica ruidosamente y escupe unas finas tiras ilegibles.

Hoja siguiente.

La otra prueba presentada por la acusación tanto puede apoyar como debilitar la credibilidad de las declaraciones de la chica. En su declaración, evocó ciertos actos supuestamente cometidos contra ella por Per-Ola Silfverberg. Sin embargo, no pudo concluir su declaración. Consecuentemente, algunas de sus afirmaciones solo pudieron ser consideradas a partir de la grabación en vídeo de su declaración.

Y otra remesa de tiras de papel.

La defensa ha hecho observar, al respecto de esa grabación, que las preguntas planteadas por la policía son tendenciosas y las respuestas forzadas. Además, que la chica tiene un motivo para señalar a Per-Ola Silfverberg como autor de los hechos. Si la chica lograra que se reconociera a Per-Ola Silfverberg como causante de su deteriorado estado mental, podría abandonar a su familia de acogida y regresar a Suecia.

A su casa, en Suecia, piensa el fiscal Kenneth von Kwist al apagar el triturador de documentos.

Estocolmo, 1988

No hay ninguna buena razón para empezar de nuevo, dijo. Siempre me has pertenecido, y siempre me pertenecerás. Ella se sentía como dos personas. Una que le amaba y otra que le odiaba.

El silencio es un vacío.
Respira ruidosamente por la nariz durante todo el trayecto hacia Nacka y ese ruido concentra toda su atención.

Al llegar al hospital, apaga el motor.

−Hemos llegado −dice, y Victoria sale del coche.

La puerta se cierra con un ruido sordo y sabe que él va a permanecer solo en el silencio.

Sabe también que se va a quedar allí, no necesita volverse para asegurarse de que la distancia entre los dos aumenta. Su paso se vuelve más ligero a medida que se aleja de él. Sus pulmones se hinchan y se llenan de un aire muy diferente al que había en su presencia. Más fresco.

Sin él no estaría enferma, piensa.

Sin él no sería nada, lo sabe, pero evita llegar al fondo de esa idea.

La terapeuta que la recibe ha superado ya la edad de la jubilación.

Sesenta y siete años, una mirada inteligente. Tras un inicio laborioso, a Victoria le resulta cada vez más fácil confiarse.

Al entrar en su consulta, lo primero que ve Victoria son sus ojos.

Son lo que busca ante todo. En ellos puede apoyarse.

Los ojos de esa mujer ayudan a Victoria a comprenderse a sí misma. No tienen edad, lo han visto todo, se puede confiar en ellos. No son presa del pánico, no le dicen que está loca, pero tampoco que lleva razón ni que la comprenden.

Los ojos de esa mujer no engañan.

Esa es la razón por la que puede mirarlos y sentirse en calma.

−¿Cuándo te has sentido bien por última vez?

Cada vez empieza con una pregunta que le da el tono de toda la sesión.

−La última vez que planché las camisas de papá dijo que estaban perfectas.

Victoria sonríe, porque sabe que no quedaba ni una arruga y que los cuellos estaban perfectamente almidonados.

Esos ojos le ofrecen una atención total, están ahí solo para ella.

—Si pudieras escoger qué hacer hasta el fin de tu vida, ¿elegirías planchar camisas?

—¡No, claro que no! —exclama Victoria—. ¡Planchar camisas es muy aburrido! —Y en el acto se da cuenta de lo que acaba de decir, por qué lo ha dicho y qué debería haber dicho—. Desordeno su mesa y sus cajones —continúa—, para ver si se da cuenta de algo cuando regresa a casa. Casi nunca se fija en nada.

—¿Y cómo van tus estudios? —La vieja cambia de tercio sin reaccionar a la respuesta de Victoria.

—Bien. —Victoria se encoge de hombros.

—¿Qué nota sacaste en tu último examen?

Victoria vacila.

Se acuerda de ello, por supuesto, pero no sabe cómo decirlo.

Le parece muy ridículo.

—Ponía «Perfecto» —dice con ironía—. «Una notable comprensión de los procesos neuronales, y unas apasionantes reflexiones personales que nos gustaría ver desarrolladas en un trabajo más ambicioso».

La terapeuta la observa con los ojos muy abiertos y une las manos.

—Es fantástico, Victoria, ¿no estás contenta de que te devuelvan el examen con un comentario como ese?

—¿Y qué más da? —dice Victoria—. Es mentira.

—Victoria —dice muy seria la psicóloga—, sé que me has hablado de tu dificultad para distinguir lo que es mentira de lo que es verdad, como tú dices, o lo que es importante para ti y lo que no lo es, como digo yo... Si piensas en ello, ¿no sería esto precisamente un ejemplo? Dices que te sientes bien cuando planchas camisas, pero en el fondo no quieres hacerlo. Y en los estudios, que te gustan, obtienes excelentes resultados, pero... —Levanta un dedo para atraer la atención de Victoria— no te permites alegrarte cuando te felicitan por lo que te gusta hacer.

Esos ojos, piensa Victoria. Ven todo lo que ella no ha visto nunca, solo presentido. La agrandan cuando trata de reducirse y le muestran precavidamente la diferencia entre lo que ella imagina ver, oír y sentir y lo que se produce verdaderamente en la realidad de los demás.

A Victoria le gustaría ver con ojos antiguos, sabios. Como la psicóloga.

El alivio que siente en el despacho de la psicóloga solo dura a lo largo de los veintiocho peldaños hasta la salida.

Luego el silencio del regreso.

Las calles, las casas y las familias desfilan.

Ve a una chica de su edad del brazo con su madre.

Parecen muy a gusto.

Yo hubiera podido ser esa chica, piensa Victoria.

Se da cuenta de que hubiera podido ser cualquiera.

Pero se ha convertido en esto.

—A la hora de comer celebraremos un consejo familiar —dice él al salir del coche.

Se sube el pantalón tan arriba que se nota el contorno de su paquete. Victoria aparta la vista y se dirige hacia la casa.

La casa es un agujero negro que aniquila a todos los que entran en ella. Abre la puerta y se deja engullir.

A su llegada, la madre no dice nada, pero la comida está lista. Se sientan a la mesa. El padre, la madre y Victoria.

Sentados así, parecen una familia.

—Victoria —empieza mientras apoya las manos entrelazadas de venas marcadas sobre la mesa. Sea lo que sea lo que diga, no será un consejo sino una orden.

—Creemos que te sentará bien un cambio de aires —prosigue—, y mamá y yo hemos llegado a la conclusión de que lo mejor sería aunar lo útil y lo agradable.

La madre asiente con la cabeza ante su mirada imperiosa y le sirve más patatas.

—¿Te acuerdas de Viggo? —le pregunta el padre a Victoria.

Se acuerda de Viggo.

Un danés que acudía regularmente a su casa cuando ella era pequeña.

Nunca cuando su madre estaba allí.

—Viggo tiene una granja en Jutlandia y necesita a alguien que se ocupe de la casa. No es un trabajo difícil, dado tu estado actual.

—¿Mi estado actual?

Siente en ese momento que la cólera cubre su entumecimiento con una trama fluorescente.

—Ya sabes qué queremos decir —dice alzando la voz—. Hablas sola. Tienes amigos imaginarios, a los diecisiete años. ¡Sufres ataques de cólera y te comportas como una cría!

—Pero solo queremos tu bien, y Viggo tiene contactos en Ålborg que podrán ayudarte. Te vas a instalar en su casa esta primavera, y no hay más que hablar.

Se quedan en silencio mientras él bebe un té para acabar la comida. Atrapa un terrón de azúcar entre los labios y hace pasar el té a través del mismo, hasta que se disuelve.

Ellas guardan silencio mientras bebe. Ruidosamente, como siempre.

—Es por tu bien —concluye, y se pone en pie y va a enjuagar la taza en el fregadero dándoles la espalda. Su madre se revuelve en el asiento y aparta la mirada. Cierra el grifo, se seca las manos y se apoya en el fregadero—. Aún no eres mayor de edad. Somos responsables de ti. No hay nada que discutir.

Eso ya lo sé, piensa ella. No hay nada que discutir, nunca lo ha habido.

Barrio de Kronoberg–Central de Policía

Cuando Ivo Andrić, Schwarz y Åhlund abandonan la sala de reuniones, Hurtig se inclina sobre la mesa y se dirige a Jeanette en voz baja.

—Antes de continuar con Silfverberg, ¿cómo tenemos nuestro antiguo caso?

—Hay calma chicha. En todo caso, por lo que a mí concierne. ¿Y tú? ¿Alguna novedad?

—Tengo buenas y malas noticias —dice—. ¿Por cuáles quieres que empiece?

—En todo caso, no empieces con un tópico —le interrumpe Jeanette. Él parece ofendido y ella le dirige una amplia sonrisa—. Perdona, es broma. Empieza por las malas. Ya sabes que lo prefiero.

—De acuerdo. Primero la carrera jurídica de Dürer y Von Kwist. Aparte de cinco o seis casos archivados en los que los dos intervinieron, no hay nada raro. Y además eso no tiene nada de sorprendente, puesto que se ocupaban del mismo tipo de crímenes.

Jeanette asiente con la cabeza.

—Continúa.

—La lista de donantes. La fundación Sihtunum Diaspora está financiada por un grupo de antiguos alumnos del internado de Sigtuna, empresarios y políticos, gente que ha triunfado y con pasados inmaculados. Pocos de ellos tienen un vínculo directo con el internado, pero cabe suponer que conocerán a algún antiguo alumno o tendrán algún otro tipo de contacto.

De momento, nada, piensa Jeanette indicando con una señal a Hurtig que prosiga.

—En cuanto a la dirección IP, ha sido un poco complicado. El internauta que publicó la lista de donantes no había publicado nada más y me ha llevado trabajo identificarlo. ¿Adivina adónde nos conduce?

—¿A un callejón sin salida?

Él hace un gesto de impotencia.

—Un 7-Eleven de Malmö. Con veintinueve coronas, no hay nada más fácil que comprar un ticket en una máquina expendedora e instalarse una hora frente a un ordenador.

—¿Y las buenas noticias?

—Per-Ola Silfverberg era uno de los donantes.

Antes de que Jeanette Kihlberg salga de la comisaría de policía, Dennis Billing la informa de la financiación de la investigación del caso Silfverberg. Una vez en el coche, se dice que el presupuesto inicial prometido por Billing es diez veces superior al que se le concedió para la investigación de los asesinatos de los muchachos.

Unos niños sin papeles tienen menos valor que un pez gordo sueco con una abultada cuenta en el banco, constata mientras crece su cólera.

Solo con que Billing le hubiera concedido la partida para establecer un perfil correcto del asesino, no hubiera tenido que ocuparse de ello con los recursos que tenía a mano.

Sofia está obligada a hacer el trabajo sin remuneración ni reconocimiento y eso desagrada a Jeanette. Decide no meterle prisas a Sofia, concederle tanto tiempo como sea necesario.

Piensa en los factores que finalmente deciden el valor de una vida humana.

¿El número de personas que asiste al entierro, la suma dejada a los herederos, el interés mediático suscitado por el fallecimiento?

¿La influencia social del difunto? ¿Su origen o el color de su piel?

¿O la suma de recursos policiales que participan en la investigación criminal?

La muerte de la ministra de Asuntos Exteriores Anna Lindh se saldó con un gasto de quince millones de coronas cuando el Tribunal Supremo condenó a su asesino Mijailo Mijailović a internamiento psiquiátrico: los medios policiales lo consideran de forma unánime como una suma moderada, comparada con los trescientos cincuenta millones que el asesinato del primer ministro Olof Palme ha costado a la sociedad hasta el momento.

Vita Bergen–Apartamento de Sofia Zetterlund

Al despertar, el cuerpo de Sofia Zetterlund sufre unas agujetas como si hubiera corrido kilómetros mientras dormía. Se levanta y va al baño.

Mierda, menudo careto, piensa al verse en el espejo.

Tiene el cabello alborotado y ha olvidado desmaquillarse antes de acostarse. Se le ha corrido el rímel y le ha dejado los ojos morados y el lápiz de labios cubre el mentón con una película rosa.

¿Qué pasó anoche?

Se lava la cara, se vuelve y aparta la cortina de la ducha. La bañera está llena de agua hasta la mitad. En el fondo hay una botella de vino vacía, y la etiqueta que flota en la superficie atestigua que es el rioja carísimo que llevaba varios años esperando en el mueble bar.

Yo no bebo, se dice. Es Victoria.

¿Qué ha ocurrido además de beber unas botellas y tomar un baño? ¿He salido esta noche?

Abre la puerta y mira en la entrada. Nada anormal.

En la cocina, sin embargo, encuentra una bolsa de plástico delante del armario del fregadero y, antes incluso de abrirla, comprende que no contiene basura.

Prendas de ropa empapadas que saca una a una de la bolsa.

Su jersey negro, una camiseta negra y su pantalón de jogging gris oscuro. Con un largo suspiro de desánimo, los extiende sobre el suelo de la cocina para examinarlos con mayor detalle.

Esa ropa no está sucia, pero desprende un olor agrio. Sin duda porque ha pasado toda la noche dentro de la bolsa de plástico. La escurre en el fregadero sobre una palangana.

El agua que sale es de un color marrón sucio y cuando la prueba le sabe un poco salada, sin poder decir si es de sudor o de haber estado en agua de mar.

Comprende que no logrará saber lo que ha hecho durante la noche, recoge la ropa y la pone a secar, luego vacía la bañera y tira la botella vacía.

Vuelve a su habitación, abre las persianas y echa un vistazo al despertador. Las ocho menos cuarto. Tranquilidad. Diez minutos bajo la ducha, otros diez delante del espejo y luego un taxi hasta su consulta. Primer cliente a las nueve.

Linnea Lundström tiene que ir a la una, ¿y hay alguien más antes? No lo sabe.

Cierra la ventana y respira hondo.

Eso no funciona. No puede seguir así. Victoria tiene que marcharse.

Media hora más tarde, Sofia Zetterlund se encuentra en el taxi. Inspecciona su rostro en el retrovisor mientras el vehículo desciende Borgmästargatan.

Está satisfecha de lo que ve.

Tiene la máscara en su sitio, pero detrás de ella está conmocionada.

La única diferencia es que ahora tiene conciencia de sus agujeros de memoria.

Antes, esos blancos eran una parte de ella misma tan evidente que su cerebro ni siquiera dejaba constancia de ellos. Simplemente no existían. Ahora están ahí, unos agujeros negros e inquietantes en su vida.

Comprende que tiene que aprender a sobrellevarlo. Aprender de nuevo a vivir, conocer a Victoria Bergman. La niña que fue. La mujer adulta en la que luego se ha convertido, a espaldas del mundo y de ella misma.

Los recuerdos de la vida de Victoria, de su infancia en el seno de la familia Bergman, no están ordenados como un archivo fotográfico en el que basta extraer una carpeta con determinada fecha o una mención de determinado acontecimiento y contemplar las imágenes. Los recuerdos de su infancia le vienen a la mente despacio, se inmiscuyen en ella cuando menos lo espera. A veces le vienen a la cabeza solos, otras veces es un objeto o una palabra en la conversación lo que la proyecta al pasado.

En el rostro delgado de Annette Lundström, Sofia ha reconocido a una chiquilla del primer curso de Victoria en el internado de Sigtuna. Una muchacha dos años mayor que ella, una de las que murmuraba a sus espaldas, que la miraba de reojo por los pasillos.

Está segura de que Annette Lundström recuerda los hechos del cobertizo de las herramientas. De que se rio de ella. Y también tiene la certeza de que Annette no tiene ni idea de que la mujer a la que ha solicitado una entrevista terapéutica con su hija es aquella de la que antaño se burló.

Se dispone a hacerle un favor a esa mujer. A ayudar a su hija a superar el trauma. El mismo trauma que ella ha sufrido y que sabe que no puede borrarse.

Sin embargo, se aferra a la esperanza de que sea posible, que podrá evitar tener que enfrentarse a esos recuerdos y reconocerlos como propios. Su cerebro ha tratado de preservarla evitándoselo. Pero en vano. Sin esos recuerdos, no es más que una cáscara vacía.

Y eso no se arregla. Al contrario.

Por más vueltas que le dé al problema, la única solución es que Victoria Bergman y Sofia Zetterlund se fundan en una única persona, en una única conciencia que tenga acceso a los recuerdos y pensamientos de la otra.

Comprende también que eso es imposible mientras Victoria la rechace y desprecie esa parte de ella misma que es Sofia Zetterlund. Y Sofia por su parte se echa atrás ante la idea de reconocer los actos de violencia cometidos por Victoria. Son dos personas sin ningún denominador común.

Aparte de compartir el mismo cuerpo.

Barrio de Kronoberg–Central de Policía

–¡Tienes visita! –grita Hurtig a Jeanette cuando sale del ascensor–. Charlotte Silfverberg está en tu despacho. ¿Quieres que vaya yo también?

–No, ya me encargo yo.

Jeanette declina el ofrecimiento con un gesto de la mano y avanza por el pasillo. La puerta de su despacho está abierta.

Charlotte Silfverberg, de espaldas, mira por la ventana.

–Buenos días. –Jeanette se instala a su mesa–. Me alegra que haya venido. Iba a llamarla. ¿Cómo se encuentra?

Charlotte Silfverberg se vuelve, pero se queda cerca de la ventana. No responde.

Jeanette la ve titubear.

–Siéntese, si lo desea.

–No es necesario. Prefiero quedarme de pie. No voy a alargarme mucho.

—Bueno... ¿Quiere hablarme de algo en particular? Si no es así, tengo algunas preguntas para usted.

—Adelante.

—Sihtunum Diaspora —dice Jeanette—. Su marido era uno de los donantes. ¿Qué sabe acerca de esa fundación?

Charlotte se agita.

—Nada, aparte de que es un club de hombres que se reúnen una vez al año para hablar de obras de beneficencia. Personalmente, creo que se trata sobre todo de un pretexto para beber buenos aguardientes y hablar de los viejos tiempos. Era una tradición, todos los años organizaban una salida al mar a bordo del *Gilah*. Su velero.

—¿Nunca fue usted?

—No, nunca nos preguntaban si queríamos ir. Era, por así decirlo, una cosa de chicos.

—Sabrá usted seguramente que Viggo y su esposa sufrieron un accidente hace unas semanas...

—Sí, lo leí en el periódico. El *Gilah* se quemó.

Jeanette piensa en Bengt y Birgitta Bergman. También calcinados. Se considera que fue un accidente.

—¿Sabe si alguien podía desear la muerte de los Dürer? ¿O de Viggo en particular?

—Ni idea. Apenas le conocía.

Jeanette supone que esa mujer no sabe más de lo que dice.

—De acuerdo... ¿Y de qué quería hablarme? —prosigue.

—Hay algo que debo decirle. —Charlotte se interrumpe, traga y cruza los brazos—. Hace trece años, el año antes de instalarnos aquí, Peo fue acusado de una cosa. Quedó libre de toda sospecha y todo se arregló...

Acusado de una cosa, piensa Jeanette recordando el artículo que había leído en el periódico. ¿Algo comprometedor?

Charlotte se apoya en el alféizar de la ventana.

—A veces he sentido que me seguían —acaba diciendo—. Y he recibido algunas cartas.

—¿Cartas? —Jeanette no logra guardar silencio—. ¿Qué tipo de cartas?

—No lo sé a ciencia cierta. Era raro. La primera llegó justo después de que acabaran las acciones judiciales contra Peo. Imaginamos que se trataba de alguna feminista indignada al no ser procesado Peo.

—¿Qué decía esa carta? ¿La conservó?

—No, era un batiburrillo incoherente y la tiramos. Al pensarlo retrospectivamente, fue una tontería.

Joder, piensa Jeanette.

—¿Qué le hizo pensar que se trataba de una feminista? ¿De qué se le acusaba?

Charlotte Silfverberg parece repentinamente hostil.

—Eso puede averiguarlo por sí misma, ¿verdad? No quiero hablar de ello. Para mí, es agua pasada.

Jeanette siente que será mejor no atosigarla.

—¿No tiene la menor idea del origen de esa carta? —dice Jeanette con una sonrisa amable.

—No. Como le he dicho, quizá se tratara de alguien a quien no le gustaba que Peo quedara libre de toda sospecha. —Calla, respira profundamente y continúa—: Hace una semana recibimos una carta. La tengo aquí.

Charlotte saca de su bolso un sobre blanco y lo deja sobre la mesa.

Jeanette toma unos guantes de látex del cajón inferior y se los pone rápidamente. Por supuesto, la carta la han tocado Charlotte Silfverberg y numerosos carteros, pero es un acto reflejo.

Es un sobre blanco, absolutamente ordinario. De los que se compran por decenas en los supermercados.

Franqueado en Estocolmo, dirigido a Per-Ola Silfverberg, en mayúsculas, con tinta negra, y una caligrafía infantil. Jeanette frunce el ceño.

La carta es un papel A4 blanco corriente. De los que se pueden encontrar en cualquier parte en paquetes de quinientos.

Jeanette lo desdobla y lee. Las mismas mayúsculas en tinta negra: EL PASADO SIEMPRE NOS ATRAPA.

Qué frase tan original, piensa Jeanette suspirando. Mira a Charlotte Silfverberg.

—Veo que hay una falta de ortografía —observa—. ¿Le dice algo eso?

—No tiene por qué ser una falta —dice Charlotte—. Podría también ser danés.

—¿Sabe que esto es una pieza de convicción? ¿Por qué ha esperado una semana?

—La verdad es que no estaba en mi sano juicio. Hasta ahora no he tenido el valor de volver al apartamento.

La vergüenza, piensa Jeanette. La vergüenza siempre anda de por medio.

Las sospechas que cayeron sobre Per-Ola Silfverberg tenían que estar relacionadas con algo vergonzoso.

Charlotte señala la carta con la cabeza—. La semana pasada recibí dos llamadas. Nadie contestó. Silencio, y luego colgaron.

Jeanette menea la cabeza.

—Discúlpeme —dice, descolgando su teléfono.

Marca la extensión de Hurtig.

—Per-Ola Silfverberg —dice cuando Hurtig descuelga—. Esta mañana me he puesto en contacto con la policía de Copenhague acerca de las diligencias abiertas contra él y que fueron archivadas. ¿Puedes comprobar si he recibido un fax?

Jeanette cuelga y se repantiga en su silla.

Charlotte Silfverberg tiene las mejillas coloradas.

—Me preguntaba si… —comienza con voz temblorosa. Se aclara la voz y prosigue—: ¿Sería posible contar con algún tipo de protección policial?

Jeanette comprende que es necesario.

—Haré lo que esté en mi mano.

—Gracias.

Charlotte Silfverberg parece aliviada. Recoge rápidamente sus cosas y se dirige ya hacia la puerta cuando Jeanette añade:
—Quizá necesitaré hablar de nuevo con usted.
Charlotte se detiene en el umbral de la puerta.
—De acuerdo —dice, dándole la espalda a Jeanette en el momento en que Hurtig entra con una carpeta marrón.
Deja la carpeta sobre la mesa de Jeanette y luego sale.
La investigación preliminar del caso Per-Ola Silfverberg comprende exactamente diecisiete páginas.
Lo primero que llama la atención de Jeanette es que Charlotte, además de haber callado acerca del objeto de esa investigación, ha omitido un detalle importante.
Charlotte y Per-Ola Silfverberg tienen una hija.

Mariatorget–Oficina de Sofia Zetterlund

Un insomne a las nueve, un anoréxico a las once.
Sofia apenas recuerda sus nombres cuando repasa en su despacho la agenda de sesiones.
Tiene mal cuerpo después del agujero negro de la noche. Las manos húmedas y heladas, la boca seca. Unos trastornos que se acentúan a medida que se acerca la visita de Linnea Lundström. Dentro de unos minutos, Sofia se va a encontrar consigo misma a los catorce años. La adolescente de catorce años a la que le ha dado la espalda.
Linnea llega a la consulta a la una, acompañada de un auxiliar de enfermería de la unidad de psiquiatría infantil de Danderyd.
Parece más madura de lo que correspondería a su edad. Su cuerpo y su cara no son los de una chiquilla de catorce años. Forzada desde demasiado pronto a convertirse en adulta, lleva

ya dentro de sí un infierno que durante toda su vida tratará de controlar.

Al cabo de un cuarto de hora, Sofia comprende que no será fácil.

Esperaba una chica llena de pensamientos sombríos y de odio, postrada en el mutismo, pero también sujeta a veces a explosiones impulsivas autodestructivas. En ese caso, Sofia habría sabido a qué atenerse.

Pero es completamente diferente.

Linnea Lundström elude sus preguntas, tiene una actitud esquiva y no la mira nunca a los ojos. Está sentada medio vuelta a un lado y juguetea con una muñeca Bratz que le sirve de llavero. Sofia se sorprende de que el psiquiatra al frente de Danderyd haya logrado que acepte esa visita.

En el momento en que Sofia se dispone a preguntarle a Linnea qué espera de esa visita, la chica se le adelanta con una pregunta que la sorprende.

—¿Qué le dijo mi padre?

La voz de Linnea es pasmosamente clara y firme, pero su mirada no se aparta del llavero. Sofia no se esperaba una pregunta tan directa, y titubea. No puede dar una respuesta que permita a la muchacha adoptar una postura completamente distanciada.

—Confesó cosas —comienza Sofia—. Muchas resultaron ser falsas, otras más o menos verídicas.

Hace una pausa para estudiar la reacción de Linnea. La muchacha permanece impasible.

—Pero ¿qué dijo de mí? —dice al cabo de un momento.

Sofia piensa en los tres dibujos que le enseñó Annette. Tres escenas dibujadas por Linnea en su infancia, que probablemente describan abusos sexuales.

—Annette ha dicho que usted comprendía... Comprendía a papá. Él se lo dijo a Annette. Que usted le comprendía. ¿Es cierto?

Una nueva pregunta directa.

—Si piensas que por comprender a tu padre estarás mejor, se te puede ayudar. ¿Quieres ayuda?

Linnea no responde de inmediato. Se remueve un momento en su asiento. Titubea.

—¿Puede ayudarme? —acaba diciendo, mientras se guarda el llavero en el bolsillo.

—Eso creo. Tengo mucha experiencia con hombres como tu padre. Pero también voy a necesitar tu ayuda. ¿Puedes ayudarme a ayudarte?

—Quizá —dice la muchacha—. Depende.

La espalda de Linnea desaparece en el ascensor. Aunque se había encerrado en su cascarón desde que llegó con el auxiliar de enfermería, Sofia la ha visto abrirse durante la sesión. Sabe que aún es demasiado pronto para esperar algo, pero, después de la desconfianza inicial, tiene esperanzas de conseguir acercarse a la muchacha, por lo menos si ha visto a la verdadera Linnea y no una cáscara vacía.

Sabe, por experiencia, que no puede repararlo todo. Siempre hay algo que lo impide.

Barrio de Kronoberg–Central de Policía

Jeanette acaba de mantener una larga conversación con Dennis Billing. Sus dotes de persuasión le han permitido arrancarle dos policías destinados a la protección de Charlotte Silfverberg.

Tras colgar el teléfono, comienza a leer de inmediato el expediente de la investigación danesa sobre Per-Ola Silfverberg.

La denunciante es la hija adoptiva de Per-Ola y de Charlotte.

Acogida desde su nacimiento en la familia Silfverberg, en los suburbios de Copenhague.

El motivo de su entrega a una familia de acogida no queda precisado.

Dado que el sumario es público, se ha censurado el nombre de la denunciante, pero Jeanette sabe que puede averiguar fácilmente el nombre de la chica.

Pero lo que más la interesa, de momento, es comprender quién es Per-Ola Silfverberg. O más precisamente quién era.

La cosa empieza a tomar cuerpo.

Jeanette ve errores, negligencias, vacíos en la investigación y manipulaciones. Policías y fiscales que no hicieron su trabajo, personas influyentes que mintieron o tergiversaron los hechos.

Todo cuanto lee transpira una falta de energía, de voluntad o de competencia para llegar al fondo de la cuestión. Hicieron cuanto estuvo en sus manos para no investigar acerca de Per-Ola Silfverberg.

Jeanette sigue hojeando el expediente y, cuanto más lee, más crece su desánimo.

Se ocupa de casos criminales, pero se siente literalmente rodeada de delincuentes sexuales.

Violencia y sexualidad, piensa.

Dos comportamientos que deberían estar absolutamente separados pero que parecen ir de la mano.

Al final de su lectura está agotada, pero tiene que poner a Hurtig al día de las novedades.

Encuentra a Hurtig sumido en la lectura de un expediente parecido al que ella acaba de leer.

—¿Qué es eso? —se sorprende Jeanette, señalando los papeles.

—Los daneses han enviado más documentos y me he dicho que si los leía ganaríamos tiempo. —Hurtig le sonríe y prosigue—: ¿Quién empieza, tú o yo?

—Yo —dice Jeanette, tomando asiento—. Per-Ola Silfverberg fue sospechoso hace trece años de haber abusado de su hija adoptiva.

—Acababa de cumplir siete años —puntualiza Hurtig.

Jeanette consulta sus notas.

—En todo caso, su hija describió con todo detalle, y cito, «los castigos corporales utilizados por Per-Ola con fines educativos, y otros actos violentos sufridos, pero le resultó difícil evocar violencias sexuales».

Hurtig menea la cabeza.

—¡Menudo cerdo!

Calla y Jeanette prosigue.

—La niña describió la violencia física ejercida por Peo, los besos con lengua que le exigía y la limpieza profunda de sus partes íntimas de la que era objeto...

—Por favor... —casi le suplica Hurtig, pero Jeanette quiere acabar y sigue sin contemplaciones.

—La niña dio detalles precisos y describió minuciosamente sus reacciones emotivas durante las visitas nocturnas que Peo habría hecho a su habitación. La descripción contenida en la declaración de la niña sobre su comportamiento en la cama sugiere que se entregó con ella a relaciones anales y vaginales. —Hace una pausa—. A grandes rasgos, eso es todo.

Hurtig se acerca a la ventana.

—¿Puedo abrirla? Necesito aire fresco. ¿Relaciones? —dice mirando al parque—. Tratándose de una niña, ¿no se puede calificar eso de entrada de violación, mierda?

Jeanette carece de fuerzas para responder.

La corriente de aire hace temblar los papeles y el ruido de los juegos infantiles se mezcla con el de los teclados que crepitan y el ronroneo del aire acondicionado.

—¿Por qué se abandonó la investigación?

Hurtig se vuelve hacia Jeanette.

Ella suspira y lee:

—«Considerando que no se ha podido practicar examen alguno a la niña, no cabe excluir sin embargo que pueda dudarse de la veracidad de los hechos».

—¿Qué? ¿«No cabe excluir que pueda dudarse de la veracidad de los hechos»? —Hurtig da un manotazo sobre la mesa—. ¿Qué es toda esa palabrería?

Jeanette se ríe.

—Está claro que no creyeron a la niña. Y el defensor de Peo no dudó en subrayar que, en la declaración preliminar, el investigador orientaba las declaraciones con sus preguntas y tendía a forzar las respuestas, así que… —Suspira—. No se puede probar el delito. Caso archivado.

Hurtig abre su carpeta y hojea en busca de un documento. Cuando lo encuentra, lo deja sobre la mesa.

—Hay algo más —continúa—. Después de esa investigación, los Silfverberg, Per-Ola y Charlotte, se sintieron señalados y acosados y no quisieron volver a oír hablar de esa chiquilla. Los servicios sociales daneses la colocaron en una familia de acogida. En ese caso también en la región de Copenhague.

—¿Y qué fue de ella?

—No lo sé, pero en mi opinión no puede estar peor.

—Hoy debe de tener unos veinte años —constata Jeanette, y Hurtig asiente con la cabeza.

—Pero hay una cosa curiosa. —Se incorpora—. Los Silfverberg se instalaron en Suecia, en Estocolmo. Compraron el apartamento de Glasbruksgatan y todo les iba de maravilla.

—¿Pero…?

—Por una razón desconocida, la policía de Copenhague quiso llevar a cabo un interrogatorio complementario y se puso en contacto con nosotros.

—¿Cómo?

—Y lo citamos.

Hurtig deja el documento sobre la mesa y lo desliza hacia ella señalando la última línea.

Jeanette lee encima del dedo.

«Responsable del interrogatorio: Gert Berglind, unidad de violación e incesto».

Los niños del parque y los teclados de la estancia contigua callan.

Solo quedan el aire acondicionado y la rápida respiración de Hurtig.

El índice de Hurtig.

Su uña impecable, perfilada.

«Abogado defensor: Viggo Dürer».

Jeanette lee y comprende que detrás de un velo muy fino yace otra verdad. Otra realidad.

«Asistente: Kenneth von Kwist, fiscal».

Pero esa realidad es infinitamente más horrible.

Dinamarca, 1988

A ella no le gustaba la gente vieja y ajada. En la sección de lácteos se le acercó demasiado un viejo con su olor dulzón a orina, suciedad y grasa.

La mujer de la carnicería que acudió con un cubo de agua le dijo que no pasaba nada y recogió el vómito de todo lo que había desayunado.

—¿Lo notas? —El sueco la mira, muy excitado—. ¡Vamos, mete un poco más el brazo! ¡No tengas miedo!

Los chillidos de la cerda hacen titubear a Victoria. Ya ha metido casi hasta el codo.

Unos centímetros más y siente por fin la cabeza del cochinillo. El pulgar debajo de la mandíbula, el índice y el corazón sobre el cráneo, detrás de las orejas. Como Viggo le ha enseñado. Luego tira, despacio.

Creen que es el último. Sobre la paja, alrededor de la madre, diez cochinillos amarillentos y manchados temblequean y luchan por las ubres. Viggo ha asistido al parto. El sueco se ha ocupado de los tres primeros, los otros siete han salido solos.

Los músculos de la vulva aprietan con fuerza el brazo de Victoria y, por un momento, cree que la marrana tiene una contracción. Pero al tirar más fuerte, los músculos se distienden y, en menos de un segundo, el lechón ya casi ha salido. Un segundo más y está sobre la paja ensangrentada y sucia.

Su pata trasera tiembla, luego se queda inmóvil.

Viggo se agacha y acaricia los lomos de los cochinillos.

—Buen trabajo —dice c dirigiendo una sonrisa sesgada a Victoria.

Los lechones siempre se quedan inmóviles unos treinta segundos después de nacer. Parecen muertos, luego de golpe se ponen a patalear a ciegas en busca de las ubres de la marrana. Pero a ese último lechón le ha temblado una pata y a los demás no.

Ella cuenta en silencio y, al llegar a treinta, se preocupa. ¿Lo ha agarrado demasiado fuerte? ¿Ha tirado mal de él?

La sonrisa de Viggo desaparece mientras examina el cordón umbilical.

—¡Ay! Está muerto...

Viggo baja sus gafas y la mira muy serio.

—No pasa nada. El cordón está roto. No es culpa tuya.

Oh, sí, claro que es culpa mía. Y la marrana pronto se lo va a comer. En cuanto nos hayamos marchado, se va a atiborrar, comerá cuanto pueda.

Devorará a su propio hijo.

Viggo Dürer posee una granja muy grande cerca de Struer, Victoria tiene por única compañía, aparte de sus libros escolares, a treinta y cuatro cerdos de raza danesa, un toro, siete vacas y un caballo mal cuidado. La granja es un edificio de entramado visto muy decrépito en un paisaje triste y llano castigado por el viento, como Holanda, pero más feo. Un patchwork de campos inhóspitos, ventosos y siniestros se extiende hasta el horizonte, donde se entrevé una delgada banda azul, el golfo de Venø.

Ella está allí por dos motivos, estudiar y distraerse.

Los verdaderos motivos también son dos.

Aislamiento y disciplina.

Él llama a eso distraerse, piensa. Pero se trata de estar aislada. De quedar apartada de los demás, con disciplina. Permanecer en un marco estricto. Trabajo doméstico y estudio. Limpiar, cocinar y estudiar.

Trabajar con los cerdos. Y los puercos que regularmente visitan su habitación.

Lo que cuenta para ella son sus estudios. Ha elegido matricularse por correspondencia en psicología en la Universidad de Ålborg: su único contacto con el mundo exterior es su tutor, que de vez en cuando le envía comentarios escritos e impersonales sobre sus trabajos.

Reúne sus libros sobre su mesa y trata de ponerse a leer. Pero le resulta imposible. Los pensamientos giran en su cabeza y enseguida cierra el libro.

La distancia, piensa. Encarcelada en una granja en medio de la nada. Alejada de su padre. Alejada de la gente. Estudiando un curso de psicología a distancia, encerrada consigo misma en una habitación en casa de un ganadero de cerdos con título universitario.

El abogado Viggo Dürer fue a buscarla a Värmdö siete semanas atrás y condujo casi mil kilómetros con ella a través de una Suecia nocturna y una Dinamarca apenas despierta.

Victoria contempla por la ventana empañada el patio de la granja donde se encuentra estacionado el coche. Al aparcarlo parece que se tire un pedo, gima y se hunda en una sumisa genuflexión.

Viggo tiene un aspecto asqueroso, pero sabe que su interés por ella disminuye a diario. A medida que crece. Él quiere que se depile, pero ella se niega.

—¡Ve a depilar a los cerdos! —le dice ella.

Victoria baja la cortina. Solo quiere dormir, aunque sabe que tendría que estudiar. Lleva retraso, no por falta de motivación sino porque tiene la sensación de que el curso es un desastre. Un tema tras otro. Conocimientos superficiales, sin una reflexión profunda.

No quiere apresurarse y por ello se sumerge en sus lecturas, divaga y se ensimisma.

¿Nadie se da cuenta de lo importante que es? No se puede tratar de la psique humana en un examen. Una redacción de doscientas palabras sobre la esquizofrenia o el trastorno delirante es algo ridículo. Así no se puede demostrar que se ha entendido.

Se acuesta de nuevo en la cama y piensa en Solace. La muchacha que hizo soportable su estancia en Värmdö. Solace le sirvió de sucedáneo a su padre durante casi seis meses. Ahora hace siete semanas ya de su marcha.

Victoria se sobresalta al oír cerrarse la puerta exterior en la planta baja. Enseguida oye voces en la cocina y constata que es Viggo con otro hombre.

¿El sueco, de nuevo?, piensa. Sí, seguramente.

Se levanta despacio de la cama, vacía el vaso de agua en la maceta y lo coloca en el suelo, pegado a su oreja.

Primero solo oye su propio pulso, pero cuando empiezan a hablar de nuevo distingue claramente lo que dicen.

—¡Olvídalo!

Es la voz de Viggo. Aunque el sueco lleva muchos años viviendo en Dinamarca, aún tiene dificultades con el dialecto de Jutlandia y Viggo siempre le habla en sueco.

Ella detesta el sueco de Viggo, su acento suena forzado y habla lentamente, como si se dirigiera a un niño o a un tonto.

—¿Y por qué?

El sueco parece irritado.

Viggo calla unos segundos.

—Es demasiado arriesgado. ¿Lo entiendes?

—Confío en el ruso, y Berglind responde de él. Joder, ¿qué te preocupa?

¿El ruso? ¿Berglind? No entiende de qué están hablando.

El sueco continúa.

—Y además, ¿quién vendrá a reclamar a un mocoso ruso?

—Chitón. Hay una mocosa arriba que puede oír lo que dices.

—A propósito... —El sueco se ríe de nuevo e, ignorando las advertencias de Viggo, sigue hablando muy fuerte—. ¿Cómo fue en Ålborg? ¿Está todo listo para la criatura?

Viggo calla antes de responder.

—Los últimos papeles estarán listos esta semana. No te preocupes, tendrás tu criatura.

Victoria está desconcertada. ¿Ålborg? Pero si fue allí donde...

Los oye moverse abajo, pasos y luego la puerta al cerrarse. Al apartar la cortina, los ve dirigirse hacia los establos.

Toma el diario de su mesita de noche, se acurruca en la cama y espera. Se queda acostada despierta como siempre con su mochila lista a los pies de la cama.

El sueco se queda en la granja hasta la madrugada. Se marchan al alba. Son las cuatro y media cuando oye el ruido de los coches al alejarse.

Se levanta, mete su diario en el bolsillo exterior de la mochila, lo cierra y mira la hora. Las cinco menos cuarto. No regresará antes de las diez como muy pronto y ella ya estará lejos.

Antes de salir, abre el armario de la sala.

Hay una caja de música del XVIII que Viggo hace admirar a menudo a sus visitas. Decide comprobar si es tan valiosa como dice.

Bajo el sol de la mañana, camina hasta Struer, donde la recogen en autostop hacia Viborg.

Allí, toma el tren de las seis y media a Copenhague.

Mariatorget–Oficina de Sofia Zetterlund

Le lleva menos de un minuto localizar con el ordenador de la consulta una foto de Viggo Dürer. El corazón le late desbocado cuando ve su rostro y comprende que Victoria trata de decirle algo. Sin embargo, ese viejo de rostro delgado y gafas redondas y gruesas no le dice nada, aparte del malestar que le provoca y el recuerdo de una loción para después del afeitado.

Guarda la imagen en el disco duro y la imprime en alta resolución.

Es un retrato de busto. Observa cada detalle del rostro y de la ropa. Es pálido, con poco cabello y debe de tener unos setenta años, pero no está especialmente arrugado. Su rostro es más bien liso. Tiene varios lunares grandes, labios carnosos, nariz fina y mejillas hundidas. Viste traje gris, corbata negra y luce en el ojal una insignia con el emblema de su bufete de abogados.

Ningún recuerdo concreto. Victoria no le proporciona ninguna imagen, ninguna palabra, solo vibraciones.

Deja la foto sobre el clasificador de documentos, exhala un suspiro de desánimo y mira la hora. Ulrika Wendin llega con retraso.

La joven delgada responde al saludo de Sofia con una leve sonrisa.

Tiene ojeras. Debe de llevar varios días borracha, piensa Sofia.

—¿Cómo está?

Ulrika esboza una sonrisa y parece incómoda, pero no duda en contárselo.

—El sábado pasado estaba en un bar, me encontré con un tío que parecía guay y me lo llevé a casa. Nos bebimos una botella de Rosita y nos acostamos.

Sofia no ve adónde pretende ir a parar y se limita a asentir con la cabeza mientras espera la continuación.

Ulrika se ríe.

—No sé si lo hice de verdad. Me refiero a ligar, así. Tengo la sensación de que lo hizo otra persona, pero al mismo tiempo estaba muy borracha.

Ulrika hace una pausa y saca un paquete de chicles del bolsillo. A la vez salen varios billetes de quinientas coronas. Se apresura a guardarlos de nuevo, sin hacer comentario alguno.

Sofia sabe que Ulrika está en paro y que no debe de manejar mucha pasta.

¿De dónde sale ese dinero?

—Con él pude relajarme —continúa Ulrika sin mirarla—, porque no era yo quien se acostaba con él. Padezco vestibulitis vulvar. Es muy molesto, ¿sabe? Me cuesta mucho dejar que entre nadie ahí abajo, pero con él pude hacerlo porque no era yo quien estaba allí tendida.

¿Vestibulitis? ¿Que no era ella quien estaba allí tendida? Sofia piensa en la violación de Ulrika por Karl Lundström. Sabe que una de las supuestas causas de la vestibulitis es el aseo demasiado frecuente de la zona vaginal. La mucosa se seca y se vuelve frágil, los capilares nerviosos y los músculos padecen lesiones y el dolor es permanente.

Recuerdos de horas pasadas bajo la ducha humeante frotándose. La esponja y el olor a jabón, sin lograr nunca deshacerse de su peste.

Estar obligada a ser otra para sentir deseo y gozar de la intimidad. Para poder ser normal. Quedar destruida para siempre, porque un hombre ha hecho con ella lo que le apetecía. Sofia hierve en su interior.

—Ulrika… —Se inclina sobre la mesa para reforzar su pregunta—. ¿Puede decirme qué es el placer?

La chica se queda un momento en silencio antes de responder.

—El sueño.

—¿Cómo es su sueño? ¿Puede contármelo?

Ulrika exhala un profundo suspiro.

—Vacío. No hay nada.

—¿Así que, para usted, gozar es no sentir nada? —Sofia piensa en sus talones desollados, en el dolor que necesita para sentirse en paz—. ¿Así que el placer no es nada?

Ulrika no responde. Se incorpora y dice furiosa, con una mirada torva:

—Desde que esos cerdos me violaron en aquel hotel, bebí a diario durante cuatro años. —La expresión en el rostro de Ulrika trasluce su odio—. Luego traté de recuperarme, pero ¿para qué? Siempre los mismos problemas de mierda.

—¿Qué problemas?

Ulrika se repantiga en el sillón.

—Es como si mi cuerpo no me perteneciera, o que de él emane algo que hace creer a los demás que pueden hacerme lo que quieran. La gente puede pegarme, follarme, haga yo lo que haga o diga lo que diga. Les digo que me duele, pero no les importa una mierda.

La vestibulitis, piensa Sofia. Relaciones sin consentimiento y mucosa seca. Ahí tiene a una chica que nunca ha aprendido a querer, solo a esperar poder escaparse. Evidentemente, encontrarse en el vacío que el sueño ofrece es para ella una liberación.

Quizá el comportamiento de Ulrika en el bar contiene un elemento importante. Una situación en la que ella es quien decide y quien tiene el control. Ulrika está tan poco acostumbrada a actuar por decisión propia que simplemente no se ha reconocido.

Podría pensarse erróneamente que se trata de disociación, pero la disociación no se desarrolla en la adolescencia, es un mecanismo de defensa de la niñez.

Se trata más bien de un comportamiento de confrontación, piensa Sofia, a falta de un término más preciso. Una especie de autoterapia cognitiva.

Sofia sabe que, durante su violación en el hotel, la muchacha estuvo drogada con productos que paralizaron los músculos de su bajo vientre y le impidieron controlar los esfínteres.

Comprende que el estado de Ulrika, con una posible anorexia, asco de sí misma, alcoholismo relativamente leve y propensión a coleccionar novios que le pegan y la explotan, viene sin duda de un único acontecimiento, ocurrido siete años atrás.

Todo es culpa de Karl Lundström.

Ulrika palidece de repente.

—¿Qué es eso?

Sofia no comprende a qué se refiere. La chica mira fijamente algo sobre la mesa.

Cinco segundos de silencio. Luego Ulrika se levanta y toma la hoja depositada sobre el clasificador de documentos. El retrato de Viggo Dürer.

Sofia no sabe cómo reaccionar. Mierda, piensa. ¿En qué estaría yo pensando?

—Es el abogado de Karl Lundström. —Es cuanto se le ocurre decir—. ¿Le conoce?

Ulrika mira la imagen unos segundos y vuelve a dejarla.

—No, nada, olvídelo. Nunca he visto a ese tipo. Lo he confundido con otro.

La chica trata de sonreír, pero a Sofia le parece que no lo logra.

Ulrika Wendin conoció a Viggo Dürer.

Gamla Enskede—Casa de los Kihlberg

—Bueno, ¿y qué hacemos con la chica?

Hurtig mira a Jeanette.

—Está claro que nos interesa, y mucho. Averigua cuanto puedas acerca de ella. Nombre, dirección, etcétera. Todo eso, ya sabes, ¿no?

Hurtig asiente con la cabeza.

—¿Lanzo un aviso de búsqueda?

Jeanette reflexiona.

—No, aún no. Esperemos a ver qué encontramos acerca de ella. —Se levanta y se dispone a regresar a su despacho—. Llamaré a Von Kwist y le propondré que quedemos mañana, ¡a ver si averiguamos de una vez qué ocurrió, mierda!

Después de una breve conversación con el fiscal, durante la cual fijan una cita para hablar de la investigación abandonada acerca de Peo Silfverberg, Jeanette coge su coche para regresar a su casa.

Estocolmo le parece más gris y húmeda que de costumbre. Una ciudad en blanco y negro.

Pero en el horizonte se desgarran las nubes, irisadas de sol, y entrevé retazos de cielo azul. Sale del coche y la envuelve el olor a hierba mojada y lombrices.

Jeanette se encuentra a Johan frente al televisor a su regreso justo después de las cinco, y, en la cocina, constata que ya ha comido. Va a darle un beso.

—Hola, jovencito. ¿Has tenido un buen día?

Él se encoge de hombros y no responde.

—El abuelo y la abuela han enviado una postal. La he dejado sobre la mesa de la cocina.

Sube el volumen.

Jeanette va a ver la postal. La Muralla China, unas montañas altas y un paisaje ondulado y verde.

Le da la vuelta. Están bien, añoran Suecia. Las frases manidas. Recoge el fregadero, llena el lavavajillas, y luego sube a darse una ducha.

Al bajar, Johan ha desaparecido en su habitación y juega con su ordenador.

Con Åke habían sopesado prohibirle los juegos más sanguinarios, y luego comprendió que no serviría de nada. Todos sus amigos los tienen, así que ¿de qué serviría?

¿Lo ha protegido demasiado? De repente, se le ocurre una idea. ¿Cuál era ese juego que pedía últimamente? El que todos tenían y él no. Va a la cocina y llama a Hurtig.

—Hola, ¿puedes echarme una mano?

Hurtig suena exhausto.

—Por supuesto, ¿de qué se trata?

—Es una pregunta fácil. Puedes contestarla con los ojos cerrados. ¿Cuál es el juego más popular en estos momentos?

—Assassin's Creed —responde de inmediato.

—No.

—¿Counter Strike?

Jeanette reconoce ese nombre.

—No. Si no recuerdo mal, no era un juego de acción.

Hurtig respira hondo a través del teléfono y luego se oye la puerta al cerrarse.

—¿Te refieres a Spore? —propone finalmente.

—Sí, eso es. ¿Es violento?

—Eso depende del camino que elijas. Es un juego de evolución en el que tienes que desarrollarte desde el estado de célula al de amo del mundo, y para ello a veces la violencia funciona.

En ese momento cesa el ruido de ordenador en la habitación de Johan, que sale y se calza sus zapatos. Jeanette le pide a Hurtig que aguarde un momento, le pregunta a Johan adónde va, pero por toda respuesta obtiene un portazo.

Una vez que Johan se ha marchado, sonríe, desanimada, al volver a ponerse al teléfono.

−Hoy he regresado más temprano porque tenía miedo de que Johan estuviera encerrado en su cuarto o se hubiera marchado a casa de un amigo. Y ya ves, desde que he llegado he logrado las dos cosas.

−Entiendo −dice Hurtig−. ¿Y ahora le quieres dar una sorpresa?

−Exacto. Disculpa mi ignorancia, pero ¿si me prestas el juego puedo copiarlo en el ordenador de Johan y luego devolvértelo?

Hurtig no responde de inmediato. A ella le da la impresión de que se está riendo.

−Oye −dice acto seguido−. Esto es lo que vamos a hacer... Iré a verte ahora mismo e instalaré el juego, así Johan tendrá la sorpresa hoy mismo.

−Eres un tío muy legal. Si aún no has comido, te invito a una pizza.

−Encantado.

−¿Cuál prefieres?

Se ríe.

−Bueno, depende de cuál sea ahora la más popular.

Ella comprende el guiño.

−¿Provenzal?

−No.

−¿Cuatro estaciones?

−Tampoco −dice Hurtig−. No quiero una pizza esnob.

−¿Así que quieres una Vesuvio?

−Sí, eso es, una Vesuvio.

Jeanette se despierta con un ruido. Se levanta del sofá mientras contempla las dos cajas de pizza vacías sobre la mesa.

Claro, ha venido Hurtig, hemos comido pizza y me he quedado dormida mientras él instalaba el juego.

Ve luz bajo la puerta de la habitación de Johan, y de puntillas entreabre la puerta.

Dándole la espalda, Hurtig y Johan están absortos ante una especie de ácaro azul que nada en la pantalla del ordenador.

Están tan cautivados que ni siquiera se dan cuenta de su presencia.

—¡Cógelo! ¡Cógelo! —susurra Hurtig, visiblemente excitado, y le da una palmada en el hombro a Johan cuando el ácaro se traga lo que parece una espiral roja y peluda.

El primer impulso de Jeanette es preguntarles qué están haciendo a las cuatro de la madrugada y ordenarles que se vayan a la cama, pero al abrir la boca se contiene.

¡Qué diablos! Deja que jueguen.

Se acurruca de nuevo en el sofá, se cubre con la manta y trata de dormirse.

Se vuelve sobre el vientre mientras le llegan risas ahogadas desde el cuarto de Johan. Le da las gracias a Hurtig en silencio, pero a la vez la sorprende que sea tan irresponsable como para no entender que un adolescente necesita dormir. Mañana tiene colegio y luego entrenamiento. Cómo se las apañará Hurtig para estar en condiciones de trabajar es su problema, pero Johan estará como un zombi.

Comprende enseguida que es inútil tratar de dormir. Se tumba boca arriba y mira fijamente al techo.

Aún pueden verse las tres letras que Åke pintó en una noche de borrachera. La capa de pintura que le dio al día siguiente no lo arregló y, al igual que tantas otras cosas que prometió que iba a hacer, se quedó así. De un blanco un poco más oscuro que el resto del techo, se adivinan una H, una I y una F, como el club de fútbol Hammarby IF.

Si tenemos que vender la casa, tendrá que ayudarme, se dice.

Un montón de documentos y los agentes inmobiliarios regateando acerca del estado de la casa. Pero no, Åke se larga a Polonia, bebe champán y vende sus antiguos cuadros que habría destruido mucho tiempo atrás si yo no se lo hubiera impedido.

Se imagina qué pasaría si firmasen los papeles del divorcio. El plazo de seis meses de reflexión antes del divorcio se le antoja de repente a Jeanette como un limbo al que seguirá el infierno del reparto de los bienes. Pero no puede evitar sonreír al pensar que tiene derecho a la mitad de sus recursos. ¿Y si se divirtiera metiéndole miedo a Åke reclamando su parte, solo para ver su reacción? En el fondo, cuantos más cuadros venda antes del divorcio, más dinero habrá para ella.

Oye reír de nuevo en el dormitorio de Johan. Por muy contenta que Jeanette esté por él, se siente sola.

Por favor, Sofia, ven pronto a verme, se dice arrebujándose bajo la manta.

Sueña con sentir la espalda de Sofia contra su vientre.

Vita Bergen–Apartamento de Sofia Zetterlund

Sofia toma el magnetófono, se pone frente a la ventana y contempla la calle. Ha dejado de llover. Una mujer con un border collie blanco y negro de la correa pasa por la acera de enfrente. El perro le hace pensar en Hannah, a la que, poco después de su regreso de su viaje en tren, la mordió con tanta rabia un perro de esa raza que tuvieron que amputarle un dedo. Y, sin embargo, siguieron gustándole locamente los perros.

Sofia pone en marcha el magnetófono y empieza a hablar.

¿Qué es lo que no funciona en mí?

¿Por qué soy incapaz de sentir ternura y amor hacia los animales, como todo el mundo?

De pequeña, sin embargo, lo intenté a menudo.

Primero fueron los insectos palo, porque era mucho más práctico que las carpas doradas y le convenía a él, que era tan alérgico que Esmeralda tuvo que marcharse a casa de alguien que soportara a los gatos. Luego un intento de tener un animal en vacaciones, y fue un conejito que se murió en el coche porque a nadie se le ocurrió darle de beber; luego la cabra prestada todo un verano, que parecía estar esperando crías y de la que no quedó más recuerdo que las cagarrutas que dejaba por todas partes y que se pegaban a las suelas de los zapatos como canicas. Después la gallina que a nadie le gustaba, luego el caballo del vecino, antes el conejo que era fiel, alegre, obediente y cálido, del que se ocupaban a sol y sombra y al que le daban de comer antes de ir a la escuela y de que al conejo le mordiera el pastor alemán del vecino, que seguramente en el fondo no era malo, pero todos aquellos a los que se maltrata siempre acaban atacando a los más débiles...

Esta vez no se cansa de su propia voz. Sabe quién es.

Está de pie frente a la ventana, mira a través de las persianas bajadas y deja que su cerebro trabaje.

El conejo no se pudo escapar porque había nieve en todos los lugares donde hubiera podido esconderse y el perro le mordió la nuca, como antes había atacado al niño de tres años que le dio helado. Como el perro detestaba todo, también debía de detestar el helado y mordió al crío en toda la cara, pero en el fondo a nadie le importaba, le cosieron como buenamente pudieron y ya se las apañaría. Luego fueron de nuevo los caballos, las clases de equitación y los ponis y los corazones en el diario íntimo dedicados a un muchacho mayor que ella que le hubiera gustado que la quisiera o por lo menos la mirara cuando se pavoneaba por los pasillos con sus senos que le acababan de crecer y sus vaqueros ceñidos. Capaz de tragarse el humo sin toser ni vomitar como cuando había tomado Valium o demasiado alcohol y había sido tan tonta como para regresar a casa y desplomarse en la entrada y su madre se ocupaba de ella y solo hubiera querido quedarse de rodillas y hacerse tan pequeña como era en realidad y sentir sus mimos y el olor a cigarrillo que disimulaba porque también ella tenía miedo de él y fumaba a escondidas...

Apaga el magnetófono y va a sentarse a la cocina.

Rebobina y extrae la cinta. Ahora hay una considerable cantidad de recuerdos alineados en la estantería de su despacho.

Los pasos ligeros, casi inaudibles de Gao y el chirrido de la puerta oculta detrás de la estantería de la sala.

Se levanta y se reúne con él en su habitación secreta, mullida y tranquilizadora.

Él dibuja, sentado en el suelo, y ella se sienta en la cama e introduce una cinta virgen en el magnetófono.

Esa habitación es una cabaña, un refugio donde puede ser ella misma.

Klara Sjö–Ministerio Fiscal

Kenneth von Kwist suelta un chorro de palabras evocando sus intervenciones en el interrogatorio complementario de Peo Silfverberg. Jeanette observa que en ningún momento consulta sus notas. Von Kwist conoce todos los detalles de memoria, parece recitar una lección aprendida de memoria.

El fiscal entorna los ojos y la mira de arriba abajo con aire crítico, como si tratara de averiguar qué busca ella.

—Recuerdo que la policía de Copenhague me llamó de madrugada —prosigue—. Querían que participara en calidad de fiscal en la entrevista con Silfverberg. El interrogatorio lo dirigió el antiguo jefe de policía Gert Berglind, y Per-Ola Silfverberg contaba con su abogado, Viggo Dürer.

—¿Así que eran cuatro?

Von Kwist asiente y respira hondo.

—Sí, hablamos durante dos horas y negó todas las acusaciones. Afirmó que su hija adoptiva siempre había tenido una imaginación desbordante. Recuerdo que nos explicó que fue abandonada al nacer por su madre biológica y entregada a la familia Silfverberg. Recuerdo que estaba muy afectado y se sentía extremadamente herido por haber sido acusado de esa manera.

Cuando Jeanette le pregunta cómo puede recordar tantos detalles de hechos tan lejanos, le responde que tiene una excelente memoria y la mente muy clara.

—¿Había motivos para creerle? —aventura Jeanette—. Quiero decir, Per-Ola y su esposa se marcharon de Dinamarca en cuanto quedó libre y, a mi entender, parece que tenían algo que esconder.

El fiscal exhala un profundo suspiro.

—Creímos su declaración, y punto.

Jeanette menea la cabeza, desanimada.

—¿A pesar de que su hija afirmaba que él le había hecho todas esas cosas? Para mí es absolutamente incomprensible que fuera liberado tan fácilmente.

—No para mí. —Los ojos del fiscal se reducen a dos rayas detrás de sus gafas. Una leve sonrisa despunta en la comisura de sus labios—. Me ocupo de ese tipo de casos desde hace tanto tiempo que sé que siempre hay errores y negligencias.

Jeanette se da cuenta de que no conseguirá nada y cambia de tema.

—¿Y qué puede decir acerca del caso de Ulrika Wendin?

—¿Qué quiere saber acerca de Ulrika Wendin? —Bebe un buen trago de agua—. Eso fue hace siete años —dice acto seguido.

—Sí, pero con su buena memoria seguro que recuerda que fue ese mismo jefe de policía, Gert Berglind, quien dirigió la investigación acerca de Lundström, un caso que también fue archivado. ¿No vio la relación?

—No, nunca pensé en ello.

—Cuando Annette Lundström le proporcionó una coartada a Karl para la noche en que Ulrika Wendin fue violada, usted aparcó el caso. Sin ni siquiera comprobar sus afirmaciones. ¿Es así?

Jeanette siente cómo su cólera va en aumento, pero trata de reprimirla. No puede enojarse. Debe mantener la calma, a pesar de lo que piense acerca del fiscal.

—Fue una elección —responde con calma—. Muy meditada a partir de los elementos de los que me hallaba en posesión. El interrogatorio trataba de establecer la presencia de Lundström en el lugar de los hechos. Y el interrogatorio demostró que no se hallaba allí. Es así de fácil. No tenía razón alguna para sospechar que fuera mentira.

—En la actualidad, ¿no cree que habría habido que profundizar un poco más?

—La declaración de Annette Lundström no era más que una parte de la información de la que disponía, pero, por descontado, hubiéramos podido profundizar. Y también hubiéramos podido ir más lejos en todo lo demás.

—¿Y les dijo a Gert Berglind y a los investigadores que había que seguir indagando?

—Por supuesto.

—Y, sin embargo, ¿no fue así?

—Seguramente sabían lo que hacían.

Jeanette ve sonreír a Von Kwist. Su voz es la de una serpiente.

Jutas Backe–Centro de Estocolmo

La reforma de la psiquiatría que entró en vigor el 1 de enero de 1995 y que consistía en integrar en la sociedad a las personas que padecen enfermedades mentales fue una mala reforma. El hecho de que su principal instigador, Bo Holmberg, presidente de la Comisión de Asuntos Sociales del Parlamento, fuera personalmente víctima de ello debe ser considerado como una ironía del destino.

En efecto, su esposa, la ministra de Asuntos Exteriores Anna Lindh, fue asesinada por un hombre al que el tribunal había considerado un enfermo mental y que por tanto debería haber estado internado.

Aunque en los años setenta se cerraron muchos hospitales psiquiátricos, cabe preguntarse qué habría ocurrido si la Comisión de Asuntos Sociales hubiera tomado otra decisión.

En Estocolmo, los albergues disponen de unas dos mil camas: para los cinco mil vagabundos, que a menudo arrastran problemas de alcohol y drogas, encontrar un techo es una guerra permanente.

Como la mitad de ellos sufren además trastornos psiquiátricos, frecuentemente se producen peleas por las camas disponibles, y por esa razón muchos eligen otros lugares donde dormir.

En los grandes subterráneos excavados en la roca bajo la iglesia de San Juan, en el barrio de Norrmalm, se han creado colonias enteras que tienen en común mantenerse al margen de la protección habitual de la sociedad.

En esas salas chorreantes de humedad, con apariencia de catedral, han hallado por lo menos algo parecido a un refugio.

Unas pequeñas carpas de plástico o de lona comparten el espacio con cajas de cartón o un simple saco de dormir.

La calidad del hábitat varía enormemente y algunos alojamientos pueden ser considerados como lujosos.

En lo alto de la cuesta de Jutas Backe, toma Johannesgatan a la izquierda y sigue el muro del cementerio.

Cada paso la acerca a algo nuevo, a un lugar donde podría quedarse y ser feliz. Cambiar de nombre, cambiar de ropa y dejar atrás su pasado.

Un lugar donde su vida podría tomar otro camino.

Saca el gorro del bolsillo de su abrigo y, al ponérselo, esconde bien su cabello rubio.

Su estómago descompuesto le manda un aviso y, como la última vez, se pregunta qué hará si necesita ir al baño.

Entonces todo salió bien, ya que la víctima no le puso ningún problema para entrar, incluso la invitó a pasar. Per-Ola Silfverberg fue muy ingenuo, demasiado confiado, cosa que le parece rara en un hombre que había triunfado en el mundo de los negocios.

Per-Ola Silfverberg le daba la espalda cuando ella sacó su cuchillo y le cortó las venas del antebrazo derecho. Cayó de rodillas, se volvió y la contempló, casi atónito. Primero a ella, y luego el charco de sangre que se iba formando sobre el suelo de madera clara. Su respiración era ronca, pero a pesar de ello trató de ponerse en pie, y ella le dejó hacer puesto que de todas formas no tenía ninguna oportunidad. Cuando sacó la polaroid, pareció sorprendido.

Necesitó casi dos semanas para localizar a la mujer en esa cavidad bajo la iglesia.

A pesar de sus orígenes, Fredrika Grünewald había acabado en la calle, donde, en esos últimos diez años, se hacía llamar la Condesa. A causa de las azarosas inversiones de Fredrika, la familia Grünewald había perdido toda su fortuna.

Durante un tiempo, dudó en vengarse de Fredrika, pues ya conocía el infierno, pero tenía que terminar lo que había empezado.

No había motivo para la piedad.

Le vienen a la mente los recuerdos de Fredrika Grünewald. Se acuerda de un suelo sucio y oye las respiraciones. Olor a sudor, a tierra mojada y a aceite de motor.

Aunque Fredrika Grünewald hubiera sido instigadora o una simple ejecutora, era culpable. No hacer nada también es un delito.

Toma a la izquierda en Kammarkargatan y luego de nuevo a la izquierda en Döbelnsgatan. Se halla ahora al otro lado del cementerio, allí donde se supone que se encuentra la entrada. Aminora la marcha y busca la puerta de hierro de la que le había hablado el mendigo.

Una cincuentena de metros más abajo, una silueta oscura se halla de pie bajo un árbol. Al lado, una puerta metálica entreabierta de la que sale un vago murmullo.

Por fin ha encontrado el subterráneo.

—Joder, ¿quién eres tú?

Un hombre sale de la sombra.

Está borracho y mejor así, puesto que sus recuerdos de ella serán imprecisos o incluso inexistentes.

—¿Conoces a la Condesa?

Ella le mira a los ojos, pero como el hombre bizquea mucho le cuesta saber dónde fijar la mirada.

La mira de arriba abajo.

—¿Por qué?

—Soy amiga suya, y tengo que verla.

El hombre se ríe.

—¿Así que la vieja tiene amigos? No lo sabía. —Saca un paquete de cigarrillos arrugado y se enciende uno—. ¿Y qué gano yo, quiero decir, si te llevo hasta ella?

Ya no está tan segura de que esté borracho. La súbita claridad de su mirada la asusta. ¿Y si se acordara de ella?

—Te daré trescientas si me muestras dónde está. ¿Trato hecho?

Ella saca su billetero y le tiende tres billetes de cien, que él contempla con un rictus de satisfacción antes de aguantarle la puerta e indicarle que entre.

Una peste dulzona, asquerosa, se le mete en la garganta y saca un pañuelo de su bolsillo. Lo sostiene sobre su nariz para no vomitar, mientras su reacción hace que su guía se carcajee.

La escalera es larga, y cuando sus ojos se han acostumbrado a la oscuridad, ve un débil resplandor abajo.

Al entrar en la gran sala, al principio no cree lo que ven sus ojos. Es grande como un pequeño campo de fútbol, con una altura de por lo menos diez metros. Hay un batiburrillo de tiendas de lona, cajas de cartón y barracas en torno a braseros, con un montón de gente tumbada o sentada frente a los fuegos.

Pero lo más impresionante es el silencio.

Solo se oye un débil rumor de susurros y ronquidos.

Reina una atmósfera respetuosa. Como si los que allí viven tuvieran un acuerdo tácito, no molestar y dejar a los otros en paz.

El hombre pasa delante de ella y lo sigue entre las sombras. Nadie parece fijarse en ella.

—Ahí está la vieja. —Señala una barraca hecha con bolsas de basura negras, suficientemente grande para al menos cuatro personas. La entrada está cerrada con una manta azul—. Me largo. Si te pregunta quién te ha indicado el camino, dile que ha sido Börje.

Al agacharse, ve que algo se mueve en el interior. Despacio, se quita el pañuelo de delante de la boca y se atreve a respirar. El aire es pesado, asfixiante y trata de inspirar solo por la boca. Saca la cuerda de piano y la esconde en su mano.

—¿Fredrika? —susurra—. ¿Estás ahí? Tengo que hablar contigo.

Se aproxima a la entrada, saca la polaroid de su bolso y aparta lentamente la manta.

Si la vergüenza tiene olor, es lo que le pica en la nariz.

Mariatorget–Oficina de Sofia Zetterlund

Ann-Britt anuncia por la línea interna que Linnea Lundström acaba de llegar y Sofia Zetterlund sale a recibirla en la sala de espera.

Como con Ulrika Wendin, Sofia prevé un método en tres etapas para la psicoterapia de Linnea.

La primera etapa del tratamiento tiene exclusivamente por objeto estabilizarla y hacer que sienta confianza. Apoyo y estructura son las palabras clave. Sofia espera que no sea necesaria medicación, ni para Ulrika ni para Linnea. Pero, una vez más, no se puede excluir por completo. La segunda etapa consiste en rememorar, elaborar, discutir y revivir el trauma sexual. Finalmente, en la última fase, las experiencias traumáticas deben diferenciarse de la sexualidad actual y futura.

A Sofia le sorprendió el relato que Ulrika le ha hecho de su encuentro en el bar con un desconocido, un asunto puramente sexual que visiblemente le ha sentado bien.

Luego recuerda la reacción de Ulrika al ver la foto de Viggo Dürer. Viggo Dürer tuvo un papel central en la infancia de Linnea.

¿Qué papel desempeñó en la vida de Ulrika?

Linnea Lundström se acomoda en el sillón.

–Tengo la sensación de que acabo de marcharme de aquí. ¿Estoy tan enferma como para tener que venir todos los días?

Sofia se alegra de ver que Linnea está tan relajada que hasta puede bromear.

–No, no se trata de eso. Pero al principio es bueno verse a menudo, eso permite que nos conozcamos rápidamente.

Poco a poco, Sofia orienta la entrevista hacia el tema que motiva verdaderamente esas sesiones: las relaciones de la niña con su padre.

Sofia preferiría que Linnea abordara ella misma el tema, como hizo la víspera, y enseguida ve satisfecho su deseo.

—¿Cree que puedo comprenderme mejor a mí si le comprendo mejor a él?

Sofia demora su respuesta.

—Quizá... Primero quiero estar segura de que me consideras la persona adecuada con quien hablar.

Linnea parece sorprendida.

—Ah, porque ¿hay otras? ¿Como mis amigas o así? Me moriría de vergüenza...

Sofia sonríe.

—No, no necesariamente tus amigas. Pero hay otros terapeutas.

—Usted habló con él. Es la más adecuada, en todo caso eso dice Annette.

Sofia mira a Linnea y constata que la mejor palabra para describirla es cabezota. No puedo perderla ahora, se dice.

—Lo entiendo... Volvamos a tu padre. Si quieres hablar de él, ¿por dónde quieres empezar?

Linnea extrae un papel arrugado del bolsillo de su chaqueta y lo deja sobre la mesa. Parece avergonzada.

—Ayer le oculté una cosa. —Linnea titubea y luego empuja el papel hacia Sofia—. Es una carta que papá me escribió la primavera pasada. ¿Puede leerla?

La caligrafía es bonita, pero difícil de descifrar. La carta fue escrita en avión justo unas semanas antes del arresto de Karl Lundström.

Arranca con meros piropos. Luego el texto se vuelve más fragmentario e incoherente.

> El talento es paciencia y temor a la derrota. Tú posees las dos características, Linnea, así que tienes todo lo necesario para triunfar, aunque de momento no te lo parezca.
>
> Pero para mí todo ha terminado. En la vida hay heridas que devoran el alma solitaria como una lepra.

¡No, tengo que buscar la sombra! Sana y viva, acércate a ellos, síguelos temblorosa y hazlos amables, yo voy a buscar dónde vivir en la casa de las sombras.

Sofia reconoce la expresión. En su entrevista en el hospital de Huddinge, Karl Lundström habló de la casa de las sombras. Dijo que era una metáfora para designar un lugar secreto, prohibido. Echa un vistazo a Linnea por encima del papel.

Todo está en ese libro que tengo conmigo. Se trata de ti y de mí.

Está escrito que no hago más que desear lo que miles, tal vez millones incluso hicieron antes que yo, y que por tanto mis actos están sancionados por la historia. Las pulsiones que me empujan hacia ese deseo no habitan en mi conciencia, sino que son el contragolpe de la interacción colectiva con los demás. Con el deseo de los demás.

Hago solo como los demás y mi conciencia puede estar en paz. Sin embargo, ¡me dice que hay algo que no está bien! ¡No lo entiendo!

Podría preguntar al oráculo de Delfos, a la Pitia, la única mujer que nunca miente.

Gracias a ella, Sócrates comprendió que es sabio quien sabe que no sabe nada. El ignorante cree saber algo que no conoce, y resulta ser doblemente ignorante, ¡puesto que no sabe que no sabe! ¡Pero yo sé que no sé nada!

¿Y, sin embargo, soy sabio?

Siguen unas líneas ilegibles, luego una gran mancha roja oscura que Sofia supone que debe de tratarse de vino tinto. Mira de nuevo a Linnea y arquea una ceja en señal de interrogación.

—Lo sé —dice la chica—. Es un poco lioso, seguramente estaría borracho.

Al igual que Sócrates, soy un criminal acusado de corromper a la juventud. Pero ¿él era pederasta, verdad, y quizá sus acusadores tenían razón? El Estado venera a sus dioses y a nosotros se nos reprocha adorar a demonios.

¡Sócrates era igual que yo! ¿Estamos equivocados? ¡Todo está en ese libro! A propósito, ¿sabes qué pasó en Kristianstad cuando eras pequeña? ¿Viggo y Henrietta? ¡Está en ese libro!

Viggo y Henrietta Dürer, piensa Sofia. Annette Lundström habló del matrimonio Dürer y Viggo está representado en los dibujos de Linnea.

Sofia reconoce la ambivalencia de Karl Lundström ante el bien y el mal ya constatada en Huddinge, las piezas del rompecabezas se colocan en su sitio. Lee, aunque esa carta la indigne.

El gran sueño. Y la ceguera. Annette es ciega y Henrietta era ciega, como corresponde a las chicas bien educadas en el internado de Sigtuna.

Comprende que Henrietta Dürer fue compañera de clase de Annette Lundström. Ella también llevaba una máscara de cerdo, gruñía y reía. Tenía otro apellido, corriente, ¿Andersson, Johansson? Pero era una de ellas, enmascarada y ciega.

Y se casó con Viggo Dürer. Sofia siente un nudo en el estómago.

Linnea interrumpe sus reflexiones.

—Papá dijo que usted le había comprendido. Creo que de quien habla en su carta es de alguien como usted, una pitonisa, como dice... pero es muy raro.

—¿Qué es ese libro al que se refiere?

Linnea suspira de nuevo.

—No lo sé... Leía mucho, pero hablaba a menudo de un libro que se llama *Los preceptos de la Pitia*.

—¿*Los preceptos de la Pitia*?

—Sí, pero nunca me lo enseñó.

En menos de una semana ha conocido a dos chicas destrozadas por un mismo hombre. Aunque Karl Lundström esté muerto, tratará de que sus víctimas obtengan una reparación.

¿Qué es la debilidad? ¿Ser una víctima? ¿Una mujer? ¿Explotada?

No, la debilidad es no revertirlo en beneficio propio.

—Puedo ayudarte a recordar —dice.

Linnea la mira.

—¿Eso cree?

—Lo sé.

Sofia abre el cajón de su mesa y saca los dibujos que Linnea hizo a los cinco, nueve y diez años.

Subterráneo de San Juan−Escena del crimen

La Orden de San Juan existe desde el siglo XII, al servicio de los pobres y los enfermos.

Por ello es de una lógica providencial que el subterráneo excavado debajo de la iglesia de San Juan en Estocolmo sirva de refugio a los pobres y a los excluidos.

En la puerta del subterráneo, se encuentra el escudo de la Orden de San Juan, una cruz de Malta en negativo, blanca sobre fondo rojo, que alguien debió de pegar allí para significar que en ese lugar cualquiera, fuera quien fuera, se encontraba seguro.

Por el contrario, que ese mensaje de seguridad suene hoy como una llamada de socorro entre las paredes rocosas de esa cripta no es una lógica providencial, sino más bien una ironía del destino.

Dennis Billing despierta a Jeanette Kihlberg a las seis y media, y le ordena que vaya de inmediato al centro de la ciudad:

han hallado a una mujer asesinada en el subterráneo de San Juan.

Garabatea deprisa una nota para Johan y la deja junto con un billete de cien sobre la mesa de la cocina, se marcha de puntillas y se monta en su coche.

Llama a Jens Hurtig. Ya le han avisado y, si el tráfico lo permite, estará en el lugar del crimen en un cuarto de hora. Por lo que le han dicho, hay un gran alboroto en el subterráneo, así que deciden encontrarse en la superficie.

Un camión ha sufrido un reventón en el túnel del cinturón de ronda sur, y la circulación está prácticamente parada. Comprende que llegará tarde y llama a Hurtig para decirle que baje sin ella.

El atasco se desbloquea en el puente central.

Hay tres coches patrulla, con los girofaros encendidos, y una decena de policías tratan de controlar la entrada al subterráneo.

Jeanette se dirige hacia Åhlund. Schwarz está un poco más lejos, delante de una gran puerta metálica.

—¿Cómo van las cosas? —Se ve obligada a gritar para que la oigan.

—Hay un jaleo brutal. —Åhlund hace un gesto de impotencia—. Han evacuado a todo el mundo, hay casi cincuenta personas. Imagínate qué panorama… —Señala la multitud—. Joder, no tienen adónde ir.

—¿Habéis avisado a la misión municipal?

Jeanette se aparta para dejar pasar a un colega que se dispone a ocuparse de una de las personas más agresivas.

—Claro, pero están al completo, de momento no pueden ayudarnos.

Åhlund aguarda sus instrucciones. Jeanette reflexiona y prosigue:

—Esto es lo que vamos a hacer. Haz venir lo antes posible un autobús urbano. Podrán calentarse en el interior mientras esperan y podremos hablar con aquellos que tienen algo que contar.

Pero supongo que la mayoría no serán muy habladores, como de costumbre.

Åhlund asiente con la cabeza y empuña su walkie-talkie.

—Iré a ver qué ha ocurrido. Esperemos que no tarden mucho en poder bajar de nuevo.

Jeanette se dirige a la puerta metálica, donde Schwarz la detiene y le ofrece una máscara blanca.

—Creo que será mejor que te la pongas.

Frunce la nariz.

La pestilencia es realmente insoportable. Jeanette se coloca las gomas elásticas alrededor de las orejas y comprueba que la máscara sea estanca alrededor de la nariz antes de adentrarse en la oscuridad.

La gran sala está bañada por el vivo resplandor de los proyectores alimentados por un ruidoso grupo electrógeno.

Jeanette se detiene para contemplar esa extraña ciudad subterránea.

Un chabolismo igual que el de los arrabales de Río de Janeiro. Unas viviendas de fortuna construidas con materiales recuperados en la calle, algunas elaboradas con visible inquietud estética y otras como simples cabañas infantiles. A pesar del desorden, hay allí una forma de organización.

Un subyacente deseo de estructura.

Hurtig la saluda a una veintena de metros de allí. Se reúne con él saltando prudentemente por encima de sacos de dormir, bolsas de basura, cajas de cartón y ropa. Cerca de una tienda de lona, hay una pequeña estantería de libros. Una pancarta de papel anuncia que los libros están en régimen de libre servicio, pero hay que devolverlos.

Sabe que los prejuicios sobre los sintecho retrasados e incultos son falsos. Basta sin duda un poco de mala suerte, algunas facturas impagadas o una depresión para caer ahí.

Hurtig la espera junto a una barraca de bolsas de plástico. Una manta vieja azul cuelga a la entrada y adivina que hay alguien tendido detrás.

—Bueno, ¿qué ha pasado?

Jeanette se inclina y trata de ver el interior de la barraca.

—La mujer que se encuentra ahí debajo se llama Fredrika Grünewald, conocida como la Condesa, pues se supone que es de familia aristocrática. Lo estamos comprobando.

—Muy bien. ¿Algo más?

—Algunos testigos dicen que un tal Börje vino ayer aquí en compañía de una desconocida.

—¿Han localizado a ese Börje?

—No, aún no, pero es muy famoso por aquí, así que no será difícil dar con él. Hemos decretado su búsqueda.

—Bien, bien.

Jeanette se acerca a la abertura de la barraca.

—Se halla en un estado lamentable. Tiene la cabeza casi separada del cuello.

—¿Cuchillo?

Se incorpora.

—No lo creo. Hemos encontrado esto. —Hurtig le tiende una bolsita de plástico que contiene un largo cable metálico—. Sin duda se trata del arma del crimen.

Jeanette asiente con la cabeza.

—¿Y no lo ha hecho alguien de aquí?

—No lo parece. Si la hubieran golpeado y luego robado, en ese caso... —Hurtig parece perplejo—. Pero esto es otra cosa.

—¿No le han robado nada?

—No. Su billetera está ahí, con casi dos mil coronas en efectivo y una tarjeta de transporte.

—Vale. ¿Qué piensas?

Hurtig se encoge de hombros.

—Una venganza, quizá. Después de matarla, el asesino la ha cubierto de excrementos. Sobre todo alrededor de la boca.

—¡Qué horror!

—Ivo verificará si se trata de su mierda, pero, con un poco de suerte, será la del asesino.

Hurtig señala hacia el interior de la tienda, donde Ivo Andrić y dos colegas introducen el cadáver en una bolsa gris para trasladarlo a Solna.

Los técnicos de la policía científica levantan las bolsas de plástico y Jeanette observa el conjunto de la vivienda. Un pequeño hornillo de alcohol, algunas latas de conservas y un montón de ropa. Coge una prenda delicadamente y constata que es un vestido de Chanel. Casi nuevo.

Mira las conservas aún intactas. Varias son productos de importación: mejillones, foie gras, paté. No son de las que se encuentran en el supermercado de la esquina.

¿Por qué Fredrika Grünewald se escondía allí? No parece que no tuviera dinero. Debe de haber otra razón. Pero ¿cuál?

Jeanette observa sus efectos personales. Algo no cuadra. Falta algo. Entorna los ojos, lo borra todo y trata de ver el conjunto sin prejuicios.

¿Qué es lo que no veo?, se pregunta.

—Ah, Jeanette. —Ivo Andrić le da una palmada en la espalda—. Solo una cosa antes de marcharme. Lo que tiene en la cara no son excrementos humanos. Es caca de perro.

En el mismo momento, ella lo ve.

No es algo que falte.

Es una cosa que no debería estar allí.

Dinamarca, 1988

¿Hoy vas a ser capaz, cobarde de mierda? ¿Eres capaz? ¿Eres capaz? ¡No, no eres capaz! ¡No eres capaz! ¡Tienes demasiado miedo!

¡Qué patética eres! ¡No me sorprende que no le importes una mierda a nadie!

Las aceras de Istedgade están bordeadas de fachadas desconchadas, hoteles, bares y sex-shops. Se adentra en una calle transversal más tranquila, Viktoriagade. Estuvo allí apenas un año atrás y recuerda que el hotel se halla muy cerca, al lado de una tienda de discos.

Un año antes, eligió cuidadosamente ese hotel. En Berlín, durmió en Kreuzberg, en Bergmannstrasse, y allí se cerraba el círculo. Viktoriagade era un lugar lógico para morir.

Al empujar la vieja puerta de madera de la recepción, observa que el rótulo de neón aún está roto. Allí sigue el mismo hombre de la última vez, aburrido.

Le da la llave y ella paga con unos billetes arrugados que ha encontrado en una lata de galletas en la cocina de Viggo.

Tiene casi dos mil coronas danesas y más de novecientas suecas. Le bastarán para unos días. La caja de música que le ha robado a Viggo le permitirá obtener quizá unos cientos más.

La habitación número 7, donde el verano anterior intentó ahorcarse, se encuentra un piso más arriba.

Al subir los peldaños crujientes de la escalera de madera, se pregunta si habrán reparado el lavabo. Antes de decidir colgarse, rompió una botella de perfume contra el lavabo y agrietó el esmalte hasta el fondo.

Luego todo sucedió sin dramatismo.

El gancho del techo se soltó y ella despertó en el suelo del baño con su cinturón alrededor del cuello, el labio partido y un diente delantero roto. Limpió la sangre con una camiseta.

Era como si nada hubiera ocurrido, aparte del lavabo agrietado y del gancho arrancado del techo. Un acto casi invisible, absurdo.

Abre y entra en la habitación. La misma cama estrecha contra la pared de la derecha, el mismo armario a la izquierda, los cristales de la ventana que dan a Viktoriagade igual de sucios. Olor a tabaco y a moho. La puerta del minúsculo baño está abierta.

Se descalza, deja su bolso sobre la cama y abre la ventana para ventilar.

Fuera se oye el rumor del tráfico y ladridos de los perros callejeros.

Va al baño. El agujero del techo ha sido enyesado y la grieta del lavabo tapada con silicona no es más que una raja sucia.

Cierra la puerta del baño y se tumba en la cama.

No existo, piensa, y se echa a reír.

Toma un bolígrafo, saca el diario de su bolso y escribe.

Copenhague, 23 de mayo de 1988

Dinamarca es un país de mierda. No hay más que cerdos y campesinos, alemanas y alemanes.

No soy más que un agujero, una raja y unos actos absurdos. Viktoriagade o Bergmannstrasse. Violada entonces por unos alemanes en suelo danés. En el Festival de Roskilde, tres jóvenes alemanes.

Hoy mancillada por un danés hijo de alemán en un búnker construido por los alemanes en Dinamarca. Dinamarca, Alemania. Viggo es las dos. El hijo danés de una puta que se follaba a los alemanes.

Se ríe ruidosamente.

—Solace Aim Nut. Consuélame, estoy loca.

¿Cómo se puede una llamar así?

Luego deja su diario. Ella no está loca. Los demás sí.

Piensa en Viggo Dürer. El Coco.

Merece que lo estrangulen y lo arrojen al fondo de un búnker del Oddesund.

Nacido de un coño danés y muerto en un agujero de mierda alemán. Así se lo podrían comer los cerdos.

Retoma su diario.

Se detiene y lo hojea hacia atrás. Dos meses, cuatro meses, seis meses.

Lee.

Värmdö, 13 de diciembre de 1987

Solace no se despierta después de lo que él ha hecho en la sauna. Tengo miedo de que se esté muriendo. Respira con los ojos abiertos pero está completamente ausente. Ha sido duro con ella. Su cabeza golpeaba contra la pared mientras él lo hacía y luego ella parecía los palos del mikado, desparramada sobre la banqueta de la sauna.

Le he humedecido la cara con un paño mojado, pero no quiere despertarse.

¿Está muerta?

Le odio. La bondad y el perdón no son más que otras formas de la opresión y de la provocación. El odio es más puro.

Victoria avanza unas cuantas páginas.

Solace no estaba muerta. Se despertó, pero no dijo nada, solo tenía dolor de vientre y empujaba como si fuera a dar a luz. Entonces él subió a nuestra habitación.

Al vernos, primero pareció compungido. Luego se sonó sobre nosotras. Con un dedo se tapó un agujero de la nariz, ¡y se sonó sobre nosotras!

¿No podría por lo menos haber escupido?

Apenas reconoce su propia escritura.

24 de enero de 1988

Solace se niega a quitarse la máscara. Su rostro de madera empieza a cansarme. No hace más que estar tumbada gimiendo. Cruje. La máscara debe de habérsele pegado a la cara como si las fibras de la madera la hubieran roído.

Es un pelele. Ahí tendida, muda y muerta, y su rostro de madera cruje porque en la sauna hay mucha humedad.

Los peleles no tienen hijos. Se limitan a hincharse con la humedad y el calor.

¡La odio!

Victoria cierra el diario. Por la ventana, oye una carcajada.

Por la noche, sueña con una casa con todas las ventanas abiertas. Tiene que cerrarlas, pero en cuanto cierra la última se abre otra. Extrañamente, es ella quien ha decidido que todas las ventanas no pueden cerrarse al mismo tiempo, sería demasiado fácil. Cerrar, abrir, cerrar, abrir, y así hasta que ella se cansa y se agacha para orinar en el suelo.

Cuando se despierta, su cama está tan mojada que la orina se ha filtrado hasta el suelo a través del colchón.

No son más de las cuatro de la madrugada, pero decide levantarse. Se lava, recoge sus cosas, sale de la habitación con las sábanas, que echa en una papelera en el pasillo, y baja a la recepción.

Se sienta en la pequeña cafetería y enciende un cigarrillo.

Es la cuarta o quinta vez en menos de un mes que se despierta porque se ha orinado en la cama. Eso ya le había sucedido, pero no tan seguido ni en relación con unos sueños tan vívidos.

Saca unos libros de su mochila.

Su manual de psicología y varias obras de Robert J. Stoller. Le parece un nombre curioso para un psiquiatra. Y que la edición de bolsillo de los *Tres ensayos sobre teoría sexual* de Freud, que también lleva consigo, es ridículamente delgada.

Su ejemplar de *La interpretación de los sueños* se cae a pedazos de tanto haberlo leído. Contrariamente a lo que creía a priori, se muestra totalmente opuesta a las teorías freudianas.

¿Por qué los sueños serían la expresión de deseos inconscientes y de conflictos interiores ocultos?

¿Y qué sentido tiene ocultarse a uno mismo las propias intenciones? Sería como si fuera una persona cuando sueña y otra despierta: ¿qué lógica tendría?

Los sueños son simplemente el reflejo de sus pensamientos y de sus fantasías. Contienen sin duda una simbología, pero no cree que vaya a aprender a conocerse mejor indagando en su significado.

Parece estúpido querer resolver los problemas de la vida real interpretando los sueños y cree que eso incluso puede ser peligroso.

¿Y si se les da una interpretación que no tienen?

Más interesante es el hecho de que tenga sueños lúcidos, y lo ha comprendido leyendo un artículo sobre el tema. Es consciente de que sueña cuando duerme y puede intervenir en los acontecimientos que tienen lugar en sus sueños.

Se echa a reír al constatar que cada vez que se ha meado encima mientras dormía ha sido una elección voluntaria por su parte.

Aún es más divertido pensar que la investigación psicológica atribuye al soñador lúcido una capacidad cerebral superior a la media. Así pues, se mea encima porque su cerebro es mucho más refinado y desarrollado que el de los demás.

Apaga su cigarrillo y saca otro libro. Es una introducción a la teoría del apego, las consecuencias que la relación del recién nacido con su madre tiene en la vida futura del niño. Aunque ese libro no entre en el programa de su curso y además la deprima, no puede evitar leerlo de vez en cuando. Página tras página, capítulo tras capítulo, trata de lo que le han robado y de lo que ella misma se priva.

De las relaciones con otras personas.

Su madre lo destruyó todo desde su nacimiento y su padre veló cuidadosamente sobre las ruinas musgosas de su vida relacional prohibiéndole cualquier contacto con los demás.

Deja de sonreír.

¿Acaso siquiera lo echa en falta? ¿Una relación, alguien?

En cualquier caso, no tiene amigos y no echa de menos tener a alguien que la eche de menos.

Hannah y Jessica quedaron olvidadas tiempo atrás. ¿También la han olvidado ellas? ¿Han olvidado las promesas que se hicieron? ¿La fidelidad eterna y todo eso?

Pero hay una persona a la que echa de menos desde que ha llegado a Dinamarca. Y no es Solace. Sin ella se las apaña.

Echa de menos a la vieja psicóloga del hospital de Nacka.

Si hubiese estado allí, habría comprendido que Victoria había regresado a ese hotel por una única razón: revivir su muerte.

Al mismo tiempo, ha comprendido lo que le quedaba por hacer.

Si no llega a morir, puede convertirse en otra, y sabe cómo.

Primero tomará el barco a Malmö, luego el tren para regresar a Estocolmo y finalmente el autobús hasta Tyresö, donde vive la anciana.

Y esta vez se lo contará todo, absolutamente todo lo que sabe acerca de ella misma.

Tiene que hacerlo.

Si quiere que Victoria Bergman muera de una vez.

Mariatorget–Oficina de Sofia Zetterlund

Linnea Lundström está en el sillón del paciente al otro lado de la mesa. Sofia se sorprende ante la rapidez con la que ha logrado inspirarle confianza.

—¿Esa de ahí eres tú? —pregunta Sofia señalando los tres dibujos—. Y la de allí, ¿es Annette?

Linnea parece sorprendida pero no dice nada.

—Y ese, ¿es un amigo de la familia? —Sofia señala a Viggo Dürer—. De Escania. De Kristianstad.

Sofia tiene la impresión de que la chica se siente aliviada.

—Sí —suspira—, pero los dibujos son muy malos. No se parecía en nada. Era mucho más delgado.

—¿Cómo se llamaba?

Linnea vacila un momento y acaba susurrando:

—Es Viggo Dürer, el abogado de mi padre.

—¿Quieres hablarme de él?

La respiración de la chica se vuelve más superficial y entrecortada, como si se ahogara.

—Usted es la primera persona que entiende mis dibujos —dice.

Sofia piensa en Annette Lundström, que se ha equivocado en todo.

La respuesta de Linnea es rápida, sorprendentemente directa, aunque no diga nada del propio contenido de las imágenes:

—Él era... le quería cuando era pequeña.

—¿A Viggo Dürer?

Mira al suelo.

—Sí... Era bueno, al principio. Luego, cuando tuve unos cinco años, podía ser muy extraño.

Es la propia Linnea quien toma la iniciativa de hablar de Viggo Dürer, y Sofia comprende que la segunda fase de la terapia ha comenzado. Rememorar y elaborar el trauma.

Sofia piensa en el dibujo de Viggo Dürer con su perro en el jardín de los Lundström en Kristianstad. El propio Karl Lundström menciona los hechos en la carta que Linnea le ha enseñado. Linnea desprecia a su padre, pero tiene miedo de Viggo. Hizo lo que le decía Viggo. Annette y Henrietta estaban ciegas. Cerraban los ojos ante lo que ocurría delante de sus narices.

Como de costumbre, se dice Sofia.

Karl Lundström escribió luego que Viggo era doblemente ignorante: en su carta le reprocha equivocarse y no saberlo.

Solo queda una pregunta, constata Sofia. ¿En qué consiste la doble ignorancia de Viggo Dürer?
Está segura de haber comprendido el objetivo de Karl Lundström. Se inclina y mira a Linnea a los ojos.
—¿Quieres contarme lo que pasó en Kristianstad?

Klara Sjö–Ministerio Fiscal

El fiscal Von Kwist solo tiene de noble el apellido. Se limitó a añadir una partícula a su nombre para hacerse el interesante en el instituto. Siempre es extremadamente vanidoso y vela celosamente por su reputación y su apariencia.

Kenneth von Kwist tiene un problema que le preocupa mucho. Sí, está tan preocupado por la conversación que acaba de tener con Annette Lundström que se le ha despertado su úlcera de estómago.

La benzodiacepina, piensa. Una sustancia tan adictiva que hay que poner seriamente en duda el testimonio de un hombre al que se le ha administrado. Sí, eso debe de ser. El fuerte tratamiento médico debió de conducir a Karl Lundström a inventárselo todo de cabo a rabo.

Kenneth von Kwist contempla el montón de documentos apilados sobre su mesa.

5 miligramos de Stesolid, lee. 1 miligramo de Xanor y finalmente 0,75 miligramos de Halcion. ¡A diario! ¡Completamente increíble!

El síndrome de abstinencia debió de ser tan violento que Lundström confesaría cualquier cosa con tal de obtener otra dosis, se dice leyendo el atestado de su interrogatorio.

Es muy largo, casi quinientas páginas mecanografiadas.

Pero el fiscal Von Kwist duda.

Hay mucha gente implicada. Gente a la que conoce personalmente o a la que por lo menos creía conocer.

¿Ha sido el tonto de turno que ayudaba a un grupo de pederastas y de violadores a escapar de la justicia?

¿La hija de Per-Ola Silfverberg tenía motivo para acusar a su padre adoptivo de haber abusado de ella?

¿Y Ulrika Wendin fue realmente drogada por Karl Lundström, conducida a un hotel y violada?

La verdad deforma el rostro de Kenneth von Kwist con una mueca. Simplemente se ha dejado utilizar. Pero ¿cómo salir de esa con las manos limpias sin traicionar a sus supuestos amigos?

Mientras lee, descubre referencias recurrentes a una entrevista que tuvo lugar en el departamento de psiquiatría forense de Huddinge. Evidentemente, Karl Lundström se vio allí en dos ocasiones con la psicóloga Sofia Zetterlund.

¿Será posible tapar todo eso?

Kenneth von Kwist se toma un Alka-Seltzer, llama a su secretaria y le pide que localice el número de Sofia Zetterlund.

Mariatorget–Oficina de Sofia Zetterlund

Después de la marcha de Linnea Lundström, Sofia se queda un buen rato tomando notas de la entrevista.

Tiene por costumbre utilizar dos bolígrafos, uno rojo y otro azul, para diferenciar el relato del cliente de sus propias reflexiones.

Al volver la séptima hoja A4 cuadriculada y disponerse a tomar una octava, es presa de un cansancio paralizador. Tiene la impresión de haber dormido.

Retrocede unas cuantas páginas para refrescar la memoria y empieza a leer al azar la quinta página.

Es el relato de Linnea, escrito con bolígrafo azul.

El rottweiler de Viggo siempre está atado a algún sitio. A un árbol, a la barandilla de las escaleras de entrada, a un radiador que gorgotea. El perro ataca a Linnea y ella da rodeos para evitarlo. Viggo va al dormitorio de ella por la noche, el perro monta guardia en el recibidor. Linnea recuerda el reflejo de sus ojos en la oscuridad. Viggo le muestra a Linnea un álbum con fotos de niños desnudos, de su edad, y ella recuerda los destellos en la oscuridad y que ella lleva un sombrero negro y un vestido rojo que le ha dado Viggo. El padre de Linnea entra en la habitación, Viggo se enfada, discuten, y el padre de Linnea sale y los deja solos.

Sofia se ha quedado sorprendida de ver a Linnea verter un torrente de palabras. Como si su relato ya existiera de forma latente, formulado desde hacía mucho tiempo, y por fin pudiera fluir libremente ahora que tenía a alguien con quien compartir sus experiencias.

Linnea tiene mucho miedo de estar a solas con Viggo. Es bueno de día y malo de noche, y ya le ha hecho una cosa que casi le impide caminar sin ayuda. Pregunto lo que le ha hecho Viggo y Linnea responde que cree «que era su mano y su caramelo, y luego me fotografió y no dije nada a papá ni a mamá».

Linnea repite «sus manos, su caramelo, luego flashes», luego dice que Viggo quiere jugar a policías y ladrones, que ella es la ladrona y tiene que esposarla. La marca de las esposas y el caramelo rugoso le duelen toda la mañana mientras Linnea duerme, pero no duerme de verdad debido a los destellos rojos en el interior de sus párpados cuando cierra los ojos. Y todo está fuera y no dentro, como una mosca que zumba en la cabeza…

Sofia respira más hondo. Ya no reconoce esas frases.
Descubre que el resto del texto está escrito con tinta roja.

> … una mosca que zumba y que puede escaparse si se da de cabeza contra la pared. Entonces la mosca podrá huir por la ventana y así saldrá también la peste rancia de las manos del Coco que huelen a cerdo, y por mucho que la lave su ropa apesta a amoníaco y su caramelo sabe a crin y tendrían que cortárselo y echarlo a los cerdos…

Entra Ann-Britt, haciendo un gesto que indica que se trata de algo urgente.
—Tienes que hacer una llamada. El fiscal Von Kwist ha pedido que le llames en cuanto tengas un momento.
Sofia recuerda una casa rodeada de campos.
Desde la ventana sucia del piso superior tenía la costumbre de observar las evoluciones de las aves marinas en el cielo.
El mar no estaba lejos.
—De acuerdo. Dame el número y le llamaré ahora mismo.
Y recuerda el metal frío en sus manos cuando sostenía la pistola de sacrificio. Hubiera podido matar a Viggo Dürer.
De haberlo hecho, el relato de Linnea sería diferente.
Los recuerdos palidecen. Como un cubito de hielo que se derrite más deprisa a medida que se aprieta fuerte en la mano.
Mira de nuevo sus notas. Las tres últimas páginas son las palabras de Victoria. Victoria Bergman que habla de Viggo Dürer y de Linnea Lundström.

> … sus vértebras prominentes se ven a través de su ropa, incluso con traje. Fuerza a Linnea a desnudarse y a jugar a sus juegos con sus juguetes en el dormitorio de la chiquilla, cuya puerta está siempre cerrada salvo la vez en que Annette, a menos que se tratara de Henrietta, les sorprendió. Tuvo vergüenza

de estar medio desnuda a cuatro patas mientras él, vestido, explicaba que la cría había querido enseñarle que sabía hacer el spagat y entonces quisieron que volviera a hacerlo y cuando hubo hecho el spagat y luego el puente los dos la aplaudieron, pero era muy malsano porque ella tenía doce años y el pecho casi como una adulta...

Sofia reconoce parte del relato de Linnea, pero las palabras están mezcladas con los recuerdos de Victoria. Sin embargo, el texto no despierta ningún recuerdo en ella.

Las hojas cuadriculadas están cubiertas de letras dispersas.

Marca el número del fiscal.

El fiscal le resume brevemente su pregunta: Karl Lundström recibía benzodiacepina en su tratamiento, ¿cuál es su posición a ese respecto?

—No tiene mucha importancia. Aunque Karl Lundström hiciera su declaración bajo la influencia de medicamentos fuertes, sus afirmaciones han sido finalmente confirmadas por su hija. Ahora es ella la que cuenta.

—¿Medicamentos fuertes? —El fiscal se ríe—. ¿Sabe qué es el Xanor?

Sofia reconoce el tono de superioridad masculino y comienza a impacientarse.

Se obliga a hablar serena y lentamente, con pedagogía, como si se dirigiera a un niño.

—Es bien sabido que en los pacientes tratados con Xanor se desarrolla a largo plazo una forma de dependencia. El síndrome de abstinencia es difícil de superar y uno se siente tan mal sin tomarlo como se sentía bien al tomarlo. Uno de mis clientes me ha descrito el Xanor como jugar al yoyó entre el cielo y el infierno. Por ese motivo está considerado como estupefaciente. Desgraciadamente, no todos los médicos lo tienen en cuenta.

Oye al fiscal inspirar profundamente.

—Bien, bien. Veo que se sabe muy bien la lección. —Ríe y trata de limar asperezas—. Sin embargo, no puedo evitar pensar que lo que dijo haber hecho a su hija es falso...

Se interrumpe en mitad de la frase.

—No solo creo que se equivoca. Además lo sé.

Sofia piensa en todo lo que le ha dicho Linnea.

—¿Qué quiere decir? ¿Tiene alguna prueba, además de las alegaciones de su hija?

—Un nombre. Tengo un nombre. Linnea ha hablado varias veces de un tal Viggo Dürer.

En el mismo instante en que pronuncia el nombre del abogado, Sofia se arrepiente de haberlo hecho.

Glasbruksgatan–Casa de los Silfverberg

Lo que ha llamado la atención de Jeanette en la barraca de Fredrika Grünewald es un ramo de tulipanes amarillos, y no solo ha reaccionado debido al color, sino también al ver una tarjeta de felicitación enroscada alrededor de uno de los tallos.

En la iglesia de Catarina suenan seis sordas campanadas. Una vez más, Jeanette tiene mala conciencia por estar siempre trabajando y no en casa con Johan.

Pero tras su descubrimiento en la tienda de Fredrika Grünewald, hay que actuar deprisa. Por esa razón ella y Hurtig se presentan a la puerta del lujoso apartamento de la familia Silfverberg. Han llamado previamente para concertar la cita.

Charlotte Silfverberg les precede al entrar en el salón, Jeanette se aproxima al gran ventanal acristalado, atónita ante la magnífica vista sobre Estocolmo.

Justo enfrente, el Museo Nacional y el Gran Hotel. A la derecha el *Af Chapman*, el barco-albergue de juventud: tiene sin duda ante sus ojos una de las mejores vistas de la ciudad. Jeanette se vuelve: Jens se ha sentado en un sillón.

—Supongo que será breve. —Charlotte se sitúa detrás del otro sillón y ase el respaldo con las dos manos, como para mantener el equilibrio.

Jeanette toma asiento.

—Para empezar, me gustaría saber por qué no me habló de su hija. —Lo dice como de pasada, se inclina y saca su cuaderno—. O más precisamente, su hija adoptiva.

Charlotte Silfverberg responde sin titubear.

—Porque para mí ella es un capítulo cerrado. Se ha extralimitado una vez más y su presencia ya no es bienvenida en esta casa.

—¿A qué se refiere?

—Se lo diré en pocas palabras. —Charlotte Silfverberg inspira profundamente antes de lanzarse—. Madeleine llegó a nuestro hogar justo después de nacer. Su madre, muy joven, padecía una grave enfermedad psíquica y era incapaz de ocuparse de ella. Así que llegó y la quisimos como a nuestra propia hija. Sí, y a pesar de que fue una niña difícil. A menudo estaba enferma y se quejaba mucho. No sé cuántas noches pasé en su dormitorio cuando no dejaba de llorar. Era simplemente inconsolable.

—¿Nunca intentó saber qué le pasaba?

Hurtig se inclina hacia delante, con las manos apoyadas en la mesa baja.

—¿Saber qué? Esa niña era... cómo decirle, defectuosa.

Charlotte Silfverberg hace una mueca de asco y a Jeanette le entran ganas de darle un bofetón.

¿Defectuosa?

Eso se dice cuando se maltrata a una criatura hasta el punto de que se defiende de la única manera de que dispone. Llorando.

Jeanette no aparta la mirada de ella, algo asustada ante lo que ve. Charlotte Silfverberg no es solo una mujer de duelo. Es también una persona cruel.

—En resumidas cuentas, creció y empezó el colegio. La niña de los ojos de su papá. Ella y Per-Ola estaban juntos todo el día y eso sin duda era lo que no funcionaba. Una niña no debe estar tan apegada a su padre. Desarrolló tal dependencia de él que Peo estimó que había llegado el momento de marcarle unos límites claros. Entonces se sintió traicionada y empezó a inventar todo tipo de historias sin pies ni cabeza acerca de él, para vengarse.

—¿Historias sin pies ni cabeza? —Jeanette no puede contener su cólera—. ¡Pero, por Dios, si la chiquilla dijo que Per-Ola la violó!

—Me gustaría que cuidara su lenguaje en mi presencia. —Charlotte Silfverberg alza las dos manos para hacerla callar—. No quiero hablar más de ello. Se acabó la conversación.

—Lo siento, pero aún no hemos terminado. —Jeanette deja su cuaderno—. Comprenderá que sobre ella recae la sospecha del asesinato de su marido.

Charlotte Silfverberg parece entenderlo solo en ese momento y asiente con la cabeza en silencio.

—¿Sabe dónde está en la actualidad? —continúa Jeanette—. ¿Y puede describirnos a Madeleine? ¿Tiene algún rasgo particular?

La mujer menea la cabeza.

—Supongo que debe de seguir en Dinamarca. Cuando nuestros caminos se separaron, fue recogida por los servicios sociales e internada en una institución psiquiátrica.

De pronto, Charlotte Silfverberg parece muy cansada, y Jeanette se pregunta si va a echarse a llorar. Pero, tras reponerse, continúa:

—Es rubia y de ojos azules. Vamos, si no se ha teñido. De niña era muy guapa y es probable que se haya convertido en una mujer muy guapa. Pero, evidentemente, no sé nada…

—¿Algún rasgo particular?

La mujer alza la vista.

—Es ambidiestra.

Hurtig se echa a reír.

—¡Menuda casualidad! ¡Yo también! Jimi Hendrix lo era, al igual que Shigeru Miyamoto.

—¿Shigeru Miyamoto?

—El genio de los videojuegos de Nintendo —explica Hurtig—. El creador de Donkey Kong.

Jeanette descarta esos detalles con un gesto de la mano.

—¿Así que Madeleine utiliza indiferentemente las dos manos?

—Eso es —responde Charlotte Silfverberg—. A menudo dibujaba con la mano izquierda y escribía con la derecha.

Jeanette piensa en lo que Ivo Andrić ha dicho acerca del descuartizamiento de Silfverberg. Que el ángulo de las cuchilladas sugería la presencia de dos asesinos.

Un zurdo y un diestro.

Dos personas con conocimientos distintos de anatomía.

Hurtig mira a Jeanette. Ella le conoce: se está preguntando si ha llegado el momento de mostrar la tarjeta y, tras su discreto asentimiento con la cabeza, saca una bolsita de plástico que contiene la pieza de convicción.

—¿Esto le dice algo?

Tiende la bolsita a Charlotte Silfverberg, que observa desconcertada la tarjeta de felicitación que contiene. Representa a tres cerditos y en ella puede leerse ¡FELICIDADES EN ESTE GRAN DÍA!

—¿Qué es esto? —Toma la bolsa y la vuelve para mirar el reverso de la tarjeta. Primero sorprendida, luego se echa a reír—. ¿De dónde han sacado esto?

Deja la tarjeta sobre la mesa y los tres miran la fotografía pegada en el reverso.

Jeanette señala la foto.

—¿Qué es esta tarjeta?

—Soy yo, el día que acabé el bachillerato. Todas las que aprobaban recibían unas tarjetas con su foto, para intercambiar con las demás.

Charlotte Silfverberg sonríe al reconocerse en la foto. A Jeanette le parece que adopta un aire nostálgico.

—¿Puede hablarnos de la escuela a la que asistió, de su instituto?

—¿Sigtuna? —exclama—. Pero ¿qué dicen? ¿Qué podría tener que ver Sigtuna con la muerte de Peo? ¿Y dónde han encontrado esa tarjeta? —Frunce el ceño y mira primero a Jeanette, luego a Hurtig—. Sí, porque han venido por esto, ¿verdad?

—Exactamente. Pero por diversas razones tendríamos que saber más sobre su época de estudiante en Sigtuna.

Jeanette trata de captar la mirada de la mujer, pero esta permanece vuelta hacia Hurtig.

—¡No soy sorda! —Charlotte Silfverberg alza la voz y acaba mirando a Jeanette fijamente a los ojos—. ¡Y tampoco soy tonta! Así que, si quieren que les hable de mis años en Sigtuna, tendrán que explicarme qué desean saber y por qué.

Jeanette se dice que van por mal camino, así que decide dar un paso prudente hacia ella.

—Perdón, seré más clara.

Jeanette busca la ayuda de Hurtig, pero este se limita a alzar la mirada con aire socarrón. Jeanette sabe lo que piensa. Joder con esta tía de mierda.

Jeanette inspira profundamente y continúa:

—Para nosotros esto no es más que una manera de explorar nuevas pistas. —Hace una breve pausa—. Estamos investigando otro asesinato y se trata de una mujer que resulta tener alguna relación con usted. Por eso necesitamos saber más acerca de sus años de estudiante en Sigtuna. Se trata de una de sus antiguas compañeras de clase. Fredrika Grünewald. ¿Se acuerda de ella?

—¿Fredrika ha muerto?

Charlotte Silfverberg parece sinceramente conmocionada.

—Sí, y hay algunos indicios que parecen indicar que podría tratarse del mismo asesino. La tarjeta estaba al lado del cadáver.

Charlotte Silfverberg exhala un profundo suspiro y ajusta el tapete sobre la mesa.

—No hay que hablar mal de los muertos, pero Fredrika no era buena persona, y eso ya se veía en aquella época.

—¿Qué quiere decir? —Hurtig se inclina hacia delante, con los codos sobre las rodillas—. ¿Por qué no era buena persona?

Charlotte Silfverberg menea la cabeza.

—Fredrika es realmente la persona más repugnante que he conocido en mi vida, y la verdad es que no puedo decir que lamente su muerte. Más bien al contrario.

Charlotte Silfverberg calla, pero sus palabras resuenan entre las paredes recién pintadas.

¿Qué le ocurre a esta mujer?, se pregunta Jeanette. ¿Por qué tanto odio?

Reflexionan los tres en silencio. Jeanette pasea la mirada por el espacioso salón.

Una capa de un milímetro de pintura blanca camufla la sangre de su marido.

Hurtig se aclara la voz.

—Cuéntenos.

Charlotte Silfverberg les habla de sus años en Sigtuna, sin que Jeanette ni Hurtig la interrumpan.

Jeanette la considera sincera, puesto que no oculta haber sido la lugarteniente de Fredrika Grünewald ni haber participado en gamberradas contra alumnos y profesores.

Durante más de media hora, escuchan a Charlotte Silfverberg. Al acabar, Jeanette repasa sus notas.

—Resumiendo: recuerda a Fredrika Grünewald como una intrigante manipuladora. Que la empujó a hacer cosas contra su voluntad. Usted y Henrietta Nordlund eran sus mejores amigas. ¿Es así?

—Se puede decir que sí —afirma Charlotte.

—Y un día sometieron a otras tres chicas a una novatada muy humillante. ¿Y todo ello siguiendo las órdenes de Fredrika?

—Sí.

Jeanette observa a Charlotte Silfverberg y le parece ver en ella vergüenza. Esa mujer siente vergüenza.

—¿Recuerda los nombres de esas chicas?

—Dos dejaron la escuela, nunca llegué a conocerlas bien.

—¿Y la tercera? ¿La que continuó?

—De ella me acuerdo bastante bien. Hizo como si no hubiera ocurrido nada. Era glacial, y cuando nos la cruzábamos por los pasillos parecía casi orgullosa. Después de lo ocurrido, nadie volvió a hacerle nada. La dejábamos en paz.

Charlotte Silfverberg calla.

—¿Y cómo se llamaba?

Jeanette cierra su cuaderno, dispuesta a regresar por fin a su casa.

—Victoria Bergman —dice Charlotte Silfverberg.

Hurtig profiere un gemido, como si hubiera recibido un puñetazo en el vientre, y Jeanette siente que su corazón cesa de latir y deja caer el cuaderno al suelo.

Sista Styverns Trappor—Un barrio

El azar es un factor despreciable cuando se trata de asesinatos. Jeanette Kihlberg lo sabe muy bien, después de muchos años de investigaciones criminales complejas.

Al explicar Charlotte Silfverberg que Victoria Bergman, hija del violador Bengt Bergman, había ido a su misma escuela, Jeanette ha comprendido que no se trataba de una coincidencia.

Delante del domicilio de la familia Silfverberg, Hurtig se despide dirigiéndose hacia la escalera de Sista Styvern para volver al centro. Ella se sienta al volante y, antes de arrancar, le envía un SMS a Johan para decirle que llegará en un cuarto de hora.

De camino, Jeanette piensa en la curiosa conversación que mantuvo por teléfono con Victoria Bergman unas semanas atrás. Llamó a Victoria con la esperanza de que pudiera ayudarles en el caso de los muchachos asesinados, dado que su padre aparecía involucrado en varios casos de violación y abusos sexuales infantiles. Pero Victoria se mostró evasiva y arguyó que no mantenía contacto con sus padres desde hacía veinte años.

Jeanette recuerda que Victoria le transmitió una profunda sensación de resentimiento y sugirió que su padre también había abusado de ella. En todo caso, una cosa está muy clara: hay que localizarla.

La lluvia arrecia, la visibilidad es muy mala y, al pasar a la altura de Blåsut, ve tres coches en la cuneta. Uno de ellos está muy abollado y Jeanette supone que se ha producido una colisión en cadena. Al lado están aparcados los vehículos de emergencias y un coche de policía con el girofaro encendido. Un agente va desviando a los vehículos, que aminoran la velocidad para circular por un único carril. Comprende que llegará por lo menos veinte minutos tarde.

¿Qué hacer con Johan?, se pregunta. ¿Quizá a pesar de todo habrá que hablar con un psicólogo?

¿Y por qué Åke no da señales de vida? Podría asumir un poco su responsabilidad, por una vez. Pero, como de costumbre, está haciendo realidad sus sueños y no tiene tiempo de ocuparse de nada más que de sí mismo.

Nunca está a la altura, piensa, bloqueada a cincuenta metros de la salida hacia Gamla Enskede.

Aunque aún no tenían los papeles del divorcio, quizá deberían dar el paso definitivo de una vez. Aún tienen seis meses para decidir, siempre pueden cambiar de opinión.

Si la separación acaba en divorcio, como todo parece indicar, ¿cómo van a ser un apoyo para Johan?

La cola de la cantina de la comisaría quizá no sea el lugar ideal para abordar el tema, pero como Jeanette Kihlberg sabe que el jefe de policía Dennis Billing rara vez está disponible, aprovecha la ocasión.

—¿Qué opinión tienes de tu predecesor, Gert Berglind?

—El señor Sabelotodo —dice él al cabo de un momento, y se da la vuelta para servirse una cucharada de puré.

Ella aguarda la continuación y, al no llegar, le da una palmada en el hombro.

—¿El señor Sabelotodo? ¿Qué quieres decir?

Dennis Billing sigue sirviéndose el plato. Unas albóndigas, salsa de crema de leche, pepinillos y, para acabar, una cucharadita de mermelada de arándanos.

—Más universitario que poli —continúa él—. Entre tú y yo, un mal jefe que rara vez estaba ahí cuando se le necesitaba. Siempre demasiado ocupado. Con reuniones aquí y allá, y luego todas esas conferencias.

—¿Conferencias?

Se aclara la voz.

—Sí, así es... ¿Nos sentamos? —Elige una mesa al fondo de la sala: el jefe de policía prefiere la discreción—. Socio del Rotary Club y de muchas fundaciones —dice entre un bocado y otro—. Miembro del Movimiento por la Templanza, religioso, por no decir mojigato. Daba conferencias sobre temas de ética por todo el país. Fui a escucharle en un par de ocasiones, y debo reconocer que era bastante convincente, aunque al pensar en ello luego te dabas cuenta de que no era más que pura charlatanería. Pero así funcionan esas cosas, ¿verdad? La gente quiere que le repitan lo que ya sabe.

Se ríe y, aunque su tono cínico la exaspera, Jeanette insiste.

—¿Has dicho fundaciones? ¿Recuerdas cuáles?

Billing menea la cabeza mientras moja alternativamente una albóndiga en la salsa y en la mermelada.

—Creo que eran religiosas. Era muy devoto, algo de sobra conocido, pero entre tú y yo te diré que sin duda no era tan puro como quería aparentar.

Jeanette aguza el oído.

—Cuéntame. Te escucho.

Dennis Billing deja sus cubiertos y bebe un trago de cerveza light.

—Te lo digo en confianza y no me gustaría que te hicieras ilusiones, aunque sé que así será, puesto que aún no has pasado página del caso Karl Lundström. No hay problema mientras no interfiera en tu trabajo, pero si descubro que haces algo a mis espaldas haré que te caiga un buen paquete.

Jeanette le sonríe a su vez.

—¡No hace falta que me lo digas! Ya tengo suficiente trabajo. Pero ¿qué relación hay entre Berglind y Lundström?

—Berglind le conocía —dice Billing—. Se conocieron a través de una fundación en la que Berglind tenía responsabilidades y sé que se veían varias veces al año en reuniones en Dinamarca. En un pueblo de Jutlandia.

Jeanette siente que su pulso se acelera. Si se trata de la fundación en la que está pensando, quizá sea una pista.

—Visto así, retrospectivamente —continúa Billing—, después de haber conocido las inclinaciones de Lundström, creo que los rumores que circulaban acerca de Berglind quizá tuvieran un fondo de verdad.

—¿Rumores?

Jeanette trata de hacer preguntas breves, para que su voz no delate su excitación.

Billing asiente con la cabeza.

—Se murmuraba que frecuentaba prostitutas, y varias colegas hablaron de insinuaciones sexuales e incluso de acoso. Pero nunca se supo a ciencia cierta y murió de repente. Un ataque al corazón, un bonito entierro y, en un santiamén, se convirtió en un héroe recordado por haber sentado las bases de una nueva policía, con preocupaciones éticas. Se le celebró por haber combatido el racismo y el sexismo en la policía, pero sabes tan bien como yo que no es más que una fachada.

Jeanette asiente. De repente, Billing empieza a caerle simpático. Nunca han hablado tan abiertamente.

—¿Se frecuentaban también en privado? Me refiero a Berglind y a Lundström.

—A eso iba... Berglind tenía una foto colgada en el tablón de su despacho, que desapareció unos días antes de que se interrogara a Lundström por el caso de la violación en el hotel. ¿Cómo se llamaba la chica? ¿Wedin?

—Wendin. Ulrika Wendin.

—Eso es. Era una foto de vacaciones de Berglind y Lundström sosteniendo cada uno un pez enorme. Cuando le dije que no estaba en condiciones de dirigir el interrogatorio de la chica, negó que conociera a Lundström más que superficialmente. Podía ser recusado, lo sabía, pero hizo cuanto pudo por esconderlo. La foto de las vacaciones desapareció y, de un día para otro, Lundström no era más que un conocido.

Esa fundación, piensa. Claro que es la misma que financiaban Lundström, Dürer y Bergman. Sihtunum Diaspora.

Barrio de Kronoberg–Central de Policía

Fredrika Grünewald fue asesinada por alguien a quien conocía, piensa Jeanette Kihlberg. En todo caso, debemos trabajar a partir de esa hipótesis.

El examen del cadáver de la víctima no ha revelado señales de resistencia y su miserable barraca se hallaba en el estado que cabía esperar. Por lo tanto, el asesinato no estuvo precedido por una pelea: Fredrika Grünewald recibió al asesino, que acto seguido la atacó por sorpresa. La víctima, además, estaba en malas condiciones de salud. Aunque solo tuviera cuarenta años, esos diez años de vagabundeo le habían dejado secuelas.

Según Ivo Andrić, su hígado estaba en tan mal estado que como mucho le quedaban dos años de vida: así que el asesino se había tomado muchas molestias para nada.

Pero si, según Hurtig, se trataba de una venganza, el principal objetivo no era matarla sino humillarla y torturarla. Y, desde ese punto de vista, el asesino había triunfado en toda regla.

Las primeras constataciones mostraban que la agonía había durado entre treinta minutos y una hora. La cuerda de piano penetró tan profundamente en el cuello que la cabeza solo se sostenía por las vértebras cervicales y algunos tendones.

Había restos de cola alrededor de su boca, que según Ivo Andrić se trataba sin duda de una banal cinta adhesiva. Eso explicaba cómo todo había ocurrido sin un solo grito.

Luego estaban las observaciones del forense acerca del modus operandi, que tenían cierto interés. Ivo Andrić había descubierto una anomalía en la ejecución de ese crimen.

Jeanette toma el informe de la autopsia y lee:

> Si se trata de un único asesino, es físicamente muy fuerte o ha actuado bajo el efecto de una potente descarga de adrenalina. Además, es muy hábil utilizando simultáneamente las dos manos.

Madeleine Silfverberg, piensa Jeanette, pero ¿era lo bastante fuerte, y por qué atacaría a Fredrika Grünewald?

> La mujer probablemente se ahogó con los excrementos de perro que le obligaron a tragarse.
>
> En la boca y en las vías respiratorias hay también restos de vómito de gambas y vino blanco.

Otra posibilidad sería que se tratara de dos asesinos, cosa que parece más verosímil. Una persona que estrangula y otra que agarra la cabeza de la víctima y la atiborra de excrementos.

¿Dos personas?

Jeanette Kihlberg hojea los testimonios que le han enviado. Los interrogatorios de los habitantes del subterráneo bajo la iglesia de San Juan no han sido fáciles. Pocos de ellos eran habladores, y entre los que han hablado, la mayoría no eran creíbles debido a su consumo de alcohol o drogas, o a su estado mental.

La única pista que Jeanette ha considerado válida es la indicación coincidente de varios testigos que afirman haber visto a un tal Börje bajar al subterráneo acompañado de una desconocida. Se ha dictado una orden de búsqueda para localizar a Börje, pero hasta el momento no ha ofrecido resultado alguno.

Respecto a la mujer que lo acompañaba, los testimonios son vagos. Algunos afirman con seguridad que llevaba una especie de capucha, otros hablan de que tenía el cabello rubio o moreno. En las declaraciones de los testigos, su edad oscila entre veinte y cincuenta y cinco años, y lo mismo sucede con su estatura y su corpulencia.

¿Una mujer?, piensa Jeanette. Parece inverosímil. Hasta el momento, nunca se ha encontrado con una mujer que cometa ese tipo de crimen premeditado y brutal.

¿Dos asesinos? ¿Una mujer ayudada por un hombre?

Para Jeanette es una explicación más convincente, pero está segura de que ese Börje no ha participado en el crimen. Es muy conocido desde hace años en el mundo subterráneo y no es en absoluto violento, según los testigos.

En el pasillo, de camino al despacho de Jens Hurtig, Jeanette se hace una pregunta retórica.

¿Se trata del mismo asesino que en el caso de Silfverberg, el empresario descuartizado?

No es imposible, se dice al entrar en el despacho sin llamar a la puerta.

Jens Hurtig está junto a la ventana, pensativo. Se vuelve, rodea su mesa y se deja caer pesadamente en la silla.

—He olvidado darte las gracias por el juego para el ordenador —dice con una sonrisa—. Johan está encantado.

Se miran en silencio.

—¿Qué sabemos de Dinamarca? —pregunta ella—. ¿Qué cuentan de Madeleine Silfverberg?

—Mi danés no es muy fluido. —Sonríe—. He hablado con un médico del centro donde fue internada después de la investigación sobre la violación: durante todos los años de su tratamiento no dejó de repetir que Peo Silfverberg abusó de ella. Habría también otros hombres implicados, y todo habría ocurrido con la bendición de su madre, Charlotte.

—Pero ¿nadie la creyó?

—No, se consideró que era psicótica y que padecía graves delirios, y la noquearon a base de medicamentos.

—¿Sigue internada?

—No, salió hace dos años y parece que se instaló en Francia. —Hojea sus papeles—. En Blaron. He puesto a Schwarz y a Åhlund a trabajar en ello, pero creo que podemos olvidarnos de ella.

—Es posible, pero por lo menos tenemos que comprobarlo.

—Sobre todo porque es ambidiestra.

—Sí, ¿qué es esa historia? ¿Por qué nunca me lo habías dicho?

Hurtig sonríe irónico.

—Soy zurdo de nacimiento y era el único en el colegio. Los otros chavales se burlaban de mí, me trataban de minusválido, así que aprendí a valerme de la mano derecha, y hoy puedo utilizar las dos.

Jeanette piensa en todos los comentarios que a ella misma se le pueden haber escapado a la ligera, sin pensar en sus consecuencias. Asiente con la cabeza.

—Pero volviendo a Madeleine Silfverberg, ¿le has preguntado al médico si se la considera violenta?

—Claro, pero me dijo que la única persona a la que le había hecho daño durante su estancia en la clínica era a ella misma.

—Sí, a menudo es lo que hacen —suspira Jeanette pensando en Ulrika Wendin y Linnea Lundström.

—Joder, empiezo a estar harto de remover toda esta mierda.

Se miran de uno a otro lado de la mesa, y Jeanette se identifica con el súbito desánimo de Hurtig.

—No podemos abandonar, Jens —aventura ella para consolarlo, pero suena falso.

Hurtig se incorpora y trata de sonreír.

—Resumamos —comienza Jeanette—. Tenemos dos víctimas, Peo Silfverberg y Fredrika Grünewald. Se trata de crímenes de inusitada brutalidad. Charlotte Silfverberg fue compañera de clase de Grünewald y, como el mundo es un pañuelo, cabe suponer que estamos ante un doble asesinato. Eventualmente en tándem.

Hurtig parece escéptico.

—¿Eventualmente? ¿En qué medida estás segura de que se trata de dos asesinos? ¿Quieres decir que es nuestra hipótesis de partida?

—No, pero debemos tenerlo presente. Recuerda lo que Charlotte Silfverberg nos contó de esa novatada en el internado.

Hurtig mira por la ventana y en sus labios se dibuja una sonrisa cuando comprende lo que quiere decir Jeanette.

—Ya veo. Las otras dos chicas que sufrieron la novatada, las que desaparecieron de la circulación. Silfverberg no recordaba sus nombres.

—Ponte en contacto con el internado de Sigtuna y pide las listas de alumnas de esos años. Y también los anuarios de la escuela, si es posible. Tenemos algunos nombres interesantes. Fredrika Grünewald y Charlotte Silfverberg. Su amiga, Henrietta Nordlund. Pero la que más me intriga es esa Victoria Bergman, que se ha evaporado. ¿Qué aspecto tiene? ¿Te lo has preguntado?

—Por supuesto —responde, pero Jeanette se da cuenta de que no es así.

—Hay otro factor que tener en cuenta antes de continuar, pero no quiero abordar el tema en la reunión, ¿me entiendes? —Un brillo aparece de nuevo en los ojos de Hurtig y le hace señas de que prosiga—. Tenemos a Bengt Bergman, Viggo Dürer y Karl Lundström. Dado que los tres, así como Per-Ola Silfverberg, eran miembros de esa fundación, Sihtunum Diaspora, tal vez tenga algo que ver con todo esto. Y además Billing me ha contado una cosa interesante. El antiguo jefe de policía, Gert Berglind, conocía a Karl Lundström.

Al oírlo, Hurtig se anima.

—¿Qué quieres decir? ¿Se relacionaban en privado?

—Sí, y no solo eso. Se conocían a través de una fundación. Hasta un tonto adivinaría cuál. Todo esto huele muy mal, ¿verdad?

—¡Joder, y que lo digas!

Hurtig vuelve a estar en forma, y Jeanette lo celebra con una sonrisa.

—Dime —dice ella—, he visto que tenías la cabeza en otro sitio. Te preocupa alguna cosa aparte del trabajo. ¿Ha ocurrido algo?

—Oh, es mi padre. Me temo que se le han acabado la ebanistería y el violín.

Oh, no, piensa Jeanette.

—Seré breve, ya que tenemos mucho que hacer. Primero, le curaron mal después de que tuviera el accidente con la astilladora de leña. La buena noticia es que el hospital ha reconocido la negligencia y le indemnizará. La mala es que tiene gangrena y van a tener que amputarle los dedos. Además, se ha golpeado con un Ferrari GF en la cabeza. —Jeanette se queda boquiabierta—. Ya veo que no sabes qué es un Ferrari GF. Es su cortacésped, un cacharro muy grande.

Sin la sonrisa de Hurtig, Jeanette hubiera pensado en algo muy grave.

—¿Qué le ha pasado?

—Bah... Quería limpiar algunas ramas que se habían quedado entre las cuchillas, así que ha puesto el cortacésped sobre unas cuñas y se ha metido debajo para ver mejor y evidentemente la cuña se ha caído. Mi madre lo ha afeitado y el vecino le ha cosido el cuero cabelludo. Quince puntos de sutura. En lo alto del cráneo.

Jeanette se queda pasmada. Le vienen a la cabeza dos nombres: Jacques Tati y su primo sueco Carl Gunnar Papphammar.

—Siempre sale de todas. —Hurtig hace un gesto con la mano para cambiar de tema—. ¿Qué crees que tengo que hacer después de lo de Sigtuna? Aún quedan unas horas antes de la reunión.

—Fredrika Grünewald. Comprueba su historia. Empieza por buscar cómo acabó en la calle y sigue a partir de ahí. Consigue todos los nombres que puedas. Hay que partir de esa idea de venganza y buscar en su entorno personas a las que haya podido herir o con las que de una u otra manera haya podido tener diferencias.

—La gente como ella tiene muchos enemigos, supongo. En la alta sociedad no hay más que estafas, líos y chanchullos. No dudan en pisotear a los cadáveres y son capaces de traicionar a sus amigos por un buen negocio.

—¡Qué prejuicios tienes, Jens! De todas formas, sé que eres socialista.

Jeanette se echa a reír y se dispone a salir.

—Comunista —dice Jens.

—¿Qué?

—Sí, comunista. Hay una diferencia de la hostia.

Las partes impuras

se tocan y hay que desconfiar de las manos de los extraños o de las manos que ofrecen dinero por tocar. Las únicas manos que pueden tocar a Gao Lian son las de la mujer rubia.

Ella le peina el cabello, que le ha crecido. Le parece que lo tiene también más claro, quizá porque ha pasado mucho tiempo en la oscuridad. Como si el recuerdo de la luz se hubiera depositado en su cabeza y le hubiera decolorado el cabello, como los rayos del sol.

Ahora todo es blanco en la habitación y a sus ojos les cuesta ver. Ella ha dejado la puerta abierta y ha traído un barreño de agua para lavarle. Disfruta de sus caricias.

Cuando lo está secando, se oye un timbre en el recibidor.

Las manos roban si uno no se anda con cuidado y ella le ha enseñado a tener un control absoluto sobre las mismas. Todo cuanto hacen debe tener un sentido.

Ejercita sus manos dibujando.

Si logra capturar el mundo, hacerlo entrar dentro de él y luego restituirlo mediante las manos, ya no deberá temer nada. Entonces tendrá el poder de cambiar el mundo.

Los pies van a lugares prohibidos. Lo sabe, puesto que una vez la dejó para ir a visitar la ciudad, fuera de la habitación. Fue un error, ahora lo comprende. Fuera no hay nada bueno. Fuera de su habitación el mundo es malo y por esa razón ella le protege.

La ciudad parecía muy limpia y pura, pero ahora sabe que, bajo tierra y en el agua, se acumula desde hace miles de años el polvo de los cadáveres y que en las casas y en el interior de los vivos no hay más que muerte.

Si el corazón está enfermo, todo el cuerpo enferma y muere. Gao Lian, de Wuhan, piensa en la tenebrosidad del corazón humano. Sabe que el mal se manifiesta ahí como una mancha negra y que hay siete entradas al corazón.

Primero dos, luego otras dos y finalmente tres.

Dos, dos, tres. Como el año de la fundación de Wuhan, su ciudad natal. En el año 223.

La primera entrada hacia la mancha negra pasa por la lengua que miente y maldice, la segunda por los ojos que ven lo que está prohibido.

La tercera es por los oídos que escuchan las mentiras, la cuarta por el vientre que digiere las mentiras.

La quinta es por las partes impuras que se dejan tocar, la sexta por las manos que roban y la séptima por los pies que van a lugares prohibidos.

Se dice que en el momento de la muerte el hombre ve cuanto hay en su corazón, y Gao se pregunta qué verá.

Pájaros, quizá.

Una mano que consuela.

Dibuja y escribe. Llena hoja tras hoja. Ese trabajo lo calma y olvida su miedo a la mancha negra.

Se oye de nuevo el timbre.

Gamla Enskede—Casa de los Kihlberg

Todo encaja, piensa Jeanette Kihlberg al bajar a por su coche en el aparcamiento de la comisaría. Aunque su jornada laboral haya acabado, no puede dejar de pensar en todas esas extrañas coincidencias.

Dos chicas, Madeleine Silfverberg y Linnea Lundström. Sus respectivos padres, Per-Ola Silfverberg y Karl Lundström. Ambos sospechosos de pederastia. Lundström también de la violación de Ulrika Wendin. Y la mujer del pederasta, Charlotte Silfverberg, antigua compañera de clase en Sigtuna de Fredrika Grünewald, hallada asesinada.

Conduce hacia la salida y saluda con la mano al vigilante. Este le devuelve el saludo y alza la barrera. La violenta luz del sol la deslumbra y, por un instante, no ve nada.

Un abogado común, Viggo Dürer, que también tuvo como cliente a Bengt Bergman. La hija desaparecida de Bergman, Victoria, también estudió en Sigtuna.

El antiguo jefe de policía, Gert Berglind, ya fallecido, que dirigió los interrogatorios de Silfverberg y Lundström. Todos relacionados con la misma fundación. ¿Y el fiscal Von Kwist? No, se dice Jeanette. No está involucrado. No es más que el tonto de turno.

Per-Ola Silfverberg y Fredrika Grünewald, asesinados. Quizá por la misma persona.

Karl Lundström, fallecido en el hospital. Bengt Bergman, muerto junto a su esposa en un incendio, al igual que Viggo.

¿Se trata de simples accidentes? Según los informes, todo parece indicar que así es.

Pero Jeanette tiene dudas. Alguien les desea mal a esas personas y eso está relacionado con la fundación.

Al bajar del coche, frente a su casa, Jeanette se da cuenta de que necesita ayuda. Y pronto, alguien de confianza con quien pueda hablar abiertamente de sus problemas personales. De momento, Sofia es la única que cumple esos criterios.

El viento hace restallar el follaje del alto abedul y luego azota la fachada de la casa. Es un viento ingrato, húmedo. Jeanette respira hondo. Si por lo menos dejara de llover, piensa al contemplar cómo se enrojece el cielo contaminado hacia el oeste.

La casa está desierta. Sobre la mesa de la cocina, una nota de Johan: va a dormir en casa de su amigo David para hacer *lanning*.

¿*Lanning*?, se dice, con la certeza de que ya debe de haberle explicado en qué consiste. ¿Es tan mala madre como para no conocer las aficiones de su hijo? Seguramente será algo del ordenador.

Coge el teléfono y marca el número de Sofia Zetterlund. Al cabo de unos diez tonos, Sofia responde. Su voz es ronca, forzada.

—¿Puedes hablar un rato?

A Sofia le lleva un tiempo responder.

—No lo sé —acaba diciéndole—. ¿Es importante?

Jeanette se pregunta si ha elegido el mejor momento para llamar. Pero adopta un tono despreocupado para camelar un poco a Sofia.

—Importante, importante... —Se ríe—. Åke y Johan, como de costumbre. Problemas. Solo necesito a alguien con quien hablar... Gracias por la última vez, por cierto. ¿Cómo llevas eso que ya sabes?

—¿Qué? ¿De qué estás hablando?

Parece que Sofia se ría sarcásticamente, pero Jeanette supone que debe de haberla oído mal.

—Sí, eso de lo que hablamos la última vez, en mi casa. El perfil del asesino.

No hay respuesta. Jeanette tiene la impresión de que Sofia arrastra una silla. Luego el ruido de un vaso al dejarlo sobre una mesa.

—¿Hola? ¿Estás ahí?

Unos segundos más de silencio antes de la respuesta de Sofia. Su voz suena ahora mucho más próxima, y Jeanette la oye respirar. Sofia habla más deprisa.

—En menos de un minuto me has hecho cuatro preguntas —empieza—. ¿Puedes hablar un rato? ¿Cómo llevas eso que ya sabes? ¿Hola? ¿Estás ahí? —Sofia suspira—. Aquí tienes las respuestas: Bien. No lo sé. Aún no he empezado. Hola. Aquí estoy, ¿adónde quieres que haya ido?

Me está tomando el pelo, se dice Jeanette.

—¿Te apetece que nos veamos?

—Sí, me apetece. Pero tengo que acabar algo. ¿Te va bien mañana por la noche?

—Sí, perfecto.

Después de colgar, Jeanette va a por una cerveza a la nevera. Se instala en el sofá y abre la botella con su encendedor.

Desde hace mucho tiempo ha comprendido que Sofia es una persona complicada, pero esto ya es el colmo. Jeanette se ve obligada a reconocer que Sofia Zetterlund ejerce sobre ella una fascinación malsana.

Conocer a Sofia llevará tiempo, piensa Jeanette bebiendo un trago de cerveza.

Pero, mierda, merece la pena intentarlo.

Gamla Enskede–Casa de los Kihlberg

Al día siguiente, Jeanette se cruza con Johan en la puerta. Va a dormir a casa de un amigo, a jugar a videojuegos y ver películas. Ella le pide que no se acueste muy tarde.

Johan coge su bicicleta y desciende el camino. En cuanto dobla la esquina de la casa, ella vuelve a entrar y, desde la ventana de la sala, le ve montarse en la bicicleta y pedalear cuesta abajo.

Jeanette exhala un suspiro de alivio. Por fin sola.

Se siente feliz y, al pensar que Sofia va a venir, se siente expectante.

Va a la cocina y se sirve un whisky. Saborea el líquido amarillo que le arde en la lengua y el paladar. Siente el calor en el pecho.

Tras darse una ducha, se envuelve en una toalla de baño

grande y se contempla en el espejo. Saca del armario su neceser de maquillaje, cubierto de una fina capa de polvo.

Subraya minuciosamente sus cejas.

Tiene más dificultades con el lápiz de labios. Se le escapa un poco de bermellón, lo limpia con la punta de la toalla y vuelve a empezar. Al acabar, muerde una hoja de papel higiénico para eliminar el exceso.

Alisa con cuidado su falda y se acaricia las caderas. Esta es su noche.

Sofia parece sorprendida y luego se echa a reír.

—¿En serio?

Se hallan sentadas a la mesa de la cocina frente a frente y Jeanette acaba de descorchar una botella de vino. Aún tiene en la lengua el sabor dulzón del whisky.

—¿Martin? ¿Le llamé Martin? —Sofia parece primero divertida, pero su sonrisa pronto se desvanece—. Fue un ataque de pánico —dice entonces—. Igual que le ocurrió a Johan, en mi opinión. Tuvo un ataque de pánico al verte allí abajo recibir el botellazo en la cabeza.

—¿Quieres decir que es un trauma? Pero ¿cómo explica eso la laguna en su memoria?

—Los traumas provocan agujeros en la memoria. Y es habitual que ese agujero comprenda también el instante previo al trauma.

Jeanette comprende. Un ataque de pánico. Hormonas adolescentes. Por descontado, todo tiene una explicación química.

—¿Y esos nuevos asesinatos? —Sofia parece curiosa—. Cuéntame. ¿Cómo están las cosas?

Durante veinte minutos, Jeanette explica los dos últimos casos. Con todo detalle, sin ser interrumpida ni una sola vez. Sofia escucha atentamente y asiente con la cabeza.

—Lo primero que me llama la atención, en lo que concierne a Fredrika Grünewald —comienza Sofia cuando Jeanette concluye su resumen—, es la presencia de materias fecales. La caca, vamos.
—¿Y...?
—Pues parece simbólico. Casi ritual. Como si el asesino tratara de decir algo.

Jeanette recuerda las flores halladas en la barraca junto al cadáver.

A Karl Lundström también le obsequiaron unas flores amarillas, pero podía tratarse de una casualidad.

—¿Tenéis algún sospechoso?
—No, nada concreto de momento —comienza Jeanette—, pero tenemos un vínculo con una fundación, Sihtunum Diaspora. Tanto Lundström como Silfverberg tenían intereses en la misma. También está implicado un abogado, Viggo Dürer. Pero también está muerto, y podemos olvidárnos de él.
—¿Muerto?
—Sí, hace unas semanas. Falleció en el incendio de su barco.

Sofia la mira fijamente y Jeanette cree ver algo en sus ojos.

—Hace poco recibí una extraña llamada telefónica —dice acto seguido Sofia.

Jeanette ve que vacila sobre si debe proseguir.

—¿Ah, sí? ¿Por qué extraña?
—Me llamó el fiscal Kenneth von Kwist para sugerir que Karl Lundström mintió, que todo lo dijo bajo los efectos de la medicación. No entendí adónde quería ir a parar.
—Es fácil. Quiere salvar su culo. Tendría que haberse asegurado de que Lundström no estaba medicado durante el interrogatorio. Si lo pasó por alto, tiene un problema gordo.
—Creo que cometí un error.
—¿Cómo?
—Sí, mencioné el nombre de uno de los hombres a los que Linnea acusa de abusos sexuales, y me dio la impresión de que lo reconocía. De golpe, no dijo nada más.

—¿Puedo preguntarte de quién se trata?

—Acabas de decir su nombre. Viggo Dürer.

Jeanette se explica en el acto el tono extraño del fiscal Kenneth von Kwist. No sabe si alegrarse, pues ese Dürer parece que fue un cabrón, o entristecerse por el hecho de que visiblemente abusó de una niña.

—Pondría la mano en el fuego por que Von Kwist tratará de tapar todo esto. Es fácil imaginar el daño que le haría que se revelaran sus tratos con pederastas y violadores.

Jeanette toma la botella de vino.

—Pero ¿quién es ese Von Kwist?

Sofia tiende su copa vacía para que Jeanette le sirva de nuevo.

—Es fiscal desde hace más de veinte años, y la instrucción no solo fracasó en el caso de Ulrika Wendin. Pero no es de extrañar: si ha acabado trabajando con nosotros es porque su carrera no era precisamente meteórica. —Jeanette se ríe al ver la expresión de perplejidad de Sofia y precisa—: No es ningún secreto que los juristas peor cualificados acaban en la policía, en Hacienda o en la Seguridad Social.

—¿Y por qué?

—Es fácil. No son lo bastante buenos para ser abogados de una gran empresa de exportación, ni lo bastante listos para tener su propio bufete y así multiplicar su salario. Von Kwist sueña quizá con convertirse en una estrella de los tribunales, pero es demasiado estúpido para lograrlo.

Jeanette piensa en su gran jefe, director regional de la policía, uno de los policías más mediáticos del país. Nunca está ahí para hablar en serio sobre la criminalidad, pero es el primero en aparecer en la prensa del corazón con sus trajes de lujo en las fiestas de gala.

—Si quieres presionar a Von Kwist, tengo pruebas que pueden ayudarte —dice Sofia, golpeando la copa con el índice—. Linnea me ha enseñado una carta en la que Karl Lundström alude al hecho de que Dürer abusó de ella. Y Annette Lundström me dejó fotografiar unos dibujos de Linnea de niña. Unas escenas que describen agresiones sexuales. Lo tengo todo aquí. ¿Quieres verlo?

Jeanette asiente con la cabeza sin decir nada, mientras Sofia saca de su bolso las tres fotos de los dibujos de Linnea y una fotocopia de la carta de Karl Lundström.

—Gracias —dice—. Seguramente nos será de utilidad. Pero me temo que son más unos indicios que otra cosa.

—Lo entiendo —dice Sofia. Se quedan un momento en silencio, y luego prosigue—: Aparte de Von Kwist y Dürer, ¿tienes otros nombres?

Jeanette reflexiona.

—Sí, hay otro nombre que aparece por todas partes. Bengt Bergman.

Sofia se sobresalta.

—¿Bengt Bergman?

—Fue acusado de agresión sexual contra un niño y una niña de Eritrea. Unas criaturas sin papeles, que no existen. La denuncia se desestimó. Firmado: Kenneth von Kwist. El abogado de Bergman era Viggo Dürer. ¿Ves la relación? —Jeanette se repantiga en su asiento y bebe un buen trago de vino—. Hay otra Bergman. Se llamaba Victoria Bergman, la hija de Bengt Bergman.

—¿Se llamaba?

—Sí. Dejó de existir hará unos veinte años. Desde noviembre de 1988, no hay nada. Sin embargo, he hablado con ella por teléfono, y no fue especialmente discreta acerca de su relación con su padre. Creó que abusó de ella y que por eso desapareció. Y el matrimonio Bergman tampoco existe ya: murieron recientemente en un incendio. ¡De golpe y porrazo, también han desaparecido!

La sonrisa de Sofia es vacilante.

—Discúlpame, pero no entiendo nada.

—La ausencia de existencia —dice Jeanette—. El denominador común de las familias Bergman y Lundström es la ausencia de existencia. Su historia ha sido borrada. Y creo que Dürer y Von Kwist fueron los artífices de ese camuflaje.

—¿Y Ulrika Wendin?

—A ella la conoces: fue violada por varios hombres, entre ellos Karl Lundström, en una habitación de hotel hace siete años. Le inyectaron un anestésico. Caso archivado por Kenneth von Kwist. Otro camuflaje.

—¿Un anestésico? ¿Como en los casos de los muchachos asesinados?

—No sabemos si se trata del mismo producto. No se llevó a cabo ningún examen médico.

Sofia parece irritada.

—¿Y por qué no?

—Porque Ulrika esperó más de dos semanas para denunciar a Karl Lundström.

Sofia parece pensativa. Jeanette comprende que duda. Aguarda.

—Creo que Viggo Dürer quizá trató de comprarla —dice al cabo de un momento.

—¿Y qué te lo hace pensar?

—Cuando vino a la consulta, Ulrika tenía un smartphone nuevo y mucho dinero en efectivo. Le cayeron del bolsillo dos billetes de quinientas coronas. Y luego vio una foto de Viggo Dürer que yo había impreso y dejado sobre mi mesa. Se sobresaltó al verla y luego negó conocerle, pero estoy casi segura de que mentía.

Gamla Enskede–Casa de los Kihlberg

La urbanización Gamla Enskede se construyó a principios del siglo XX para permitir que la gente corriente pudiera adquirir una casa de dos habitaciones con cocina, sótano y jardín al precio de un apartamento de dos habitaciones en el centro de la ciudad.

Cae la noche y las nubes se acumulan, amenazadoras. Un crepúsculo gris se abate sobre el barrio y el gran arce verde se vuelve negro. La bruma que flota por encima de la hierba es casi de un gris acero.

Ella sabe quién eres.

No. Para. No puede saberlo. Es imposible.

No quiere reconocerlo, pero Sofia tiene la impresión de que Jeanette Kihlberg oculta una segunda intención que la implica en el caso.

Sofia Zetterlund traga, con la garganta seca.

Jeanette hace girar el vino que le queda en su copa y luego se la lleva a los labios y lo bebe.

—Creo que Victoria Bergman es la clave —dice—. Si damos con ella, el caso estará resuelto.

Calma. Respira.

Sofia inspira profundamente.

—¿Qué te lo hace pensar?

—Es una intuición, nada más —dice Jeanette rascándose la cabeza—. Bengt Bergman trabajó para la Agencia Sueca para el Desarrollo y la Cooperación Internacional, entre otros lugares en Sierra Leona. La familia Bergman pasó allí una temporada en la segunda mitad de los años ochenta. Otra coincidencia.

—Eso no lo entiendo.

Jeanette se ríe.

—Claro que sí, Victoria Bergman estuvo en Sierra Leona en su juventud y Samuel Bai era de allí. ¡Y mira por dónde, tú también has estado allí! Decididamente, el mundo es un pañuelo.

¿Cómo? ¿Acaso está insinuando algo?

—Tal vez —dice Sofia pensativa, mientras hierve en ella la inquietud.

—Uno o varios de los individuos que investigamos conoce al asesino. Karl Lundström, Viggo Dürer, Silfverberg. Alguien de las familias Bergman o Lundström. El asesino puede formar parte o no de la constelación. Puede ser cualquiera. Pero creo que Victoria Bergman sabe quién es.

—¿En qué te basas?

Jeanette se ríe de nuevo.

—Instinto.

—¿Instinto?

—Sí, por mis venas corre sangre de tres generaciones de policías. Mi instinto rara vez se equivoca y, en este caso, en cuanto pienso en Victoria Bergman siento que la sangre corre con más fuerza. Llámalo olfato, si lo prefieres.

—He hecho un primer esbozo del perfil psicológico del asesino, ¿quieres verlo?

Tiende la mano hacia su bolso, pero Jeanette la detiene.

—Me encantará, pero primero me gustaría saber qué puedes decirme de Linnea Lundström.

—La he visto hace poco. En la terapia. Y, como te decía, creo que otros hombres abusaron de ella, además de su padre.

Jeanette la mira a los ojos.

—¿Y la crees?

—Absolutamente. —Sofia reflexiona. Es la ocasión de desnudarse y desvelar partes de ella que hasta entonces ha ocultado—. Yo también hice terapia en mi juventud y sé la liberación que supone poderlo explicar todo por fin. Poder decir sin reservas y sin interrupciones lo que has vivido, contar con alguien que escucha y deja hablar. Alguien que tal vez haya vivido lo mismo, pero que ha dedicado mucho tiempo y dinero a comprender la psique humana, que se toma tu historia en serio y se toma la molestia de analizarla, aunque solo puedas ofrecerle un dibujo o una carta, que puede sacar conclusiones y que no está solo preocupado por saber qué medicamento te va a administrar, y que no se pasa el tiempo buscando el error o el chivo expiatorio aunque...

—¡Eh, oye! —Jeanette la interrumpe—. ¿Qué pasa, Sofia?

—¿Qué?

Sofia abre los ojos y ve a Jeanette delante de ella.

—Has desaparecido un instante. —Jeanette se inclina sobre la mesa, le toma las manos y se las acaricia suavemente—. ¿Te cuesta hablar de ello?

Sofia siente que le escuecen los ojos y se le agolpan las lágrimas, y quisiera dejarse ir. Pero no es el momento y menea la cabeza.

—No, solo quería decir que creo que Viggo Dürer estaba implicado.

—Sí, eso explicaría muchas cosas.

Jeanette hace una pausa, como si paladeara sus palabras.

Espera, déjala continuar.

—Continúa.

Sofia oye su propia voz como si fuera exterior a ella. Sabe qué va a decir Jeanette.

—Peo Silfverberg vivió en Dinamarca. Como Viggo Dürer. Dürer defendió a Silfverberg cuando fue sospechoso de abusos sexuales contra su hija adoptiva. Defendió a Lundström cuando este fue a su vez sospechoso de la violación de Ulrika Wendin.

—¿Hija adoptiva?

A Sofia le cuesta respirar, agarra su copa para disimular y no delatar su inquietud, y se la lleva a los labios. Ve que le tiembla la mano.

Se llama Madeleine, es rubia y le gusta que le hagan cosquillas en el vientre.

Chilló y lloró cuando la acogieron en este mundo tomándole una muestra de sangre.

La manita que agarra el índice por acto reflejo.

Estocolmo, 1988

Ella no necesitaba forzarse, las historias surgían por sí solas y a veces era como si precedieran a la verdad. Llegaba a mentir sobre algo que luego se producía. Le parecía que tenía un poder muy curioso, como si pudiera influir en su entorno con sus mentiras y finalmente obtener lo que quería.

El dinero le basta para regresar de Copenhague a Estocolmo. La caja de música del XVIII robada en la granja de Struer se la da a un borracho frente a la estación central. Son las ocho y cuarto cuando Victoria sube a un autobús de Gullmarsplan a Tyresö, se sienta al fondo y abre el periódico.

La carretera es mala debido a las obras, el conductor circula a demasiada velocidad y le cuesta escribir. Las letras se deforman.

Así pues, se adentra en la lectura de sus entrevistas con la vieja psicóloga. Lo ha anotado todo en su diario, después de cada sesión. Guarda el bolígrafo y empieza a leer.

3 de marzo

Sus ojos me comprenden, es tranquilizador. Hablamos de incubación. Eso quiere decir esperar alguna cosa, ¿y podría ser que mi tiempo de incubación se acabe pronto?

¿Acaso podría estar enferma?

Sus ojos me piden que hable de Solace y explico que ahora ya ha salido del armario. Ahora dormimos en la misma cama.

La pestilencia de la sauna me ha seguido hasta la cama. ¿Acaso ya estoy enferma? Le digo que la incubación comenzó en Sierra Leona. Allí cogí la enfermedad, pero no me libré de ella al regresar aquí.

La infección ha seguido viviendo en mí y me vuelve loca. Su infección.

Victoria prefiere no llamar a la psicóloga por su nombre. Le gusta pensar en los ojos tranquilizadores de la anciana. La terapeuta se confunde con sus ojos. En ellos, Victoria también puede ser ella misma.

El autobús se detiene en una parada y el conductor baja para abrir una compuerta lateral. Seguramente hay algún problema. Aprovecha para sacar su bolígrafo y escribe:

25 de mayo

Alemania y Dinamarca son iguales. Frisia del Norte, Schleswig-Holstein. Violada por unos chicos alemanes en el Festival de Roskilde y luego por el hijo de un alemán. Dos países en rojo, blanco y negro. Las águilas sobrevuelan los campos llanos, cagan sobre el patchwork gris y aterrizan en Helgoland, una isla de Frisia septentrional adonde huyeron las ratas cuando Drácula llevó la peste a Bremen. La isla parece la bandera danesa, las rocas son de un rojo óxido y el mar está cubierto de espuma blanca.

El autobús se pone de nuevo en marcha.
—Disculpen la parada. Seguimos camino de Tyresö.
Durante los veinte minutos que dura el final del viaje, Victoria tiene tiempo de leer todo el diario, página a página, y, una vez llegada a destino, se sienta en el banco de madera de la parada de autobús y se pone a escribir.

En la maternidad se traen al mundo a los bebés, BB como Bengt Bergman, y si se pone la letra B frente a un espejo parece un ocho.

Ocho es el número de Hitler, puesto que la H es la octava letra del alfabeto.

Estamos en 1988. Ochenta y ocho. Ocho ocho.
¡Heil, Hitler!
¡Heil, Helgoland!
¡Heil, Bergman!

Guarda sus cosas en su bolso y baja hasta la casa de los Ojos.

La sala de la casa de Tyresö es luminosa, el sol brilla a través de las cortinas de tul blanco frente a la puerta abierta de la veranda.

Está tumbada boca arriba en el sofá calentado por el sol, con la anciana frente a ella.

Va a contarlo todo, y es como si no hubiera fin a cuanto había que decir.

Victoria Bergman debe morir.

Empieza hablando del viaje en tren, un año antes. De un hombre sin nombre en París en una habitación con cucarachas en el techo y tuberías agujereadas. De un hotel de cuatro estrellas en el paseo de los Ingleses en Niza. Del hombre acostado a su lado que era agente inmobiliario y olía a sudor. De Zurich, pero no tiene ningún recuerdo de la ciudad, solo la nieve, las discotecas, y que le hizo una paja a un hombre en medio de un parque.

Dice a los Ojos que está convencida de que el dolor exterior puede aniquilar el dolor interior. La anciana no la interrumpe, la deja hablar libremente. Las cortinas se mecen con la brisa y le sirve café y pastel a Victoria. Es lo primero que come desde que salió de Copenhague.

Victoria le habla de un hombre, Nikos, al que conoció al llegar a Grecia el año anterior. Recuerda el caro Rolex que lucía en la muñeca equivocada, y que olía a ajo y a loción para después del afeitado, pero no recuerda su rostro ni su voz.

Trata de ser honesta. Pero al explicar lo que ocurrió en Grecia le cuesta ceñirse a los hechos. Ella misma oye lo tonto que parece todo.

Se despertó en casa de Nikos y fue a por un vaso de agua a la cocina.

—Sentadas a la mesa de la cocina, Hannah y Jessica me gritan que tengo que contenerme. Que huelo mal, que tengo unas uñas rotas que duelen a la vista, michelines y varices. Y que he sido mala con Nikos.

La anciana le sonríe, como de costumbre, pero no sus ojos. Están inquietos.

—¿De verdad dijeron eso?

Victoria asiente con la cabeza.

—De hecho, Hannah y Jessica no son dos personas —dice, y es como si de repente se comprendiera a sí misma—. Son tres personas. —La terapeuta la mira, interesada—. Tres personas —continúa Victoria—. Una que trabaja, cumple con su deber... Sí, obediente y moral. Y una que analiza, inteligente, que comprende lo que debo hacer para estar mejor. Luego una que siempre se lamenta, una quejica. Me hace tener mala conciencia.

—Una Trabajadora, una Analista y una Quejica. ¿Quiere decir que Hannah y Jessica son dos personas que poseen varias características?

—No exactamente —responde Victoria—, son dos personas que son tres personas. —Se ríe, un poco vacilante—. ¿Es un poco confuso?

—En absoluto. Me parece que lo entiendo.

Calla un momento y luego le pregunta a Victoria si le apetece describir a Solace.

Victoria reflexiona, pero le parece que no tiene ninguna buena respuesta.

—La necesitaba —acaba diciendo.

—¿Y de Nikos? ¿Quiere hablar de él?

Victoria ríe.

—Quería casarse conmigo. ¿Se da cuenta de lo ridículo que era?

La mujer no dice nada, cambia de posición y se repantiga en su sillón. Parece buscar qué decir.

Victoria se siente de repente adormilada y cansada.

No es muy fácil de explicar, pero siente que le apetece. Sus palabras le parecen laboriosas y falsas, tiene que hacer esfuerzos para no mentir. Tiene vergüenza delante de los Ojos.

—Quería hacerle sufrir —dice al cabo de un momento, invadida entonces por una gran serenidad.

Victoria no puede evitar echarse a reír, pero cuando ve que la anciana no parece encontrarlo divertido en absoluto, esconde la boca detrás de su mano. De nuevo siente vergüenza y tiene que hacer un esfuerzo para recuperar la voz que la ayuda a contar las cosas.

Un instante más tarde, cuando la psicóloga abandona la estancia para ir al baño, Victoria no puede evitar mirar lo que ha escrito y en cuanto se queda sola abre su cuaderno.

Objeto transicional.

Máscara fetiche africana, símbolo para Solace.

Perro de peluche, Luffaren, símbolo de un vínculo con la infancia que infunde seguridad.

¿Quién? Ni el padre ni la madre. Quizá un pariente o un compañero de la infancia. Más verosímilmente una persona adulta. ¿Tía Elsa?

Agujeros de memoria. Recuerda TPM/TDI.

No lo entiende y unos pasos en el vestíbulo la interrumpen.

—¿Qué es un objeto transicional?

Victoria se siente traicionada, porque la terapeuta escribe cosas de las que no han hablado.

La anciana se sienta.

—Un objeto transicional es un objeto que representa a alguien o algo de lo que duele separarse.

—¿Como qué? —replica rápidamente Victoria.

—Por ejemplo, un peluche o una manta pueden consolar al niño porque ese objeto simboliza la presencia de la madre. Cuando ella está ausente, el objeto la sustituye y ayuda al niño a pasar de la dependencia de su madre a la autonomía.

Victoria sigue sin comprender. No es una niña, sino una adulta.

¿Echa de menos a Solace? ¿La máscara de madera era un objeto transicional?

Luffaren, el perrito de piel de conejo auténtica, no sabe de dónde venía.

—¿Qué es TPM/TDI?

La anciana sonríe. A Victoria le parece que tiene un aire triste.

—Veo que has leído mi cuaderno. Pero no son verdades absolutas. —Señala el cuaderno con la cabeza—. Son solo mis reflexiones acerca de nuestra entrevista.

—Pero ¿qué quiere decir, TPM/TDI?

—Significa que alguien tiene varias personalidades. Es… —Calla y adopta un aspecto grave—. No se trata de su diagnóstico —prosigue—. Quiero que le quede muy claro. Es más como un rasgo de carácter.

—¿Qué quiere decir?

—TDI significa trastorno disociativo de la identidad. Es un mecanismo lógico de autodefensa, una manera que tiene el cerebro de adaptarse a las dificultades. Se desarrollan varias personalidades que actúan de forma independiente, distintas las unas de las otras, para hacer frente a situaciones diferentes de la manera óptima.

¿Qué quiere decir eso?, piensa Victoria. Autónoma, disociativa, separada e independiente.

¿Está disociada e independiente de sí misma gracias a las otras que están dentro de ella?

Eso parece sencillamente absurdo.

–Perdón –dice Victoria–. ¿Podemos continuar más tarde? Siento que necesito descansar un poco.

Se echa en el sofá.

Al despertar, aún es de día, las cortinas están inmóviles, la luz es más pálida y todo está en silencio. La vieja hace punto en su sillón.

Victoria interroga a la terapeuta acerca de Solace. ¿Es real? La anciana afirma que quizá sea una adopción, pero ¿qué quiere decir?

Hannah y Jessica existen de verdad, son antiguas compañeras de clase de Sigtuna, pero también están dentro de ella. Son la Trabajadora, la Analista y la Quejica.

Solace también existe, pero es una niña que vive en Sierra Leona y en realidad tiene otro nombre. Y Solace Aim Nut también existe dentro de Victoria y es la Sirvienta.

Ella misma es el Reptil, que no hace más que lo que le viene en gana, y la Sonámbula, que ve pasar ante ella la vida sin hacer nada. El Reptil come y duerme y la Sonámbula se queda fuera contemplando lo que hacen las diversas partes de Victoria, sin intervenir. La Sonámbula es la que menos le gusta, pero al mismo tiempo sabe que es la que tiene mayores posibilidades de sobrevivir, que esa es la parte de ella que tiene que cultivar. Las otras tienen que ser erradicadas.

Luego está la Chica Cuervo, y Victoria sabe que es imposible extirparla.

La Chica Cuervo no se deja controlar.

El lunes van a Nacka. La terapeuta ha concertado una cita con un médico que podrá certificar que Victoria efectivamente sufrió abusos sexuales en su infancia. No tiene ninguna intención de denunciar a su padre, pero la terapeuta dice que el médico muy probablemente lo hará.

Luego posiblemente la enviarán al Instituto de Medicina Legal de Solna para un examen más minucioso.

Victoria le ha explicado a la mujer por qué no quería presentar una denuncia. Considera que Bengt Bergman está muerto y no soportaría volver a verlo en un tribunal. Si quiere que sus secuelas físicas queden atestadas, es por otra razón.

Quiere empezar de cero, obtener una nueva identidad, un nuevo nombre y una nueva vida.

La terapeuta le dice que obtendrá una nueva identidad si hay elementos suficientes para ello. Por eso debe someterse al examen.

Cuando llegan al aparcamiento del hospital de Nacka, Victoria ya ha empezado a hacer planes de futuro.

Antes, el futuro no existía, puesto que Bengt Bergman se lo había robado.

Pero ahora tendrá una segunda oportunidad. Un nuevo nombre, un nuevo número de la seguridad social protegido, se ocupará de sí misma, estudiará y encontrará un trabajo en otra ciudad.

Ganará dinero y las cosas le irán bien, quizá se casará y tendrá hijos.

Será normal, como cualquier persona.

Gamla Enskede–Casa de los Kihlberg

El barrio está oscuro y casi silencioso, solo se oyen las voces de algunos jóvenes en la calle. Un resplandor azulado llega del salón de los vecinos a través del escuálido, desnudo y casi trágico seto de madreselva: como la mayoría de la gente, a esa hora están ante el televisor.

Jeanette se levanta y baja las persianas, rodea el sofá y vuelve a sentarse al lado de Sofia.

Aguarda sentada, en silencio. La decisión está en manos de Sofia: seguir hablando de trabajo, cosa que era el pretexto de su visita, o pasar a temas más íntimos.

Sofia le recuerda a Jeanette el perfil que ha establecido.

—¿Le echamos un vistazo? —Sofia se agacha para coger un cuaderno de su bolso.

—Vale, de acuerdo —responde Jeanette, un poco decepcionada porque Sofia haya preferido hablar de trabajo.

No es muy tarde, se dice. Y Johan no duerme en casa. Ya tendremos tiempo.

—Todo hace pensar que nos hallamos ante un perfil borderline. —Sofia hojea su cuaderno—. Tenemos a una persona que piensa que es una cosa o la otra, que lo ve todo blanco o negro. Bien y mal. Amigo y enemigo.

—¿Quieres decir que todos los que no son sus amigos se convierten en el acto en enemigos? ¿Un poco como lo que decía George W. Bush antes de invadir Irak? —sonríe Jeanette.

—Sí, algo así —responde Sofia sonriendo a su vez.

—¿Y qué puedes decir de esas muertes tan violentas?

—Hay que ver el acto, en este caso el crimen, como un lenguaje en sí. La expresión de alguna cosa.

—¿Ah?

Jeanette piensa en lo que ha visto.

—Veamos, el criminal pone en escena su propio drama interior en el exterior de sí mismo, y debemos intentar hallar lo que esa persona trata de decir con sus actos. De entrada, creo que los asesinatos fueron premeditados.

—También yo estoy convencida de ello.

—Pero al mismo tiempo ese desencadenamiento de violencia sugiere que el asesinato ha tenido lugar en una explosión de cólera pasajera.

—¿De qué puede tratarse? ¿De poder?

—Absolutamente. Una enorme necesidad de tener un control total sobre otra persona. Las víctimas son elegidas cuidadosamente, pero al mismo tiempo de forma arbitraria. Unos muchachos, sin identidad.

—Parece sádico, ¿qué puedes decir sobre eso?

—Que el asesino disfruta al ver la impotencia y la angustia de la víctima. Quizá incluso ejerce sobre él una carga erótica. El verdadero sádico no puede gozar sexualmente de otra manera. A veces, la víctima es retenida como prisionera y la agresión se prolonga durante un largo período. No es raro que esas agresiones acaben en asesinato. Esos actos a menudo están cuidadosamente planificados y no son el resultado de un ataque de rabia repentina.

—Pero ¿por qué tanta violencia?

—Como te decía, para una parte de los agresores hacer sufrir constituye una satisfacción. Puede ser un preliminar necesario para otras formas de sexualidad.

—¿Y el embalsamamiento del muchacho que hallamos en Danvikstull?

—Creo que se trata de un experimento. Un capricho pasajero.

—¿Y qué ha podido forjar a una persona con ese perfil?

—Para esa pregunta hay tantas respuestas como asesinos, y también, por ende, como psicólogos. Y hablo en general, no de los asesinatos de esos niños inmigrados en concreto.

—¿Y en tu opinión?

—En mi opinión, ese comportamiento procede de trastornos precoces durante el desarrollo de la personalidad, causados por maltrato físico y psíquico regular.

—¿La víctima se convierte a su vez en agresor?

—Sí. Por lo general, el agresor ha crecido en un entorno fuertemente autoritario, violento en ciertos aspectos, y en el que la madre era pasiva y sumisa. De pequeño, quizá vivió bajo la amenaza permanente de un divorcio de sus padres y se sintió responsable de ello. Pronto aprendió a mentir para evitar las palizas, tuvo que intervenir para proteger al padre o la madre, o tuvo que ocuparse de uno de sus progenitores en situaciones degradantes. Se vio obligado a consolar a sus padres, en lugar de ser consolado por ellos. Quizá asistió a tentativas de suicidio dramáticas. Muy pronto, empezó a pelearse, a beber y a robar sin hallar reacción alguna por parte de los adultos. En resumidas cuentas, siempre se ha sentido no deseado e inoportuno.

—¿Crees que el asesino ha tenido una infancia horrible?

—Pienso como Alice Miller.

—¿Quién es?

—Una psicóloga que afirma que una persona que ha crecido rodeada de franqueza, respeto y calor es absolutamente incapaz de desear alguna vez hacer sufrir a alguien más débil y herirle de por vida.

—Hay parte de verdad en ello, pero no estoy convencida.

—Yo también lo dudo a veces. Se ha establecido una relación directa entre la sobreproducción de hormonas masculinas y la tendencia a cometer agresiones sexuales. También puede considerarse la violencia física y sexual dirigida contra las mujeres y niños como una manera que tiene el hombre de constituir su virilidad. El hombre obtiene mediante la violencia el poder y el control a los que le da derecho la estructura de los roles sexuales y del poder en la sociedad tradicional.

—Ya veo...

—Existe además una relación entre el nivel de las normas sociales y el grado de perversión: esquemáticamente, la doble moral crea el caldo de cultivo de las transgresiones.

Jeanette tiene la sensación de estar hablando con una enciclopedia. Los hechos fríos y las explicaciones diáfanas se apilan unos sobre otros.

—Ya que hablamos de criminales en general, podríamos volver sobre Karl y Linnea Lundström —aventura Jeanette—. ¿Una persona víctima de abusos sexuales en la infancia puede haberlos olvidado completamente?

Sofia se toma un tiempo para pensarlo.

—Sí. La práctica clínica y la investigación sobre la memoria apoyan la idea de que los acontecimientos traumáticos de la infancia pueden ser almacenados y a la vez ser inaccesibles. Desde el punto de vista jurídico, cuando se presenta una denuncia puede haber un problema si se manejan recuerdos de ese tipo para probar que la presunta agresión ocurrió. Pero tampoco hay que descartar el riesgo trágico de que se acuse erróneamente a un inocente y sea condenado.

Jeanette comienza a tomar el ritmo y ya tiene lista una nueva pregunta.

—¿Es posible que un niño, en el curso de un interrogatorio, pueda explicar abusos sexuales que no han ocurrido?

Sofia la mira muy seria.

—Los niños a veces tienen problemas con el tiempo, por ejemplo, para decir cuándo ocurrió una cosa o cuántas veces. Para ellos, no hay nada que explicar que los adultos no sepan ya, y más bien tienen tendencia a obviar los detalles sexuales antes que a exagerarlos. Nuestra memoria está íntimamente ligada a nuestras percepciones. En otras palabras, lo que vemos, oímos y sentimos.

—¿Puedes ponerme un ejemplo?

—Tengo el caso clínico de una adolescente que, al oler el esperma de su novio, comprendió que no era la primera vez que estaba en contacto con ese olor. Y esa revelación fue el inicio de un proceso que la llevaría a recordar los abusos sexuales de su padre.

—¿Y cómo explicas que Karl Lundström se volviera pederasta?

—Algunas personas pueden pronunciar palabras, pero les falta el lenguaje. Se puede pronunciar la palabra «empatía», deletrearla, pero para algunos carece de sustancia alguna. Y quien no puede pronunciar la palabra es capaz de lo peor.

—Pero ¿cómo pudo disimularlo?

—En una familia incestuosa, las fronteras entre niños y adultos son muy borrosas. Todas las necesidades se satisfacen en el seno familiar. La hija cambia a menudo de papel con la madre y la sustituye, por ejemplo, en la cocina, y también en la cama. La familia lo hace todo junta y, vista desde fuera, parece funcionar de una manera ideal. Sin embargo, las relaciones están fuertemente alteradas y el hijo debe satisfacer las necesidades de los adultos. Los hijos se ocupan más de los padres que a la inversa. La familia vive aislada, aunque pueda simular una vida social. Para huir de las miradas, la familia se muda regularmente. Karl Lundström fue seguramente también una víctima. Citando a Miller, es trágico herir al propio hijo para evitar pensar en lo que nuestros propios padres nos hicieron.

—Y, en tu opinión, ¿qué será de Linnea?

—Al menos el cincuenta por ciento de las mujeres víctimas de incesto lleva a cabo tentativas de suicidio, a menudo ya en la adolescencia.

—Como decía aquel, hay varias maneras de llorar: fuerte, en silencio o para nada.

—¿Quién dijo eso?

—Ya no me acuerdo.

Se instala un cómodo silencio.

Jeanette siente que el peso del asunto es demasiado para ella. Podría reírse, soltar una carcajada que apartara las imágenes del abuso y la violación a niños.

Rellena las copas y decide cambiar de tema.

—¿Cómo lloras tú? ¿Fuerte, en silencio o no lloras nada?

Sofia sonríe tímidamente.

—Depende de la situación, a veces fuerte, y otras nada.

—¿Y cómo te ríes?

—De la misma forma, supongo.

Jeanette no sabe cómo continuar.

—¿Puedes...? —comienza, pero no termina la frase.

¿Por qué estoy dudando?, piensa. Después de todo, sé lo que necesito ahora mismo.

Calor humano.

–Abrázame, dice finalmente.

Sin que Jeanette se haya dado cuenta Sofia la ha abrazado, y cuando se inclina para besarla ya no es más que la prolongación de ese abrazo.

No es un beso largo, pero la deja aturdida. Como si todo el vino de la noche se le hubiera subido a la cabeza en cinco segundos.

Quiere más. Quiere a Sofia entera.

Pero algo le dice que deben esperar. Sus labios se separan, y acaricia la mejilla de Sofia.

Es suficiente.

Al menos, de momento.

Barrio de Kronoberg–Central de Policía

Estocolmo puede ser un lugar horroroso. En el invierno inclemente sopla un viento hostil, el frío penetra por todas partes y es prácticamente imposible protegerse de él.

La mitad del año es de noche cuando los habitantes de la ciudad despiertan y de noche cuando regresan a sus casas por la tarde. Durante meses, la gente vive en una carencia de luz continua, asfixiante, a la espera de la liberación primaveral. Se encierran en su esfera privada, evitan cruzarse inútilmente con la mirada de sus semejantes y se aíslan de cuanto podría molestarles con ayuda de sus iPod, reproductores de MP3 y teléfonos móviles.

En el metro, el silencio es aterrador. El menor ruido, la más mínima conversación ruidosa atraen miradas hostiles y comentarios severos. Vista desde fuera, la capital real parece una ciudad donde el sol no tiene energía suficiente para atravesar con sus rayos el cielo de un gris acero y resplandecer sobre esos hombres abandonados por los dioses, aunque solo sea durante una hora.

A la par, Estocolmo puede ser increíblemente bello con sus galas de otoño. En la orilla sur del Söder Mälarstrand, las gabarras amarradas se mecen tranquilamente con la marejadilla y se balancean estoicamente con las olas provocadas al paso de las vulgares motoras, de los yates perfectamente alineados en Skeppsholmen o los ferris de camino hacia el castillo de Drottningholm o el pueblo vikingo de Björkö. El agua pura y clara baña las rocas escarpadas grises o de color óxido de las islas en el corazón de la ciudad, donde los árboles lucen su paleta amarilla, roja y verde.

Cuando Jeanette Kihlberg se marcha al trabajo, el cielo está despejado y de un azul claro por primera vez desde hace varias semanas y da un largo rodeo por la orilla del lago Mälaren.

Está fascinada.

Un solo beso. Cinco segundos que le han llegado directamente al corazón.

Al entrar en el despacho de Hurtig, lo encuentra limpiando su arma reglamentaria. Una Sig Sauer 9 mm. No parece muy contento.

—¿Qué, sacándole brillo a la pistola? Puedes limpiar también la mía. —Se apresura a ir a por su pistola, que guarda en el cajón de su mesa—. Bueno, ¿y qué sabemos acerca de Fredrika Grünewald? —pregunta Jeanette tendiéndole el arma a Hurtig.

—Nació aquí, en Estocolmo —dice con expresión ausente, desenfundando la pistola—. Sus padres viven cerca de Stocksund y no han tenido contacto con ella en estos últimos nueve años. Aparentemente, dilapidó buena parte de la fortuna familiar especulando.

—¿Qué hizo?

—A espaldas de sus padres, invirtió casi todo cuanto tenían, alrededor de cuarenta millones, en una startup. ¿Te acuerdas de wardrobe.com?

Jeanette piensa.

—Uf, vagamente. ¿No es una de esas empresas de comercio online que todos elogiaban hasta que se desplomaron en la bolsa?

Hurtig asiente, pone un poco de grasa en un paño y empieza a sacarle brillo a la pistola.

—Exacto. La idea era vender ropa por internet, pero la empresa quebró y dejó una deuda de varios cientos de millones. La familia Grünewald fue una de las más duramente afectadas.

—¿Y todo por culpa de Fredrika?

—Eso dicen sus padres, yo no lo sé. En todo caso, en la actualidad no parecen pasar apuros. Siguen viviendo en una gran casa y los coches que he visto aparcados delante deben de valer por lo menos un millón cada uno.

—¿Tenían alguna razón para desear deshacerse de Fredrika?

—No lo creo. Tras la quiebra bursátil, ella cortó todos los vínculos con sus padres. Creen que fue por vergüenza.

—Pero ¿de qué vivía? Me refiero a que, aunque no tuviera domicilio, parecía contar con algo de dinero.

—Su padre me ha dicho que a pesar de todo sentía compasión por ella y que todos los meses le ingresaba quince mil coronas en su cuenta. Eso lo explica.

—Nada raro en ese sentido, pues.

—Me parece que no. Una infancia protegida. Buenas notas y luego los estudios en el internado.

—¿No hay marido ni hijos?

—No hay hijos, y según los padres tampoco tenía ninguna relación. No que ellos supieran, en todo caso.

Coloca en su lugar las últimas piezas de la pistola y la deja sobre la mesa.

—Quizá soy muy conservadora, pero eso me parece un poco raro. Debe de haber por lo menos un tío en algún lado.

Jeanette observa a Hurtig y sorprende por un momento la expresión traviesa que siempre adopta cuando tiene un as en la manga.

—¿Adivinas quién iba a la misma clase que Fredrika Grünewald?

—Tengo mis sospechas. Dime.

Le tiende unas hojas.

—Estas son las listas de las alumnas del internado de Sigtuna de la época en que estuvo Fredrika.

—Vale, ¿quién es?

Empieza a hojear las listas.

—Annette Lundström.

—¿Annette Lundström?

Jeanette Kihlberg mira a Hurtig, a quien le divierte su expresión atónita.

Es como si alguien abriera la ventana para dejar entrar aire fresco.

El sol brilla en la ventana del despacho de Jeanette cuando se sume en la lectura de los documentos que Hurtig le ha proporcionado.

Son las listas de alumnos de los años en que Charlotte Silfverberg, Annette Lundström, Henrietta Nordlund, Fredrika Grünewald y Victoria Bergman estudiaron en el internado de Sigtuna.

Annette y Fredrika eran, por lo tanto, compañeras de clase.

Annette tiene el cabello rubio: varios de los habitantes del refugio subterráneo de la iglesia de San Juan declararon haber visto a una mujer guapa y rubia cerca de la barraca de Fredrika.

Por otra parte, aún no han localizado a Börje, el hombre que le indicó el camino a esa mujer y que se confía en que pueda reconocerla.

¿Citará a Annette Lundström para interrogarla? ¿Verificará su coartada y quizá incluso organizará un careo con los testigos? De esta manera, sin embargo, desvelará sus sospechas ante Annette y complicará el desarrollo de la investigación. Cualquier abogado obtendría su liberación antes de haber podido pronunciar «sin techo».

No, será mejor aguardar y dejar a Annette sumida en la incertidumbre, al menos hasta que reaparezca Börje. Pero siempre puede citar a Annette con la excusa de hablar de los abusos sufridos por Linnea.

Podría mentir fingiendo actuar a petición de Lars Mikkelsen. Podría funcionar.

Así lo haré, se dice, sin ser consciente de que su entusiasmo retrasará la resolución del caso en lugar de acelerarla, y causará sufrimientos inútiles a numerosas personas.

Klara Sjö–Ministerio Fiscal

Kenneth von Kwist se pasa las manos por la cara. Un pequeño problema se ha convertido en uno gordo, quizá incluso irresoluble.

Ha acabado comprendiendo que había sido un estúpido al sacrificarse por Peo Silfverberg y Karl Lundström. Había sido un estúpido al ofuscarse con su carrera todos esos años y meterse en los asuntos de los demás. ¿Qué había ganado con ello?

El destino había acabado con Dürer, el abogado, pero ¿y si Karl Lundström y Peo Silfverberg eran realmente culpables? Comienza a sospecharlo.

Con el jefe de policía anterior, Gert Berglind, todo era más fácil. Todo el mundo conocía a todo el mundo y bastaba con frecuentar a las personas apropiadas para ascender en la escala jerárquica.

Lundström y Silfverberg eran amigos muy próximos tanto de Gert Berglind como de Viggo Dürer.

Cuando Dennis Billing tomó el relevo, empezaron los roces.

En todo caso, en lo relativo a Kihlberg, tiene un plan bien urdido para mejorar sus relaciones y a la vez distraer su atención, al menos provisionalmente, y así disponer de tiempo para resolver el problema de la familia Lundström.

Eso es matar dos pájaros de un tiro, se dice. Es hora de empezar a reparar sus errores.

Dentro de la comisaría es un secreto a voces que Jeanette Kihlberg está investigando con su ayudante Jens Hurtig de forma no oficial los casos archivados de los jóvenes inmigrantes asesinados. El rumor ha llegado hasta sus oídos.

Sabe igualmente que hay en curso una búsqueda oficiosa para localizar a la hija de Bengt Bergman, que todos los documentos relativos a Victoria Bergman son confidenciales y que Kihlberg solo ha recibido una carpeta vacía del tribunal de Nacka.

Marca el número de su colega del tribunal de Nacka. Su idea es tan sencilla como astuta: las normas judiciales se pueden dejar de lado si las partes implicadas guardan silencio. Su colega de Nacka callará como una tumba y Jeanette Kihlberg comerá de su mano.

Cinco minutos después, Kenneth von Kwist se repantiga en su sillón, satisfecho, entrelaza las manos detrás de la cabeza y pone los pies sobre la mesa. Ya está. Solo quedan Ulrika Wendin y Linnea Lundström.

¿Qué habrán explicado a la policía y a los psicólogos?

No tiene la menor idea, por lo menos en lo que concierne a Ulrika Wendin. Linnea Lundström evidentemente ha dicho cosas comprometedoras acerca de Viggo Dürer, y aunque aún no sabe de qué se trata se teme lo peor.

—Maldita cría —refunfuña pensando en Ulrika Wendin.

Sabe que la chica se ha visto con Jeanette Kihlberg y con Sofia Zetterlund, rompiendo así los términos de su contrato.

Las cincuenta mil coronas que deberían haberla hecho callar no han bastado. Tendría que poner a Ulrika Wendin contra la pared para hacerle comprender con quién se las veía. Quita los pies de la mesa, se ajusta el traje y se incorpora en su asiento.

De una manera u otra, tiene que hacer callar a Ulrika Wendin y a Linnea Lundström.

Greta Garbos Torg–Södermalm

El antiguo empresario Ralf Börje Persson, fundador de la empresa Persson BTP, no tiene domicilio fijo desde hace cuatro años. Todo empezó bien: una empresa floreciente, una buena agenda de contactos, una casa nueva, un nuevo coche y cada vez más trabajo. Pero cuando la competencia se volvió más dura y entraron grupos mafiosos en el mercado con unas tarifas imbatibles gracias al trabajo en negro de obreros polacos o bálticos, todo empezó a ir de mal en peor. La pila de facturas impagadas fue finalmente tan alta que ya no pudo mantener el coche ni la casa.

Su teléfono, que antaño echaba humo, permanecía en silencio: aquellos a los que llamaba sus amigos habían desaparecido o simplemente no querían tener nada que ver con él.

Una noche, cuatro años atrás, Börje salió de compras y no regresó más. Lo que debía ser solo una vuelta a la plaza se convirtió en un largo paseo que aún dura.

Ahora se encuentra en Folkungagatan delante de la tienda estatal de licores, son unos minutos más de las diez y sostiene una bolsa de color violeta oscuro que contiene seis cervezas. Unas Norrland Guld de siete grados. Abre la primera cerveza repitiéndose que es la última vez que bebe a la hora de desayunar, que retomará el control de su vida, en cuanto se haya liberado de sus temblores. Una cerveza para el equilibrio, eso es todo lo que necesita. Se merece una cerveza. Porque empezará de cero.

Dicho y hecho.

Lo primero que hará cuando se haya bebido esa cerveza y la vida se haya simplificado un poco será tomar el metro hasta la comisaría de Kronoberg para contar lo ocurrido en el subterráneo bajo la iglesia de San Juan.

Por supuesto, ha visto los titulares de los periódicos sobre el asesinato de la Condesa, y ha comprendido que fue él quien le indicó el camino a la asesina. Pero esa mujer rubia, no mucho mayor que su propia hija, ¿podía realmente haber cometido la bestial ejecución de su hermana de infortunio?

La cerveza está caliente, pero cumple con su función. Vacía la lata de un único trago largo.

Se pone lentamente en camino hacia el este, toma a la derecha en Södermannagatan y continúa hacia la plaza Greta Garbo, cerca de la escuela Katarina Södra, a la que asistió en su infancia la huidiza actriz.

La plaza circular pavimentada está bordeada de carpes y castaños.

Ralf Börje Persson encuentra un banco a la sombra y se sienta a pensar en qué dirá a la policía.

Por más vueltas que le ha dado a la cuestión, ha acabado comprendiendo que es el único que ha visto a la asesina de Fredrika Grünewald.

Puede describir el abrigo que llevaba.

Hablar de su voz grave. De su extraño dialecto.

De sus ojos azules que parecían ser de mayor edad.

Al haber leído todos los periódicos que han hablado del asesinato, sabe que Jeanette Kihlberg se encuentra al mando de la investigación y preguntará por ella en la recepción de la comisaría. Pero empieza a no tenerlo tan claro. Sus años en la calle le han hecho desarrollar una gran desconfianza hacia la policía.

¿Será mejor quizá que escriba una carta?

Saca su agenda del bolsillo interior, arranca una página en blanco y la deja sobre la cubierta de cuero del cuaderno. Toma un bolígrafo y piensa en lo que va a escribir. ¿Cómo formular las cosas? ¿Qué es lo más importante?

La mujer le ofreció dinero por indicarle el camino. Al sacar su billetera, le llamó la atención un detalle de capital importancia para la policía, pues permite reducir enormemente el número de sospechosos.

Escribe, con los detalles necesarios para que no quepan malentendidos.

Ralf Börje Persson se agacha para tomar otra cerveza, nota que su vientre se comprime contra el cinturón y agarra finalmente una esquina de la bolsa de plástico en el momento en que siente un golpe en el pecho.

Ve un resplandor violento frente a sus ojos. Cae de costado, resbala del banco y aterriza de espaldas, con el papel aún en la mano.

El frío del suelo se extiende por su cabeza y se encuentra con el calor de la ebriedad. Se estremece y luego todo estalla.

Como si un tren pasara por su cráneo a toda velocidad.

Barrio de Kronoberg–Central de Policía

Annette Lundström se traga la mentira y se presenta al día siguiente.

–¿No se ha abandonado la investigación, ahora que Karl ha muerto? ¿Y por qué no es Mikkelsen quien…?

–Se lo explicaré –la interrumpe Jeanette–. Quería hablarle también de otra cosa. Conoce a Fredrika Grünewald, ¿verdad?

Observa la reacción de Annette.

Annette Lundström frunce el ceño y menea la cabeza.

—¿Fredrika?

Su sorpresa parece sincera.

—¿Por qué? ¿Qué tiene que ver con Karl y Linnea?

Jeanette aguarda a que continúe.

—¿Y qué quiere que le cuente? Fuimos tres años a la misma clase y desde entonces no he vuelto a verla.

—¿Qué puede contarme acerca de ella?

—¿Qué quiere que le cuente? ¿Cómo era en el instituto? ¡Vamos, pero si de eso hace veinticinco años!

—Inténtelo, por favor —insiste Jeanette.

—Bueno, no nos relacionábamos mucho. Estábamos en grupos diferentes y Fredrika andaba con las chicas enrolladas. La pandilla de las matonas, ¿me entiende? —Jeannette asiente con la cabeza y le indica con un gesto que siga—. Por lo que recuerdo, Fredrika era la cabecilla de una panda de peleles.

Annette se calla con aire pensativo mientras Jeanette saca un cuaderno.

—¿Quiere saber qué pienso de Fredrika Grünewald? —espeta Annette—. Fredrika era una asquerosa que siempre obtenía lo que quería, rodeada de una corte de criadas dispuestas a hacer cualquier cosa por ella.

De repente parece agresiva.

—¿Y recuerda el nombre de esas criadas?

Jeanette sirve un poco de leche en su taza y le ofrece el resto a Annette.

—Iban y venían, pero las más fieles eran Henrietta y Charlotte.

Sin apartar la vista de su cuaderno, Jeanette pregunta, simulando cierta indiferencia:

—Acaba de decir que Fredrika era una asquerosa. ¿Qué quiere decir con ello?

Annette permanece impasible.

—No encuentro un ejemplo concreto, pero eran malas, y todo el mundo temía ser blanco de sus burlas.

—¿Burlas? Eso no me parece muy malvado.

—No, la mayoría de las veces no lo eran. De hecho, solo en una ocasión se pasaron de la raya.

—¿Qué ocurrió?

—Se trataba de una novatada a dos o tres chicas nuevas, y la cosa se les fue de las manos. —Annette Lundström calla, mira por la ventana y se retoca el peinado—. Pero ¿por qué me hace tantas preguntas acerca de Fredrika?

—Porque ha muerto asesinada y tenemos que investigar su vida.

Annette Lundström parece absolutamente perpleja.

—¿Asesinada? ¡Qué atrocidad! ¿Quién podría hacer una cosa así? —dice, mientras en su mirada se trasluce algo que calla.

Jeanette tiene una impresión muy viva de que Annette sabe más de lo que pretende.

—Dice que una vez se les fue de las manos. ¿Qué ocurrió realmente?

—Es indignante y no debería haberse tapado como se hizo. Pero si no me equivoco, el padre de Fredrika era un amigo muy próximo de la directora y uno de los principales donantes de la escuela. Eso lo explica. —Annette Lundström suspira—. Bueno, pero todo esto seguramente ya lo sabe.

—Por supuesto —miente Jeanette—, pero de todas formas me gustaría que me contara lo que ocurrió. Si se siente con ánimos, claro.

Jeanette se inclina hacia delante para poner en funcionamiento el magnetófono.

El relato de Annette es una historia de humillación. Cómo unas adolescentes se obligan mutuamente a hacer algo que solas jamás habrían hecho. Durante la primera semana del nuevo curso escolar, Fredrika Grünewald y sus acólitas sometieron a tres chicas a una novatada de muy mal gusto. Vestidas con túnicas negras, luciendo unas máscaras de cerdo que ellas mismas se habían hecho, condujeron a las tres chicas a un cobertizo y las rociaron con agua helada.

—Lo que siguió fue enteramente idea de Fredrika Grünewald.

—¿Y qué ocurrió?

La voz de Annette Lundström tiembla.

—Las obligaron a comer caca de perro.

Jeanette se siente completamente vacía.

Jeanette nota que su cerebro se reinicia, se actualiza y arranca de nuevo.

Caca de perro. Charlotte Silfverberg no había dicho nada acerca de eso. No le sorprendía.

—Continúe, la escucho.

—No hay mucho más que decir. Dos de las chicas se desmayaron y la tercera por lo visto se la comió y vomitó.

Annette Lundström prosigue y Jeanette la escucha con repugnancia.

Victoria Bergman, piensa. Y otras dos muchachas aún anónimas.

—Fredrika Grünewald, Henrietta Nordlund y Charlotte Hansson cargaron con el muerto. —Emite un profundo suspiro—. Pero hubo otras muchachas implicadas.

—¿Ha dicho Charlotte Hansson?

—Sí, pero en la actualidad ya no se llama así. Se casó hará quince o veinte años…

La mujer calla.

—¿Sí?

—Se casó con Silfverberg, ese al que asesinaron. Es de locos…

—¿Y Henrietta? —la interrumpe Jeanette, para no tener que entrar en los detalles de ese caso.

La respuesta llega de inmediato, como de pasada.

—Se casó con un tal Viggo Dürer —dice Annette Lundström.

Dos informaciones de golpe, piensa Jeanette.

Otra vez Dürer.

Y su esposa era esa Henrietta. Ahora los dos estaban muertos, posiblemente asesinados, aunque el examen forense del barco quemado sugiriera que fue un accidente.

Las piezas del rompecabezas empiezan a encajar y las cosas comienzan a iluminarse lentamente.

Jeanette está segura de que la persona que ha asesinado a Per-Ola Silfverberg y a Fredrika Grünewald se encuentra en esa constelación a la que se han sumado dos nombres. Mira su cuaderno.

> Charlotte Hansson, en la actualidad Charlotte Silfverberg. Esposa/viuda de Per-Ola Silfverberg.
> Henrietta Nordlund, luego Dürer. Esposa de Viggo Dürer. Muerta.

—¿Recuerda cómo se llamaban las tres víctimas?

—No, lo siento… Fue hace mucho tiempo.

—De acuerdo… Bueno, pues hemos terminado —dice Jeanette—. A menos que quiera añadir algo más.

La mujer niega con la cabeza y se levanta.

—Llámeme si recuerda algo más acerca de las dos chicas.

Annette Lundström se marcha con aspecto preocupado, y Jeanette vuelve a pensar que sabe más de lo que parece.

Jeanette apaga el magnetófono en el momento en que se abre la puerta y Hurtig asoma la cabeza.

—¿Molesto? —dice muy serio.

—En absoluto.

Jeanette vuelve su sillón hacia él.

—¿Qué importancia tiene el último testigo en una investigación criminal? —pregunta retóricamente.

—¿Qué quieres decir?

—Börje Persson, el hombre al que vieron en el subterráneo antes de que asesinaran a Fredrika Grünewald, ha muerto.

—¿Qué?

—Un infarto, esta mañana. Han llamado del hospital de Södermalm en cuanto han sabido que lo buscábamos. Tenía un papel en la mano y he enviado a Åhlund y a Schwarz a recogerlo. Acaban de regresar.

Hurtig deposita ante ella una página arrancada de una agenda.

La caligrafía es pulcra:

> A Jeanette Kihlberg, policía de Estocolmo.
>
> Creo saber quién asesinó a Fredrika Grünewald, también conocida como la Condesa, debajo de la iglesia de San Juan.
>
> Hago uso, sin embargo, de mi derecho al anonimato, pues no deseo tener que vérmelas con las fuerzas del orden.
>
> La persona que buscan es una mujer de cabello largo y rubio que, en el momento del asesinato, vestía un abrigo azul. Es de estatura media, tiene los ojos azules y figura esbelta.
>
> Estimo inútil extenderme acerca de su apariencia, en la medida en que dicha descripción se basaría más en juicios personales que en hechos.
>
> Sin embargo, tiene una marca distintiva que a buen seguro le interesará.
>
> Le falta el anular derecho.

Vita Bergen–Apartamento de Sofia Zetterlund

Perdonar es grande, piensa ella. Pero comprender sin perdonar es aún más grande.

Cuando no solo se ve el porqué, sino que se comprende toda la secuencia de acontecimientos que conducen a la enfermedad definitiva, es vertiginoso. Algunos llaman a eso atavismo, y otros predestinación, pero en el fondo no es más que una consecuencia gélida y privada de sentimentalismo.

Una avalancha o los círculos en el agua después de arrojar una piedra. Un alambre tendido de un lado a otro de la parte más oscura del carril bici, una palabra precipitada y una bofetada en el acaloramiento del momento.

A veces de trata de un acto preparado y consciente, cuya consecuencia no es más que un parámetro y procura una satisfacción personal muy diferente. En ese estado carente de sentimientos, en el que la empatía no es más que una palabra vana, siete letras vacías de sentido, nos aproximamos al mal.

Renunciamos a cualquier humanidad y nos convertimos en bestias salvajes. La voz se vuelve más grave, nos movemos de forma diferente, la mirada muere.

Va a por la caja de calmantes en el armario del baño, toma dos paroxetinas y se las traga de golpe echando hacia atrás la nuca. Pronto habrá acabado, piensa. Viggo Dürer ha muerto y Jeanette Kihlberg sabe que Victoria Bergman es una asesina.

—No, no lo sabe —dice entonces en voz alta—. Y Victoria Bergman no existe.

Pero es inútil fingir. La voz está ahí, más fuerte que nunca.

Regresa a la sala y continúa hasta la cocina. Sus ojos se enturbian como al principio de una migraña.

El piloto rojo está encendido, el pequeño dictáfono está grabando.

Lo sostiene delante de ella, las manos le tiemblan, está empapada de sudor y, como de pie al lado de su cuerpo, delante de la mesa, se contempla a sí misma, desde el exterior.

Sofia tiene la sensación de estar en dos lugares al mismo tiempo.

De pie al lado de la mesa y dentro de la cabeza de la chica. La voz es ronca y monótona y resuena dentro de ella al mismo tiempo que entre las paredes de la cocina.

Durante la labor realizada para comprender a Victoria Bergman, esos monólogos grabados sirvieron de catalizadores, pero ahora es al revés.

Los recuerdos contienen explicaciones y respuestas. Forman un manual, unas instrucciones de uso de la existencia.

A Sofia la interrumpe un estruendo en la calle y la voz desaparece. Se siente como si acabara de despertarse, apaga el magnetófono y mira en derredor.

Un blíster vacío de paroxetina arrugado sobre la mesa de la cocina, el suelo sucio, cubierto de pisadas de barro. Se levanta y va a la entrada, donde encuentra sus zapatos mojados y sucios de tierra y gravilla.

Ha salido de nuevo.

De regreso en la cocina, se da cuenta de que alguien, probablemente ella, ha puesto la mesa para cinco personas y ve que incluso ha indicado dónde sentarse.

Se acerca a la mesa para leer las tarjetas. A la izquierda, Solace estará al lado de Hannah; enfrente, Sofia tendrá de vecina a Jessica. En la cabecera de la mesa ha colocado a Victoria Bergman.

¿Hannah y Jessica? Pero ¿qué hacen ahí? Hannah y Jessica, a las que no ha vuelto a ver desde que las dejó en el tren, más de veinte años atrás.

Sofia se deja resbalar hasta el suelo y ve que sostiene un rotulador negro. Se tumba de lado y alza la vista hacia el techo blanco. Oye el débil timbre del teléfono en la entrada, pero ni le pasa por la cabeza ir a responder y cierra los ojos.

Lo último que hace antes de que el alarido en su cabeza ahogue todos los demás sonidos es encender el magnetófono.

Luego oscuridad y silencio. El alarido cesa, se calma y puede descansar mientras las pastillas comienzan a hacer efecto.

Se sume más y más profundamente en el sueño, y los recuerdos de Victoria afluyen en capas fluctuantes, primero sonidos y olores, luego imágenes.

Lo último que ve antes de que se apague su conciencia es a una chica con un anorak rojo de pie en una playa, en Dinamarca, y entonces comprende quién es esa chica.

Barrio de Kronoberg–Central de Policía

—A la asesina le falta el anular derecho —repite Jeanette enviando con el pensamiento un agradecimiento póstumo a ese tal Ralf Börje Persson.

—No es un detalle nimio —ironiza Hurtig.

—Solo es trágico que nuestra mejor pista nos llegue de un testigo al que no podemos interrogar —dice Jeanette—. Billing ha puesto a mi disposición a un grupo de jóvenes de la escuela de policía para repasar las listas de las clases de Sigtuna, de todos los cursos. Ya han empezado a llamar a antiguas alumnas y a profesores, y de aquí a esta noche espero ver aparecer tres nombres.

—Ya sé, hablas de las víctimas de la novatada. Victoria Bergman y las otras dos que se han desvanecido.

—Eso es. Luego hay que hacer una llamada importante. Es lo más importante y lo dejo en tus manos, Hurtig. —Le tiende el teléfono—. La persona a quien debes llamar era directora de la escuela y ahora está retirada en Uppsala. Aparentemente, supo lo que sucedió y obró activamente para tapar el asunto. En cualquier caso, puede ayudarnos con los nombres: si no los recuerda directamente, nos permitirá encontrar los documentos de la matrícula. Llámala tú, yo ya no puedo más, tengo hipoglucemia, voy a bajar a la cafetería a por un café y algo dulce. ¿Quieres algo?

—No, gracias —dice Hurtig riendo—. No te preocupes. Ya llamo yo a la directora y tú vete a tomar un café.

Vuelve a su despacho en el mismo instante en que Hurtig cuelga el teléfono.

—¿Qué? ¿Cómo ha ido? ¿Qué te ha dicho?

—Las chicas se llaman Hannah Östlund y Jessica Friberg. Esta tarde tendremos sus direcciones.

—Buen trabajo, Hurtig. ¿Crees que alguna de ellas habrá perdido un anular?

—¿Friberg, Östlund o Bergman? ¿Y por qué no Madeleine Silfverberg?

Jeanette lo mira, divertida.

—Está claro que tendría un móvil tratándose de su padre adoptivo, pero no veo ninguna relación con Fredrika Grünewald.

—Sí, pero eso no basta. ¿Qué más ha dicho Lundström?

—Que Henrietta Nordlund se casó con el abogado Viggo Dürer. —Hurtig menea la cabeza en silencio—. Y lo más importante: en la novatada en Sigtuna, Fredrika Grünewald dio de comer caca de perro a Hannah Östlund, Jessica Friberg y Victoria Bergman. ¿Tengo que insistir?

De repente, Hurtig suspira profundamente, cansado.

—No, gracias, de momento ya basta.

Qué importa la sobrecarga de trabajo, piensa. No va a soltar su presa.

—Por cierto, ¿cómo está tu padre?

—¿Mi padre? —Hurtig se frota los ojos, divertido—. Le han amputado varios dedos de la mano derecha. Le están curando con sanguijuelas.

—¿Sanguijuelas?

—Sí, impiden que la sangre se coagule después de una amputación. Y esos animalillos incluso le han permitido salvar un dedo. ¿Adivinas cuál?

Hurtig sonríe a la vez que bosteza y responde:

—El anular derecho.

Gamla Enskede–Casa de los Kihlberg

Cuando Jeanette Kihlberg llega a su casa está tan cansada que al principio no nota el olor a comida en la cocina.

Hannah y Jessica, piensa. Dos chicas tímidas de las que nadie se acuerda.

Al día siguiente, si los anuarios de la escuela llegan como está previsto, espera poder por fin ponerle cara a Victoria Bergman. La chica que tenía las mejores notas en todo salvo en comportamiento.

Se quita el abrigo, entra en la cocina y constata que en la encimera que por la mañana al irse a trabajar había dejado reluciente reina ahora el caos. Una vaga neblina flota en la sala, señal de que algo se ha quemado, y sobre la mesa de la cocina hay un paquete abierto de pescado empanado y un troncho de lechuga.

—¿Johan? ¿Estás aquí?

Mira al pasillo y ve luz en su habitación.

De nuevo, se preocupa por él.

Durante la semana, según su tutor, ha faltado a varias clases y el resto del tiempo parecía ausente y desmotivado. Taciturno e introvertido.

Se ha metido en varias peleas con compañeros de clase, cosa que nunca había ocurrido.

—Toc, toc. —Entreabre la puerta y lo ve tumbado boca abajo—. ¿Cómo estás, cariño?

—Te he preparado la cena —murmura él—. La tienes en la sala.

Ella le acaricia la espalda, se vuelve y por el marco de la puerta ve que ha puesto la mesa para ella. Le da un beso en la frente y sale.

Sobre la mesa, un plato con varitas de pescado empanado muy chamuscadas, fideos y unas hojas de lechuga primorosamente dispuestas con una copiosa ración de kétchup. Los cubiertos están sobre una servilleta al lado, y hay una copa de vino medio llena y una vela encendida.

Le ha preparado la cena, es la primera vez, y además lo ha hecho con esmero.

El estropicio en la cocina no importa, se dice. Lo ha hecho para complacerme.

—¿Johan? —No hay reacción—. No sabes la ilusión que me hace. ¿Vas a comer tú también?

—Ya he cenado —dice con voz irritada.

De repente siente un vértigo y un cansancio infinitos. No lo entiende. Si quería complacerla, ¿por qué la rechaza?

—¿Johan? —repite.

El silencio se alarga.

Se sienta en el borde de la cama, y se da cuenta de que se ha quedado dormido. Apaga la luz, cierra despacio la puerta y regresa a la sala.

Frente a la mesa que él le ha preparado, está a punto de echarse a llorar.

Suspira al recordar las veladas pasadas con Åke viendo la tele y comiendo patatas fritas riéndose con una película mediocre, pero pronto se da cuenta de que lo que añora no es en absoluto un período de su vida. Era la espera hueca de algo mejor, una existencia árida en el plano sentimental que engullía despiadadamente noche tras noche, luego meses y años.

La vida es demasiado valiosa para desperdiciarla esperando que pase alguna cosa. Que se produzca un acontecimiento y nos haga avanzar.

No alcanza a recordar lo que esperaba entonces, ni con qué soñaba.

Åke fantaseaba con su éxito futuro, que les permitiría llevar a cabo sus sueños comunes. Le dijo que entonces podría dejar la policía si le apetecía, y se enfadó cuando ella le respondió que era su vida y que ni por todo el dinero del mundo iba a renunciar a ser policía. Åke despreció su idea de que los sueños tenían que ser justamente sueños para no desaparecer, como si fuera filosofía de tres al cuarto sacada de las revistas femeninas frívolas.

Después de esa discusión, no se hablaron durante varios días. Esa época quizá no fue decisiva, pero en cualquier caso fue el principio del fin.

Vita Bergen–Apartamento de Sofia Zetterlund

Sofia se despierta en el suelo en la sala. Afuera está oscuro. Son las siete, pero no tiene ni idea de si es por la mañana o por la tarde. Se levanta, va a la entrada y ve que alguien ha escrito con rotulador en el espejo, con caligrafía infantil, UNA KAM O!, y Sofia reconoce de inmediato la mala letra de Solace. La criada africana no sabe escribir correctamente.

UNA KAM O, piensa Sofia. Es krio, comprende las palabras. Solace pide ayuda.

Mientras borra el rotulador con el dorso de la manga, ve más abajo en el espejo otra inscripción, en mayúsculas, con el mismo rotulador, pero con una caligrafía diminuta, casi enfermizamente concienzuda.

FAM. SILFVERBERG, AVENIDA DUNTZFELT, HELLERUP, COPENHAGUE.

Va a la cocina y encuentra cinco platos sucios sobre la mesa y otros tantos vasos.

Hay dos bolsas de basura llenas delante del fregadero. Las inspecciona para ver qué han comido. Tres bolsas de patatas fritas, cinco tabletas de chocolate, dos bandejas de costilla de cerdo, tres botellas de soda, un pollo asado y cuatro tarrinas de helado.

Siente sabor a vómito en la boca y no tiene valor para examinar la otra bolsa de basura porque sabe lo que contiene.

Su diafragma se contrae dolorosamente, pero el vértigo disminuye poco a poco. Decide limpiar y olvidar lo que ha pasado. Que se le haya ido la olla y se haya atiborrado de comida y chucherías.

Coge una botella de vino medio llena y se dirige al frigorífico. Se detiene al ver las notas, los recortes de prensa, los folletos publicitarios y sus propias anotaciones pegadas a la puerta. Centenares que se tapan unos a otros, pegados con cinta adhesiva o con imanes.

Un largo artículo sobre Natascha Kampusch, aquella chica que estuvo ocho años prisionera en un sótano en los alrededores de Viena.

Un plano detallado del zulo que Wolfgang Přiklopil le había preparado.

A la derecha, una lista de la compra, de su puño y letra. Poliestireno. Cola. Cinta adhesiva. Lona. Clavos. Tornillos.

A la izquierda, la foto de un táser.

Varias notas están firmadas UNSOCIAL MATE.

Amigo asocial.

Lentamente, se deja resbalar hasta el suelo.

Barrio de Kronoberg–Central de Policía

Cuando Jeanette Kihlberg le acompaña al instituto, Johan parece estar de buen humor, así que de qué serviría rememorar los acontecimientos de la víspera. Al desayunar, ha vuelto a agradecerle la cena y él incluso le ha dirigido una sonrisa. Eso basta por el momento.

Lo primero que ve al entrar en su despacho es un voluminoso paquete sobre su mesa.

Tres anuarios del internado de Sigtuna.

En un par de minutos, la encuentra.

Victoria Bergman.

Lee la leyenda, sigue con el dedo las hileras de futuras estudiantes con idénticos uniformes y encuentra a Victoria Bergman en la fila central, la penúltima a la derecha: un poco más pequeña que las demás, con unos rasgos más infantiles.

Es una muchacha delgada, rubia, sin duda de ojos azules, y lo que llama la atención de Jeanette es su aspecto serio y que, a diferencia de las otras chicas, no tiene pecho.

Jeanette le encuentra un aire familiar a esa muchacha de rostro serio.

También la sorprende su aspecto banal: no es en absoluto como la imaginaba. El hecho de que no esté maquillada le da una tez casi gris, comparada con las otras muchachas de la foto que parecen haber hecho grandes esfuerzos para ofrecer su mejor aspecto. Es la única que no sonríe.

Jeanette abre el anuario del año siguiente y localiza a Victoria Bergman en la lista de las ausentes. Lo mismo en el del último curso.

Jeanette se dice que ya en esa época Victoria Bergman estaba dotada para el camuflaje. Retoma el primer anuario y contempla la foto de nuevo.

La foto tiene casi veinticinco años y sin duda es inutilizable para una eventual identificación.

¿O no?

A pesar de todo, ve algo en esa mirada. Una expresión huidiza.

Jeanette Kihlberg está profundamente absorta en la fotografía y se sobresalta cuando suena el teléfono.

El fiscal Kenneth von Kwist se presenta con su voz más obsequiosa, y eso ya irrita de entrada a Jeanette.

—Ah, es usted. ¿Qué quiere?

Von Kwist se aclara la voz.

—No sea tan arisca. Tengo algo para usted que le gustará. Procure estar sola dentro de diez minutos en su despacho y vigile el fax.

—¿El fax?

Inmediatamente en guardia, no comprende adónde pretende ir a parar el fiscal.

—Pronto recibirá información confidencial –continúa–. El fax que le llegará es un documento procedente del tribunal de Nacka, fechado en otoño de 1988, y, aparte de mí, será la única que lo habrá visto desde entonces. Supongo que sabe de qué se trata.

Jeanette se queda muda.

—Comprendo –acaba diciendo–. Puede contar conmigo.

—Perfecto. Haga buen uso de él y buena suerte. Confío en usted para que esto sea confidencial.

Un momento, piensa ella. Es una trampa.

—Espere, no cuelgue. ¿Por qué hace esto?

—Digamos que... –reflexiona un momento y se aclara de nuevo la voz– es mi forma de disculparme por haber tenido que ponerle palos en las ruedas en el pasado. Quería que me perdonara y, como a buen seguro sabe, tengo contactos.

Jeanette sigue sin saber qué pensar. Se está disculpando, pero, como siempre, parece muy pagado de sí mismo.

Cuando cuelgan, se repantiga en su sillón y observa de nuevo el anuario escolar. Victoria Bergman sigue teniendo esa mirada huidiza, y Jeanette no logra saber si solo es víctima de una broma malintencionada.

Llaman y entra Hurtig, con el pelo mojado y la chaqueta empapada.

—Perdona la tardanza. ¡Qué mierda de tiempo hace!

El fax parece que no va a parar de escupir papel. Jeanette recoge las hojas del suelo a medida que van saliendo. Cuando la máquina calla por fin, las apila sobre su mesa.

En septiembre de 1988, la agencia médico-forense consignó en su informe que Victoria Bergman había sufrido graves agresiones sexuales antes de alcanzar su desarrollo físico completo, y por ello el tribunal de Nacka consintió que se le atribuyera una identidad protegida.

La frialdad de la jerga jurídica desagrada a Jeanette. ¿Qué quiere decir desarrollo físico completo?

Encuentra la explicación más adelante. Según la agencia médico-forense, la muchacha, Victoria Bergman, fue sometida a graves agresiones sexuales desde los cero a los catorce años. Un ginecólogo y un forense llevaron a cabo un examen exhaustivo del cuerpo de Victoria Bergman y constataron serios estragos.

Sí, esa era la expresión utilizada. Serios estragos.

La identidad del autor de esas agresiones no pudo establecerse.

Jeanette está estupefacta. Esa niña delgada, rubia, seria y de mirada huidiza había elegido no denunciar a su padre.

Piensa en las otras denuncias contra Bengt Bergman de las que tiene conocimiento. Dos niños eritreos víctimas de latigazos y de agresión sexual, y aquella prostituta maltratada, azotada con un cinturón y sodomizada con un objeto.

El segundo informe, de la policía de Estocolmo, afirma que los interrogatorios permitieron establecer que la candidata, Victoria Bergman, había sufrido agresiones al menos desde los cinco o seis años de edad.

Sí, y de antes uno no se acuerda, ¿verdad?, piensa Jeanette.

Siempre es difícil estimar la credibilidad de semejante testimonio. Pero si las agresiones comenzaron cuando era muy pequeña, cabe suponer que ya se trataba de abusos sexuales.

Joder, tiene que mostrar esos documentos a Sofia Zetterlund, a pesar de su promesa a Von Kwist. Sofia debería poderle explicar en qué se convierte desde un punto de vista psíquico una niña maltratada de esa manera.

El policía responsable estimaba finalmente que las amenazas que se cernían sobre la candidata eran de una naturaleza lo suficientemente grave como para justificar la atribución de una identidad protegida.

Por ese lado, tampoco habían podido establecer la autoría de las agresiones.

Jeanette comprende que debe ponerse inmediatamente en contacto con los responsables de la investigación en su momento. Por supuesto, tuvo lugar veinte años atrás, pero con un poco de suerte las personas en cuestión seguirían en servicio.

Jeanette se aproxima a la pequeña ventana entreabierta. Enciende un cigarrillo y aspira una calada.

Si alguien se queja del olor a tabaco, le obligará a leer esos informes. Y luego le ofrecerá el paquete de cigarrillos antes de dirigirle a la ventana.

De nuevo ante su mesa, comienza a leer el informe del departamento de psiquiatría del hospital de Nacka. El contenido es más o menos idéntico al de los otros documentos: la solicitud debe ser aprobada, a la vista de los resultados de una cincuentena de entrevistas terapéuticas concernientes por una parte a los abusos sexuales sufridos antes de cumplir catorce años y, por otra, a los abusos sufridos después.

Cerdo asqueroso, piensa Jeanette. Lástima que estés muerto.

Hurtig regresa con los cafés. Jeanette le pide que lea la resolución del tribunal desde el principio, y por su parte ella se pone a leer el expediente de la solicitud.

Apila el fajo de papeles y echa un vistazo a la última página, movida por la curiosidad de saber el nombre del policía que en su momento se ocupó del caso.

Al ver los nombres de los firmantes que recomendaron que se le ofreciera una identidad protegida a Victoria Bergman, a punto está de atragantarse con el café.

Al pie del documento hay tres firmas:

Hans Sjöquist, forense
Lars Mikkelsen, inspector de policía
Sofia Zetterlund, psicóloga

Vita Bergen–Apartamento de Sofia Zetterlund

Podría haber sido de otra manera.

El linóleo frío se pega al hombro desnudo de Sofia Zetterlund. Afuera es de noche.

Las luces de los faros en el techo, y el rumor seco del follaje otoñal del parque vecino.

Tendida en el suelo de la cocina, al lado de dos bolsas de basura que contienen restos de comida y vómito, mira fijamente el frigorífico. La ventilación de la cocina y la ventana entreabierta de la sala crean una corriente de aire que agita los papeles pegados a la puerta de la nevera. Entornando los ojos, parecen alas de insectos asustados contra una mosquitera.

Al lado de ella, una mesa de fiesta, cubierta ahora de platos y cubiertos sucios.

Naturaleza muerta.

De las velas encendidas solo queda la parafina derretida.

Sofia sabe que al día siguiente no se acordará de nada.

Como aquella vez que dio con aquel claro cerca del lago, en Dala-Floda, donde el tiempo estaba suspendido, y luego pasó semanas tratando de volver a encontrarlo. Desde su más tierna infancia ha vivido con agujeros de memoria.

Piensa en Gröna Lund y en lo que ocurrió la noche en que Johan desapareció. Las imágenes tratan de aferrarse a ella.

Sofia cierra los ojos y mira dentro de sí misma.

Johan estaba sentado a su lado en la góndola de la Caída Libre, Jeanette les contemplaba, al otro lado de la valla. Luego se elevaron lentamente, metro a metro.

A medio camino tuvo miedo y, pasados los cincuenta metros, el vértigo se apoderó de ella. Lo irracional había surgido de la nada.

No se atrevía a moverse, ni siquiera a respirar. Pero Johan se reía y balanceaba las piernas. Le pidió que parara, pero él se echó a reír y continuó.

Sofia recuerda que se imaginó que los tornillos que fijaban la góndola iban a ceder bajo la carga anormalmente pesada. Iban a estrellarse contra el suelo.

La góndola se columpiaba, le suplicó que parara, pero no le hizo caso. Arrogante y altivo respondió a sus súplicas balanceando las piernas con más ímpetu.

Y de repente allí estaba Victoria.

Su miedo desapareció, tenía las ideas más claras, se calmó.

Luego de nuevo la oscuridad.

Estaba tumbada de costado. La gravilla se había clavado en su abrigo y su jersey y le había arañado la cadera a través del tejido.

Un olor que reconocía. Una mano fresca sobre su frente ardiente.

Entornó los ojos y, detrás del muro de piernas y zapatos, vio un banco, y cerca del banco se vio a sí misma, de espaldas.

Sí, era eso. Había visto a Victoria Bergman.

¿Había tenido una alucinación?

No lo soñó. Se vio a sí misma. Su cabello rubio, su abrigo y su bolso.

Era ella. Era Victoria.

Tumbada en el suelo, se vio veinte metros más allá.

Victoria se acercó a Johan y lo tomó del brazo.

Trató de gritar a Johan que tuviera cuidado, pero de su boca no surgió sonido alguno.

Siente una opresión en el pecho, tiene la sensación de estar ahogándose. Es un ataque de pánico, se dice tratando de respirar más lentamente.

Sofia Zetterlund recuerda haberse visto a sí misma ponerle una máscara rosa a Johan.

Está tendida en el suelo de su cocina en la calle Borgmästargatan y sabe que, al cabo de doce horas, no tendrá el menor recuerdo de haber estado tendida en el suelo de su cocina en la calle Borgmästargatan y haber pensado que se despertaría al cabo de doce horas para ir a trabajar.

Pero entonces Sofia Zetterlund comprende que tiene una hija en Dinamarca.

Una hija que se llama Madeleine.

Y entonces recuerda que una vez trató de encontrarla.

Pero Sofia Zetterlund no sabe si se acordará de eso al día siguiente.

Dinamarca, 1988

Podría haber estado bien.
Podría haber sido bueno.

Victoria no sabe si está en el lugar correcto, se siente confusa y decide dar la vuelta a la manzana para aclarar sus ideas.

Se ha guiado por un apellido y sabe que la familia vive en Hellerup, uno de los barrios más selectos de Copenhague, lleno de grandes casas independientes. El hombre es director general de una fábrica de juguetes y vive con su esposa en la avenida Duntzfelt.

Victoria saca su walkman y pone en marcha la cinta. Un nuevo álbum de Joy Division. Mientras camina junto a los senderos de acceso a las casas, oye a través de los auriculares la pulsación monótona de «Incubation».

Incubación. Empollar, hacer eclosión. Los polluelos robados.

Ella había sido una incubadora.

Todo lo que sabe es que quiere ver a su hija. ¿Y luego?

A la mierda, qué más da si todo se tuerce, se dice al tomar a la izquierda en la calle paralela, otra avenida bordeada de árboles.

Se sienta sobre un armario de suministro eléctrico, al lado de un cubo de la basura, enciende un cigarrillo y decide esperar a que acabe la cinta.

«She's Lost Control», «Dead Souls», «Love Will Tear Us Apart». La casete cambia de cara automáticamente: «No Love Lost», «Failures»...

La gente pasa por delante de ella y se pregunta por qué la miran de esa manera.

Frente a la mansión familiar, ve una gran placa de latón en el muro de piedra junto a la verja: es la dirección correcta.

El señor y la señora Silfverberg y su hija Madeleine.

¿Así es como se llama?

Sonríe. Qué ridículo. Victoria y Madeleine, como las princesas de Suecia.

Se asegura de que nadie la vea, se encarama al muro y salta al otro lado. En la planta baja hay luz y los dos pisos superiores están a oscuras. La puerta del balcón del segundo piso está abierta.

Una tubería le sirve de escalera y entreabre la puerta.

Un despacho lleno de libros. En el suelo, una gran alfombra.

Se descalza y se dirige de puntillas hasta un amplio pasillo. A la derecha, dos puertas, y tres a la izquierda, una de ellas abierta. En el extremo del pasillo, una escalera que conduce a los otros pisos. De abajo llega el sonido de un partido de fútbol en la televisión.

Mira por la puerta abierta. Otro despacho, con una mesa y estanterías llenas de juguetes. No examina las otras habitaciones porque ¿quién iba a dejar a un recién nacido detrás de una puerta cerrada?

Se dirige de puntillas hacia la escalera y empieza a bajar. Gira en U. Se detiene en el rellano intermedio, desde donde ve abajo una gran sala enlosada y, al fondo, una puerta cerrada, sin duda la salida.

En el techo, una enorme lámpara de cristal y, contra la pared de la izquierda, un cochecito con la capota alzada.

Actúa por instinto. Sin pensar en las consecuencias, solo en el momento presente, aquí y ahora.

Victoria baja las escaleras y deja sus zapatos en el último peldaño. Ya no trata de ser discreta. El sonido de la televisión está tan alto que puede oír al locutor.

«Semifinal, Italia contra la Unión Soviética, cero a cero, Neckarstadion, Stuttgart».

Al lado del cochecito, una doble puerta acristalada abierta. Allí, el señor y la señora Silfverberg están viendo la televisión. En el cochecito, su hija.

Incubación. Incubadora.

Ella no es un ave rapaz, solo recupera lo que es suyo.

Victoria se aproxima al cochecito y se inclina sobre la criatura. Su rostro está sereno, pero no la reconoce. En el hospital de Ålborg, la niña era diferente. Su cabello era más oscuro, su rostro más delgado y los labios más finos. Ahora parece un querubín.

El bebé duerme y siguen cero a cero en el Neckarstadion de Stuttgart.

Victoria aparta la mantita. Su bebé lleva un pijama azul, tiene los brazos doblados y los puños descansan firmemente sobre sus hombros.

Victoria la toma en brazos. El sonido de la televisión aumenta y eso la tranquiliza. La niña sigue durmiendo, calentita contra su hombro.

El volumen aumenta y del salón sale una maldición.

Uno a cero para la Unión Soviética en el Neckarstadion de Stuttgart.

Levanta al bebé delante de ella. La niña se ha vuelto más lisa y también más pálida. Su cabeza parece casi un huevo.

De repente, Per-Ola Silfverberg aparece de pie ante ella y, durante unos segundos, ella lo observa en silencio.

No lo puede creer.

El sueco.

Gafas, cabello rubio muy corto. Una camisa de lujo como las que llevan los banqueros. Siempre lo ha visto en ropa de trabajo sucia, y nunca con gafas.

Ve en ellas su propio reflejo. Su bebé reposa contra su hombro en las gafas del sueco.

Parece un idiota, con la cara pálida, relajada, sin expresión.

—¡Ánimo, soviéticos! —dice ella, acunando al bebé en sus brazos.

El color le vuelve al hombre a la cara.

—¡Joder! ¿Qué haces aquí?

Retrocede cuando él da un paso hacia ella tendiendo los brazos hacia el bebé.

Incubación. Tiempo entre la contaminación y la aparición de la enfermedad. Pero también el tiempo de empollar. La espera de la eclosión. ¿Cómo la misma palabra puede designar a la vez la espera de un nacimiento y la de una enfermedad? ¿Es lo mismo?

El ataque del sueco le hace soltar al bebé.

La cabeza es más pesada que el resto del cuerpo: ve a la niña dar media vuelta al caer hacia las losas de piedra.

La cabeza es como un huevo que estalla.

La camisa de lujo se agita hacia todos los lados. Se le suma un vestido negro y un teléfono móvil. La mujer es presa de un ataque de pánico y Victoria se ríe porque ya nadie le presta atención.

«Litovchenko, uno a cero», recuerda la televisión.

Repiten la jugada varias veces a cámara lenta.

—¡Ánimo, soviéticos! —repite dejándose resbalar contra la pared.

El bebé es un extraño, y decide no preocuparse más por él.

A partir de ese momento ya no es más que un huevo con un pijama azul.

Barrio de Kronoberg—Central de Policía

Joder, menudo lío, piensa Jeanette Kihlberg mientras una desagradable sensación le invade el cuerpo.

Que Lars Mikkelsen apareciera tiempo atrás en una investigación relativa a Victoria Bergman no es raro, pero que llegara a la conclusión de que ella necesitaba una identidad protegida resulta curioso, dado que no se dictó ninguna condena.

Pero lo más extraño es que una psicóloga llamada Sofia Zetterlund hubiera redactado el informe psiquiátrico. Era absolutamente imposible que se tratara de su Sofia, pues en esa época no tenía ni veinte años.

A Hurtig parece hacerle gracia.

—Extraña casualidad… ¡Llámala ahora mismo!

Es casi demasiado extraño, piensa Jeanette.

—Voy a llamar a Sofia y tú llama a Mikkelsen. Dile que venga a vernos, si es posible hoy mismo.

Cuando Hurtig se marcha, marca el número de Sofia. No contesta en su número privado y en la consulta su secretaria le dice que Sofia está enferma.

Sofia Zetterlund, piensa. ¿Qué probabilidad hay de que la psicóloga de Victoria Bergman en los años ochenta se llame igual que la Sofia a la que conoce y que también es psicóloga?

Una búsqueda en el ordenador la informa de que en Suecia hay quince Sofia Zetterlund. Dos de ellas son psicólogas, y las dos domiciliadas en Estocolmo. Una es su Sofia y la otra, jubilada desde hace varios años, vive en una residencia de Midsommarkransen.

Debe de ser ella, piensa Jeanette.

Parece todo preparado. Como si alguien se burlara de ella y lo hubiera maquinado. Jeanette no cree en el azar, cree en la lógica, y la lógica le dice que hay una relación. Solo que es incapaz de verla.

De nuevo el holismo. Los detalles parecen increíbles, incomprensibles. Pero siempre hay una explicación natural. Un contexto lógico.

Hurtig aparece en el umbral de la puerta.

—Mikkelsen está aquí. Te espera en la máquina de café. ¿Cómo hacemos con Hannah Östlund y Jessica Friberg? Åhlund acaba de informarme de que las dos son solteras y viven en la misma zona residencial. Las dos son juristas de la administración local del mismo municipio de los suburbios del oeste.

—Dos mujeres que han quedado unidas de por vida —dice Jeanette—. Sigue buscando. Mira si el seguimiento telefónico ha dado algún resultado y envía a Schwarz a investigar los archivos y los periódicos locales. Esperaremos un poco antes de ir a verlas. No quiero meter la pata y necesitamos más material. De momento, Victoria Bergman es más interesante.

—¿Y Madeleine Silfverberg?

—Las autoridades francesas no tienen gran cosa que decirnos. Todo lo que tenemos es una dirección en Provenza y de momento no contamos con medios para ir hasta allí. Pero habrá que dar ese paso si lo demás no da resultados.

Hurtig asiente con la cabeza, salen del despacho y Jeanette va al encuentro de Mikkelsen en la máquina de café. Sostiene dos vasitos en las manos y le sonríe.

Jeanette toma uno de los vasos.

—Qué bien que hayas podido venir. ¿Vamos a mi despacho?

Lars Mikkelsen se queda casi una hora. Le cuenta que le confiaron el caso de Victoria Bergman cuando aún no tenía experiencia.

Adentrarse en la historia de Victoria Bergman fue agotador, pero también le confirmó que había acertado en su elección profesional.

—Recibimos una media de novecientas denuncias de abusos sexuales al año. —Mikkelsen suspira y aplasta su vaso vacío—. En el ochenta por ciento de los casos, el agresor es un hombre, a menudo alguien a quien la víctima conoce.

—¿Ocurre a menudo?

—En los años noventa, una amplia investigación sobre las chicas de diecisiete años puso en evidencia que una de cada ocho había sufrido abusos.

Jeanette calcula rápidamente.

—Eso significa que en una clase normal por lo menos hay una, incluso dos niñas que guardan un secreto siniestro.

Piensa en las niñas de la clase de Johan y se dice que probablemente él conozca a una que sufre abusos sexuales.

—Sí, eso es. Entre los chicos, se estima que las víctimas son uno de cada veinticinco.

Se quedan un momento en silencio considerando esa funesta estadística.

Jeanette retoma la palabra.

—¿Así que tuviste que ocuparte de Victoria?

—Sí, una psicóloga del hospital de Nacka se puso en contacto conmigo, preocupada por una de sus pacientes. Pero no recuerdo cómo se llamaba.

—Sofia Zetterlund —apunta Jeanette.

—Sí, me suena. Debía de llamarse así.

—La psicóloga con la que estabas en contacto en el caso de Karl Lundström también se llamaba así.

—Sí... Ahora que lo dices... —Mikkelsen se frota el mentón—. Sí, es curioso, pero solo hablé con ella una o dos veces por teléfono y me cuesta retener los nombres.

—Y no es más que otra coincidencia en este caso. —Jeanette pasa la mano sobre las carpetas que se apilan en su mesa—. Esto empieza a complicarse. Sin embargo, sé que todo está relacionado de una manera o de otra. Y por todas partes aparece el nombre de Victoria Bergman. ¿Qué pasó exactamente?

Mikkelsen reflexiona.

—Me llamó Sofia Zetterlund, quien después de varias entrevistas con esa chica había llegado a la conclusión de que necesitaba un cambio radical en su vida. Había que tomar medidas drásticas.

—¿Como una identidad protegida? Pero ¿de quién había que protegerla?

—De su padre. —Mikkelsen respira profundamente y prosigue—: Recuerda que los abusos empezaron cuando ella era muy pequeña, a principios de los años setenta, y la legislación entonces era muy diferente. En esa época eso se denominaba «conducta sexual indebida con descendientes», y la ley no fue modificada hasta 1984.

—En mis documentos no se menciona ninguna condena ¿Por qué no denunció a su padre?

—Simplemente ella se negó. Tuve varias conversaciones sobre esa cuestión con la psicóloga, en vano. Victoria decía que si presentábamos denuncia en su lugar lo negaría todo. Lo único que teníamos era el informe pericial de sus secuelas físicas. El resto no eran más que indicios, y en aquellos tiempos no servían como prueba. Hoy se enfrentaría a una pena de entre cuatro y cinco años de cárcel. Y a unos daños y perjuicios de, pongamos, medio millón.

—Vamos, que se ha ganado el dinero. —Tal vez suene irónico, pero Jeanette no tiene valor para explicarse. Mikkelsen debe comprender lo que quiere decir—. ¿Y qué hicisteis?

—La psicóloga Sofia Zetterberg...

—Zetterlund —corrige Jeanette, constatando que Mikkelsen no ha exagerado su dificultad de retención de los nombres.

—Sí, eso es. Consideraba muy importante que se separara a Victoria de su padre y pudiera comenzar de cero en otro lugar, bajo un nuevo nombre.

—¿E hicisteis los trámites?

—Sí, con la ayuda del forense Hasse Sjöquist.

—Lo he visto en el expediente. ¿Cómo era hablar con Victoria Bergman?

—A la larga, nos hicimos muy allegados y desarrolló una cierta confianza.

Jeanette observa a Mikkelsen y comprende por qué Victoria pudo sentirse segura a su lado. Como el hermano mayor que te protege cuando los otros niños te molestan. A veces ella también siente algo semejante. La voluntad de hacer que la vida sea un poco mejor, aunque solo sea en su pequeño mundo.

—¿Y conseguisteis una nueva identidad para Victoria Bergman?

—Sí. El tribunal de Nacka atendió nuestras recomendaciones y decidió considerarlo un caso confidencial. Así es el procedimiento, y no tengo ni idea de cómo se llama hoy, ni dónde vive, pero espero que esté bien. Aunque debo confesar que lo dudo. —Mikkelsen parece muy serio.

—Tengo un problema muy gordo: Victoria Bergman es sin duda la persona que estoy buscando.

Mikkelsen mira a Jeanette sin comprender.

Le resume las conclusiones a las que Hurtig y ella han llegado, insistiendo en la urgencia de localizar a Victoria Bergman. Como mínimo para descartarla.

Jeanette mira la hora: son casi las cinco, y la Sofia Zetterlund de más edad tendrá que esperar al día siguiente. Primero quiere hablar con su Sofia.

Recoge sus cosas y va a buscar su coche para regresar a casa. Marca el número, sostiene el teléfono contra su hombro y da marcha atrás.

Nadie responde.

Victoria Bergman, Vita Bergen

Podría haber sido de otra manera. Podría haber estado bien.
Podría haber sido bueno.
Si él hubiera sido diferente. Si él se hubiera comportado bien.

Sofia está sentada en el suelo de la cocina.
Murmura sola balanceándose hacia delante y hacia atrás.
—Yo soy el camino, la verdad y la vida. Nadie llega al Padre sin pasar por mí.
Al ver la puerta del frigorífico cubierta de notas y artículos recortados de periódicos, se echa a reír. Escupe perdigones.
Conoce el fenómeno psíquico de *l'homme du petit papier*.
La manía de anotarlo todo.
Llenar sus bolsillos de notas arrugadas y de artículos de prensa interesantes.
Tener siempre a mano un cuaderno.

Amigo asocial.
Unsocial mate.
Solace Aim Nut.

En Sierra Leona hizo una nueva amiga. Una amiga asocial a la que bautizó Solace Aim Nut.
Un anagrama de *unsocial mate*.
Era un juego de palabras, pero un juego muy serio. Crear personajes imaginarios que podían tomar el relevo cuando las exigencias de su padre eran demasiado para Victoria era una estrategia de supervivencia.
Volcó su culpabilidad en esas personalidades.
Se tomaba cualquier mirada, cualquier reprobación o cualquier gesto sobreentendido como una acusación de indignidad.
Siempre estuvo sucia.
—Si confesamos nuestros pecados, Él es fiel y justo para perdonarnos los pecados y para limpiarnos de toda maldad.
Perdida en su laberinto interior, derrama un poco de vino sobre la mesa.
—Él fortalece al cansado y acrecienta las fuerzas del débil.
Se sirve otra copa de vino y la vacía antes de entrar en el baño.
—Vosotros, los que ponéis la mesa para la Fortuna y suministráis libaciones para el Destino, yo también os destinaré a la espada y todos vosotros os arrodillaréis para ser degollados.
Fuego hambriento, piensa.
Si el fuego hambriento se apaga, es la muerte.
Escucha lo que ruge en ella, la sangre que arde en sus venas. El fuego acabará apagándose y el corazón carbonizado será entonces una gran mancha negra.
Se sirve más vino, se lava la cara, bebe entre hipidos, pero se obliga a acabar la copa, se sienta en la taza del váter, se limpia con una toallita, se levanta y se maquilla.
Al acabar, se mira.

Tiene buen aspecto.

Dará el pego.

Sabe que acomodada en la barra con aire de estar aburrida nunca tiene que esperar mucho.

Lo ha hecho muchas veces.

Casi todas las noches.

Durante varios años.

El sentimiento de culpabilidad la ha consolado porque en la culpabilidad está segura de sí misma. Se ha anestesiado antes de ir a buscar una confirmación entre unos hombres que solo se ven a sí mismos y por lo tanto no pueden confirmar nada. La vergüenza se convierte en liberación.

Pero no quiere que vean más que la superficie. Nunca dentro de ella.

Por eso a veces su ropa está sucia y desgarrada, con manchas de hierba después de haberse tendido de espaldas en un parque.

Sabe que ese instante será al día siguiente un agujero en su memoria.

Se pelearán para ver quién la invita a la copa más cara. Como moscas sobre un terrón de azúcar. El vencedor recibirá una leve caricia en la palma de la mano y, después de la tercera copa, le restregará el muslo en la entrepierna. Es real y su sonrisa siempre sincera.

Sabe lo que quiere que le hagan y siempre lo pide claramente.

Pero para poder sonreír necesita aún más vino, piensa bebiendo un trago de la botella.

Siente que llora, pero es solo su mejilla mojada, y enjuga cuidadosamente el líquido con la yema del pulgar. No quiere estropear la apariencia.

De repente le suena el teléfono en el bolsillo de su chaqueta y titubea hasta la entrada.

Es Jeanette, pulsa RECHAZAR y acto seguido apaga el móvil. Va a la sala y se deja caer pesadamente en el sofá. Empieza a hojear una revista sobre la mesa baja, hasta las páginas centrales.

Tanto tiempo pasado y, sin embargo, sigue siendo la misma vida, con las mismas necesidades.

La foto de colores vivos de una torre octogonal.

Entorna los ojos en su ebriedad y fija la mirada: es una pagoda junto a un templo budista. Es un artículo sobre un viaje a Wuhan, la capital de la provincia de Hubei, en la orilla oriental del Yangtsé.

«Wuhan».

Al lado, un reportaje sobre Gao Xingjian, premio Nobel de Literatura, y, en grande, una foto de su novela *El libro de un hombre solo*.

«Gao».

Deja la revista y se acerca a la estantería.

Saca cuidadosamente el libro de maltrecha cubierta de piel.

Ocho tratados sobre el arte de vivir, de Gao Lian, 1591.

Ve el dispositivo que mantiene la estantería cerrada.

«Gao Lian».

«Gao Lian, de Wuhan».

Primero titubea, luego abre el pestillo y, con un imperceptible chirrido, la puerta se abre.

Bella vita, Victoria Bergman, Vita Bergen– Apartamento de Sofia Zetterlund

Bella vita. *Bella vida.*
Podría haber sido de otra manera. Podría haber estado bien.
Podría haber sido bueno.
Si él hubiera sido diferente. Si él se hubiera comportado bien.
Si hubiera sido bueno.

Hay dibujos por todas partes. Cientos, quizá miles de dibujos infantiles, ingenuos, esparcidos por el suelo o pegados en las paredes.

Todos muy detallistas, pero realizados por un niño.

Ve la casa de Grisslinge, antes y después del incendio, y eso de ahí es la granja de Dala-Floda.

Un pájaro en su nido con sus polluelos. Antes y después de los bastonazos de Victoria.

Una niña junto a un faro. Madeleine, la hijita que le robaron.

Recuerda la tarde en que le dijo a Bengt que estaba embarazada.

Bengt se levantó de golpe de su sillón, aterrorizado. Se precipitó sobre ella gritándole:

—¡Levántate!

Luego la cogió del brazo y la arrancó del sofá.

—¡Salta, joder!

Estaban cara a cara y él le echaba el aliento a la nariz. Olía a ajo.

—¡Salta! —repitió.

Recuerda que negó con la cabeza. Nunca, pensó. Nunca me harás hacer eso.

Recuerda que él también lloraba cuando volvió a sentarse en su sillón dándole la espalda.

Mira en derredor en la habitación que le ha servido de refugio. Entre todos los dibujos y los papeles pegados en las paredes ve un artículo sobre los niños chinos que llegan al aeropuerto de Arlanda con pasaporte falso, un móvil y cincuenta dólares. Y luego desaparecen. Cientos, cada año.

Un destacado sobre el sistema del *hukou*.

En un rincón, la bicicleta estática que ella misma ha utilizado, pedaleando durante horas y luego untándose de aceites perfumados.

Recuerda cómo Bengt tiró de su muñeca con fuerza.

—¡Súbete a la mesa! —sollozó sin mirarla—. ¡Súbete a la mesa, coño!

Como si habitara otro cuerpo. Acabó subiéndose a la mesa, ante él.

—Salta...

Saltó. Se subió de nuevo a la mesa para volver a saltar. Una y otra vez.

Ella siguió saltando, como en trance, hasta que la pequeña africana bajó la escalera. Llevaba la máscara. Su rostro era frío e inexpresivo. Unas órbitas negras, vacías, sin nada detrás.

No está muerta, piensa Sofia.

Madeleine vive.

Residencia El Girasol

Al día siguiente, Jeanette va directamente a Midsommarkransen a visitar a Sofia Zetterlund, la anciana. Acaba encontrando dónde aparcar cerca de la boca del metro y apaga el motor de su viejo Audi.

La residencia donde Sofia Zetterlund está empadronada es uno de los edificios amarillos de estilo funcional cerca del parque de Svandamm.

A Jeanette siempre le han gustado los barrios de Aspudden y Midsommarkransen, edificados en los años treinta, como pueblecitos dentro de la ciudad. Seguramente es un bonito lugar para pasar los últimos años de la vida.

Pero también sabe que ese lugar idílico se resquebraja. Hasta hace solo unos años, una banda de gamberros motorizados, los Bandidos, tenía su cuartel general a una manzana de allí.

Antes de entrar, se fuma un cigarrillo pensando en la Sofia Zetterlund joven.

¿Vuelve a fumar tanto por culpa de Sofia? Fuma casi un paquete diario y en varias ocasiones se ha escondido de Johan, como una adolescente que fuma en secreto. Pero la nicotina la ayuda a pensar más claramente. Más libremente, más rápidamente. Y ahora piensa en Sofia Zetterlund, la Sofia de la que puede que esté enamorada.

¿O es un sentimiento temporal, igual que la obsesión adolescente después de un beso? ¿Un capricho pasajero? De todas formas, ¿qué es realmente estar enamorado?

Habló de ello una vez con Sofia y le descubrió una manera nueva de considerar la cuestión. Para Sofia el amor no es algo misterioso y agradable.

Sofia afirma que estar enamorado es como ser psicótico.

El objeto del amor no es más que una imagen idealizada que no corresponde a la realidad y la persona enamorada solo está enamorada del sentimiento de estar enamorada. Como un niño que atribuye a un animal doméstico características que no posee.

Apaga su cigarrillo y llama a la puerta de la residencia El Girasol. Ahora para hablar con la Sofia anciana.

Tras una breve conversación con la directora, la conducen a la sala común.

En el otro extremo de la sala, junto a la puerta del balcón, una mujer en silla de ruedas mira fijamente al exterior.

Es muy delgada, con un vestido azul que le cubre hasta los dedos de los pies y el cabello muy blanco hasta la cintura. Un maquillaje chillón, azul en los ojos y con un lápiz de labios de un rojo muy vivo.

—¿Sofia? —La directora se acerca a la mujer en la silla de ruedas y le pone una mano sobre el hombro—. Tienes visita. Es Jeanette Kihlberg, de la policía de Estocolmo, que quiere hablar contigo de una antigua paciente.

—Se dice cliente.

La respuesta de la anciana es rápida y tiene un deje de desprecio.

Jeanette toma una silla y se sienta al lado de Sofia Zetterlund.

Se presenta y le expone la situación, pero la anciana ni siquiera la mira.

—He venido para hacerle unas preguntas acerca de una de sus antiguas clientes. Una joven a la que conoció hace veinte años.

No hay respuesta.

La mujer mira algo en el exterior. Sus ojos parecen nublados.

Sufre sin duda cataratas, se dice Jeanette. ¿Quizá sea ciega?

—La chica tenía diecisiete años cuando la trató —prueba Jeanette—. Se llamaba Victoria Bergman. ¿Ese nombre le dice algo?

La mujer vuelve por fin la cabeza y Jeanette discierne una sonrisa en el rostro avejentado. Parece dulcificarse un poco.

—Victoria. Claro que la recuerdo.

Uf. Jeanette decide ir directa al grano y aproxima un poco su silla.

—Tengo aquí una foto de Victoria. No sé si ve usted bien, pero ¿cree que puede identificarla?

Amplia sonrisa de Sofia.

—Eso no. Estoy ciega desde hace dos años. Pero puedo describirla. Cabello rubio, ojos azules. Tenía una sonrisa forzada y una mirada intensa, presente.

Jeanette observa la foto de la joven seria del anuario escolar. La apariencia corresponde a la descripción.

—¿Qué fue de ella después del tratamiento?

Sofia se ríe de nuevo.

—¿De quién?

Jeanette comienza a inquietarse.

—Victoria Bergman. —El rostro de Sofia recobra la expresión ausente y, al cabo de unos minutos, Jeanette repite la pregunta.

Sofia vuelve a sonreír ampliamente.

—¿Victoria? Sí, me acuerdo de ella. —Luego su sonrisa se extingue y la anciana se pasa la mano por la mejilla—. ¿Está bien mi pintalabios? ¿No se ha corrido?

—No, no, está bien —responde Jeanette. Está claro que Sofia Zetterlund tiene problemas de memoria inmediata. Alzheimer, probablemente.

—Victoria Bergman —repite Sofia—. Una historia singular. Huele usted a tabaco... ¿me invita a un cigarrillo?

Jeanette está un poco desconcertada ante el giro que toma la conversación. A Sofia Zetterlund seguramente le cuesta seguir el hilo de una conversación en curso, pero eso no quiere decir que su memoria lejana ya no funcione.

—Desgraciadamente, aquí está prohibido fumar —dice Jeanette.

Probablemente la respuesta de Sofia no sea del todo cierta.

—¡Ya lo sé, pero en mi habitación no! Lléveme allí y nos fumaremos uno.

Jeanette se levanta y hace girar despacio la silla de Sofia.

—De acuerdo, vamos a su habitación. ¿Dónde está?

—La última puerta del pasillo a la derecha.

Con un gesto de la cabeza, Jeanette indica a la directora que se retiran un momento.

Una vez en el dormitorio, Sofia insiste en acomodarse en su sillón. Jeanette la ayuda a instalarse y se sienta a su vez junto a un velador cerca de la ventana.

—Y ahora, a fumar —dice Sofia.

Jeanette le ofrece el mechero y el paquete. Sofia se enciende un cigarrillo.

—Hay un cenicero en la estantería, al lado de Freud.

¿Freud? Jeanette se vuelve.

Detrás de ella, encuentra en efecto un cenicero, uno grande de cristal, al lado de una bola de nieve.

En lugar de unos niños con un trineo, un muñeco de nieve

u otra escena invernal, dentro de la esfera hay una efigie de Freud, muy serio.

Jeanette va a por el cenicero y no puede evitar agitar la bola.

Freud bajo la nieve, se dice. En cualquier caso, Sofia Zetterlund tiene sentido del humor.

Jeanette repite su pregunta.

—¿Ha vuelto a ver a Victoria Bergman desde que le concedieron una nueva identidad?

La anciana parece más espabilada con un cigarrillo en la mano.

—No, nunca. Hubo una nueva ley sobre las identidades protegidas, y ahora ya nadie sabe cómo podría llamarse en la actualidad.

De momento nada nuevo, aparte de que la memoria remota de la anciana está intacta.

—¿Tenía algún rasgo distintivo? Parece que la recuerda muy bien.

—Era una chica muy inteligente. Demasiado, para su desgracia, no sé si me entiende…

—No. ¿Qué quiere decir?

La respuesta de Sofia no tiene mucho que ver con la pregunta.

—No he vuelto a verla personalmente desde el otoño de 1988, pero diez años después recibí una carta suya.

—¿Recuerda lo que escribió?

—No a pies juntillas, claro, pero hablaba principalmente de su hija.

—¿Su hija? —La curiosidad de Jeanette se aguza.

—Sí, tuvo una hija que dejó en adopción. Era bastante discreta al respecto, pero sé que a principios del verano de 1988 fue en busca de esa niña. En esa época vivió en mi casa durante casi dos meses.

—¿Vivía en su casa?

La anciana parece de repente muy seria. Como si su piel se tensara y sus numerosas arrugas se borraran.

—Sí, tenía tendencias suicidas y era mi deber velar por ella. No habría dejado que Victoria se marchara si no hubiera comprendido que para ella era absolutamente necesario volver a ver a su hija.

—¿Y adónde fue?

Sofia Zetterlund menea la cabeza.

—Se negó a decírmelo, pero cuando regresó parecía más fuerte.

—¿Más fuerte?

—Sí, como si se hubiera librado de un peso. Pero lo que le hicieron en Dinamarca estuvo mal. No hay derecho a tratar a la gente así.

Estocolmo, 1988

Si hubiera sido bueno.

«¡Habéis muerto por mí!», escribe Victoria en la parte inferior de la postal que echa al correo en la estación central de Estocolmo. Es una foto de los reyes: Carlos XVI Gustavo está sentado en un sillón dorado, y la reina, de pie a su lado, sonríe haciendo gala del orgullo que siente por su marido, sumisa, y de su fiel obediencia a su pareja.

Exactamente como mamá, se dice al bajar al metro.

A Victoria la sonrisa de la reina Silvia le recuerda la del Joker, con su boca roja de oreja a oreja. Recuerda haber oído que en privado el rey era un cerdo y que, cuando en sus discursos no confundía a los habitantes de Arboga con los de Örebro, se divertía provocando a la reina para humillarla.

Es la noche de San Juan y, por lo tanto, es viernes. Victoria se pregunta cómo esa tradición, ligada al solsticio de verano, cae ahora siempre el tercer viernes de junio, independientemente de la posición del sol.

Sois esclavos, piensa contemplando con desprecio a los pasajeros borrachos que se suben al vagón con sus pesadas bolsas de provisiones. Unos sirvientes obedientes. Sonámbulos. Por su parte, no tiene nada que celebrar. Solo va de camino a casa de Sofia en Tyresö.

Ha hecho bien regresando a Copenhague, así ahora sabe que no le importa.

Si el bebé se hubiera muerto, hubiese sido igual.

Pero no murió cuando lo dejó caer.

No recuerda muy bien lo que ocurrió cuando llegó la ambulancia, pero la criatura no murió, lo sabe.

El huevo se había resquebrajado pero no echado a perder, y no se presentó denuncia a la policía.

La dejaron que se marchara.

Y sabe muy bien el porqué.

Pasado el casco antiguo, mientras el metro atraviesa la bahía de Riddarfjärden, contempla los ferris que unen la ciudad con Djurgården y, más allá, las montañas rusas de Gröna Lund, diciéndose que hace tres años que no ha ido a una feria. No ha vuelto nunca desde la desaparición de Martin. No sabe realmente qué le ocurrió, pero cree que se cayó al agua.

Al cruzar el portal, se encuentra a Sofia en su tumbona delante de la casita roja y blanca. Está sentada a la sombra de un cerezo y, al acercarse, Victoria ve que la anciana duerme. Su cabello rubio, casi blanco, le cae como un chal sobre los hombros y se ha maquillado. Tiene los labios rojos y se ha pintado de azul los ojos.

Hace fresco, Victoria cubre a Sofia con la manta que tiene a los pies.

Entra en la casa y, después de buscar un momento, encuentra el bolso de Sofía. En el bolsillo exterior, un billetero de piel gastada. Ve tres billetes de cien y decide dejar uno. Dobla los otros dos y se los guarda en el bolsillo trasero de sus vaqueros.

Deja el billetero en su lugar y va al despacho de Sofía. En uno de los cajones encuentra su cuaderno.

Victoria se acomoda en su escritorio y comienza a leerlo.

Ve que Sofía ha anotado todo lo que Victoria ha dicho, a veces al pie de la letra. Y se queda estupefacta al comprobar que Sofía tiene también tiempo para describir sus gestos y el tono de su voz.

Victoria supone que Sofía domina la estenografía y pasa en limpio las entrevistas. Lee lentamente pensando en lo que se ha dicho.

Se han visto por lo menos cincuenta veces.

Coge un bolígrafo y enmienda los nombres. Si está escrito que Victoria ha hecho algo cuando en realidad lo ha hecho Solace, lo corrige. Hay que poner los puntos sobre las íes: no quiere cargar con el muerto de lo que ha hecho Solace.

Victoria trabaja sin descanso, sin darse cuenta de cómo pasa el tiempo. Al leer, se pone en el lugar de Sofía. Frunce el ceño e intenta diagnosticar a su cliente.

En el margen, anota sus propios comentarios y análisis.

Cuando Sofía no ha comprendido de qué hablaba Solace, Victoria lo explica al margen con letra pequeña y muy clara.

La verdad es que no entiende cómo Sofía ha podido equivocarse tantas veces.

Victoria está absorta en su trabajo. Solo deja el cuaderno al oír a Sofía en la cocina.

Mira por la ventana. Al otro lado de la carretera, a orillas del lago, hay gente de picnic. Se han instalado cerca del embarcadero para celebrar San Juan.

De la cocina llega olor a eneldo.

—¡Bienvenida, Victoria! —le grita Sofia—. ¿Qué tal ha ido el viaje?

Responde brevemente que todo ha ido bien.

El bebé no es más que un huevo con pijama azul. Nada más. Todo eso ya queda atrás, ha pasado página.

La tarde clara se transforma en una noche igualmente clara, y cuando Sofia dice que va a acostarse Victoria se queda en las escaleras de la entrada escuchando a los pájaros. Un ruiseñor se lamenta en un árbol de los vecinos y oye el ruido de los que celebran la fiesta junto al embarcadero. Recuerda las celebraciones de San Juan en Dalarna.

Empezaban bajando a orillas del río Dala para ver pasar las grandes barcas decoradas y luego iban al bosque a bailar alrededor del mástil que los chicos alzaban a pulso. Las mujeres coronadas de flores reían como no se habían reído desde hacía mucho, pero esa alegría no duraba demasiado, ya que en cuanto empezaba a hacer efecto el vodka y las mujeres de los demás les parecían a todos mejores que las propias, se les encendían las mejillas cuando les espetaban a sus esposas que eran unas vacaburras. Que menuda suerte tenían los demás de tener por mujer a una buena zorra, satisfecha y agradecida, en lugar de a una fea enfurruñada. Así que al final no había más remedio que arrimarse a ella y meterle mano, aunque ella dijera que le dolía la tripa y él dijera que habían comido demasiadas chucherías cuando apenas habían tenido con que pagarse un refresco y habían visto a los demás atiborrarse de algodón de azúcar hasta las orejas...

Victoria mira en derredor. Junto al lago se ha hecho el silencio y se adivina el sol detrás del horizonte. Desaparecerá solo una hora antes de volver a salir.

No se hará de noche.

Se levanta, un poco entumecida después de haber estado sentada en los peldaños de piedra.

No está cansada, aunque sea ya casi de madrugada.

La gravilla puntiaguda le hace daño en los pies descalzos y camina junto al borde del césped. Cerca de la verja, un arbusto de lilas se doblega bajo el peso de las flores, aparentemente marchitas pero aún olorosas.

La carretera está desierta. Desciende hacia el embarcadero.

Unas gaviotas se dan un banquete con los restos del festín, esparcido alrededor de un cubo de basura rebosante. Se marchan a desgana graznando.

El agua es negra y fría, unos peces acechan a los insectos que sobrevuelan la superficie para zampárselos.

Se tumba boca abajo y mira fijamente la oscuridad.

Los surcos en la superficie del agua hacen que su imagen sea borrosa, pero le gusta verse así.

Está más guapa.

Lamer sus labios y que le metiera su lengua en la boca, que debía de saber a vómito porque dos botellas de vino de cereza colocan muy rápido pero luego se devuelven. Había por lo menos quince tíos que se excitaban entre ellos, y el cobertizo de las obras no era muy grande. Solían jugarse a las cartas quién iría con ella a la otra habitación. Cuando estaban fuera, era a veces en el talud de detrás de la escuela, por el que se podía descender y caer en un confuso montón a solo unos metros de la avenida, y las miradas se apartaban cuando les veían desde abajo y le recordaba a gritos al chaval que había dicho que quería bañarse después de la noria. Y hacía frío, así que no había más remedio que echarse al agua en lugar de repetir machaconamente que la nueva canguro sería muy amable...

En el agua, Victoria ve a Martin hundirse lentamente y desaparecer.

El lunes por la mañana, la despierta Sofia y le dice que son las once y que enseguida se irán en coche a la ciudad.

Al levantarse, Victoria ve que tiene los pies sucios, las rodillas despellejadas y el cabello aún mojado, pero no recuerda qué ha hecho durante la noche.

Sofia ha servido el desayuno en el jardín. Mientras comen, Sofia le explica que van a ir a ver a un médico, Hans, que la examinará y hará un informe. Luego, si les da tiempo, irán a ver a un policía, Lars.

–¿Lars? –Victoria se carcajea–. ¡Odio a los polis! –exclama apartando su taza con un gesto expresivo–. Soy inocente.

–Aparte de haberme robado doscientas coronas del billetero. Te lo aviso, cuando paremos a poner gasolina, vas a pagar tú.

Victoria no sabe qué siente, pero es como si tuviera pena por Sofia.

Nunca ha experimentado algo así.

Hans es médico en el Instituto de Medicina Legal de Solna y examina a Victoria. Es el segundo examen, después del efectuado en el hospital de Nacka, una semana antes.

Cuando la toca, le abre las piernas y la mira, ella se dice que hubiera preferido estar en Nacka, donde la atendió una doctora.

Anita o Annika.

No lo recuerda.

Hans le explica que el examen puede parecerle desagradable, pero que está allí para ayudarla. ¿No es eso lo que siempre le han dicho?

¿Que le parecerá raro, pero que es por su bien?

Hans examina su cuerpo desde todos los ángulos y graba sus comentarios en un pequeño dictáfono.

Ilumina el interior de su boca con una linterna de bolsillo. Su voz es objetiva y monótona.

–Boca. Lesión de las mucosas.

Y el resto de su cuerpo.

—Bajo vientre. Órganos sexuales internos y externos, cicatrices debidas a una dilatación forzada a una edad prematura. Ano, cicatrices prematuras, lesiones cerradas, dilatación forzada, estiramiento de los vasos, fisuras del esfínter anal, fibroma... Cicatrices de cortes en el torso y abdomen, muslos y brazos, un tercio de ellas prematuras. Señales de hemorragias...

Cierra los ojos y piensa que hace esto para poder empezar de cero, para convertirse en otra y olvidar.

A las cuatro del mismo día, conoce a Lars, el policía con el que tiene que hablar.

Parece atento, por ejemplo ha comprendido que no quiere que le den la mano para saludarla, y no la toca.

La primera entrevista con Lars Mikkelsen tiene lugar en el despacho de este y le explica lo mismo que a Sofia Zetterlund.

Parece apenado al oír sus respuestas, pero no pierde la compostura y Victoria se siente sorprendentemente distendida. Al cabo de un rato, movida por la curiosidad de saber quién es realmente Lars Mikkelsen, le pregunta por qué se dedica a ese oficio.

Piensa y tarda en responder.

—Considero que estos crímenes son los más repugnantes. Hay muy pocas víctimas que obtienen justicia y muy pocos autores de los mismos son castigados —dice al cabo de un rato, y Victoria se siente aludida con su comentario.

—Sabe que no tengo intención de denunciar a nadie, ¿verdad?

La mira muy serio.

—Sí, lo sé, y es una lástima, aunque es algo habitual.

—¿Y a qué se debe, en su opinión?

Sonríe prudentemente, sin exagerar su tono desenvuelto.

—Me parece que me están interrogando a mí, pero voy a responder. Creo sencillamente que aún vivimos en la Edad Media.

—¿En la Edad Media?

—Sí, totalmente. ¿Ha oído hablar del rapto?

Victoria niega con la cabeza.

—En la Edad Media era posible contraer matrimonio secuestrando y violando a una mujer. El abuso sexual la obligaba a casarse y el hombre obtenía así derecho de propiedad sobre ella y sus bienes.

—¿Y...?

—Se trataba de propiedad y de dependencia. En el origen, la violación no se consideraba una ofensa directa a la mujer que era víctima de la misma, sino como un robo. Las leyes sobre la violación se instituyeron para proteger la propiedad sexual de los hombres, contrayendo matrimonio o reteniendo a la mujer para uso propio. La mujer no era una parte concernida. Solo el objeto de una negociación entre hombres. Actualmente, en los casos de violación, aún hay ecos de esa visión medieval de la mujer. Habría podido decir que no, o bien ella decía que no, pero eso quería decir que sí. Iba vestida muy provocativa. Lo único que busca es vengarse del hombre.

El discurso sorprende a Victoria. Nunca hubiera imaginado que un hombre fuera capaz de razonar así.

—Y, de la misma manera, aún perdura en parte una visión medieval del niño —continúa el inspector—. El hecho de que los adultos de hoy consideren al niño como su propiedad. Le castigan y lo crían siguiendo sus propias leyes. —Mira a Victoria—. ¿Mi respuesta la satisface?

Parece sincero y un apasionado de su trabajo. Ella detesta a los polis, pero ese no se comporta como tal.

Es de noche y Sofía duerme. Victoria se desliza en su despacho y cierra bien la puerta tras ella. Sofía no ha hecho ningún comentario acerca de lo que Victoria ha escrito en su cuaderno: probablemente aún no se ha dado cuenta de ello.

Retoma la labor donde la dejó.

Le parece que Sofía tiene una letra muy bonita.

Victoria muestra una tendencia a olvidar lo que ha dicho, ya sea diez minutos o una semana antes. ¿Esas lagunas son banales agujeros de memoria o síntoma de un TDI?

He observado que cuando tiene esas lagunas aborda temas de los que por lo general es incapaz de hablar: su infancia, sus primeros recuerdos.

El discurso es asociativo y un recuerdo lleva al siguiente. ¿Es el relato de una personalidad parcial? ¿Victoria adopta una actitud infantil para hablar más fácilmente de los recuerdos de sus doce o trece años? ¿Esos recuerdos son auténticos o están entremezclados con las reflexiones de la Victoria actual? ¿Quién es esa Chica Cuervo que aparece a menudo?

Victoria suspira y escribe al margen:

La Chica Cuervo es una mezcla de todas las demás, aparte de la Sonámbula, que no ha comprendido la existencia de la Chica Cuervo.

Victoria trabaja toda la noche. Hacia las seis de la mañana, empieza a inquietarse por si Sofía se despierta. Antes de guardar el cuaderno en el cajón, lo hojea, sobre todo porque le cuesta separarse de él. Advierte entonces que Sofía ha descubierto sus comentarios.

Victoria lee el texto original en la primera página del cuaderno.

Mi primera impresión de Victoria es que es muy inteligente. Conoce bien mi oficio y sabe qué significa una terapia. Cuando al acabar nuestra hora se lo he hecho ver, ha ocurrido algo inesperado que me ha hecho ver que además de inteligencia tiene un temperamento ardiente. Me ha espetado que «no tenía ni idea» y que era una «inútil». Hacía tiempo que no había visto a nadie tan enfadado. Esa brutal erupción suya me preocupa.

Dos días antes, Victoria ha comentado ese pasaje.

No estaba enfadada contigo. Debió de ser un malentendido. Dije que era yo quien no tenía ni idea. Era yo quien era una inútil. ¡Yo, no tú!

Y Sofia ha leído el comentario y ha respondido al mismo.

Victoria, me disculpo si no entendí la situación. Pero estabas tan enfadada que apenas podía comprender lo que decías y dabas la impresión de estar encolerizada conmigo.
Solo me preocupa tu cólera.
He leído todo lo que has escrito en este cuaderno y me parece muy interesante. Sin exagerar para nada, puedo decir que tus análisis son a menudo tan certeros que superan los míos. Tienes madera de psicóloga. ¡Matricúlate en la universidad!

Como no queda margen en la página, Sofia ha dibujado una flecha que invita a volver la hoja y allí ha añadido:

Sin embargo, hubiera sido de agradecer que me pidieras permiso antes de coger el cuaderno. Quizá tú y yo, cuando te sientas dispuesta, podamos hablar acerca de lo que has escrito.
Besos de Sofia.

Residencia El Girasol

—¿Qué le hicieron a Victoria en Copenhague? —pregunta Jeanette—. ¿Y recuerda el contenido de esa carta?
—Deme otro cigarrillo y quizá así me vendrá a la memoria.
Jeanette ofrece el paquete a Sofia Zetterlund.

—Bueno, ¿de qué estábamos hablando? —dice después de dos caladas.

Jeanette empieza a impacientarse.

—Copenhague, la carta de Victoria hace diez años. ¿Lo recuerda?

Para sorpresa de Jeanette, Sofia se echa a reír.

—¿Puede pasarme a Freud, por favor?

—¿A Freud?

—Sí, lo ha toqueteado al ir a por el cenicero. Puedo ser ciega, pero aún no estoy sorda.

Jeanette coge de la estantería la bola de nieve con la efigie de Freud mientras la anciana se enciende otro cigarrillo.

—Victoria Bergman era muy especial —comienza Sofia volteando despacio la bola de nieve. El humo de su cigarrillo forma volutas alrededor de su vestido azul mientras la nieve se arremolina en la bola—. Ya ha leído mis conclusiones en el expediente de solicitud de identidad protegida, así que ya sabe el porqué. Victoria sufrió desde su infancia y hasta la edad adulta graves abusos sexuales de su padre y probablemente de otros hombres.

Sofia hace una pausa. Jeanette está estupefacta al ver a la anciana oscilar de esa manera entre la agilidad intelectual y las confusiones propias de la demencia.

—Pero a buen seguro no sabe que Victoria padecía también un trastorno de personalidad múltiple, o trastorno disociativo de la identidad. ¿Sabe qué es?

Ahora es Sofia Zetterlund quien lleva la voz cantante.

Jeanette sabe vagamente de qué se trata. Sofia —la joven— le explicó un día que Samuel Bai padecía un trastorno de la personalidad de ese género.

—Aunque parezca muy raro, en el fondo no es tan complicado —continúa Sofia, la mayor—. Victoria simplemente se vio obligada a inventar varias versiones de sí misma para sobrevivir y enfrentarse al recuerdo de lo vivido. Cuando le dimos una nueva identidad, recibió un documento que probaba que una parte de ella existía realmente. Era la parte seria, la parte capaz de estudiar, trabajar, etcétera, en resumidas cuentas, de vivir una vida normal.

Sofia sonríe de nuevo, le hace un guiño a ciegas a Jeanette y sacude la bola de nieve.

–Freud habló de masoquismo moral –añade Sofia–. El masoquismo de una persona disociativa puede consistir en revivir las agresiones sufridas dejando que una de sus personalidades las haga sufrir a otros. Sospeché de esa tendencia en Victoria: si no ha sido atendida en la edad adulta, hay un riesgo elevado de que esa personalidad siga viva en ella. Actúa como su padre para hacerse daño, para castigarse.

Sofia apaga su cigarrillo en el jarrón del centro de la mesa y se repantiga en su sillón. La expresión ausente reaparece en su rostro.

Abandona El Girasol diez minutos y una discusión más tarde. Sofia y ella se han fumado cinco cigarrillos durante su conversación y las han sorprendido la directora y una enfermera que había ido a llevarle su medicación a Sofia.

Se sienta al volante y le da a la llave de contacto. El motor tose, pero se niega a arrancar.

–¡Mierda! –maldice.

Baja hacia el centro de Midsommarkransen y el bar de Tre Vänner frente al metro. El local está medio lleno. Encuentra una mesa con vistas al parque, pide un café y marca el número de Hurtig.

Mariatorget–Oficina de Sofia Zetterlund

¿Acaso la saciedad no es uno de los mayores síntomas de insatisfacción? Sofia Zetterlund camina por Hornsgatan, ensimismada. ¿Y la insatisfacción no es el punto en que se abre una brecha para el cambio?

Sabe que tarde o temprano tendrá que decirle a Jeanette quién es en realidad. Explicarle que estuvo enferma pero que ahora se encuentra bien. ¿Es así de fácil? ¿Bastará con decirlo? ¿Y cómo reaccionará Jeanette?

Cuando trató de ayudar a Jeanette a establecer el perfil del asesino, en el fondo se limitó a hablar de sí misma, fríamente y sin emoción. No tuvo necesidad de leer la descripción de los escenarios del crimen puesto que sabía cómo eran. Cómo habían debido de ser.

En la recepción, Ann-Britt la llama.

Sofia Zetterlund se queda primero sorprendida y luego se enfada al enterarse de las llamadas de Ulrika Wendin y de Annette Lundström esa misma mañana.

Han sido canceladas todas las sesiones programadas de Ulrika y Linnea.

—¿Todas? ¿Tienen un buen motivo?

Sofia se inclina sobre el mostrador de la recepción.

—No, la verdad es que no. La madre de Linnea ha dicho que ella ya se encontraba mejor y que Linnea había vuelto a casa. —Ann-Britt dobla su periódico y continúa—: Al parecer, ha recuperado la custodia de su hija. Su internamiento ha sido provisional y, como ahora todo va de maravilla, no cree que Linnea tenga que seguir con las sesiones.

—¡Menuda idiota! —A Sofia le hierve la sangre—. ¿Así que, de golpe y porrazo, se imagina que es capaz de decidir el tratamiento que su hija necesita?

Ann-Britt se levanta y se dirige a la fuente de agua.

—Quizá no lo ha dicho con esas palabras, pero venía a ser eso.
—¿Y cuáles son los motivos de Ulrika?

Ann-Britt se llena un vaso de agua.

—Ha sido muy breve. Solo ha dicho que ya no quería venir más.

Sofia vuelve sobre sus pasos, baja en ascensor, sale a la calle y toma Sankt Paulsgatan hacia el este.

A la altura de Bellmansgatan, gira a la izquierda y pasa frente al cementerio de María Magdalena.

Cincuenta metros delante de ella ve a una mujer de espaldas. Algo le es familiar en esas caderas anchas que se contonean y esos pies un poco hacia fuera.

La mujer camina cabizbaja, como aplastada por un peso interior. Lleva el cabello gris recogido en un moño.

Sofia siente un nudo en el vientre, le entran sudores fríos y, al detenerse, ve a la mujer doblar la esquina de Hornsgatan.

Unos recuerdos difíciles de reconstruir. Fragmentarios.

Durante más de treinta años, los recuerdos de su antiguo yo quedaron profundamente hundidos en ella como cascos de vidrio cortantes, los pedazos rotos de otros tiempos, en otro lugar.

Se pone de nuevo en marcha, acelera el paso y corre hasta la esquina, pero la mujer ha desaparecido.

Barrio de Kronoberg–Central de Policía

A media tarde, Jeanette se encuentra en su despacho ante una hoja A3 en la que están escritos todos los nombres que han aparecido a lo largo de la investigación.

Ha agrupado los nombres, marcado las relaciones y, justo cuando coge el bolígrafo para trazar una línea de un nombre a otro, Hurtig irrumpe en el despacho y empieza a sonarle el teléfono.

Es Åke. Con un gesto, Jeanette indica a Hurtig que espere. Hurtig parece frustrado.

—Cuelga —dice—. Tenemos que marcharnos.

Jeanette mira a Hurtig alzando dos dedos.

—Åke, no puedo hablar ahora.

Él suspira.

—Da igual. Tenemos que hablar de…

—Ahora no —lo interrumpe ella—. Tengo que marcharme. Estaré en casa dentro de una hora, más o menos.

Hurtig niega con la cabeza.

—No, no, no —dice en voz baja—. No llegarás tan pronto.

—Åke, no cuelgues. —Se vuelve hacia Hurtig—. ¿Qué?

—Ha llamado Annette Lundström. Tenemos que…

—Un minuto. —Se pone de nuevo al teléfono—. Te lo repetiré: ahora no puedo hablar.

—Como de costumbre. —Åke suspira. Silencio al otro lado de la línea. Åke ha colgado y Jeanette siente que le caen lágrimas por sus mejillas ardientes.

Hurtig le sostiene la chaqueta.

—Perdona, no quería…

—No te preocupes. —Se pone la chaqueta mientras empuja a Hurtig afuera. Apaga la luz y cierra la puerta.

Mientras bajan al aparcamiento a la carrera, Hurtig la pone al corriente.

Annette Lundström les ha llamado. Alguien ha dejado una fotografía en su buzón, una polaroid de alguien que reconoce. No ha querido decir nada más por teléfono.

Hurtig conduce deprisa. Primero la autovía de Essinge, luego Norrtull y dirección Sveaplan. Zigzaguea entre los carriles y hace sonar el claxon con insistencia a los coches que no se apartan a pesar de las luces giratorias y la sirena.

—¿Por qué te ha llamado? —pregunta Jeanette.

Hurtig frena en seco detrás de un autobús que se detiene en una parada.

—No lo sé.

Después de la rotonda de Roslagstull, el tráfico se vuelve menos denso y toman la autopista E18.

—¿Åke te hace la vida imposible?

El carril izquierdo está despejado y Hurtig acelera. Van a más de ciento cincuenta.

—No, no. Seguramente sea algo de Johan que…

Siente que le brotan de nuevo las lágrimas, pero ahora ya no de cólera, sino por la tristeza de no estar a la altura.

—No pasa nada. Johan está bien.

Jeanette advierte que Hurtig la mira de reojo esforzándose por ser discreto. Jens Hurtig puede ser rudo y lacónico, pero Jeanette sabe que en el fondo es una persona sensible que de verdad se preocupa por ella.

—Está en la edad más ingrata —continúa Hurtig—. Las hormonas y todas esas tonterías. Y encima el divorcio… —Se interrumpe al darse cuenta de que su comentario está fuera de lugar—. Es raro, en todo caso.

—¿Qué es raro?

—Esa edad. Pensaba en lo que sucedió en Sigtuna. Hannah Östlund, Jessica Friberg y Victoria Bergman. Quiero decir que a esa edad todo se magnifica enseguida. Como la primera vez que te enamoras.

Hurtig sonríe tímidamente.

Lo que comprendió entonces Jeanette es uno de los mayores misterios del intelecto humano. La chispa. El destello genial.

Ya sabe quién aparece en la fotografía que ha recibido Annette Lundström.

Sin embargo, no dice nada.

Recorren los últimos kilómetros en silencio.

Ahora que todo cobra forma, Jeanette quiere confirmar sus sospechas lo antes posible.

Al tomar el camino de entrada, ven a Annette Lundström de pie en las escaleras de acceso a la gran mansión. Se le ve encorvada y parece cansada.

Mientras salen del coche, el vecino de la casa de al lado se aproxima. Se presenta y explica que vio a una mujer que no reconoció meter algo en el buzón de los Lundström ese mismo día.

—Venía de allí —señala a lo largo de la calle—. Y aquí cuidamos los unos de los otros, ya sabe...

Permanece en silencio, y Jeanette comprende lo que quiere decir.

La costumbre sueca de desconfiar de los extraños, piensa.

—¿Y no la reconoció? —pregunta Hurtig.

—No, nunca la había visto. Era rubia, la ropa no tenía nada de especial. Era muy normal, la verdad. Fue hacia el buzón y dejó algo dentro. No pude ver qué.

Jeanette mira a Hurtig, que asiente disimuladamente. El hombre parece fiable.

—Muy bien, pues gracias por su ayuda —dice Jeanette, y después se vuelve hacia Annette Lundström mientras el hombre vuelve a su casa.

Se dirigen juntos a la entrada y después a la sala vacía.

Hay algunas cajas de mudanza, barras sin cortinas y mucho polvo.

Annette se sienta en una de las cajas mientras Jeanette se detiene junto a la puerta y mira en derredor. Hay parches en las paredes donde alguna vez hubo cuadros. Manchas y marcas de suciedad de haber posado las manos.

Sobre la mesa, una botella de coñac junto a un cenicero lleno de colillas. La atmósfera de la habitación es asfixiante.

Lo que unos días antes era una habitación cálida y acogedora es ahora un espacio sucio y vacío. La nada entre dos lugares. Una casa abandonada por otra.

—Todo es culpa mía. Debería haberlo contado antes.

La mujer tiene una voz monocorde: su aspecto apático no es solo fruto del alcohol. Deben de haberle administrado un calmante.

Jeanette se apoya sobre el marco de la puerta.

—¿Qué tendría que haber contado?

Mira a la mujer a los ojos, rojos por el llanto. Parecen distantes, y tarda mucho en responder.

—Debería haber sido sincera la última vez que nos vimos. La clave está en el pasado. Fredrika no era buena persona, y tiene muchos enemigos… Es… o era… —Annette se queda callada de repente. Parece que le cuesta respirar, y Jeanette espera que no se ponga a hiperventilar o tenga un ataque de histeria.

—Es ella, la de la foto —dice Annette, cogiendo un sobre sin sello y tendiéndoselo a Jeanette.

La falta de sello confirma el testimonio del vecino, había sido entregado en mano.

Jeanette coge el sobre, lo coloca sobre el alféizar de la ventana y se pone unos guantes antes de abrirlo.

—¡Es ella! —Exclama Annette.

Jeanette mira detenidamente la fotografía, una polaroid de la fallecida Fredrika Grünewald. Un rostro sin vida, con la boca abierta y los ojos retratados en el momento de angustia de la muerte.

De la blusa corre un hilo de sangre, y el cable de piano ha hecho cortes profundos en el cuello rígido.

Fue tomada segundos antes de su muerte.

Sin embargo, eso no es lo más relevante. Lo importante es que a la mano que sostiene el cable de piano le falta el dedo anular.

Jeanette piensa en la carta póstuma que recibió de Ralf Börje Persson. Decía que al asesino le faltaba el dedo anular.

A pesar de lo trágico de la situación, Jeanette siente cierto alivio. Ha tenido los datos delante todo el tiempo, pero a veces los árboles impiden ver el bosque. No es exactamente una negligencia, sino escaso trabajo policial, piensa. Finalmente, todo cobra sentido, cuando aparecen vínculos insospechados, cuando las disonancias se armonizan y el sinsentido cobra un nuevo significado.

—Es Hannah Östlund —dice Annette Lundström.

Barrio de Kronoberg–Central de Policía

La fotografía ha confirmado las sospechas de Jeanette, los cabos se atan y forman un todo. Pronto sabrá si ese todo es sólido.

Lo intuye, pero sabe que el olfato puede jugar malas pasadas. En una investigación policial, el olfato es importante, pero no hay que darle todo el protagonismo ni permitir que oculte lo demás. Últimamente, por miedo a dejarse llevar por sus sentimientos, ha hecho oídos sordos y se ha ceñido ciegamente a los hechos.

Jeanette piensa en los cursos de dibujo nocturnos que siguió durante sus primeros años con Åke. El profesor explicó cómo el cerebro engaña siempre al ojo, que a su vez engaña a la mano que sostiene el carboncillo. Vemos lo que creemos que debemos ver, sin ver cómo es realmente la realidad.

Una imagen con dos motivos, según la manera de mirarla. Una ilusión óptica.

La frase inocente de Hurtig le había hecho bajar la guardia y ver simplemente lo que había que ver.

Comprender lo que había que comprender, prescindiendo de lo que hubieran debido ser las cosas.

Si lleva razón, solo habrá hecho su trabajo y se habrá ganado el sueldo. Nada más.

Por el contrario, si se equivoca, la criticarán y pondrán en cuestión su competencia. No dirán en voz alta que su error viene del hecho de ser una mujer, y por lo tanto incapaz por definición de dirigir una investigación, pero lo insinuarán entre líneas.

Por la mañana, se encierra en su despacho, dice a Hurtig que no quiere que la molesten y envía las solicitudes de comprobación de huellas digitales y de ADN.

Tendrá la respuesta en el transcurso del día.

De momento, lo importante es localizar a Victoria Bergman. Mientras, relee las notas tomadas durante su entrevista con la anciana psicóloga y se interroga de nuevo acerca del destino de la joven Victoria.

Violada y víctima de abusos sexuales por parte de su padre durante toda su infancia.

Su nueva identidad secreta le ha permitido empezar una nueva vida en otro lugar, lejos de sus padres.

Pero ¿dónde se instaló? ¿Qué ha sido de ella? ¿Y qué quería decir la anciana psicóloga acerca del daño que le habían hecho en Copenhague? ¿Qué le hicieron en Dinamarca?

¿Está relacionada con los asesinatos de Silfverberg y Grünewald?

No lo cree. Lo único que ahora sabe con certeza es que Hannah Östlund mató a Fredrika Grünewald. Que Jessica Friberg sostuviera la cámara es de momento solo una hipótesis, ya que, en teoría, la foto podría haberse tomado con un disparador automático.

¿Qué dijo Sofia acerca del asesino? Que se trataba de una persona con una imagen de sí misma disociada. Un perfil borderline, con una percepción borrosa de la frontera entre uno mismo y los demás. ¿Sería cierto? El futuro lo diría. De momento, era algo secundario.

Sin el asesinato del marido de Charlotte, Peo Silfverberg, lo habría comprendido mucho antes.

De hecho, era Charlotte quien debería haber sido asesinada. Había recibido una carta de amenaza. ¿Por qué su marido? Solo cabía especular, pero innegablemente se trataba de una espantosa venganza.

Todo es muy evidente, piensa Jeanette. Es una ley de la naturaleza humana: lo que se esconde en el fondo del alma lucha por salir a la luz.

Debería haberse centrado en Fredrika Grünewald y sus compañeras de clase en Sigtuna, en aquel incidente del que todo el mundo hablaba.

Llaman a la puerta y entra Hurtig.

—¿Qué tal?

Se apoya en la pared a la izquierda de la puerta, como si no fuera a quedarse mucho rato.

—Bien. Estoy esperando algunas informaciones, que deberían llegar a lo largo del día. De un momento a otro, espero. En cuanto las tenga, podremos dictar una orden de búsqueda.

—¿Crees que son ellas? —Hurtig se sienta frente a ella.

—Probablemente.

Jeanette levanta la vista de su cuaderno, echa hacia atrás su sillón y cruza los brazos detrás de la nuca.

—¿Has podido hablar con Åke? Como tuviste que colgar de camino a Edsviken... —pregunta Hurtig con aparente preocupación.

—Sí, hablé con él cuando volvimos. Al parecer, a Johan le cuesta aceptar a Alexandra. La llamó puta y a partir de ahí todo fue de mal en peor.

Jens Hurtig se ríe.

—Ese chaval tiene un carácter fuerte, por lo que veo.

Swedenborgsgatan–Södermalm

Sofia Zetterlund se dispone a regresar a su casa. Se siente completamente vacía.

Afuera, el sol del veranillo de San Martín colorea la calle con una luz naranja y el viento que sacudía la ventana se ha calmado.

Se siente el invierno en el aire.

En la plaza Mariatorget, los cuervos se reúnen para migrar al sur.

Delante de la estación de Södra, ve de nuevo a esa mujer.

Reconoce sus andares, el balanceo de sus anchas caderas, los pies hacia fuera, la cabeza curvada y el moño gris.

La mujer entra en la estación. Sofia la sigue rápidamente. Las dos pesadas puertas batientes la frenan y, cuando llega al vestíbulo, la mujer ha desaparecido.

Sofia corre hacia los tornos de acceso.

La mujer no está allí, pero no ha tenido tiempo de franquear el control y bajar la escalera mecánica.

Sofia da media vuelta. Mira en el restaurante y en el estanco.

La mujer no está en ningún sitio.

El sol poniente arroja reflejos anaranjados en las ventanas y las fachadas del exterior.

Fuego, se dice. Restos carbonizados de vidas, de cuerpos y de pensamientos.

Barrio de Kronoberg–Central de Policía

El sol atraviesa las nubes y Jeanette se levanta de su mesa de trabajo. Se acerca a la ventana, contempla los tejados de Kungsholmen y respira hondo. Llena sus pulmones y luego espira con un profundo suspiro liberador.

Hannah Östlund y Jessica Friberg, compañeras de escuela de Charlotte Silfverberg, Fredrika Grünewald, Henrietta Dürer, Annette Lundström y Victoria Bergman en el internado de Sigtuna.

El pasado siempre nos atrapa.

Como sospechaba, Hannah Östlund y Jessica Friberg han desaparecido. Después de presentarle las pruebas al fiscal Von Kwist, este aceptó lanzar una orden de búsqueda de las dos como sospechosas del asesinato de Fredrika Grünewald.

Jeanette y Von Kwist convinieron de mutuo acuerdo que las circunstancias podían conducir razonablemente a considerarlas también sospechosas del asesinato de Per-Ola Silfverberg, aunque en menor grado.

Ahora no hay más que esperar el curso de los acontecimientos y tomárselo con paciencia.

La pregunta del millón, sin embargo, es la de cuál es el móvil. ¿Por qué? ¿Se trata solo de una venganza?

Jeanette cuenta con una teoría de causa y efecto, pero el problema es que cuando trata de formular cómo se sostiene todo, el conjunto parece completamente inverosímil.

¿Puede que asesinaran también a los matrimonios Bergman y Dürer? ¿Y haber provocado los incendios? ¿Y Karl Lundström?

Pero, en tal caso, ¿por qué tratar de hacer creer que se trataba de accidentes?

El interfono interrumpe sus pensamientos, se acerca a su mesa de trabajo y pulsa el botón para contestar.

—¿Sí?

—Soy yo —dice Jens Hurtig—. Ven a mi despacho, quiero que veas algo interesante.

La puerta de Hurtig está abierta. Al entrar, ve que Åhlund y Schwarz también están allí. Schwarz se ríe y menea la cabeza.

—Escucha esto —dice Åhlund señalando a Hurtig.

Jeanette se abre paso entre ellos, se acerca una silla y se sienta.

—A ver...

—Polcirkeln —empieza Hurtig—, en el distrito de Nattavaara, archivo parroquial. Annette Lundström, de soltera Lundström, y Karl Lundström. Son primos.

—¿Primos? —Jeanette no alcanza a comprenderlo.

—Sí, primos —repite—. Nacidos a trescientos metros uno de la otra. Los padres de Karl y de Annette son hermanos. Dos casas en una localidad de Laponia que se llama Polcirkeln. Apasionante, ¿verdad?

Jeanette no sabe si es la palabra más adecuada.

—Inesperado, más bien —responde ella.

—Pero hay más.

Jeanette tiene la impresión de que Hurtig se va a echar a reír.

—El abogado Viggo Dürer vivió en Vuollerim. Está a treinta o cuarenta kilómetros de Polcirkeln. Eso no es nada. Si vives a treinta kilómetros eres prácticamente vecino. Pero tengo otra cosa acerca de Polcirkeln.

—Y esa es buena —añade Schwarz.

Hurtig le hace callar con un gesto.

—En los años ochenta hubo un caso que fue portada de todos los periódicos. Una secta con ramificaciones en todo el norte de Laponia y de Norrbotten, y con sede en Polcirkeln. Unos adeptos del laestadianismo a los que se les fue la mano. ¿Conoces el movimiento Korpela?

—No, la verdad es que no, pero supongo que nos lo explicarás.

—Años treinta —comienza Hurtig—. Una secta apocalíptica en el este de Norrbotten. Profecías sobre el fin del mundo y un barco de plata que supuestamente debería ir a buscar a los fieles. Se entregaban a orgías en las que, sobre el fondo de citas bíblicas, todos liberaban al niño que llevaban dentro, trepaban por las cortinas, se paseaban en pelotas y otras gracias. Se tomó declaración a ciento dieciocho personas y cuarenta fueron condenadas, algunas por relaciones sexuales con menores.

—¿Y qué pasó en Polcirkeln?

—Algo parecido. Empezó con una denuncia contra un movimiento que se hacía llamar Cofradía de los Salmos del Cordero. La denuncia era por agresiones sexuales a menores, pero era anónima y no iba dirigida contra nadie en particular. A Annette y Karl Lundström los señalaron, así como a sus padres, pero no se pudo probar nada. La investigación policial fue abandonada.

—Estoy alucinada —dice Jeanette.

—Yo también. Annette Lundström solo tenía trece años. Karl diecinueve. Sus padres debían de rondar la cincuentena.

—¿Y luego?

—Pues nada. Esa historia de la secta quedó en el olvido. Karl y Annette se trasladaron más al sur y se casaron unos años más tarde. Karl continuó con la empresa de construcción de su padre, compró parte de un grupo de obra pública y luego fue director general de una empresa en Umeå. Después la familia se trasladó por todo el país, al ritmo de la carrera de Karl. Cuando nació Linnea, estaban instalados en Escania, pero eso ya lo sabes.

—¿Y Viggo Dürer?

—Aparece citado en uno de los artículos publicados en su momento. Trabajaba en un aserradero e hizo unas declaraciones en el periódico. Cito: «La familia Lundström es inocente. La Cofradía de los Salmos del Cordero no ha existido jamás, es una invención de la prensa».

—¿Por qué le entrevistaron? ¿También estaba imputado?

—No, pero supongo que quiso hacerse el gallito en el periódico. Ya debía de tener ambiciones.

Jeanette piensa en Annette Lundström.

Nacida en un pueblo remoto de Norrland. Quizá metida, desde muy pequeña, en una secta en la que se producían abusos sexuales a menores. Casada con su primo Karl. Las agresiones sexuales continúan, se propagan como un veneno de una generación a otra. Las familias se desintegran. Estallan. Se desarraigan.

—¿Estás preparada para lo que viene ahora?

—Claro.

—He comprobado la cuenta bancaria de Annette Lundström y… —Hurtig calla un instante y reflexiona antes de proseguir—: Siempre dices que hay que actuar por olfato, y eso he hecho. Y he descubierto que alguien acaba de ingresarle medio millón de coronas en su cuenta.

Mierda, piensa Jeanette. Alguien quiere ocultar lo que ha sufrido Linnea.

El precio de la traición.

Johan Printz Väg–Un suburbio

Ulrika Wendin apaga su móvil y baja al metro en Skanstull. Se siente aliviada de que la haya atendido la secretaria y no Sofia Zetterlund en persona cuando ha telefoneado para decir que no tenía intención de volver.

Ulrika Wendin se avergüenza de haberse dejado reducir al silencio.

Cincuenta mil no es mucho dinero, pero ha podido pagar por adelantado seis meses de alquiler y comprarse un nuevo ordenador portátil.

Pasa la pierna por debajo de la barrera metálica para activar los sensores que permiten entreabrir la compuerta lo suficiente para colarse.

Von Kwist se puso de un humor de perros al saber que había visto a Sofia. Sin duda temía que en el curso de la terapia revelara lo que le habían hecho padecer Viggo Dürer y Karl Lundström.

Ulrika Wendin piensa en Jeanette Kihlberg. Aunque sea policía, parece buena persona.

¿Debería habérselo contado todo?

No, claro que no. No tiene agallas para volver de nuevo sobre todo aquello, y además duda de que la crean. Es mejor mantener la boca cerrada: quien la abre se arriesga a salir malparado.

Nueve minutos más tarde, se apea en el andén de Hammarbyhöjden y franquea sin problemas el torno.

No había revisor ni en el vagón ni a la salida.

Toma la calle Finn Malmgren, pasa la escuela y cruza el bosquecillo entre las casas. Johan Printz Väg. Atraviesa el porche, sube la escalera, abre la puerta y entra.

Un montón de correo.

Publicidad y prensa gratuita.

Cierra tras ella y pone la cadena de seguridad.

Se echa a llorar y se deja deslizar hasta el suelo del recibidor. La pila de correo forma un colchón blando y se tumba de costado.

Durante todos esos años pasados con novios que le pegaban, nunca ha llorado.

El día en que, al volver del colegio, se encontró a su madre colocada y tendida en el sofá, no lloró.

Su abuela materna la describió como una niña bien educada. Una cría silenciosa que nunca lloraba.

Pero ahora llora y, al mismo tiempo, oye ruido en la cocina.

Ulrika Wendin se pone en pie y se dirige hacia allí.

En la cocina la espera un desconocido y, antes de que pueda reaccionar, la golpea en la nariz.

Oye crujir el hueso.

Edsviken–Casa de los Lundström

Linnea Lundström tira de la cadena del váter, contempla desaparecer los restos carbonizados de las cartas de su padre y regresa a su habitación.

Todo está listo.

Piensa en su psicóloga, Sofia Zetterlund, que una vez le contó cómo se le había ocurrido a Charles Darwin la idea de su libro *El origen de las especies*: una visión instantánea, que luego desarrolló a lo largo del resto de su vida para su tesis.

Lo mismo ocurrió con la teoría de la relatividad de Einstein, nacida en su cerebro en un abrir y cerrar de ojos.

Linnea Lundström lo comprende absolutamente, porque contempla ahora su existencia con la misma claridad.

La vida que antaño era un misterio ahora no es más que una burda realidad y ella misma no es más que un caparazón.

A diferencia de Darwin no tiene que buscar pruebas, y a diferencia de Einstein no necesita teoría alguna. Algunas pruebas están dentro de ella, como cicatrices rosadas sobre su conciencia. Otras son visibles en su cuerpo, lesiones en el bajo vientre, desgarros.

Más concretamente, las pruebas están allí al despertar por la mañana en una cama empapada de orina, o cuando se pone nerviosa y es incapaz de contenerse.

La tesis la formuló su padre mucho tiempo atrás. En una época en que ella no sabía decir más que unas pocas palabras. Llevó su tesis a la práctica en una piscinita hinchable en el jardín de Kristianstad y se convirtió para siempre en una verdad.

Recuerda las palabras que le decía para que se durmiera junto a la cama.

Sus manos sobre su cuerpo.

Su oración común de la noche.

«Deseo tocarte y satisfacerte. Para mí es una satisfacción verte gozar».

Linnea Lundström coge la silla que hay junto a la mesa y la coloca debajo del gancho del techo. Conoce los versículos de memoria.

«Quiero hacer el amor contigo y darte todo el amor que mereces. Quiero acariciarte tiernamente por todas partes, como solo yo sé hacer».

Se quita el cinturón de sus vaqueros. Cuero negro. Ojetes.

«Gozo cuando te veo, todo en ti me proporciona deseo y placer».

Un nudo corredizo. Subirse a la silla, colgar la hebilla del gancho.

«Conocerás un grado mucho mayor de satisfacción y de placer».

El cinturón alrededor del cuello. El sonido de la televisión en la sala.

Annette con una caja de bombones y una copa de vino.

Semifinales de *Operación Triunfo*.

Mañana examen de mates. Ha estado empollando toda la semana. Sabe que hubiera sacado una buena nota.

Un paso en el aire. El público aplaude con entusiasmo cuando el regidor del plató muestra un rótulo.

Un pasito y la silla cae a la derecha.

«Es en verdad una exhalación de gloria».

Hammarbyhöjden–Un suburbio

Ulrika no sabe cómo pero aún se tiene en pie. Con el rostro entumecido, mira fijamente a los ojos al desconocido. Por un breve instante cree distinguir en ellos algo parecido a la compasión. Un destello de piedad.

Vuelve entonces a la realidad y retrocede tambaleándose hacia el recibidor, bajo la mirada del desconocido.

Luego todo pasa muy deprisa, pero a Ulrika le parece una eternidad.

Se abalanza a un lado, resbala con unos folletos pero logra recuperar el equilibrio y se precipita hacia el picaporte de la puerta.

Mierda, piensa al oír los pasos rápidos detrás de ella.

El cerrojo y la cadena.

Sus manos están acostumbradas, y sin embargo tiene la sensación de que se mueven a tientas largos minutos. En el momento en que empuja la puerta para salir, siente una mano en la espalda.

Algo le aprieta el cuello. Le oye jadear muy cerca y comprende que la ha agarrado de la capucha.

Ni siquiera se detiene a pensar. No dispone de tiempo para tener miedo. Actúa movida por la adrenalina.

Se libera con una torsión, se vuelve y asesta una patada a botepronto, con todas sus fuerzas.

Le alcanza entre las piernas.

Corre, corre, joder, pero sus piernas no la obedecen.

Se queda allí plantada, contemplando el gran cuerpo del desconocido desplomarse sobre las baldosas del rellano. Cuando alza hacia ella su rostro deformado en una mueca de dolor, se da cuenta de que su propio cuerpo tiembla como una hoja.

El desconocido farfulla una maldición incomprensible y trata de ponerse en pie.

Entonces ella echa a correr.

Baja la escalera. Cruza la puerta y huye como alma que lleva el diablo. Pasa junto al local de bicicletas. Rodea los árboles a lo largo del carril bici y se adentra en las sombras del bosque. Corre sin girarse a mirar.

Nadie a la vista. No se atreve a volver sobre sus pasos. Delante de ella, una pequeña colina cubierta de arbustos y al otro lado se adivinan las luces de un edificio.

Crepúsculo. Altos abetos, un terreno pedregoso, accidentado, ¡mierda!, ¿cómo se le ha ocurrido huir por el bosque?

Entonces lo ve.

A diez metros. La mira y se ríe, cree ver un cuchillo en su mano. Tiene el brazo extendido, tieso, como si sostuviera algo, pero no ve la hoja. Avanza tranquilamente hacia ella y enseguida comprende la razón. Su única salida es la colina a su espalda, cubierta de espesos arbustos.

Lo intenta. Se vuelve y se lanza en la oscuridad entre las ramas y las espinas.

Grita cuanto puede, sin atreverse a volverse.

Trepa, y las ramas le arañan el rostro y los brazos.

Cree oír su respiración, pero tal vez sea la de ella misma.

Grita de nuevo, pero es un grito ahogado, ronco, y la deja sin resuello. Atraviesa los arbustos. Unos abetos bajos y la colina empieza a descender. Corre.

La parte trasera de una casa. La escalera de un sótano. Se le hace un nudo en el estómago al ver la puerta abierta y luz en el interior.

Si hay luz, significa que hay alguien. Alguien que podrá ayudarla.

Aparta las últimas ramas y baja la escalera, entra en el sótano.

—¡Socorro! —Su voz no es más que un estertor. Un pasillo con puertas de trasteros—. ¡Socorro! —repite.

La puerta. Cierra la puerta.

Se vuelve y oye la respiración jadeante de su perseguidor, que se acerca a la escalera. Haciendo acopio de sus últimas fuerzas, se precipita hasta la puerta y cierra.

Dos segundos. Tiene tiempo de ver algunas cajas de mudanzas en el pasillo, sobre una de las alfombras apiladas. Una de las puertas de los trasteros se mantiene abierta con una cuña de madera.

−¿Hay alguien?

No hay respuesta. Tiene la frente empapada de sudor y respira entrecortadamente. Su corazón late desbocado. No hay nadie.

El picaporte. Él lo empuja. Dos veces. Luego oye ruido en la cerradura.

¿Unas llaves?

¿Cómo ha logado entrar en su casa, por cierto? ¿Tiene llaves?

Poco importa.

Se vuelve para continuar por el pasillo cuando se apaga la luz. Se sigue oyendo ruido en la cerradura. Al lado de la puerta brilla el interruptor, un punto rojo en la oscuridad, pero ella retrocede. No se atreve a acercarse a la puerta.

Se mete en el edificio. Pasa junto a una de las paredes y entonces le llega el olor.

Dulzón, asfixiante. ¿Cloacas, excrementos? No lo sabe.

El pasillo gira a la izquierda y dobla la esquina, pero no hay interruptor y avanza a oscuras. Los trasteros son jaulas con rejas. Sabe exactamente qué aspecto tienen, pues aunque no pueda verlas siente la malla metálica bajo sus dedos.

Luego ve la luz roja de un interruptor a solo unos pocos metros.

Oye entonces la puerta exterior al abrirse, y él enciende la luz.

Delante de ella, a cinco metros, una puerta cerrada. No hay picaporte, solo una cerradura.

A la izquierda, un hueco en la pared con un gran depósito metálico y muchos tubos.

Detrás hay espacio suficiente para esconderse.

Rápidamente se mete allí, pasa entre los tubos y se pega a la pared.

De allí viene el olor.

Azufre. La cisterna es un separador de grasas, y cree recordar que en ese edificio hay una pizzería.

Lo oye acercarse. Sus pasos se detienen muy cerca. Continúan.

Cierra los ojos. Solo espera que no oiga su pesada respiración ni los latidos de su corazón.

Sobre todo, no tiene que sorberse los mocos. Ha recibido un fuerte golpe en la nariz. Está sangrando y le cuesta respirar. Le escuece el labio superior.

Comprende que lo tiene muy negro.

Muy negro, joder.

Entrevé sus zapatos a través de una grieta entre el separador de grasas y uno de los gruesos tubos. Está ahí, a menos de un metro. Procura no hacer ningún ruido.

Se queda sentada, atrapada entre la pared y la cisterna. Pasan los segundos y transcurre por lo menos un minuto antes de que él comience a golpear el tubo.

Cling, cling, cling. Unos golpes ligeros, sabe que los da con la empuñadura del cuchillo.

Tiene un sabor agrio en la boca, náuseas.

Va de un lado a otro. Sus zapatos rechinan y golpea cada vez con más fuerza el tubo metálico, como si perdiera la paciencia.

Ve entonces lo que hay en el rincón, al alcance de su mano. Unos finos tubos de cobre, cortados al bies, con los que se puede hacer mucho daño si se apunta bien.

Alarga el brazo, pero titubea.

Su mano abierta tiembla, comprende que eso no tiene sentido.

No tiene fuerzas para ello. ¡Ya no tiene fuerzas, joder! Mátame, vamos, piensa. ¡Mátame!

Tantoberget–Isla de Södermalm

Ve llegar el coche y se esconde detrás de un arbusto.

A su espalda se extiende el parque de Tantolunden. El sol ya no es más que una franja de luz sobre los tejados. La fina aguja de la iglesia de Essingen traza una línea entre Smedslätten y Ålsten.

Al pie, sobre el vasto césped del parque de Tantolunden, algunas personas tratan de aprovechar hasta el último momento desafiando el frío. Hay quienes juegan al frisbee, a pesar de que ya casi es de noche. En la zona de baño, ve a alguien lanzarse al agua.

El coche se detiene, se apaga el motor, se instala el silencio.

Durante todos esos años en instituciones danesas ha tratado de olvidar, sin conseguirlo nunca. Ahora va a acabar lo que decidió hacer hace ya una eternidad.

Esas mujeres del coche son las que le permitirán regresar.

Hannah Östlund y Jessica Friberg deben ser sacrificadas.

Aparte del muchacho en Gröna Lund, todas eran personas enfermas. Llevarse al muchacho fue un error y, en cuanto se dio cuenta, le dejó vivir.

Cuando le inyectó alcohol puro, se desmayó y le puso la máscara de cerdo. Pasaron toda la noche en la punta de Waldemarsudde y, al comprender que no se trataba de su hermanastro, cambió de opinión.

El muchacho era inocente, pero no esas mujeres que la esperan en el coche.

La decepciona no sentir alegría alguna, ni siquiera alivio. Su visita a Värmdö fue una desilusión. La casa del abuelo y de la abuela se había incendiado y los dos habían muerto.

Le habría encantado ver la expresión de sus caras al verla entrar por la puerta.

La expresión de la cara de él cuando le hubiera dicho quién era su padre.

Su padre y su abuelo, el cerdo de Bengt Bergman.

Su padre adoptivo Peo, por el contrario, lo había comprendido. Incluso le pidió perdón y le ofreció dinero. Como si fuera lo bastante rico como para compensar lo que había hecho.

Semejante suma no existe.

Al principio la patética Fredrika Grünewald no la reconoció, lo cual, de hecho, no era nada sorprendente, pues habían pasado más de diez años desde su último encuentro en la granja de Viggo Dürer en Struer.

La vez en que Fredrika habló de Sigtuna.

Cómo Fredrika se quedó plantada mirando, la mar de contenta.

A veces hay que sacrificar vidas. La muerte dio sentido a esas vidas.

Recuerda los ojos brillantes de todos ellos, el sudor y la excitación colectiva que reinaba en la habitación.

Se ajusta su abrigo azul cobalto y decide aproximarse al coche y a esas dos mujeres de las que lo sabe todo.

Al llevarse las manos a los bolsillos para comprobar que no ha olvidado las polaroids, siente una punzada en la derecha.

Cortarse el anular fue un pequeño sacrificio.

El pasado siempre nos atrapa, piensa.

PARTE III

Dinamarca, 1994

No creas que el verano llegará
sin que alguien empuje
y lo vuelva estival,
pues solo vendrán las flores.
Soy quien hace florecer las flores,
el que hace verdear los prados,
y ya ha llegado el verano,
pues acabo de retirar la nieve.

No había nadie en la playa, aparte de ellos y de las gaviotas.

Se había acostumbrado a los graznidos de los pájaros y al ruido del mar, pero el restallar del paraviento de lona de plástico azul irritaba a Madeleine. Le impedía dormir.

Se tostaba al sol tumbada boca abajo. Había doblado la toalla para que le cubriera la cabeza, dejando una abertura lateral para poder ver lo que pasaba.

Nueve muñequitos de Lego.

Y la niñita de Karl y Annette que jugaba, despreocupada, en la orilla.

Todos desnudos aparte del criador de cerdos, pues decía que padecía un eccema y no soportaba el sol. Estaba junto al agua y vigilaba a la chiquilla. Su perro también estaba allí, un gran rottweiler del que ella siempre había recelado.

Se chupó el diente. Parecía que no iba a dejar de sangrar nunca, sin llegar tampoco a caerse.

Como de costumbre, el que se encontraba más cerca de ella era su padre adoptivo. De vez en cuando le pasaba la mano por la espalda para untarla de crema solar. En dos ocasiones le había pedido que se volviera, pero ella había fingido dormir.

Giró la cabeza bajo la toalla y miró al otro lado. Por allí la playa estaba desierta, solo se veía arena hasta el puente y el faro rojo y blanco, a lo lejos. Pero había más gaviotas, quizá porque algún turista había dejado una bolsa de basura.

—Vuélvete boca arriba. —Su voz era dulce—. O te vas a quemar.

Obedeció en silencio y cerró los ojos, mientras le oía agitar el bote de crema solar.

Sus manos estaban calientes y no sabía qué debía sentir. Era a la vez bueno y desagradable, exactamente como su diente. Le molestaba y, al pasar la lengua por encima, su aspereza le producía un escalofrío, al igual que se estremecía al contacto de sus manos.

Ella sabía que su cuerpo estaba más desarrollado que el de muchas niñas de su edad. Era más alta e incluso empezaba a tener pecho. En todo caso así lo creía, puesto que parecían hinchados y le escocían como si estuvieran creciendo. Eso era también lo que le molestaba bajo el diente de leche que se le movía: debajo crecía un nuevo diente, un diente de adulto.

Dejó de tocarla antes de lo que esperaba.

Una voz sorda de mujer le pidió que se tumbara, y oyó cómo sus codos se hundían en la arena.

Volvió la cabeza con precaución. Por el pliegue de la toalla vio que era la gorda, Fredrika, quien se sentaba junto a él con una sonrisa.

Pensó en los muñequitos de Lego. Unos personajillos de plástico con los que uno puede hacer lo que quiera y que no pierden la sonrisa ni aunque se les derrita en un horno.

No pudo evitar mirar cuando la mujer se inclinó sobre él y abrió la boca.

Por el pliegue, vio acto seguido cómo su cabeza subía y bajaba. Acababa de bañarse, el cabello se le pegaba a las mejillas y todo parecía mojado. Rojo y mojado.

Pensó en cuando estuvieron en Skagen, cuando su padre adoptivo le pegó por primera vez. En aquella ocasión había mucha gente en la playa, y todo el mundo vestía bañador. Se acercó a un hombre que fumaba y tomaba un café, sentado solo sobre una esterilla. Se bajó el bañador delante de él porque pensaba que quería verla desnuda.

El hombre se limitó a dirigirle una sonrisa crispada mientras exhalaba humo, pero ellos se enfadaron y papá Peo fue a buscarla tirándole del cabello.

—¡Aquí no! —dijeron.

Los que estaban hoy solo se mostraban curiosos, todos, y sus cuerpos comenzaban a hacerle sombra.

Su diente la martirizaba y sentía que el aire se volvía más frío al desaparecer el sol.

Miraban y ella miraba. No había de qué avergonzarse.

Una de las nuevas, una mujer rubia, sacó su cámara de fotos. Un modelo que capturaba la imagen y la escupía en el acto. Una Polaroid, que congelaba las moléculas.

El paraviento se agitó y ella cerró los ojos cuando la cámara chasqueó.

Entonces, de repente, se le cayó el diente.

El agujero frío en la encía le dolía y dejó que su lengua se recreara en él, sin dejar de mirar.

Le escocía y sabía a sangre.

Södermalm

El principio del fin es un coche azul en llamas en lo alto de Tantoberget.

Una montaña en llamas en el corazón de Södermalm: la comisaria Jeanette Kihlberg no sospechó que se tratara de la piedra angular de todo. Cuando pasa Hornstull a toda velocidad junto con su colega Jens Hurtig y ve Tantoberget, parece un volcán.

Antes de que la zona se convirtiera en un parque, Tantoberget era un enorme vertedero, un cementerio de desechos, y ahora, una vez más, la montaña acoge residuos y carcasas.

El incendio en el punto más alto del parque se ve desde gran parte de Estocolmo. Las llamas del coche han prendido un abedul reseco por el otoño. Entre el crepitar de las chispas, el fuego amenaza con extenderse a las casetas, una decena de metros más allá.

Hay una orden de búsqueda dictada contra Hannah Östlund y su compañera del internado de Sigtuna, Jessica Friberg, sospechosas de dos asesinatos.

El coche que está siendo pasto de las llamas en la cima del monte está matriculado a nombre de Hannah Östlund y por ese motivo han avisado a Jeanette.

Al abrir la puerta del coche, le llega el olor del humo negro, ardiente y tóxico.

Apesta a aceite, caucho y plástico fundido.

En los asientos delanteros del coche, en el calor mortal de las llamas, ve las siluetas de los dos cuerpos sin vida.

Barnängen–Södermalm

La nube amarillenta de polución estancada sobre Estocolmo cubre el cielo nocturno: a simple vista solo se distingue la estrella Polar. La iluminación artificial de las farolas, los neones y las bombillas hace que el espacio al pie del puente de Skanstull parezca aún más sombrío que si el cielo estrellado fuera la única luz en la noche oscura.

Los escasos paseantes que cruzan el puente y echan un vistazo hacia el puerto de Norra Hammarby solo ven una mezcla tóxica de luces y sombras, deslumbrante y cegadora.

No ven la silueta encorvada que camina junto a la vía del tren abandonada; no ven que carga una bolsa de plástico negra, se aleja de los raíles, llega al andén y finalmente desaparece en las sombras del puente.

Nadie ve tampoco cómo el agua negra se traga la bolsa.

La silueta abre una puerta, se acomoda al volante, enciende la luz y saca unos papeles de la guantera. Unos minutos más tarde, la luz se apaga y el coche arranca.

La mujer del coche reconoce la enfermiza luz amarilla del cielo, ya la ha visto en otro lugar.

Ella ve lo que los demás no ven.

En el muelle, junto a los raíles, ha visto pasar unas vagonetas bamboleantes, cargadas de cadáveres; en el agua, una fragata con pabellón soviético, de la que sabía que la tripulación padecía escorbuto después de haber pasado unos meses en el mar Negro. El cielo sobre Sebastopol y la península de Crimea era del mismo amarillo mostaza y, a la sombra de los puentes, se apilaban los escombros de las casas bombardeadas y los desechos de las fábricas de espoletas.

Al muchacho de la bolsa lo había encontrado en Kiev, en la estación de metro de Babi Yar, hacía más de un año. La estación llevaba el nombre del barrio donde muchos de aquellos a los que había conocido fueron ejecutados sistemáticamente. Los nazis instalaron luego allí un campo de concentración.

Syrets.

Aún tiene el sabor del muchacho en la boca. Un sabor amarillo, insulso, que recuerda el aceite de colza. Como un cielo envenenado de luz y trigales.

Syrets. El propio nombre está impregnado de ese sabor amarillo.

El mundo está dividido en dos y ella es la única que lo sabe. Hay dos mundos, tan diferentes como una radiografía y un cuerpo humano.

El muchacho de la bolsa pertenece ahora a los dos mundos. Cuando lo encuentren, verán qué aspecto tenía a los nueve años de edad. Su cuerpo está conservado como una fotografía del pasado, embalsamado como un niño rey inmemorial. Niño para toda la eternidad.

La mujer del coche sigue circulando hacia el norte a través de la ciudad. Ve a la gente con la que se cruza.

Sus sentidos están extremadamente agudizados y sabe que nadie alcanza siquiera a imaginar lo que le ocurre. Nadie lo sabe. Ve la angustia que la gente siempre acarrea consigo. Ve sus malos pensamientos deslavazarse en la atmósfera que los rodea.

A ella no la ven. Tiene el don de volverse invisible en una habitación llena de gente, nadie recuerda su imagen. Pero siempre está ahí, muy presente, observa y comprende lo que la rodea.

Y nunca olvida una cara.

Un poco antes ha visto a una mujer sola bajar hasta el muelle del puerto de Norra Hammarby. Poco abrigada para la estación, se ha quedado apenas una media hora sentada al borde del agua. Cuando finalmente ha vuelto sobre sus pasos y la luz de una farola ha iluminado su rostro, la ha reconocido.

Victoria Bergman.

Han pasado más de veinte años desde la última vez que la vio. En aquella época, los ojos de esa chica eran ardientes, casi inmortales. Tenían una fuerza inusitada.

Hoy ha visto en ellos un matiz apagado, como una fatiga extendida por todo su cuerpo: su experiencia de los rostros humanos le dice que Victoria Bergman ya está muerta.

Gilah

«¡Comerse a los hijos es un acto bárbaro!».

–Proclama soviética, República Socialista Soviética de Ucrania, 1933

El padre había comido pichones y le contaba historias a la pequeña Gilah, su hija.

—Mi querida hija...

Ella tenía hambre, solo le habían dado de comer hierba, pero lo estaba pasando peor el muchacho de la casa vecina. Estaba tan débil que se caía en cuanto trataba de caminar.

—Un cuento. La barca y la bruja.

El padre la besó en la frente y ella notó que tenía mal aliento.

—Érase una vez un padre y una madre que tenían una hijita que se llamaba Gilah Berkowitz. Era pequeña, pero crecía muy deprisa. Como tú...

Sonrió y le cosquilleó el vientre, pero ella no se rio.

—Un día, la pequeña Gilah le dijo a su padre: «Quiero una barca de oro con remos de plata, para ir en busca de comida para vosotros y mis hermanos. Constrúyeme una barca así, por favor, por favor, papá».

—Por favor, por favor, papá —susurró ella.

—La pequeña Gilah tuvo su barca de oro y de plata y, cada día, iba a pescar al río y regresaba con comida para su padre, su madre y sus hermanos. Y cada atardecer su madre iba a la orilla del río y llamaba: «Vuelve a la orilla, pequeña Gilah».

Mamá está enferma, pensó ella. Tenía la boca negra y el rostro muy blanco.

El padre la miró.

—¿Y qué decía la pequeña Gilah cuando su madre la llamaba?

—Barca de oro, lleva de vuelta a Gilah a la orilla —dijo oyendo toser a su madre en la cama.

Las manos de su padre estaban frías y tenía el rostro reluciente. Quizá era fiebre. Una chiquilla de la misma calle había muerto de fiebre y su madre se la había comido. La madre de esa niña era una bruja fea y malvada. No como la madre de ella, tan pura y bella antes de que enfermara.

—Sí, así era. Cada día durante largos y largos años. La pequeña Gilah seguía creciendo y su madre bajaba cada atardecer a la orilla a llamarla, pero una tarde…

Calló al oír a la madre toser de nuevo en la cama.

Pero Gilah no quería oír toser a su madre.

—¡Sigue! —gritó entre risas cuando la alzó por los aires—. ¡La bruja en el horno!

La sostenía con los brazos extendidos. Le cosquilleaba de nuevo el vientre y esta vez era muy divertido.

Pero enseguida la madre volvió a toser más fuerte y el padre dejó de reír. Calló, con aire grave, dejó a Gilah en el suelo y le acarició el cabello.

Ella veía que estaba triste, pero quería oír el final del cuento, cuando la bruja se quemaba.

—No puedo seguir contándolo. Tengo que ocuparme de tu madre. Necesita agua.

No hay agua, pensó Gilah. Hay sequía y mamá ha dicho que todo lo que crece en los campos y que Stalin no se ha llevado está muerto. Mamá también ha dicho que pronto se va a morir de tanto toser. Se secará, como los campos de trigo.

—No sirve de nada ir a por agua —dijo Gilah.

El padre la miró con severidad.

—¿Qué quieres decir?

Lo sabía perfectamente, él que siempre decía que mamá era como un oráculo, que sabía todo lo que pasaba en el mundo y siempre llevaba razón.

—Mamá dice que se va a morir.

Con los ojos húmedos, no respondió, pero tomó a Gilah de la mano. Luego se levantó y fue a ponerse el abrigo y el sombrero a pesar del calor. Se estremeció y se marchó.

Gilah fue a la ventana y contempló a su padre andando por la calle. Sabía que fuera era peligroso y que solo su padre tenía permiso para salir, no su madre, ni sus hermanos, ni ella. Afuera había cadáveres y había que comerlos porque no había nada más que hierba, hojas, corteza, raíces, gusanos e insectos. Comerlos. De todas formas, los muertos ya de nada servían.

Gilah Berkowitz no había comido nunca pollo.

Su padre decía que lo había robado, pero ella no le creía.

Ahora estaba sobre su plato. Sus hermanos no querían y ella no entendía por qué. Nunca había comido nada tan rico.

Lástima que su madre hubiera muerto y no pudiera probarlo.

Comió ávidamente la carne jugosa y sintió que recuperaba las fuerzas, pero no era feliz porque pensaba sin cesar en su madre.

Cómo era en el momento de morir. La piel amarillenta y la boca negra. Sarmentosa y reluciente.

Pasó los últimos días gritando mucho, hasta que se rindió.

Luego, se hizo el silencio en la casa.

Gilah la añoraba como era antes de la enfermedad. Cuando sentaba a Gilah en su regazo para hacerle beber leche caliente en un biberón de vidrio. Cuando inventaba juegos divertidos. Cuando su padre y ella se besaban y eran felices. Cuando arrebujaba a Gilah y le leía la Torá.

El último trozo de pollo era el mejor y Gilah comprendió que era porque ya no había más. Nunca probaría un pollo tan bueno como el de su padre.

En virtud del decreto Nacht und Nebel, todo civil que ponga en peligro la seguridad del Tercer Reich será condenado a muerte. Quienes infrinjan las disposiciones del decreto u oculten información sobre las actividades del enemigo serán detenidos.

—Alemania, Segunda Guerra Mundial

Doce años después, Gilah se desplaza por una Alemania en ruinas. Aún conserva el regusto amarillo del pollo de su padre.

El autobús blanco marcado con una cruz roja no garantizaba el paso, pues ya no existía ninguna ley internacional. Una cruz roja sobre el techo blanco de un camión constituía un blanco fácil para la aviación británica que controlaba completamente el espacio aéreo. Por el contrario, los controles alemanes en las carreteras no eran un problema, dado que la columna de vehículos estaba escoltada por la Gestapo.

Gilah era más fuerte que la mayoría de los otros detenidos, una de los pocos que aún estaba consciente.

Al salir de Dachau, eran cuarenta y cuatro hombres, cuarenta y cinco contándola a ella. Al menos cuatro habían muerto y otros agonizaban. Todos padecían furúnculos, heridas infectadas y diarrea crónica: si no llegaba rápidamente el avituallamiento, iban a morir muchos.

Ella también estaba muy mal. Tenía cuatro grandes ántrax en el cuello, el vientre completamente descompuesto y la infección que sufría desde hacía varias semanas en el bajo vientre la preocupaba. Tenía unas ulceraciones azuladas en la ingle, como una gangrena, pero no podían curarla en aquel autobús puesto que su bajo vientre no era como el de los demás.

Nadie tenía que saberlo. El único que lo sabía probablemente no sobreviviría a la guerra.

Si su secreto había estado tan bien guardado durante su estancia en el campo era gracias a un oficial que de inmediato se había encaprichado de ella. O de él, según se mirara. Al guardián gordo le gustaban los hermafroditas, o *Ohrwürmer*, forfículidos, como los llamaba, y aprovechó la ocasión de disponer de su forfículido personal a cambio de un poco de comida, de vez en cuando.

Fue el gordo el que le hizo las heridas en el bajo vientre, pero, a pesar de la vergüenza, nunca trató de escapar del campo. En cambio, ahora que se hablaba de liberarlos, estaba dispuesta a hacer un esfuerzo para huir. La libertad nunca se ofrece en bandeja, es uno mismo quien tiene que elegirla.

Tomarla.

Gilah Berkowitz tenía en el bolsillo un documento que certificaba su nacionalidad danesa, y esta le daba derecho a ser atendida en el campo de Neuengamme, cerca de Hamburgo, antes de ser transportada en cuarentena a Dinamarca. Pero para ella la verdad era relativa desde hacía tanto tiempo que ya no creía en nada. Nada era más falso que la verdad.

En su bolsillo tenía también la abrazadera para dedos, un pequeño sargento de madera que el guardián jefe le dio para distraer y diseminar el dolor. Eso le había aliviado las migrañas y los retortijones de estómago, y ahora la ayudaba a luchar contra esa sensación de succión en el bajo vientre. Fijó la abrazadera en el pulgar y le dio una vuelta de tuerca. Luego otra vuelta mientras miraba en derredor en el autobús.

La pestilencia y la angustia eran idénticas que en Dachau.

Gilah cerró los ojos tratando de pensar en la libertad, pero era como si esta nunca hubiera existido y no fuera a existir jamás. Ni antes, ni después de Dachau. Los recuerdos estaban allí, pero tenía la impresión de que no le pertenecían.

Llegó dos años atrás a Lemberg, en Ucrania occidental, a la edad de trece años, pero con el cuerpo de un chico de veinte años. Robó una maleta en un autobús militar alemán, la detuvo la Gestapo y se sumó a los miles de prisioneros deportados a los campos en virtud del decreto *Nacht und Nebel*.

Los alemanes no la examinaron al ser internada, simplemente le dieron un pico y ropa de trabajo. El control sanitario no era necesario. Era fuerte y gozaba de buena salud.

Le gustaron los trabajos forzados, ya fuera cavar zanjas o montar máquinas. Al principio, su cuerpo se endureció y tuvo el placer de ver a los otros detenidos caer derrengados unos tras otros. Ella era más resistente que cualquier hombre adulto del campo.

Fue más duro hacia el final, pero aguantó hasta la llegada de los autobuses blancos.

Solo se evacuaba a los ciudadanos escandinavos: cuando pronunciaron el último apellido danés, Gilah Berkowitz levantó la mano.

La cubrieron con un abrigo gris marcado con una cruz blanca que indicaba que era libre.

Vita Bergen–Apartamento de Sofia Zetterlund

Sofia Zetterlund camina por Renstiernas Gata y alza la vista hacia la pared rocosa a su derecha. En una cavidad excavada en el granito, treinta metros debajo de la iglesia de la Reina Sofía, se halla el servidor más importante de Suecia.

El vapor forma un velo blanco con el que las ráfagas heladas de esa noche de otoño envuelven las paredes rocosas.

Exceso de calor. Como una olla a presión.

Sabe que los transformadores y los generadores diésel garantizan que todos los datos informáticos de las autoridades suecas sobrevivirían a una catástrofe. Entre otros, los expedientes confidenciales sobre ella. Sobre Victoria Bergman.

Atraviesa el vapor denso y húmedo y por un momento no ve nada.

Justo después, llega frente a su casa. Echa un vistazo al reloj. Son las diez y cuarto, lo que significa que ha estado caminando cuatro horas y media.

Ya no recuerda las calles y los lugares por los que ha pasado. Apenas recuerda sus propios pensamientos a lo largo del paseo. Es como tratar de recordar un sueño.

Camino dormida, se dice al introducir el código de la puerta.

Sube la escalera y el eco sonoro de los talones de sus botas la despierta. Sacude su abrigo empapado de lluvia, se ajusta la blusa húmeda y, cuando introduce la llave en la cerradura, ya ha olvidado su largo paseo.

Sofia Zetterlund recuerda que estaba en su despacho imaginando el barrio de Södermalm como un laberinto cuya entrada era la puerta de su consulta de Sankt Paulsgatan y la salida la puerta de su apartamento en Vita Bergen.

No recuerda que un cuarto de hora después se ha despedido de su secretaria Ann-Britt y ha salido de la consulta.

Tampoco se acuerda del hombre al que ha conocido en el bar del Clarion en Skanstull, al que ha seguido a su habitación; tampoco de su sorpresa cuando ella se ha negado a que le pagara. No recuerda haber atravesado luego el vestíbulo del hotel titubeando, haber tomado Ringvägen hacia el este y después bajado por Katarina Bangata hasta el puerto de Norra Hammarby para contemplar el agua, las gabarras y los almacenes en el muelle de enfrente, ni de haber subido acto seguido por Ringvägen, que tuerce hacia el norte y se convierte en Renstiernas Gata, que pasa bajo las laderas rocosas y abruptas de Vita Bergen.

No recuerda cómo ha encontrado el camino de su casa, la salida del laberinto.

El laberinto no es Södermalm, es el cerebro de una sonámbula, sus canales, sus señales, su sistema nervioso de innumerables repliegues, bifurcaciones y callejones sin salida. Un paseo por calles crepusculares en el sueño de una sonámbula.

La llave gira ruidosamente en la cerradura, dos vueltas a la derecha y la puerta se abre.

Ha encontrado la salida del laberinto.

Sofia consulta su reloj. Lo único que desea es dormir.

Se quita el abrigo y avanza por la sala. Sobre la mesa, unas pilas de documentos, clasificadores y libros. Todos sus intentos de ayudar a Jeanette con un perfil del asesino en la investigación de los jóvenes inmigrantes asesinados.

¿Para qué?, piensa pasando algunas páginas distraídamente. De todas formas, no había servido de nada. Acabaron besándose y Jeanette no había vuelto a hablar de ello después de la noche en Gamla Enskede. ¿Quizá no era más que un pretexto para verse?

Se siente insatisfecha porque el trabajo no está acabado y Victoria no la ayuda, no le muestra ningún recuerdo. Nada.

Que mató a Martin, eso sí lo sabe.

Pero ¿a los otros? ¿A los muchachos sin nombre, al chico bielorruso?

No tiene ningún recuerdo, ni ningún sentimiento obsesivo de culpabilidad.

Se dirige hacia la estantería que camufla la habitación insonorizada. Al descorrer el pestillo para deslizarla y abrirla, sabe que la habitación estará vacía. Allí dentro solo hay restos de ella misma y el olor de su propia transpiración.

Gao Lian no ha montado nunca en la bicicleta estática, el sudor ha caído del cabello de ella, a lo largo de su espalda y de sus brazos.

Ha dado varias veces la vuelta al mundo con las ruedas girando en el aire, sin que ella avanzara ni un centímetro. No ha hecho más que pedalear sin moverse.

Aunque Gao Lian, de Wuhan, no exista, está por toda la habitación. En los dibujos, los recortes de periódico, en una hoja de cuaderno y en un recibo de farmacia en el que ella ha rodeado las iniciales de los medicamentos para formar GAO.

Gao Lian acudió a ella porque ella necesitaba a alguien para canalizar su culpabilidad. Para saldar la cuenta de lo que le debía a la humanidad.

Creyó que todos los textos, todos los artículos sobre los muchachos asesinados hablaban de ella. Siguiendo los acontecimientos, les buscó una explicación y la encontró dentro de sí misma.

Comprende por qué lo ha inventado. Además de un exutorio para su sentimiento de culpabilidad, le ha servido de sustitutivo de la hija que no pudo conservar.

Pero en algún momento ha perdido el control de Gao.

No se ha convertido en aquel que deseaba, y por eso ha dejado de existir y ya no cree en él.

Gao Lian, de Wuhan, nunca ha existido.

Sofia accede de nuevo a la habitación secreta, recoge las portadas enroscadas de los periódicos y las extiende en el suelo. ¡Aparece una momia entre los arbustos! y Hallazgo macabro en el centro de Estocolmo.

Lee lo que se escribió sobre el asesinato de Yuri Krylov, el joven de Molodetchno hallado muerto en primavera en la isla de Svartsjö, y presta especial atención a lo que ella misma subrayó. Detalles, nombres, lugares.

¿Lo hice yo?, se pregunta.

Da la vuelta al viejo colchón. La corriente de aire hace volar delante de ella otros papeles. El polvo hace que le comience a picar la nariz.

Páginas arrancadas de una edición alemana del libro de Zbarsky sobre la técnica rusa del embalsamamiento. Páginas impresas de internet. Una descripción completa del embalsamamiento de Lenin realizada por un profesor llamado Vorobiov en el instituto anatómico de Járkov, en Ucrania.

En el momento en que Sofia deja esos artículos, suena su teléfono: es Jeanette. Se levanta para responder, mirando en derredor en la habitación.

El suelo está cubierto de una espesa capa de papeles, casi no hay ni un solo espacio libre. ¿Qué sentido tiene todo eso? ¿Qué explicación? ¿Cuál es el gran interrogante?

La respuesta está aquí, se dice al descolgar.

Los pensamientos de una persona troceados en papelitos.

Un cerebro estallado.

Klara Sjö–Ministerio Fiscal

La mentira es blanca como la nieve y ningún inocente sufre perjuicio alguno.

El fiscal Kenneth von Kwist está satisfecho con su arreglo, convencido de haber resuelto los problemas de una manera ejemplar. Todo el mundo ha quedado contento.

Jeanette Kihlberg se centrará enteramente en Victoria Bergman, y él mismo ha cerrado acuerdos extraoficiales con Ulrika Wendin y la familia Lundström.

El fiscal Kenneth von Kwist trata de persuadirse de que se han resuelto todos los problemas, por lo menos provisionalmente. Solo teme que aparezca uno nuevo.

Piensa en los documentos que ha destruido. Unas actas que habrían sido útiles a Ulrika Wendin, pero claramente perjudiciales para el abogado Viggo Dürer, el antiguo jefe de policía Gert Berglind y a la larga para él mismo.

¿He obrado bien?, piensa el fiscal.

Kenneth von Kwist no tiene respuesta a sus preguntas: sus náuseas se transforman en un reflujo ácido que le quema la garganta y le causa indigestión.

La úlcera del fiscal da sabor a su conciencia.

Gamla Enskede–Casa de los Kihlberg

Una vida sencilla y tranquila, piensa Jeanette Kihlberg al aparcar frente a su casa en Gamla Enskede. Hoy echa de menos la sencillez previsible, sentirse contenta después de una larga jornada de arduo trabajo y poder olvidarlo todo al llegar a casa.

Johan duerme en la ciudad en casa de Åke y Alexandra: ya en el umbral, siente el vacío, la ausencia de una familia.

Desde la marcha de Åke, la casa huele de otra manera. Se ve obligada a reconocer que añora el olor a pintura, aceite de linaza y trementina. ¿Había sido ella demasiado impaciente? ¿Demasiado débil para darle el último empujón en la buena dirección cuando él dudó de su talento? Tal vez, pero eso ya no tiene ninguna importancia. Ya no están casados, y lo que haga ya no la concierne.

Las dos mujeres del coche eran muy probablemente Hannah Östlund y Jessica Friberg. Ivo Andrić estaba trabajando a marchas forzadas para confirmarlo.

A la mañana siguiente tendrá la respuesta: si está en lo cierto, el caso pasará al fiscal y se declarará cerrada la investigación.

Pero primero habrá que llevar a cabo un registro en casa de las dos mujeres para reunir las pruebas de su culpabilidad, y luego Hurtig y ella no tendrán más que redactar el informe y enviárselo a Von Kwist. No considera que haya hecho especialmente un buen trabajo. Ha seguido un camino tortuoso y, con un poco de suerte y de oficio, todo ha sido elucidado.

Fredrika Grünewald y Per-Ola Silfverberg han sido asesinados por esas dos mujeres por venganza.

Una locura compartida. La psicosis simbiótica, según el término acuñado, se da casi exclusivamente en el seno de una misma familia. Por ejemplo, entre una madre y una hija aisladas que comparten una misma enfermedad mental. Por lo que sabe Jeanette, Hannah Östlund y Jessica Friberg no son parientes, pero crecieron juntas, asistieron a las mismas escuelas y luego decidieron vivir una al lado de la otra.

Cerca de Grünewald, habían dejado unos tulipanes amarillos. Y la noche de su muerte, Karl Lundström también recibió un ramo de tulipanes amarillos. ¿Lo mataron también ellas? ¿Una sobredosis de morfina? Sí, ¿y por qué no? Karl Lundström y Per-Ola Silfverberg eran los dos pederastas que habían abusado de sus hijas. Por fuerza tenía que haber una relación. Los denominadores comunes eran los tulipanes amarillos y el internado de Sigtuna.

La venganza, se dice. Pero ¿cómo diablos se puede llegar a semejantes extremos?

Jeanette saca el pan del congelador, coge dos rebanadas y las introduce en la tostadora.

Sabe que no va a encontrar respuesta a todas sus preguntas.

Jeanette, vieja amiga, ya va siendo hora de aprender que, si hay algo que no debes esperar en la policía, es obtener satisfacción. No se puede entender todo.

La tostadora da una sacudida, y suena el teléfono. Naturalmente es Åke.

Él se aclara la voz.

—Sí, me gustaría llevarme a Johan a Londres este fin de semana. A ver un partido de fútbol. Solos él y yo. Quiero ejercer de padre, vamos...

¿De padre? Ya sería hora, piensa ella.

—Vale. ¿Y él está de acuerdo?

Åke ahoga la risa.

—Oh, sin duda. El derbi de Londres, figúrate...

Åke permanece un momento sin decir nada. Jeanette piensa en su vida en común, que ahora le parece perdida en la lejanía.

—Dime... —dice finalmente Åke—, ¿no te apetecería quedar un día a comer tú y yo antes de ese fin de semana en Londres?

Ella titubea.

—¿A comer? ¿Tienes tiempo para quedar a comer?

—De lo contrario, no te lo propondría —se irrita—. ¿Mañana te iría bien?

—Mejor pasado mañana. Pero tengo pensado ir a ver algunas casas, así que no puedo prometértelo.

Él suspira.

—Vale. Pues avísame cuando te vaya bien.

Y cuelga.

Ella suspira a su vez en el silencio y luego saca las tostadas de la tostadora. Esto no está bien, se dice untando las tostadas. No es bueno para Johan. Falta de estabilidad. Recuerda el comentario de Hurtig: «A esa edad todo se magnifica enseguida», y en el caso de Östlund y Friberg llevaba mucha razón.

Pero ¿y Johan? Primero el divorcio, luego su desaparición en la feria de Gröna Lund, y ahora ese maldito tira y afloja entre ella, que apenas tiene tiempo de ocuparse de él, y Åke y Alexandra, que se comportan como adolescentes incapaces de prever las cosas aunque sea con dos días de antelación.

Traga el último bocado de pan frío y seco y coge de nuevo el teléfono. Necesita hablar con alguien, y solo se le ocurre Sofia Zetterlund.

La noche de otoño es limpia y brillan las estrellas. En el momento en que Jeanette se pregunta qué lleva a la gente a envenenarse la vida, Sofia descuelga.

−Te echo de menos −dice.

−Yo a ti también. −Jeanette siente que recobra el calor−. Me siento muy sola.

La respiración de Sofia suena muy próxima.

−Yo también. Tengo muchas ganas de verte.

Jeanette cierra los ojos e imagina que Sofia está realmente en su casa, que se apoya en su hombro y le susurra a la oreja, muy cerca.

−Acababa de quedarme dormida −dice Sofia−. He soñado contigo.

Con los ojos aún cerrados, Jeanette se repantiga en la silla, sonriendo.

−¿Qué has soñado?

Sofia se ríe muy bajo, casi con timidez.

−Me estaba ahogando y me has salvado.

Vita Bergen−Apartamento de Sofia Zetterlund

Sofia Zetterlund cuelga el teléfono y se deja caer al suelo. Ha hablado con Jeanette, pero no sabe de qué.

Un vago sentimiento de ternura compartida. Un confuso deseo de calidez.

¿Por qué es tan difícil decir lo que se siente realmente? ¿Por qué me cuesta tanto dejar de mentir?

Necesita orinar, va al baño y, al bajarse las bragas para sentarse en la taza, comprende que esa noche ha ido al hotel Clarion. El hombre con el que ha debido de estar ha dejado un rastro en el interior de su muslo.

Una fina costra de esperma seco se ha pegado a sus pelos púbicos, y se la lava frente al lavabo. A continuación se seca largamente con la toalla para invitados y luego regresa a la habitación oculta detrás de la estantería. Antes era la habitación de Gao y ahora es el museo de la vida de vagabundeo de Victoria Bergman. Ulises, piensa. Las respuestas están aquí. Aquí está encerrada la llave del pasado.

Hojea los papeles de Victoria Bergman y trata de ordenar los croquis, notas y recortes de prensa. A pesar de lo que tiene ante sus ojos, duda.

Ve una vida que ha sido la suya y, aunque una vez reconstruida no se vuelva suya, por lo menos es una vida. La vida de Victoria. La vida de Victoria Bergman.

Y es la historia de un declive.

En muchas notas aparece un nombre misterioso que suscita en ella una viva emoción.

Madeleine.

Su hermana y su hija.

Madeleine es la hija que tuvo años atrás con su propio padre.

La hija que le obligaron a entregar en adopción.

A esas notas sobre Madeleine se añade una foto, una polaroid de una chiquilla de unos diez años de pie en una playa, vestida de rojo y blanco.

Sofia examina la imagen de cerca, convencida de que se trata de su hija: le encuentra un aspecto familiar. Su rostro tiene una expresión apesadumbrada y la fotografía incomoda sobremanera a Sofia. ¿Qué se ha hecho de Madeleine de adulta?

En otro papel se habla de Martin. El muchacho desaparecido en una feria al que hallaron ahogado en el Fyrisån. El chaval al que golpeó en la cabeza con una piedra y que luego arrojó al agua. La policía concluyó que había sido un accidente, pero desde entonces ella ha vivido con el peso de una implacable culpabilidad.

Sofia recuerda también la salida de la feria de Gröna Lund, donde desapareció Johan, el hijo de Jeanette. Los acontecimientos se parecen, pero está segura de que nunca le habría hecho daño a Johan. O desapareció solo o fue secuestrado por una tercera persona. Alguien que luego cambió de opinión, puesto que Johan fue encontrado poco después sano y salvo.

Sofia Zetterlund sigue buscando en sus recuerdos volcados sobre papel. Deja una hoja a un lado y toma otra. La mira, lee y recuerda entonces lo que pensaba en el momento preciso en que escribió esa nota. Por aquel entonces vivía continuamente aturdida por el alcohol y los medicamentos y rechazaba todos los recuerdos desagradables. Ocultaba bajo su piel pedazos enteros de sí misma.

Durante numerosos años, eso funcionó.

La piel, en sus partes más finas, no mide más de un quinto de milímetro, pero a pesar de ello es una línea de defensa infranqueable entre el interior y el exterior. Entre la realidad racional y el caos irracional. En ese preciso instante, su memoria ya no es borrosa, sino perfectamente clara. Pero ignora por cuánto tiempo.

Sofia lee el diario que Victoria llevaba en el internado de Sigtuna. Dos años de castigos, novatadas y torturas psíquicas. Las palabras que le vienen a la cabeza son «venganza» y «represalias», y recuerda haber soñado con regresar para hacerlo volar todo por los aires. Ahora, dos de las personas mencionadas en ese diario están muertas.

Sabe que Victoria no tiene nada que ver con esos asesinatos.

Aunque sabe que es inocente de esos dos crímenes en particular, sabe lo que ha hecho.

Mató a sus padres. Prendió fuego a su casa de infancia en Grisslinge, en la isla de Värmdö, y luego se encerró en la habitación secreta para dibujar al carboncillo hojas y hojas de casas en llamas.

Sofia piensa en Lasse, su exmarido y su relación más significativa, pero sin sentir hacia él el mismo odio que hacia sus padres. Más bien una decepción inmensa. Por un breve momento, es presa de la duda: ¿también lo ha matado a él?

La emoción es viva en su recuerdo, pero no se ve llevándolo a cabo.

A pesar de todo, sabe que haber matado es algo con lo que deberá vivir hasta el fin de sus días. Que tendrá que aprender a aceptar.

Bosque de Judar–Reserva natural

Al oeste de Estocolmo, entre Ängby y Åkeshov, se encuentra la primera reserva natural de la ciudad.

Es un paisaje esculpido por el cielo, un centenar de hectáreas de bosque, campos e incluso un pequeño lago. Los glaciares dejaron allí altas morrenas. Después de amontonar un millar de metros sobre el suelo, el hielo lo hizo añicos y dispersó los bloques desprendidos del zócalo rocoso.

Aquí y allá, en el bosque, se encuentran ruinas de muros que no fueron alzados por el hielo sino por la mano del hombre. Según la tradición, esas piedras fueron apiladas por prisioneros de guerra rusos.

El lago situado en medio del bosque se llama Judar. El nombre viene de la palabra sueca *ljuda*, «hacer ruido», «sonar», pero esa etimología no tiene nada que ver con los lamentos de los prisioneros hambrientos ni con el grito que en ese momento resuena en el bosque.

Una joven rubia con un abrigo azul cobalto alza la vista hacia las estrellas sobre los árboles.

Miles y miles de bolas de hielo y de piedra que arden.

Después de vaciar una vez más los pulmones gritando su rabia, Madeleine Silfverberg regresa a su coche aparcado cerca de un grupo de árboles a orillas del lago.

El tercer grito resuena cinco minutos después en el coche, a casi noventa kilómetros por hora.

El mundo es un parabrisas, con una cinta de asfalto en medio y árboles borrosos en los márgenes del campo de visión. Cierra los ojos y cuenta hasta cinco escuchando el motor y la fricción de los neumáticos sobre el revestimiento. Cuando vuelve a abrirlos, se siente en calma.

Todo ha salido como estaba previsto.

La policía pronto registrará la casa de Fagerstrand.

Sobre la mesa de la cocina, al lado del gran ramo de tulipanes amarillos, encontrarán también una serie de polaroids bien alineadas que documentan los asesinatos.

Karl Lundström en su cama del hospital Karolinska.

Per-Ola Silfverberg abierto en canal como un cerdo en su bonito apartamento.

La policía ya tiene la tercera polaroid, la que dejó en el buzón de los Lundström. Fredrika Grünewald en su barraca de la cripta de la iglesia de San Juan, deslumbrada por el flash, con el rostro rechoncho e inflado por una mueca de borracha.

Al bajar al sótano, hallarán el origen de la pestilencia.

El bosque acaba de golpe, las viviendas se vuelven más densas y aminora la velocidad. Al cabo de poco, se ve obligada a detenerse en el cruce de Gubbkärrvägen y Drottningholmsvägen. Algunos coches tardan en dejar paso, se impacienta y tamborilea con sus nueve dedos sobre el volante.

A Hannah Östlund hubo que amputarle un dedo a consecuencia del mordisco de un perro.

Ella misma utilizó una cizalla.

Al tomar Drottningholmsvägen piensa en las personas que pronto morirán, en las que ya han muerto y también en aquellas que hubiera deseado poder matar con sus propias manos.

Bengt Bergman. Su padre y abuelo. «Papiyayo».

El fuego se lo llevó antes de que ella tuviera tiempo. Pero su propio fuego, nadie se lo va a llevar. Se llevará a los otros. Y en primer lugar a esa mujer que tiempo atrás se llamó su madre. Luego a Victoria, su verdadera madre.

Mientras circula por Drottningholmsvägen en dirección al centro de la ciudad, tiende la mano hacia el vaso de McDonald's, lo abre y coge un puñado de hielo, que masca ávidamente y luego se traga.

No hay nada más puro que el agua helada. Los isótopos quedan limpios de su suciedad terrestre y pueden captar las señales cósmicas. Si come bastante agua helada, esta se extenderá por su cuerpo y cambiará las características del mismo. Le aguzará el cerebro.

Dinamarca, 1994

Lleno de agua el arroyo
para que salte y corra.
Hago volar a las golondrinas
y a los mosquitos para ellas.
Cubro los árboles de nuevas hojas
y de pequeños nidos aquí y allá.
Embellezco el cielo por la noche,
porque lo vuelvo de color rosa.

Tironeó despacio del diente que se movía arriba a la izquierda. Pronto iba a caer, no ahora, pero quizá por la noche.

Cerró la boca. Sabía a sangre y le daba punzadas como si fuera hielo.

El ratoncito le había dejado ya quinientas coronas. Un billete de cien por cada diente que había depositado bajo la almohada. Guardaba el dinero en su caja secreta, que ocultaba debajo de la cama y que contenía en ese momento seiscientas veintisiete coronas, con el dinero que le había robado al criador de cerdos. Había pasado todo el verano en casa de este, era la tercera vez que sus padres adoptivos iban a visitarla.

Nunca les llamaba «mamá» o «papá», dado que no eran sus verdaderos padres. «Per-Ola» y «Charlotte» también estaban excluidos, pues habrían podido creer que les respetaba. En cambio, les llamaba «tú».

Esta vez habían venido con sus amigos de Suecia.

Y las dos nuevas rubias. Eran juristas o algo parecido.

Tenían un aspecto angelical, pero a ella le parecían muy raras. Casi daba la impresión de que estaban de su lado, ya que titubearon visiblemente cuando todo empezó, por la noche. Pero no estaban encerradas como ella, eran libres de ir y venir a su antojo, y por eso eran tan raras: siempre regresaban.

A una de ellas además le faltaba un dedo, que se lo había arrancado su perro. Sin embargo, seguía mimándolo y eso también era extraño.

Su habitación era la más pequeña de la casa, y olía a humedad. Solo había una cama que chirriaba, un armario viejo que apestaba a naftalina y una pequeña ventana que daba al jardín. Para jugar, solo tenía unos rotuladores, papel amarillento y una caja de Legos.

A regañadientes, construyó a pesar de todo una casa sobre la gran base verde.

Una vez acabada la casa de Lego, comenzó a colocar los muñequitos. Había en total nueve figuritas de plástico, tantas como personas había en la granja, aparte de ella y de la cría que los suecos tenían con ellos.

Colocó las figuritas una por una formando una larga hilera al pie de la casa de Lego. Tuvo que hacer como que cinco de ellas eran mujeres, puesto que los Legos solo eran hombres, y pronto estuvieron todas dispuestas con sus sonrisas de plástico.

El criador de cerdos y las dos juristas.

El hombre al que llamaban Berglind, que era policía pero no se comportaba como tal. Era el único de los muñequitos de plástico que guardaba un parecido real. Vestía uniforme de policía y tenía el mismo bigote.

Al lado de este se encontraba Fredrika, que era mucho más gorda que su figurita. Luego los padres de la cría, Karl y Annette.

A la derecha de la hilera, sus padres adoptivos.

Los miraba fijamente mientras jugueteaba con la lengua con su diente bamboleante. Estaba pensando en otras cosas cuando alguien abrió la puerta.

—Es hora de irnos. ¿Has recogido tus cosas? ¿No has olvidado la toalla esta vez?

Dos preguntas que exigían responder a la vez sí y no, lo cual le impedía guardar silencio. Era imposible asentir o negar con la cabeza: era su manera de obligarla a hablarle.

—Lo he recogido todo —murmuró.

Él cerró la puerta y eso le hizo recordar el momento en que perdió su primer diente.

Le explicó qué ocurría cuando un niño ofrecía sus dientes al ratoncito.

Si al acostarse se depositaban en un vaso de agua o debajo de la almohada, el ratoncito iba durante la noche a buscarlos y dejaba a cambio un regalo. Coleccionaba dientes de niños, y en algún lugar, muy lejano, tenía un palacio enteramente construido con dientes y pagaba cien coronas por pieza.

La ayudó a que se le cayera el primero, para que pudiera hacerse rica.

Ocurrió cuando fueron a verla a principios de verano. Estaba sentada en el mismo sitio que hoy, pero en un pequeño taburete, y le ató un hilo alrededor del diente. Luego ató el otro extremo al pomo de la puerta y dijo que iba a buscar algo. Pero la engañó y cerró la puerta sin previo aviso.

El diente salió volando y le proporcionó sus primeras cien coronas.

Pero el ratoncito no fue a verla esa noche. Fue él quien se metió en su habitación, creyendo que estaba dormida, para dejar el dinero bajo la almohada.

Luego tuvo que ganárselo y comprendió que el ratoncito no era un personaje de cuento de hadas, sino simplemente un hombre que compraba dientes de leche.

Barrio de Kronoberg–Central de Policía

Jeanette enciende la lámpara de su mesa de trabajo y extiende las fotos frente a ella.

El rostro carbonizado y desfigurado de Hannah Östlund. La mujer tenía unos cuarenta años, debía de estar en la flor de la vida. Hasta hacía muy poco era una perfecta desconocida, pero ahora es una de las principales sospechosas de varios asesinatos. Uno no puede fiarse de las apariencias, se dice.

El hecho de que a Hannah le falte el anular derecho confirma las sospechas de Jeanette.

En cuanto sea posible se llevará a cabo una prueba de ADN para confirmar la identidad de las difuntas y luego se buscará la presencia de dióxido de carbono en la sangre: eso puede ofrecer una indicación sobre la causa de la muerte.

Un tubo de aspiradora conectado al tubo de escape ha llenado el habitáculo del coche de gas tóxico. Como las dos mujeres llevaban puesto el cinturón de seguridad, Jeanette parte de la hipótesis de que se han suicidado juntas.

Siguiente imagen, Jessica Friberg, la amiga de Hannah. Carbonizada como ella y casi irreconocible.

El hematoma de la quemadura, que no se debe a una violencia mecánica. La mujer ha fallecido en el incendio.

El cráneo se ha calentado bruscamente y la sangre ha hervido entre el cráneo y las membranas protectoras.

Locura compartida. Dos personas que comparten los mismos delirios y la misma paranoia, las mismas alucinaciones y la misma locura.

En general, una de las dos personas es dominada por un familiar o por su mejor amigo, más enfermo que ella misma.

¿Cuál de las dos mujeres llevaba la voz cantante? ¿Qué importancia tenía eso? Es policía, debe reunir hechos y no especular sobre el cómo y el porqué. Ahora esas dos mujeres son el eco de un pasado que pronto habrá callado y habrá desaparecido dejando tras de sí esos cadáveres.

El fuego, piensa. Hannah y Jessica en un coche en llamas.

Dürer y el barco.

El matrimonio Bergman en su casa reducida a cenizas.

No se trata de una casualidad. Decide abordar la cuestión con Billing lo antes posible. Si es del mismo parecer que ella, podría reabrirse el caso.

Jeanette descuelga el teléfono y marca el número del fiscal. Como de costumbre, Kenneth von Kwist tarda en emitir la orden de registro, cuando en la mayoría de las ocasiones, como esta, no tiene más que firmar un papel.

Le cuesta disimular su desprecio por la incompetencia del fiscal, y seguramente él se da cuenta, puesto que no responde a sus preguntas más que con monosílabos y en un tono indiferente.

Le promete, sin embargo, que tendrá la orden de registro antes de una hora. Al colgar, Jeanette se pregunta cómo se motiva Von Kwist para ir todas las mañanas a trabajar.

Va a ver a Hurtig para ponerle al corriente antes de la visita al domicilio de las dos víctimas, y de camino pasa por el despacho de Åhlund.

Tiene una misión para él y Schwarz durante el resto del día.

El abogado Viggo Dürer, piensa. Aunque haya muerto, es preciso saber más acerca de él. Quizá en su pasado haya pistas que puedan conducirnos al asesino.

Jeanette sabe que alguien ha ingresado medio millón de coronas en la cuenta de Annette Lundström y comprende que se trata de un soborno, aunque aún no han logrado identificar el origen de ese dinero. Y además Sofia le explicó que Ulrika Wendin tenía mucho dinero en efectivo y sugirió que Dürer podía estar detrás de ello. Y en las cartas escritas por Karl Lundström a su hija Linnea se menciona al abogado como un presunto pedófilo, cosa que se ve confirmada en los dibujos de infancia de Linnea.

Klara Sjö–Ministerio Fiscal

El fiscal Von Kwist no se encuentra bien.

La úlcera de estómago es una cosa, pero la inquietud ante la inminente catástrofe es algo muy diferente.

Su secreto para recuperarse rápidamente se llama Diazepam Desitin. La molestia de tener que administrárselo por vía rectal se ve compensada por la potente sensación de calma que provoca: agradece a su médico haberle proporcionado rápidamente una copiosa receta. También le ha recetado una copa de whisky tres veces al día para reforzar el efecto.

La inquietud que siente no tiene nada que ver con Hannah Östlund y Jessica Friberg.

Se la provoca el hecho de que las cosas se le estén yendo de las manos. Se reclina en su sillón para pensar.

Sabe que el abogado Viggo Dürer ha comprado el silencio de Annette Lundström y de Ulrika Wendin, y sabe también que la idea fue suya.

Está mal, por descontado, y eso no debe hacerse público bajo ningún concepto.

Una posibilidad es seguir haciéndole la rosca a Jeanette Kihlberg, para quedar bien. El problema es que de momento no tiene ninguna información que proporcionarle, aparte de la que no debe averiguar en ningún caso.

Si explicara lo que sabe acerca de Viggo Dürer, de Karl Lundström, de Bengt Bergman y del antiguo jefe de policía Gert Berglind, se vería él mismo arrastrado en la caída. Sería literalmente aniquilado. Humillado y excluido de la magistratura. En paro y arruinado.

Cada vez que había hecho favores a Dürer, Berglind o Lundström, la recompensa había llegado rápidamente, por lo general en forma de dinero en efectivo, pero a veces de otra manera. La última vez que hizo desaparecer unos documentos comprometedores para Dürer, recibió el consejo de reorganizar su cartera de acciones, sin lo cual, solo unos días después, con la crisis financiera, sus antiguos valores no hubieran valido nada. Sin contar, desde hacía muchos años, con todos los soplos de las carreras de caballos. Calcula en silencio con los dedos y se interrumpe al darse cuenta de que se ha convertido en un engranaje de un sistema de corrupción más importante y más profundamente enraizado en los entresijos del poder de lo que había imaginado.

El medicamento calma a Kenneth von Kwist y le permite pensar racionalmente, pero no le da ninguna idea de cómo resolver su dilema. Decide por ello dejar el problema para más tarde, ver cómo evolucionan las cosas y, entretanto, mantener una buena relación con las personas implicadas, en especial con Jeanette Kihlberg.

Una postura pasiva y complaciente, aunque insostenible. No se puede nadar mucho tiempo entre dos aguas.

En ninguna parte

Al despertar, Ulrika Wendin primero no siente nada, pero pronto la sacude el dolor. Su rostro palpita, le duele la nariz y nota sabor a sangre en la boca.

Está oscuro como la boca del lobo y no tiene la menor idea de dónde se encuentra.

Su último recuerdo es la pestilencia del separador de grasas, en el sótano. El hombre que la ha perseguido por el bosque debe de haberla anestesiado.

Ulrika Wendin se maldice por haber aceptado el dinero. Cincuenta mil coronas que se ha fundido en menos de una semana.

Quizá alguien ha adivinado que, a pesar del dinero, había hablado. Pero de todas formas su declaración a la policía no ha tenido consecuencia alguna. Nadie la ha creído.

¿Por qué estoy aquí, joder?, se pregunta.

Tiene el rostro inmovilizado y la piel le tira alrededor de la boca. Está tumbada boca arriba, desnuda, sin poder moverse, con las manos atadas con cinta adhesiva.

A uno y otro lado hay una pared rugosa de madera, y unos tubos metálicos entre las rodillas y el pecho le impiden incorporarse.

Lo que en un primer momento le ha parecido sangre seca adherida a su cara resulta ser una cinta adhesiva pegada sobre la boca. Debajo de ella está mojado e imagina que se ha orinado encima.

Me han enterrado viva, se dice. El aire es seco, el calor es asfixiante y huele como si se encontrara en un sótano.

El pánico aumenta y comienza a jadear. No sabe de dónde surge su grito, pero sabe que ahí está, aunque no pueda oírlo.

Respira por la nariz. Calma. Vas a salir de esta, se dice. Toda la vida has logrado salir adelante sin que nadie se ocupara de ti.

Cinco años atrás, cuando acababa de cumplir dieciséis, encontró a su madre tendida sin vida en el suelo de la cocina, y desde entonces había estado sola. Nunca se había dirigido a los servicios sociales cuando le había faltado dinero, prefirió robar comida y pagar el alquiler con el modesto seguro de vida de su madre. Nunca había estado a cargo de nadie.

No sabe quién es su padre, su madre se llevó el secreto al cielo, si es ahí adonde se va cuando, a base de alcohol y medicamentos, una se hunde lenta pero firmemente en la eternidad antes de haber cumplido los cuarenta.

Su madre no era mala, solo desgraciada, y Ulrika sabe que las personas desgraciadas a veces hacen cosas que parecen malas.

La verdadera maldad es algo muy diferente.

La abuela no se preocupará hasta dentro de una semana, piensa. El contacto que mantienen suele ser semanal.

Su respiración se calma y sus pensamientos se vuelven más racionales.

¿Puede que la eche de menos la psicóloga Sofia Zetterlund? Ulrika lamenta haber telefoneado para anular todas sus citas.

¿Y Jeanette Kihlberg? Quizá, pero probablemente no.

Su ritmo cardíaco pronto vuelve a la normalidad y, a pesar de que le cuesta respirar, ha recuperado el uso de sus sentidos. Por lo menos provisionalmente.

Sus ojos se acostumbran a la oscuridad compacta y sabe que no se ha quedado ciega. Las sombras que la rodean tienen diferentes tonos de gris y, por encima, pronto discierne el contorno de lo que parece una caldera conectada a diversos tubos.

A intervalos regulares, un rugido en la pared. Un chirrido metálico, un golpe y luego unos segundos de silencio antes de que comience de nuevo el rugido.

Supone primero que se trata del ruido de un ascensor.

Una caldera, tuberías… ¿Un ascensor?

¿Dónde se encuentra?

Vuelve la cabeza, en busca de una fuente de luz.

Solo al echar hacia atrás la cabeza, con tal fuerza que tiene la sensación de que las venas y la nuez desgarrarán la piel de su cuello, ve algo.

En el límite de su campo de visión, un fino rayo de luz, como un difuso reflejo en una pared.

Sjöfartshotellet–Södermalm

La venganza sabe a bilis, y por mucho que una se lave los dientes ese sabor no desaparece. Se incrusta en el esmalte y las encías.

Madeleine Silfverberg se aloja en el hotel Sjöfarts, en Södermalm. Se está acicalando. Dentro de unas horas se verá con la mujer que tiempo atrás se hacía llamar su madre y quiere ofrecer su mejor aspecto. Saca del neceser un lápiz de ojos y se maquilla discretamente.

Al igual que el odio, la venganza forma minúsculas arrugas en un rostro por lo demás bello, pero mientras el resentimiento produce unos pliegues nítidos en la comisura de los labios, la venganza se manifiesta mayormente alrededor de los ojos y en la frente. El profundo surco entre sus ojos, justo sobre la nariz, aún se ha hecho más marcado. Las preocupaciones le han hecho fruncir el ceño desde hace mucho tiempo y el sabor agrio en su boca la ha obligado a forzar las muecas.

Nunca ha tenido tiempo de olvidar. Entre la que es hoy y la que fue en otro tiempo se extiende un universo de acontecimientos y circunstancias. Imagina que existen otras versiones de ella al mismo tiempo, en mundos paralelos.

Pero este es su mundo, y aquí ya ha matado a cinco personas.

Cierra el neceser, sale del baño y se sienta en la cama de su pequeña habitación, donde se han sentado antes miles de personas, han dormido, amado y probablemente odiado.

La bolsa de viaje al pie de la cama es tan nueva que aún no ha creado lazo alguno con ella, pero contiene todo cuanto necesita. Ha llamado a Charlotte Silfverberg y le ha dicho que quiere verla. Que tienen que hablar, y que luego la dejará en paz.

Dentro de unas horas estará sentada frente a la mujer que tiempo atrás se hacía llamar su madre. Hablarán de la cría de cerdos cerca de Struer, y de lo que allí ocurrió.

Juntas recordarán la época de Dinamarca, lo que ocurría en los boxes de los cerdos, como personas normales evocando sus bellos recuerdos de las vacaciones. Pero en lugar de bonitas puestas de sol, arena fina y restaurantes agradables, hablarán de los muchachos drogados obligados a pelear entre ellos, de hombres sudorosos encima de niñas, bajo la mirada ávida y excitada de mujeres que decían ser madres.

Hablarán de ello el tiempo que sea necesario e ilustrará su relato con una veintena de fotos polaroid en las que pueden verse las actividades de sus padres adoptivos.

Le enseñará los documentos del Rigshospital de Copenhague, que certifican que ella vino al mundo de nalgas y que se la quitaron junto con la placenta a su madre biológica. Y también que midió treinta y nueve centímetros, pesó apenas dos kilos y la metieron en la incubadora por el riesgo de ictericia. En la maternidad estimaron que había nacido un mes antes de lo que indicaba su historial.

Tiene otros documentos en el bolso y se los sabe todos de memoria. Uno procede de la consulta de psiquiatría infantil de Copenhague.

Séptima línea: «La niña manifiesta signos de depresión». Dos líneas más adelante: «Ha desarrollado profundas tendencias autodestructivas y puede ser violenta». Página siguiente: «En varias ocasiones ha acusado a su padre de agresión sexual, pero no se ha considerado creíble».

Luego una nota al margen en lápiz, que el tiempo ha hecho casi ilegible, pero que ella se sabe palabra por palabra: «Motivo principal: su madre ha certificado que siempre ha tenido una imaginación desbordante, lo cual confirman sus relatos frecuentes e incoherentes acerca de una granja en Jutlandia. Alucinaciones recurrentes».

Otro documento con el sello de los servicios sociales es una orden de «entrega a una familia de acogida».

Familia de acogida, se dice, ¡qué bien suena!

Cierra el bolso y se pregunta qué va a ocurrir, luego, una vez que haya hablado con su madre adoptiva y comprendido el paso que tenía que dar.

La venganza es como un pastel: no se puede comer y guardar a la vez. Una vez llevada a cabo la venganza hay que seguir adelante y dar un nuevo sentido a la propia vida, que, de lo contrario, sería absurda.

Pero sabe qué va a hacer. Regresará a su casa de Saint-Julien-du-Verdon, en Provenza, junto a sus gatos, con su pequeño taller y la calma solitaria entre el fuerte aroma de los campos de lavanda.

Una vez que todo haya acabado, dejará de odiar y aprenderá a amar. Llegará el momento del perdón y, después de veinte años en las tinieblas, aprenderá a ver la belleza de la vida.

Pero antes, la mujer que en otro tiempo se hacía llamar su madre debe morir.

Fagerstrand–Un suburbio

—¿Por cuál empezamos? —pregunta Hurtig circulando por Drottningholmsvägen—. ¿Hannah Östlund o Jessica Friberg?

—Son casi vecinas —responde esta—. Empezaremos por la que está más cerca, es decir, Hannah Östlund.

En la rotonda de Brommaplan toman Bergslagsvägen hacia el oeste y el resto del trayecto transcurre en silencio, lo cual le está bien a Hurtig.

Uno de los rasgos de su jefa que más aprecia es su capacidad de hacer que el silencio sea agradable: al pasar por la reserva natural del bosque de Judar, le dirige una pequeña sonrisa.

Entran en la zona de casas unifamiliares y descienden hacia Fagerstrand.

—Ahí, frena —dice Jeanette—. Esa debe de ser la casa.

Aminora la velocidad, bordea el seto que rodea la vivienda y asciende hasta el garaje, donde aparca.

La gran casa está iluminada en parte, a pesar de que evidentemente su propietaria no puede encontrarse allí. Hay luz en la entrada, en la cocina y en un dormitorio de la planta superior.

Al dirigirse hacia la casa, Hurtig ve por la ventana de la cocina algo que ya han visto antes.

Un ramo de flores amarillas.

Jeanette dobla el documento firmado por Von Kwist y lo guarda en su bolsillo interior mientras Hurtig abre la puerta, que no está cerrada con llave.

Un olor pesado y almibarado se abate sobre ellos y Hurtig da instintivamente un paso atrás.

—¡Dios mío! —exclama con una mueca de asco.

La casa está en silencio, aparte del zumbido de las moscas que tratan desesperadamente de salir por las ventanas cerradas.

—Espera aquí —dice Jeanette, cerrando la puerta.

Vuelve al coche, abre el maletero y coge dos mascarillas, cuatro fundas de calzado desechables de plástico azul y dos pares de guantes de látex. Desde que bajó a la cripta de la iglesia de San Juan siempre tiene ese material a mano, por si acaso.

Regresa, tiende el equipo de protección a Hurtig y se sienta en la escalera de la entrada. Estira las piernas cansadas. La pestilencia de la casa sigue flotando en el aire.

—Gracias.

Hurtig se sienta al lado de ella y empieza a cubrirse los zapatos de piel negros. Jeanette observa que parecen caros.

—¿Son nuevos? —le pregunta, señalándolos con una sonrisa.

—No lo sé —responde riéndose—. Pero seguramente sí, a quien me los ha regalado le gusta la ropa de lujo.

Parece incómodo, como si se sintiera avergonzado. Pero antes de que ella pueda preguntárselo, se levanta, se ajusta los pantalones y se dispone a entrar en la casa.

Jeanette se pone los guantes de látex y le sigue.

En el recibidor no ven nada particular. Un perchero con algunos abrigos de tonos pardos, un paraguas apoyado en una cómoda sobre la que hay un listín de teléfonos y un calendario. Las paredes son blancas, el suelo de baldosas grises. Todo parece normal, pero la espantosa peste anuncia un descubrimiento atroz.

Hurtig entra el primero. Procuran no tocar nada. Jeanette se esfuerza en poner los pies sobre las pisadas de Hurtig. La policía científica es muy quisquillosa y no quiere que le reprochen negligencia alguna.

Tras pasar el recibidor, entran en la cocina. Allí, al ver lo que hay sobre la mesa, Jeanette comprende que han dado en el blanco, aunque eso no explique la horrible pestilencia.

Sobre la mesa,

en la cocina de Hannah Östlund, hay dos polaroids. Jeanette toma una de las fotos. Hurtig la mira por encima del hombro.

—Silfverberg —dice.

La deja y toma otra.

—Mira esto.

Él observa la foto unos segundos.

—Karl Lundström —dice—. ¿Así que también lo mataron? ¿Así que no sufrió un fallo renal, como creyó el médico, debido a un tratamiento con morfina demasiado prolongado?

—Eso es lo que parecía, pero debieron de manipularle la perfusión. No se hizo una investigación a fondo, puesto que las causas de la muerte parecían naturales, pero tengo que reconocer que la idea me pasó por la cabeza.

Contempla la serie de fotografías sobre la mesa de la cocina.

Algo no le cuadra, sin que pueda concretar de qué se trata. El ruido de un coche en el patio interrumpe sus pensamientos.

Jeanette sale a la puerta para recibir a Ivo Andrić y al equipo de la policía científica. Se quita la mascarilla e inspira una bocanada de aire fresco. Sea lo que sea lo que hay aún en la casa, es mejor que el equipo científico acceda en primer lugar.

Ivo abre la puerta del coche y sale. Al ver a Jeanette, sonríe.

—Bueno... —Entorna los ojos—. ¿Qué tenemos hoy en el menú?

—Solo sabemos que ahí dentro hay algo que apesta.

—¿Quieres decir que huele a muerto? —dice mientras su sonrisa se apaga.

—Algo parecido, sí.

—Quedaos fuera de momento, tú y Hurtig. —Ivo hace una señal al equipo científico—. Entraremos a echar un vistazo.

Hurtig se sienta de nuevo en la escalera de la entrada y Jeanette saca su teléfono.

—Voy a llamar a Åhlund. Le he puesto a investigar sobre Dürer con Schwarz.

Hurtig asiente con la cabeza.

—Te aviso si hay alguna novedad.

Jeanette se aleja por el camino de gravilla hasta el coche. Abre y, en el momento en que se sienta al volante, Åhlund responde.

—¿Cómo va todo? ¿Habéis averiguado algo interesante sobre Dürer?

Åhlund suspira.

—Los daneses no están muy por la labor. Pero hacemos lo que podemos.

—Vale. Cuéntame.

—Dürer llegó a Dinamarca a los cinco años con los autobuses blancos. Estuvo preso en el campo de Dachau.

¿La Segunda Guerra Mundial? Un campo de concentración, en otras palabras. Calcula rápidamente la edad de Dürer. Tenía setenta y ocho años cuando murió.

—Hubo daneses internados en Dachau, entre ellos los padres de Dürer, pero no sobrevivieron.

—¿Qué fue de él?

—Según la Hacienda danesa, declaró regularmente unos ingresos procedentes de una granja de cría de cerdos. Pero no parece haber hecho grandes negocios. Algunos años no tuvo ningún ingreso. La granja cerca de Struer, en Jutlandia, se vendió hará unos diez años.

—¿Cómo llegó a Suecia?

—Apareció en Vuollerim a finales de los años sesenta. Trabajaba como contable en el aserradero.

—¿No como abogado?

—No, y eso es lo más raro. No he podido hallar ni rastro de su título. Ni una nota, ni un examen, absolutamente nada.

—Y durante todos los años en que trabajó como abogado, ¿nadie verificó ni dudó de sus cualificaciones?

—No, en todo caso no he encontrado nada. Pero recibió tratamiento para el cáncer y...

Jeanette ve a Ivo Andrić salir de la casa y decirle algo a Hurtig.

—Tengo que dejarte, luego hablamos. Buen trabajo, Åhlund.

Se guarda el teléfono en la chaqueta y se dirige hacia los dos hombres que la esperan.

—Dos perros muertos en el sótano. Eso era lo que olía tan mal.

Jeanette respira aliviada. Parece que el forense sonríe. Supone que, al igual que ella, se alegra de que no haya nuevos cadáveres.

—Los animales están eviscerados, como en el matadero —continúa—. Por el contrario, el equipo que está registrando la casa de Hannah Östlund no ha encontrado, a primera vista, nada de interés.

—De acuerdo, llámame cuando hayáis terminado en casa de Jessica Friberg —dice Jeanette, mientras Hurtig se despide de Ivo con la cabeza y se dirige al coche.

Swedenborgsgatan–Södermalm

Sofia Zetterlund está sentada junto a la ventana del pequeño pub que hay enfrente de la boca este del metro de Mariatorget. Aún no se ha recuperado de la crisis de la víspera y mira fijamente los moribundos castaños otoñales por encima de un plato intacto de estofado con patatas. En verano es una de las calles más verdes de la ciudad, pero ahora solo quedan siniestros esqueletos de árboles. Los ramajes se dibujan sobre el cielo gris como las venas de un pulmón. Pronto nevará, piensa.

En lugar de comer, hojea un periódico sensacionalista olvidado sobre la mesa. Un artículo llama su atención: habla de una mujer a la que hizo de coach durante un tiempo.

La supuesta famosa, modelo ligera de ropa y ahora actriz porno Carolina Glanz.

El artículo aún le quita más el apetito. Según fuentes bien informadas, en un mes Glanz ha tenido tiempo de operarse los pechos por segunda vez, casarse con un rico norteamericano y divorciarse, rodar una decena de películas para uno de los productores de porno más importantes, y escribir un libro sobre todo ello. Una autobiografía. A los veintidós años.

Sofia deja el periódico y permanece diez minutos sin tocar la comida. La fatiga y el sentimiento de irrealidad después de varias noches de sueño agitado —o de falsa vigilia— la paralizan. Sin embargo, acaba atacando su plato, en un torpe intento de motivarse.

Aunque ha pedido un huevo crudo, se lo han servido frito. Crudo, no frito. Resultado: lo contrario.

Aparta el plato, se levanta y sale del pub.

Cálmate, se dice abriendo el bolso para comprobar que no ha olvidado la cartera. Tienes trabajo.

Al cruzar la calle, ve a una persona a la que conoce: encorvada, vestida con un abrigo negro y un gorro rojo.

—¿Annette?

La silueta oscura parece no haberla oído y sigue su camino.

—¿Annette? —repite Sofia más fuerte.

La mujer se detiene y se vuelve.

Sofia avanza unos pasos hacia ella y eso la hace retroceder, asustada.

Annette Lundström se queda ahí, con la mirada perdida, mientras alrededor de ellas silba el viento. Su rostro cuelga flácido, gris y lívido bajo el gorro rojo.

—¿Adónde va? —aventura Sofia.

Annette solo calza unas zapatillas, sin calcetines. Mueve un poco los labios, pero Sofia no entiende qué le dice. Comprende que algo le ha ocurrido a Annette. Es ella y, sin embargo, no lo es.

—Annette... ¿Qué sucede?

Mira a Sofia.

—Voy a trasladarme... —dice con voz débil—. Volveré a Polcirkeln.

Sofia toma la mano de Annette, helada. Parece estar sufriendo una grave hipotermia.

—Va poco abrigada. ¿Quiere venir conmigo? La invito a un café...

Arrastrando un poco los pies, Annette Lundström se deja acompañar por Sankt Paulsgatan hasta la consulta de Sofia.

—Siéntese aquí un momento —dice Sofia a Annette acercándole un sillón.

Cuando Annette se sienta, se le sube la manga del abrigo y Sofia ve un brazalete de plástico en su muñeca. Un brazalete blanco de enfermo, en el que se lee SERVICIO DE PSIQUIATRÍA. ESTOCOLMO SUR.

Claro, piensa Sofia.

Le dice a Annette que espere un momento y se acerca a Ann-Britt. En voz baja, le pide que prepare café y dos vasos de agua mineral.

—Annette Lundström está ingresada en alguno de los servicios psiquiátricos de la zona sur. ¿Puedes llamar por teléfono y comprobarlo?

Cinco minutos más tarde, Annette Lundström comienza a entrar en calor. Su rostro ha recobrado el color, pero sigue flácido e inexpresivo. Se lleva la taza de café a los labios con manos temblorosas, y Sofia advierte las heridas en las puntas de los dedos.

—¿Qué estoy haciendo aquí?

La mujer observa a su alrededor, perdida.

Deja la taza, se lleva una mano a la boca y comienza a mordisquearse la herida del dedo índice.

Sofia se inclina sobre la mesa.

—Solo nos estamos calentando un poco. Pero me ha dicho que se marcha a Polcirkeln. ¿Qué va a hacer allí?

La respuesta es inmediata.

—Reunirme con Karl, Viggo y los demás.

Se arranca un trocito de piel, lo enrosca un momento y se lo mete en la boca.

¿Karl y Viggo? Sofia reflexiona.

—¿Y Linnea?

Annette cierra los ojos y en las comisuras de sus labios se dibuja una vaga sonrisa.

—Linnea está con Dios.

Sofia se inquieta, aunque las palabras de Annette puedan interpretarse de varias maneras, a la vista de su estado.

—¿A qué se refiere cuando dice que está con Dios?

Annette abre los ojos, con una gran sonrisa en los labios. Tiene la mirada ausente. Combinada con la sonrisa, su rostro forma un cuadro clínico que Sofia conoce bien.

La psicosis. Una persona que ya no es la que ha sido.

—Primero regresaré a Polcirkeln… —murmura Annette—. A reunirme con Karl y Viggo, y luego me reuniré también con los míos, junto a Dios y a Linnea. Viggo me dio dinero para que Linnea no tuviera que ir al psicólogo. Para que pudiera volver junto a Dios.

Sofia trata de ordenar sus ideas.

—¿Viggo Dürer le dio dinero?

—Sí… Es muy amable, ¿no cree? —Annette la mira con ojos vidriosos—. Con todo ese dinero voy a construir un templo en Polcirkeln, donde podremos prepararnos para el esplendor divino que pronto se manifestará.

El teléfono las interrumpe. Sofia se disculpa y descuelga.

—Está ingresada en Rosenlund —dice Ann-Britt—. Vendrán a buscarla dentro de un cuarto de hora.

Al colgar, lamenta no haber esperado antes de pedirle a Ann-Britt que se pusiera en contacto con los servicios psiquiátricos. Rosenlund está prácticamente a la vuelta de la esquina, a apenas un kilómetro, y a Sofia le hubiera gustado hablar más con Annette.

Ahora solo le quedan quince minutos y tiene que ser muy eficiente.

—Sigtuna y Dinamarca —espeta Annette Lundström, al parecer completamente absorta en sí misma—. Todos los de Sihtunum Diaspora son bienvenidos en Polcirkeln. Es una de las reglas fundamentales.

—¿Polcirkeln? ¿Sihtunum y Dinamarca, dice? Pero ¿a qué reglas fundamentales se refiere?

Annette sonríe, cabizbaja, contemplando sus dedos ensangrentados.

—La palabra original —dice—. Los preceptos de la Pitia.

Pueblo de Polcirkeln, 1981

Y hago las fresas silvestres para los niños,
porque creo que se las merecen,
y otras cosas divertidas
que convienen a los pequeños.
Y hago bellos lugares
donde las criaturas puedan brincar,
y así se llenarán de verano,
y sus piernas de vida.

Paria.

Encontró la palabra en un diccionario y desde entonces se sabe la definición de memoria.

Una persona excluida y despreciada.

Toda la familia Lundström es paria, y por allá arriba nadie en el pueblo les habla.

A los demás no les gustan sus juegos. Porque no los entienden. No saben cantar los salmos del Cordero y nunca han oído hablar de la palabra original.

Que desde hace casi un año, cuando cumplió los doce, sea novia de Karl también es algo feo a ojos de los demás. Karl va a cumplir diecinueve y es su primo.

Ella le quiere y tendrán juntos un hijo fruto del amor, en cuanto ella sea lo bastante mayor.

Los demás tampoco entienden eso.

Y ahora esa incomprensión ha llegado a tal extremo que se ven obligados a marcharse. Por suerte, Viggo les ha ayudado a organizarlo todo y ella podrá entrar en el internado de Sigtuna en otoño. Allí hay amigos, gente como ellos, que les comprenden.

Ella sabe que, sin Viggo, no serían nada.

Él es quien les ha mostrado el camino y les ha hecho comprender qué era en verdad el mundo. Y de nuevo es él quien va a ayudarles ahora que todos los demás, todos los vecinos, se han vuelto contra ellos.

Viggo parece concentrado y la saluda con la cabeza en silencio. Sostiene una bolsa grande de plástico, y sabe que contiene regalos para ella. Ha estado de viaje en la lejana Unión Soviética.

Viggo le sonríe y ella regresa a su habitación.

A ver si acaban pronto de hablar para que él pueda subir a darle los regalos, y después retomarán los preparativos de su futura boda con Karl.

Tendrá que ser una buena madre para sus hijos y una buena esposa para su marido, y para ello hay que entrenarse.

Mariatorget–Oficina de Sofia Zetterlund

—Por las mañanas, al despertar, me parece que todo es como de costumbre —dice Annette Lundström—. Luego me acuerdo de que Linnea ya no está ahí. Me gustaría saber disfrutar de ese breve instante en que todo parece como de costumbre.

¿Linnea ha muerto?, piensa Sofia.

Hay destellos de presencia, incluso durante una psicosis. Sofia comprende que se trata de uno de esos destellos y se apresura a formular otra pregunta, para mantener el contacto con Annette Lundström.

—¿Qué ha pasado, Annette?

La mujer sonríe.

—Mi querida hija está con Dios. Así debía ser.

Sofia comprende que de momento Annette no irá más lejos.

—¿Qué relación tenía Linnea con Viggo Dürer? —pregunta.

La sonrisa helada de Annette incomoda a Sofia.

—¿Qué relación? Pues no lo sé… Linnea le quería. Jugaban mucho juntos cuando ella era pequeña.

—Linnea me explicó que Viggo Dürer la agredió sexualmente.

La expresión de Annette se vuelve sombría y se mordisquea de nuevo los dedos.

—Eso es imposible —dice en tono desafiante—. Viggo era muy pudoroso. No quería molestar a nadie.

Annette suspira profundamente y baja la cabeza. Comienza a hablar en voz baja y Sofia comprende que se trata de una cita.

—«Fuera de la casa de las sombras, serás púdico en cuerpo y alma. Hay personas que no te comprenden y pretenden hacerte daño, calumniarte y encarcelarte».

Sofia sospecha de dónde procede la cita.

Echa un vistazo a su reloj. Los enfermeros del hospital psiquiátrico pueden llegar de un momento a otro.

—Habla de la casa de las sombras —dice Sofia—. Karl también. Hablaba de ella como de una zona franca para las personas como él.

El silencio se prolonga. Annette Lundström necesita preguntas y no afirmaciones.

—¿Qué es la casa de las sombras? —pregunta entonces Sofia.

En efecto: Annette alza la vista hacia ella.

—La casa de las sombras es la tierra original —dice—, donde los hombres pueden estar cerca de Dios. Es el país de los niños, pero pertenece también a los adultos que han comprendido cómo vivía el hombre inmemorial. Hombres, mujeres y niños, todos juntos. En el fondo de nosotros, todos somos niños.

Sofia siente un escalofrío. Un país para los niños, creado por los adultos para satisfacer sus deseos.

Comienza a preguntarse si el comportamiento psicótico de Annette Lundström no solo tiene un trasfondo de verdad, sino que se trata pura y llanamente de una confesión. Lo que explica es lógico, para quien sepa entenderlo. La psicosis la empuja a confesar.

—¿Habla de un lugar preciso o se trata más bien de un estado mental?

—La casa de las sombras se halla allí donde se encuentran los verdaderos fieles, solo existe en presencia de los elegidos. En la tierra bendita de la bella Jutlandia y en el bosque al norte, en Polcirkeln.

Sofia reflexiona. De nuevo Dinamarca y Polcirkeln.

Sofia se obliga a sonreír.

—¿Quién guiaba a los verdaderos fieles? —prosigue en tono desenfadado, como si todo eso fueran menudencias.

Funciona, y el rostro de Annette Lundström se ilumina.

—Karl y Viggo —comienza—. Y Peo, claro. Junto con Viggo, se ocupaba de las cuestiones prácticas. Se encargaban de que los niños estuvieran bien, de que tuvieran todo lo que deseaban.

—¿Y cuál era su papel? ¿Y el de los niños?

—Yo... nosotras, las mujeres, no éramos tan importantes. Pero los niños pertenecían naturalmente a los iniciados. Linnea, Madeleine y las criaturas adoptadas, por supuesto.

—¿Madeleine? ¿Las criaturas adoptadas?

Es como si cada palabra pronunciada por Annette suscitara una pregunta. Pero la respuesta llega sin reclamarla, y Sofia concluye que lo que esa mujer está contando sin vacilar es la verdad.

—Sí. Les llamábamos los niños adoptados de Viggo. Les ayudaba a venir de Suecia para huir de las horribles condiciones de vida en su país. Vivían en la granja a la espera de que se les encontraran nuevas familias. A veces solo se quedaban unos días, pero otras podían quedarse varios meses. Los criábamos según la palabra de la Pitia...

El timbre del interfono sobresalta a Annette. Sofia comprende que los enfermeros de Rosenlund han llegado.

Una última pregunta.

—¿Quién más vivía en la granja? Ha hablado de varias mujeres.

La sonrisa de Annette Lundström permanece inmutable. A Sofia le parece que tiene un aire muerto, vacío y hueco.

—Todas de Sigtuna —dice alegremente—. Y había otras, claro, que iban y venían. También otros hombres. Y sus hijos suecos.

Sofia comprende que tiene que contarle esto a Jeanette y decide llamarla en cuanto le sea posible.

La entrega a los enfermeros tiene lugar sin dramatismo. Cinco minutos después, Sofia se encuentra sola en su consulta tamborileando con un lápiz sobre el borde de la mesa.

La psicosis, piensa. La psicosis como una especie de suero de la verdad.

Muy poco usual, por no decir inverosímil.

Acaba de enterarse por los enfermeros de Rosenlund de que Linnea Lundström se ahorcó en su casa mientras Annette estaba viendo la televisión en la sala.

685

Tiene la sensación de que Linnea acaba de salir de la habitación. Sofia la ve de nuevo, sentada al otro lado de su mesa. Una chica que quería hablar, que quería curarse. Habían avanzado en sus sesiones. Sofia siente una inmensa pena.

Mira por la ventana. Los dos enfermeros que han venido a buscar a Annette la guían hasta el coche aparcado al otro lado. Esa mujer delgada y encorvada parece muy débil, como si el viento y la lluvia fueran a llevársela.

Una silueta frágil, gris, disuelta en el aire.

Una vida hecha trizas.

Glasbruksgatan–Casa de los Silfverberg

Hurtig se sienta al volante y, mientras espera a que Jeanette acabe de conversar con Ivo Andrić, saca su teléfono. Antes de que Jeanette abra la puerta del coche, ha tenido tiempo de enviar un breve mensaje. «¿Nos llamamos esta noche? ¿Me mandas las fotos?».

Arranca el motor y abre la ventanilla para que entre un poco de aire fresco mientras Jeanette sube al coche sonriéndole.

El buen humor de Ivo Andrić seguramente es contagioso: Jeanette le palmea amistosamente el muslo.

—¿Qué hacemos ahora? —dice.

—Será mejor ir directamente a informar a Charlotte Silfverberg. Al parecer su marido fue asesinado por esas mujeres y tiene derecho a saberlo antes de leerlo en la prensa.

Hurtig cruza el perímetro de seguridad, la verja y sale a la calle.

Atraviesan en silencio Södra Ängby, dejan atrás Brommaplan y, a la altura de Alvik, con los barcos amarrados alrededor de Sjöpaviljongen, se vuelve hacia Jeanette.

—¿Te gustan los barcos?

—No especialmente —responde—. La verdad, me gustaría más una segunda residencia.

—¿Quieres decir que prefieres la seguridad? —dice él.

—Sí, algo parecido. —Jeanette suspira—. La seguridad. Mierda, no es que suene muy excitante.

Hurtig ve que Jeanette está de nuevo absorta en sus pensamientos.

—Billing y Von Kwist se alegrarán de que el caso esté cerrado —dice ella finalmente—. Pero yo no, ¿y sabes por qué?

Su pregunta le sorprende.

—Pues no, no lo sé.

—Resulta que no prefiero la seguridad —dice enfáticamente—. Piensa... En este caso todo está demasiado claro y nítido. Es algo que me ha dejado desconcertada ya en la cocina de Östlund, sin saber exactamente el motivo. En casa de Hannah Östlund encontramos una colección de fotos en las que solo se ve a las víctimas de los asesinatos. Para demostrar que se ha cometido una serie de crímenes, ¿por qué no hacerlo de la manera más explícita posible? ¿Una foto de Hannah o de Jessica pintando su apartamento con sangre, no sé, mierda, cualquier barbaridad?

No alcanza a comprender adónde quiere ir a parar Jeanette.

—Pero Annette Lundström reconoció a Hannah Östlund en la foto tomada en las cuevas.

—Sí, sí —se exaspera Jeanette—. Annette dijo que era Hannah porque le faltaba un anular, pero eso es todo. ¿Por qué Hannah no muestra la cara? Y hay algo más que no me cuadra. ¿Por qué matar a sus perros de una manera tan repugnante?

Un punto a favor de Jeanette, piensa Hurtig, pero aún no está plenamente convencido.

—¿Quieres decir que se trata de otra persona? ¿Alguien que habría preparado todo esto? ¿Las fotos y lo demás?

Ella menea la cabeza.

—No sé... –Jeanette lo mira muy seria–. Quizá sea un poco traído por los pelos, pero creo que tenemos que volver a intentarlo con Madeleine Silfverberg. Voy a pedirle a Åhlund que compruebe todos los hoteles de la ciudad. A pesar de todo, Madeleine tenía un móvil para matar a su padre.

Todo esto va un poco deprisa para Hurtig.

—¿Madeleine? Parece una apuesta arriesgada.

—Y tal vez lo sea.

Jeanette coge el teléfono mientras Hurtig pasa bajo la vía rápida de Essinge y continúa hacia Lindhagensplan. Le pide a Åhlund que consiga las listas de clientes de los principales hoteles de Estocolmo, luego calla y anota algo antes de colgar. La conversación ha durado menos de un minuto.

—Åhlund dice que Dürer poseía tres propiedades en Estocolmo: un apartamento en Ölandsgatan que ya se ha vendido, otro en Biblioteksgatan, y una casa al norte de Djurgården. Creo que deberíamos pasarnos por allí después de hablar con Charlotte Silfverberg. —Lee algo en su cuaderno—. ¿Sabes dónde está Hundudden?

Siempre los barcos, piensa él.

—Sí, hay allí un pequeño puerto deportivo. Bastante selecto, creo... Espera, ¿has dicho Ölandsgatan? Esa es la zona del Monumento, ¿no? El edificio donde encontraron muerto a Samuel Bai.

—No podemos hacer mucho al respecto. Después de la muerte de Dürer el apartamento se renovó y se vendió. Tendremos que comprobar Biblioteksgatan y Hundudden.

Cuando están bajando del coche, se abre la puerta del edificio y sale Charlotte Silfverberg con una pequeña maleta.

La actitud y la expresión de la mujer son de evidente hostilidad.

—¿Se marcha de viaje? —pregunta Jeanette señalando la maleta.

—Solo es un crucero por la isla de Åland, nada del otro

mundo —responde Charlotte Silfverberg con una risa forzada—. Necesito tomar el aire y pensar en otras cosas. Es un crucero cultural. Beberemos unas copas de vino mientras escuchamos a un artista hablando de su trabajo. Esta noche habla Lasse Hallström. Uno de mis directores de cine preferidos, por cierto.

Siempre altiva y esnob, piensa Hurtig. Ni siquiera el asesinato de su marido la ha cambiado. Pero ¿cómo funcionan esas personas?

—Se trata de Per-Ola —dice Jeanette—. Quizá no deberíamos hablar de esto en plena calle. Subamos a su casa, si lo prefiere.

Y señala hacia la puerta.

—En la calle ya está bien. —Charlotte Silfverberg hace una mueca de disgusto y deja en el suelo la maleta—. ¿Qué desean?

Jeanette le cuenta lo que han hallado en casa de Hannah Östlund.

La mujer escucha en silencio, sin hacer la menor pregunta y, cuando Jeanette acaba, su reacción es inmediata.

—Vale, muy bien, entonces ya sabemos quiénes son las culpables.

El tono gélido de esa constatación sobresalta a Hurtig, que ve cómo Jeanette también reacciona.

—No es que yo sepa mucho de los métodos de la policía —continúa Charlotte mirando a Hurtig un buen rato antes de volverse hacia Jeanette—, pero me parece que han tenido ustedes una suerte increíble para resolverlo todo tan deprisa. ¿Estoy en lo cierto?

Hurtig ve que Jeanette está que arde, y sabe que está contando hasta diez.

La mujer esboza una sonrisa malévola.

—Tengo suerte de que Hannah y Jessica se hayan suicidado —dice con suficiencia—, porque a buen seguro también habrían tratado de asesinarme a mí. ¿Quizá iban a por mí y no a por Peo?

Hurtig siente que la cólera se adueña de él.

—Guárdese esa teoría para usted —comienza el policía—. Aunque confieso que me cuesta comprender por qué. ¿Qué podrían tener esas dos en contra de una persona tan simpática y sensible como usted?

Jeanette le mira fijamente y él comprende que se ha pasado de la raya.

La mujer lo fulmina con la mirada.

—Su ironía está fuera de lugar. Hannah y Jessica ya estaban locas en la adolescencia. Luego, cuando decidieron aislarse, supongo que su locura no hizo más que empeorar.

Nada que añadir. Con las asesinas muertas se va a dar por cerrado el caso. Aun así, Jeanette parece dudar, piensa Hurtig.

—Bueno, gracias —concluye Jeanette.

Charlotte asiente con la cabeza y coge su maleta.

—Ahí está mi taxi, así que aquí termina nuestra conversación.

Hace una señal al vehículo, que se detiene a su altura.

Hurtig le sostiene la puerta y, cuando la mujer sube, no puede contenerse.

—Salude a Lasse —dice antes de cerrar tras ella.

Es la última vez que verán a Charlotte Silfverberg. Medio día más tarde estará luchando por su vida en las aguas heladas del mar de Åland.

Skanstull–Un barrio

Sofia va a adentrarse de nuevo en su laberinto.

Descuelga el teléfono para llamar a Jeanette, pero cambia de opinión. Linnea, muerta. El desánimo se apodera de ella y decide tomarse el resto del día libre.

Se cambia, se pone un vestido corto negro, una capa larga gris y sus zapatos de tacón alto, demasiado estrechos, que le provocan llagas. Una vez maquillada, se despide de su secretaria con un movimiento de cabeza y sale a Swedenborgsgatan.

Ya se está adormilando cuando toma por Ringvägen en dirección al hotel Clarion, en Skanstull.

—Cabrones —murmura entre dientes mientras el repiqueteo de sus tacones sobre el asfalto se debilita poco a poco, ahogado por la niebla del sueño.

Pronto, la Sonámbula ya no oye los coches ni ve a la gente.

Saluda con un gesto de la cabeza al portero del hotel y entra. El bar está al fondo, se sienta a una mesa y espera.

Regresa, piensa. Sofia Zetterlund ha vuelto a su casa. No, ha ido al supermercado de Folkungagatan para hacer la compra y luego volverá a casa para preparar la cena.

Vuelve para cenar, en su soledad.

Cuando el camarero advierte su presencia, ella le pide una copa de vino tinto. Uno de los mejores.

Victoria Bergman se lleva la copa a los labios.

Regresa.

La Sonámbula ha desaparecido, mira en derredor.

Uno de los hombres de la barra se vuelve para mirar por el gran ventanal que da al puente de Skanstull. Lo observa. Tiene la mirada hinchada y vacía.

Se cruza casi en el acto con su mirada. Pero es demasiado pronto para actuar. Hay que ser paciente y hacerles esperar. Eso será mejor. Quiere hacerlos estallar. Verlos tumbados boca arriba, exhaustos, sin defensa.

Pero no tiene que haber bebido demasiado: constata en el acto que el hombre no está precisamente sobrio, su cara brilla sudorosa a la luz de las estanterías de la barra y se ha desabotonado la camisa y aflojado el nudo de la corbata alrededor del cuello hinchado por el alcohol.

No es interesante, y mira a otro lado.

Cinco minutos más tarde, su copa está vacía y pide discretamente que se la vuelvan a llenar. Mientras le sirven, el bullicio aumenta. Un grupo de hombres vestidos con traje se instala en los sillones a su izquierda. En total trece hombres con trajes caros y una mujer vestida de Versace.

Cierra los ojos y escucha su ruidosa conversación.

Al cabo de unos minutos concluye que doce de los hombres de traje son alemanes, probablemente del norte de Alemania, quizá de Hamburgo. La del Versace es su azafata sueca, que chapurrea el alemán con acento de Goteburgo. El último hombre trajeado aún no ha dicho nada. Victoria abre de nuevo los ojos y se siente intrigada.

Está sentado en el sillón más cercano y parece el más joven del grupo. Cuando sonríe parece tímido. Es sin duda del tipo al que sus colegas animarán con palmaditas en la espalda si sube a su habitación con compañía femenina. Tendrá entre veinticinco y treinta años, y no es especialmente guapo. En general, los guapos no son tan buenos en la cama porque imaginan que su apariencia les dispensa de tener que esforzarse. Además, no importa que sean buenos o malos en la cama, porque de lo que disfruta no es del acto en sí.

No tarda ni cinco minutos en invitarlo a tomar una copa en su mesa y además consigue que se relaje.

Él pide una cerveza negra y ella una tercera copa de vino.

—*Ich bezahle die nächste Runde** —dice ella—. No soy una *escort girl*.

Su timidez desaparece enseguida. Sonriente y cómodo, le habla de ese congreso en Estocolmo, de la importancia del networking en su ramo, sin dejar de mencionar por supuesto su suculento salario. Entre los humanos, el macho ya no tiene plumas para alardear de ellas. En lugar de eso, se pavonea de su dinero.

Su dinero se ve en el traje, la camisa y la corbata; se huele en su colonia, reluce en sus zapatos y en la aguja de la corbata.

* «Yo pago la próxima ronda».

692

Sin embargo, el hombre se cree obligado a mencionar el coche de lujo que tiene en su garaje y su abultada cartera de acciones. Lo único de lo que no habla es de su mujer y sus hijas en su casa de los alrededores de Hamburgo, pero se adivina fácilmente, pues lleva una alianza y le ha mostrado inadvertidamente la foto de las dos crías al abrir la cartera.

Ese le servirá.

Lo hace para acercarse a ellos. Por un breve instante, puede ponerse en el lugar de sus mujeres, de sus chicas, de sus amantes. Todas ellas a la vez. Y luego desaparece de sus vidas.

Lo mejor es el vacío que siente después.

Victoria Bergman lleva la mano al muslo del hombre y le susurra algo al oído. Él asiente con la cabeza, con aspecto a la vez vacilante y decidido. Se dispone a decirle que no tiene nada que temer cuando siente una mano sobre su hombro.

—¿Sofia?

Se sobresalta y su cuerpo se vuelve inexplicablemente pesado, pero no se gira.

Sigue mirando el rostro del joven, que de repente se torna borroso.

Sus rasgos se mezclan, todo empieza a dar vueltas, y por un momento es como si el mundo se pusiera patas arriba a su alrededor.

El despertar se produce rápidamente. Cuando alza la vista, un tipo trajeado al que no conoce está sentado a su lado. Descubre que tiene la mano sobre su muslo, y la aparta de inmediato.

—Perdón, yo...

—¿Sofia Zetterlund? —repite la voz a su espalda.

La reconoce, pero aun así se sorprende al descubrir que pertenece a una antigua paciente suya.

Hundudden–Isla de Djurgården

Desde el hueco de la escalera del edificio de enfrente tienen una buena visión del apartamento de Biblioteksgatan. Hurtig y Jeanette constatan que el piso de cinco habitaciones del que disponía Viggo Dürer ha sido vaciado completamente.

De camino a la propiedad de Dürer en la península de Djurgården, Jeanette tiene el presentimiento de que van a encontrar más o menos lo mismo, es decir, nada.

El bosque se vuelve más espeso y los edificios están cada vez más dispersos.

Las sombras se alargan rápidamente alrededor de ellos, empieza a refrescar y Jeanette le pide a Hurtig que suba la calefacción. Tienen la sensación de circular por un túnel de abetos negros. Jeanette se sorprende de que aún existan lugares semejantes tan cerca de la ciudad. Se abandona a una calma meditativa, que interrumpe el timbre de su teléfono. Es Åhlund.

—He comprobado todos los hoteles de Estocolmo y alrededores.

—¿Y bien?

—Hay siete Madeleines inscritas en la ciudad, pero ninguna Madeleine Silfverberg. Lo he verificado, para mayor seguridad. Si está utilizando una falsa identidad quizá haya conservado su nombre de pila. Estadísticamente es bastante frecuente. Y además puede haberse casado y cambiado de apellido, no sabemos nada acerca de ella.

Jeanette se muestra de acuerdo.

—Claro. Muy bien. ¿Has encontrado algo interesante?

—No lo sé. Seis de esas mujeres hay que descartarlas, ya que he podido hablar con todas ellas, pero no he logrado localizar a la séptima. Se llama Madeleine Duchamp y se ha registrado con un permiso de conducir francés.

Jeanette se sobresalta. ¿Un permiso de conducir francés?

—Ha salido del hotel Sjöfartshotellet, en Slussen esta mañana temprano.

—Vale. —Se calma un poco. Aunque Madeleine ha vivido en el sur de Francia estos últimos años, según las informaciones de que disponen aún tiene nacionalidad danesa—. Ve al hotel y habla con el personal. Rastrea a fondo, cualquier dato puede ser importante, pero sobre todo trata de obtener una descripción.

Cuelgan. Hurtig la mira con aire interrogativo.

—¿Otra apuesta arriesgada?

—No lo sé —responde—. Pero no quiero que se me escape nada.

Hurtig asiente con la cabeza y aminora la velocidad cuando la carretera gira de nuevo.

—Ahí es —dice, tomando a la izquierda por un camino de gravilla.

El bosque es denso y parece rodear la finca por todas partes.

Bajan del coche y se quedan plantados ante la verja, de dos metros y medio de altura.

—¿Sabes escalar? —suspira Hurtig—. ¿O pasamos entre los setos?

—Podemos intentar llamar a la puerta —propone ella señalando el interfono.

Después de tres intentos sin respuesta, Hurtig se vuelve hacia Jeanette. A ella le parece que está un poco aturdido.

—Escalaremos —decide ella, sosteniendo la linterna entre los dientes para tener las dos manos libres.

Se impulsa con un movimiento ágil, estira a continuación los brazos para agarrar los extremos puntiagudos de los barrotes y, dos segundos después, ha aterrizado suavemente en el camino.

A él le cuesta un poco más superar el obstáculo, pero aun así al cabo de un momento se encuentra junto a ella, con una amplia sonrisa y un largo desgarrón en la chaqueta.

—¡Joder, no sabía que fueras tan buena escaladora!

Parece que se ha despertado un poco. Ella le devuelve la sonrisa.

El camino de gravilla conduce a una gran casa de dos plantas, gris, probablemente construida a principios del siglo pasado y renovada recientemente. Cerca de dos grandes abetos oscuros, a la izquierda, hay un anexo, un garaje, también de piedras grises, pero aproximadamente un siglo más reciente.

Jeanette enciende la linterna y ve la hierba alta que cubre todo el terreno. A pesar de las reformas todo parece abandonado: lo confirman varios manzanos, cuyos frutos sin recoger llenan el jardín de un olor dulzón a podrido.

La casa está a oscuras y comprenden de inmediato que no hay nadie. A través del vidrio de la puerta de entrada parpadea una débil luz azul, que indica que hay una alarma activada.

Jeanette se agacha delante de la puerta del garaje.

—Huellas de neumáticos —dice—, y relativamente recientes.

Abrigada por las ramas de los dos grandes abetos, la gravilla frente al garaje está casi seca, cubierta de pinaza en la que los neumáticos han dibujado unas rodadas muy nítidas.

Hurtig se mete las manos en los bolsillos de la chaqueta y se estremece.

—Ven, vamos a echar un vistazo a la casa.

Rodean la vivienda, pero la propiedad parece tan deshabitada como el apartamento de Dürer en la ciudad. Jeanette mira por una ventana. Aquí, no obstante, hay muebles: unos sofás, una mesa y un piano, aunque todo está cubierto por una espesa capa de polvo.

Bien camuflado por la oscuridad y los árboles, detrás del garaje, hay un coche cubierto con una lona. Se trata de un Citroën azul oscuro, muy oxidado.

—Espera…

Jeanette se detiene y enfoca con la linterna los arbustos a lo largo de la pared.

—¿Lo ves? ¿Qué es eso?

El haz de luz se ha detenido sobre una losa entre dos ventanas.

—Hay un sótano. O en todo caso lo hubo. Alguien ha obstruido las ventanas con esos bloques.

Ella asiente con la cabeza.

—Eso parece, sí.

Uno de los grandes bloques de granito es muy diferente de los otros. El tamaño es casi el de un tragaluz, mientras que los otros bloques de los cimientos son más pequeños.

Después de dar otra vuelta alrededor del edificio, han contado ocho tragaluces cegados. El garaje anexo no parece tener sótano.

—¿Qué te parece? —pregunta Hurtig—. ¿Significa algo o es un simple aislamiento original?

—No lo sé... —Jeanette ilumina de nuevo uno de los bloques—. Debió de costar mucho trabajo arrastrarlos hasta aquí. Me da la sensación de que se trata de ocultar la existencia de un sótano en lugar de...

Hurtig se rasca pensativamente el mentón.

—No lo sé, pero ya veremos en un eventual registro. ¿No habría que vigilar la casa, por si viniera alguien?

—No, aún no. Pero inspeccionemos el garaje antes de marcharnos.

Es suficientemente grande para dos coches, tiene las puertas cerradas a cal y canto y solo hay una pequeña ventana alta en la parte trasera. A Jeanette le parece que la construcción tiene aspecto de búnker y dirige a Hurtig una sonrisa cómplice mirando a la ventana.

—¿Tienes herramientas?

Él sonríe a su vez.

—Tengo una caja de herramientas en el maletero. ¿Vamos a forzar la puerta?

—No, solo echaremos un vistazo a lo que hay ahí dentro. Luego tomaremos muestras de la pintura del coche, por si acaso.

—De acuerdo, pero ve tú al coche. Está claro que eres mejor escaladora que yo.

Dos minutos después, Jeanette está de regreso con un cuchillo y una pesada llave inglesa. Rasca unas escamas de pintura y las guarda en una bolsa de plástico, y le tiende la llave inglesa a Hurtig. Ella no llega a la ventana.

Hurtig se pone de puntillas y, cuando se dispone a romper el cristal, la mira por encima del hombro.

—¿Qué hacemos si empieza a sonar una sirena?

—Lo mismo que los granujillas. Salir de aquí por piernas. —Jeanette se echa a reír—. Vamos, rómpelo…

Tres golpes fuertes y un estrépito de cristales rotos que le parece ensordecedor.

No se oye ningún ruido. Al cabo de diez segundos, Jeanette rompe el silencio.

—Aúpame —dice, señalando el cristal roto.

Hurtig entrelaza las manos y ella se encarama.

La abertura solo deja espacio para su cabeza y la linterna. El haz luminoso se pasea por un banco de trabajo al pie de la ventana, continúa por el suelo de hormigón y se detiene en una estantería de almacenamiento fijada a la pared que da a la casa. Barre todo el espacio y vuelve a la estantería.

Está desierto. Por lo que ve, no hay nada, ni un clavo. El banco está despejado y las estanterías completamente vacías.

Eso es todo. Un garaje absolutamente corriente, amplio y bien ordenado, pero que no parece que se utilice para nada más que para aparcar un coche.

Skanstull–Un barrio

Se dice que es peligroso despertar a un sonámbulo.

El despertar de Sofia Zetterlund en el hotel Clarion quizá no confirme esa tesis, pero su reacción física es tan violenta que le cuesta respirar, mientras su pulso se acelera hasta el extremo de que ni siquiera puede ponerse en pie.

—Sofia, ¿qué le pasa?

Frente a ella se halla Carolina Glanz.

Ve un rostro paralizado por varias operaciones estéticas, y el hecho de que aún sea capaz de expresar inquietud es un verdadero milagro de la fisonomía humana.

—*Geht es Ihnen gut?** —oye decir a lo lejos al hombre sentado a su lado.

Sofia se desentiende de él.

—*Ja*** —responde en tono despreciativo al lograr por fin levantarse del sillón—. Tengo que irme —dice entonces a la joven, abriéndose paso sin cruzarse con su mirada inquieta.

Se aleja del bar sin volverse, cruza la recepción y sale a la calle.

Regresar... Tengo que regresar a casa.

Cruza por el paso de peatones del centro comercial Ringer sin prestar atención al semáforo rojo y provoca furiosos bocinazos y chirridos de frenazos. Una vez al otro lado, siente que las piernas no la sostienen y se sienta en un banco, ocultando el rostro entre las manos.

Alrededor de ella todo da vueltas y no se da cuenta ni de sus lágrimas ni de la llovizna.

Tampoco de que alguien se sienta a su lado.

—No tendría que volver allí —dice al cabo de un momento Carolina Glanz.

* «¿Se encuentra bien?».
** «Sí».

Sofia se calma poco a poco y la mujer le pone una mano en la espalda. Joder, ¿a qué estoy jugando ahora?, se dice. Es indigno.

Se incorpora e inspira a fondo, y le espeta, fulminándola con la mirada:

—¿Qué significa eso? ¿Y por qué me ha seguido?

De cerca, su cara aún es peor. Quizá dé el pego ante una cámara, pero bajo la luz gris y apagada del atardecer, sus rasgos artificiales de muñeca son grotescos. Aparenta quince años más.

—Suelo frecuentar el Clarion y la he visto allí varias veces —comienza Carolina—. Conozco a algunas de las chicas que trabajan allí y creen que usted se prostituye. Incluso he tenido que impedir que la echaran.

Trata de sonreír, detrás del maquillaje y la cirugía.

¿Varias veces? ¿No volver jamás? Sofia comprende por fin. Victoria.

Sofia se serena un poco mientras mira a Carolina Glanz.

Quizá no esté completamente loca, a fin de cuentas.

—Últimamente apenas he dormido. Y además acabo de sufrir una separación y no soy yo misma.

—Podríamos ir a tomar un café —propone Carolina señalando con la cabeza la entrada de la galería comercial.

Sofia supone que se refiere a la cafetería del centro comercial.

—Claro —responde—. De todas formas, con la que está cayendo no podemos quedarnos aquí.

Mientras entran en el centro comercial, Carolina Glanz le explica que ha firmado un contrato con una de las editoriales más importantes y que, por primera vez en su vida, se siente orgullosa de sí misma.

Se sientan a una mesa, con unas tazas de café.

—El libro va a ser la bomba —declara teatralmente Carolina Glanz.

Sofia admira la capacidad de esa joven de moverse por la vida y salir adelante. Pasar de una cosa a otra con una única meta: ganarse la vida gracias a la fama.

Vender su persona, de cualquier manera.

¿Cómo no estar de acuerdo con llamar a eso espíritu emprendedor?

Piensa en su propia persona y en los esfuerzos para hacer exactamente lo contrario. Mantener el silencio acerca de su identidad y no revelar bajo ningún pretexto quién es, ni siquiera a ella misma.

Hoy todo ha estado a punto de desmoronarse.

El timbre del teléfono de la joven interrumpe sus pensamientos. Tras una breve conversación, le dirige a Sofia una mirada de disculpa y le explica que su editor quiere verla y debe marcharse.

Y Carolina Glanz desaparece tan repentinamente como ha aparecido.

Tanto los hombres como las mujeres se vuelven a su paso y se aleja dejando una estela de miradas curiosas, desde la cafetería hasta la salida del centro comercial.

Sofia comprende que eso es precisamente lo que busca. Aquí estoy, miradme. Prestadme atención y os contaré todos mis secretos.

Decide quedarse allí un rato, por lo menos hasta que se le seque el cabello. Cuanto más piensa en Carolina Glanz, más convencida está de una cosa.

Está celosa de la joven.

Las operaciones de cirugía estética hacen las veces de disfraz. Escondida detrás de un montón de silicona, Carolina Glanz se atreve a desvelarlo todo. El disfraz le da el valor para desplegar todo el registro de sentimientos, desde la más vulgar tontería a la inteligencia aguzada. Porque Sofia no duda de que Carolina Glanz sea en realidad una chica muy fina y muy decidida. La manera de ser de Carolina Glanz tiene su lógica, una lógica instintiva que también brota de su corazón. Sabe qué medios utilizar para mostrar quién es.

No como yo, piensa Sofia.

En ella se celebra un baile de disfraces cuyas figuras tienen características tan diferentes y diametralmente opuestas que todas juntas no pueden constituir una persona única. Por extraño que parezca, Carolina Glanz, con su apariencia construida a base de piezas, es más auténtica y coherente de lo que ella podrá ser jamás.

Yo no existo como sujeto.

Y el zumbido vuelve a su cabeza. Las voces y las caras se entremezclan. En ella y a la vez fuera.

Mira fijamente a la gente dirigiéndose a las salidas y, al cabo de un momento, ve los cuerpos moverse como a cámara lenta, parecidos a los coches que circulan a toda velocidad vistos de muy cerca, reducidos a unos trazos difusos y multicolores. De vez en cuando consigue congelar la imagen y observar sus rostros, uno tras otro.

Dos chicas rubias se dirigen hacia la salida del centro comercial, cada una llevando a un perro sujeto con correa. Su parecido con Hannah y Jessica es impresionante.

Dos personas que son tres, piensa. O mejor, tres personalidades parciales.

La Trabajadora, la Analista y la Quejica tienen por modelos a sus antiguas compañeras de escuela Hannah Östlund y Jessica Friberg. Dos chicas absolutamente idénticas, espejos de ellas mismas y una de la otra. Al no hacer más que una, era la triste sombra de un ser humano.

Victoria había utilizado esas personalidades para librarse de las tareas ingratas, pero estas también habían servido de sustitutivo para sentimientos que no le gustaba tener.

El sentimiento de superioridad, el pesimismo, la mezquindad. Obedecer sin hacer preguntas, ser sumisa, afanosa, obediente. Sumarse al rebaño de las rubias dotadas. Victoria ha visto todo eso en Hannah y Jessica.

La Trabajadora, la Analista y la Quejica ya nada significan para ella. Ahora puede ocuparse sola de todo cuanto han representado, abandonar o aceptar sus aspectos triviales es un proceso de maduración.

Hasta un perro debería poder aprenderlo.

Regresar a casa. Tengo que regresar a casa.

En ninguna parte

Ulrika Wendin no sabe cuánto tiempo lleva atada en el cubículo caliente y seco. La oscuridad la ha privado rápidamente de la noción del tiempo.

Ahora el silencio es tan denso como la oscuridad, y solo oye ruidos que proceden de dentro de sí misma.

A veces se despierta porque ya no siente su cuerpo, y esa ausencia de sensaciones le causa la sensación de flotar en el vacío, sin peso, en una oscuridad y silencio absolutos.

Comprende que debe hallar cuanto antes la manera de liberar sus brazos atados a la espalda, o de lo contrario se le van a entumecer. A costa de grandes esfuerzos, logra a veces alzar ligeramente el cuerpo y puede moverlos un poco hasta que recuperan cierta sensibilidad. Pero lo consigue en contadas ocasiones, y sus movimientos se ven limitados por las barras metálicas que la bloquean a unos centímetros del pecho y de las rodillas.

Echa de nuevo la cabeza hacia atrás y mira hacia arriba. El rayo de luz sigue allí. Imagina que esa luz es la Vía Láctea. Dicen que la galaxia contiene tantas estrellas como células hay en el cerebro humano.

¿Quizá todo se confundirá poco a poco en un tono gris uniforme?

¿Y si todo no fuera más que una ilusión óptica? ¿Lo que ve es fruto de su propio cerebro?

La sed le quema constantemente la garganta y la deshidratación se ve sin duda acelerada por el calor que reina ahí dentro y por sus ataques de llanto.

La única manera de provocar la producción de saliva es pasar la lengua por la cinta adhesiva que cubre su boca. El sabor agrio de la cola le provoca náuseas, pero de todas formas lame a intervalos regulares el interior de sus labios y el borde de la cinta adhesiva.

Si produce la suficiente humedad, quizá acabe despegándose por completo. Lo peor que podría ocurrir sería que vomitara, porque se ahogaría.

Aunque está muy deshidratada, siente la necesidad de vaciar la vejiga. Pero se bloquea. El cuerpo no la obedece. A pesar de sus esfuerzos, no sale ni una gota. Solo cuando se abandona y se relaja lo consigue. El calor se extiende por su bajo vientre y los muslos. Es una sensación ardiente, aguda.

Percibe enseguida el olor dulzón. Quizá solo lo imagina, pero le parece que su orina incrementa la humedad del aire. Inspira profundamente por la nariz.

Sabe que se puede aguantar mucho tiempo sin comer. Varios meses, ¿no? Pero ¿sin agua?

Las posibilidades de sobrevivir deberían ser mayores haciendo los mínimos movimientos, permaneciendo tumbada y utilizando la menor cantidad de líquido posible. Reduciendo los esfuerzos físicos.

Dejando de llorar.

Tiene los ojos secos y observa por encima de ella los matices de gris y de negro, la lengua se le pega al paladar y vuelve a adormilarse.

En su sueño, flota libremente en el espacio y se contempla a sí misma desde arriba.

A lo lejos, se oye el ruido de algo al romperse: debe de ser el corazón helado de la galaxia que explota.

Mar Báltico–MS Cinderella

Un día resulta que lo que se da en llamar la propia vida no es más que un parpadeo, piensa Madeleine contemplándose en el espejo del estrecho aseo de su camarote. La vida es un bostezo casi imperceptible, que acaba tan deprisa que apenas se tiene tiempo de verlo empezar.

El barco cabecea, Madeleine se agarra al marco de la puerta y se sienta en la cama. Sobre la mesa hay un vaso lleno de cubitos de hielo al lado de una botella de champán abierta, con la que se llena por segunda vez el vaso de lavarse los dientes.

Un buen día te encuentras con una sonrisa tonta en los labios, contemplando en la agenda de tu alma todos los sueños y esperanzas que has tenido, piensa llevándose el vaso a los labios para beber un sorbo del espumoso seco. Las burbujas le cosquillean el paladar. Un sabor a fruta madura, con un toque mineral de hierba y de café tostado.

En su agenda interior hay sobre todo páginas en blanco. Días pasados sin dejar una huella memorable. Hasta el infinito, una vida pasada en compás de espera. Sí, ha esperado tanto tiempo que el tiempo y la espera ya son solo uno.

Pero hay también otros días. Los instantes terribles que han hecho de ella lo que es. Sus años de infancia en Dinamarca son como unas bragas rojas en una lavadora de ropa blanca.

Madeleine se pone los auriculares y los conecta a su teléfono. Se tumba en la cama y escucha.

Joy Division. Primero la batería, luego el bajo, una simple línea en bucle, y finalmente la voz monótona de Ian Curtis.

El balanceo y el cabeceo irregular del barco la calman, y el vocerío de los pasajeros borrachos que pasan por detrás de su puerta la tranquiliza por su carácter imprevisible. Lo que la asusta no es lo imprevisto. Es la seguridad lo que la intranquiliza.

La lluvia azota el ojo de buey de su camarote y es como si Ian Curtis cantara con su voz lánguida solo para ella.

Confusion in her eyes that says it all. She's lost control.*

Con apenas veinticuatro años, el cantante epiléptico se ahorcó. Pero ella no va a suicidarse. Eso sería perder y dejarles ganar.

And she gave away the secrets of her past, and said I've lost control again.

Recuerda que la mujer que en otro tiempo se llamó su madre le decía a veces que prefería que la llamara por su nombre de pila, para dejar claro que no era su verdadera madre. Otras veces era absolutamente necesario ocultar que Madeleine era adoptada. Resultaba tan arbitrario como degradante.

Pero esa no es la razón por la que debe morir.

Contemplar en silencio a unos hombres violando a una niña hace que se pierda en el acto la gracia que nos ha sido concedida. Y cuando se goza al contemplar en grupo a unos muchachos drogados peleándose en una pocilga y no se siente inquietud alguna al ver morir a uno de ellos, el reloj del perdón se acelera peligrosamente. Todas las personas implicadas tuvieron conciencia de ello de una u otra manera, piensa al recordar a todos esos muertos.

La ira se apodera de ella y se masajea vigorosamente las sienes. Sabe que es una locura compararse con Némesis, diosa de la venganza, pero esa es la imagen que de sí misma ha cultivado a lo largo de toda su vida. Una chiquilla que un día va al colegio con su león amaestrado. Alguien a quien hay que temer y respetar.

Unas horas más tarde, a mitad de camino de Mariehamn, en las islas Åland, sale de su camarote y se dirige a la discoteca de proa. No debe llegar ni demasiado pronto ni demasiado tarde.

Pronto todo habrá acabado: una tabla rasa que le permitirá

---

* «She's Lost Control», de Joy Division (Ian Curtis, Bernard Sumner, Peter Hook, Stephen Morris), © Universal Music Publishing.

avanzar y forjar su futuro sin las voces del pasado que le gritan en los oídos.

El bar está muy lleno y Madeleine tiene que abrirse paso entre las mesas. La música está a un volumen muy alto y dos mujeres cantan en el escenario frente a un karaoke. Desafinan mucho, pero su provocativo baile complace al público, que silba y aplaude.

Sois como animales amaestrados, piensa con desprecio.

Ve a Charlotte, sentada sola a una mesa delante de un gran ventanal.

La mujer a la que nunca ha llamado su madre luce un conjunto de un negro estricto y medias grises: como si vistiera para un entierro.

Charlotte la mira fijamente y sus miradas se cruzan por primera vez desde hace mucho tiempo.

—Bueno... Volvemos a vernos después de muchos años —dice Charlotte entornando los ojos.

La mira de arriba abajo, la estudia.

Te odio, te odio, te odio...

—Y yo que creía como una tonta que tú y yo habíamos acabado —continúa—. Pero cuando encontré a Peo, temí que hubieras regresado.

Madeleine toma asiento frente a Charlotte y la mira a los ojos, sin decir nada. Siente que querría sonreír, pero sus labios no la obedecen.

Querría responder, pero no sabe qué decir. Después de tantos años formulando sus quejas, se queda muda. Apagada. Como una máquina estropeada.

—La policía me ha preguntado acerca de ti, pero no he dicho nada.

Charlotte rumia cada sílaba, como si las palabras tuvieran un sabor amargo y quisiera escupirlas. A veces, su boca se mueve sin que salga de ella palabra alguna, como un espasmo o un tic. Se retuerce en su asiento, incómoda, sacude de la mesa unas migajas imaginarias y suspira profundamente.

—¿Qué demonios quieres? —pregunta con cansancio, y Madeleine solo ve maldad en los ojos de esa mujer que pronto estará muerta.

Detrás de los reflejos verdes del iris de Charlotte, percibe un genuino asombro.

¿Acaso no lo comprende, joder?, se dice Madeleine. No, es imposible. A fin de cuentas, ella estaba allí. Al lado, mirando.

La incomprensión y la inocencia son, al mismo tiempo, sinónimos del mal.

Te odio, te odio, te odio…

Menea la cabeza.

—Sí, he regresado, y creo que sabes por qué.

La mirada de Charlotte titubea.

—No entiendo lo que…

—Oh, sí, claro que lo entiendes —la interrumpe Madeleine—. Pero antes de que hagas lo que tienes que hacer, quiero que me respondas a tres preguntas.

—¿Qué preguntas?

—Primero, quiero saber por qué estaba yo en vuestra casa.

Madeleine sabe que pide lo imposible. Es como preguntar acerca del sentido de la vida, la finalidad del mundo o cuánto dolor puede soportar una persona.

—Es muy sencillo —responde Charlotte, como si no hubiera entendido el verdadero sentido de la pregunta—. Tu abuelo materno, Bengt Bergman, conocía a Peo por su trabajo en una fundación, y entre los dos decidieron que nos ocuparíamos de ti cuando tu madre se volvió loca.

Puras banalidades, piensa Madeleine.

—Pero no dejabas de portarte mal y nos vimos obligados a ser duros contigo —prosigue Charlotte.

Madeleine piensa en los hombres que entraban de noche en

su habitación. Recuerda el dolor y la vergüenza. Aquella pequeña bola dura dentro de ella, que poco a poco se petrificó hasta fundirse con su carne.

No puede contestar porque no entiende la pregunta, se dice Madeleine. Ninguno de los que había matado había sido capaz. Al preguntárselo, solo la habían mirado, estúpidamente, como si hablara una lengua extranjera.

—¿Quién decidió operarme? —pregunta Madeleine sin comentar la respuesta de Charlotte.

La mirada de Charlotte es gélida.

—Peo y yo —dice—. Por supuesto, de acuerdo con los médicos y los psicólogos. Pegabas, mordías, los otros niños te tenían miedo, así que al final no tuvimos más remedio que hacerlo. Sí, era la única salida.

Madeleine recuerda cómo, en Copenhague, hicieron callar la voz dentro de ella, y que desde entonces no puede sentir nada. Nada.

Después de Copenhague, solo los cubitos de hielo tienen aún sabor. Madeleine comprende que una vez más se halla en un callejón sin salida. Nunca sabrá el porqué.

Ha buscado respuestas y ha matado a todos aquellos que no han sabido hablarle de esa verdad que brilla por su ausencia, ayer, hoy y siempre.

Queda una última pregunta.

—¿Conociste a mi verdadera madre?

Charlotte rebusca en su bolso y le tiende una foto.

—Esta es la loca de tu madre —le espeta.

Suben juntas al puente. Ha dejado de llover y el cielo está despejado. La noche es azul sobre el Báltico y el mar está revuelto.

Las olas amenazadoras rompen contra el estrave del *MS Cinderella* con un ruidoso silbido. Al chocar de lleno contra el casco del buque, el agua salobre se vaporiza y cae en salpicaduras sobre el puente delantero.

Charlotte mira al frente, con la mirada extraviada, y Madeleine sabe que se ha decidido. Ha elegido.

No hay nada más que decir. Las palabras se han agotado y solo queda la acción.

Mira a Charlotte acercándose a la borda. La mujer a la que nunca ha llamado su madre se agacha para quitarse las botas.

Salta por la borda y se lanza a la oscuridad sin emitir sonido alguno.

El *MS Cinderella* prosigue inmisericorde su rumbo. Sin ni siquiera aminorar la velocidad.

¿Qué estoy haciendo?, piensa Madeleine, al sentir que el absurdo resquebraja el muro de su resolución. ¿Seré libre cuando todos hayan desaparecido finalmente?

No, comprende, y esa evidencia es una página en blanco pasada en una habitación a oscuras.

Barrio de Kronoberg–Central de Policía

A última hora de la tarde, Jeanette está sentada a su mesa de trabajo y mira fijamente una boca de ventilación en el techo, pero no es consciente de ello puesto que todo su cerebro está ocupado pensando en Sofia Zetterlund.

Después de la visita a Hundudden, Jeanette regresó directamente a su casa, completamente agotada. Llamó a Sofia justo antes de medianoche, sin obtener respuesta, y tampoco ha respondido a los dos o tres SMS que le envió a continuación.

Como de costumbre, piensa, y se siente sola. Ahora es Sofia quien debe tomar la iniciativa. Jeanette no quiere ser la que siempre pide, no hay nada menos atractivo, y no va a volver a llamar. En cambio, Åke ha llamado para recordarle que han quedado para comer. Han decidido encontrarse en un restaurante de Berggatan, aunque debe confesar que no le apetece demasiado.

Jeanette juguetea con un lápiz mirando de reojo el montón de documentos sobre las dos muertas, Hannah Östlund y Jessica Friberg.

Sus esperanzas de lograr que se reabran los casos de los incendios del domicilio de los Bergman y del barco de Dürer se han visto pulverizadas por Billing con una carcajada: se estaba dejando arrastrar por la teoría de la conspiración. Y además, para él, esos dos casos habían sido suficientemente instruidos.

Llaman a la puerta y Åhlund asoma la cabeza.

—Perdón —dice, sin resuello—. Anoche no tuve tiempo de investigar lo del hotel y he ido esta mañana. Y la visita ha sido fructífera.

—Entra. —Jeanette mordisquea la punta del lápiz—. ¿Qué quieres decir con fructífera?

Se sienta frente a ella.

—He hablado con el recepcionista que estaba de turno cuando Madeleine Duchamp se registró y cuando se marchó. —Se ríe—. Si hubiera ido ayer no le hubiera encontrado, era su día de fiesta.

—¿Y qué ha dicho acerca de Duchamp?

Åhlund se aclara la voz.

—Es una mujer de entre veinte y treinta años. Viaja sola y no habla bien el inglés. Por lo visto, no hacen copia de los documentos de identidad de los ciudadanos de la Unión Europea, pero el recepcionista recuerda que tenía el cabello oscuro en la foto de su carnet de conducir.

Cabello oscuro, piensa Jeanette.

—La foto de su carnet de conducir es una cosa, pero lo que me interesa saber es qué aspecto tiene en realidad.

Åhlund se aclara de nuevo la voz.

—Ha dicho que era guapa pero parecía terriblemente tímida. No miraba a los ojos y se escondía bajo un amplio gorro.

¿Qué?, piensa Jeanette. Menuda descripción.

—¿Algo más? ¿Alta, baja?

—De altura media, aspecto corriente. Para ser recepcionista, la verdad es que no es un gran fisonomista. Pero se fijó en algo curioso.

—¿A saber...?

—Me ha dicho que bajó varias veces por la noche para pedir cubitos de hielo.

—¿Cubitos de hielo?

—Sí, le pareció muy raro, y soy de la misma opinión.

Jeanette sonríe.

—Yo también. En todo caso, nuestro recepcionista no parece estar en condiciones de ayudar a un dibujante a hacer un retrato robot. ¿Qué opinas?

—Por desgracia, no. Está claro que la vio demasiado poco, lo que por otra parte resulta interesante. Indudablemente, parece tratar de pasar desapercibida.

Jeanette suspira.

—Sí, está claro. Cabría preguntarse por qué, pero nos conformaremos con esto de momento. Gracias.

Åhlund desaparece y Jeanette decide llamar al fiscal Von Kwist.

El fiscal parece fatigado cuando Jeanette le confía que sospecha que Viggo Dürer está detrás de los pagos realizados a Annette Lundström y probablemente también a Ulrika Wendin. Para sorpresa mayúscula de Jeanette, se muestra menos reticente de lo que esperaba.

Se queda mirando el teléfono, estupefacta. ¿Qué le ocurre a Von Kwist? Está sumida en sus pensamientos cuando vuelve a sonar. Responde distraídamente. Desde centralita la informan de que una tal Kristina Wendin desea hablar con ella.

¿Wendin?, se dice, despertándose de golpe.

La mujer se presenta como la abuela de Ulrika, y está muy preocupada porque no tiene noticias de su nieta desde hace varias semanas.

—¿Puede que se haya marchado de viaje? —sugiere Jeanette—. ¿Quién sabe? Tal vez ahorró algún dinero y se ha tomado unas vacaciones.

La mujer tose.

—¿Vacaciones? Ulrika no trabaja. ¿De dónde iba a sacar dinero para irse de vacaciones?

—La mayoría de las personas que desaparecen vuelven a aparecer al cabo de unos días, pero eso no quiere decir que nos tomemos el caso de Ulrika a la ligera. ¿Tiene la llave de su apartamento?

—Sí, por supuesto —responde Kristina.

—Mire, haremos lo siguiente —concluye—. Hacia el mediodía iré con un colega a casa de Ulrika. Reúnase allí con nosotros y traiga las llaves.

¿Debería preocuparme?

No, aún no. Sé racional.

Preocuparse en ese estadio es cansarse inútilmente. Ya sabe de qué va eso: en el mejor de los casos, una pista les indicará dónde se encuentra Ulrika y, en el peor, hallarán la prueba de que ha desaparecido contra su voluntad. Pero ese tipo de intervención ofrece por lo general un resultado intermedio, es decir, nada. Cuando vuelve a sonar el teléfono siente un cosquilleo en el vientre y deja que suene varias veces para no parecer demasiado ansiosa.

—Jeanette Kihlberg, policía de Estocolmo —dice con una sonrisa en los labios, olvidando por un instante a Ulrika Wendin.

—Buenos días —dice Sofia Zetterlund—. ¿Tienes un momento?

¿Un momento? Para ti, todo lo que quieras.

—¿Buenos días? Si ya casi es hora de comer —se ríe Jeanette—. Me alegra oírte, pero tengo un montón de trabajo.

Y dice la verdad. Contempla el desorden que reina sobre su mesa. El dossier de Hannah Östlund y Jessica Friberg: trescientas páginas, una serie de polaroids, un ramo de tulipanes amarillos y las fotos de dos cadáveres de perros en el sótano.

—Bueno, yo tampoco tengo mucho tiempo —dice Sofia—. Escucha solo con una oreja lo que tengo que decirte, mientras sigues con tus cosas. Como es bien sabido, las mujeres tenemos dos cerebros.

—Claro. Adelante...

Jeanette abre la carpeta marcada «J. Friberg» y oye a Sofia inspirar como si se dispusiera a lanzarse a un largo monólogo.

—Annette Lundström fue internada hace tres días —comienza—. Psicosis aguda, causada por el suicidio de su hija Linnea. Annette la encontró ahorcada en la habitación de su domicilio en Edskiven. Los enfermeros me lo han contado...

—Para —dice Jeanette, cerrando en el acto la carpeta—. Repítemelo.

—Linnea ha muerto. Se ha suicidado.

Sofia suspira.

La familia Lundström, prácticamente aniquilada por sí misma. Recuerda su último encuentro con Annette. Una ruina. Un fantasma. Y Linnea...

—¿Estás ahí?

Jeanette cierra los ojos. Linnea ha muerto. Eso no debería haber ocurrido. Joder, ¿por qué?

—Te escucho. Sigue.

—Annette se escapó ayer de Rosenlund. Cuando volvía de comer me la encontré en la calle, vi que no se encontraba bien y la hice subir a mi consulta. Me explicó que el abogado Viggo Dürer había pagado una suma importante para hacerlas callar, a ella y a su hija. Y esa era la razón de la interrupción de la terapia de Linnea.

—Eso me temía. En cualquier caso, queda confirmado.
—Sí, parece que llegaron a un acuerdo extraoficial. No sé de qué medios dispones, pero estoy segura de que si se revisan las cuentas de Annette Lundström aparecerán irregularidades.
—Ya lo hemos hecho —dice Jeanette—, pero ha sido imposible determinar el origen del ingreso. Lo que me dices no me sorprende, pero lamento mucho la muerte de Linnea.
¿Y Ulrika?, piensa. ¿Qué le ha ocurrido?
Ulrika le causó una impresión ambigua, a la vez fuerte y frágil. Por un instante se pregunta si la chica ha podido suicidarse. Como Linnea.
—Bueno... —prosigue Jeanette—. Ya teníamos lo que contó Linnea en el curso de su terapia, sus dibujos, la carta de Karl Lundström, y ahora el testimonio de Annette. ¿Cómo está? ¿Podría testificar en un juicio?
Sofia se echa a reír.
—¿Annette Lundström? No, figúrate, en su estado... Pero si le baja la fiebre...
A Jeanette el tono irónico de Sofia le parece un poco fuera de lugar, en vista de la gravedad de la situación.
—¿La fiebre? ¿A qué te refieres?
—La psicosis es un poco como la fiebre del sistema nervioso central. Puede declararse debido a un trastorno extremo: en el caso de Annette, las muertes, una tras otra, de su marido y su hija. La fiebre puede bajar, pero suele llevar tiempo. Un tratamiento de hasta diez años es lo más frecuente.
—Comprendo. ¿Ha dicho algo más?
—Ha hablado de regresar a Polcirkeln para encontrarse con Karl y Viggo y construir un templo. Ya se veía allí. La mirada perdida en la eternidad, ¿te lo imaginas?
—Quizá. Pero lo cierto es que esa historia de Polcirkeln no es una pura invención.
—¿Ah, no?

—No. Voy a contarte algo sobre Annette Lundström que igual no sabes. Polcirkeln existe, es un pueblo de Laponia. Ella se crió allí y Karl era su primo. Los dos pertenecían a una secta laestadiana disidente bautizada como los Salmos del Cordero. La secta fue objeto de denuncias a la policía por abusos sexuales. Y el abogado Viggo Dürer vivía en esa época en Vuollerim, a solo unas decenas de kilómetros de Polcirkeln.

—Espera —dice finalmente Sofia—. ¿Primos? ¿Karl y Annette eran primos?

—Sí.

—¿Los Salmos del Cordero? ¿Abusos sexuales? ¿Viggo Dürer estaba implicado?

—No lo sabemos. Nunca se investigó. La secta se disolvió y todo cayó en el olvido.

Sofia calla y Jeanette aprieta el auricular contra su oreja. Oye una respiración pesada, muy próxima y a la vez lejana.

—Parece que Annette Lundström quiere regresar al pasado —dice Sofia, con la voz ahora más grave.

Se ríe.

De nuevo esa voz, piensa Jeanette. Una alteración del tono, a menudo seguida de un cambio de personalidad en Sofia.

—¿Y cómo va el caso? —pregunta Sofia.

Jeanette piensa en lo poco que han hablado recientemente y en el ritmo frenético de esos últimos días.

—No debería hablar de ello por teléfono. —Era preferible esperar a encontrarse cara a cara para explicárselo todo—. Dime... —aventura Jeanette—. Quizá podríamos...

—Sé qué vas a decirme. Quieres verme y yo también a ti. Pero hoy no. ¿Puedes pasar a buscarme por la consulta mañana por la tarde?

Jeanette sonríe. Por fin, piensa.

—De acuerdo. De todas formas, esta noche no me sería posible, quiero ver a Johan antes de que se marche a Londres con Åke. Yo...

—Oye, tengo que colgar —la interrumpe Sofia—. Tengo un paciente dentro de cinco minutos y tú también estás a tope de trabajo, ¿verdad? ¿Hablamos mañana? ¿Vale?

—Vale. Pero...

La comunicación se corta.

Jeanette siente como si se hubiera vaciado de toda su energía. Si Sofia no fuera tan difícil, tan imprevisible...

Empieza a sentir vértigo, siente que se le acelera el pulso y tiene que apoyarse en la mesa.

Calma. Respira... Vete a casa. Estás estresada. Déjalo por hoy.

No. Primero tiene que comer con Åke, luego poner rumbo a Johan Printz Väg, en Hammarbyhöjden, para tratar de averiguar qué le ha ocurrido a Ulrika Wendin.

Vuelve a sentarse y contempla el caos que reina en su mesa suspirando profundamente.

Las pruebas contra Hannah Östlund y Jessica Friberg. Una serie de fotos que confirman la culpabilidad de las dos mujeres. Caso cerrado y Billing contento.

Pero está claro que hay algo que la atormenta.

Vita Bergen–Apartamento de Sofia Zetterlund

Sofia está agotada después de la conversación con Jeanette. Está sentada en la cocina con una copa de vino blanco, cuando debería encontrarse en la consulta esperando a un paciente.

Aprender a conocerse a uno mismo no es muy diferente de aprender a conocer a los demás. Requiere tiempo y siempre hay algo imperceptible o huidizo. Algo contradictorio.

Así ha sido durante mucho tiempo con Victoria.

Pero Sofia siente que ha hecho grandes progresos esos últimos días. Sigue costándole controlar a Victoria, pero han empezado a acercarse.

Es Sofia quien ha llamado a Jeanette, pero es Victoria quien ha terminado la conversación, y recuerda cada palabra. No es usual.

Victoria ha mentido a Jeanette al decir que estaba en la consulta esperando a un paciente, y Sofia ha participado plenamente en esa mentira, incluso la ha apoyado.

Una mentira a dos.

El hecho es que recuerda parcialmente los acontecimientos de la víspera en el hotel Clarion, esa hora en la que Victoria tomó las riendas. Recuerda por supuesto la llegada de Carolina Glanz y lo ocurrido a continuación, pero también fragmentos de la conversación de Victoria con el ejecutivo alemán, del que tiene una imagen bastante nítida.

Es una evolución positiva, que la ayuda a comprender lo que ha podido ocurrir durante sus agujeros de memoria de los últimos tiempos. Cuando despertaba por la mañana en la cama con las botas embarradas, sin la menor idea de lo que había hecho durante la noche.

Comienza a adivinar por qué tantas tardes y noches Victoria sale a emborracharse y a buscar hombres por los bares. Cree que es una cuestión de liberación.

Pese a todo, es ella, Sofia Zetterlund, quien desde hace casi veinte años lleva las riendas: tiene la impresión de que Victoria, con su conducta inapropiada, trata de manifestarse, de sacudir a Sofia y recordarle su existencia, que sus exigencias y sus sentimientos son tan importantes como los de Sofia.

Apura su copa, se levanta, acerca la silla a la encimera de la cocina, pone en marcha el extractor y enciende un cigarrillo. Victoria no habría hecho eso, se dice. Se habría quedado sentada a la mesa para fumar y se hubiera bebido tres copas de vino en lugar de una. Y tinto, no blanco.

Soy una invención de Victoria. Nada empezó conmigo, yo no fui más que una alternativa para sobrevivir y ser normal, para ser como todo el mundo y soportar los recuerdos de los abusos sexuales rechazándolos. Pero, a la larga, eso ya no resultaba soportable.

Eso es todo lo que le queda de Lasse. Una cocina inacabada.

Cuando estaba en su peor momento, imaginó que la cocina era una sala de autopsias, que las botellas y los botes contenían formol, glicerina y acetato de calcio, sustancias de embalsamamiento. Allí donde antes veía instrumentos de disección, ahora ve una caja de herramientas corriente medio abierta delante del armario de las escobas, con la hoja de un serrucho que sobresale al lado del mango de un pequeño martillo.

El humo se arremolina a través del filtro extractor y adivina, por detrás, las palas en rotación. Alza la vista y percibe en la sombra su débil vibración. Como el comienzo de una migraña epiléptica.

Struer, piensa.

Había grandes ventiladores en el sótano de la casa de Viggo Dürer en Jutlandia, una instalación para secar la carne de cerdo, y a veces el ronroneo sordo la mantenía despierta toda la noche y le producía dolor de cabeza. La puerta por la que se bajaba hasta allí estaba siempre cerrada.

Eso es, se dice. Los recuerdos deben venir por sí mismos, no tengo que forzarme.

Es como agarrar una pastilla de jabón. Hay que estar relajado: si se aprieta demasiado fuerte, resbala entre los dedos.

Relájate. No trates de recordar, deja que los recuerdos fluyan.

Johan Printz Väg–Apartamento de Ulrika Wendin

Jens Hurtig se encuentra con Jeanette delante del centro comercial Västermalm. Ella abre la puerta del coche y se instala en el asiento del pasajero.

Hurtig gira a la derecha en Sankt Eriksgatan.

—¿Así que te ha llamado la abuela de Ulrika Wendin?

—Sí. Ha tratado varias veces de ponerse en contacto con Ulrika, en vano. Nos espera con las llaves frente al apartamento.

Le ha pasado algo, piensa Jeanette.

Calma. No lo veas todo negro antes de tiempo. Puede que Ulrika simplemente haya conocido a un chico, se haya enamorado y haya pasado varios días en la cama con él.

—¿Y qué tal la comida? —pregunta Hurtig.

Åke la había invitado a almorzar para hablar de Johan y de la custodia compartida. Estaba más delgado de lo que recordaba y se había dejado crecer un poco el cabello: a su pesar, ha tenido que reconocer que le echaba de menos. ¿Quizá con el tiempo nos volvemos ciegos? ¿Tal vez empezamos a ver los defectos en lugar de lo que antes nos gustaba?

Después de resolver sus asuntos, Åke se ha pasado buena parte del tiempo vanagloriándose de sus éxitos, haciendo hincapié en varias ocasiones en lo importante que la agencia de Alexandra Kowalska ha sido para él. Después sacó los papeles del divorcio, que había rellenado con la misma firma que usaba en sus cuadros. Ella reaccionó con un breve pero intenso sentimiento de decepción. No porque estuvieran a punto de dar el siguiente paso, sino porque él lo había dado primero, él había tomado la iniciativa.

Acabada la comida, se ha despedido de él con cierto alivio.

Después de dejar a Åke, ha tenido tiempo de llamar a Johan para quedar esa noche y ver la tele juntos. Ver un partido en la pequeña pantalla no puede compararse con asistir en directo a un derbi de la Premier League, pero a Johan ha parecido gustarle la propuesta. Echa un vistazo a su reloj y constata que esta vez no tendrá que esperarla.

—Pareces distraída —dice Hurtig—. Te he preguntado qué tal había ido la comida.

Jeanette abandona sus reflexiones.

—Oh, sobre todo hemos hablado de cuestiones prácticas. El divorcio y todo eso.

Pasan frente a la estación de metro de Thorildsplan y Jeanette piensa en el primero de los muchachos. Parece ya muy lejano, como si hubieran transcurrido años desde el hallazgo del cadáver momificado entre los arbustos a solo una veintena de metros de allí.

—Jens... —dice Jeanette cuando Hurtig toma la autovía de Essinge hacia el sur—. Tengo una mala noticia. Linnea Lundström ha muerto. Se ha ahorcado en su casa.

No dicen nada durante el resto del trayecto. Al entrar en el aparcamiento frente al apartamento de Ulrika Wendin, Hurtig rompe el silencio.

—Mi hermana hizo lo mismo. Hace diez años. Acababa de cumplir diecinueve.

Jeanette no sabe qué decir. ¿Qué se puede decir?

—Yo... —Se da cuenta de lo poco que conoce a su colega.

—Está bien —la tranquiliza, y su sonrisa crispada ha desaparecido—. Es una mierda, pero se aprende a vivir con ello. Hicimos cuanto pudimos. Seguramente mis viejos son quienes peor lo han pasado.

—Yo... lo siento mucho. No tenía la menor idea. ¿Quieres hablar de ello?

Él niega con la cabeza.

—La verdad es que no.

Ella asiente.

—Vale, pero no tienes más que decírmelo. Aquí estoy.

Al apearse del coche, Jeanette ve salir del edificio a una mujer menuda, que se enciende un cigarrillo y mira en derredor, como si buscara algo.

Se aproximan y, efectivamente, se trata de la abuela de Ulrika Wendin. Es una rubia teñida que se hace llamar Kickan.

Entran en el edificio y suben la escalera. Frente a la puerta del apartamento, la mujer saca un manojo de llaves. Jeanette recuerda su primera visita.

Habló con Ulrika de las violaciones a las que Karl Lundström la había sometido, y ese recuerdo la entristece. Si existe alguna especie de justicia poética, todo debería acabar saliéndole bien a la chica. Pero Jeanette lo duda.

Kristina Wendin introduce la llave en la cerradura, le da dos vueltas y abre.

En el domicilio de Hannah Östlund en Fagerstrand la peste procedía de dos perros muertos.

Aquí es aún peor.

—¿Qué ha pasado?

Kickan Wendin los mira preocupada, trata de entrar en el apartamento, pero Jeanette se lo impide.

—Será mejor esperar fuera —dice, y le indica con un gesto a Hurtig que vaya a echar un vistazo.

La mujer parece muy alterada.

—¿Qué huele tan mal?

—Aún no lo sabemos —responde Jeanette, mientras oye el ruido que Hurtig hace en el interior.

Un minuto más tarde, se reúne con ellas.

—Está vacío —dice con un gesto de impotencia—. Ulrika no está y el olor viene de la basura. Restos de gambas.

Jeanette suspira aliviada. Solo unas gambas, piensa pasando un brazo alrededor del hombro de la mujer.

—Venga, salgamos a charlar al patio.

—Me quedaré un momento a echar un vistazo —dice Hurtig.

Jeanette asiente con la cabeza.

Una vez abajo, Jeanette propone que se sienten en el coche.

—Tengo un termo de café, ¿le apetece?

Kickan niega con la cabeza.

—Mi pausa se acaba dentro de poco y tengo que regresar al trabajo.

Se sientan en un banco y Jeanette le pide que le hable un poco de Ulrika, pero resulta que no sabe gran cosa acerca de la vida de su nieta. Lo poco que le cuenta hace que Jeanette llegue a la conclusión de que ni siquiera está al corriente de las violaciones sufridas por Ulrika.

Mientras Kickan Wendin se aleja, Jeanette se sienta al volante y enciende un cigarrillo a la espera de que salga Hurtig.

—Hay restos de sangre en el recibidor.

Hurtig golpea el techo del coche y sobresalta a Jeanette.

—¿Sangre?

—Sí, así que me he dicho que había que llamar a Ivo.

—¿Has comprobado que se trata de sangre? ¿Había mucha?

—Unas cuantas manchas. Unas gotas secas, en el umbral, y seguro que es sangre.

Klara Sjö–Ministerio Fiscal

—Von Kwist —responde el fiscal mientras se pone en guardia cuando Jeanette Kihlberg le llama por teléfono por segunda vez en pocas horas.

Su estómago se remueve mientras ella le comunica los indicios que hacen temer la desaparición de Ulrika Wendin: al colgar, está a punto de vomitar.

¡Puta mierda!, piensa dirigiéndose hacia el mueble bar.

Mientras la máquina de hielo se pone en marcha, coge una botella de whisky ahumado y se sirve una generosa copa.

Si el fiscal fuera una persona creativa, variaría sus maldiciones. Pero no es el caso, así que repite «¡Puta mierda!» y vacía la copa de un trago.

El whisky no alivia en absoluto su úlcera, pero se bebe otro trago y siente que el alcohol se une a los reflujos ácidos en algún lugar a la altura del pecho.

Esa mañana, después de la primera llamada de Jeanette Kihlberg, le ha parecido que era mejor darle coba. Después de la segunda llamada, ha comprendido que la situación es tan grave que quizá la vida de Ulrika Wendin esté en peligro y se reconoce que, aunque no sea un santo, hay ciertos límites.

¡Cría de mierda!, se dice. Tendrías que haber cogido el dinero, largarte y cerrar la boca.

Ahora las cosas pueden ponerse muy feas.

El fiscal se estremece y recuerda un acontecimiento ocurrido quince años atrás, cuando lo invitaron al archipiélago, a la casa del antiguo jefe de policía Gert Berglind.

Viggo Dürer estaba presente, y también otro hombre, un ucraniano cuyo vínculo con el abogado no estaba claro y que no hablaba ni una palabra de sueco.

Estaban en la cocina. Dürer y Berglind habían tenido un desencuentro, sin duda de orden privado. Berglind se enfadó y alzó el tono. Dürer, tras permanecer un momento sin decir nada, se inclinó hacia el ucraniano y le habló en voz baja en ruso. Mientras Berglind, furioso, seguía discutiendo, el ucraniano salió de la cocina y fue al cobertizo donde el jefe de policía criaba sus conejos de concurso.

Por la ventana abierta de la cocina oyeron dos chillidos y, unos minutos después, el ucraniano regresó con dos conejos de raza recién descuartizados, que debían de valer por lo menos diez mil coronas cada uno. El jefe de policía se quedó lívido y les pidió que se marcharan.

En aquel momento, el fiscal Kenneth von Kwist creyó que Berglind se había sentido afectado por la pérdida del dinero que habría podido ganar, o simplemente afligido por la pérdida de sus conejos. Hoy comprende que el jefe de policía se sintió aterrorizado, pues en esa época ya sabía qué tipo de persona era Viggo Dürer.

Cierra los ojos y reza por que él mismo no se haya dado cuenta demasiado tarde.

El whisky ahumado le hace pensar en el olor de Viggo Dürer. En cuanto entraba en una habitación, se le podía oler. ¿Era un olor a ajo frito?

No, piensa el fiscal. Más bien a pólvora o azufre. Es contradictorio, pues también sabe que Dürer tenía la capacidad de fundirse en la masa, de desaparecer en el entorno.

Con el debido respeto hacia el fiscal Kenneth von Kwist, hay que decir que las contradicciones no son su fuerte. Siendo mal pensados, y así aproximarse más a la verdad, hay que afirmar que para él las contradicciones simplemente no existen. Están el blanco o el negro, y nada entre los dos, algo bastante preocupante para un fiscal.

Ahora lo constata: Viggo Dürer era una persona contradictoria.

Capaz de ser muy peligroso, pero a la vez endeble; se quejaba de dolores cardíacos la última vez que lo vio, justo antes de su muerte. Y ahora toda esta mierda que dejó me cae encima, piensa Von Kwist.

—Abogado y criador de cerdos —murmura dentro de su copa de whisky—. ¡Eso no pega ni con cola!

Vita Bergen–Apartamento de Sofia Zetterlund

La Sirvienta, Solace Aim Nut, llevó a Madeleine, la hija de Victoria, en su vientre redondo, hinchado, y fue Solace quien soportó los calambres, las náuseas, las piernas hinchadas y el dolor de espalda. Su última misión antes de que Victoria la olvidara.

Sofia contempla los bocetos a lápiz esparcidos sobre la mesa de la sala.

Todos representan a una criatura desnuda, con el rostro oculto por una máscara de fetiche. La misma chiquilla, las mismas piernas delgadas y el vientre hinchado. La misma Sirvienta. Sobre la mesa, al lado de los dibujos a lápiz, la foto de un niño con un Kalashnikov. *Unsocial mate.* Un niño soldado.

Sofia piensa en la circuncisión ritual que ha dejado estériles a muchos niños de Sierra Leona. En el campo, los niños llevaban los trocitos de piel seca colgados de collares como prueba de su obediencia a Dios y para protegerse contra los malos espíritus, pero en los hospitales de las ciudades los tiraban con los desechos médicos en los vertederos de los suburbios. Muchos quedaron estériles después de la circuncisión, pero en las ciudades por lo menos se evitaban las infecciones.

La esterilización de Lasse fue a la vez voluntaria y sin riesgo. La vasectomía no es un ritual, cuando debería serlo. Tampoco hay ritual para abortar ni, como ella misma hizo, para abandonar a la propia hija en manos de extraños. Piensa en Madeleine. ¿Me odia? ¿Es ella quien ha matado a Fredrika y Peo? En tal caso, ¿soy la siguiente en la lista?

No, se dice. Según Jeanette, no se trata de una única persona. Ha hablado de los asesinos.

Aparta los dibujos de Solace y comprende que pronto tendrá que quemar todos esos papeles, los recortes de periódicos, derribar los tabiques de la habitación secreta y tirar todo lo que hay ahí dentro.

Debe purificarse, liberarse de su historia. Hoy no puede dar ni un paso sin volver a las mentiras que la han mantenido con vida.

Tiene que aprender a recordar de verdad, sin recurrir a documentos detenidos en el tiempo.

Deja hacer a Victoria, pero trata de no desaparecer.

Es como agarrar una pastilla de jabón. Si se aprieta demasiado fuerte, resbala entre los dedos.

Relájate. No trates de recordar, deja que los recuerdos fluyan.

Victoria va a por un cuaderno al despacho y luego saca del armario acristalado una botella de tinto, un merlot francés, pero no encuentra el sacacorchos y tiene que hundir el tapón con el pulgar. Mañana Sofia va a ver a Jeanette, debe estar descansada. Por eso tiene que beber tinto, se duerme mejor que con el blanco.

Esta noche Victoria va a concentrarse en su hija, anotará todo cuanto se le ocurra acerca de ella, tratará de conocerla mejor. Sofia volverá a trabajar en el perfil del asesino el día siguiente.

Pero, de momento, Madeleine.

«Criada por Charlotte y Per-Ola Silfverberg —escribe—, con todo lo que ello supone». Victoria reflexiona un instante y añade: «Seguramente sufrió agresiones sexuales. Era del mismo tipo que Bengt». Bebe un trago de vino. El sabor es cálido y la acidez le eriza la lengua.

«Madeleine tenía una relación particular con Viggo Dürer», escribe a continuación, primero sin saber por qué. Pero, al pensar en ello, comprende lo que ha querido decir. Viggo era el tipo de persona que se apropiaba de los demás, una y otra vez.

Lo hizo con Annette y Linnea Lundström, se dice Victoria, y lo intentó conmigo.

«Lo peor de Viggo —escribe— eran sus manos, no su sexo».

De hecho, no recuerda haber visto nunca a Viggo desnudo. A veces era violento, pero solo con las manos. No pegaba, pero arañaba y pellizcaba. Rara vez se cortaba las uñas: recuerda el dolor cuando se las clavaba en el brazo.

Sus agresiones eran como una masturbación en seco.

«Madeleine odiaba a Viggo —continúa, y ahora ya no necesita pensar, las asociaciones surgen solas y el lápiz rasca rápidamente el papel—. No importa qué haya sido de ella una vez adulta, Madeleine odiaba a su padre adoptivo y odiaba a Viggo. De niña no verbalizaba sus sentimientos, pero siempre ha odiado. Desde que su memoria recuerda».

Victoria proyecta su experiencia sobre su hija. No cambia nada del texto, ni siquiera cuando le parece que ha entrado demasiado deprisa en materia. Más adelante, siempre estará a tiempo de tachar.

«Hay diversas variantes posibles de Madeleine adulta. Una es silenciosa, encerrada en sí misma, y lleva una vida retirada. Quizá se haya casado con uno de los miembros de la secta de su padre, o puede que siga sufriendo en silencio los mismos abusos. Otra Madeleine ha recibido ayuda externa, ha roto con su familia y quizá se haya instalado en el extranjero. Si es fuerte, habrá salido adelante, pero seguramente su vida quedará marcada por los abusos y le será difícil establecer una relación normal con un compañero. Otra Madeleine se mueve por odio y venganza: a lo largo de toda su vida ha tratado a la vez de rechazar esos sentimientos y de canalizarlos. Esa Madeleine vive retirada durante ciertos períodos, pero nunca olvida las injusticias. Es una persona perturbada privada de...».

Se interrumpe. Es Sofia quien escribe, no ella, y está hablando de Victoria. Por lo general, Victoria no consigue expresarse con esa claridad. Incluso ha olvidado el vino, parece que ni siquiera ha vuelto a beber.

«Es una persona perturbada que no tiene otra motivación en la vida más que el odio y la venganza —concluye Sofia—. Lo único que le permitiría pasar página sería liberarse de esos sentimientos. Y no hay una solución fácil a ese problema».

Sofia deja el cuaderno y el lápiz sobre la mesa.

Comprende que tarde o temprano Madeleine se pondrá en contacto con ella.

Comprende también lo que ocurrirá entre ella y Victoria.

Sofia no lo resistirá.

Vasastan–Apartamento de Hurtig

El edificio en el que vive Hurtig se construyó a finales del siglo XIX, en una parte de Norrmalm que aún hoy en día se conoce como Siberia: en aquella época se consideraba que el barrio estaba muy alejado del centro, y abandonar Estocolmo por una de esas casitas obreras parecía un exilio o un destierro. En la actualidad, el barrio forma parte del centro de la ciudad y el pisito de dos habitaciones que Jens Hurtig tiene alquilado allí desde hace unos meses no es para nada un gulag, aunque haya que lamentar la falta de ascensor. Sobre todo cuando Hurtig va cargado como hoy, con una bolsa de la tienda estatal de licores tintineando en cada mano.

Abre la puerta y se encuentra como de costumbre con un montón de publicidad y diarios gratuitos, a pesar de la educada placa sobre el buzón en la que se rechaza ese tipo de correspondencia. Pero también comprende a los pobres diablos que suben todos esos pisos con sus pesados fajos de folletos y son rechazados en cada puerta.

Deja las bolsas en el recibidor, y cinco minutos después está sentado frente al televisor, con una cerveza en la mano.

En la Tres emiten episodios antiguos de *Los Simpson*. Los ha visto tantas veces que se sabe los diálogos de memoria: tiene que reconocer que eso le tranquiliza. Sigue riendo en los mismos momentos, salvo que hoy su risa suena hueca. No logra meterse de pleno en la serie.

Cuando Jeanette le ha contado lo del suicidio de Linnea Lundström, unos sentimientos antiguos se han apoderado de él. El recuerdo de su hermana le persigue y le perseguirá siempre.

Ha sido la foto de una chica tumbada en una camilla en la morgue lo que le ha hecho ir directamente a comprar bebida al salir del trabajo, y es la misma imagen la que ahora le quita las ganas de seguir las tribulaciones de los personajes amarillos en la televisión.

La última vez que vio a su hermana estaba tendida boca arriba, con las manos juntas sobre el vientre. Tenía un aspecto decidido, con los labios casi negros y un lado del cuello y de la cara amoratados por el lazo corredizo. Su piel parecía seca y fría y su cuerpo daba la impresión de ser muy pesado, a pesar de su delgadez y su fragilidad.

Coge el mando a distancia y apaga el televisor. Pronto no ve más que su reflejo en la pantalla, con las piernas cruzadas y una botella de cerveza en la mano.

Se siente solo.

Y ella... ¡qué sola debió de sentirse!

Nadie la entendió. Ni él, ni sus padres, ni la psiquiatra, cuya intervención se redujo a una terapia de grupo y a unos vagos intentos de tratamiento farmacológico. Lo que ella era en el fondo de sí misma permaneció inaccesible a todos ellos, el pozo en el que había caído era demasiado profundo y oscuro, y al final no soportó más la soledad. Estar encerrada dentro de sí misma.

No se encontraron chivos expiatorios, ni otros culpables aparte de la depresión.

Hoy sabe que no era cierto.

La culpa era de la sociedad, entonces igual que ahora. El mundo exterior era demasiado duro para ella. Él se lo prometió todo, pero al final no pudo ofrecerle nada. Ni ayudarla cuando enfermó. Entonces igual que ahora, la disfunción era política.

El fuerte sobrevive y el débil tiene que espabilarse solo. Ella se convenció de que era débil y se precipitó hacia su perdición.

Si él lo hubiera comprendido entonces, ¿habría podido ayudarla?

Si ella hubiera tenido cáncer, se habrían movilizado todos los recursos para curarla, pero en lugar de eso la fueron pasando de un tratamiento a otro, sin ninguna coordinación. Hurtig estaba convencido de que los medicamentos aceleraron el desarrollo de la enfermedad.

Pero ese no fue el verdadero problema.

Hurtig sabe que el sueño de su hermana era ser músico o cantante, y que la familia la apoyaba, pero la sociedad le mandó señales para hacerle comprender que era una profesión sin futuro. Una mala inversión.

En lugar de subirse a tocar a un escenario, estudió economía, que era lo que una tenía que hacer si era una buena alumna, y acabó ahorcándose en su habitación de estudiante.

Solo porque todo el mundo le había hecho creer que sus sueños no valían nada.

Gamla Enskede–Casa de los Kihlberg

Son las nueve menos cuarto cuando da comienzo el partido y aún no han tenido tiempo de ver la película que ha alquilado. Qué importa si se hace tarde, se dice. La velada ha ido tan bien hasta el momento que no quiere estropearlo todo sermoneando a Johan diciéndole que ya es hora de acostarse.

Lo mira de reojo, apenas visible, sepultado en el sofá bajo bolsas de patatas, vasos de refresco de los que sobresalen pajitas y bandejas de arroz con estofado de uno de los innumerables restaurantes tailandeses de comida para llevar de Södermalm. Es increíble lo que llega a comer, y eso que no le gustaba la comida tailandesa. Además está en pleno desarrollo y casi se le oye crecer, y sus gustos cambian a una velocidad que ella no logra seguir.

En el terreno musical, empezó con el hip-hop, pasó de forma abrupta al punk sueco, acercándose durante un tiempo peligrosamente al hardcore skinhead de extrema derecha, hasta que un día, esa primavera, lo sorprendió escuchando a David Bowie.

Sonríe al recordarlo. Los acordes de «Space Oddity» le dieron la bienvenida al regresar del trabajo, y al principio le costó admitir que su hijo escuchara la misma música que ella a su edad.

Pero hoy es noche de partido, y en ese terreno sus preferencias no son tan variables.

El equipo español, que domina a sus adversarios absolutamente superados, siempre ha gozado de su simpatía. Tiene un equipo preferido en cada una de las grandes ligas y nunca han cambiado, aunque nunca podrán competir con su club adorado, el Hammarby. Nunca se abandona la camiseta a rayas, se dice divertida.

En la televisión, pronto marcan el primer gol. El equipo de Johan lo celebra y él está a punto de sumarse a su alegría, saltando del sofá.

—*Yes!* ¿Has visto?

Con una amplia sonrisa, le tiende la mano en un «choca esos cinco» y, para su sorpresa, ella le responde.

—¡Joder, qué golazo!

—Y que lo digas, menudo golazo —asiente ella—. Casi ni lo he visto.

Después de una breve conversación sobre el gol y la jugada precedente, caen en un silencio que recuerda a Jeanette el que a menudo se instala entre Hurtig y ella, un silencio que la relaja. En el momento en que busca una manera de plantear que le ha gustado la velada sin que la haga parecer demasiado madraza, Johan confirma su sentimiento.

—Joder, mamá, ¡qué guay que no tengamos que estar hablando todo el rato!

Eso la reconforta. Ni siquiera le recrimina la palabrota, y la verdad es que tampoco ella cuida demasiado su vocabulario. Åke se lo recordaba siempre.

—Prefiero ver el fútbol contigo que con papá —continúa Johan—. Siempre tiene que comentarlo todo y se queja del árbitro, incluso cuando tiene razón.

Ella no puede evitar reírse.

—Sí, es verdad. A veces parece que los partidos le incumban personalmente.

Quizá sea una maldad, se dice. Pero es cierto. Y además siente una profunda satisfacción después de lo que ha dicho Johan, y sabe el porqué. Se pregunta si Johan se ha dado cuenta de esa especie de competición que tiene lugar últimamente entre Åke y ella. Una competición para ganarse la confianza de Johan. Supone que de momento ella va ganando por uno o dos puntos.

—Pobre papá —dice Johan—. Alex no es buena con él.

Tres a cero, se dice Jeanette en un rapto de maldad, enseguida sustituido por un nudo en el estómago.

—¿Qué quieres decir?

Johan se retuerce.

—Ah, no sé... Ella no para de hablar de dinero y él no entiende nada, firma todos los contratos sin leerlos. Ella hace como si él trabajara para ella, y no ella para él, como debería ser, ¿no?

—¿Estás bien en su casa?

Jeanette se arrepiente inmediatamente de haberlo preguntado. No quiere hacer de nuevo el papel de madre fisgona, pero Johan no parece enfadado.

—Con papá, sí. Con Alex, no.

En el descanso, el chico se le adelanta para recoger la mesa y llega incluso a guardar las patatas sobrantes en un bol. Se ha dado cuenta también de que esa noche, cuando va al baño, se acuerda de bajar la tapa del váter. Pequeños gestos que delatan su voluntad de causar buena impresión. De ser un buen hijo.

Menudencias, se dice. Pero, Dios mío, cómo te quiero, mi pequeño Johan, que ya no eres tan pequeño.

—Oye, yo... —dice Johan al sentarse, con una tímida sonrisa.

—¿Sí?

Se lleva la mano al bolsillo, saca su cartera de piel negra con el emblema del club de fútbol y busca en el compartimento de los billetes hasta encontrar lo que busca.

Una foto tamaño carnet, de las que se pueden hacer en el metro. Le echa un vistazo y se la tiende.

Es la foto de una chica guapa de cabello oscuro y rizado, con pinta de dárselas de dura.

Jeanette dirige a Johan una mirada interrogativa y, al ver centellear sus ojos, comprende que esa chica también lleva encima una foto, de Johan.

Observatorielunden

Sofia Zetterlund entra bajo la vasta rotonda luminosa de la biblioteca municipal, aminora el paso y escucha el silencio. A primera hora de la mañana la biblioteca está casi vacía. Solo se ve a algunas personas aquí y allá, con la cabeza ladeada a lo largo de las estanterías que cubren las paredes de la sala de lectura de una altura de tres plantas, como el interior de un cilindro.

Los fondos reúnen más de setecientos mil volúmenes. Allí ya nadie la distrae, todo el mundo está absorto en la lectura. Solo se oyen pasos lentos, el ruido del papel al pasar las páginas y a veces el de un libro que se cierra con cuidado. Sofia alza la vista, empieza a contar los estantes, las secciones, los libros encuadernados en marrón, rojo, verde, gris y negro. Mira al suelo, aparta de su mente sus obsesiones y trata de concentrarse en el motivo de su visita.

Lo que le interesa sobre todo son las biografías. Y un libro antiguo sobre el sadismo y la sexualidad. Se instala frente a un ordenador para verificar en el catálogo que los libros estén disponibles y luego se acerca a uno de los mostradores.

La bibliotecaria es de mediana edad y lleva un hiyab que le oculta el cabello y los hombros. Su tez cetrina hace pensar a Sofia que es originaria de Oriente Medio.

Tiene la sensación de que conoce a esa mujer.

—¿En qué puedo ayudarla?

La voz es fría y dulce, y Sofia adivina un vago acento que recuerda el de Norrland. ¿Iraní? ¿Árabe?

—Busco el libro de Richard Lourie sobre Andréi Chikatilo, y la *Psychopathia Sexualis* de Krafft-Ebing.

Mientras la mujer, sin responder, introduce los títulos en el ordenador, Sofia observa que tiene un ojo marrón y el otro verde claro. Es probable que sea parcialmente ciega. Quizá se trate de una alteración del pigmento como consecuencia de una herida. Un pasado violento. Golpes.

—Su tarjeta de aparcamiento residencial ha expirado —dice la mujer.

Sofia se sobresalta. La mujer habla pero sus labios no se mueven, mantiene la cabeza agachada y sus curiosos ojos están concentrados en la pantalla del ordenador y no en ella.

«Tenía que haberla renovado hace tiempo. Y sería mejor dejar el Mini en un garaje. No es bueno que esté en la calle tanto tiempo».

¿Aparcamiento residencial? No recuerda cuándo fue la última vez que cogió el coche, ni siquiera la última vez que pensó en él, y menos aún dónde está aparcado.

—Perdone, ¿se encuentra bien?

La mujer la mira. La pupila del ojo anómalo, verde clara, es mucho más pequeña que la otra. Sofia no sabe qué ojo mirar.

—Yo... Es solo migraña.

En ese momento, está segura de no haber visto nunca a esa mujer.

La sonrisa de la bibliotecaria trasluce inquietud.

—¿No desea sentarse? ¿Quiere que le traiga un vaso de agua y una aspirina?

Sofia respira profundamente.

—No, no es nada. ¿Ha encontrado los libros?

La mujer asiente con la cabeza y se pone en pie.

—Venga, le indicaré.

Siguiendo el paso ligero de la bibliotecaria, piensa en su proceso de curación. ¿Es así como se desarrolla? Sus obsesiones se van desvelando poco a poco.

Todo gira alrededor de un juego de identidades que concierne también a los extraños. Su ego es tan narcisista que cree conocer a todo el mundo y que todo el mundo la conoce. Ella está en el centro del mundo y su ego sigue siendo el de una niña.

Esa es la impresión que le causa el ego de Victoria, y es un paso importante para comprenderla.

En ese momento cae en la cuenta de que la mujer del moño apretado que ha visto varias veces por la calle no es más que una proyección de su propio ego.

Ha visto a su madre, Birgitta Bergman. Era evidentemente una ilusión, una de sus obsesiones.

Se sienta a una mesa con los libros y saca el cuaderno en el que estuvo escribiendo la noche anterior. Veinte páginas de reflexiones sobre su hija. Decide continuar trabajando una o dos horas para conocer mejor a Madeleine antes de abordar a Lourie y Krafft-Ebing.

Se siente débil y sabe que debe aprovechar ese estado.

Estación central

Jeanette se ha tomado dos horas libres para acompañar a Johan al colegio. Llegará aún más tarde al trabajo por culpa de su viejo Audi, que, por enésima vez, la ha dejado tirada en Gullmarsplan. Aparca junto a la acera y esta vez ni siquiera tiene fuerzas para enfurecerse con ese montón de chatarra: la primera llamada del día es para pedir una grúa. Decide que, pese a los esfuerzos de Åhlund, tendrá que despedirse del Audi y dejarlo en el desguace de Huddinge.

Sabe que necesita un coche, pero no puede permitírselo, y tiene demasiado orgullo para pedirle dinero a Åke.

Mientras baja al metro, piensa en Johan. La separación no ha sido tan difícil como había imaginado. Por primera vez desde hace mucho tiempo se han despedido sin que ella tenga la sensación de no haberse dicho cuanto tenían que decirse.

Al subir al vagón, le suena el teléfono. Ve que es Hurtig y se acuerda en el acto de lo que le contó la víspera acerca de su hermana. ¡Qué tragedia tan terrible! ¿Qué más puede decirse? Joder, qué dura es la vida.

Se sienta junto a la ventana al fondo del vagón antes de responder.

—Tengo que contarte dos cosas —comienza él—, las dos bastante perturbadoras.

Nota que está estresado.

—Continúa.

—Más o menos a la hora en que estábamos en la casa de Dürer en Hundudden, Charlotte Silfverberg se suicidó.

Se queda petrificada.

—¿Qué?

—En el ferry a Finlandia *MS Cinderella*, la noche de anteayer. Según varios testigos, Charlotte Silfverberg se encontraba sola en el puente. Se encaramó a la borda y saltó al agua. Los testigos no pudieron hacer nada, pero dieron la alarma.

Mientras por los altavoces se anuncia la estación central, Jeanette trata de digerir la noticia. No, se dice, no puede ser otro suicidio.

—¿Dices que hubo varios testigos?

—Sí. No hay la menor duda. Los de salvamento han encontrado el cadáver a primera hora de esta mañana.

¿De verdad se trata de un suicidio? Primero Linnea Lundström, ahora esto. Otra familia que se aniquila sola.

Sin embargo, la duda se adueña de ella.

—Haz que llamen a la compañía para conseguir la lista de pasajeros —dice, poniéndose en pie cuando el metro llega al andén.

—¿La lista de pasajeros? —pregunta Hurtig sorprendido—. ¿Para qué? Si ya te he dicho que...

—Un suicidio, sí. Pero ¿te parece que Charlotte Silfverberg es el prototipo de suicida? —Se apea y se dirige hacia la correspondencia con la línea azul—. La última vez que la vimos estaba contenta de marcharse de crucero para pasar un rato agradable tomando unas copas de vino tinto y viendo a su ídolo Lasse Hallström. ¿Y si a bordo ocurrió algo que impulsó a Charlotte Silfverberg a tomar esa decisión definitiva?

—No lo sé —dice Hurtig, azorado—. Tenemos a más de diez testigos en el barco que confirman los hechos.

Jeanette se detiene en el primer peldaño de la escalera y se apoya en la barandilla.

—Lo siento, soy muy torpe. —Vale, será mejor que me rinda, se dice—. Seguramente tienes razón. Dejemos lo de la lista de pasajeros de momento. ¿Y la otra noticia?

Escucha a Hurtig, y enseguida echa a correr entre la multitud.

Lo que acaba de decirle significa que todo lo demás pasa a un segundo plano.

Un tal Iwan Lowynsky, policía de la Seguridad de Kiev, de la sección criminal internacional, ha tratado de localizarla para informarla acerca de una persona desaparecida.

El expediente sobre los jóvenes inmigrantes asesinados que Jeanette envió casi seis meses atrás ha dado por fin en el blanco. Una identificación de ADN.

Mariaberget–Södermalm

Sofia Zetterlund ha decidido ir andando a la consulta. En Slussen, elige dar un rodeo subiendo por Mariaberget, más allá del viejo ascensor.

El bolso en el que carga los pesados libros se le clava en el hombro, y al llegar a Tavastgatan, en la esquina con Bellmansgatan, decide detenerse en el Bishop's Arms para leerlos mientras come algo.

Pide el plato del día y se instala en un lugar a resguardo de miradas indiscretas. Mientras espera a que le sirvan, comienza a hojear el libro sobre el asesino en serie ruso Andréi Chikatilo, pero el título la escama: *Asesino de masas*. El término es apropiado para gente como Stalin o Hitler, que no mataron siguiendo sus instintos primitivos, sino por motivos ideológicos y poniendo en práctica métodos de exterminio industrial. Chikatilo asesinaba a sus víctimas de una en una, en una larga y brutal serie.

Observa que uno de cada dos capítulos está dedicado al policía que acabó resolviendo el caso, que incluía más de cincuenta asesinatos. Decide saltárselos. Le interesa Chikatilo y no los métodos policiales. Para su gran decepción, enseguida constata que el libro no contiene más que descripciones superficiales del modus operandi, así como fantasiosas especulaciones acerca de lo que el asesino pudo pensar. Ningún análisis en profundidad de su psique.

Sin embargo, encuentra desperdigadas algunas ideas interesantes. Resiste la tentación de arrancar las páginas en cuestión y se contenta con doblar las esquinas de aquellas que utilizará cuando ponga en orden sus ideas. La que no controla sus impulsos y destruye los libros cuando le viene en gana es Victoria. Sofia sabe controlarse, piensa sintiendo los talones desollados. Todo tiene un precio.

Cuando el camarero llega con su plato, pide una cerveza. Come unos bocados, pero se da cuenta de que no tiene hambre. En ese momento, el grupo de alemanes entra en el pub. Se sientan a una mesa vecina y una de las mujeres se dirige a ella.

—*Sie müssen stolz auf ihn sein?**

—*Ja, sehr stolz*** —responde Sofia, aún sin la menor idea de a qué se refiere.

Aparta el plato y prosigue la lectura del libro sobre Andréi Chikatilo. Al cabo de un rato, entrevé el esquema que quiere comentarle a Jeanette. Añade algunas notas al margen y la llama por teléfono. Jeanette responde en el acto.

En realidad, no tiene nada nuevo que decirle. Sofia solo quiere confirmar la cita y, en cuanto oye la voz de Jeanette, se da cuenta de que la echa de menos.

Jeanette no ha olvidado que tienen que verse, pero parece un poco estresada. Sofia comprende que está ocupada, así que es breve.

* «Debe de estar muy orgullosa de él».
** «Sí, muy orgullosa».

—Ven a buscarme a la consulta —concluye—. Iremos a mi bar preferido a tomar unas cervezas y hablaremos de trabajo. Luego cogeremos un taxi para ir a tu casa. ¿De acuerdo?

Jeanette se ríe.

—Y hablaremos de cosas que no son de trabajo. Me parece perfecto. Un beso.

A mi casa no, piensa Sofia. El apartamento aún está lleno de las notas de Victoria, artículos de prensa y dibujos.

Tiene que darse prisa y coger el toro por los cuernos. Y quemarlo todo.

Deja la biografía de Chikatilo y saca el viejo libro de referencia sobre el sadismo y la sexualidad. Sorprendentemente, el ejemplar se conserva en muy buen estado. Sin duda porque no es objeto de préstamo a menudo, y enseguida comprende por qué. *Psychopathia Sexualis* está escrito en un inglés arcaico y ampuloso, que cuesta entender. Al cabo de media hora de lectura, constata que el libro no le va a servir de mucho, no solo porque no lo entiende todo, sino también porque sus conclusiones han quedado anticuadas. A los diecisiete años ya se había hecho su propia idea sobre Freud y desde entonces siempre había sido escéptica respecto al pensamiento simbólico y las teorías demasiado seguras de sí mismas. Además, el hecho de que solo hombres con una vida afectiva cuando menos complicada hubieran escrito sobre la de las mujeres los había descalificado a sus ojos. Y era una posición en la que se había mantenido.

Por el contrario, considera que la visión de Freud acerca de la libido, la energía vital y la pulsión sexual sigue siendo actual e interesante: la libido y la agresividad como pulsiones principales.

Atracción, carencia, pulsión y deseo combinados con la violencia.

Sofia cierra el libro, se pone en pie y va a pagar a la barra. Tiende unos billetes al camarero.

—¿Quiénes son? —pregunta señalando a sus vecinos con la cabeza.

—¿Los alemanes? —se ríe—. Hacen una ruta siguiendo los pasos del Grande, y cualquier anécdota sobre él los vuelve locos.

—¿El Grande?

—Sí, Stieg Larsson, ¿lo conoce? —El camarero sonríe, devolviéndole el cambio.

Al salir del pub, saca el cuaderno. Piensa en Madeleine y, mientras camina, escribe unas líneas.

La letra es casi ilegible.

«Madeleine era hermana de su madre, y su padre era también su abuelo: tiene derecho a odiarlos por encima de todo. Si no estuviera segura de que yo quemé la casa de Värmdö, pensaría que lo hizo Madeleine».

Barrio de Kronoberg–Central de Policía

Sentado al otro lado de la mesa de Jeanette, Jens Hurtig sigue con creciente interés, a través del altavoz, la conversación con el policía ucraniano Iwan Lowynsky.

Schwarz y Åhlund también escuchan, por la puerta abierta.

—*Where did he disappear?**

Jeanette repite la pregunta, porque no ha entendido el nombre de la estación de metro de Kiev por la que solía rondar el muchacho, y donde fue visto por última vez.

—*Syrets. Syrets station. Near Babi Yar. Never mind. I send you acts.***

* «¿Dónde desapareció?».
** «Syrets. Estación de Syrets. Cerca de Babi Yar. No se preocupe. Le enviaré los atestados».

—¡Qué curioso! —comenta Schwarz socarronamente—. Desaparecido en una estación de metro y hallado en otra, en el otro extremo del mundo. Aunque en mucho peor estado, claro.

La mirada que le dirige Jeanette le hace callar en el acto. Comprende que ha llegado el momento de retirarse. Hurtig se pregunta cómo se las habrá ingeniado Schwarz para llegar a ser policía.

—*You said that there were two persons missing from Syrets station. Two boys, both child prostitutes. Brothers. Itkul and Karakul Zumbayev. Is that correct?*

—*Correct** —responde Lowynsky.

Largo silencio. Hurtig adivina que Jeanette esperaba una respuesta más desarrollada.

—*Karakul is still missing?* —aventura.

—*Yes.*

—*And their connections to... Sorry, I didn't get this down right... Kyso...*

—*Qyzolorda Oblystar. Parents are Gypsies from region in south Kazakhstan. Brothers born in Romanky outside Kiev. Get it?*

—*Yes...***

Hurtig la ve fruncir el ceño mientras escribe.

—*So* —dice Lowynsky, como si bostezara—. *Duty calls. Keep in contact?*

* «Ha dicho que en la estación de Syrets desaparecieron dos personas. Dos muchachos, los dos prostitutos. Hermanos. Itkul y Karakul Zumbayev. ¿Es correcto?».

«Correcto...».

** «¿Karakul sigue desaparecido?».

«Sí».

«¿Y su relación con... Perdone, no lo he retenido... Kyso...».

«Qyzolorda Oblystar. Los padres son gitanos de la región del sur de Kazajstán. Los hermanos nacieron en Romanky, en las afueras de Kiev. ¿Lo ha entendido?».

«Sí...».

—*Of course. Thank you.*
—*You will have our identikit in two hours. Thank you, miss Killberg.**

El teléfono crepita cuando Iwan Lowynsky cuelga.

—«Killberg» —Hurtig sonríe—. Pronunciado así, es el nombre del oficio.

Jeanette no parece haber pillado el chiste, o bien tiene la cabeza en otras cosas. Cuando se concentra de esa manera, es difícil hablar con ella, se dice él mirando el reloj. La hora de almorzar ya ha pasado hace rato.

—¿Te apetece salir a comer? ¡Tengo mucha hambre!

Ella niega con la cabeza.

—No, ahora mismo no puedo comer. Pero sí me apetece dar un paseo.

Cinco minutos más tarde caminan por Bergsgatan, en dirección a la iglesia de Kungsholm.

Hurtig se estremece y se frota las manos para entrar en calor. Se siente viejo: antes no le entraban esos escalofríos. Lo que le iría bien sería una buena ducha caliente. Pero aún tendrá que esperar.

A la entrada del kebab, un viejo pide limosna destrozando las cuerdas de un violín desafinado. Hurtig no se lo puede creer: ¿cómo consigue mover los dedos con semejante frío? Toca muy mal, pero le echa un billete de veinte en el vaso de cartón a sus pies.

—A diferencia de lo que te ocurre a ti soy incapaz de pensar con el estómago vacío, así que ¿podrías decirme cómo tienes previsto avanzar?

---

* «Bueno, el deber me llama. ¿Seguimos en contacto?».

«Por supuesto. Gracias».

«Recibirán nuestro retrato dentro de un par de horas. Gracias, señorita Killberg».

Abre la bolsa, saca el kebab envuelto en papel de aluminio y empieza a engullir el rollo de pita.

—Hay una cosa que me intriga —comienza Jeanette—. Y figúrate, me ha hecho pensar en ello ese comentario tonto de Schwarz.

—No te sigo.

—Ese muchacho desaparecido y hallado en una estación de metro. ¿Te parece una casualidad?

—Francamente, no lo sé.

—Así es como veo yo la situación —continúa—. La misma persona secuestró al chaval en el metro de Kiev y luego lo abandonó en Estocolmo. Y creo que esa persona tiene costumbre de viajar a Europa del Este, o incluso es originaria de allí. Conoce el terreno. Sabe lo que hace.

—¿Cómo puedes estar tan segura de que...?

—No lo estoy. No es más que una intuición.

Hurtig muerde un trozo de carne.

—Lowynsky ha dicho que dos hermanos gitanos desaparecieron al mismo tiempo —dice entre un bocado y otro—, uno de los cuales es nuestro cadáver y el otro sigue en paradero desconocido. ¿Qué piensas de eso?

—Creo que el segundo también está muerto y espera en algún lugar de Estocolmo a que lo encuentren.

—Seguramente llevas razón —admite Hurtig—. ¿Y el retrato robot? ¿Qué nos puede ofrecer?

Jeanette se encoge de hombros.

—No mucho, la verdad: se ha realizado a partir de las indicaciones de un único testigo, que es posible que viera a la persona que secuestró a los niños. Se trata además de una muchacha de ocho años ciega de un ojo, y que fue incapaz de determinar la edad del individuo. ¿Recuerdas lo que ha dicho Lowynsky? En un primer interrogatorio la niña le echó unos cuarenta años, después afirmó que era muy viejo, pero sabes igual que yo que rara vez puedes fiarte de las indicaciones de edad que dan los niños.

Tira el resto del kebab a una papelera antes de entrar en la comisaría y abre su bandeja de patatas fritas mientras suben en el ascensor. El teléfono de Jeanette suena y su rostro se ilumina con una gran sonrisa al ver de quién se trata.

–¡Hola! ¿Cómo estás?

Hurtig comprende que es Sofia Zetterlund. Observa las expresiones de Jeanette mientras habla. Dios mío, se dice, no cabe la menor duda: está enamorada.

Jeanette no para de apretar el botón de la planta, como si eso fuera a hacer que el ascensor llegara antes.

–De acuerdo. Genial. Mi coche me ha dejado tirada, así que tomaré el metro para ir a buscarte y luego ya veremos.

Hurtig supone que irán a cenar y luego a casa de Jeanette en Gamla Enskede: tendrán toda la casa para ellas, ya que Johan está con Åke.

Y como es viernes, aprovecharán para tomarse unas copas.

–Y hablaremos de cosas que no sean solo trabajo. Me parece perfecto. Un beso.

Hurtig se come las patatas fritas mientras suena el timbre del ascensor y se abren las puertas. Jeanette guarda el teléfono en el bolsillo y le mira pensativa.

–Creo que tengo una relación con Sofia –dice ella, para su propia sorpresa.

Mariatorget–Oficina de Sofia Zetterlund

Sofia está sentada a la mesa de su despacho desde hace más de dos horas. Completa la lectura de la biografía de Chikatilo en internet y consulta los libros de que dispone en su biblioteca. Ha reunido una documentación que puede interesar a Jeanette.

En solo diez años, en las orillas rusas y ucranianas del mar Negro, Chikatilo mató a más de cincuenta personas, niñas y niños. A estos últimos los castraba, casi sin excepción. En varias ocasiones se comió a sus víctimas.

Consulta sus notas.

INSTINTO EXTREMO DE DEPREDACIÓN. CANIBALISMO. CASTRACIÓN. NECESIDAD DE SER VISTO.

¿Por qué no escondía mejor a sus víctimas?, se pregunta, pensando tanto en Chikatilo como en el asesino de Estocolmo. La pregunta se queda sin respuesta.

Sofia piensa que el asesino desea expresar su vergüenza. Aunque pueda parecer contradictorio, una persona movida por pulsiones sexuales tan extrañas a buen seguro tomó conciencia muy pronto de ser un individuo desviado, perverso. Exhibir así su vergüenza no es solo un acto de arrepentimiento, también es una manera de buscar el contacto. También tiene una idea acerca de las castraciones, que espera tener ocasión de exponerle a Jeanette.

Mira la hora en la pantalla del ordenador. Solo falta una hora.

Es muy consciente de que puede ser difícil convencer a Jeanette de que sus conclusiones sean las buenas, porque tal vez las encuentre demasiado morbosas.

Cuando Chikatilo mataba a mujeres, se comía su útero. En el caso de los muchachos inmigrantes, la policía no halló signos de canibalismo, pero los cuerpos no tenían órganos sexuales. Aún no ha formulado su teoría hasta el final y tiene que darle más vueltas antes de lanzarse a una discusión con Jeanette que podría aguarles la velada.

La lectura del libro sobre Chikatilo le ha resultado repugnante, le evitará los detalles.

Canibalismo, piensa contemplando la silla vacía al otro lado de su mesa.

Recuerda haber abordado el tema allí mismo con Samuel Bai, el niño soldado de Sierra Leona que acudió a su terapia en primavera. Samuel perteneció a las filas rebeldes del RUF y le explicó que se entregaban al canibalismo para profanar y humillar, pero también con fines rituales.

Comer el corazón de un enemigo era una manera de apropiarse de su fuerza.

¿Qué más había dicho?

De repente, siente que le vuelve la migraña, las mismas punzadas que a lo largo del día. Un temblor delante de los ojos y una opresión dolorosa que le impide concentrar la mirada. Migraña epiléptica. Pero el ataque pasa en medio minuto.

Sofia se levanta y va al archivador donde guarda los documentos. Una vez abierto, encuentra rápidamente el expediente de Samuel Bai, y regresa a su mesa con él.

Al abrirlo, constata que contiene un único papel: solo las notas tomadas durante la entrevista preliminar y luego unas líneas durante los dos siguientes encuentros. Nada acerca de las otras sesiones.

Sofia coge la agenda en la que anota todas las citas.

En mayo se vieron nueve veces. En junio, julio y agosto acudió puntualmente dos veces por semana, sin excepción. Según lo que anotó, queda patente sin duda alguna que Samuel fue a su consulta cuarenta y cinco veces en total. Sabe que no se equivoca, no tiene que contarlas de nuevo. Ha visto incluso que sus citas tuvieron lugar quince veces en lunes, diez en martes, siete en miércoles y ocho en jueves. En viernes solo se vieron cinco veces.

Sofia cierra la agenda y va a ver a Ann-Britt.

—¿Podrías verificar, por favor, cuántas veces vino Samuel Bai a la consulta? Creo que olvidé enviar la factura a los servicios sociales de Hässelby.

Ann-Britt frunce el ceño, sorprendida.

—En absoluto —dice—. Ya pagaron.

—Sí, pero ¿cuántas sesiones?

—Si solo hubo tres sesiones… —responde Ann-Britt—. Lo

anulaste todo cuando te dio una bofetada. Te acuerdas de eso, ¿no?

En el momento en que la migraña ataca aún con más fuerza, por el rabillo del ojo Sofia ve entrar a Jeanette.

Mariatorget–Oficina de Sofia Zetterlund

—Disculpa el retraso —dice Jeanette dándole un abrazo—. Ha sido un día muy duro.

Sofia está petrificada por las palabras de Ann-Britt.

«Si solo hubo tres sesiones... Lo anulaste todo cuando te dio una bofetada. Te acuerdas de eso, ¿no?».

No, Sofia no lo recuerda. No tiene la menor idea de lo que está ocurriendo. Todo se hunde a medida que empieza a reconstruir los pedazos.

Ve a Samuel Bai delante de ella. Sesión tras sesión, le habló de su infancia en Sierra Leona, de los actos violentos que cometió. Para despertar una de sus múltiples personalidades, ella le enseñó una vez una maqueta de una moto que pidió prestada a su vecino, el dentista Johansson.

«Una maqueta de Harley Davidson, modelo 1959, lacada en rojo».

Al ver la moto, pareció transformarse. Le dio una bofetada y...

Hoy se acuerda de todo por primera vez.

«... la levantó con las manos apretadas alrededor del cuello como a una muñeca».

Sofia comprende que ha mezclado sus recuerdos para fabricar uno a partir de varios acontecimientos. Ha amontonado millones de moléculas de agua en una sola bola de nieve.

Sofia siente los brazos de Jeanette alrededor de ella y el calor de su mejilla. Piel contra piel, la proximidad de otra persona.

Fondant de chocolate, piensa oyendo la voz de su madre.

«Dos huevos, doscientos cincuenta gramos de azúcar, cuatro cucharadas soperas de cacao, dos cucharaditas de azúcar de vainilla, cien gramos de mantequilla, cien gramos de harina y media cucharadita de sal».

–Disculpa el retraso, ha sido un día muy duro.

–No pasa nada –responde liberándose de su abrazo.

Sofia vuelve a la realidad, su campo de visión se amplía y recupera la audición normal, mientras su pulso se desacelera. Mira a la secretaria.

–Me voy. Hasta mañana –dice guiando a Jeanette hacia la puerta, y se dirigen al ascensor.

Una vez que la puerta se ha cerrado y la cabina comienza el descenso, Jeanette da un paso hacia ella, le toma el rostro entre las manos y la besa en los labios.

En un primer momento, Sofia se tensa, pero poco a poco siente que la calma se adueña de ella y su cuerpo se relaja. Cierra los ojos y le devuelve el beso. Por un instante, todo se detiene. En su cabeza, todo calla. Cuando el ascensor se detiene y sus labios se separan, lo que siente Sofia se parece mucho a la felicidad.

¿Qué ha pasado?, se dice.

Todo ha ido muy deprisa.

Primero está en su despacho consultando el expediente de Samuel Bai, luego Ann-Britt le dice que el muchacho solo acudió tres veces. Por último llega Jeanette y la besa.

Consulta su reloj. ¿Una hora?

Reflexiona y constata que tiene una laguna en su memoria. La hora transcurrida parece haber pasado aceleradamente, hasta el beso de Jeanette. Sofia respira de nuevo con calma.

¿Tres veces? Ahora sabe que es cierto.

Tiene recuerdos precisos de las tres sesiones con Samuel Bai.

Ni una más.

Los otros recuerdos son falsos, o mezclados con los de la época en que trabajó para Unicef en Sierra Leona. Todo se vuelve claro y le sonríe a Jeanette.

—Me alegro de que hayas venido.

Su paseo hasta la otra punta de Söder se parece al trayecto de la Sonámbula. Un rodeo en semicírculo, Swedenborgsgatan hasta la estación Sur, luego Ringvägen pasando por delante del hotel Clarion, y tomando hacia el norte hasta Renstiernas Gata al pie de las rocas de Vita Bergen.

La voz de Jeanette le susurra al oído, el brazo alrededor de su cintura y un ligero beso en el cuello. El calor de su aliento.

—En el trabajo, las cosas empiezan a moverse —prosigue—. El muchacho hallado en Thorildsplan ha sido identificado. Se llamaba Itkul, es uno de dos hermanos que llevan desaparecidos desde hace tiempo.

La calma que experimenta Sofia es agradable. Se siente frágil, escucha cuanto se dice, abierta, alerta ante una reacción de Victoria, pero sin preocuparse por ello.

Es hora de bajar la guardia y dejar que todo suceda.

—¿Y el otro hermano? —pregunta Sofia, segura no obstante de que el muchacho está muerto.

—Se llama Karakul, y sigue desaparecido.

—Esto huele a tráfico de seres humanos —dice Sofia.

—Los dos hermanos se prostituían —suspira Jeanette.

Calla, pero Sofia comprende lo que quiere decir. Puede imaginar el curso de los acontecimientos mejor que si se los hubieran detallado.

De nuevo los brazos alrededor de su cintura y el aliento cálido de Jeanette.

—Tenemos un retrato robot, pero no albergo muchas esperanzas. El testigo es una niña de ocho años ciega de un ojo, y en cuanto al rostro, es... ¿cómo decirte...? ¿Inexpresivo? No logro visualizarlo, y eso que lo he tenido ante mis ojos buena parte de la tarde.

Sofia asiente con la cabeza. Ella no ha visualizado ningún rostro a lo largo de su trabajo sobre el perfil del asesino. Solo una mancha blanca. Ese tipo de asesinos no tienen cara hasta que se les desenmascara, y entonces se parecen a cualquiera, son rostros corrientes.

—Y tenemos novedades acerca de Karl Lundström y Per-Ola Silfverberg —continúa Jeanette—. Sabemos quién les mató. Se llamaban Hannah Östlund y Jessica Friberg. También fueron ellas las que estrangularon a la indigente del subterráneo. Las dos mujeres se han suicidado, seguramente pronto leerás sobre ello en la prensa. En resumidas cuentas, todas las personas implicadas en este caso fueron al internado de Sigtuna.

Sofia responde a Jeanette, pero sin escuchar lo que dice. Quizá algo así como que no está sorprendida. Y, sin embargo, sí lo está.

¿Hannah y Jessica?, piensa Sofia. Sabe que debería reaccionar más violentamente, pero solo siente un vacío, porque eso no es posible. Victoria conoce a Hannah y a Jessica y sabe que no son asesinas. Esas chicas son como peleles apáticos y dóciles, Jeanette está completamente equivocada, pero no puede decírselo, aún no.

—¿Cómo podéis estar tan seguros?

A Sofia le parece entrever la sombra de la duda en los ojos de Jeanette.

—Por varias razones. En especial, porque tenemos una foto de Hannah Östlund matando a Fredrika Grünewald. Esa mujer tiene una marca distintiva muy particular. Le falta el anular derecho.

Sofia sabe que eso es cierto. A Hannah la mordió su perro y tuvieron que amputarle el dedo.

Aun así… Las afirmaciones de Jeanette parecen un tanto artificiosas.

Ahora es Sofia quien toma la iniciativa y la besa. Se detienen bajo un porche de Bondegatan y Jeanette desliza sus manos bajo el abrigo de Sofia.

Se quedan allí un momento, abrazadas al calor de sus cuerpos.

El contacto físico es liberador. Cinco minutos y las ideas toman un nuevo sesgo.

–Ven –dice finalmente Jeanette–. Tengo hambre, no he comido.

Jeanette mira muy seria a Sofia al abrir la puerta del pub.

–Charlotte Silfverberg se ha suicidado. Varias personas la vieron saltar de un ferry de camino a Finlandia, anteayer, ya de noche. En esta historia parece que todo el mundo muere antes de hora. Solo queda Annette Lundström, y ya sabemos las dos cómo está.

Al entrar en el vestíbulo acristalado, Sofia no piensa en Annette ni en Charlotte.

Piensa en Madeleine.

Jeanette interrumpe el curso de sus pensamientos.

–Lo que más me incordia de todo esto –dice quitándose el abrigo– es no haber podido verme nunca con Victoria Bergman.

A Sofia se le pone la piel de gallina.

–Aunque curiosamente tuve ocasión de hablar con ella, una vez.

«Buenos días, soy Jeanette Kihlberg, de la policía de Estocolmo. Me ha dado su número el abogado de su padre, porque quisiera saber si estaría dispuesta a ser testigo de su moralidad en el marco de un juicio».

–¿Y qué tiene eso de curioso? –dice Sofia.

–Victoria obtuvo una identidad protegida y ha desaparecido de los archivos. Pero, al menos, he podido conocer a su antigua psicóloga.

Sofia ya sabe lo que va a decir Jeanette a continuación.

—Después de conocerla no habíamos vuelto a vernos, y todo esto es tan raro que no he querido hablarte de ello por teléfono. Imagínate: la psicóloga de Victoria se llama igual que tú y vive en un asilo en Midsommarkransen.

Estocolmo, 1988

Walk in silence, don't walk away in silence.
See the danger, always danger.
Endless talking, life rebuilding.
Don't walk away.*

La última vez. La despedida, su último encuentro.

Le hubiera gustado seguir viéndola, pero la decisión que había tomado se lo impedía.

Victoria Bergman no volvería a ver a Sofia Zetterlund.

Llamó a la puerta, pero no esperó la respuesta. Sofia hacía punto en la sala y alzó la vista cuando entró. Sus ojos parecían cansados: puede que Sofia tampoco hubiera dormido esa noche, quizá también ella había estado pensando en su separación.

La sonrisa de Sofia se veía tan cansada como sus ojos. Dejó la labor de punto sobre la mesa y, con un gesto, invitó a Victoria a sentarse.

—¿Un café?

—No, gracias. ¿Cuánto tiempo puedo quedarme?

Sofia la miró con suspicacia.

* «Atmosphere», de Joy Division (Ian Curtis, Bernard Sumner, Peter Hook, Stephen Morris), © Universal Music Publishing.

—Una hora, como hemos acordado. Tú lo has propuesto y me has suplicado que te prometiera que no intentaría convencerte de otra cosa. Has sido muy clara al respecto.

—Lo sé.

Se sentó en el sofá, en un extremo, lo más lejos posible de Sofia. Es una buena decisión, pensó. Hoy será la última vez, tiene que serlo.

Pero acusaba el golpe. Pronto iba a tener en sus manos la decisión del tribunal de Nacka y Victoria Bergman dejaría de existir. Una parte de ella sentía que aún no había acabado con Victoria, que no desaparecería así como así, por una simple sentencia judicial. Otra parte de ella sabía que era lo único que podía hacerse, la única posibilidad de curarse.

Convertirse en otra, pensó Victoria. Ser como tú. Miró a la psicóloga.

—Hay algo de lo que no hemos acabado de hablar —dijo Sofia—, y como es nuestra última entrevista, me gustaría que...

—Lo sé. Lo que pasó en Copenhague. Y en Ålborg.

Sofia asintió con la cabeza.

—¿Quieres hablar de ello?

No sabía por dónde empezar

—Usted sabe que el verano pasado di a luz a una niña —aventuró, animada por la mirada de Sofia—. Fue en el hospital de Ålborg...

Fue la Reptil quien parió por ella. La Reptil quien soportó todo el dolor y parió sin un solo grito. La Reptil quien puso su huevo y luego reptó hasta otro sitio a lamerse las heridas.

—Un pequeño fardo de ictericia que metieron en la incubadora —continuó—. Seguramente con malformaciones, pues él es el padre y yo la madre.

Joder, ¿por qué Sofia está tan silenciosa? Solo esos Ojos observándola, imperiosos. Sigue hablando, le decían. Pero lo único que podía hacer era pensar en lo que tenía que decir, las palabras no querían salir.

—¿Por qué no quieres hablar de ello? —acabó preguntando Sofia.

Se liberó de ella, en cualquier caso, cuando la dejó caer al suelo.

Pero olvídala ya. Olvida a Madeleine. No es más que un huevo con un pijama azul.

—¿Qué puedo decir? —Cedió de buen grado a la cólera que sentía hervir en su interior, era mejor que la inquietud, mejor que la vergüenza—. Esos cabrones me robaron a mi hija. Me drogaron y me llevaron ante un puto charlatán del hospital, y me obligaron a firmar un montón de papeles. Viggo lo organizó todo. Papeles para incapacitarme en Suecia, papeles para nombrar a Bengt mi tutor legal, papeles para certificar el nacimiento de la niña cuatro semanas antes, o sea, antes de que yo fuera mayor de edad. Se blindaron de todas las formas posibles con sus jodidos papeles. Si afirmaba que yo era mayor de edad en el momento del nacimiento, tenían un papel que me incapacitaba. Si tenía el valor de asegurar que la criatura había nacido en tal fecha, podían sacarse de la manga un papel donde constaba que nació cuatro semanas antes, cuando yo aún era menor. Todos esos putos papeles llenos de nombres importantes, incontestables. Ahora soy responsable, tengo incluso los papeles, pero no lo era en el momento del nacimiento. Entonces estaba psíquicamente enferma, era imprevisible. Y además sus papeles afirman que tenía diecisiete años, y no dieciocho, por si acaso.

—¿Qué dices? ¿Te obligaron a renunciar a la criatura?

No lo sé, pensó Victoria.

Se mostró pasiva y solo se podía echar las culpas a sí misma, hasta cierto punto. Pero la habían dejado sin capacidad de resistencia.

—En buena parte, sí —dijo al cabo de un momento—. Pero ahora ya no importa. No se puede hacer nada. Ellos tienen la ley de su lado y yo quiero olvidarlo todo. Olvidar a esa jodida criatura.

Lo único que había querido había sido volver a ver a su hija una vez más. Y no había podido. Pero cuando, a pesar de todo, encontró a la criatura con su familia adoptiva, la bonita familia del sueco en su bonita casa de Copenhague, la dejó caer al suelo.

Estaba claro que no era suficientemente madura para tener una hija.

Ni siquiera era capaz de sostenerla en brazos, y quizá incluso la soltó expresamente.

Para, deja ya de pensar en eso. Imposible.

«Pero la criatura estaba malformada, se inclinaba a un lado al alzarla y la cabeza era demasiado grande respecto al cuerpo, había tenido suerte de que el cráneo no se rompiera como un huevo al dar contra el suelo de mármol, ni siquiera había sangrado. En todo caso, había demostrado que no era más que una niñata irresponsable, así que estaba bien que hubiera firmado todos aquellos papeles...».

–¿Victoria? –La voz de Sofia parecía lejana–. ¿Victoria? –repitió–. ¿Qué te pasa?

Sintió que temblaba y que le ardían las mejillas. La habitación entera parecía primero muy lejana, luego muy cercana, como si sus ojos pasaran en un instante del teleobjetivo al gran angular.

Mierda, pensó al comprender que estaba llorando como una cría, irresponsable e imprevisible.

«Espero que puedas vivir con tus recuerdos»: esas fueron las últimas palabras de Sofia. Victoria no se volvió por el camino de gravilla mientras se dirigía a la parada del autobús y el otoño caía lentamente sobre los árboles que la rodeaban.

¿Vivir con mis recuerdos? Joder, ¿cómo podría hacerlo?

Tienen que desaparecer, y eres tú, Sofia Zetterlund, quien me ayudará. Pero, a la vez, tengo que olvidarte, ¿cómo hacerlo?

Si supieras lo que he hecho.

He robado tu nombre.

Cuando Victoria cumplimentó los formularios para la obtención de una identidad protegida, pensaba que iban a atribuirle un nombre que le comunicarían junto con su número de la Seguridad Social. Pero al pie de uno de los formularios encontró tres casillas vacías que debía rellenar proponiendo un nombre de pila usual, un apellido y, eventualmente, un segundo nombre de pila.

Sin reflexionar apenas un momento escribió «Sofia» en la primera casilla, se saltó la siguiente, porque ignoraba el segundo nombre de pila de Sofia, si tenía alguno, y en la tercera escribió «Zetterlund».

Antes de que el funcionario le recogiera la documentación, ya había empezado a ensayar la firma.

Victoria se sentó en la parada a esperar el autobús que iba a llevarla a la ciudad, a su nueva vida.

Harvest Home

Ahora lo recuerda todo. Las entrevistas con Sofia y los exámenes médicos en el hospital de Nacka.

Su purificación, su proceso de curación, ha superado una nueva etapa. Comienza a acostumbrarse a esos nuevos recuerdos, ya no reacciona de forma tan violenta.

A la izquierda de la entrada, encuentran una mesa libre junto a la ventana. Al sentarse, Jeanette muestra una pequeña placa de latón atornillada sobre el sofá.

—«¿El rincón de Maj?».

—Maj Sjöwall —dice Sofia, con aire ausente.

Sabe que la escritora acude allí casi a diario.

El holandés propietario del pub junto con su esposa sueca les da la bienvenida y les tiende la carta.

—Es tu restaurante, tú eliges —sonríe Jeanette.

—En ese caso, dos pintas de Guinness y dos quiches del Västerbotten.

El propietario aprueba la excelente elección y, mientras aguardan, Jeanette explica que Johan tiene novia.

Sofia hace algunas preguntas y enseguida se da cuenta de que es ella quien mantiene la conversación, pero es Victoria la que piensa. Ni siquiera tiene necesidad de inmiscuirse, la conversación sigue su curso, y es una sensación de sincronía muy extraña, como si tuviera dos cerebros.

Sofia habla con Jeanette y Victoria piensa en su hija.

Ese estado de conciencia paralela cesa de golpe. Sofia está de nuevo enteramente concentrada en Jeanette y se siente dispuesta a hablar del perfil del asesino, evitando no obstante abordar la teoría de la castración y del canibalismo antes de acabar de cenar.

Comenzará por la vergüenza y la necesidad de ser visto.

Mira en derredor. La mesa vecina está vacía, nadie las oirá.

—Creo haber encontrado algo acerca del asesino de los muchachos inmigrantes —dice mientras Jeanette comienza a comer—. Tal vez me equivoque, pero creo que se nos han pasado por alto varios aspectos de su psique.

Jeanette la mira con interés.

—Te escucho.

—Creo que, de hecho, la extraña combinación de castración y embalsamamiento encaja perfectamente en la lógica del asesino. La infancia de los muchachos se conserva para siempre con la momificación. El asesino se ve como un artista y los cadáveres son autorretratos. Una serie de obras de arte cuyo motivo es la vergüenza de su propia sexualidad. Quiere mostrar quién es y la ausencia de sexo es una firma.

Sofia reflexiona acerca de lo que acaba de decir y se da cuenta de que quizá haya sido demasiado categórica.

¿El asesino?, se dice. ¿Y por qué no una asesina? Pero es más sencillo hablar en masculino.

Jeanette deja los cubiertos, se limpia los labios y observa fijamente a Sofia.

—¿Puede que el asesino quisiera que se encontraran los cadáveres? No se tomó muchas molestias para esconderlos. Y un artista quiere que se le vea y se le aprecie, ¿no? Algo sé de eso, he estado casada con uno.

Ella me comprende, piensa Sofia asintiendo con la cabeza.

—Quiere exhibirse, ser visto. Y no creo que haya acabado. No parará hasta ser descubierto…

—… puesto que eso es lo que busca —completa Jeanette—. Inconscientemente. Quiere decir algo al mundo entero y al final no soportará más actuar en silencio.

—Algo por el estilo —dice Sofia—. Creo también que el asesino documenta lo que hace. —Piensa en el singular batiburrillo reunido en su apartamento—. Fotos, notas, una colección compulsiva. A propósito, ¿has oído hablar de «*l'homme du petit papier*»?

Jeanette reflexiona mientras ataca de nuevo su quiche.

—Claro que sí —dice al cabo de un momento—. Cuando estudiaba leí algo acerca de un caso en Bélgica, un hombre que asesinó a su hermano. Los periódicos lo bautizaron como «*l'homme du petit papier*», el hombre de los papelitos. En un registro, la policía halló montones de papeles que en algunos lugares llegaban hasta el techo.

Sofia tiene la garganta seca. Aparta su quiche, que apenas ha probado.

—Así que entiendes lo que quiero decir. Un coleccionista de sí mismo, por así decirlo.

—Sí, algo así. Cada palabra, cada frase, cada hoja de papel tenían para él un significado de inmensa importancia, y recuerdo que la cantidad de pruebas era tal que tuvieron grandes dificultades para encontrar material con el que poder acusarlo, a pesar de que todo cuanto necesitaban para confundirlo se encontraba en el pequeño apartamento, a la vista.

Sofia bebe otro sorbo de la cerveza oscura y muy amarga.

—Teóricamente, una libido malsana y frustrada se manifiesta a través de diversos trastornos. Por ejemplo, fantasías sexuales desviadas. Si la libido es verdaderamente introvertida, vuelta hacia la persona misma, conduce al narcisismo y…

—Para —la interrumpe Jeanette—. Sé qué es la libido, pero ¿puedes desarrollarlo un poco?

Sofia siente que se ha adentrado por el camino de la frialdad y la distancia. Ojalá Jeanette pudiera comprender lo duro que es para ella. Cuánto le cuesta hablar de alguien que obtiene placer haciendo sufrir y solo puede satisfacerse con la agonía de los demás. Porque no se trata solo de los otros, sino también de ella misma.

De la persona que cree haber sido. De lo que ella misma sufrió.

—La libido es una pulsión, a lo que se aspira, lo que se desea, lo que se quiere tener. Sin ella la humanidad sería imposible. Si no deseáramos nada de la vida, nos limitaríamos a tumbarnos y morir.

Por el rabillo del ojo, Sofia observa la quiche que apenas ha tocado. El poco apetito que tenía ha desaparecido por completo.

—Una idea muy extendida —continúa mecánicamente— es que la libido puede verse perturbada por relaciones destructivas, en particular con el padre y la madre durante la infancia. Piensa por ejemplo en todos esos comportamientos obsesivos, como la fobia a los microbios, la gente que está siempre lavándose las manos. En ese caso, lo que más importa en la vida, el anhelo, el deseo, es la limpieza.

Sofia calla. Todo el mundo quiere estar limpio, piensa. Y Victoria ha luchado por eso toda su vida.

—¿Y cómo se le puede hacer frente? —pregunta Jeanette llevándose un buen pedazo de quiche a la boca—. No todo el mundo se convierte en asesino en serie por tener una mala relación con sus padres.

La glotonería de Jeanette hace sonreír a Victoria. Le gusta lo que ve: una persona con apetito por más cosas que la comida. Que aspira a conocer, a vivir. Una persona íntegra, con la libido intacta. Una persona envidiable.

—No me gusta mucho Freud, pero estoy de acuerdo con él cuando habla de la sublimación. —Victoria ve la expresión desconcertada de Jeanette y precisa su idea—. Sí, se trata de un mecanismo de defensa mediante el cual las necesidades reprimidas se expresan a través de la creatividad y…

Se queda descolocada cuando Jeanette se echa a reír señalando la placa de latón a su espalda.

—¿Así que tú y Freud pensáis que quien escribe un libro sobre crímenes atroces en el fondo habría podido convertirse en un asesino en serie?

Victoria se echa a reír a su vez y las dos se miran fijamente a los ojos. Dejan que sus miradas se adentren hasta lo más profundo, se reconozcan, mientras su risa desaparece y se transforma en asombro.

—Continúa —pide Jeanette cuando se calman.

—Lo más fácil sería que te leyera mis notas —dice Sofia—. Y si quieres que desarrolle algún punto no tienes más que pedirlo.

Jeanette asiente con una sonrisa en los labios.

—En muchos aspectos, el asesino aún es un niño —comienza—. Puede que tenga problemas de identidad sexual y es muy probable que sea clínicamente impotente. Literalmente, impotente significa «sin poder». Desde la infancia, esa persona se ha visto privada de poder. Quizá haya sido objeto de menosprecio y acoso a menudo. Se han reído de él, se ha visto rechazado. En su soledad se ha construido una imagen de sí mismo como un genio, y esa genialidad es lo que los otros no pueden comprender. Se considera destinado a grandes logros. Le mueve el deseo de revancha, pero, como ese día no llega, le enferma ver a la gente vivir y amar alrededor de él. Para él, resulta incomprensible. Él es un genio. Así que su frustración se transforma en cólera. Tarde o temprano, descubre su gusto por la violencia y que la impotencia de los demás lo excita sexualmente. La misma impotencia que la suya, que a partir de ese momento puede llevarle a matar. –Sofia deja su cuaderno–. ¿Alguna pregunta, jefa?

Jeanette calla, con la mirada perdida.

–Has hecho bien tus deberes –dice–. La jefa está contenta. Muy contenta.

Wollmar Yxkullsgatan–Södermalm

Jeanette se siente un poco achispada. Después de la cena se han tomado dos cervezas más: es ella quien ha propuesto pasear un poco ante de ir a casa en taxi.

–¡Uf...! Ahí me desperté una mañana, con catorce años.

Jeanette señala la entrada del servicio hospitalario y recuerda. Una hermosa mañana de verano, su padre fue a recoger allí a su querida hija descompuesta y cubierta de vómitos. La víspera, para celebrar las vacaciones con unos amigos, se había bebido una botella entera de kir y, como era de esperar, aquello acabó en catástrofe.

–¿Ah, sí? Y yo que creía que eras una buena chica... –la chincha Sofia, acariciándole la mejilla.

Jeanette se excita con esa caricia y quiere ir a casa cuanto antes.

–Claro, era buena chica... hasta que te conocí. Bueno, ¿paramos un taxi?

Sofia asiente con la cabeza. Jeanette advierte que está seria y pensativa.

—Me pregunto una cosa —dice Sofia mientras Jeanette busca un taxi con la mirada—. Después de encontrar a Samuel Bai, viniste a mi consulta para hacerme algunas preguntas acerca de él, ¿verdad?

Jeanette ve acercarse un taxi libre.

—Claro, le habías visto varias veces. En tres sesiones, por lo que me dijiste, creo. —Jeanette se vuelve y ve que Sofia se sobresalta—. ¿Te ocurre algo?

—¿Recuerdas haberme contado cómo encontraron a Samuel? Quiero decir si me revelaste detalles de los que de otra manera no podría tener conocimiento...

—Te lo conté todo. Que le habían golpeado en el ojo, en el ojo derecho, si no recuerdo mal.

Da un paso hacia la calzada y hace una señal al coche, que se detiene junto a la acera.

Al volverse hacia Sofia, ve que está muy pálida. Jeanette abre la puerta del taxi y se inclina hacia el interior.

—Un momento, por favor —dice al taxista—. Vamos a Gamla Enskede. Ponga el taxímetro y denos un par de minutos.

Toma a Sofia del brazo y se aleja unos pasos. Siente que Sofia tiembla, como de frío.

—¿Estás bien?

—Estoy bien —responde Sofia de inmediato—, pero me gustaría que me dijeras todo lo que me contaste acerca de Samuel.

Jeanette comprende que, por una razón que ignora, se trata de algo muy importante para Sofia. Rememora las circunstancias. Fue su segundo encuentro con Sofia, por la que ya se sentía atraída. Recuerda perfectamente qué le dijo.

—Te conté que lo colgaron de una cuerda y que luego le rociaron la cara con ácido. Supusimos que había sido obra de al menos dos autores, pues Samuel era corpulento y a una persona sola le hubiera sido imposible levantarlo. Estoy segura de haberte dicho que la cuerda era demasiado corta. La cuerda debe ser suficientemente larga para que la persona que se cuelga alcance el nudo corredizo desde allí donde se ha subido.

El rostro de Sofia se ha vuelto de un gris ceniciento.

—¿Estás segura de haberme contado todo eso? —susurra.

Jeanette se inquieta y abraza a Sofia.

—A ti podía contártelo. Hablamos mucho de ello porque me dijiste que habías tratado a una mujer sospechosa de haber asesinado a su marido de manera parecida. Sin duda era el caso al que se refería Rydén, el forense.

Sofia jadea. ¿Qué pasa?, piensa Jeanette.

—Gracias —dice Sofia—. Ahora vayamos a tu casa.

Jeanette le pasa una mano por el cabello.

—¿Estás segura? Si prefieres, podemos prescindir del taxi e ir dando un paseo.

—No. Estoy bien. Vamos a tu casa.

En el momento en que Sofia se dispone a dirigirse al taxi, se inclina de repente y vomita sobre sus zapatos. Tres Guinness y cuatro bocados de quiche de queso del Västerbotten.

Estocolmo, 2007

*You gotta stand up straight unless you're gonna fall,
then you're gone to die.
And the straightest dude I ever knew
was standing right for me all the time.**

* «Coney Island Baby» de Lou Reed, © EMI Publishing.

Se dirigía al departamento de psiquiatría forense del hospital de Huddinge para entrevistarse con una mujer sospechosa del asesinato de su marido.

Le costaba concentrarse, se sentía cansada, estresada. Las vacaciones le sentarían bien, unos días en Nueva York le recargarían las pilas. A la espera de que el semáforo se pusiera en verde, subió el volumen de la radio y empezó a canturrear:

—«Oh, my Coney Island baby, now. I'm a Coney Island baby, now».

Pensó en el hombre que había acudido a su consulta ese mismo día: su mujer iba a dejarlo si no hacía nada para curar su adicción sexual. Por su parte, él consideraba que su insaciable apetito sexual procedía de su monumental virilidad. Se vanagloriaba de su astucia para engañar a su mujer, de su habilidad para inventar coartadas: llegaba incluso a fingir que tenía que viajar por trabajo, lo cual le obligaba a regresar a casa tarde. Una vez en la estación, compraba un billete en metálico. Una vez en el tren, billete en mano, iba en busca del revisor antes de bajarse en la siguiente estación. Por la noche, al llegar a casa, guardaba el billete picado en un cajón de la cocina, seguro de que su esposa comprobaría si su historia era verdad.

Sofia aparcó frente al hospital de Huddinge, bajó del coche y entró en el vestíbulo del hospital. Tras el control de rutina, llegó a la sala de visitas. La presunta asesina la esperaba allí, sentada a la mesa.

—Es un error judicial —comenzó—. ¡No tengo nada que ver con la muerte de mi marido! Se ha suicidado y me detienen a mí. ¿Es eso normal?

—Sí —respondió Sofia—. Desgraciadamente, así son estas cosas. Pero no estoy aquí para determinar su culpabilidad, solo para saber cómo se encuentra. ¿Sabe por qué sospechan de usted?

—Sí y no. Yo llevaba unos días en Goteburgo por cuestión de trabajo. En el tren de vuelta, nos bebimos unas copas en el vagón restaurante. Fui a casa en taxi y lo encontré ahorcado. Traté de levantarlo pero pesaba demasiado, así que llamé a la policía y a una ambulancia. Mientras esperaba la llegada de la policía y de la ambulancia, empecé a ordenar las cosas. Ahora, a toro pasado, veo que fue una estupidez.

—¿Por qué una estupidez?

La mujer suspiró.

—Cuando le encontré, los listines estaban por el suelo. No sé qué me pasó por la cabeza, pero los recogí y los guardé en su sitio. —La mujer se echó a llorar—. La policía dijo que la cuerda era muy corta y no podía haberse colgado él mismo.

Sofia escuchaba su relato con creciente resignación. La policía llegó y enseguida se dio cuenta de que la cuerda era demasiado corta. En lugar de consolarla, le pusieron las esposas y la detuvieron sin contemplaciones, acusada de asesinato.

Gamla Enskede–Casa de los Kihlberg

Una vez pagado el taxi, recorren el sendero hasta la casa de Jeanette. Esta se avergüenza de su jardín tan descuidado: el césped no se ha segado y las hojas se van acumulando por todas partes.

Jeanette sonríe a Sofia y, al entrar, oye que recibe un SMS en el móvil.

—Mira, ya han llegado al hotel —dice aliviada al leer el breve mensaje de Johan.

—¿Lo ves? Ya te lo había dicho. ¿Crees que Åke se ha llevado a Johan de viaje porque tiene mala conciencia?

Jeanette la mira. Sofia ha recuperado el color.

Cuelga su abrigo y toma la mano de Sofia.

—¿Y quién no tiene mala conciencia?

—Pues, por ejemplo, el tipo al que buscáis —responde en el acto Sofia, visiblemente deseosa de retomar la conversación del pub—. Para torturar y matar a niños hay que tener una conciencia muy laxa.

—Y que lo digas.

Jeanette va a la cocina y abre el frigorífico.

—Y si la persona en cuestión lleva en paralelo una vida normal —prosigue Sofia—, entonces…

—¿Es posible? ¿Llevar una vida normal?

Jeanette saca una botella de tinto y la deja sobre la mesa mientras Sofia se sienta.

—Sí, pero se requiere un enorme esfuerzo para mantener separadas las diferentes personalidades.

—¿Quieres decir que un asesino en serie puede tener esposa e hijos, ser concienzudo en su trabajo y frecuentar a sus amistades sin desvelar su doble vida?

—Eso es. Un lobo solitario es mucho más fácil de descubrir que aquel que, visto desde fuera, lleva una vida absolutamente normal. A la vez, quizá sea justamente esa normalidad lo que ha provocado el comportamiento patológico.

Jeanette descorcha la botella y sirve dos copas.

—¿Quieres decir que las obligaciones cotidianas necesitan una válvula de escape?

Sofia asiente con la cabeza sin responder, bebiendo un trago de vino.

Jeanette la imita y continúa:

—Sin embargo, ¿una persona así no debería presentar una desviación, de una forma o de otra?

Sofia se queda pensativa.

—Sí, se podría percibir en cosas evidentes, como una mirada nerviosa, huidiza, que hace que su entorno vea a esa persona como a alguien sin personalidad, difícil de conocer. —Deja su copa—. Recientemente he leído un libro sobre un asesino en serie ruso, Andréi Chikatilo: sus colegas declararon que apenas se acordaban de él, a pesar de haber trabajado juntos varios años.

—¿Chikatilo? —El nombre no le dice nada a Jeanette.

—Sí, el caníbal de Rostov.

De repente, Jeanette recuerda con asco un documental que vio en la televisión años atrás.

Tuvo que apagar la tele a la mitad.

—Por favor, ¿podríamos cambiar de tema?

Sofia sonríe, crispada.

—De acuerdo, pero no completamente. Tengo una idea acerca del asesino y me gustaría conocer tu opinión. No volveremos a hablar de canibalismo, pero tenlo presente mientras te cuento cómo veo las cosas, ¿vale?

—Vale.

Jeanette bebe un poco más de vino. Rojo como la sangre, piensa, y cree detectar un sabor metálico tras el regusto a uvas.

—El asesino tuvo algún trauma en su infancia —dice Sofia—. Algo que le marcó para el resto de su vida, y creo que es algo relacionado con su identidad sexual.

Jeanette asiente con la cabeza.

—¿Por qué?

—Empezaré con un ejemplo. Se conoce el caso de un hombre de cincuenta años que abusaba de sus tres hijas. Durante las violaciones, se vestía de mujer. Afirmó que en su infancia le habían obligado a vestirse de niña.

—Como Jan Myrdal —dice Jeanette, soltando una carcajada.

No puede evitar reír y comprende la razón: la risa protege ante el horror. Puede escuchar esas atroces historias, pero conservando el derecho a bromear.

Sofia pierde el hilo.

—¿Jan Myrdal?

—Sí, de muy pequeño recibió una educación experimental. Volvió a ponerse de moda en los años setenta, ¿te acuerdas? Disculpa. Te he interrumpido...

El chiste no tiene gracia. Sofia frunce el ceño y continúa:

—Es un ejemplo muy interesante para comprender determinado tipo de mentalidad criminal. El agresor regresa a su infancia, al día en que, por primera vez, tomó conciencia de su sexualidad. El hombre de cincuenta años afirmaba que su verdadera identidad sexual era de mujer, más precisamente de niña, y estaba convencido de que los juegos que practicaba con sus hijas eran perfectamente normales entre padre e hijas. A través de esos juegos podía a la vez revivir y perpetuar su propia infancia. Lo que consideraba como su verdadera identidad sexual.

Jeanette se lleva de nuevo la copa a los labios.

—Te sigo y creo saber adónde quieres llegar. Las castraciones de los muchachos son rituales y tratan de revivir algo.

Sofia la mira fijamente.

—Sí, pero no cualquier cosa. Son símbolos de una sexualidad perdida. Pensando en ello, no me sorprendería que, en nuestro caso, el asesino hubiera conocido a una edad precoz un cambio de identidad sexual, voluntario o no.

Jeanette deja su copa.

—¿Te refieres a un cambio de sexo?

—Quizá. Tal vez no físico, pero seguramente psíquico. Los asesinatos son tan extremos que deberías, creo, buscar un autor extremo. La castración simboliza una identidad sexual perdida, y el embalsamamiento es una técnica para conservar lo que el asesino considera su obra. En lugar de pintar con colores, el artista utiliza formol y fluidos de embalsamamiento. Como he dicho antes, es precisamente un autorretrato, pero no solo sobre el tema de la vergüenza. El motivo central es la pérdida de filiación sexual.

Interesante, se dice Jeanette. Parece lógico, pero aún duda. Sigue sin comprender por qué Sofia ha empezado la conversación hablando de canibalismo.

—A los muchachos les faltaban partes del cuerpo, ¿verdad? —dice Sofia.

Entonces comprende y siente náuseas en el acto.

Icebar, Estocolmo

Para un visitante extranjero, Suecia se compone a partes iguales del derecho de libre circulación, del monopolio del Estado sobre el alcohol y de una alta retención de impuestos; para un urbanista, Estocolmo está constituida por un tercio de agua, un tercio de parques y un tercio de edificaciones.

De la misma manera, un sociólogo puede dividir la población de Estocolmo en pobres, ricos y muy ricos. En este último ejemplo, sin embargo, las proporciones son un poco diferentes.

La gente verdaderamente rica hace cuanto está en su mano por ocultar sus bienes, mientras que en los suburbios todo el mundo trata de dar la impresión de ser multimillonario. En ninguna otra ciudad del tamaño de Estocolmo se pueden ver tan pocos Jaguar y tantos Lexus.

La clientela del bar en que el fiscal Kenneth von Kwist está a punto de caer desplomado a base de copas de ron, coñac y whisky se compone de una mezcla de ricos y muy ricos. La única nota discordante en la estructura sociológica del lugar es un grupo de japoneses achispados que parecen estar de visita en un zoo exótico. Y, en cierta medida, así es.

Una delegación del tribunal de instrucción de Kobe, invitada a un congreso por el tribunal de Estocolmo, se aloja en el primer hotel del mundo que cuenta con un bar donde reina un invierno eterno.

El vaso en la mano de Von Kwist está enteramente hecho de hielo y lleno hasta el borde de un whisky de la destilería de Mackmyra, un brebaje que parece gustar particularmente a los huéspedes japoneses.

Joder con esos fantoches, piensa dirigiendo en derredor una mirada brumosa. Y yo soy como ellos.

Los doce jóvenes juristas japoneses, sus colegas del tribunal de instrucción de Estocolmo y él forman un grupo de unas quince personas, y visten todos anoraks plateados con capucha y gruesos guantes para soportar los cinco grados bajo cero del bar mientras vacían sus carteras. Las luces azules y frías que emanan de los bloques de hielo que conforman el mobiliario del bar dan una impresión surrealista, un aire de cómic con unos muñecos de Michelin futuristas.

La visita al Icebar culmina un largo programa de diez horas de conferencias. Si el fiscal ha aprendido algo en el curso de esa jornada es que es imposible aprender nada a lo largo de un día como ese.

—Otro —murmura al camarero dejando bruscamente su vaso sobre la barra.

Mientras el fiscal bebe su cuarto o quinto whisky, su humor empeora y siente que tiene que descansar de todo ese jaleo.

Decide ir a fumarse un puro antes de retirarse. Necesita pensar, aunque es consciente, entre la bruma del alcohol, de que al día siguiente lo habrá olvidado todo. Se excusa, se abre paso a través del local repleto, se quita los guantes y el grotesco anorak plateado y sale a la calle para disfrutar de un momento de paz.

Apenas acaba de encenderse el puro cuando le interrumpe alguien que le palmea el hombro.

Se vuelve, con un insulto en la punta de la lengua, y un puñetazo le alcanza violentamente en la cara. El puro le quema la mejilla antes de caer hecho trizas, mientras que él se tambalea y pierde el equilibrio.

Alguien le agarra del cuello y le clava una rodilla en la espalda. El fiscal queda inmovilizado con la cara contra el asfalto.

A Von Kwist se le activa inmediatamente el mecanismo de defensa controlado por los músculos más rápidos y resistentes del cuerpo, los oculares.

El fiscal cierra los ojos y ruega por su vida.

Siente que la presa se afloja y le libera. Diez segundos más tarde, se atreve a abrir los ojos y se pone de rodillas.

¿Qué coño ha pasado?

Isla de Långholmen

Långholmen es una isla del centro de Estocolmo que constituye por sí sola un barrio. Tiene una longitud de más de un kilómetro y apenas quinientos metros de anchura, y durante mucho tiempo sirvió de prisión.

Una de las internas de Långholmen fue Hannah Hansdotter, la última persona que fue quemada en Suecia por brujería.

Madeleine llega a la isla por el puente de Pålsund y aparca detrás de la escuela naval. Ya ha estado allí antes.

Ha pasado varias noches en el camping de caravanas al pie del puente de Västerbron. Hay demasiada gente y no quiere verse obligada a responder a las preguntas de los turistas curiosos. Pero aun así es mejor que el hotel de la Marina, donde se ha sentido vigilada en todo momento.

Desde su regreso de Mariehamn, lleva todo el día en el coche. Una jornada sin descanso con el único objetivo de localizar a su verdadera madre. Tiene en el bolsillo una foto que le ha dado Charlotte.

Ha cumplido lo que se había fijado y ahora, para acabar, quiere aniquilar el cuerpo del que nació. Sin embargo, parece que esto es más difícil de lo que había creído. Viggo le dijo un día que había visto a Victoria Bergman a orillas del agua en el puerto de Norra Hammarby, y Madeleine ha ido allí varias veces, en vano.

Y en breve se le acabará el tiempo. Su contrato con Viggo pronto tendrá que cumplirse.

Madeleine sale del coche y se acerca al borde del muelle. El agua es tan negra como en el mar de Åland.

Se pone los auriculares, enciende la radio y la sintoniza entre dos frecuencias. Es un débil silbido sin palabras que por lo general la calma, pero hoy no siente más que frustración y busca la banda sonora de Clint Mansell para *Réquiem por un sueño*. Con las primeras notas de «Lux aeterna» sonando en los oídos, se dirige hacia el antiguo edificio de la prisión.

Al llegar al pie del muro de piedra se detiene y lo contempla con cierto respeto.

Piensa en todas las personas que han pasado por allí antes. Comprende la cólera ahogada por el trabajo tallando bloques rectangulares de granito, y siente en ella el odio que, bajo sus ropas bastas, debió de latir en el pecho del primer prisionero obligado a construir él mismo el muro de su prisión.

Y piensa en el instante en que decidió dejar de ser una víctima.

Francia, 2007

No me quitéis el odio. Es lo único que tengo.

El sol estaba alto sobre las cumbres, la sinuosa carretera ascendía por el flanco de la montaña y, quinientos metros más abajo, se veía el trazo turquesa del Verdon. Los quitamiedos eran bajos y la muerte estaba muy cerca: bastaba un segundo de vacilación o un error instintivo al cruzarse con otro coche. Por encima de ella, aún otros doscientos metros de montaña que desembocaban en un cielo azul claro. A cada panel que prevenía del riesgo de desprendimiento soltaba un grito, tanto la tentaba la idea de quedar sepultada bajo un montón de piedras frías.

Si tengo que vivir, pensó Madeleine, ellos no pueden vivir.

No creía en el deseo de venganza como una manera de mantenerse con vida. No, lo que la hacía respirar y la había sostenido desde la época de Dinamarca era el odio.

¿Desaparecerá el odio cuando hayan muerto todos? ¿Estaré entonces en paz?

Comprendió en el acto que esas preguntas no eran esenciales. Era libre de elegir y elegiría la manera simple, primigenia.

En muchas culturas primitivas, la venganza era un deber, un derecho fundamental destinado a dar a la víctima la posibilidad de recuperar el respeto de los demás. Un acto de venganza marcaba el fin de un conflicto: para el hombre primitivo, el derecho a la venganza era algo natural, el acto en sí era la solución del conflicto, sin que tuviera siquiera que planteárselo.

Recordaba lo que había aprendido, ya de pequeña. Cuando aún estaba intacta y era capaz de aprender.

Los hombres viven en dos mundos. Una vida prosaica y otra poética. Solo algunos tienen la capacidad de moverse entre los dos mundos, a veces distintos, a veces sincrónicos y en simbiosis.

Uno de esos mundos es la foto de rayos X, el mundo prosaico, el otro es el cuerpo humano desnudo, vivo, poético. Aquel en el que había decidido adentrarse.

La carretera descendía en fuerte pendiente. Justo después de una curva, cerró los ojos y soltó el volante.

Los instantes en los que se sintió flotar y en los que quizá iba a pasar por encima del quitamiedos y caer al abismo se convirtieron en una liberadora congruencia.

La vida y la muerte reunidas.

Cuando volvió a abrir los ojos, estaba aún en el centro del camino, a distancia del precipicio, al otro lado de la carretera. Se había librado, con varios metros de margen.

Su corazón latía aceleradamente y todo su cuerpo se estremecía. Lo que sentía era felicidad. La exaltación de no tener miedo a morir mezclada con una sensación de ligereza.

Sabía que una persona no muere cuando su corazón deja de latir. Cuando el cerebro se desconecta del corazón comienza un nuevo estado, fuera del tiempo. El tiempo y el espacio se vuelven insignificantes y la conciencia sigue existiendo, eternamente.

Una concepción de la existencia y de la muerte. Cuando se sabe que la muerte no es más que un nuevo estado de conciencia ya no se titubea al matar. No se condena a alguien a dejar de existir, solo se le condena a pasar a otro estado, fuera del tiempo y del espacio.

Se acercaba a otra curva. Esta vez aminoró, pero se colocó en el carril izquierdo antes de girar. Cerró los ojos después de la curva. No venía ningún coche de frente.

De nuevo había evitado la muerte. Pero, por un breve instante, la vida y la muerte habían estado en simbiosis.

Gamla Enskede–Casa de los Kihlberg

Después de terminarse el vino tinto, han pasado al salón, dejando en la cocina la conversación sobre pedofilia y canibalismo.

—Son pensamientos que pueden esperar hasta mañana.

Han pasado al vino blanco; es más ligero, más limpio, y Jeanette se siente reconfortada cuando la conversación gira hacia temas más íntimos.

Habla de cómo ha pasado la tarde viendo el fútbol con Johan, y Sofia se muestra de acuerdo en que es la manera correcta de manejarlo.

—Johan estará bien —dice Sofia—. Superará el divorcio, créeme. ¿Habéis firmado ya los papeles?

—Sí, fuimos a comer ayer, antes de que se fueran a Londres. Parece definitivo, de alguna manera.

Si Jeanette tenía dudas sobre si debía seguir siendo fiel a Åke, han desaparecido todas. Puede que por algo tan simple como haber firmado los papeles del divorcio.

Sofia reacciona con una sonrisa tímida. Deja su copa en la mesa y mira a Jeanette.

—Significas mucho para mí —dice Jeanette—. Gracias a ti, me he dado cuenta de...

Se echa atrás, incapaz de expresar lo que siente.

—¿Darte cuenta de qué? —la anima Sofia. Ya no muestra una sonrisa tímida, sino expectante.

Jeanette trata de encontrar las palabras adecuadas, pero no cree que pueda hacerlo.

—De que no soy tan complicada como creía —aventura.

—¿Quieres decir sexualmente?

—Sí.

De repente, a Jeanette le resulta mucho más fácil respirar.

Una sola palabra puede marcar la diferencia.

Sí.

Le ha dicho que sí a Sofia.

Pasa de repente.

Un beso, y suben las escaleras tras retirarse del salón.

Un beso es un comienzo, y fuera la noche es la madre del día.

Por primera vez en mucho tiempo, a Jeanette le apetece irse a la cama.

La sangre circula por su cuerpo de una manera nueva y, sin embargo, muy familiar. Es una sensación pura y original de liberación, de deseo colmado.

Sofia se vuelve en la cama y mete los brazos bajo la almohada. El contorno de sus muslos desnudos distrae a Jeanette.

¿Qué pasa?, piensa Jeanette. Es como si sus gestos se llevaran a cabo solos, sin que ella los controlara. Ocurre, eso es todo.

Explora a Sofia con los ojos cerrados. Deja que sus manos, sus labios y su piel vean por ella. El cuello de Sofia está caliente y se estremece bajo sus labios. Sus senos son suaves y salados. Es un cuerpo sólido, un cuerpo poderoso que quiere hacer suyo. El vientre se alza y baja lentamente y, con la punta de los dedos, palpa una suave pelusilla más tupida debajo del ombligo.

Su lengua entra dentro de ella y las venas en el hueco de sus muslos se sacuden.

Siente vértigo. Como si todo flotara, y el cerebro cede al cuerpo y no a la inversa. El espacio en derredor ya no existe.

Sus gestos son suaves y evidentes. Se sumerge en ese calor. Apenas se da cuenta cuando Sofia rueda sobre su costado y se vuelve hacia ella.

Acércate, piensa.

Sofia comprende. Todos los músculos de su cuerpo comprenden.

Todo fluye y se funden en un solo corazón que palpita, un solo ser que hierve.

Cree llorar.

Lágrimas de liberación, de gratitud, y el tiempo cesa de existir. Más tarde, recordará una noche a la vez eterna y breve como un parpadeo.

Luego, la cama está caliente y húmeda. Jeanette aparta la sábana. La mano de Sofia acaricia su vientre con un movimiento lento y dulce.

Baja la vista hacia su cuerpo desnudo. Está mejor tumbada que de pie. Su vientre es más liso, la cicatriz de la cesárea queda más disimulada.

Entrecerrando los ojos no está nada mal. Pero si se mira de cerca solo se ven pecas, varices y celulitis.

El de Sofia es más firme, casi el de una adolescente, y resplandece de sudor. En sus brazos y en la espalda, Jeanette observa unas pequeñas marcas blancas, como cicatrices.

Gamla Enskede–Casa de los Kihlberg

Están acostadas al calor de la cama, Sofia ya no sabe desde hace cuánto tiempo.

—Eres fantástica —dice Jeanette.

No, piensa Sofia. Su proceso de purificación la agota: afirmar que sus recuerdos ya no la afectaban era una conclusión prematura. Lo que ahora sabe acerca de ella lo pone todo en entredicho. Si la mayoría de sus recuerdos están construidos sobre lo que otras personas le han contado, ¿qué queda de su pasado?

¿Cómo pueden nacer tales recuerdos?

¿Cómo pueden ser tan fuertes como para haber creído a pies juntillas que había asesinado a varios niños, y además a Lasse? ¿Qué otros errores contiene su memoria? ¿Cómo podrá volver a confiar en sí misma?

¿Quizá sea mejor, después de todo, no recordar?

En cualquier caso, en cuanto esté sola hará una búsqueda en el ordenador para localizar a Lars Magnus Pettersson. Es una medida concreta: si está muerto, tendrá la certeza. En cuanto a Samuel, no puede hacer mucho más que esperar a que le vuelvan los recuerdos.

Está agotada después de esas horas en la cama, mientras que Jeanette parece fresca como una flor, reluciente de sudor y con la cara un poco colorada.

—¿En qué piensas? Pareces ausente.

Jeanette le acaricia la mejilla.

—No, no, no pasa nada. Solo trato de recuperar el aliento.

Sonríe.

El cuerpo de Jeanette es tan fuerte, tan poderoso. Le gustaría tener más carne, más feminidad, pero sabe que es un deseo vano: por mucho que coma, nunca se hará realidad.

Hay algo de lo que ya debería haberle hablado a Jeanette. Desde que la llamó después de su encuentro con Annette Lundström.

Los niños adoptados.

—Cuando vi a Annette Lundström, hablaba de forma incoherente y yo no sabía distinguir lo verdadero de lo falso. Pero hay un detalle al que le he estado dando vueltas y creo que deberías preguntarle acerca de ello cuando la veas.

Jeanette entorna los ojos.

—¿De qué se trata?

—Habló de niños adoptados. Dijo que Viggo Dürer ayudaba a niños extranjeros en dificultades a venir a Suecia y los alojaba en su casa en el norte, hasta encontrarles una familia de acogida. A veces solo se quedaban unos días y otras varios meses.

—Vaya… —Jeanette se pasa una mano por el cabello aún empapado de sudor, el sudor de las dos, y Sofia le acaricia suavemente el brazo con el dorso de la mano—. ¿Se encargaba de gestionar adopciones? ¿Además de ser criador de cerdos, jurista y contable de un aserradero? Un hombre polifacético, cuando menos. Además, parece que era un superviviente de los campos de concentración.

—¿Campos de concentración? —se sobresalta Sofia.

—No alcanzo a comprender a ese tipo —dice Jeanette—. Simplemente hay algo que no cuadra.

A Sofia le viene un recuerdo a la cabeza. Resplandece como una chispa, se apaga y deja una mancha ciega en la retina.

«Esas guarras que andaban con los alemanes. Putas, no eran más que putas. Se follaron a miles de ellos».

El recuerdo de una playa en Dinamarca, y de Viggo abusando de ella. ¿De verdad? Solo recuerda que él se entregó a uno de sus «juegos», se restregó contra ella gimiendo, le metió dentro los dedos y de repente se puso en pie y se marchó. Ella se quedó en el suelo, con el cuerpo dolorido por los guijarros, con la camiseta desgarrada. Quiere hablar de ello con Jeanette, pero no lo consigue.

Aún no. Se lo impide la vergüenza, siempre el obstáculo de la vergüenza.

—Ven —susurra Jeanette—. Arrímate a mí.

Sofia se acurruca de espaldas a Jeanette. Se encoge como una criatura, cierra los ojos y disfruta de ese contacto, de ese calor, de la respiración calmada y profunda de ese cuerpo detrás de ella.

Callan y Sofia se da cuenta enseguida de que Jeanette se ha dormido.

Permanece un momento despierta y luego se sume en una somnolencia inquieta. Un estado que conoce bien, ni despierta ni dormida, ni tampoco soñando.

Abandona su cuerpo, se desliza por la pared y se pega al techo.

Es una sensación tranquilizadora, como si flotara en el agua, pero cuando trata de volver la cabeza y se ve con Jeanette entre las sábanas, todos los músculos de su cuerpo se bloquean y la sensación agradable se transforma al momento en pánico.

De repente, está de nuevo tendida en la cama, incapaz de moverse, como paralizada por un veneno. Alguien está sentado encima de ella, un peso indescriptible que inmoviliza su cuerpo y le impide respirar.

El cuerpo extraño acaba apartándose. Aunque no logra volver la cabeza para verificarlo, adivina que el cuerpo se levanta y baja de la cama a su espalda y desaparece de la habitación como una sombra huidiza.

La sensación de parálisis desaparece entonces tan deprisa como ha llegado. Puede respirar de nuevo y empieza a mover los dedos. Luego los brazos y las piernas. Comprende que está completamente despierta al oír la respiración profunda cerca de ella, y se calma. Necesitará la ayuda de Jeanette para poder rehacerse algún día.

¿Cuándo empezó todo esto? ¿Cuándo inventó su primera personalidad alternativa? De muy joven, naturalmente, dado que la disociación es un mecanismo infantil.

Mira de reojo la hora. Son más de las cuatro y media. No podrá volver a dormirse.

A Gao, Solace, la Trabajadora, la Analista y la Quejica puede borrarlas de la lista, pues ya las tiene identificadas. Han dejado de desempeñar sus papeles.

Quedan la Reptil, la Sonámbula y la Chica Cuervo. Con esas lo tiene más difícil, puesto que están más próximas a ella y no han sido copiadas de otras personas. Han surgido de ella misma.

Seguramente la Reptil será la próxima en desaparecer. Su comportamiento sigue a pesar de todo una lógica simple, primitiva: es la idea directriz que le permitirá deconstruir y analizar esa personalidad.

Aniquilarla y al mismo tiempo asimilarla.

Sofia Zetterlund, se dice. Tengo que ir a verla. Ella podrá ayudarme a comprender cómo utilizaba esas personalidades de niña y adolescente. Pero ¿puedo realmente ir a verla?

Y en ese caso, ¿quién va a ir, Sofia o Victoria?

¿O, como hoy, las dos, sincronizadas?

Permanece aún un rato tumbada antes de levantarse con cuidado y vestirse.

Tiene que avanzar, tiene que curarse, y eso es imposible sola en la oscuridad.

Tiene que regresar a su casa.

Le deja una nota a Jeanette en la mesita de noche, cierra la puerta de la habitación y llama a un taxi.

La libido, piensa mientras espera el taxi sentada a la mesa de la cocina. ¿Cuándo cesa la pulsión de vida? ¿De qué está hecha su propia libido? ¿Su fuego hambriento?

Observa una mosca que camina sobre el cristal de la cocina. Si estuviera hambrienta y no hubiera nada más, ¿se la comería?

Barnängen

Lo primero que ve es la esquina de una bolsa de plástico negro. Luego se dice que habría que llamar a la policía. Se trata de una mujer que regresa de un bar pasadas las cuatro de la madrugada. Es muy tarde, pero en su caso poco importa, puesto que desde que perdió su trabajo en los servicios de ayuda domiciliaria hace dos años ya no tiene que preocuparse por ridiculeces como acostarse temprano o ejercer sus responsabilidades.

La noche no ha acabado como esperaba. Decepcionada y medio borracha, se encuentra en el muelle de Norra Hammarbyhamnen cerca de Skanstull, a tiro de piedra del ferry de Sickla, y observa la bolsa de plástico negra cabeceando en la superficie del agua.

Primero está tentada de dejarlo correr, pero acto seguido piensa en las series policíacas en las que un transeúnte encuentra un cadáver. Así que se arrodilla para agarrar la bolsa y la abre con precaución. Para su gran sorpresa, constata que su intuición era correcta.

Dentro de la bolsa ve un brazo amojamado.

Una pierna y una mano.

Sin embargo, no ha previsto la reacción de su cuerpo confrontado por primera vez a un cadáver.

Su primer pensamiento es que se trata de una muñeca que se ha podrido en el agua. Pero cuando ve que no se trata de una muñeca, que a la criatura le han arrancado los ojos, que una parte de la lengua parece cortada y que la cara está cubierta de mordeduras, vomita.

Luego llama a la policía.

Al principio nadie la cree. Le lleva más de siete minutos convencer al policía a cargo de la línea de emergencias de que dice la verdad.

Al colgar, constata que su teléfono reluce por el vómito.

Se sienta en el borde del muelle, agarra con fuerza la bolsa para asegurarse de que no desaparece y aguarda.

Sabe lo que está sosteniendo con su mano, pero finge que es otra cosa, trata de olvidar lo que acaba de ver. Una cara de niño destrozada a dentelladas.

De unos dientes humanos que, sin embargo, no están hechos para herir.

Vita Bergen–Apartamento de Sofia Zetterlund

Al alba, en su despacho, mira fijamente la pantalla del ordenador. Lasse está vivo.

La dirección es la misma: Pålnäsvägen, en Saltsjöbaden. Sigue viajando mucho por su trabajo, ha encontrado su nombre en la lista de participantes en un congreso celebrado en Düsseldorf hace menos de tres semanas.

Se sorprende riendo. Está claro que la engañó, pero no lo mató por eso.

Ahora que por fin tiene la confirmación, todo le parece muy banal. No contenta con inventarse vidas alternativas, también se las ha inventado a los demás, arrastrándoles en su caída interior. Lasse está vivo y quizá también lleve una doble vida, como antes, pero con otra mujer. La vida ha continuado fuera de su propio mundo cerrado en sí mismo. Y está encantada de que así sea.

El proceso se acelera.

Le queda mucho por hacer antes de concederse unas horas de sueño. Ha encontrado un filón y tiene que explotarlo hasta el final. Se siente concentrada y el zumbido dentro de su cabeza es bueno.

Se levanta y va a la cocina.

Detrás de la puerta, dos bolsas de basura llenas de papeles. Ha empezado a hacer limpieza en la habitación secreta y pronto podrá deshacerse de todo, pero aún no ha acabado.

Durante la noche le ha estado dando vueltas a una pregunta: ¿cuál es la libido de un asesino en serie? ¿Puede encontrar la suya estudiando las de los demás? ¿Las más extremas, las más desviadas?

Sobre la mesa de la cocina se apilan un montón de papeles y la biografía de Chikatilo. Se sienta y arranca las páginas que había doblado.

Lee que las enzimas del cerebro necesitan tiempo para digerir todas las experiencias y forjar otro yo. Que ese otro yo no teme vaciar un vientre de sus vísceras o cocinar y comerse un útero, cuando el mero hecho de pensarlo hacía temblar de miedo al primer yo.

Andréi Chikatilo estaba dividido en dos, como una célula mantenida por la membrana de su identidad.

Huevo y células. División.

Vida primitiva. La existencia reptiliana.

«Fondant de chocolate. Dos huevos, doscientos cincuenta gramos de azúcar, cuatro cucharadas soperas de cacao, dos cucharaditas de azúcar de vainilla, cien gramos de mantequilla, cien gramos de harina y media cucharita de sal».

Otro artículo sobre la mesa de la cocina. Acerca de Ed Gein, nacido en 1906 en La Crosse, Wisconsin, y fallecido en 1984 en el Mendota Mental Health Institute de Madison.

El texto describe lo que halló la policía en un registro en casa de Gein. Grapó al artículo la foto de una serpiente tragándose un huevo de avestruz, el gameto más grande del mundo.

Su casa parecía una sala de exposiciones.

La policía encontró cuatro narices, gran cantidad de huesos y de fragmentos de huesos humanos, una cabeza en una bolsa de papel, otra en un bolso y nueve labios mayores en una caja de zapatos. Gein también había fabricado boles y patas de cama con cráneos, había tapizado asientos y hecho máscaras con piel humana, un cinturón de pezones de mujer y una pantalla de lámpara con la piel de una cara. La policía también encontró diez cabezas de mujer con el cráneo serrado y labios colgados de un cordón de persiana.

Sexo y bestialidad van de la mano, por eso grapó al artículo sobre Ed Gein la foto de la serpiente devorando el huevo.

Está también el hecho de ser despreciado por los demás. Pero ¿qué es lo primero? ¿El desprecio hacia uno mismo, hacia los otros o hacia el propio sexo?

En el caso de Chikatilo, a la gente le desagradaban sus andares femeninos y repelentes, sus hombros caídos, en resumidas cuentas toda su persona, y también les asqueaba su mala costumbre de tocarse constantemente los genitales. Mataba y devoraba a sus víctimas porque para él era la única manera de excitarse sexualmente. Seguía sus pulsiones reptilianas, primitivas. Una parte central de la problemática de Ed Gein era su deseo de cambiar de sexo y transformarse en su propia madre. Con cadáveres desenterrados, trataba de fabricarse un disfraz para convertirse en mujer.

El artículo que tiene ante sus ojos se refiere al interrogatorio en el que el ritual se describe como transexual. Al margen, Victoria anotó, en rojo:

EL REPTIL MUDA.

EL HOMBRE SE VUELVE MUJER. LA MUJER, HOMBRE.

IDENTIDAD SEXUAL / PERTENENCIA SEXUAL TRASTORNADAS.

COMER-DORMIR-FOLLAR.

Necesidades, se dice recordando sus lecturas de Abraham Maslow cuando estudiaba. Recuerda incluso dónde se encontraba cuando descubrió su jerarquía de las necesidades. En Sierra Leona, y más concretamente en la cocina de la casa que tenían alquilada en Freetown, justo antes de que Solace entrara en la estancia. Victoria se había comido la repugnante avena de su padre, con demasiada canela y azúcar.

«Mientras finge acabarse la avena, piensa en lo que ha leído acerca de la jerarquía de las necesidades, que comienza por las necesidades fisiológicas. Necesidades como la alimentación o el sueño, de las que él la priva sistemáticamente. Luego viene la necesidad de seguridad, luego la necesidad afectiva y de pertenencia, luego la necesidad de estima. Todo aquello de lo que la ha privado y continúa privándola. En la cúspide de la jerarquía, la necesidad de realización de una misma, un término que ni siquiera tiene capacidad para comprender. Él la ha privado de todas sus necesidades».

Ahora lo sabe.

Creó a la Reptil simplemente para lograr comer y dormir.

Más adelante en su vida también utilizó a la Reptil para poder amar. Cuando Lasse y ella se acostaban, era la Reptil quien le recibía en su interior, puesto que para ella era la única manera de gozar del cuerpo de un hombre. Y fue también la Reptil quien participó con Lasse en un intercambio de parejas en un local de Toronto. Pero cuando se acostó con Jeanette, la Reptil no estaba allí, está segura, y eso la llena de tal felicidad que se le saltan las lágrimas.

Pero ¿qué más hace esa Reptil? ¿Ha matado?

Piensa en Samuel Bai.

Se lo encontró delante del McDonald's de Medborgarplatsen, lo llevó a su casa y lo durmió dándole un somnífero. Luego ella se duchó y, cuando él despertó, aún adormilado, se mostró desnuda ante él, lo atrajo y lo mató a martillazos en el ojo derecho.

La bestialidad de la Reptil. La bestialidad del asesino. Gozó.

¿O no fue así?

Se levanta de la mesa de la cocina, tan bruscamente que derriba la silla, y se dirige a grandes zancadas a la sala. El sofá, se dice, la mancha de sangre en el sofá, que Jeanette estuvo a punto de ver. La sangre de Samuel.

Lo registra de arriba abajo e inspecciona los cojines minuciosamente, pero no encuentra ninguna mancha. No la hay, porque nunca la ha habido.

La Reptil no es su fuego hambriento. Es una falsa libido, inventada de cabo a rabo.

Se ríe de nuevo y se sienta en el sofá.

Todo, desde su encuentro con Samuel en Medborgarplatsen hasta salir ella de la ducha, es exacto. Pero no le dio ningún martillazo.

Lo único que hizo fue echarlo a la calle, después de que él le metiera mano.

Así de sencillo.

La última vez que vio a Samuel fue cuando lo echó. Está segura.

El muchacho tenía enemigos y sufrió agresiones en varias ocasiones. ¿Se trataría de una pelea que acabó mal?

Le corresponde a la policía investigarlo. No a ella.

Vuelve a la cocina y abre el frigorífico. Unas remolachas peludas y sucias, unos huevos. Coge dos y los hace rodar un momento en sus manos. Dos gametos hembra sin fecundar, fríos en la palma de su mano.

Cierra el frigorífico, abre el armario, saca un bol de aluminio y rompe los huevos. Luego añade doscientos cincuenta gramos de azúcar, cuatro cucharadas soperas de cacao, dos cucharaditas de azúcar de vainilla, cien gramos de mantequilla, cien gramos de harina y media cucharadita de sal.

Lo remueve todo y empieza a comer.

La Reptil es un animal de sangre fría, que disfruta de estar viva. En verano se tuesta al sol en la playa, o sobre una piedra caliente en un prado. Cuando era una reptil pequeña, recuerda haber hundido su cara en el hueco de la axila de su padre. El olor de su sudor era tranquilizador, y allí, en ese hueco, sintió qué era ser un animal, no tener que preocuparse de los propios sentimientos ni de los propios actos.

Era su único recuerdo de sentirse segura y confiada con su padre. A pesar de lo que luego le hizo, ese recuerdo no tenía precio.

Al mismo tiempo, sabe que ella nunca ha tenido ocasión de satisfacer las necesidades de su hija. Madeleine no tiene ningún recuerdo de ella, ningún recuerdo de su madre.

Nada que pueda tranquilizarla.

Madeleine debe de odiarme, piensa.

Instituto de Medicina Legal

Jeanette se siente un poco decepcionada al descubrir la cama vacía al despertarse. Esperaba que Sofia estuviera en la ducha o, mejor, que hubiera bajado a preparar el desayuno. No había dicho que tuviera que volver a su casa pronto. Sin embargo, Jeanette tiene una sonrisa en los labios mientras deja que el edredón se deslice a sus pies, se tumba boca arriba, se despereza y contempla su cuerpo desnudo.

Ha sido una noche maravillosa, todavía puede sentir el olor de Sofia como si aún estuviera a su lado.

Es algo casi eléctrico, piensa Jeanette. Como si Sofia estuviera cargada de electricidad, de un pulso rojo intenso y electrizante.

Estuvieron hablando y haciendo el amor hasta las cuatro de la madrugada, cuando Jeanette, sudorosa y sin aliento, había dicho que se sentía como una adolescente enamorada que tuviera que recordarse que mañana sería un nuevo día.

Jeanette se quedó dormida, sintiéndose tan segura como una niña.

Después de una ducha rápida, baja a la cocina, bañada por el pálido sol otoñal. El termómetro en la ventana ya marca quince grados y no son más que las ocho y media. Un hermoso día en perspectiva.

No será un día hermoso. Pero sí interminable.

Acaban de dar las nueve cuando Jeanette baja del taxi delante del Instituto de Medicina Legal de Solna.

Ivo Andrić la espera en la puerta con un café doble.

Es un ángel, se dice ella, ya que el haber trasnochado la ha privado de su café matutino.

—¿Has hablado con Hurtig? Quizá él también debería estar aquí.

No, no ha tenido tiempo. Aunque, por otro lado, no lleva levantada más de tres cuartos de hora. Menea la cabeza mientras marca el número.

Una borracha noctámbula ha encontrado, flotando en una bolsa de plástico negra en las aguas de Norra Hammarbyhamnen, el cadáver momificado de un niño de entre diez y doce años. El parecido con el muchacho de Thorildsplan es impresionante.

Karakul, se dice, esperando que el forense le dé la respuesta.

Justo a tiempo. No es supersticiosa, pero no puede evitar pensar que la conversación con Iwan Lowynsky ha llegado en un momento de lo más oportuno.

Hurtig descuelga y ella le pone al corriente. Le explica lo que ha averiguado esa noche acerca de Annette Lundström y le pide que trate de obtener una entrevista con Annette.

—No olvides preguntar si Annette puede contarnos más cosas acerca de los niños adoptados de Viggo, y habla también con el médico para saber cómo se puede organizar, técnicamente, un interrogatorio formal en comisaría, lo antes posible y sin contratiempos. Al decir sin contratiempos, me refiero a sin trabas burocráticas.

Ivo Andrić abre la puerta y entran. Sobre la mesa de acero inoxidable, un bulto cubierto con una sábana. Sobre la superficie de trabajo y en la pared, un montón de fotos. Ve que son de la primera víctima, Itkul Zumbayev, el muchacho hallado momificado en Thorildsplan.

—Bueno, ¿qué sabes? —dice Jeanette una vez descubierto el cuerpo.

Se echa atrás con asco ante lo que ve. La boca está abierta, la piel ablandada por el agua. Su primera impresión es doble: se trata de un cuerpo en descomposición, pero parece como si la muerte lo hubiera alcanzado en mitad de un movimiento.

—Las heridas son casi idénticas a las de la víctima de Thorildsplan. Marcas de látigo y violencia ciega. Numerosas señales de pinchazos de aguja al azar. Castrado.

El muchacho está tendido boca arriba, con los brazos levantados frente a su cara vuelta a un lado. Parece una imagen congelada en el momento de la muerte, como si el último gesto del chaval hubiera sido protegerse.

—Mi hipótesis es que el cadáver presentará restos de Xylocaína adrenalina —continúa Ivo Andrić. Jeanette retrocede en el acto a unos meses atrás—. Hemos enviado las muestras esta mañana al laboratorio. Y ya ves que los pies han sido atados con cinta adhesiva, como la última vez.

Le cuesta respirar y su corazón empieza a latir más fuerte. Peleas organizadas, se dice. Es una idea que ya le había pasado por la cabeza esa primavera, y además Ivo la mencionó.

—Hay algunas diferencias notables con el muchacho de Thorildsplan —dice Ivo—. ¿Las ves?

El forense toca ligeramente uno de los brazos del niño. Falta la mano. La derecha.

Ahora ve la diferencia. Al ser incapaz de soportar la visión del rostro del muchacho, las explicaciones de Ivo sobre las heridas similares le han impedido ver las otras, las más evidentes.

Ivo pasa la mano sobre el cadáver.

—Mordiscos. Por todas partes, pero sobre todo en la cara. Los ves, ¿verdad?

Asiente con la cabeza, abatida. Son más bocados que mordiscos.

—Hay una cosa que me intriga. Este cadáver tiene otro... cómo decir. ¿Color? El chaval de Thorildsplan era más bien de un marrón amarillento. Este es de un verdoso casi negruzco. ¿A qué se debe?

Dios mío, ¿cómo ha podido atinar tanto Sofia? Menos de doce horas antes, estaban en su cocina hablando de canibalismo. En el acto, le entran náuseas de nuevo.

Ivo frunce el ceño.

—Es pronto para afirmarlo, pero este muchacho, aparte de haber permanecido durante al menos dos o tres días en el agua, probablemente sufrió un proceso de momificación más fuerte o diferente.

—¿Cuándo falleció? —Traga saliva. Las náuseas le impiden hablar.

—Eso también es difícil de decir, pero sin duda hace más tiempo que el chaval de Thorildsplan. Quizá seis meses antes. Ya sabes lo que todo eso puede significar.

—Sí, que todas las hipótesis están abiertas. Que igual los dos chavales murieron al mismo tiempo, o este antes que el otro, o al revés. —Jeanette suspira. Ivo la mira, casi ofendido—. Perdona, todo esto me ha agotado. ¿Algo más?

Se siente enormemente cansada. El muchacho que yace sobre la mesa a buen seguro le provocará pesadillas. Evita mirarlo, pero ve el cuerpo de reojo, como tendido hacia ella.

—Sí, dos o tres cosas más.

Ivo busca la mejor manera de formularlo. Es muy eficiente en su trabajo, pero a veces, a fuerza de precisión, parece soltar un discurso preparado con antelación y se pierde en los detalles. Pero, en todo caso, siempre llega al fondo de las cosas.

—El cadáver de Thorildsplan no tenía dientes —dice al fin—. No es el caso de este. He sacado un molde. —Se acerca a la superficie de trabajo y lo coge—. Super Hydro, un producto excelente, fácil de utilizar, sin burbujas.

—¿Un molde de la dentadura? —El corazón de Jeanette se acelera, pero se esfuerza por conservar la calma—. Es esencial para la identificación.

—Claro, naturalmente... Con esto tendríamos que identificarlo.

El forense no se está quieto, nunca le ha visto así, se vuelve de repente, deja el molde y toma una de las fotos de Itkul Zumbayev, el cadáver de Thorildsplan. A Jeanette le da un vuelco el corazón.

—Aún no estoy seguro, pero ¿ves en esta foto que la mandíbula del chaval está un poco torcida? —Golpea la imagen con el dedo—. Este crío también la tiene torcida. Apostaría a que son hermanos.

Jeanette suspira aliviada. Ivo Andrić no necesita estar seguro, porque ella lo está.

Itkul y Karakul. Por supuesto. Es lógico. Se ha quedado sin habla. Ivo la mira, desconcertado.

—Aunque la víctima de Thorildsplan no tenía dientes —prosigue—, se puede adivinar a grandes rasgos cómo era su dentición, sobre todo si tenía un defecto. En aquel momento no di mucha importancia a su mandíbula torcida, pero ahora resulta muy interesante.

—Sí, podría decirse así. —Jeanette se oye hablar como Hurtig, y ahora siente necesidad de explicarle a Ivo lo que sabe—. Estás al corriente de la noticia de ayer, ¿verdad? ¿La identificación del muchacho de Thorildsplan?

Ivo parece sorprendido.

—¿Cómo?

Jeanette siente que la cólera se adueña de ella. ¡Menudo inútil! ¿Y eso es un jefe? Dennis Billing le prometió que hablaría con Ivo Andrić ayer.

—Sabemos el nombre del muchacho de Thorildsplan, y probablemente el de este. Podría llamarse Karakul Zumbayev. Su hermano se llamaba Itkul, es seguro al cien por cien.

Ivo Andrić hace un gesto de impotencia.

—Bueno, de haberlo sabido habríamos ganado tiempo. Pero no hay mal que por bien no venga. Ahora todo está más claro.

—Tienes razón. —Jeanette le palmea el hombro—. Excelente trabajo.

—Una última cosa —dice Ivo despegando la cinta adhesiva que rodea los pies del muchacho—. He encontrado huellas dactilares, pero es raro...

Jeanette se detiene.

—¿Raro? ¿Por qué raro? Es más bien una buena...

Por primera vez, Ivo Andrić la interrumpe.

—Es raro porque las huellas sobre la cinta adhesiva no tienen dibujos papilares.

Jeanette se queda pensativa.

—¿Quieres decir que son huellas dactilares sin huellas?

—Sí, por así decirlo.

Hasta ahora, el asesino ha tomado precauciones, se dice. No había huellas en Thorildsplan, ni en Danvikstull ni en la isla de Svartsjö. ¿Por qué cometer ahora esta negligencia? Pero, al mismo tiempo... Si no se tienen huellas dactilares, ¿por qué habría que evitar dejarlas?

—Explícamelo, por favor. ¿Ha utilizado guantes?

—No, seguramente no. Pero los dedos de la persona en cuestión no dejan huellas.

—¿Y cómo puede ser eso?

Parece desolado.

—Es muy raro. Aún no lo sé. He leído de casos en los que el

asesino se unta los dedos de silicona. Pero no es el caso. He obtenido la huella de una palma de la mano y lo que se ve sin duda es la piel desnuda, pero la punta de los dedos es... ¿cómo decirlo?

Hace una larga pausa.

—¿Sí?

—¿Lisa?

En ninguna parte

Ulrika Wendin comprende que quien la mantiene prisionera no va a dejarla con vida.

Comprende que sus posibilidades de salir de allí por sus propios medios disminuyen con el paso de las horas, a medida que se debilita.

El estado de su cuerpo se degrada rápidamente: teme que la falta de alimento haya vuelto su carne blanda y apática. En última instancia, su única posibilidad es aguantar tanto tiempo como sea posible, esperando que alguien la encuentre.

¿La debilidad del cuerpo puede contrarrestarse si el cerebro trabaja mejor? Ha leído que aquellos que eligen llevar una vida aislada, como los eremitas, los sabios y los monjes de clausura, alcanzan, a fuerza de meditación, la unidad del ser. Parece que algunos incluso logran levitar.

Ahora que ya casi ni siente el cuerpo, tiene un atisbo de cómo lo hacen. A veces casi le parece volar en el espacio oscuro que la rodea, olvida dónde está y empieza a viajar.

Cuando viaja con el pensamiento durante largo rato, recita las tablas de multiplicar, luego enumera por orden alfabético todos los países que conoce, con sus capitales. Eso tiene como efecto abrirla a pensamientos nuevos, mientras logra rememorar conocimientos que creía olvidados desde hacía tiempo.

Cuando recita en silencio los estados norteamericanos, solo le faltan cuatro.

Se da cuenta de que sabe mucho más de lo que los demás siempre le han hecho creer.

Después de Estados Unidos, comienza a trazar un mapa de las costas europeas, del mar Blanco al mar Negro.

Luego abandona Europa. Asia, África y el resto del mundo.

Acaba viendo la Tierra desde arriba, como desde un satélite, y lo que ve corresponde a la realidad. Sin mapa, sabe cómo es el mundo.

No sabe si es un sueño o la realidad, pero siente que le quitan la cinta adhesiva de la boca para introducirle algo.

Es una papilla de sabor seco y muy amargo.

Luego la dejan sola. Regresa pronto al espacio y el cielo estrellado.

Lentamente, Ulrika Wendin abandona su cuerpo y desaparece en la oscuridad centelleante.

Tiene un fuerte gusto a avellana.

Hospital de Rosenlund

Annette Lundström ha visto las tinieblas. Es lo primero que piensa Hurtig cuando le hacen entrar en su habitación. Su rostro está cubierto de arrugas, grisáceo, y su cuerpo tan delgado que teme romperle la mano al saludarla.

No se rompe, pero está helada, lo que refuerza la sensación fantasmagórica.

—No quiero estar aquí —dice con una voz sorda y quebrada—. Quiero estar con Linnea, Karl y Viggo. Quiero estar allí donde todo es como antes.

Hurtig sospecha que no va a ser tarea fácil.

—Lo entiendo, pero habrá que esperar un poco. Antes vamos a charlar un rato, usted y yo.

Empieza a sentirse mal y sabe por qué. Esa habitación se parece a aquella en la que su hermana pasó buena parte de los seis últimos meses de su vida. Pero ahora está ahí en calidad de policía: inspira profundamente y se concentra esforzándose en dejar a un lado los recuerdos.

—¿Puede ayudarme a salir de aquí? —Annette Lundström habla en tono suplicante, con un deje de esperanza en la voz—. Tengo que regresar a Polcirkeln, hace mucho tiempo que nadie ha ido allí a ocuparse de la casa. Hay que regar las flores... Y las manzanas... Estamos en otoño, ¿verdad?

—Sí —dice—. Yo soy de Kvikkjokk, no está muy lejos de Polcirkeln. Pero allá arriba es invierno.

Su intento de instaurar un tono familiar parece dar resultado. Annette Lundström se anima un poco y le mira a los ojos. La mirada que él descubre es horrible, con tal vacío que no encuentra palabras para describirlo.

Locura, se dice. No, más bien los ojos de alguien que ha dejado este mundo para ir a otro. Un psicólogo probablemente lo denominaría psicosis, y ese es el término utilizado por el médico con el que acaba de hablar. Pero también tiene la sensación de que la fragilidad tanto física como mental de esa mujer presagia algo que él adivina en sus ojos.

Pronto morirá. Morirá de pena.

—Kvikkjokk —dice ella con su voz tenue—. Fui allí una vez. Era muy bonito, entonces. Nevaba. ¿Ahora nieva?

—Aquí no, pero allá arriba sí. ¿Hay otras personas a las que espera volver a ver, aparte de Karl, Viggo y Linnea, cuando regrese a Polcirkeln?

—A Gert, claro, y también a Peo, Charlotte y su hija. Hannah y Jessica seguro que no vendrán.

Hurtig toma notas a toda velocidad.

—¿Quién es Gert?

Ella se ríe. Es una risa seca, enronquecida, que le hace dar un paso atrás.

—¿Gert? Pero si todo el mundo le conoce. Es un hombre muy competente, uno de los mejores policías de Suecia. Debería usted saberlo, siendo policía.

Un policía muy competente, piensa. Mierda. El primero de la clase, Gert Berglind.

—Solo quiero hacerle unas preguntas y me gustaría que respondiera lo mejor que pueda.

—He olvidado mencionar a Fredrika.

—Muy bien —la felicita Hurig, anotando los nombres.

Toda la pandilla de Sigtuna, todos asesinados, aparte de las propias asesinas, Hannah Östlund y Jessica Friberg. No, descubre después de anotar el último nombre, falta una persona.

—¿Y Victoria Bergman? ¿Estará allí también?

Annette Lundström parece sorprendida.

—¿Victoria Bergman? No, ¿para qué?

Barrio de Kronoberg–Central de Policía

—Tengo sobre la mesa los informes de Schwarz, Åhlund y Hurtig, y ya solo me falta el tuyo —dice el jefe de policía Dennis Billing al cruzarse con Jeanette de camino a su despacho—. ¿O es que quizá tienes otras cosas mejores que hacer en lugar de acabar tu trabajo?

Jeanette no le presta mucha atención, aún ofuscada por lo que ha visto en el Instituto de Medicina Legal.

—No, no, en absoluto —responde—. Lo tendrás hoy mismo, podrás enviárselo a Von Kwist mañana como muy tarde.

—Disculpa mi brusquedad —dice Billing—. Habéis hecho un

buen trabajo, lo habéis resuelto todo muy rápido. De haberse alargado mucho, no hubiera sido agradable verlo en la prensa. Pero Von Kwist está de baja por enfermedad y alguien llevará el caso hasta su regreso. Y además no hay prisa, porque las asesinas no están disponibles, por así decirlo.

El jefe de policía sonríe.

—¿Qué le pasa a Von Kwist? —pregunta Jeanette.

La última vez que vio al fiscal parecía como de costumbre y no dijo que le doliera nada.

—Tiene problemas de estómago. Probablemente sea una úlcera, creo que eso me ha dicho por teléfono. Visto como trabaja, no me sorprende. Es un buen tipo, ese Kenneth.

—Es el mejor de todos nosotros —dice Jeanette continuando hacia su despacho, consciente de que Billing no ha captado su ironía.

—Y que lo digas, es el mejor —replica de hecho Billing—. Bueno, ponte de nuevo manos a la obra.

—¿A qué te refieres?

—Quiero decir que, a raíz de ese otro muchacho asesinado, hemos reabierto el caso. Puedes quedarte con Hurtig. Åhlund y Schwarz estarán de retén mientras no surja algo más importante.

¿Más importante?, se dice Jeanette. El caso solo se reabre para quedar bien.

—¿Es pura cuestión de estética, quieres decir? —replica abriendo la puerta de su despacho.

—No, no, en absoluto. —El jefe de policía calla—. Sí, bueno, quizá podríamos decir eso. Cuestión de estética. Joder, Nenette, a veces tienes unas ocurrencias... Me acordaré. Cuestión de estética.

Jeanette entra en su despacho y echa un vistazo al retrato robot colgado encima de su mesa. El dibujo no le dice nada, aparte de que podría ser cualquiera.

También podría ser una mujer, se dice.

Dándole vueltas, el rostro le resulta curiosamente vago. ¿No debería tener algún signo distintivo? Ah, sí, el dibujante ha colocado algunas pecas, una en el mentón y otra en la frente. ¿Un niño se fija en ese tipo de detalles?

Mientras observa la imagen, llama a Ivo Andrić para pedirle un registro más a fondo del apartamento de Ulrika Wendin. Mientras espera a que descuelgue, Jeanette piensa en lo que Ulrika Wendin le contó acerca de su violación en aquella habitación de hotel: la drogaron y Lundström lo filmó todo.

Recuerda también el interrogatorio en el que Lundström afirmó haber asistido a varios rodajes de películas pedófilas, aunque no mencionó explícitamente el de Ulrika.

Ivo Andrić responde y promete regresar al domicilio de Ulrika Wendin con algunos técnicos. Al acabar la conversación, Jeanette se queda con el teléfono en la mano y un nudo en el estómago.

Las películas de Lundström, se dice, quizá contengan algún elemento susceptible de ayudarles a localizar a Ulrika.

Marca el número de Mikkelsen.

¿Y si la película rodada en el hotel se encontrara entre la colección de Lundström? ¿Por qué no ha pensado antes en eso? Si las cosas ocurrieron como dijo Ulrika, y nunca lo ha dudado, una película así tendría gran interés. La muerte de Karl Lundström no significa que no se pueda aún detener a otros violadores.

Suspira. Esa investigación ha sido realmente la cenicienta. Con más recursos, podrían haberla abordado más a fondo.

Cuando Mikkelsen por fin descuelga, le explica el motivo de su llamada y le pide si puede poner a alguien a visionar esas películas.

—Pues no, de momento no —responde Mikkelsen, evasivo—. Tenemos mucho trabajo.

—Lo entiendo —dice Jeanette—. Te diré qué podemos hacer. Iré a buscar las películas que encontrasteis en casa de Lundström y las veré yo sola. ¿Te parece?

¿Realmente tengo ganas de hacerlo?, piensa Jeanette al caer en la cuenta de lo que acaba de decir.

—De acuerdo, no veo ningún inconveniente formal. Pero tendrás que firmar una cláusula de confidencialidad, y esas películas no pueden salir de aquí. Además, muchas de las películas de Lundström están en VHS y aún no se han digitalizado, lo que quiere decir que tendrás que buscarlas por tu cuenta en el almacén.

A Jeanette le parece que habla en un tono irritado, pero supone que no es culpa de ella.

—Muy bien, ahora mismo voy para allá —dice, y cuelga sin darle tiempo a Mikkelsen a responder.

Ya está, se dice, ya no hay vuelta atrás.

Mikkelsen ya no está allí, pero le ha pedido a un colega que se ocupe de ella. Un joven de barba corta y con un anillo en la nariz sale a su encuentro.

—Hola, supongo que es usted Jeanette Kihlberg. Lasse me ha dicho que la dejara entrar en el almacén y que puede llevarse lo que quiera. —Le indica que le siga—. Por aquí.

Una vez más, se pregunta qué lleva a un hombre adulto a pasar los días, por voluntad propia, visionando a cámara lenta, fotograma a fotograma, a unas criaturas de las que, en la mayoría de los casos, abusan otros hombres adultos. Sus semejantes. Sus camaradas y colegas.

Y que pueden encontrarse con amigos de la infancia, compañeros del colegio y, en el peor de los casos, ver a su propio hermano o a su padre.

—Aquí está —dice el colega de Mikkelsen abriendo una puerta de despacho corriente—. Venga a verme cuando acabe. Estoy allí abajo. —Le señala al fondo del pasillo.

Ella mira la puerta, desconcertada, sin saber qué esperaba.

Por lo menos debería haber una advertencia del tipo «Entre por su cuenta y riesgo», o mejor aún: «Prohibida la entrada».

—Si necesita ayuda, llámeme.

El joven policía gira sobre sus talones y regresa a su despacho.

Jeanette Kihlberg respira hondo, abre la puerta de la colección de pornografía infantil de la criminal y entra en la sala.

A partir de ese momento, no volverá a ver el mundo de la misma manera. Ahora empieza esto, se dice. Contador a cero.

Residencia El Girasol

El Mini está aparcado en Klippgatan, y Sofia Zetterlund constata que efectivamente su tarjeta de aparcamiento residencial ha expirado. El coche, además de por una gruesa capa húmeda de hojas muertas, está cubierto de multas: con el tiempo que lleva mal aparcado, es un milagro que aún no se lo haya llevado la grúa.

Piensa en su visita del día anterior a la biblioteca municipal y en cómo ese encuentro con la bibliotecaria con velo y un ojo despigmentado le recordó su coche y su tarjeta de aparcamiento residencial.

En ese momento comenzó de verdad su proceso de curación.

El recuerdo le volvió tan repentinamente que imaginó que la bibliotecaria le había hablado.

«Su tarjeta de aparcamiento residencial ha expirado».

Abre la puerta y saca un cepillo de la guantera. Anomalías, se dice, mientras retira las hojas podridas apiladas alrededor de los limpiaparabrisas y sobre el techo.

Las anomalías la hacen recordar, la despiertan de su sonambulismo, sin que necesariamente tengan la menor relación con el recuerdo resucitado.

Para el cerebro ningún recuerdo es anodino. Al contrario, los recuerdos más banales ocupan a menudo un lugar destacado, mientras se aparta todo lo que se debería recordar. El cerebro no confía en sí mismo para enfrentarse a los recuerdos difíciles: por eso será más fácil recordar dónde está aparcado el coche que haber sido violada por tu propio padre.

Lógico, emotivo y trágico, piensa. Todo a la vez.

Guarda el cepillo y las multas en la guantera, y se pone al volante. Apenas ha dormido tres horas, pero se siente descansada.

Antes de arrancar para dirigirse a la residencia El Girasol, saca su cuaderno del bolso y lo abre por una página en blanco. «Anomalías», escribe, y lo guarda en el bolso.

Toma Bondegatan, aún no sabe si cruzará el umbral de la residencia como Victoria Bergman o como Sofia Zetterlund. Tampoco sabe que eso lo decidirá una anomalía.

Veinte minutos más tarde, después de aparcar delante de El Girasol, ve a una mujer fumando en el exterior, apoyada en un andador. Su rostro en la sombra desaparece detrás de las volutas de humo blanco, pero Sofia sabe en el acto que es Sofia Zetterlund.

Lo reconoce todo. Los gestos, la postura, la ropa. Lo reconoce todo y se acerca a la mujer, con el corazón latiendo con fuerza.

Pero no le viene ningún recuerdo, todo está vacío.

Su antigua psicóloga exhala la última calada, y luego vuelve la cabeza de manera que la luz cae sobre su rostro.

Los labios pintados de rojo y el maquillaje azul sobre los párpados no han cambiado, las arrugas de la frente y de las mejillas son un poco más profundas, pero idénticas, y no despiertan ningún recuerdo.

Los recuerdos solo se desencadenan al descubrir la anomalía. Los ojos.

Ya no son los ojos de su antigua psicóloga: lo que ya no está allí, la anomalía, la hace recordar.

Las sesiones de terapia en casa de Sofia en Tyresö y en el hospital de Nacka. Las mariposas de verano en el jardín, una cometa roja en el cielo azul, y el ruido de las viejas zapatillas de Victoria Bergman sobre el suelo del hospital, sus pasos cada vez más ligeros a medida que se acercaba a la consulta de Sofia Zetterlund.

«Al entrar en su consulta, lo primero que ve Victoria son sus ojos.

»Son lo que busca ante todo. En ellos puede apoyarse.

»Los ojos de esa mujer ayudan a Victoria a comprenderse a sí misma. No tienen edad, lo han visto todo, se puede confiar en ellos. No son presa del pánico, no le dicen que está loca, pero tampoco que lleva razón ni que la comprenden.

»Los ojos de esa mujer no engañan.

»Esa es la razón por la que puede mirarlos y sentirse en calma.

»Ven todo lo que ella no ha visto nunca, solo presentido. La agrandan cuando trata de reducirse y le muestran precavidamente la diferencia entre lo que ella imagina ver, oír y sentir y lo que se produce verdaderamente en la realidad de los demás.

»A Victoria le gustaría ver con ojos antiguos, sabios».

Las cataratas han vuelto esos Ojos ciegos y vacíos.

Victoria Bergman se acerca a la mujer y le pone la mano sobre el brazo. Su voz se torna ronca.

—Buenos días, Sofia. Soy yo… Victoria.

Una sonrisa inunda el rostro de Sofia Zetterlund.

Johan Printz Väg–Apartamento de Ulrika Wendin

Después de aparcar debajo del apartamento de Ulrika Wendin, Ivo Andrić indica a los técnicos del otro vehículo que le sigan. Dos chicas y un chico. Concienzudos y minuciosos.

Abre la puerta del apartamento y entran.

Bueno, se dice. Otra vez manos a la obra, con ideas nuevas.

–Empezaremos por la cocina –dice a los técnicos–. Ya habéis visto las fotos de las manchas de sangre. Buscad detalles. Solo estuve aquí una hora, no tuve tiempo de peinarlo todo a fondo.

Peinar a fondo. Una expresión que ha aprendido recientemente de la conserje del Instituto de Medicina Legal, una chica simpática de Goteburgo que habla raro.

Una vez iniciado el trabajo en el apartamento, piensa en su trabajo de la mañana con el muchacho momificado. Todo el asunto resulta realmente deprimente, pero por lo menos han avanzado. Tienen un molde dental y el ADN se va a cotejar con los datos que la policía ucraniana posee de los hermanos Zumbayev.

Kazajos, se dice mientras observa uno de los restos de sangre en el suelo de la cocina. En su pueblo, en Prozor, vivían dos familias de origen kazajo. Era amigo del padre de una de las familias. Se llamaba Kuandyk, y un día le explicó lo importantes que eran los nombres en la tradición kazaja. El suyo significaba algo así como «Alegre». Al recordar el buen humor y la risa estentórea de Kuandyk, el forense se dijo que el nombre le iba que ni pintado.

En otra ocasión, Kuandyk le explicó también que los nombres que se les daban a los recién nacidos reflejaban a menudo las esperanzas puestas en ellos. Uno de los niños del pueblo del sur del Kazajstán del que era originario Kuandyk se llamaba

Tursyn. Sus padres sufrieron tragedias y perdieron a varios hijos poco después de nacer. Tursyn significa literalmente «Que esto acabe», y la plegaria de los padres fue escuchada.

Oye hablar a las dos técnicas. La puerta del frigorífico está abierta y el motor empieza a ronronear.

Itkul y Karakul. Los hermanos Zumbayev, de origen kazajo, le habían hecho pensar en su viejo amigo de Prozor y, a lo largo de la mañana, se había informado acerca del significado de sus nombres. Le entristece pensar en lo que sus padres deseaban para ellos. Itkul significa «Esclavo de un perro» y Karakul «Esclavo negro».

–¿Ivo? –Una de las técnicas le saca de sus reflexiones–. ¿Puedes venir?

Se vuelve. La chica le muestra la puerta entreabierta del frigorífico, lo que le recuerda que Ulrika Wendin no debía de comer gran cosa. La última vez se encontró la nevera vacía y naturalmente aún sigue así.

–¿Ves ahí?

Le señala un punto en la cara interna de la puerta, justo al lado del borde, donde acaba de aplicar polvo gris en busca de huellas dactilares. Se aproxima, se agacha y observa.

Una huella de tres dedos, y el escenario cobra forma.

Sabe que alguien fue golpeado en la cocina y que luego el agresor lo limpió todo. Durante la limpieza, alguien frotó con la mano izquierda unas gotas de sangre en la puerta del frigorífico mientras la aguantaba con la mano derecha, justo donde acaba de mirar.

No necesita lupa para ver que la huella corresponde a algo que ya ha visto esa misma mañana.

Residencia El Girasol

La habitación de Sofia es la versión en casa de muñecas de su vivienda de Tyresö.

El mismo sillón raído, la misma librería que en su antigua sala. Están sentadas a uno y otro lado de la misma mesita de cocina. La bola de cristal con Freud bajo la nieve se halla en su lugar en la estantería y Victoria reconoce incluso el mismo olor de Tyresö veinte años atrás.

No solo los recuerdos se apoderan de ella, también las preguntas.

Quiere saberlo todo y tener la confirmación de lo que ya sabe.

A pesar de su avanzada edad, Sofia no parece tener mala memoria.

—La he echado de menos —dice Victoria—. Y ahora que la he encontrado, me avergüenzo de mi comportamiento.

Sofia sonríe vagamente.

—Yo también te he echado de menos, Victoria. He pensado mucho en ti todos estos años y a menudo me he preguntado cómo estarías. No tienes que avergonzarte de nada. Al contrario, me acuerdo de ti como una chica muy fuerte. Creía en ti. Estaba segura de que saldrías adelante. Y lo has conseguido, ¿verdad?

Victoria no sabe verdaderamente qué responder.

—Yo... —Cambia de posición—. Tengo problemas de memoria. La cosa ha mejorado últimamente, pero...

La vieja psicóloga la mira, interesada.

—Continúa. Te escucho.

—Anoche mismo, sin ir más lejos —comienza—, comprendí que no había matado a mi exmarido. Es lo que creí casi durante un año, pero resulta que está vivo y me lo he inventado todo.

Sofia parece preocupada.

—Lo entiendo. ¿Y a qué se debe, en tu opinión?

—Le odiaba —dice Victoria—. Le odiaba tanto que creí haberle matado. En cierta medida, era una venganza. No era más que una venganza personal, en mi mundo imaginario. Es bastante patético.

Su voz empieza a parecer la de la joven Victoria.

—El odio y la venganza —continúa Victoria—. ¿Por qué esas fuerzas vitales son tan poderosas?

La respuesta de Sofia es rápida.

—Son sentimientos primitivos. Pero también son sentimientos propios del ser humano. Un animal no odia ni busca venganza. En el fondo, para mí, es una cuestión filosófica.

¿Filosófica? Sí, puede ser, piensa Victoria. Su venganza contra Lasse debió de ser eso.

Sofia se inclina sobre la mesa.

—Te daré un ejemplo. Una mujer va en su coche. En un semáforo en rojo, una banda de jóvenes la agrede y uno de ellos le rompe el parabrisas a golpes de cadena. Aterrorizada, la mujer se da a la fuga y, al llegar a su casa, descubre que la cadena se ha enganchado al parachoques y que le ha arrancado la mano al joven.

—Lo entiendo —dice Victoria.

Los ojos brillantes la contemplan, vacíos.

—¿Y tú, te has vengado? ¿Has dejado de odiar? ¿Aún tienes miedo? Muchas preguntas esperan una respuesta.

Victoria reflexiona un momento.

—No, no odio —dice—. Ahora ya puedo decir que mi falso recuerdo me ha ayudado a pasar página. Por supuesto, los sentimientos de culpabilidad a veces han sido insoportables, pero hoy, aquí, me siento completamente purificada por lo que respecta a Lasse.

Dios mío, piensa. Debería sentirme mucho peor. Pero, en el fondo, ¿acaso no he dudado siempre de su muerte?

No lo sabe. Solo hay niebla.

Sofía cruza sus viejas manos de marcadas venas color malva. Victoria reconoce su alianza. Recuerda que Sofía le dijo una vez que estuvo casada, pero que su marido murió joven y que desde entonces decidió vivir sola. Como un cisne, piensa Victoria.

—Hablas de pureza —dice la anciana—. Es interesante. La venganza es un enfrentamiento físico con un enemigo, pero también un proceso psicológico interno que tiene como meta la purificación y el conocimiento de uno mismo.

Eso es, piensa Victoria. Como en los viejos tiempos.

Pero ¿puede la venganza ser verdaderamente un proceso de purificación? Piensa en Madeleine y en su cuaderno, en el bolso. Contiene al menos quince páginas de hipótesis, muchas seguramente falsas o precipitadas, pero ha partido de la idea de que a Madeleine la movían los mismos sentimientos que a ella. El odio y la venganza.

¿Puede el odio ser también purificador?

Victoria respira hondo antes de atreverse a abordar uno de los motivos de su visita.

—¿Recuerda que tuve una hija?

La anciana suspira.

—Sí, claro. También sé que se llama Madeleine.

Victoria siente que los músculos de su cuerpo se crispan.

—¿Qué más sabe acerca de ella?

Siente profundos remordimientos por no haber luchado entonces para poder conservar a su hija, por no haber protegido a la criatura, por no haberla abrazado ni velado en su sueño.

Habría podido luchar, habría debido luchar, pero era demasiado débil.

La habían maltratado terriblemente y se sentía llena de odio hacia el mundo entero.

Ese odio era destructivo.

—Sé que las cosas le han ido bastante mal —dice Sofía. Su rostro parece sin fuerzas, sus arrugas se marcan más mientras se vuelve hacia la ventana—. Sé que la justicia no concedió crédito a ninguna de sus declaraciones —continúa tras callar un momento.

—¿Cómo sabe que las cosas le han ido mal?

Nuevo suspiro de la anciana. Coge un cigarrillo y entreabre la ventana, pero no lo enciende, se limita a hacerlo rodar entre sus dedos.

—Seguí la historia de Madeleine gracias a un contacto en el Rigshospitalet de Copenhague. Lo que pasó es horrible...

Le parece ver un destello en la mirada brumosa de Sofia Zetterlund.

—Dame fuego, por favor, no sé dónde tengo el encendedor. La nicotina me ayuda a aclararme las ideas.

Victoria saca su encendedor y coge también un cigarrillo del paquete de la anciana.

—¿Ha conocido a Madeleine?

—No, pero como te decía, conozco su historia y he visto su foto. Mi colega del Rigshospitalet me envió una foto hace unos años, pero ya había perdido mucha vista. No me sirvió de gran cosa, pero aquí la tengo, si quieres verla. En uno de los libros. En el estante donde está Freud, el tercer libro desde la izquierda, un diccionario encuadernado en tapa dura. Puedes mirarla mientras te hablo de capsulotomía y de privación sensorial.

Victoria se sobresalta. ¿Capsulotomía? ¿Eso no es...?

—¿Lobotomizaron a Madeleine?

La anciana esboza una sonrisa.

—Es una cuestión de definición. Te lo explicaré.

Victoria está encolerizada, confusa, y al mismo tiempo esperanzada mientras va hasta la librería. Qué triste, se dice sacando el libro en cuestión. No he visto a mi hija desde hace veinte años, y cuando por fin la encuentro es en el suplemento de un diccionario psicopedagógico de los años cincuenta.

En la foto se ve a la niña en una cama de hospital, envuelta en una manta. El parecido entre Madeleine y ella es impresionante. Siente un nudo en el estómago.

—¿Puedo quedármela?

Sofía asiente con la cabeza, Victoria se sienta y la anciana enciende otro cigarrillo antes de iniciar su relato. Poco a poco, Victoria regresa a la época de Tyresö, cierra los ojos y se imagina de vuelta allí, es verano, están sentadas en la luminosa cocina de Sofía.

—Hace años operaron a Madeleine —comienza la anciana psicóloga.

Dinamarca, 2002

Cuando la pequeña vino al mundo, era mayo, cantaba el cuco,
decía mamá, la vegetación primaveral resplandecía al sol.
El lago brillaba como la plata, los cerezos florecían,
y la viva y alegre golondrina acababa de llegar con la primavera.

La habitación era tan blanca que parecía estar a oscuras, y ella miraba fijamente al techo, incapaz de moverse, porque tenía los brazos atados a la cama.

Sabía lo que le esperaba, y recordaba la voz que crepitaba en la radio dos meses antes, justo después de que tomaran la decisión.

«El profesor de psiquiatría sueco Per Mindus fue toda una autoridad en materia de angustia y trastornos obsesivos. Durante su paso por el hospital Karolinska descubrió la psicocirugía, en particular la capsulotomía. Ese método consistía, en síntesis, en intervenir una parte del cerebro llamada cápsula interna seccionando las conexiones nerviosas que se creía que contribuían a la enfermedad psíquica».

Las sólidas cinchas de cuero le herían las muñecas. Después de varias horas forcejeando, abandonó la idea de liberarse. Los medicamentos que le habían administrado habían alterado su voluntad de soltarse y una apatía cálida y tranquilizadora fluía por sus venas.

«La intervención, practicada durante cincuenta años, empezó a cuestionarse cada vez más a lo largo de los años noventa, ya que, en cinco de cada diez casos, conllevaba una disminución de las capacidades de pensamiento abstracto y de aprendizaje por error».

—¿La niña está lista para ser operada?

Oyó esa voz que desde hacía varias semanas había aprendido a detestar.

—Tengo prisa, me gustaría acabar esto lo antes posible.

¿Prisa para qué? ¿Un partido de golf, una cita con una amante?

Alguien hizo correr agua en el fregadero y se lavó las manos. Luego el olor a desinfectante.

El calor de su propio cuerpo la fatigaba, se sentía a punto de dormirse. Si me duermo, me despertaré siendo otra persona.

Sintió la corriente de aire de una bata y comprendió que alguien se encontraba de pie junto a la cama. La boca estaba cubierta por una mascarilla de papel, pero los ojos eran idénticos. Ella le miró y soltó una risa despectiva.

—Ya verás —dijo él—, todo irá bien.

—¡Muérete, sueco cabrón! —respondió antes de sumirse de nuevo en su agradable somnolencia.

Oyó de nuevo crepitar la radio, casi fuera de frecuencia.

«Las críticas contra la utilización por parte de Per Mindus de la capsulotomía se intensificaron cuando se descubrió que había mentido al asegurar que contaba con autorización para llevar a cabo esos experimentos. Una de las autoridades en el terreno de los trastornos obsesivos declaró que el método tenía efectos secundarios muy graves. Se publicó un desmentido, pero se supo que procedía de una persona encargada de decidir qué pacientes debían someterse a la capsulotomía y evaluar, ella sola, los efectos del tratamiento».

Estaba aún atada cuando la llevaron al quirófano, noqueada por los medicamentos pero suficientemente despierta como para comprender lo que iba a suceder.

Barrio de Kronoberg–Central de Policía

La habitación es tan blanca que parece estar a oscuras. En un sinfín de estantes se apilan viejas cintas VHS, cedés, discos duros y cajas de fotos. Todo está cuidadosamente etiquetado, con el nombre del propietario, el lugar y la fecha.

Nada en sus veinte años de carrera en la policía ha preparado a Jeanette Kihlberg para eso: siente vértigo al abarcar con la mirada las dimensiones de esa colección de abusos sexuales. ¿Preferimos cerrar los ojos ante esa realidad? ¿Nos negamos a ver?

No, pero nos preocupamos más por los tipos de interés, por la subida de precios en el sector inmobiliario o por saber si las pantallas planas serán de plasma o LCD. Asamos chuletas de cerdo en la barbacoa y las hacemos bajar con un tetrabrik de vino de tres litros. Preferimos leer una novela policíaca de mierda mal escrita que implicarnos de verdad.

George Orwell y Aldous Huxley no sabían cuánta razón llevaban, pero también sabe que ella no es mucho mejor.

Da vueltas por la habitación, sin saber por dónde empezar.

En uno de los estantes reconoce un nombre. Un inspector de policía de Estocolmo de cincuenta y cuatro años que, durante años, compró pornografía infantil en internet. Jeanette recuerda el caso. Cuando Mikkelsen y sus colegas intervinieron, se encontraron en el domicilio del policía unas treinta y cinco mil imágenes y películas ilegales.

Jeanette sigue examinando los títulos de las películas, que a menudo hablan por sí solos: *Photo Lolita*, *Little Virgins*, *Young*

Beautiful Teens, That's My Daughter... Una de las películas tiene un pósit pegado que describe el contenido: una niña atada violada por un animal.

Comprende enseguida el criterio de clasificación. En la mayoría de los casos por la fecha de la agresión, pero, en los casos en que esta se desconoce, según la fecha de incautación. También le recuerda al índice de su viejo atlas escolar. Naturalmente, aparecen las grandes ciudades: Estocolmo, Goteburgo y Malmö. La proporción de enfermos parece corresponderse con el tamaño de la población: allí es donde vive la mayoría de ellos. Ciudades menos grandes como Linköping, Falun y Gävle se mezclan con pueblos de los que nunca ha oído hablar. De norte a sur, de este a oeste, ninguna localidad parece demasiado pequeña, demasiado remota o demasiado refinada para no albergar personas con inclinaciones pedófilas.

Nombres de hombres. Estantes y más estantes de nombres de pila masculinos. Los apellidos son los banales Svensson o Persson, pero también algunos de ecos más aristocráticos. Lo que sorprende a Jeanette es la poca cantidad de nombres extranjeros. Aunque tengan la mano más suelta para pegar a sus hijos, está claro que no abusan tanto de ellos, se dice Jeanette, justo en el momento en que encuentra una caja en la que se lee KARL LUNDSTRÖM.

Casi sin resuello, baja la caja, la deja sobre la mesa y la abre. Dentro encuentra una decena de películas. Lee en los estuches que algunas se rodaron en Brasil en los años ochenta. Mikkelsen habló de esas películas de auténtico culto en los círculos pedófilos, pero que no interesan a Jeanette, así que las deja.

Coge las otras bajo el brazo y sale al despacho del joven policía, al que encuentra de espaldas. En la pantalla de su ordenador, Jeanette ve la foto de un hombre con el torso desnudo, sentado en el borde de una cama en la que está tendido un niño asiático, desnudo. El rostro del hombre está deformado para ocultar su identidad.

El hombre se vuelve y la mira muy serio.

—¿Ha acabado, va a vomitar o necesita un café muy fuerte?

—Un poco las tres cosas —responde Jeanette mirándole a los ojos.

—Por cierto, me llamo Kevin —continúa él, tendiéndole la mano—. Y, por si siente curiosidad, mi madre era una gran fan de *Bailando con lobos*. Soy algo más viejo que esa película, pero a ella le gustaban las más antiguas de Kevin Costner y supongo que quiso ponerme un nombre un poco original. —Hace una breve pausa y sonríe—. Resultado: en la guardería éramos tres Kevin y dos Tony. El nombre más exótico era Björn.

—¿En serio?

Jeanette comprende que el joven trata de adoptar ese tono bromista por ella, para que no se desmoralice aún más. Pero no tiene fuerzas para devolverle la sonrisa.

Él se aclara la voz.

—Bueno, serviré un par de tazas de café antes de dejarla ir al salón a pasar unas cuantas horas terribles visionando representaciones realmente atroces de las peores perversiones de la naturaleza humana. ¿De acuerdo?

Se levanta, sin perder la sonrisa, y se dirige a la cafetera situada en un rincón de la habitación.

—Gracias, lo necesito —dice Jeanette.

Kevin le da una taza a Jeanette y se sienta.

—¿Ha encontrado lo que buscaba?

—No lo sé. Ya veremos —contesta probando el café, que es tan fuerte como esperaba—. Tal vez sí, tal vez no.

Beben el café mirándose durante lo que parecen varios minutos, hasta que Jeanette rompe el silencio.

Señala al hombre medio desnudo en la pantalla.

—¿Se sabe ya quién es?

—Sí, hemos encontrado la foto en internet y creemos que el tipo es sueco.

—¿Por qué?

Kevin se inclina hacia la pantalla.

—¿Ve esto? —dice señalando un objeto sobre la mesita de noche, al lado de la cama en la que está tendido el niño desnudo.

—¿Qué es?

—Si se amplía y se aclara la imagen, se ve que es una caja de pastillas contra el dolor de cabeza de marca sueca. Según la etiqueta, se compró en abril en la farmacia de Ängelholm. Estoy revisando los cargos en tarjetas de crédito que podrían coincidir, y tengo la impresión de que un profesor de preescolar recibirá en breve una visita nuestra.

—¿Así de fácil?

—Así de fácil —confirma Kevin, y continúa—: El que ha colgado las imágenes ha aplicado un filtro de Photoshop para ocultar la identidad del hombre. Estamos tratando de reconstruir su cara, pero es difícil y exige una enorme potencia de cálculo informático. El FBI también trabaja en ello y sin duda acabarán antes que nosotros. Disponen de más medios.

—He visto que tenemos a un colega en el almacén —dice Jeanette, dejando su taza.

—Sí, fue durante la operación Sleipner. —Kevin se echa hacia atrás—. Cogimos a un centenar de personas, y además de ese en el que está pensando, enviamos al trullo a otros dos policías de Estocolmo.

—Las mates no son mi fuerte, pero dices que, de las cien personas detenidas en Suecia, tres eran policías. En otras palabras, el tres por ciento de los detenidos eran policías, cuando solo hay unos veinte mil para nueve millones de suecos. Lo cual quiere decir que la posesión de material pedófilo es diez veces más frecuente entre los policías que entre la gente corriente.

Kevin asiente con la cabeza.

—Bueno, tengo que ponerme manos a la obra. Acabamos de recibir un ordenador requisado y tengo que examinarlo, es urgente. —Kevin se pone en pie—. Y si cree que solo a los hombres les interesa la pedofilia, sepa que este ordenador pertenece a una mujer. —Abre la puerta y sale—. Le enseñaré dónde ver las películas.

Jeanette coge las cintas y le sigue.

—¿Una mujer?

—El ordenador acaba de llegar. Lo han requisado en Hässelby —precisa alejándose por el pasillo—. En Fagerstrand, si no me equivoco.

—¿En Fagerstrand?

—Sí. La mujer se llama Hannah Östlund. O, mejor dicho, se llamaba. Ha muerto.

Residencia El Girasol

Victoria escucha y trata de no interrumpir a Sofia. Se obliga con fuerza a contener su cólera y decide concentrarse en su impresión de haber regresado a la casa de Tyresö.

—Si hablas con un neurocirujano, te dirá que una capsulotomía no es una lobotomía. Quizá puede hablarse de una forma evolucionada de lobotomía, no lo sé, pero, al igual que con la lobotomía, se trataba de contrarrestar el comportamiento desviado de la joven…

Desviado, piensa Victoria. Siempre se trata de desviaciones. Una persona es desviada en relación con una norma preestablecida. Y la psiquiatría está subvencionada por el Estado. En el fondo, la decisión de lo que es sano o malsano es una elección política. Pero, en el caso de los psicólogos, debería ser de otra manera. No hay límites muy claros y, si de algo está segura, es de que todo el mundo es a la vez normal y desviado.

—En Suecia, al igual que en Dinamarca, donde tuvo lugar la intervención, existe una larga historia de operaciones turbias practicadas en personas consideradas retrasadas o desviadas de una manera u otra. Recuerdo el caso de un muchacho de catorce años sometido a electrochoques a lo largo de seis semanas, por la única razón de que sus padres cristianos le habían sorprendido masturbándose. Para ellos, se trataba de una práctica desviada.

¿Cómo puede ser que gente así tenga siquiera derecho a voto?, piensa Victoria.

—Ser religioso debería considerarse una desviación —dice.

Sofia sonríe y calla un momento. Victoria escucha la respiración de la anciana. Es entrecortada y superficial, como veinte años atrás. Cuando retoma la palabra, su voz es más grave.

—Volvamos a los hechos —dice en voz muy baja, pero con firmeza—. Como sabes, la lobotomía frontal practicada a individuos desviados consistía en cortar por lo sano el vínculo entre el lóbulo frontal y la parte inferior del cerebro. A resultas de ello, moría alrededor de uno de cada seis pacientes. Las autoridades sanitarias conocían los riesgos, pero nunca intervinieron. Estoy en activo desde mediados de los años cincuenta y he visto muchos horrores. La mayoría de los lobotomizados en Suecia eran mujeres. Se decía que eran indolentes, agresivas o histéricas. Lo pagaron muy caro.

Unos talibanes, se dice Victoria. Escucha atentamente a Sofia, con los ojos cerrados: es la primera vez que atisba una pizca de cólera en la voz de la anciana. Mejor así. Eso calma la suya.

—A diferencia de la lobotomía, la capsulotomía, por lo que sabemos, no es mortal, y por eso se probó con Madeleine. Le seccionaron las conexiones nerviosas de su cápsula interna con la esperanza de que sus problemas psíquicos, sus trastornos obsesivo-compulsivos y su comportamiento impulsivo se atenuaran. Sin embargo, fue un fracaso absoluto y se obtuvo el resultado inverso.

Victoria ya no puede mantener los ojos cerrados ni callar.

—¿Qué le pasó?

Sofia aprieta los dientes.

—Su impulsividad se agravó y desapareció todo tipo de inhibición, mientras que curiosamente su agudeza intelectual se reforzó.

Victoria no lo comprende.

—Pero eso es contradictorio.

—Sí, tal vez... —Sofia exhala un anillo de humo, que flota sobre la mesa y se disuelve contra el cristal de la ventana—. El cerebro es sorprendente. No solo en cada una de sus partes y funciones, sino también en la interacción entre las mismas. En ese caso en concreto, es como si se hubiera construido un dique para embalsar un río, pero el río lo hubiera rodeado y hubiera aumentado su fuerza.

Victoria saca el cuaderno del bolso.

Dinamarca, 2002

Por eso, dice mamá, casi siempre estoy contenta. Para mí, toda la vida es un día soleado.

El hospital no la asusta, puesto que allí pasó buena parte de su infancia, en tratamiento por una cosa u otra. Cuando no se trataba de dolor de vientre, casi crónico, eran mareos, vértigos o dolores de cabeza.

Lo peor era cuando se encontraba a solas con Peo en la casa grande llena de juguetes.

Peo, el hombre al que nunca ha llamado su padre, que se apiadó de ella y luego la echó cuando ya no le servía como hija.

Alrededor de ella todo tenía un nombre, pero falso. Papá no era papá, mamá no era mamá. Su casa era otro sitio, estar enferma era encontrarse bien. Cuando se decía sí, significaba no. Recordaba su confusión.

«El cerebro es la única parte del cuerpo privada de sensibilidad. Así que puede operarse incluso cuando el paciente está consciente».

Oh, cómo se enfadaron cuando fue a contar a la policía lo que papá Peo y sus supuestos amigos hacían en los box pensados para cerdos y no para muchachos furiosos. Gritos, llantos y tortazos a diestro y siniestro, y luego la mandaron a otro sitio donde le dijeron que a partir de entonces aquello sería su casa. Pero aquel lugar era oscuro y silencioso, y tenía los brazos atados, como ahora.

El doctor ha dicho que solo iban a cortarle un poco de una cosa en su cabeza para que todo dejara de parecerle tan complicado. Ya no sufriría ataques de violencia y esperaban que luego pudiera desenvolverse sola. Bastaba con cortar algunos hilillos enfermos en su cerebro y todo iría bien.

Papá significaría papá, y mamá, mamá.

Interrumpieron sus reflexiones al incorporarla en la cama, pero mantuvo los ojos cerrados para no ver el bisturí.

De hecho, le habían dicho que en la actualidad ya no se utilizaba bisturí, que eso era de otros tiempos, y que tenían un método mucho más perfeccionado. Una historia de electricidad que no comprendió muy bien, pero asintió con la cabeza cuando le preguntaron si estaba claro, para no buscarse problemas.

Problemas, problemas, problemas, es lo único que nos das, eso decía Charlotte, la mujer a la que nunca ha llamado su madre, cada vez que algo se rompía o caía al suelo. Y eso ocurría a menudo. Cuando no eran vasos de leche tambaleantes, eran platos resbaladizos o cristales tan finos que no se veían hasta que estaban hechos añicos en el suelo.

Alguien le asió la cabeza y sintió el metal frío de una hoja de afeitar.

Primero el raspado al afeitarle la parte posterior de la cabeza, luego la quemazón y finalmente el ruido del bisturí eléctrico.

«El futuro de este método se truncó cuando el psiquiatra Christian Rück, del hospital Karolinska, demostró que los efectos secundarios negativos, así como la dificultad de la intervención, lo convertían en un método que debía evitarse, salvo en el marco estrictamente experimental».

Ahora todo irá bien, pensó ella. Estaré bien, como todo el mundo.

Hospital de Rosenlund

Victoria Bergman no, se dice Hurtig. ¿Y por qué no?

Todos los demás nombres de Sigtuna se alinean en su cuaderno.

—Pero conoce a Victoria, ¿verdad?

—Solo del instituto —dice Annette Lundström—. No era de nuestro grupo.

—¿Qué grupo?

La mujer se retuerce en su asiento. Por primera vez a lo largo de la conversación, un brillo de presencia ilumina sus ojos.

—No sé si quieren que hable de eso —dice al fin.

Hurtig se esfuerza por mantener un tono tranquilo y amable.

—¿Quién no quiere que hable de ello?

—Karl y Viggo. Y Peo, y Gert.

Así pues, los hombres.

—Pero Karl, Peo, Viggo y Gert están muertos.

Mierda, ¿cómo se me ocurre decir eso?, se da cuenta, demasiado tarde.

Annette Lundström parece perpleja.

—Basta. ¿Por qué se burla de mí? Ya estoy harta de esta conversación. Márchese.

—Disculpe —dice—. Me he equivocado. Me marcharé enseguida, pero aún tengo una pregunta. Viggo era una... —Se interrumpe. Reflexiona antes de hablar. Síguele la corriente—. Viggo es una buena persona, ¿verdad? He oído decir que ayudaba a los niños pobres llegados del extranjero a encontrar una vida mejor en Suecia, que les buscaba familias adoptivas. ¿Es así?

La mujer frunce el ceño.

—Pues claro que sí. Ya lo había dicho, ¿no? Se lo conté todo a la otra policía, a esa Sofia no sé cuántos. Viggo es muy competente y ha hecho muchas cosas buenas. Era muy amable con esas criaturas.

Muchas informaciones, se dice Hurtig. Toma notas mientras ella habla. Un mundo extraño cobra cuerpo en su cuaderno. Aún no sabe si es real o si no es más que la expresión de una imaginación psicótica, pero tendrá mucho de que hablar con Jeanette, porque en lo que cuenta Annette Lundström ve dibujarse unas líneas directrices, aunque mezcle conceptos tan fundamentales como el tiempo y el espacio.

La mujer habla de Sihtunum Diaspora, la fundación de la que formaban parte Viggo Dürer, Karl Lundström y Bengt Bergman. En boca de Annette todo parece perfecto. Los niños adoptados se encontraban bien en Suecia y las intervenciones en el extranjero ayudaban a mucha gente necesitada.

—¿Conoce al padre de Victoria, a Bengt Bergman?

—No —responde—. Ayudaba a Karl, Peo, Gert y Viggo a financiar la fundación, pero no le conozco personalmente.

De nuevo una respuesta directa, y correcta, además.

Bueno, solo queda una pregunta.

—Los preceptos de la Pitia. ¿Qué es?

De nuevo, la mujer parece perpleja.

—¿No lo sabe? Pero si su colega ya me lo preguntó, esa tal Sofia con la que hablé hace unos días.

—No, de verdad que no lo sé. Pero he oído que se trata de un libro. ¿Lo ha leído?

Parece de nuevo desconcertada.

—No, claro que no.

—¿Y por qué no?

El vacío invade de nuevo sus ojos.

—Nunca he visto un libro con ese título. Los preceptos de la Pitia son la palabra original, inmemorial, que no se puede cuestionar.

Calla y mira al suelo.

Mientras Hurtig deja atrás el hospital de Rosenlund y toma por Ringvägen, el sentido de lo que acaba de oír se esclarece lentamente.

Los preceptos de la Pitia. Reservados a los hombres. Unas reglas y verdades inventadas para lograr sus fines. La expresión que le viene a la cabeza: lavado de cerebro.

Seguro que Jeanette tendrá algo que decir acerca de eso. Parado en un semáforo en rojo, se pregunta cómo le estará yendo a ella. Cuando le dijo que se disponía a visionar las películas de Lundström, pensó que le gustaría estar también allí, para darle apoyo. Sabe que es fuerte, pero ¿lo suficientemente fuerte para eso?

Veinte minutos más tarde, cuando abre la puerta de la sala de la criminal en la que se encuentra Jeanette, ve la respuesta escrita en su cara.

Residencia El Girasol

Victoria Bergman escribe frenéticamente, línea tras línea, la historia de su hija Madeleine, mientras Sofia Zetterlund escucha el rascar del bolígrafo sobre el papel.

Sus ojos enfermos no ven, pero miran fijamente a Victoria.

—Veo que aún le das vueltas a tu identidad —dice la anciana.

Victoria no la escucha, pero al cabo de un momento deja de escribir, mira la hoja, rodea algunas frases clave y luego deja el bolígrafo.

LA CAPSULOTOMÍA PRODUJO EL EFECTO INVERSO.

COMPORTAMIENTO SUICIDA — AUSENCIA TOTAL DE CONTROL DE LOS IMPULSOS.

UNIVERSO MENTAL MANÍACO MARCADO POR RITUALES.

Alza entonces la vista hacia Sofia, que le tiende una mano temblorosa y arrugada. Se la estrecha y pronto recobra la calma.

—Estoy preocupada por ti —dice en voz muy baja Sofia—. Aún no han desaparecido, ¿verdad?

—¿Cómo?

—La Chica Cuervo y las otras.

Victoria traga saliva.

—No... La Chica Cuervo no, y puede que la Sonámbula tampoco. Pero las otras han desaparecido. Ella me ha ayudado a hacerlas desaparecer.

—¿Quién?

—Pues... Fui a ver a una psicóloga, durante un tiempo. Me ayudó con mis problemas.

Me ayudé a mí misma, piensa Victoria. La Sonámbula me ayudó.

—¿Ah, sí? ¿Una psicóloga?

—Hummm... Además, se parece mucho a usted. Pero no tiene su larga experiencia.

Sofia Zetterlund sonríe misteriosamente y aprieta con más

fuerza la mano de Victoria, luego la suelta para coger otro cigarrillo.

—El último, no me atrevo a fumarme ninguno más. La directora es muy severa, aunque en el fondo tiene buen corazón.

¿Buen corazón? ¿Quién tiene buen corazón?

—Victoria, hace unos años me escribiste una carta en la que me decías que trabajabas de psicóloga. ¿Sigues ejerciendo?

Nadie tiene buen corazón. El fondo de todos los corazones es más o menos de piedra.

—En cierta forma.

La respuesta parece satisfacer a Sofia, que se enciende el cigarrillo y le ofrece uno a Victoria.

—Bueno —dice entonces—. Tu visita le ha hecho mucha ilusión a una viejecita, pero también la ha dejado agotada. Creo que ya no tengo fuerzas. No logro concentrarme, me olvido de las cosas, me duermo. Pero el nuevo medicamento que me dan me sienta bien, y estoy mucho mejor que cuando la policía vino a interrogarme acerca de ti.

Victoria no dice nada.

—Ese día estaba un poco confusa —continúa Sofia al cabo—, pero no tanto como debió de creer esa policía. A veces es muy práctico ser vieja, podemos hacernos pasar por seniles cuando nos conviene. Salvo cuando estoy confusa de verdad, por supuesto. Entonces es más difícil fingirlo.

—¿Qué quería esa policía? —pregunta Victoria.

Sofia exhala otro anillo de humo sobre la mesa.

—Te estaban buscando, claro. La que vino se llamaba Jeanette Kihlberg. Le prometí que te diría que te pusieras en contacto con ella si tenía noticias tuyas.

—De acuerdo, lo haré.

—Bien...

Sofia sonríe, cansada, y se reclina en su sillón.

En ninguna parte

Su cuerpo flota a solo unos centímetros del techo y se contempla a sí misma como si fuera otra, allá abajo, atada, sedienta y hambrienta en un ataúd enterrado.

Tiene un tubito en la boca por el que le hacen tragar una papilla amarga y seca. Una especie de alimento que la debilita, un antialimento. Sabe a nuez y a semillas y a algo parecido a la resina, no sabe qué es.

Pero da igual. Se siente ligera, feliz.

Tiene sabor a cola en la boca y se siente eufórica. Como si tuviera frente a ella las respuestas a todos los misterios del universo.

Trata de girar el cuerpo, pero está atada muy fuerte. Por mucho que lo intenta, es imposible.

Un instante antes podía planear libremente como un astronauta en ingravidez en el espacio, pero ahora su cuerpo está inmovilizado.

Empieza a tener frío, un frío indescriptible que la hace temblar por dentro.

Sin embargo, no tiene miedo.

Es solo el agua en el interior de ella que se transforma en hielo.

El frío se propaga a su piel, como si el hielo se hinchara dentro de ella y empezara a salir fuera de su cuerpo rasgándole la piel, como se rompe una botella de agua en el congelador cuando se forma el hielo. La imagen la hace sonreír.

Antes de estallar en mil pedazos de hielo, ve al hombre de pie sobre ella.

Es Viggo Dürer.

Barrio de Kronoberg–Central de Policía

La habitación adonde la conduce el joven agente Kevin es un reducto opresivo que en nada merece su nombre.

—Esta es la suite de visionado —ironiza mostrándole dónde tomar asiento.

Ella mira a su alrededor: una mesa, una pantalla y varios aparatos para visionar películas en todo tipo de soportes. Una mesa de mezclas permite explorar la película fotograma a fotograma. Dispone de una manecilla para hacer zoom y otra para enfocar, varios botones y potenciómetros cuyas funciones ignora, y una maraña de cables.

—Si encuentro algo en el ordenador de Hannah Östlund, vendré a enseñárselo —continúa el policía—. Y no dude en llamarme si necesita algo.

En cuanto Kevin cierra la puerta, la habitación queda completamente en silencio: ni siquiera se oye el ronroneo del aire acondicionado. Contempla la pila de cintas de vídeo, titubea, y acaba cogiendo una e insertándola en el reproductor.

Se oye un chisporroteo y la pantalla tiembla. Jeanette respira hondo y se repantiga en el sillón, con la mano sobre la manecilla que le permite parar la película si su visión resulta demasiado dolorosa. Piensa en el pedal de «hombre muerto», el mecanismo que detiene el tren si el maquinista se siente mal.

La primera película se corresponde con la descripción de Karl Lundström. Jeanette soporta un minuto y la para. Pero tiene que verla, así que, mirando de reojo la pantalla, vuelve a ponerla en avance rápido.

Por el rabillo del ojo ve la imagen borrosa, sin detalles, pero lo suficiente para percibir un cambio de escenario. Al cabo de veinte minutos, el reproductor de vídeo se detiene con un fuerte chasquido y rebobina automáticamente.

Jeanette sabe lo que ha visto, pero se niega a creerlo.

Se siente completamente desolada ante la idea de que haya gente que goce viendo eso. Que se gasten fortunas para adquirir ese tipo de películas y arriesguen su vida para coleccionarlas. ¿Por qué no les basta con fantasear sobre lo prohibido? ¿Por qué necesitan hacer realidad sus perversas fantasías?

La segunda es, si cabe, aún más atroz.

Durante la escasa media hora que dura el visionado en avance rápido, mirar por el rabillo del ojo no basta, y se ve forzada a dirigir la mirada un metro por encima de la pantalla.

En la pared cuelga la fotocopia de una viñeta de cómic: un tipo gordo y sonriente que corre hacia el espectador empuñando una barra de hierro. Lleva un gorro a rayas y su dentadura provocaría pesadillas a un dentista.

La chiquilla de la película llora mientras los tres hombres penetran por turnos a la tailandesa.

El hombre del cómic viste un pantalón negro, va a torso desnudo y calza unos zapatones. Tiene la mirada fija, casi de loco.

Uno de los hombres sienta a la niña sobre sus rodillas. Le acaricia el cabello y dice algo que Jeanette entiende como: «La niñita de papá no ha sido buena».

Jeanette siente algo húmedo en las comisuras de los labios. Se lo relame y le sabe a salado. Por lo general llorar alivia, pero en ese momento solo contribuye a reforzar su sensación de asco y de impotencia. Empieza a pensar en la pena de muerte, en encerrar a esa gente y dejarlos allí para siempre. Cerrar la puerta y tirar las llaves. Imagina castraciones que no tienen nada de químicas, y por primera vez desde hace mucho tiempo siente odio. Un odio irracional, sin perdón, y por un instante comprende a los que deciden publicar los nombres y las fotos de los criminales sexuales, sin pensar en las consecuencias para sus allegados.

En ese instante se da cuenta de que solo es un ser humano, aunque eso haga de ella una mala policía. Policía y ser humano: ¿combinación imposible? Tal vez.

El hombre del cómic expresa lo que siente, y comprende por qué lo han colgado allí.

Para que quienes trabajan allí no olviden que son seres humanos, aunque también sean policías.

Jeanette extrae la cinta de vídeo, la guarda en su estuche e introduce la tercera película.

Al igual que en las anteriores, la pantalla primero se llena de nieve, luego una cámara tiembla buscando su objetivo, titubea, se aproxima y enfoca. Jeanette cree reconocer una habitación de hotel: algo le dice que es la película que busca.

Espera equivocarse, pero sus tripas le aseguran que lleva razón.

Quien sostiene la cámara parece darse cuenta de que está demasiado cerca, reduce el zoom y enfoca de nuevo. Una chica está tendida sobre una cama de matrimonio, rodeada de tres hombres medio desnudos.

La chica es Ulrika Wendin y uno de los hombres es Bengt Bergman, el padre de Victoria Bergman. El hombre al que Jeanette interrogó, sospechoso de violación, y que quedó en libertad gracias a la coartada proporcionada por su esposa.

Cuando se abre la puerta detrás de ella y entra Jens Hurtig, Jeanette vuelve a fijarse en el dibujo colgado a apenas un metro de la violación en curso.

El hombre de la viñeta grita: «¡Con una buena barra de hierro, sorprendes a cualquiera!».

Hurtig se sitúa detrás de ella y se apoya en el respaldo del sillón para seguir la violación que se desarrolla en la pantalla.

—¿Es Ulrika? —pregunta en voz muy baja.

Jeanette asiente con la cabeza.

—Sí, por desgracia.

—¿Quiénes son? —Jeanette siente cómo las manos de Hurtig se aferran al respaldo—. ¿Se les reconoce?

—De momento, solo a Bengt Bergman —responde—. Pero ese de ahí... —Señala la pantalla—. Aparece en varias películas. Le reconozco por la peca.

—Solo Bengt Bergman —murmura Hurtig sentándose al lado de ella.

Mientras, la cámara barre la habitación. Se acerca a una ventana que da a un aparcamiento mal iluminado, con los jadeos del hombre como ruido de fondo, y luego regresa a la cama.

—Para —dice Hurtig—. ¿Qué es eso, ahí en el rincón?

Jeanette gira el botón a la izquierda. La imagen se detiene y luego retrocede despacio, fotograma a fotograma.

—Ahí —dice cuando la cámara pasa ante una de las esquinas de la habitación—. ¿Qué es eso?

Jeanette para el reproductor, sube el contraste y ve a qué se refiere. En el rincón oscuro, sin iluminación alguna, hay una persona sentada contemplando la escena que se desarrolla en la cama.

Jeanette acciona el zoom, pero solo se ve un perfil. No se aprecian rasgos claros.

El súbito interés de Hurtig por lo que se ve en segundo plano le da una idea a Jeanette.

—Espera —dice poniéndose en pie.

Hurtig, sorprendido, la ve abrir la puerta y llamar a Kevin.

El joven policía se acerca.

—Venga a ver esto, por favor.

—Un momento.

Kevin vuelve de nuevo a su despacho y regresa con un CD-ROM en la mano.

—Tenga —dice tendiéndoselo a Jeanette, antes de saludar a Hurtig—. Es lo que he hallado hasta ahora en el ordenador de Hannah Östlund, y tengo que decir que nunca había visto algo así. —Traga saliva antes de proseguir—. Esto es completamente diferente. Ahí hay...

—¿Qué hay? —pregunta Jeanette, que ve al joven policía verdaderamente conmocionado.

—Ahí hay una filosofía, o no sé cómo llamar a eso.

Ella le mira fijamente, intrigada por lo que quiere decir, pero no le pregunta nada. Lo verá pronto con sus propios ojos. Pero antes necesita su ayuda.

Toma el botón y retrocede lentamente, fotograma a fotograma. Cuando la cámara pasa por la ventana y el aparcamiento, se detiene. Fuera se ven algunos coches estacionados.

—¿Puede aumentarse la nitidez de la imagen para leer las matrículas? —pregunta volviéndose hacia Kevin.

—Entiendo —dice el joven policía.

Se aproxima a la mesa de mezclas, enfoca los coches y, pulsando varios botones, consigue una imagen perfectamente nítida.

—Y ahora quiere que averigüe a quién pertenecen esos coches, ¿verdad?

—¿Dispone de tiempo? —pregunta Jeanette con una sonrisa.

—Porque es amiga de Mikkelsen, pero no se acostumbre.

Le guiña un ojo, anota las matrículas de los coches aparcados y regresa a su despacho.

De reojo, Jeanette ve a Hurtig observándola con la cabeza ladeada.

—¿Impresionado? —pregunta mientras extrae la cinta e introduce el CD-ROM.

—Mucho —responde—. ¿Qué vamos a ver ahora?

—Las películas halladas en el ordenador de Hannah Östlund. —Jeanette se deja caer en el asiento y se prepara mentalmente—. Veremos si son aún más atroces, como ha sugerido Kevin.

—¿Es posible? —murmura Hurtig cuando en pantalla aparece una pequeña habitación.

El sonido de la película es sucio, suena a hueco.

A Jeanette le parece un hangar. Al fondo, una carretilla, varios cubos, un rastrillo y otras herramientas de jardinería.

—Parece filmado de una televisión —dice Hurtig—. Se nota en la imagen temblorosa y en el sonido. El original debía de ser una vieja cinta VHS.

La cámara vacila unos segundos, como si quien la sostenía perdiera el equilibrio.

Luego aparece un rostro, oculto tras una máscara casera que representa un cerdo. El hocico está hecho con lo que parece un vaso de plástico. La cámara retrocede y se ve a otras personas. Todas llevan capas y máscaras parecidas. Se descubre entonces a tres chicas arrodilladas ante una escudilla que contiene algo indefinible.

–Esas deben de ser Hannah y Jessica –dice Hurtig señalando la pantalla.

Jeanette asiente con la cabeza al reconocer a las chicas por su foto en el anuario del instituto.

Comprende que debe de tratarse del suceso del que le habló Annette Lundström. La novatada que acabó mal y obligó a Hannah y a Jessica a dejar el instituto.

–Y esa de ahí al lado debe de ser Victoria Bergman –dice Jeanette mirando a la chica delgada, rubia y de ojos azules.

La muchacha parece sonreír. Pero no es una sonrisa divertida, más bien de desdén. Como si estuviera al corriente, se dice Jeanette. Como si Victoria supiera qué iba a ocurrir. Su cara le resulta vagamente familiar, pero Jeanette no logra identificarla y lo olvida enseguida.

Una de las chicas enmascaradas avanza y toma la palabra.

–¡Bienvenidas al instituto de Sigtuna! –dice vaciando un cubo de agua sobre Hannah, Jessica y Victoria.

Las chicas, empapadas, escupen, tosen y resoplan.

Hurtig menea la cabeza.

–¡Joder con las niñatas ricas! –murmura.

Ven el resto de la película en silencio.

La escena final muestra a Victoria, que se inclina y empieza a comer el contenido del cuenco. Cuando una de las chicas del fondo se quita la máscara para vomitar, Jeanette también la reconoce. La joven oculta de nuevo su rostro, pero esos pocos segundos bastan.

–Annette Lundström –constata Jeanette.

–Sí, justamente…

—¿Cómo te ha ido con ella?

—Regular —dice aclarándose la voz—. Algo podremos utilizar, creo. Pero ya hablaremos de eso luego.

Al mirar la siguiente película, comprende de inmediato a qué se refería Kevin al hablar de filosofía a propósito de las películas de Hannah Östlund.

La escena muestra un box para cerdos en una granja. El suelo está cubierto de paja, sucia de tierra o de otra cosa. Excrementos, se dice Jeanette con asco, purín de cerdo. Unos personajes entran en el campo de la imagen, vestidos. Se instalan alrededor del box y puede reconocerlos a todos.

Empezando por la izquierda, Per-Ola Silfverberg, y después su esposa Charlotte, que sostiene a una criatura que Jeanette supone que debe de ser su hija adoptiva, Madeleine. Vienen luego Hannah Östlund, Jessica Friberg y finalmente Fredrika Grünewald. Y en el borde de la imagen, el perfil de un hombre.

Es como si todo lo que Jeanette ha visto durante las últimas horas se hubiera extraído de las pesadillas que sus casos más recientes le han provocado. Ahí están todos los actores, todas las personas implicadas, y por un instante se ve inmersa en una sensación de irrealidad, como en una pesadilla. Mira de reojo a Hurtig.

También él forma parte de la pesadilla, tan mudo como yo.

Cuando aparecen en pantalla dos muchachos desnudos, o mejor dicho alguien oculto detrás de la cámara los empuja, la pesadilla se completa.

Itkul y Karakul, se dice, aunque sabe que es imposible: los dos hermanos kazajos aún no habían nacido cuando se rodó la película. Y además, en este caso, los críos son claramente de origen asiático.

Empiezan a luchar, primero torpes y prudentes, y luego cada vez más desaforados, y cuando uno de ellos agarra al otro del pelo, este, furioso, comienza a hacer molinetes. En vano. Un violento cabezazo lo tumba al suelo.

El otro se sienta entonces sobre él y empieza a machacarlo a golpes.

Jeanette se siente mal y pulsa la pausa. Peleas de perros. ¿Así que Ivo llevaba razón desde el principio?

—Dios mío —suspira mirando a Hurtig—. ¿Lo va a matar?

Hurtig la mira fijamente, sin decir palabra.

Ella avanza la película rápidamente y eso hace más soportable la carnicería que viene a continuación.

Después de unos dos minutos, cesan los golpes y vuelve a reproducir la película a su velocidad normal. Para su alivio, el muchacho tendido en el suelo aún vive y su cuerpo se mueve al respirar. El otro se pone en pie y se coloca en medio del mugriento box. Luego se dirige hacia la cámara y, al salir de campo, sonríe. Jeanette retrocede inmediatamente unos fotogramas y congela la imagen de la sonrisa del muchacho.

—¿Has visto? —dice.

—Sí, ya veo —responde en voz baja Hurtig—. Parece orgulloso.

Ella vuelve a poner la película, pero no pasa nada más, tan solo que la criatura sobre las rodillas de Charlotte Silfverberg empieza a agitarse. En el momento en que esta se inclina para consolar a la niñita, la película se corta en seco.

Una filosofía, piensa Jeanette. Como en la película sobre el instituto de Sigtuna, la dimensión sexual le resulta incomprensible, y se pregunta si en realidad se trata de sexualidad.

¿Quién puede excitarse con semejantes cosas?

—¿Te atreves a seguir? —pregunta Hurtig.

—Francamente... No lo sé.

Parece cansada y abatida.

Llaman a la puerta y entra Kevin con unos papeles en la mano.

—¿Qué tal? ¿Han visto la película de la granja?

—Sí —responde Jeanette, y se calla, porque no tiene palabras para comentar lo que acaba de ver.

—El resto de lo que he hallado en el ordenador de Hannah Östlund es pornografía pedófila más clásica —dice Kevin.

Jeanette decide en el acto que esas películas podrán esperar. Es un caso para la criminal. Ya ha encontrado lo que buscaba. La prueba de la existencia de la secta y la confirmación de que Ulrika Wendin decía la verdad. Quizá podría intentar saber más acerca de la persona que aparece sentada en un rincón durante la violación.

—¿Podrías ayudarme a comparar este perfil con el del hombre de la habitación de hotel? —pregunta, rebobinando hasta el punto en que se ve al hombre del box.

—Por supuesto.

Kevin teclea rápidamente y, acto seguido, las dos imágenes aparecen una al lado de la otra. No hay duda alguna, se trata del mismo hombre.

—¿Has localizado las matrículas? —Jeanette oye la urgencia en su propia voz.

Él asiente con la cabeza.

—Aquí está el extracto del registro de matrículas en la fecha de la película.

Jeanette procede a leer el listado. Por descontado, sabe que entre esos nombres pueden figurar los de algunos inocentes que solo pasaron la noche en el mismo hotel, desconocedores de cuanto ocurría en la habitación de al lado.

Pero, mientras lee la lista de nombres, comprende que se trata de los violadores de Ulrika Wendin. Una pandilla tan culpable como los espectadores del combate en la pocilga que acaban de ver.

Junto a los nombres y apellidos figuran las fechas de nacimiento y los números de la Seguridad Social:

BENGT BERGMAN.

KARL LUNDSTRÖM.

ANDERS WIKSTRÖM.

CARSTEN MÖLLER.

VIGGO DÜRER.

Cuando Jeanette abre la boca para leérselos en voz alta a Hurtig, el teléfono empieza a vibrarle en el bolsillo.

Barrio de Kronoberg–Central de Policía

Por el tono lacónico y la tez pálida de Jeanette, Jens Hurtig comprende que Ivo Andrić tenía noticias cruciales.

—La persona que arrojó al muchacho en el puerto de Norra Hammarby estuvo en casa de Ulrika Wendin —dice Jeanette guardándose el teléfono en el bolsillo interior de la chaqueta—. Las huellas en la cinta adhesiva son las mismas que las que Ivo ha hallado en la puerta del frigorífico en casa de Ulrika. La persona que las dejó probablemente esté recibiendo tratamiento contra el cáncer.

—¿Cáncer? —dice Hurtig—. ¿Qué tiene que ver?

—Los productos utilizados en la quimioterapia pueden tener efectos secundarios, como anemia, caída del cabello o disminución de la masa de la médula ósea. Algunos llegan a provocar inflamaciones de las plantas de los pies y de las palmas de las manos, así como de los dedos de pies y manos. Pueden producirse hemorragias y caída de la piel de los dedos, y eso es lo que Ivo cree que ha sucedido en nuestro caso.

—De acuerdo. Así que sospecha que la persona que cerró la bolsa del cadáver del muchacho está recibiendo tratamiento por cáncer. ¿Está seguro?

—Ivo ha comparado imágenes de esos efectos secundarios con las huellas dactilares. Está seguro al noventa o noventa y cinco por ciento.

—Las cosas se precipitan —admite Hurtig—. ¿Lanzamos una orden de búsqueda nacional de Ulrika Wendin?

Jeanette asiente con la cabeza. Al ver su cara pálida, a Hurtig se le hace un nudo en el estómago: comprende que la chica le importa. Ladea la cabeza y ve los papeles que Jeanette sostiene en la mano.

—Esos son los que estaban presentes en el hotel cuando violaron a Ulrika Wendin: Bengt Bergman, Karl Lundström y... —Se inclina para ver mejor—. ¿Viggo Dürer?

—Ese cabrón parece que siempre esté ahí, al margen, y ahora también en esas dos películas horribles.

—Y está muerto, como Bergman y Lundström. ¿Qué hay de los otros nombres? ¿Son conocidos? ¿Anders Wikström y Carsten Möller?

—¿No recuerdas que Karl Lundström mencionó a un tal Anders Wikström que tenía una casa en Ånge? En uno de los primeros interrogatorios, ese cerdo afirmó que una de las películas que tenía en su ordenador se filmó allí.

Ahora Hurtig lo recuerda. Una persona llamada Anders Wikström apareció en la fase inicial del caso de Karl Lundström. Pero el único Wikström que encontraron en Ånge era un viejo senil al que descartaron de inmediato.

—Mikkelsen descartó esa pista —observa Hurtig.

—Así es. —Jeanette parece pensativa—. Pero Anders Wikström existe realmente, tenemos incluso su número de la Seguridad Social.

—¿Y Carsten Möller?

—Ni idea. —Jeanette saca el teléfono, teclea un número y se lo lleva a la oreja—. ¿Åhlund? Tenemos que actuar deprisa. Dicta una orden de búsqueda nacional de Ulrika Wendin. Luego quiero que compruebes una cosa. No, serán dos...

Hurtig la oye repetir los nombres y los números de la Seguridad Social. Anders Wikström y Carsten Möller.

Jeanette se muestra tan lacónica con Åhlund como con Ivo Andrić. Hurtig la ve tomar notas febrilmente, al lado de los nombres de los violadores de Ulrika Wendin y las matrículas de sus coches. Transcurren unos minutos. Por las escuetas órdenes de Jeanette, Hurtig comprende que Åhlund trabaja duramente al otro lado de la línea.

Jeanette parece agotada al colgar el teléfono. Pero no hay por qué inquietarse: sabe que ella trabaja incluso mejor en situaciones de urgencia.

—¿Qué ha dicho Åhlund?

Mira de reojo sus notas y ve que Jeanette ha escrito «cirujano».

—Carsten Möller era un pediatra que se marchó a Camboya. Allí se pierde su pista. Y Anders Wikström no tiene ninguna casa en Ånge. En cambio, hace seis meses se le declaró desaparecido en Tailandia.

—Pero aun así existe un Anders Wikström —insiste Hurtig—. ¿Quizá Lundström estaba confuso y lo mezcló todo? Anders Wikström aparecía en las películas, pero la casa de Ånge pertenecía a otro. Podría ser, ¿no?

Jeanette asiente y Hurtig mira en derredor.

Los odio, piensa, odio a esos cabrones que hacen que exista un lugar como este.

—Bueno —dice Jeanette—. ¿Qué tal ha ido con Annette Lundström?

Hurtig piensa en la película de la novatada en Sigtuna. Annette Lundström no parecía muy a gusto en el papel de verdugo. Vomitó.

—Annette está totalmente psicótica —dice—. Pero ha confirmado la mayoría de las cosas que te confió Sofia Zetterlund, y creo que lo que dice se sostiene, aunque esté enferma. Quiere regresar a Polcirkeln y ha enumerado una lista de gente que se supone que debe de estar allí... —Hace una breve pausa y saca su cuaderno—. Peo, Charlotte y Madeleine Silfverberg, Karl y Linnea Lundström, Gert Berglind, Fredrika Grünewald, y también Viggo Dürer.

Jeanette le mira.

—¡Joder, qué harta estoy de esos nombres!

Se levanta y recoge las películas.

—Tengo que salir de aquí.

Hurtig añade que Annette Lundström ha confirmado que Dürer se dedicaba a las adopciones.

—Tenía a niños extranjeros en su granja de Struer y en Polcirkeln.

—Mierda —suspira Jeanette—. Polcirkeln...

—En cuanto a Polcirkeln, conozco bien la geografía local, y a nuestros colegas de Norrbotten no les llevará mucho tiempo efectuar una operación puerta a puerta en la localidad. Son apenas unas casas.

Mientras bajan al aparcamiento, suena de nuevo el teléfono de Jeanette. Mira la pantalla.

—Es del laboratorio —dice antes de descolgar.

La conversación dura menos de treinta segundos.

—¿Novedades?

Jeanette inspira a fondo.

—Las muestras de pintura que tomamos del coche aparcado cerca de la casa de Viggo Dürer son idénticas a las halladas en la isla de Svartsjö. Así que es posible que fuera el abogado Dürer quien, la primavera pasada, arrojó al muchacho cerca del embarcadero y... —Se interrumpe y se da una palmada en la frente—. ¡Joder! Åhlund nos dijo que a Dürer le habían tratado de un cáncer...

—... así que es posible que sean las huellas de Dürer las que hemos encontrado...

—... en casa de Ulrika Wendin.

—Y eso significa que Dürer quizá aún esté vivo...

Hundudden–Isla de Djurgården

—¿Y a quién encontraron muerto en el barco, si no era Viggo?

Jeanette tiene una idea en mente y descuelga de nuevo el teléfono.

Gullberg, de la policía de Escania, responde después de siete largos tonos. Le explica la situación.

El hombre se pone en el acto a la defensiva y hace lo que suelen hacer quienes se sienten amenazados: pasa al ataque.

—¿Está cuestionando la autopsia? —pregunta indignado—. Nuestros forenses son muy competentes.

—¿Tiene a mano sus informes?

—Sí, sí —murmura enfurruñado—. Un momento. —Se oye ruido de papeles—. ¿Qué quiere saber?

—¿Se menciona en algún lugar que tenía cáncer?

—No... ¿Por qué debería...?

—Porque estaba en tratamiento por cáncer.

Gullberg calla.

—¡Oh, mierda! —exclama al cabo—. Aquí pone que estaba en plena forma para su edad. Un físico de cincuentón, aparte de algo de sobrepeso...

—Tenía casi ochenta años.

Gullberg se aclara la voz. Admite que tal vez se equivocó.

—En el caso de accidentes, se hacen autopsias rápidas —dice—. En el laboratorio de Malmö hacen su trabajo, pero no son infalibles. Vamos, que no teníamos ninguna razón para...

—Tranquilo, no hace falta que se disculpe. ¿Hay algo más en esos informes?

—Un poco más adelante pone que varios empastes del muerto se hicieron en el sudeste asiático.

Tailandia, piensa Jeanette. Anders Wikström.

El furgón policial de cristales tintados se detiene justo detrás de ellos. De él baja el jefe de la unidad de intervención. Da un golpe en el costado de la carrocería y se dirige hacia Jeanette mientras por la puerta trasera salen nueve policías con pasamontañas, en absoluto silencio. Se disponen en grupos de tres. Ocho van armados con pistolas ametralladoras y el noveno lleva un fusil de mayor calibre.

El jefe de la unidad de intervención se presenta a rostro descubierto, dispuesto a entrar en acción.

Los resultados del laboratorio respecto a las muestras de pintura han llevado a Dennis Billing a ordenar el registro de la casa de Dürer en Hundudden. Las informaciones procedentes de Escania y el posible descubrimiento de las huellas dactilares de Dürer en casa de Ulrika Wendin han acabado de convencerle.

—¿Y eso, es necesario? —pregunta Jeanette señalando con la cabeza al hombre del fusil.

—Un PSG90, por si la operación requiriera un tirador de élite —responde muy formalmente el jefe de la unidad de intervención.

—Esperemos que no sea necesario —masculla Hurtig.

—Bueno, empecemos —dice Jeanette mirando de reojo a Hurtig.

—Solo una pregunta. —El jefe de grupo se aclara la voz—. Todo esto ha sido muy precipitado y necesitamos cierta información. ¿Cuál es el objetivo principal y qué tipo de resistencia cabe esperar?

Antes de que Jeanette tenga tiempo de hablar, Hurtig avanza un paso.

—Creemos que el sujeto número 1, Ulrika Wendin, una chica, puede hallarse en la casa. Sospechamos que el sujeto número 2, el propietario de la casa, la ha raptado y la tiene secuestrada. El sujeto número 2 es un viejo abogado de ochenta años. En cuanto a su capacidad de resistencia, no tenemos la menor idea.

Jeanette le da un codazo a Hurtig.

—Basta ya —susurra antes de volverse hacia el jefe de la unidad de intervención—. Disculpe a mi colega. A veces es un poco cargante. Pero a grandes rasgos le ha resumido la situación. Sospechamos que el propietario, el abogado Viggo Dürer, tiene secuestrada aquí a Ulrika Wendin. Por supuesto, puede estar armado, pero no lo sabemos.

—Bien —dice el jefe con una sonrisa crispada—. En ese caso, ¡adelante!

Y con unas cortas zancadas se reúne con sus subordinados.

—Deja ya esa actitud.

Jeanette se coloca al lado del furgón a la espera de que los policías armados entren primero en la casa. El jefe levanta la mano derecha para atraer la atención de sus hombres y dar las órdenes.

—Alfa se ocupará de la fachada y la entrada principal. Beta cubrirá la parte trasera y Charlie tomará el garaje de al lado del edificio. ¿Alguna pregunta?

Los policías enmascarados callan.

—¡Adelante! —dice bajando el brazo.

Jeanette oye a Hurtig murmurar «Jawohl, mein Führer», pero no tiene fuerzas para hacer ningún comentario.

Luego todo sucede muy deprisa. El primer grupo fuerza la verja de entrada con una cizalla y cruza rápidamente el césped hasta la entrada, donde los hombres se colocan a uno y otro lado de la puerta. El segundo grupo se acerca al edificio por la parte de atrás y el tercero se dirige al garaje. Jeanette oye ruido de cristales rotos y gritos:

—¡Policía, todo el mundo al suelo! ¡Ríndanse o abrimos fuego!

—¡Planta baja despejada! —se oye gritar en la casa.

Hurtig se acerca.

—Perdona, ha sido una estupidez por mi parte. En el fondo esos tipos me caen bien, pero a veces exageran un poco haciéndose los duros.

—Sé a qué te refieres —dice ella acariciándole ligeramente el brazo—. Entre ellos y los delincuentes la diferencia es a veces muy sutil.

Hurtig asiente con la cabeza.

—¡Piso superior despejado!

—¡Garaje despejado!

Jeanette ve salir al jefe y hacerles una señal de que el camino está expedito.

—La casa está vacía, pero la alarma estaba encendida —dice cuando Jeanette y Hurtig llegan a la escalera de entrada—. Una de esas alarmas antiguas que solo hacen mucho ruido, sin dar aviso a ninguna empresa de vigilancia. Antes eran eficaces, pera ahora ya no lo son.

—¿Todo está controlado?

—Sí. La chica no está ni en la planta baja ni el piso superior. El sótano está vacío, pero estamos comprobando que no haya escondrijos.

Los seis policías con pasamontañas que han entrado en la casa salen de nuevo a la puerta.

—Nada —dice uno de ellos—. Pueden entrar.

Nada, nada de nada, se dice Jeanette al recordar una canción de Kent mientras cruza el umbral seguida de Hurtig, mientras los policías se reúnen sobre el césped.

Acceden a un vestíbulo amueblado sobriamente y luego al salón. La casa huele a cerrado y una fina capa de polvo cubre con una película mate los muebles y los objetos de decoración. Las paredes están cubiertas de cuadros y grabados. La mayoría de temática médica. En una vitrina, un cráneo al lado de un pájaro disecado. A Jeanette la habitación le recuerda un museo.

Jeanette se aproxima a una estantería y coge un libro. Un manual de medicina forense. Publicado en 1994 por el Instituto de Medicina Legal de la Universidad de Uppsala.

La cocina también huele a cerrado, con un fuerte olor a detergente.

—Es lejía –dice Hurtig olisqueando.

Jeanette constata que la cocina tampoco ofrece ningún interés. Sale al vestíbulo para subir al primer piso. A su espalda, Hurtig rebusca entre las cazuelas.

La habitación de arriba está vacía, aparte de un armario y una cama sin sábanas ni colcha. Solo un colchón desnudo y manchado. Al abrir la puerta del armario, Jeanette oye que Hurtig la llama desde la planta baja. Antes de bajar, inspecciona los percheros de los que cuelgan, bien ordenados, faldas, blusas y trajes. Un extraño sentimiento se apodera de ella al descubrir una colección de ropa interior femenina antigua. Corsés, ligas sintéticas o de viscosa y bragas de gruesa tela de lino.

En la cocina, Hurtig registra uno de los cajones. Ha dejado varios objetos sobre la encimera.

—Hay cosas muy curiosas en este cajón de los cubiertos –dice mostrándole a Jeanette los utensilios alineados: unas pinzas, una pequeña sierra y otras pinzas de menor tamaño.

—¿Y qué es esto? –pregunta ella, sosteniendo un palo de madera rematado con un pequeño gancho.

—Es extraño, pero de momento no es ilegal –dice él–. Ven, bajemos al sótano.

En el sótano, donde huele a moho, solo hay una caja de manzanas medio podridas, dos cañas de pescar y un palé con ocho sacos de cemento. Aparte de eso, las otras cuatro habitaciones están húmedas y vacías. Jeanette no comprende que a seis policías les haya llevado más de diez minutos comprobar que no hubiera escondrijos.

Decepcionada y seguida por un Hurtig igualmente frustrado, Jeanette se reúne con los hombres de la unidad de intervención y su jefe.

—Bueno, solo queda el garaje y podremos irnos a casa –dice ella encaminándose distraídamente hacia el edificio contiguo a la vivienda.

Uno de los hombres armados se sitúa a su lado y se sube el pasamontañas por encima de la boca.

—Lo único que hemos visto al forzar la puerta es que la ventana está rota. Seguramente rompieron el cristal con la llave inglesa que hemos encontrado tirada al otro lado.

Hurtig se acerca, con aire avergonzado, al policía que sostiene la llave inglesa en una bolsa de plástico. Hurtig dice algo, se agita nervioso y pisa la tapa de cemento de un pozo negro, justo a su lado. Jeanette observa que esa tapa parece nueva: esa es sin duda la razón de la presencia de los sacos de cemento en el sótano.

Mira el garaje sin tomarse siquiera la molestia de entrar. La última vez vio que solo había un banco de trabajo y unas estanterías vacías. Nada más.

Regresan al coche. Jeanette está decepcionada por volver con las manos vacías, sin haber avanzado ni un milímetro. Pero, al mismo tiempo, se siente aliviada por no haber hallado muerta a Ulrika Wendin en la casa.

Hurtig se sienta al volante, arranca y emprende el camino de vuelta.

Circulan los primeros kilómetros sin hablar, hasta que Jeanette rompe el silencio.

—¿Les has contado que fuiste tú quien rompió el cristal? ¿O has tenido que confesar que no sabías cómo se fuerza una cerradura?

Hurtig se ríe.

—No, no he tenido que confesarles lo mal cerrajero que soy, porque me han dicho que han tenido que utilizar un mazo para abrir la puerta. Era imposible abrirla con una ganzúa, porque estaba cerrada con un potente cerrojo.

—¡Mierda, para el coche! —grita Jeanette, y Hurtig frena en seco por puro reflejo.

El furgón justo detrás de ellos toca la bocina airadamente, pero también se detiene.

—¡Da media vuelta, rápido, joder!

Hurtig la mira, desconcertado, maniobra y arranca de nuevo pisando el acelerador a fondo y sacando humo de los neumáticos. Jeanette baja la ventanilla y hace señales al furgón para que les siga, y este da media vuelta en el acto.

—Mierda, mierda y mierda —musita apretando las mandíbulas.

En ninguna parte

Durante sus viajes interiores, como en hibernación, no siente dolor ni miedo y le gustaría llevarse consigo a la tierra esa fuerza espiritual reconquistada.

Hace un nuevo intento con los estados norteamericanos. Al principio se sabía todos menos cuatro, luego los recordó todos, y más tarde volvió a olvidar cuatro o cinco.

Columbia, intenta. Warner, Columbia y NLC.

No hay sonido alguno, aunque grita interiormente. Su cerebro también se está deteriorando, al igual que su cuerpo.

Warner no es un estado norteamericano, ni una provincia canadiense. Está pensando en estudios cinematográficos de Estados Unidos. Columbia Pictures, Warner Bros y New Line Cinema.

Intenta tensar los músculos, pero no siente absolutamente nada. Ya no tiene cuerpo y sin embargo le duele, y tiene la sensación de desplazarse porque oye un ruido de piel rozando sobre madera. Un chirrido seco, áspero. Tampoco puede mover la lengua y sospecha que se acerca el fin, que su cuerpo está siendo aniquilado.

Warner Bros, New Line Cinema.

Recuerda escenas de la película *Seven*, distribuida por la compañía NLC.

La ha visto muchas veces en su ordenador: un hueso duro de roer para su cerebro, intenta recordar los siete pecados capitales en el orden en que ocurren los asesinatos, primero la gula, cuando el asesino obliga a un obeso a comer hasta reventar.

Luego la avaricia, cuando desangra a un empresario.

Luego la pereza...

No sigue, ya que de repente comprende lo que pretenden hacer con ella.

En la película, al hombre castigado por su pereza lo atan a una cama a oscuras, y Ulrika se estremece al pensar en ello.

La piel grisácea casi desgarrada por el cráneo, las venas y las articulaciones prominentes, el aspecto de esos cadáveres que se encuentran de vez en cuando en las turberas: de mil años de antigüedad, pero con la expresión del rostro intacta.

¿Tiene ella ese aspecto?

Oye entonces un ruido, como si rascaran, y luego un golpe metálico tan violento que se le tapan los oídos.

Ahí está la policía, se dice. Están abriendo la puerta para liberarme.

La luz que ahora entra en la habitación donde está atada Ulrika Wendin es tan fuerte que le parece que le arden las córneas.

Hundudden–Isla de Djurgården

La puerta del garaje de Viggo Dürer no podía abrirse porque un cerrojo la bloqueaba por dentro. El garaje estaba vacío, no había ninguna otra puerta, y solo una ventana tan pequeña que ni un niño hubiera podido pasar por ella.

Es el enigma policíaco clásico.

La habitación cerrada.

En el coche, a Jeanette se le ha hecho la luz cuando Hurtig ha mencionado las dificultades para abrir esa puerta: a la fuerza tiene que haber otra entrada. Hurtig y ella se hallan ahora en el garaje en compañía del jefe de la unidad de intervención. Cuando Jeanette acaba de exponer su razonamiento, los tres se vuelven hacia las sólidas estanterías de madera. Detrás de ellas tiene que esconderse una puerta.

El jefe ordena que vayan a por unas palanquetas y dos policías con pasamontañas se alejan en dirección al furgón, que se encuentra estacionado en la carretera.

Jeanette examina la estructura de las estanterías. Los montantes son robustos y están clavados por su cara interior con una treintena de remaches a unas guías metálicas fijadas a la pared del fondo, al suelo y al techo, como un gran marco metálico rectangular. De repente parece evidente que la estructura se ha fijado desde el otro lado; varios tornillos grandes sobresalen de las guías. No debería haberse limitado a constatar que el garaje estaba vacío, suspira. Ahora quizá han perdido un tiempo precioso.

Los dos policías regresan y de inmediato empiezan a arrancar los remaches. Enseguida aparecen detrás unas ranuras en el cemento, sin duda el contorno de una puerta. Un tercer policía tira de uno de los tornillos y la puerta cede y se abre un par de centímetros. Después de varios tirones más, se entorna unos diez centímetros.

Ulrika, piensa Jeanette. Por un breve instante imagina el atroz espectáculo que les aguarda al otro lado. El cadáver de Ulrika Wendin, emparedada viva. Pero la imagen se desvanece cuando la puerta se abre de par en par.

Dentro solo hay un angosto nicho en la pared, de apenas cincuenta centímetros de profundidad, y una escalera muy estrecha que se hunde en la oscuridad hacia la izquierda. Del techo del nicho cuelga un gancho. Jeanette siente aumentar la tensión en todas las fibras de su cuerpo.

La unidad de intervención toma el relevo.

El oficial desaparece con dos de sus hombres más experimentados y, después de lo que parece alargarse más de diez minutos, se oye una voz salir del agujero:

—¡Sótano despejado!

Jeanette y Hurtig se apresuran a descender por la estrecha escalera y un fuerte y seco olor a cerrado les golpea en la cara. Nada, se repite Jeanette. Ahí abajo no han encontrado nada.

Recuerda a Ulrika Wendin. Su rostro, su voz y sus gestos. De haberla hallado allí, viva o muerta, no hubieran dicho que el sótano estaba despejado.

La escalera conduce a una habitación casi cuadrada, de unos cinco metros por cinco, con una puerta cerrada al otro lado. Una bombilla cuelga del techo de una cadena, hay dos grandes jaulas para perros en el suelo y las paredes están enteramente recubiertas de mapas, fotos, recortes de prensa y capas superpuestas de papeles de diferentes tamaños.

—¡Joder...! —gime Hurtig al ver las jaulas, y Jeanette comprende que está pensando lo mismo que ella.

Jeanette cuenta una veintena de juguetes que cuelgan de cordeles, entre ellos un perrito de madera con ruedecillas y varias muñecas Bratz desvencijadas. Pero lo que más la impresiona de entrada es esa acumulación de papeles y más papeles.

«L'homme du petit papier», se dice.

Viggo Dürer es el hombre de los papelitos. ¿Cómo ha podido verlo Sofia tan claro?

En la habitación también hay una pequeña estantería en la que se alinean botes y botellas, y un armario bajo, abierto, con más pilas de papeles. Encima de este, dos monos en miniatura, uno con unos platillos y el otro con un tambor.

Observa con mayor detenimiento las botellas de la estantería. Algunas tienen símbolos químicos y otras etiquetas en cirílico, pero adivina el contenido de las mismas. Aunque están cerradas, desprenden un olor agrio.

—Líquidos de embalsamamiento —murmura volviéndose hacia Hurtig, que se ha quedado lívido.

La puerta del fondo se abre.

—Hemos encontrado la otra entrada, y también una pequeña habitación —dice el jefe de la unidad de intervención. Su voz parece temblar—. Parece... —calla y se quita el pasamontañas— un secadero o algo por el estilo...

Su rostro está blanco como el papel.

¿Un secadero?, piensa Jeanette.

Les señalan un pasillo angosto, de apenas un metro de ancho y de unos seis o siete de largo. Es de hormigón y acaba al pie de una escalera de incendios que conduce a una trampilla en el techo. Un rayo de luz cae sobre el metal reluciente de la escalera.

En medio de la pared izquierda, una puerta metálica.

—¿El secadero? —Jeanette señala la puerta y el jefe de la unidad de intervención asiente con la cabeza.

—La trampilla da a la parte de atrás de la casa —dice para distraer su atención de esa puerta cerrada—. Quizá hayan visto...

—¿El pozo negro? —le interrumpe Hurtig—. He pasado por encima hace menos de media hora.

—Exacto —dice el oficial—, y si lo hubiéramos abierto desde el exterior, solo habríamos visto una reja con un agujero oscuro debajo.

Se vuelve hacia Hurtig y el oficial, que se han quedado frente a la puerta metálica.

—Voy a abrirla —dice ella—. ¿Por qué está cerrada, por cierto?

El oficial se limita a menear la cabeza inspirando profundamente.

—¿Qué coño es todo esto? —dice lentamente—. ¿Quién es ese enfermo?

—Sabemos que se llama Viggo Dürer —responde Hurtig—, y más o menos qué aspecto tiene, pero por lo demás no sabemos qué clase de hombre...

—Quien haya hecho esto no es un hombre —le interrumpe el oficial—. Es otra cosa.

Se miran sin decir nada.

Solo se oye el viento sobre el techo del garaje y el ruido que hacen los hombres en el exterior.

Lo que han visto les ha aterrado tanto que no se atreven a enseñárnoslo, se dice Jeanette, de pronto dubitativa.

Piensa en su descenso a los infiernos de ese mismo día, en la criminal.

Hurtig empuja levemente la puerta.

—Hay un interruptor justo a la derecha de la puerta —dice el oficial—. Por desgracia, hay unos fluorescentes para iluminar eso.

Después gira sobre sus talones, y la puerta metálica se abre lentamente.

Convencida de que la duda y la reflexión solo sirven para perder lastimosamente el tiempo, Jeanette enciende las luces sin vacilar y da un paso adelante. En una fracción de segundo, su cerebro toma una serie de decisiones instintivas que la conducen a contemplar desde un ángulo puramente racional todo cuanto hay en la habitación.

Primero registrará todo lo que ve y luego cerrará esa puerta y confiará el resto a Ivo Andrić.

El tiempo se detiene para ella.

Registra que Ulrika Wendin no se halla en la habitación, ni ninguna otra persona viva. Registra también que hay dos grandes ventiladores a uno y otro lado de la habitación, y cuatro cables metálicos tendidos a través de la misma. Registra lo que cuelga de los cables y lo que hay en el suelo, en el centro de la habitación.

Luego cierra la puerta.

Hurtig, que ha retrocedido unos pasos, está apoyado en la pared de cemento, con las manos en los bolsillos y mirando al suelo. Jeanette observa que sus mandíbulas se mueven, como si mascara algo, y siente pena por él. El jefe de la unidad de intervención se vuelve al oír cerrarse la puerta y suspira enjugándose la frente con el dorso de la mano, sin decir palabra.

Cuando llega el equipo forense, con Ivo Andrić al frente, Jeanette y Hurtig contemplan todos esos rostros jóvenes aún indemnes con tristeza y compasión. Aunque el grueso de los ayudantes limitará su trabajo a la antecámara del museo de Dürer, donde solo hay recortes de periódicos, algunos juguetes viejos y trozos de papel, por fuerza verán también lo innombrable en el secadero.

Provistos de sendos pares de guantes de plástico, Jeanette y Hurtig echan un primer vistazo a la enorme masa de documentos. Al cabo de un rato, es como si hubieran convenido por acuerdo tácito no hablar de lo que han visto en la otra habitación. Saben qué hay allí, e Ivo Andrić les proporcionará respuestas llegado el momento. Eso les basta.

Una vez más, Sofia tenía razón, piensa Jeanette. La exposición de una colección retrospectiva de castraciones, que evoca una identidad sexual perdida. Sí, ¿por qué no?

Siente el mismo pesado abatimiento que después de visionar las películas en la criminal, y se obliga a entrever aún algo de luz. Por ejemplo, la esperanza de que Ulrika Wendin aún esté viva. Ese pensamiento reconforta a Jeanette.

Fotografían el material y hacen una primera clasificación del contenido. El examen más detallado tendrá lugar posteriormente y otros se encargarán de ello: por eso es importante no olvidar la primera impresión, mientras aún se dispone de una visión relativamente virgen.

A primera vista, se pueden distinguir recortes de periódicos y de revistas, documentos manuscritos que comprenden tanto notas como largas cartas, y artefactos, principalmente juguetes. Otra categoría la constituyen copias de artículos o extractos de obras. En la mayoría de los casos es imposible distinguir los recuerdos personales de la documentación sobre el crimen, y eso complica la clasificación. Entre las fotografías hay polaroids de Samuel Bai, a quien reconoce por la palabra RUF grabada en su pecho.

Las botellas y los botes de las estanterías son asunto de los técnicos, y Jeanette los ignora. Sabe, sin embargo, qué contienen: formol, formaldehído y otros líquidos análogos utilizados para embalsamar.

Hurtig y ella tampoco tocan las jaulas de los perros situadas en medio de la habitación, aunque miran de reojo en esa dirección.

Trabajan deprisa, guardando cierta distancia respecto a lo que ven. Por esa razón, Hurtig apenas reacciona cuando da con una lámina que ilustra el instrumental utilizado para embalsamar y reconoce los utensilios que ha descubierto en el cajón de la cocina. Unas pinzas, una sierra, unas pinzas más pequeñas y, por último, un palo rematado con un gancho.

Encuentran varios artículos de periódico relativos a los tres muchachos de Thorildsplan, Danvikstull y la isla de Svartsjö, pero aparentemente no hay nada acerca del cuarto crío hallado unos días atrás en el puerto de Norra Hammarby, por lo menos a primera vista.

Lo más sorprendente son los numerosos recortes procedentes de medios soviéticos y ucranianos. Es difícil descifrar qué dicen: ni Jeanette ni Hurtig saben leer cirílico y prácticamente todos carecen de ilustraciones. Se trata de alrededor de un centenar de artículos y de noticias más breves, fechados entre principios de los años sesenta y el verano de 2008. Habrá que escanearlo todo para enviárselo a Iwan Lowynsky, de la Seguridad ucraniana.

Jeanette decide abandonar la clasificación y coincide con Hurtig: ya han tenido suficiente por hoy, y la visión de conjunto puede esperar.

Solo una cosa más, se dice.

Enfrente del armario de los monos, observa una foto clavada con chinchetas en mitad de la pared. Le dice algo. Le recuerda las películas que ha visto en la criminal: es la misma persona que ahora ve en la foto. Probablemente Viggo Dürer, sentado en la veranda de una casa, un lugar que reconoce.

Arranca la foto de la pared y se sienta en el suelo, mirando a Hurtig con unos ojos que imagina apagados e inyectados de sangre.

—¿Tienes ganas de volver a la comisaría? —pregunta ella.
—No muchas.
—Yo tampoco. Pero no puedo irme a casa, no quiero estar sola y, para ser sincera, no me apetece ver a Sofia. Creo que la única persona a la que puedo soportar en estos momentos eres tú.

Hurtig parece azorado.
—¿Yo?
—Sí, tú.

Hurtig sonríe.
—Yo tampoco tengo muchas ganas de estar solo esta noche. Primero la criminal y ahora esto...

De repente, ella se siente próxima a él, de una forma nueva. Han pasado un día infernal juntos.

—Esta noche dormiremos en la comisaría —dice Jeanette—. ¿Qué te parece? Compraremos unas cervezas y nos relajaremos. Nos olvidaremos de todo esto, ni siquiera hablaremos de ello. Olvidemos toda esta mierda, aunque solo sea por una noche.

Hurtig suelta una risa ahogada.
—De acuerdo. Buena idea.
—Perfecto. Pero antes de tomarnos el día libre, tengo que llamar a Von Kwist. Mierda, ya se puede poner las pilas y volver pronto al trabajo, aunque esté enfermo. Hay que dictar una orden de búsqueda nacional de Viggo Dürer. Y además quiero comprobar esta foto.

Le muestra a Hurtig la foto que acaba de arrancar de la pared.

Klippgatan, primera escalera–Södermalm

Al salir de El Girasol, Sofia desciende hacia el puerto de Norra Hammarby. La Sonámbula nunca regresará allí y quiere ver el lugar por última vez.

Se sienta un rato en el borde del muelle. Intenta comprender qué la ha empujado a regresar siempre allí. Un poco más lejos, la policía ha precintado un perímetro y los técnicos están trabajando. Se pregunta qué ha ocurrido. ¿Se habrá arrojado alguien desde el puente? Ocurre a veces. Diez minutos más tarde regresa a su coche y emprende la vuelta a casa.

Sin saber que la están siguiendo.

Aparca cerca de Londonviadukten, sube por Folkungagatan y, en el momento en que cruza Ersytagatan, resuena de repente un fuerte golpe.

Un hombre está de pie cerca de su coche unos metros por detrás de ella. Acaba de cerrar el maletero y mira sorprendido en su dirección mientras lo cierra con llave.

Cálmate, Sofia, se dice. Ya ha terminado.

Pero no. No es así.

Al girar por Klippgatan resuena otro ruido que le parece anormalmente fuerte.

Es la campanilla de la puerta de la tienda del barrio, en la esquina. El propietario sale en compañía de una anciana muy encorvada.

—Cuidado, Birgitta —dice él—. Las escaleras que suben a la iglesia son muy resbaladizas.

La mujer luce un moño gris. Murmura algo y se vuelve para meter dos revistas en el bolso.

Sofia la mira fijamente. No es posible, piensa.

El rostro de la mujer está ladeado y el rótulo luminoso lo sume en las sombras, pero Sofia reconoce el cuello redondeado y los hoyuelos de sus mejillas.

Recuerda haber metido el dedo en ellos y reírse.

Las piernas de Victoria tiemblan cuando la mujer gira por Klippgatan en dirección a la iglesia de la Reina Sofía. La espalda familiar, las caderas curvadas, el moño ajustado y sus andares balanceantes.

Da unos pasos detrás de ella, pero sus piernas apenas la sostienen.

Las revistas femeninas sobresalen del bolso: *All Year Round* y *Saxon's Weekly*. Victoria sabe que se quedarán unos días sobre la mesa baja frente a la televisión antes de ser leídas. Luego pasarán al baño y se quedarán allí hasta que se hayan resuelto los crucigramas.

No existes, piensa. Solo eres fruto de mi imaginación. Desaparece.

Aún puede sentir el calor de las llamas en su rostro, oír las vigas crepitar y crujir antes de desplomarse ruidosamente en el sótano. Bengt y Birgitta Bergman están enterrados en el cementerio de Woodland en una urna de cerezo rojo oscuro. En cualquier caso, deberían estarlo.

Al pie de la primera escalera, la mujer se detiene frente a un cubo de la basura, rebusca dentro y encuentra una lata de cerveza que se apresura a recoger. Al aproximarse, Victoria ve que su falda de lana marrón está sucia y raída en varios lugares, y que sus zapatos están mugrientos y desgastados.

La vieja comienza entonces a ascender trabajosamente los peldaños de Klippgatan apoyándose en la barandilla. Como en las escaleras de la casa. Aquellas en las que se pasaba mucho tiempo fingiendo limpiarlas.

Victoria la sigue.

Agarra la fría barandilla y retrocede en el tiempo.

—Tenemos que hablar —dice—. No puedes marcharte así, sin explicarme qué pasa. Estás muerta. ¿Acaso no lo entiendes?

La mujer se gira.

No es ella. Claro que no.

La mujer la mira un momento, recelosa, y luego se da media vuelta y sigue subiendo los peldaños hasta el camino de gravilla del pequeño jardín.

Victoria se queda sola, pero a escasos metros, al pie de las escaleras, se halla una persona igualmente sola.

Barrio de Kronoberg–Central de Policía

El infierno, para el fiscal Kenneth von Kwist, es una llamada telefónica que le fastidia mientras sostiene una copa de champán en la mano delante del restaurante de la central, en animada conversación con la directora de la policía, a la que le explica la importancia de elegir el momento adecuado para podar los geranios.

El fiscal no sabe nada de jardinería, pero, a la fuerza, ha aprendido a dar conversación: empezar haciendo preguntas y luego utilizar la información recopilada para lanzar una afirmación general y consensuada. Algunos a eso lo llaman adulación, pero Von Kwist lo considera un talento social.

Cuando oye sonar el teléfono se disculpa, deja la copa y se aleja. Antes de responder ya ha decidido que a su regreso afirmará que febrero es un buen mes para podar las plantas en maceta, pero con precaución.

Al ver aparecer en la pantalla el nombre de Jeanette Kihlberg, se le hace un nudo en el estómago. No le gusta hablar con ella. Esa mujer es gafe.

—¿Diga? —responde, confiando en que será breve.

—Hay que lanzar una orden de búsqueda para localizar a Viggo Dürer —dice Jeanette sin presentarse, lo cual irrita al fiscal.

Es de pura educación empezar presentándose. Y, además, el fiscal comprende que tardará en regresar a la fiesta y a esa agradable conversación sobre jardinería.

—Creemos que Viggo Dürer está vivo y quiero una orden de búsqueda nacional —continúa ella—. Máxima prioridad. Aeropuertos, ferris, fronteras...

—¡Un momento, no tan deprisa! —la interrumpe haciéndose el tonto—. ¿Quién es usted? No conozco el número.

Mierda, piensa. Viggo Dürer está vivo. Eso explicaría el ataque que sufrió fuera del Icebar. El fiscal se lleva la mano a la mandíbula, aún dolorida.

—Soy yo, Kihlberg. Acabo de estar en la casa de Dürer, en Djurgården.

—¿Y el cuerpo hallado en el barco?

—Aún no está comprobado, pero podría tratarse de Anders Wikström.

—¿Y quién es ese tipo?

—Debería usted saberlo. Su nombre aparece en el caso de Karl Lundström.

Jeanette Kihlberg hace una pausa y él aprovecha para contemporizar.

—Vamos a ver... —dice tan lentamente como puede—, señora comisaria, ¿en qué se basa para querer tomar una decisión tan drástica como la utilización del capítulo XXIV, apartado séptimo, del Código Penal? ¿Párrafo segundo? ¿La señora comisaria no estará yendo demasiado deprisa una vez más?

La oye respirar y le divierte percibir que está a punto de estallar. Prosigue, aún más lentamente, mientras ve llegar a Dennis Billing tras bajarse de un taxi.

—Al fin y al cabo, hace tiempo que nos conocemos bien y, seamos sinceros, señora comisaria: más de una vez hemos dado pasos sin tener las cosas bien atadas y hemos tenido que hacer el paseo de Canossa con gesto humillado y arrepentido.

Está a punto de añadir «nena», pero se contiene y, para su sorpresa, oye a Jeanette reír a carcajadas.

—Usted siempre tan bromista, Kenneth —dice.

Decepción: esperaba que se indignara y se lanzara a una larga arenga feminista. Pero antes de que tenga tiempo de dar con una réplica apropiada, Jeanette continúa sin el menor signo de enfado.

—Lo que hemos encontrado en el garaje de Dürer haría morirse de envidia a su asesino preferido, Thomas Quick. Pero, a diferencia del caso de Quick, en este tenemos material de mucho peso, no sé si me entiende. Me refiero a fragmentos de cuerpos, instrumentos de tortura y equipos para llevar a cabo unos jodidos experimentos médicos. Y, por lo que he visto, en el caso de Dürer no se trata de uno o dos crímenes. Hay que contarlos por decenas, y quizá me quede corta. En lo que a mí respecta, no tengo la menor duda: hemos encontrado a nuestro hombre. Él mismo lo ha documentado todo. ¡El premio gordo!

La cabeza empieza a darle vueltas.

—¿Puede repetirlo?

El fiscal Kenneth von Kwist respira profundamente, busca las preguntas pertinentes, las objeciones jurídicas apropiadas, contradicciones sustanciales en su análisis de la situación, cualquier cosa que pueda justificar su deseo de retrasar la orden de búsqueda de Dürer.

Pero tiene la mente vacía.

Como si un telón de acero le impidiera hablar. Sabe qué quiere decir, pero su boca no se mueve. Como si el ejército de sus neuronas se hubiera amotinado y se negara rotundamente a cumplir sus órdenes: con el teléfono pegado al oído, solo puede escuchar en silencio cómo Jeanette Kihlberg desgrana su historia. Esa mujer es peor que un forúnculo en el culo, se dice. Y ese maldito Dürer, ¿de qué va?

¿Fragmentos de cuerpos?

Para el fiscal, la asociación es directa y lógica. Sin embargo, su nueva medicación y el alcohol le ayudan a contenerse. La embriaguez le impide perder completamente la compostura, aunque empieza a encontrarse muy mal.

—Ivo Andrić y el equipo del laboratorio siguen allí. He precintado el perímetro y ordenado silencio en las comunicaciones por radio. Solo utilizamos líneas privadas y se ha prohibido hacer público el descubrimiento. En este estadio tan delicado, hay que evitar que la prensa se entrometa. No hay vecinos en las inmediaciones, pero la gente del barrio empieza a preocuparse ante tanto ajetreo, es inevitable.

Hace una pausa. Von Kwist aprieta el puño dentro del bolsillo esperando que haya terminado por fin y pueda volver a reunirse con los otros invitados. Lo único que desea es divertirse, beber a cuenta de la princesa y comer canapés con sus colaboradores y colegas.

Te lo ruego, haz que esto termine de una vez, suplica al Dios al que le dio la espalda a los quince años, después de una discusión con el pastor que le preparaba para la confirmación, y al que no había vuelto. Pero ese a quien dirige su plegaria es miope, sordo o simplemente inexistente, puesto que Jeanette Kihlberg continúa. El fiscal siente que le flaquean las piernas y toma asiento en la silla más próxima.

—Por todo ello considero que la orden de búsqueda es absolutamente necesaria —continúa Jeanette—. Quiero su aval, pero, como por lo que oigo se encuentra usted en una fiesta que le costaría mucho abandonar, creo que el papeleo puede esperar. Puede elegir: o confía en mí, o mañana a primera hora le explica a su jefe por qué se ha retrasado tanto la orden de búsqueda. Usted decide.

Por fin ella calla. Oye de fondo un frenazo violento, seguido de maldiciones de su colega Jens Hurtig.

—¿Así que no hay ninguna duda de que se trata de Dürer?

El fiscal, en su silla, se ha recuperado un poco, ha recobrado el uso de la palabra, y solo quiere creer hasta el final en la posibilidad de la existencia de otro culpable, pero la respuesta llega en el acto, sin ambigüedad, incluso para un escéptico como él.

–No.

El fiscal Von Kwist comprende entonces que es él quien deberá emprender el paseo a Canossa.

–Está bien, de acuerdo, le doy mi bendición para tomar cuantas medidas juzgue oportunas. –Calla y busca una réplica para recuperar la autoridad y alejar el espectro del calvario que le espera–. Sin embargo, aunque se muera de ganas, espere un poco para poner a Dürer en la lista de personas más buscadas del FBI.

Es lo único que se le ocurre decir, pero se queda decepcionado: su réplica no ha hecho mella.

Dennis Billing se acerca a él con dos copas de espumoso y el fiscal se dispone a terminar esa maldita conversación.

Pero no sabe qué decir. Como si estuviera atrapado en un cepo, cuanto más se debate, más aprisionado se encuentra.

–Esperaré a mañana para lo del FBI –dice Jeanette Kihlberg–. Dürer acabará de todas formas en su lista, lo quiera usted o no. –La oye respirar profundamente y exhalar un suspiro muy expresivo–. Y en cuanto al paseo de Enrique IV a Canossa –prosigue imitando el tono sabihondo y pausado del fiscal–, creo que la investigación histórica reciente considera ese episodio como una jugada maestra del emperador, puesto que al final es él quien sale triunfante y no el papa corrupto Gregorio VII. Corríjame si me equivoco: es usted el historiador, y yo solo una pobre chica.

La oye colgar y, cuando el superior de Jeanette, Dennis Billing, le da una palmada en el hombro y le ofrece una copa, hierve de cólera contenida.

Joder, ¿a quién está acusando esa de corrupción?

Klippgatan, segunda escalera

El mito de Edipo es la historia de venganza más antigua.

Cuando Edipo fue a consultar a la Pitia cuando era niño, esta le vaticinó que mataría a su padre, rey de Tebas, y luego se casaría con su madre. Para evitar ese destino, sus padres decidieron matarlo, pero el hombre encargado de la misión se apiadó del niño y decidió criarlo como si fuera su propio hijo. Y aun desconociendo la profecía, Edipo acabaría matando a su padre y casándose con su madre, la reina viuda.

Asesinato. Traición. Venganza.

Todo vuelve a empezar.

La familia Bergman es la serpiente que se muerde la cola, y Madeleine ya no quiere formar parte de ese círculo maléfico.

En Gröna Lund, Madeleine encontró a Victoria Bergman y, creyendo que llevaba de la mano a su hijo, su medio hermano, actuó de forma precipitada.

Esta vez la ha localizado al pie del puente de Skanstull, allí donde Viggo la había visto anteriormente, sin decidirse a entablar contacto.

Ahora se encuentra frente a las escaleras de Klippgatan, ha seguido su Mini azul hasta Södermalm.

Mira desde el otro lado de la calle a esa mujer que es su madre.

Victoria Bergman.

Está encogida, parece tener frío.

Madeleine sale del coche, cruza rápidamente y la sigue por la acera a unos diez metros de distancia. Palpa en el bolsillo de su chaqueta. El metal frío del revólver.

Cargado, seis balas. Inflexible, inclemente, su función está más clara que el agua.

Es la llave de su libertad.

Un hombre cierra el maletero de su coche y sobresalta a Victoria Bergman. Más adelante se abre la puerta de la tienda de la esquina. Sale una vieja, se detiene en la entrada, rebusca en su bolso y luego se dirige hacia la escalera que sube a la iglesia.

La mujer que es su madre sigue a la vieja.

Tragicómico.

Todo el mundo se sigue. Madeleine se da cuenta de que se ha pasado toda la vida siguiendo, un paso por detrás, demasiado tarde. Con la mirada puesta en la espalda de otras personas. Ahora que les ha dado alcance y las ha matado, no ha logrado sin embargo dejarlas atrás. Nunca estarán detrás, siempre delante o alrededor, como rostros borrosos, perturbadores y absurdos.

Madeleine observa que a Victoria le duelen las ampollas de los talones, igual que le pasa a ella.

Cojea, como si caminara sobre cuchillos. Madeleine se imagina dentro de veinte años. Un cuerpo delgado y frágil. Nunca en reposo. Una travesía de la vida inquieta y errática.

Si no me hubieran separado de ti, piensa Madeleine, ¿qué habría pasado?

No hubiera habido Peo. Ni Charlotte.

¿Su vida hubiera sido mejor?

La mujer que es su madre le dice algo a la vieja, que ha llegado a medio tramo de las escaleras, pero Madeleine solo oye sus recuerdos.

Charlotte mintiendo al psiquiatra del Rigshospitalet en Copenhague y luego riñéndola en el aparcamiento del hospital.

Charlotte reprochándole que es una niña espantosa, no deseada, que le arruinó la vida el día que la adoptó.

Charlotte sorprendiendo a Madeleine viendo la cinta de vídeo que sus padres adoptivos han escondido.

Tres chicas, una de ellas comiendo excrementos.

Alrededor de ellas, personas con máscaras de cerdo.

Como en los boxes de la granja de Viggo.

Como castigo por haber visto la película, le prohíben salir y Peo va a verla todas las noches.

¿Qué recuerdos de infancia tendría de haber crecido junto a su verdadera madre?

Madeleine no está preparada para los sentimientos que se adueñan de ella en ese momento. No tiene palabras para describirlos. Sus sentimientos han estado mucho tiempo aletargados en su interior. Tanto tiempo que el recuerdo de los mismos solo lo conserva su cuerpo, sin estar ligado a ningún acontecimiento en particular.

Sus sentimientos se manifiestan con una lágrima que rueda por su mejilla.

Una sola y larga lágrima de pesar por lo que no ha sido.

La vieja sube el segundo tramo de peldaños y desaparece en la oscuridad.

Victoria Bergman se queda allí, apoyada en la barandilla. Detrás de ella, la silueta de la iglesia de la Reina Sofía se eleva hacia el cielo como un potente faro.

Madeleine se aproxima. Desde abajo de las escaleras, mira la espalda inclinada.

Luego la ve incorporarse lentamente. Victoria alza la cabeza y su pálida mano se aferra con fuerza a la barandilla.

La muerte tiene muchos puntos en comparación con la vida, piensa al asir el revólver en el bolsillo.

La vida no cambia, uno lo aprende fácilmente. Es un viaje de un grito a otro, en el que la esperanza está limitada y las explicaciones escasean.

Victoria se vuelve y, por un breve instante, se miran.

Los recuerdos que ella nunca ha tenido afluyen, crecen como una ola a punto de romper en una playa rocosa.

Una única lágrima para un pasado robado. Siente entonces una fatiga fría al comprender que ha tocado fondo y que ya solo le queda el viaje de retorno. Quiere huir de ese frío, entrar en calor.

Su cabeza se llena de imágenes.

Los recuerdos que habría deseado tener rompen sobre su pasado rocoso. Un oleaje que penetra con un débil silbido entre rocas cubiertas de algas y luego refluye despacio mar adentro.

Una madre con su hija en brazos. El calor consolador de un pecho dulce. Una mano que acaricia la mejilla y pasa entre el cabello.

Una niña que le hace un dibujo a su madre. Dibuja un sol que sonríe en un cielo azul y una niñita que juega con un perro en un prado verde.

Una madre que con sumo cuidado le extrae una espina del dedo a su hija. Se lo vendan, aunque no sea necesario. Y le dan chocolate caliente y pan con queso.

Una niña que regresa de la escuela con un delantal que ha cosido para su madre. Azul con un corazón rojo.

Las costuras están un poco torcidas, pero no importa. La madre está orgullosa de su hija.

La lágrima se inmoviliza en la mejilla de Madeleine. Una única lágrima de pesar absorbida por la piel, que solo deja un rastro salado, casi invisible.

Habrían podido amarse.

Habrían podido.

Pero les robaron esa posibilidad.

Victoria tiene una mirada ausente, velada por una fina película de locura. No me ve, se dice Madeleine. Soy invisible.

Su mano deja de apretar el revólver.

Mamá, se dice. Me das pena y dejarte vivir ya es castigo suficiente. Eres igual que yo. No tienes pasado ni futuro. Como la primera página en blanco de un libro que no se ha escrito.

Victoria Bergman empieza a subir. Primero lentamente, pero enseguida a un paso más rápido, más decidido. Llega al primer rellano, luego al segundo.

Después desaparece, ella también.

Madeleine comprende que ha hecho lo correcto.

Ya no hay nada que hacer y su cuerpo se desmorona, aliviado durante una fracción de segundo.

A partir de ahora, para mí estáis todos muertos, se dice. Dejo aquí mi fardo. Estoy demasiado cansada, que otro cargue con él.

Solo le queda una cosa por hacer. Babi Yar. Después, ya no volverá más. Ha decidido también abandonar su lengua materna. Ya no volverá a pronunciar ni una palabra en sueco o en danés. Nunca más después de esa última, que murmura sin que nadie la oiga:

—Perdón.

Gilah

¡Judíos de Kiev y de los alrededores! El lunes 29 de septiembre de 1941, a las ocho de la mañana, preséntense todos con sus bienes, dinero, documentación, objetos de valor y ropa de abrigo en la calle Dorogozhitskaya, junto al cementerio judío. Toda ausencia será castigada con la muerte.

El padre comía en silencio. Aparte del movimiento regular de su cuchara de la sopa a la boca, permanecía absolutamente inmóvil. Ella contó hasta veintiocho idas y venidas antes de que dejara la cuchara sobre el plato vacío y cogiera la servilleta para secarse la boca. Se inclinó entonces hacia atrás, con las manos unidas detrás de la cabeza, y miró a sus hermanos.

—Vosotros dos id al dormitorio a acabar de recoger vuestras cosas.

Su corazón se puso a latir con fuerza mientras tragaba a regañadientes una última cucharada de sopa con un trozo de pan. Añoraba la sopa de su madre, aquella solo sabía a tierra.

Sus hermanos dejaron los platos en el barreño cerca de la cocina de leña.

—Antes fregad los platos —dijo él con el tono irritado que ella reconoció—. Es porcelana fina y quizá podamos quedárnosla. Es mejor que dejarla ahí y perderla seguro. Los cubiertos de plata van en la caja de madera que está al lado de la puerta.

Por el rabillo del ojo vio que se agitaba en su asiento. ¿Acaso también estaba enfadado con ella? A veces, se enfadaba si ella no se acababa su plato.

Pero esa vez no. Cuando sus hermanos comenzaron a entrechocar la vajilla, él le sonrió y se inclinó por encima de la mesa para pasarle una mano por el cabello.

—Pareces preocupada —dijo—, pero no hay razón para tener miedo.

No, pensó ella. No para mí, pero sí para vosotros.

Ella evitó su mirada. Sabía que no le quitaba ojo de encima.

—*Oj*, querida —dijo acariciándole la mejilla—. Solo van a deportarnos. Nos meterán en un tren y nos llevarán a algún sitio. Al este, quizá. O al norte, hacia Polonia. No puede hacerse gran cosa. Habrá que empezar todo de nuevo, el lugar es lo de menos.

Ella se esforzó por sonreír, sin lograrlo, porque comenzaba a preguntarse si había hecho bien.

Vio el cartel en una pared al pie de la laure de las Grutas, el monasterio donde aquellos ortodoxos chiflados se encerraban y pasaban voluntariamente su vida a pan y agua, en pequeñas cuevas sin ventanas, para acercarse a Dios. Estaban locos.

El cartel que habían colgado los alemanes ordenaba a todos los judíos presentarse cerca de su cementerio.

¿Por qué no les pedían también a los ortodoxos que fueran a su cementerio?

Solo tres días antes, nadie en la calle conocía su origen. No vivían en el barrio judío y no eran especialmente religiosos. Pero a la mañana siguiente del día en que ella envió su carta a los alemanes, con su nombre y dirección, todo el mundo estaba al corriente, y vecinos que hasta entonces habían sido sus amigos les escupieron a su paso de camino al mercado.

Shmegege, pensó ella mirando de reojo a su padre mientras sus hermanos iban al dormitorio a acabar de preparar sus maletas.

Ella sabía que no era su hija.

Antes lo creía, puesto que antes de la muerte de su madre nadie hablaba de ello, pero ahora el único que no parecía estar al corriente era él. Incluso sus hermanos lo sabían y por eso le pegaban cuando se hartaban de pelearse entre ellos. Y también por eso podían utilizar su cuerpo como les venía en gana.

Mamzer.

Durante años creyó que la gente murmuraba y la miraba mal por otras cosas, por ser fea o por vestir ropa harapienta, pero era porque sabían que era bastarda. Tuvo la confirmación un día en la verdulería: una chica del barrio se burló de ella y le explicó que su madre se había acostado durante diez años con el pintor guapo, a dos manzanas de allí. Sus hermanos la llamaban a veces *mamzer*, sin que supiera qué significaba esa palabra. Pero después de esa revelación en la verdulería, comprendió que no formaba parte de la familia.

Miró de nuevo a su padre. La sopa estaba fría, era incapaz de tragar ni una cucharada más.

—Deja eso —dijo el padre—, pero acábate el pan antes de que nos marchemos. —Le tendió el último mendrugo seco—. ¿Quién sabe cuándo volverán a darnos de comer?

Quizá nunca, se dijo ella llevándose el pan a la boca.

Se escabulló afuera cuando su padre salió a buscar la carretilla en la que cargarían sus pertenencias. Aparte de un jersey grueso, un pantalón, calcetines y zapatos, prendas que había cogido de la maleta de uno de sus hermanos y que ahora llevaba bajo el brazo, solo tenía la navaja de afeitar de su padre.

Recorrió las calles con la falda volando alrededor de sus piernas, con la impresión de que todo el mundo la miraba.

Mamzer.

Aunque aún no había amanecido, había ya mucha gente en movimiento. El cielo estaba nuboso, de un gris sucio, y en el horizonte la línea rojiza matutina resultaba inquietante. Evitaba los uniformes, tanto alemanes como ucranianos. Parecían colaborar.

¿Adónde iría? No había tenido tiempo de pensar en ello. Todo había ocurrido muy deprisa.

Sin resuello, se detuvo en una esquina, frente a un pequeño café. Miró en derredor, se había alejado mucho corriendo y no reconocía nada. No había ninguna indicación en el cruce. Daba igual: decidió en el acto entrar allí y utilizar la navaja. Al empujar la puerta, vio que sus tibias desnudas estaban cubiertas de tierra.

Poco después se hallaba ante el espejo resquebrajado del baño que no cerraba con llave. Esperaba que no la molestaran. Empezó lavándose las piernas sucias de tierra con el agua de la cisterna de la letrina. No había papel ni toalla y tampoco lavamanos. El agua era casi marrón.

Se desvistió y, para que no la sorprendieran desnuda, se puso primero el pantalón de uno de sus hermanos debajo de la falda, que luego se quitó y metió arrebujada junto con sus bragas en la basura. Luego se arrodilló, puso la cabeza sobre el agujero del retrete y tiró de nuevo de la cuerda de la cisterna. Olía muy mal y contenía la respiración para no vomitar.

Tuvo que tirar tres veces de la cuerda hasta tener el cabello suficientemente mojado. Entonces se puso en pie y se situó ante el espejo resquebrajado. La navaja estaba fría en su mano.

Cortó primero sus largos cabellos negros por la nuca, luego por los lados. De repente, oyó voces delante de la puerta y se quedó inmóvil.

Cerró los ojos. Si tenían que abrir, que abrieran, no podía luchar.

Pero las voces se alejaron y, en pocos minutos, estuvo completamente afeitada y sonrió ante su reflejo en el espejo.

Ahora era una persona útil, capaz de trabajar. Ya no era una *mamzer*.

Seré fuerte, pensó. Más fuerte que mi padre.

Hundudden–Isla de Djurgården

—Aquí es. —Indica con un gesto Jeanette al abrir la puerta metálica del sótano bajo el garaje de Viggo Dürer, y regresa de inmediato a su trabajo en la habitación contigua.

El forense echa un vistazo. Con una fuerte sensación de malestar, comprende en el acto que tiene trabajo para toda la noche.

Por mucho que haya sufrido durante todos esos años de duelo, no es nada comparado con la suma de desesperación reunida en esa sala. La propia habitación es una instalación, una puesta en escena deliberada, hecha de dolor, muerte y perversión.

Solo al cabo de tres horas atisba el final de su trabajo.

Uno tras otro, sus colegas han abandonado, y los comprende. Solo quedan él y un último técnico. Un joven que, a pesar del asco manifiesto en su rostro al entrar en la habitación, sigue trabajando mecánicamente, sin quejarse. Ivo se pregunta si su joven colega se habrá quedado solo porque se siente obligado a demostrar su valía a cualquier precio.

—Has hecho un buen trabajo —dice el forense apagando el dictáfono que sostiene delante de su boca—. Ya puedes marcharte. Pronto habremos terminado, puedo acabar esto solo.

El joven le mira de reojo.

—No, no. Lo haré yo.

Le dirige una sonrisa pálida, descompuesta. Ivo Andrić le mira, desconcertado.

Pone de nuevo en marcha el dictáfono. Hay que documentarlo todo.

Ante él tiene cuatro cables metálicos y, por el rabillo del ojo, percibe la presencia de eso en el suelo. Intenta no mirarlo y empieza por lo que cuelga de los cables, de unos pequeños ganchos.

—Resumo: órganos genitales de cuarenta y cuatro muchachos, conservados mediante una técnica mixta de taxidermia y embalsamamiento. El material de relleno utilizado es arcilla corriente. —Avanza lentamente a lo largo de los cables, mirando hacia arriba—. El tipo de arcilla varía, pero en la mayoría de los casos se trata probablemente de tierra de batanero, que no se encuentra en Suecia —añade con voz aguda, y carraspea.

Se gira y echa un rápido vistazo a lo que hay en el suelo.

Desearía no llamarlo escultura, pero es una palabra bastante próxima a la verdad.

La escultura de un insecto humano. Una pesadilla enfermiza.

Vuelve acto seguido a los cables.

—Cuarenta y cuatro fotos, una de cada chico, tomadas después del embalsamamiento, fechadas de puño y letra entre octubre de 1963 y noviembre de 2007.

Lamenta que no haya indicación alguna de nombre o lugar, y continúa hasta el final de los cables, pegado a la pared, hasta situarse delante de uno de los ventiladores.

—En el extremo de cada uno de los cuatro cables cuelgan manos completamente desecadas, cortadas todas a la altura de la muñeca. En total, ocho piezas. Por el tamaño, cabe estimar que también se trata de niños...

Pasemos a lo más atroz, se dice dirigiéndose al centro de la habitación y echando un vistazo al joven técnico, que le da la espalda mientras recoge unas fotos.

—En el centro de la habitación... —comienza Ivo Andrić, y se interrumpe de golpe.

Cierra los ojos buscando las palabras apropiadas. Lo que ve es casi innombrable.

—En el centro de la habitación —empieza de nuevo—, se alza una construcción hecha con fragmentos de cuerpos cosidos entre sí. –Rodea la aterradora escultura–. En este caso, la técnica también es una mezcla de taxidermia con relleno de arcilla y embalsamamiento clásico.

Se detiene y observa la cabeza o, mejor dicho, las cabezas.

Un insecto infernal.

Desearía apartar la vista, pero queda un detalle.

–Los pedazos de cuerpos están unidos con un hilo basto, quizá un hilo de pescar de gran calibre. En cuanto a los miembros, tanto los brazos como las piernas pertenecen probablemente a niños y están dispuestos como si fuera...

Se interrumpe de repente, pues por lo general se abstiene de cualquier consideración personal en la descripción de sus objetos de estudio. Pero esta vez no puede reprimirlo.

–Como si fuera un insecto. Una araña o un ciempiés.

Suspira, apaga la grabadora y se vuelve hacia el joven.

–¿Has recogido las fotos que he señalado?

Responde asintiendo con la cabeza, e Ivo cierra los ojos para recapitular.

Los hermanos Zumbayev. Yuri Krylov y el cuerpo aún no identificado, el muchacho de Danvikstull. Ha reconocido a los cuatro entre las fotos. Ha examinado sus cuerpos desecados tan minuciosamente que no le cabe la menor duda, se trata de ellos y, en cierta medida, es un alivio.

–¿Y las huellas dactilares? –dice volviendo a abrir los ojos–. ¿Puedo verlas otra vez?

Un centenar de fotos digitales de las mismas yemas de dedos lisas, roídas por el cáncer, idénticas a las halladas en el frigorífico de Ulrika Wendin.

Esas huellas están por todas partes, e Ivo Andrić comprende que se acerca el desenlace.

Barrio de Kronoberg–Central de Policía

Desde su regreso a la central, Jeanette y Hurtig han evitado evocar los detalles de su horrible descubrimiento en casa de Dürer, pero la perspectiva de ver por fin concluir la investigación de la primavera y el verano les une.

Solo falta encontrar a Ulrika, piensa Jeanette.

–¿Dónde crees que puede estar esto? –dice Hurtig pensativamente examinando la fotografía hallada bajo el garaje de Dürer.

–Puede estar en cualquier sitio.

La policía de Norrbotten acaba de informarles de que la vieja casa de la familia Lundström en Polcirkeln fue derribada, al igual que la propiedad que Dürer poseía en Vuollerim.

–Parece Norrland –continúa Hurtig–, pero también conozco casas en Småland que se parecen a esta. Una puta casa de guardia forestal vulgar y corriente, como las hay a miles por todo el país.

Deja la foto y con el pie hace retroceder la silla.

–Dámela –dice Jeanette, y Hurtig se la pasa.

Viggo Dürer está sentado en la veranda de una casita y mira al objetivo. Sonríe.

A la derecha, una pequeña ventana con las cortinas echadas y, al fondo, la linde del bosque. A Jeanette le parece una foto de vacaciones banal. Pero hay algo que reconoce.

Da una calada y echa el humo por la ventana de ventilación entreabierta, repiqueteando nerviosamente el cigarrillo con el dedo, aunque no haya ceniza.

–Creo que he visto eso en uno de los vídeos de Lundström –dice.

Les interrumpe la irrupción de Schwarz con Åhlund tras él. Los dos empapados. El cabello cortado a cepillo de Schwarz chorrea y forma un pequeño charco.

—¡Dios, cómo llueve! —exclama Åhlund dejando su abrigo mojado sobre una silla libre y poniéndose en cuclillas, mientras Schwarz se apoya en la pared y observa en derredor.

—Bueno, ¿qué novedades nos traéis? —pregunta Jeanette.

Åhlund explica que, entre las pertenencias de Hannah Östlund, han hallado una escritura de donación en la que figura que heredó una casa en Ånge, un pueblo al sur de Arjeplog, en Laponia.

—Pero eso no es todo: según esa escritura, Hannah Östlund donó a su vez la casa a la fundación Sihtunum Diaspora, con pleno disfrute, como creo que aparece formulado literalmente.

—¿Y cómo no lo vimos al investigar los recursos de la fundación? —pregunta Hurtig.

—Sin duda porque la donación no se registró. Según el catastro, la casa aún está a nombre de Hannah Östlund.

—¿Y quién legó esa casa a Hannah? —se apresura a preguntar Jeanette, sintiendo que se trata de una pista importante.

—Pues... un tal Anders Wikström —responde Schwarz.

Jeanette rodea la mesa y se acerca a la ventana.

—El mismo Wikström que participó en la violación de Ulrika —dice encendiéndose otro cigarrillo.

¿Qué es lo que no les funciona a esos tipos?, se dice, pero sabe que nunca tendrá la respuesta.

—¿Qué relación hay entre Anders Wikström y Karl Lundström? —pregunta Schwarz.

Hurtig explica las conexiones.

—Lundström explicó que rodó una de sus películas en la casa de Wikström en Ånge, y dedujimos que se trataba del Ånge que está cerca de Sundsvall, ya que ahí vivía Wikström. Pero hay otro Ånge, en Laponia.

Es entonces cuando Jeanette comprende qué es lo que ha reconocido. Las cortinas, se dice, cogiendo la foto hallada en casa de Dürer.

—¿Veis? —exclama, señalándola muy excitada—. ¿Veis la ventana de detrás de Dürer?

—Unas cortinas rojas con flores blancas —dice Åhlund.

Jeanette coge su teléfono y marca un número.

—Voy a hablar con el fiscal Von Kwist y a organizar el transporte a Laponia. Solo espero que no sea demasiado tarde.

Piensa en Ulrika y reza para que aún esté viva.

Aeropuerto de Arlanda

Dos horas antes de despegar, Madeleine termina el check-in electrónico y se dirige al control de seguridad. Viaja ligera. Los agentes solo tendrán que revisar su bolso y su abrigo azul cobalto. Antes de cruzar la puerta deberá vaciar el vaso de hielo.

El agua helada puede contener materiales explosivos, se dice arrojando los últimos cubitos. Es verdad, en cierta forma.

Cierra los ojos al pasar por el detector de metales. Es sensible a los campos magnéticos y la cicatriz de la nuca le duele. A veces, incluso puede sufrir migraña.

Recoge el abrigo y el bolso de la cinta y entra en la sala de espera. Las multitudes la inquietan. Hay demasiados rostros, demasiados destinos cruzados, y la gente es trágicamente inconsciente de su vulnerabilidad. Acelera el paso y va directamente al control de pasaportes.

Al ponerse en la cola, empieza la migraña. El campo magnético ha hecho efecto. Busca de inmediato una pastilla en el bolso, la traga y se pasa el dedo por la cicatriz en la raíz del cabello.

El policía examina su documentación, pasaporte francés a nombre de Duchamp y un billete de ida a Kiev, Ucrania. Apenas la mira y le devuelve los papeles. Ella consulta el reloj y comprueba las pantallas. El avión parece no tener retraso y el despegue está previsto al cabo de hora y media. Se sienta apartada de los demás, en un rincón de la sala.

Después de Kiev y su cita en Babi Yar, podrá olvidarlo todo. El contrato con Viggo es un punto final. Ahora que ya ha tachado a Victoria Bergman, no queda nada por hacer.

Está fatigada, infinitamente fatigada, y, sobre todo, la irritan todas esas voces. Conversaciones ordinarias y discusiones encendidas se entremezclan y agravan su migraña.

Intenta oír la algarabía sin atender a las palabras y las frases, pero es imposible pues siempre hay voces que sobresalen.

Saca el teléfono del bolso, se pone los auriculares y selecciona la función de radio. Chisporroteo. Un silbido sordo, tranquilizador: ahora puede escuchar sus propios pensamientos.

Estoy en la playa de Venöbukten recogiendo piedras.

El ruido del mar y del viento solo me pertenece a mí. Tengo diez años, un abrigo rojo, un pantalón rojo y unas botas de goma blancas.

El silbido en los auriculares es el mar. Viaja con el pensamiento. El mar de Åland unos días atrás.

La que se llamaba mi madre no soportó la vergüenza. Le enseñé las fotos en las que está sentada y mira sin hacer nada.

Fotos de niños que gritan de dolor, fotos de niños que no entienden lo que pasa, fotos mías, con diez años, desnuda sobre una manta, en la playa.

No lo soportó y se llevó su vergüenza a las profundidades.

Un imperceptible cambio del silbido en los auriculares y Madeleine recuerda el débil rumor de la autopista, a lo lejos. Un olor a champú y a sábanas limpias. Cierra los ojos, deja que acudan las imágenes. La habitación es blanca, ella es pequeña, apenas tendrá unos días, está en brazos de alguien. Mujeres que visten uniformes blancos impecables, algunas con una mascarilla sobre la boca. Está caliente, bien alimentada, satisfecha. Se siente segura, solo quiere estar allí, con la oreja contra una caja torácica que sube y baja al ritmo de su propia respiración.

Dos corazones que laten juntos.

Una mano le acaricia el vientre, siente cosquillas y, al abrir los ojos, ve una boca con un diente delantero roto.

Martin

El agua chapoteaba bajo el embarcadero. Se acurrucó contra Victoria. No entendía que ella pudiera estar tan caliente llevando solo unas bragas.

—Eres mi niño pequeño —dice ella en voz baja—. ¿En qué piensas?

Los barcos pasaban lentamente y Victoria y él saludaban con la mano a los tipos que los pilotaban. A él le gustaban los barcos a motor, le hubiera gustado tener uno, pero era demasiado pequeño. Quizá dentro de unos años, cuando fuera tan grande como ella. Se imagina cómo sería ese barco y de pronto se acuerda de lo que le prometió su primo.

—Será muy chulo mudarnos a Escania. Mi primo vive en Helsingborg y jugaremos casi todos los días. Tiene un circuito y tendré uno de sus coches. Un Ponchac Fayabir.

Ella no respondió, pero a él su respiración le pareció extraña. Irregular, precipitada.

—El próximo verano iremos al extranjero en avión. Mi nueva canguro también vendrá.

Martin soñaba con barcos, coches y aviones para cuando fuera un poco más mayor. Tendría una finca muy grande con varios garajes y quizá sus propios pilotos, conductores y capitanes, porque no pensaba que un día pudiera ser capaz de pilotar él mismo. No sabía siquiera atarse los zapatos y, a veces, los demás niños le trataban de retrasado. Pero de hecho solo era un poco lento, cosa que su madre no perdía ocasión de recordarle.

De repente se oyó un ruido extraño entre los arbustos de la pendiente, a su espalda. Una especie de chillido de ratón seguido de un desgarro, como hacían las tijeras de costura de su madre, las que a él no le dejaban utilizar para cortar papel. Victoria se volvió y él sintió un escalofrío cuando ella se puso en pie, privado del calor de su cuerpo.

Ella se puso la camiseta y le señaló los arbustos.

—¿Ves, Martin, ahí?

En ese momento se oyó otro crujido entre los matorrales. Era un pájaro que saltaba sobre una pata y parecía herido. Estaba asustado y le faltaba la otra pata.

—Ella no puede volar —dijo Victoria acercándose de puntillas—. Tiene las alas rotas.

A él le pareció que el pájaro tenía un aspecto malvado. Le miraba fijamente, cabizbajo: con ese aspecto, a la fuerza tenía que ser malo.

—Échalo de ahí, por favor. —Trató de esconderse debajo de la toalla, pero eso no cambiaba las cosas. El pájaro seguía ahí—. Échalo, Victoria…

—Sí, sí… —la oyó suspirar.

Asomó un ojo por encima de la toalla y vio que avanzaba lentamente las manos hacia el pájaro, que ahora ya no se movía, como si deseara ser atrapado.

Lo cogió y lo alzó del suelo. No comprendía cómo ella se había atrevido a hacerlo.

—Échalo lejos —dijo, algo más tranquilo.

Ella se echó a reír.

—¿Qué pasa? ¿Tienes miedo? ¡Si no es más que un pájaro!

—¡Llévate ese pájaro! —gritó—. ¡Tíralo a la basura, que se muera!

Victoria dio unos golpecitos en la cabeza del ave, que respondió picoteándole los dedos, sin que a ella pareciera importarle. Martin esperaba que la mordiera, para que entendiera que era peligroso.

—De acuerdo —dijo ella—. Quédate ahí y no te caigas al agua.

—Te lo prometo —respondió—. Vuelve enseguida.

Él se tumbó boca abajo, reptó hasta el borde del embarcadero y se puso de nuevo a ver pasar los barcos. Una señora que remaba, luego dos barcos a motor. Los saludó con la mano, pero nadie le vio.

Oyó entonces voces y neumáticos sobre la gravilla, y se puso en pie.

Eran tres chavales en el camino, uno en bicicleta y dos a pie. Los conocía del colegio y no le caían bien. Eran mucho más altos y fuertes que él y lo sabían. Le vieron, bajaron hasta el embarcadero y se detuvieron.

Entonces tuvo miedo de verdad. Mejor el pájaro que eso: ojalá Victoria no tardara en regresar.

—El pequeño Martin... —se rio el más alto—. ¿Qué haces aquí, solito? El fantasma maligno del río se te podría llevar.

No sabía qué decir y se quedó allí plantado, mirándoles, sin decir nada.

—¿Eres mudo o qué? —dijo uno de los otros dos.

Estos se parecían mucho, Martin creía que eran gemelos. En cualquier caso, iban a quinto curso y el más alto a sexto.

—Yo... —Para no parecer un cobarde, decidió mentir—. Me he bañado.

—¿Te has bañado? —dijo de nuevo el más alto y ladeó la cabeza frunciendo el ceño—. Pues no nos lo creemos, chavalín. ¿A que no? —Se volvió hacia los otros, que se echaron a reír con él—. Tendrás que meterte de nuevo en el agua. ¡Vamos, salta!

Avanzó por el embarcadero y empezó a brincar como si quisiera romper las tablas.

—Basta... —Martin retrocedió unos pasos.

—Si quieres, podemos ayudarte —dijo el más alto.

—Por supuesto —dijo uno de los otros.
—Claro —remachó el tercero.
Victoria, te lo suplico, pensó. Vuelve.
¿Por qué tardaba tanto? ¿Por qué se había ido tan lejos?
A veces, cuando tenía mucho miedo, Martin se quedaba petrificado. Como si su cuerpo decidiera permanecer inmóvil como una estatua y eso le dispensara de sufrir el horror.
Martin estaba completamente tieso cuando lo levantaron y lo balancearon como una hamaca.
Alzó la vista al cielo y, en el momento en que los tres chavales lo soltaron, una estrella centelleó.

En ninguna parte

La luz de la bombilla en la habitación vacía hace que le escuezan los ojos.

Está tumbada, desnuda sobre un suelo de cemento gris y frío, con las manos aún atadas a la espalda y amordazada con cinta adhesiva. Tiene también sujetas las piernas por los tobillos.

Un enorme ventilador con tuberías de vez en cuando ronronea débilmente. La habitación es de cemento gris, aparte de la puerta metálica brillante.

Está tendida en posición fetal, con la cabeza ladeada. Apenas a un metro de ella, un hombre con un enorme taladro percutor.

Grandes botas negras, vaqueros gastados y torso desnudo, cubierto de sudor, con un vientre prominente que desborda la cintura del pantalón.

No puede apartar la mirada del taladro. Es enorme, con una broca muy potente.

Incapaz de cruzarse con su mirada vacía, sigue mirando el taladro y descubre que está enchufado en el soporte de un alargador, delante de la puerta. Aprieta los músculos del puño y la broca comienza a girar. El ruido de la máquina aumenta.

Afloja la presión y el taladro se detiene. Ella cierra los ojos, oye sus pasos pesados al salir de la habitación y no vuelve a abrirlos hasta su regreso.

Ha dejado un taburete sobre el suelo de cemento y se ha subido en él. Al lado, una botella de vodka casi vacía.

El taladro se pone en marcha y el aire se llena del polvo seco del cemento.

No tiene ni idea de qué está haciendo, solo quiere gritar, pero la cinta adhesiva sobre la boca se lo impide y apenas emite un pequeño gemido, una burbuja de aire asciende de su vientre y teme vomitar.

Enseguida tiene el cabello y la cara cubiertos de polvo de cemento, siente un cosquilleo en la nariz y siente que va a estornudar.

Observa en silencio cómo agarra la botella de vodka y bebe un trago largo. De cerca, ve sus ojos inyectados de sangre: su rostro tiene una expresión muerta, está borracho.

Tiene el torso desnudo sucio y adivina varios tatuajes en el hombro y los brazos. Una serpiente se enrosca alrededor de su brazo derecho y, en el izquierdo, un alambre de espino rodeado de cabezas de mujer.

—*Eto konets, devotchka* —dice acariciándole la mejilla.

Cierra los ojos y siente cómo sus gruesos dedos le tocan el rostro antes de arrancarle la cinta adhesiva de la boca de un brusco tirón. Le hace mucho daño, pero el grito se le queda en la garganta. Siente unas gotas de sangre calientes deslizándose por sus labios: el potente adhesivo le ha arrancado la piel.

—*Devotchka...* —murmura mientras ella tose.

Le acaricia el cabello. No habla ruso, pero reconoce esa palabra. *Devotchka* significa «niña», lo aprendió viendo *La naranja mecánica*, al querer saber cómo llamaban a las muchachas violadas en la película.

—Bebe —le dice, y oye el ruido de la botella al rascar contra el suelo.

¿Va a violarla? ¿Y qué va a hacer con el taladro además de un agujero en la pared?

Ella niega lentamente con la cabeza, pero él le agarra la barbilla y la obliga a abrir la boca. Sus manos huelen a aceite de motor.

Cuando el cuello de la botella le golpea los dientes, mira hacia arriba y, mientras el alcohol le quema las heridas alrededor de la boca, ve que ha clavado un gancho en el techo. Y que, con la misma mano que agarra la botella de vodka, sostiene lo que parece una fina cuerda de nailon.

Un nudo corredizo. Va a colgarme.

—*Drink, devotchka... Drink.**

Su voz es dulce, casi amable.

Jódete. Bébetelo tú, tu maldito vodka.

Entornando los ojos a través de las pestañas, le ve beber unos tragos más y luego menear la cabeza. La levanta por la nuca y le pasa el nudo alrededor del cuello. Luego suelta una risa breve y le da una palmadita en la mejilla.

—*Hey, me Rodya...* —Se ríe señalándose a sí mismo—. *And you?*

—*Rodya... Go fuck yourself!***

Son las primeras palabras que pronuncia desde que la encerraron.

—No —dice—, *I fuck you.****

Aprieta el nudo alrededor de su cuello. Tira tan fuerte que le hunde la nuez. Gime, presa de nuevo del impulso de vomitar.

El hombre se incorpora y la hace rodar a un lado. Le oye sacar algo del bolsillo: cuando le agarra las muñecas, comprende por la presión que es un cuchillo y que le ha liberado las manos.

* «Bebe, *devotchka*... Bebe».
** «Oye, yo soy Rodya... ¿Y tú?».
«Rodya... ¡Vete a la mierda!».
*** «Vete tú a la mierda».

—I fuck you dead. Eto konets, devotchka.*

La levanta tirando de la cuerda, que se aprieta aún más alrededor de sus vías respiratorias. Sus ojos brillan cuando la arrastra hasta la pared de cemento.

Pronto va a morir y no quiere.

Quiere vivir.

Si sobrevive, dejará su vida de antes. Hará realidad sus sueños. No volverá a esconderse por miedo al fracaso y demostrará a todos que hay que contar con ella.

Pero va a morir.

Y piensa en todo cuanto sabía sin saberlo.

Las costas europeas y los cincuenta estados norteamericanos. Ahora se los sabe todos, todos sus nombres se presentan a la vez, y los cuatro que le costaba recordar son Rhode Island, Connecticut, Maryland y Nueva Jersey: los más pequeños, insignificantes en un mapamundi.

Su brazo cae desplomado al suelo, la cuerda le quema el cuello y su boca se abre, por reflejo.

Barrio de Kronoberg–Central de Policía

La policía sueca cuenta con seis helicópteros EC135, un modelo fabricado por Messerschmitt, la famosa empresa proveedora de la Luftwaffe en las dos guerras mundiales.

Jeanette Kihlberg y Jens Hurtig aguardan en el tejado de la central de Policía a que acudan a recogerlos. Jeanette ha exigido al fiscal un helicóptero para llegar lo antes posible al norte de Norrland, así como el apoyo de una unidad de intervención. Von Kwist se lo ha concedido todo.

* «Te joderé y te mataré. *Eto konets, devotchka*».

Jeanette se acerca al borde de la azotea para contemplar la vista nocturna sobre Estocolmo.

Hurtig se une a ella y, juntos, contemplan la vista en silencio.

—El mundo es hermoso y vale la pena luchar por él —declara de repente Hurtig con solemnidad.

—¿Qué quieres decir? —dice Jeanette mirando a su colega.

—Es de Hemingway, en *Por quién doblan las campanas*. Siempre me ha gustado esa frase.

—Es una frase preciosa —dice sonriendo.

—Después de lo que he visto hoy, ya solo creo en la segunda parte —dice él antes de girar sobre sus talones.

Jeanette contempla a Hurtig y se pregunta en qué estará pensando. Sin duda, al igual que ella, en la sala de los horrores de Viggo Dürer.

¿Cómo se puede estar tan perturbado? ¿Y qué le habrán hecho para llegar a ese extremo?

¡Dios mío, es enorme!, se dice Jeanette al ver aproximarse el helicóptero. Parece un pequeño avión comercial, con dos turbinas en la parte superior, y se da cuenta de que no podrá aterrizar donde sea, como había pensado. Se agachan instintivamente cuando aterriza en el tejado, aunque se hallan a más de quince metros. Se acercan corriendo bajo las palas rugientes del rotor y el jefe de la unidad de intervención les da la bienvenida.

—Suban —les grita el oficial—. En cuanto hayamos despegado les daré las instrucciones de seguridad.

A bordo, entre los once hombres armados sentados en filas a lo largo del helicóptero, reina una atmósfera que sería casi de recogimiento de no ser por las insistentes preguntas de Hurtig.

—Setecientos kilómetros a vuelo de pájaro, ¿cuánto tardaremos? ¿Tres horas?

—Algo más —dice el oficial—. Es imposible ir en línea recta, debido a la meteorología. Habrá que contar unas cuatro horas. Llegaremos allí hacia las cuatro y media de la madrugada. Será mejor que intenten dormir un poco.

Kiev

Ha viajado muchas veces con nombre falso, pero esta vez es diferente.
El nombre que figura en su pasaporte es el de una mujer. Su verdadero nombre.
Gilah Berkowitz.
Sin embargo, no ha habido problema alguno con los aduaneros suecos ni con los letones, y los ucranianos han hecho la vista gorda como siempre. Las estrellas de la Unión Europea les bastan, sea verdadero o falso el pasaporte.
Antes de dirigirse al coche que la aguarda, compra unos paquetes de cigarrillos a una vendedora de manos arrugadas, surcadas por unas prominentes venas azul oscuro.
Su pecho palpita y siente una dolorosa succión interna. Luego viene la tos. Una tos seca, desgarradora, que sabe como a polvo.
−*Konets* −murmura.
Pronto todo habrá acabado. El cáncer se ha extendido, y sabe que no hay nada más que hacer.
El robusto chófer arranca el coche y salen del parking.
Para el chófer y para la agencia inmobiliaria, Gilah Berkowitz es una rica sueco-ucraniana con un gran interés por los iconos. Paga setenta euros diarios por un piso de cinco habitaciones en la calle Mijailovska, cerca de la plaza Maidan. El alquiler incluye también un gran todoterreno negro, el tipo de vehículo al que la policía nunca para, aunque circule en dirección prohibida ante sus narices.
Sabe cómo funciona eso. Todo funciona. Si se tiene dinero, claro.
La gente está dispuesta a cualquier cosa para ganarse la vida y la situación es particularmente favorable en ese momento, con la crisis económica que golpea de lleno al país. En compara-

ción, la crisis en Europa occidental es un crucero de vacaciones. Aquí, un salario puede reducirse en un treinta por ciento de un día para otro.

Cuando el vehículo abandona el aeropuerto, piensa en todo lo que ha llegado a ver por las calles de ese país. Un gran bazar cuya creatividad económica nunca ha dejado de sorprenderla. Hace ya diez años pudo comprobar su hipótesis de que una persona en la miseria está dispuesta a hacer lo que le pidan sin plantear preguntas, siempre y cuando la remuneración sea suficiente.

El objeto de su experimento fue una chica soltera que ya tenía dos empleos, pero a la que le costaba llegar a final de mes. Se puso en contacto con ella y le propuso pagarle apenas dos euros a la hora por plantarse todas las mañanas en una esquina concreta y contar el número de niños que pasaban sin la compañía de un adulto.

La primera semana controló que la joven llegara a la hora convenida, cosa que hacía, sin excepción. Luego efectuó algunos controles por sorpresa: todas las veces, aunque lloviera a cántaros o nevara, ahí estaba ella con su cuaderno negro.

Después de comprobar empíricamente que la indigencia estaba en venta, aplicó esa hipótesis a personas con una conciencia más negra y una mayor desesperación. En todos los casos obtuvo resultados satisfactorios.

Mira pensativa a través de la ventanilla del coche. Su contacto en Kiev no es una excepción. Nikolai Tymoshik. Kolya. Un hombre desesperado que sabe que el dinero es la única lengua incapaz de mentir.

En la autopista, saca el teléfono del bolso y llama a Kolya. La confianza entre ellos se basa en la convicción común de que la remuneración debe ser proporcional al riesgo. O como ella prefiere decirlo: que debe calibrarse la remuneración para que los riesgos siempre parezcan secundarios.

La conversación dura apenas diez segundos, puesto que Kolya sabe exactamente qué preparativos hay que poner en marcha para el día siguiente. No hace preguntas.

Cuando el coche la deja frente a su apartamento, da permiso al chófer para marcharse. Unos cuantos billetes arrugados cambian de manos y se despiden.

Abre la puerta del apartamento y la fatiga acaba venciéndola. Espera otro ataque de vértigo y se lleva la mano al corazón anticipando el dolor.

Los calambres le provocan una dolorosa mueca, sus ojos se llenan de destellos y siente que varias de sus uñas postizas se desprenden de las puntas de sus dedos crispados sobre el pecho.

Al cabo de un minuto, el ataque ha cesado, entra en la sala y deja el bolso sobre el sofá. Huele a cerrado. Mientras deshace las maletas, enciende uno de los cigarrillos fuertes comprados en el aeropuerto a la mujer de venas prominentes. Enmascara bajo el humo el olor asfixiante del inquilino anterior.

Cinco minutos más tarde, desde la ventana abierta de la sala, contempla tres plantas más abajo serpentear la calle Mijailovska, estrecha y hundida.

Aparta las cortinas. Por encima de los tejados, el cielo nocturno está despejado y frío. Aquí el otoño es corto, y el invierno ya flota en el aire.

Así que esto es el fin, piensa. Ha regresado a donde todo comenzó.

Apenas recuerda los nombres de los lugares de aquí, pero sí Thorildsplan, Danvikstull y Svartsjö. Aún siente el sabor del último muchacho. El sabor engañoso del aceite de colza.

Y antes de eso, todos los niños que aún no han sido hallados. En Möja, Ingarö, Norrtäljeviken y en los bosques de Tyresta.

También están las niñas. Enterradas en los bosques de Färingsö, en el fondo del lago de Malmsjö y entre los juncos, en Dyviksudd. En total, más de cincuenta criaturas.

La mayoría de Ucrania, pero también de Bielorrusia y Moldavia.

Ha aprendido a ser un hombre. Un soldado danés muerto y hormonas masculinas la ayudaron a terminar la transformación iniciada cuando dejó a su padre y sus hermanos.

Y ha acabado siendo más fuerte que su padre.

Está tan profundamente inmersa en sus pensamientos que su teléfono sobre la mesa baja suena varias veces hasta que lo oye. Pero sabe de qué se trata y no tiene prisa por responder ni por acabar el cigarrillo.

El hombre al otro lado de la línea dice exactamente lo que se espera de él. Una sola palabra.

–*Konets...* –dice una voz grave y ronca antes de colgar.

Gilah Berkowitz sabe que Rodya ha hecho su trabajo con esa Wendin.

Solo lamenta haber tenido que interrumpir el experimento con el cuerpo de la chica.

Regresa a la ventana, la abre y deja entrar el frío, pensando en el día siguiente.

Konets..., piensa con una tos seca. El fin. También para mí está cerca.

La culminación de todo.

Kolya se ocupará de que no haya nadie en los alrededores del monumento de Babi Yar entre la una y las tres de la madrugada de la próxima noche.

Después de casi setenta años, la promesa que se hizo será cumplida, y habrá necesitado veinte años para criar a la persona que va a ayudarla.

En ninguna parte

La golpean contra la pared, la cuerda de nailon le comprime la nuez y algo gordo en su boca aprieta contra el paladar.

Pero no oye nada, no siente nada. Planea a lo lejos y no se da cuenta siquiera de la mano que busca a tientas en el suelo de cemento y de repente agarra algo caliente.

Lo observa todo desde el techo, ve su propia mano cerrarse alrededor de la empuñadura del taladro que aún no se ha enfriado después de que el coloso haya perforado un agujero en el techo.

El taladro arranca con un aullido un poco ahogado cuando la broca penetra en el vientre del hombre, y comprende entonces que su fuerza proviene a buen seguro de abajo, de la propia tierra.

Ulrika Wendin cierra los ojos y, al abrirlos de nuevo, por fin puede moverse.

Pasan aún unos segundos hasta que Ulrika Wendin recuerda que tiene los pies atados con cinta adhesiva, que está sentada en el suelo de cemento de un sótano en medio de ninguna parte.

Alrededor de ella flota un olor dulzón y nauseabundo. Como suero de leche, el mismo olor que en clase de biología, cuando obligaban a los alumnos a diseccionar un ojo de buey.

Vuelve la cabeza. A su lado, apoyado en la misma pared, un hombre sentado la mira, con una gran sonrisa en los labios. Su mano está atrapada debajo de ese cuerpo enorme. Tiene un agujero en el vientre y de ahí sale el olor.

—*Eto konets, devotchka* —murmura, sin perder la sonrisa.

Ya no tiene el rostro inexpresivo, casi parece feliz.

Por su parte, se siente invadida por una calma desconocida. Una calma inmensa que no contiene odio ni perdón.

El hombre tose y ahora sus ojos también sonríen.

—*You are strong, devotchka** —susurra mientras un hilillo de sangre brota de su boca.

Ella no entiende qué le dice. Intenta tragar, pero el dolor es terrible y teme que le haya roto la nuez.

Fascinada, lo mira rebuscar trabajosamente en el bolsillo de sus vaqueros manchados. Su vientre abierto palpita.

El cuchillo, piensa. Busca el cuchillo.

Pero no se trata del cuchillo.

Un teléfono. Tan pequeño que casi desaparece en su enorme mano.

Una señal. Luego otra, y una más, y se lleva el teléfono a la oreja.

Después de lo que se le antoja una eternidad, una voz al otro extremo de la línea interrumpe los tonos. El hombre no deja de mirarla, feliz.

Mientras sus ojos se llenan de sangre, pronuncia una sola palabra.

—*Konets* —articula.

El teléfono resbala de su mano.

—*Right now I saved your ass.***

Una fracción de segundo antes de que sus ojos se apaguen, Ulrika Wendin se da cuenta de que está avergonzado.

No sabe cuánto tiempo permanece allí, con el taladro en la mano. Apenas se da cuenta de que lo deja en el suelo, se libera de la cinta adhesiva que le ata los pies y se levanta.

Tiene que marcharse, pero antes debe encontrar ropa para vestirse. Aunque le flaquean las piernas, logra llegar a la habitación contigua y allí encuentra un ligero mono de protección blanco.

Hace frío y nieva, no va suficientemente abrigada, pero no tiene otra elección.

---

* «Eres fuerte, devotchka».

** «Acabo de salvarte el culo».

Con la nieve hasta las rodillas, desciende hacia el lindero del bosque.

Laponia–Norte de Suecia

Jeanette y Hurtig son los últimos en descender del helicóptero. Una vez que se ha detenido la turbina, solo se oye el silbido del viento entre los finos abetos cubiertos de un decímetro de nieve fresca. El invierno llega rápido en las montañas, a mil kilómetros al norte de Estocolmo. Hace frío, la nieve cruje bajo las pisadas. La única luz proviene de las linternas frontales de la unidad de intervención.

–Nos dividiremos en grupos de tres para acercarnos a la casa por los cuatro flancos. –El oficial indica los itinerarios sobre un mapa y luego señala a Jeanette y Hurtig–. Ustedes vendrán conmigo, tomaremos el camino más corto, todo recto. Iremos despacio, para dar tiempo a los otros a ocupar sus posiciones alrededor sin ser vistos. ¿De acuerdo?

Jeanette asiente con la cabeza y los otros policías levantan el pulgar.

Aunque el bosque no es muy frondoso, Jeanette se engancha a veces en las ramas, haciendo que la nieve caiga y se le meta por el cuello. El calor de su cuerpo funde la nieve helada, que le provoca escalofríos al chorrear por su espalda. Hurtig avanza a grandes zancadas, sin titubear: se nota que conoce el terreno. Durante toda su infancia en Kvikkjokk debió de tener ocasión de caminar por los bosques en esas condiciones.

El jefe de la unidad de intervención aminora el paso y alza una mano.

–Hemos llegado –dice en voz baja.

Entre los troncos, Jeanette ve la casa y la identifica como la de la foto. Una de las ventanas está tenuemente iluminada, reconoce la veranda en la que Viggo Dürer sonreía al objetivo, pero no hay más señales de vida.

En ese momento, se oye un ruido de ramas rotas: los policías de élite avanzan empuñando sus armas.

Mientras sigue a Hurtig hacia la casa, con la vista puesta en el suelo, Jeanette advierte unas huellas de pasos que se alejan en dirección opuesta.

Las huellas de una persona que se ha marchado de la casa andando descalza por la nieve, hacia el bosque.

Vita Bergen–Apartamento de Sofia Zetterlund

La entrada está repleta de grandes bolsas de basura negra que Victoria se encargará de hacer desaparecer.

Todo tiene que desaparecer, hasta el último trocito de papel.

Las respuestas a sus preguntas no se encuentran ahí, están dentro de ella, y el proceso de curación está tan avanzado que siente que pronto tendrá acceso completo a sus recuerdos. Las notas y los recortes de prensa la han ayudado a dar los primeros pasos, pero ya no los necesita. Ya sabe adónde va.

La habitación de Gao está vacía, la bicicleta estática está en la sala, el colchón en la buhardilla, y solo queda arrancar el aislamiento acústico.

Ata la última bolsa de basura y la lleva a la entrada. Tendrá que deshacerse de las bolsas, pero aún no sabe cómo lo hará. En total, hay doce, de ciento veinticinco litros cada una: tendrá que alquilar un remolque o una camioneta para cargarlo todo en un solo viaje.

Lo más simple sería arrojarlas a un vertedero, pero no le apetece. Necesita un adiós ritual. Una separación ideológica, un auto de fe con todas las de la ley.

Regresa junto a la estantería de la sala y cierra la habitación de Gao.

Al echar el pestillo se queda inmóvil, lo vuelve a quitar, lo deja colgar un instante a lo largo del montante de la estantería, y luego repite el gesto. Una vez, otra y otra más.

Ese gesto le recuerda algo.

El armario de Viggo Dürer en el sótano de la granja de Struer, y, detrás, la habitación. Un escalofrío le recorre todo el cuerpo. No quiere volver sobre ese recuerdo.

Laponia

El mundo es blanco y frío y tiene la sensación de llevar una eternidad corriendo por la nieve en polvo.

A pesar de la deshidratación y la falta de sueño de las últimas veinticuatro horas, está muy despierta. Como si su cuerpo refrenara sus impulsos, aunque ya no le quede ninguna reserva de energía oculta.

El frío la obliga a avanzar. Los copos de nieve cortantes le fustigan el rostro.

Varias veces se ha encontrado con sus propias huellas: comprende que está avanzando en círculos. Ya casi no siente los pies y le cuesta caminar. Cuando se detiene para intentar calentárselos, escucha si la están siguiendo. Pero el silencio es absoluto.

El mundo es tan blanco que la noche ya no logra ocultar la clara certeza que la golpea, algodonosa y helada, mientras avanza por el bosque ralo: no llegará a vieja.

Una hora, más o menos, en función del tiempo que tarde en morir de frío. Se maldice por no haber registrado la casa para encontrar una ropa más apropiada.

Se está helando y va descalza, vestida con un ligero mono de protección.

Una hora, un lapso que por lo general pasa desapercibido, una duración despreciable, es ahora lo más valioso que tiene y por ello corre, a cara descubierta, hacia su destino. El aire helado le desgarra la garganta y ella avanza como si pudiera alcanzar la salvación, y las ramas que le azotan el rostro le dan la ilusión de que corre hacia algún sitio. Hacia un lugar donde ya no se emplean expresiones como «aún», «más lejos» y «después».

Ulrika Wendin inspira profundamente y corre como si hubiera esperanza en un mundo de piedra, de nieve y de frío.

Corre y piensa, piensa y corre. Sin arrepentirse de sus decisiones, recuerda lo que ha pasado y se permite soñar con lo que aún no ha ocurrido. Lo que ha hecho y lo que hará.

Pero el frío implacable le provoca una respiración irregular.

Por encima de las copas de los abetos vislumbra una estrecha banda rojiza: es el alba, pero no espera que el sol del amanecer le ofrezca calor alguno. El sol sueco no sirve para nada. Aunque sea el mismo sol que quema los campos de los campesinos africanos, aquí, en el norte, es absolutamente glacial.

La vida, piensa de nuevo, y vuelve a pensarlo al oír el ruido de un helicóptero. Ulrika se detiene y aguza el oído. El helicóptero se aproxima y, al llegar a lo que estima un kilómetro de allí, desciende, el ruido del motor disminuye y finalmente desaparece. Está muy cerca, se dice. Quizá en la casa donde ha estado secuestrada. Sabe que tiene que apresurarse si quiere volver a encontrar el camino.

Sigue sus huellas, pero el viento ya ha empezado a borrarlas.

Sus piernas avanzan y sus pies entumecidos no se detienen ante las piedras y las ramas del suelo que los laceran. Ese dolor significa la vida, se persuade a sí misma, al comprender que quizá ese helicóptero ha ido a rescatarla. Una vez más, se adueña de ella la esperanza de que haya un futuro.

Las huellas en la nieve son cada vez menos visibles y el viento acaba tomándole la delantera y las hace desaparecer por completo. El frío ya le hace tanto daño que la anestesia y sus nervios se esfuerzan por engañarla. Todo su cuerpo se muere de frío, pero el cerebro le hace creer que está sudando. Tropieza y siente que la ropa le quema la piel.

El último gesto de Ulrika Wendin es arrancarse ese mono demasiado grande. Acto seguido se tiende desnuda sobre la nieve blanca y fría y comprende que es el fin. La vida continúa, piensa. Como siempre.

Y ahora, al menos, tiene calor.

Vita Bergen–Apartamento de Sofia Zetterlund

Victoria Bergman se encuentra en la cocina, sentada en el ancho alféizar de la ventana, con una taza de café y el teléfono en la mano. Esa mañana hace mucho sol y en la calle las sombras son nítidas.

Parece un puzzle cubista con unas piezas de bordes tan afilados como cascos de vidrio rotos. Piensa en su puzzle interior, que pronto estará reconstruido.

¿Puede seguir trabajando como psicóloga? No lo sabe, pero de momento tiene que aceptar ser Sofia Zetterlund, psicoterapeuta de profesión, con una consulta alquilada en Mariatorget.

Victoria Bergman oficiosamente. Sofia Zetterlund en su documentación. Eso dura ya desde hace mucho tiempo, pero la gran diferencia es que ahora la Sonámbula ha muerto y soy yo quien decide, siente y actúa.

Se acabaron los agujeros en la memoria. Las salidas nocturnas, el ir de bares, los paseos titubeantes por parques oscuros. Ya no necesita recordarle su existencia a Sofia. Una vez, incluso, se cayó al agua en el puerto de Norra Hammarby. Al día siguiente, Sofia encontró su ropa empapada en la cocina, intentando desesperadamente comprender lo que había ocurrido. La respuesta era simple y trivial: fue al Clarion, subió a una habitación con un hombre para follar hasta hartarse y luego bajó a orillas del Mälar con dos botellas de vino, se emborrachó y cayó al agua.

Victoria baja del alféizar de la ventana, deja la taza vacía en el fregadero y va al recibidor. Solo le queda ocuparse de esas bolsas.

Ahora sabe qué hacer con ellas y adónde llevarlas. El lugar es obvio.

Llama a Ann-Britt y la informa de que tiene previsto cerrar la consulta por un tiempo indeterminado. Necesita unas vacaciones, marcharse, donde sea, y no sabe por cuánto tiempo. Tal vez serán uno o dos meses, o quizá regrese al cabo de unos días. El alquiler de la consulta está pagado ya para todo el año siguiente, así que no habrá ningún problema.

Tendrá noticias suyas, promete antes de colgar.

Otra llamada, esta vez a una agencia de alquiler de coches.

Reserva una pequeña camioneta con una capacidad de veintidós metros cúbicos, disponible de inmediato. Mejor así, puesto que tiene un largo camino por delante y además necesitará varias horas para bajar y cargar las bolsas.

De repente, se detiene, se le está ocurriendo una idea.

Cuando sientes que siempre has tomado malas decisiones, tarde o temprano tienes que tomar una correcta, y ha llegado ese momento.

Victoria Bergman saca de nuevo el teléfono y llama a su banco. La pasan con una mujer que le ayuda a completar la transacción, que es más complicada de lo habitual, y al principio le desaconsejan hacerlo.

Pero Victoria está segura, completamente segura. Sofia no se opone.

Nadie la disuade cuando hace su siguiente llamada; al contrario, su idea es bien recibida por un joven del Audi Center en Smista.

Al colgar, todo le parece más ligero.

Ha puesto fin a su vida en Estocolmo.

Va a un lugar que aún significa algo para ella.

Un lugar donde estará en paz y donde, en esa época, las casas están desiertas, y el cielo estrellado se ve inmenso y despejado como cuando era muy pequeña.

Kiev

Se dice que las dos ciudades industriales del este de Ucrania, Donetsk y Dniepropetrovsk, son las únicas ciudades del mundo donde la nieve es negra. Ahora sabe que es falso. La nieve negra también cae sobre la capital: un enjambre de copos de hollín se abate contra el parabrisas.

Madeleine está sentada en el asiento trasero. El rostro del conductor se refleja sobre un fondo oscuro de grúas, chimeneas y fábricas. Ese rostro es pálido, delgado y mal afeitado. El cabello es negro, los ojos de un azul claro, fríos y escrutadores. Se llama Kolya.

Las calles desaparecen detrás de ellos entre la niebla. Cruzan uno de los puentes sobre el Dniepr. El agua brilla en la noche oscura y se pregunta cuánto tiempo lograría sobrevivir en ella.

Al otro lado del río se alinean las naves industriales. Kolya aminora la velocidad en un cruce y gira a la derecha.

—*It is here...** —dice sin mirarla.

* «Aquí es...».

Toma una callejuela más estrecha, aparca sobre la acera al lado de un muro alto, sale del coche y le abre la puerta.

El suelo cruje helado y la corriente de aire le hace sentir un escalofrío.

Kolya cierra el coche y bajan por la calle junto al muro. Se detienen delante de una barrera de madera gastada, cubierta de escamas de pintura roja y blanca, al lado de lo que parece una garita. Kolya levanta la barrera y le indica que entre. Ella obedece, y él la sigue después de bajar de nuevo la barrera. Unos pasos más allá, abre la puerta del edificio principal.

—*Fifteen minutes** —dice mirando su reloj.

Un hombre bajo y delgado, vestido de negro, sale de la sombra y les hace señas para que le sigan.

Se hallan en un patio interior, el hombre abre una de las puertas y Kolya se detiene y saca sus cigarrillos.

—*I wait outside.***

Madeleine entra en un pasillo cuya única ventana está cegada con unas tablas. A la izquierda hay una puerta abierta y ve en el interior una mesa grande, sobre la que se alinean varias armas de fuego. El tipo delgado coge una pistola automática y le hace una señal con la cabeza.

Ella entra y mira a su alrededor en la habitación. Han arrancado el papel pintado, rascado y enyesado las paredes: están listas para ser pintadas, pero nadie ha empezado el trabajo. Los cables eléctricos cuelgan en diagonal a lo largo de las paredes, como si hubieran tirado los cables hasta los interruptores por el camino más corto, para ahorrar.

El hombre le tiende el arma.

—*Luger P08* —precisa—. *From the war.****

---

* «Quince minutos».
** «Esperaré fuera».
*** «Luger P08. De la guerra».

Ella toma el arma, la tantea un momento, sorprendida por su peso. Luego saca un fajo de billetes del bolsillo del abrigo y se lo tiende. El dinero de Viggo Dürer.

El vendedor le muestra el funcionamiento de la vieja arma. Ella ve que está oxidada y espera que no se encasquille.

—*What happened to your finger?** —pregunta.

Madeleine no responde.

Mientras Kolya la acompaña de regreso en plena noche, piensa en lo que le espera.

Está segura de que Viggo Dürer cumplirá su parte del contrato. Le conoce lo bastante como para poder confiar en él.

Para ella, ese contrato significa poder hacer cruz y raya de su pasado, olvidarlo y continuar el proceso de purificación. Pronto todos aquellos que tenían una deuda con ella estarán muertos.

Salvo Annette Lundström, pero esa ya ha sufrido suficiente castigo. Ha perdido a toda su familia y se ha hundido en la psicosis. Y además Annette nunca fue más que una espectadora pasiva de las violaciones.

A partir de ahora, Madeleine ya solo aspira a regresar a sus campos de lavanda, donde permanecerá el resto de su vida.

Kolya aminora la velocidad y ella comprende que pronto habrá llegado. Poco después acerca el coche al bordillo, se sube a la acera y aparca junto a una parada de autobús.

—*Syrets station* —dice—. *Over there.* —Señala un edificio bajo de hormigón gris, un poco más allá—. *You find the way to monument? The Menorah?***

Asiente con la cabeza y tantea en el bolsillo interior del abrigo. La vieja arma oxidada se siente fría en su mano, que roza la culata ligeramente estriada.

---

* «¿Qué le ha pasado en el dedo?».

** «La estación Syrets. Allá. ¿Encontrará el monumento? ¿La Menorá?».

—*Twenty minutes* —dice él—. *Then the area will be safe.**

Madeleine sale del coche y cierra la puerta.

Sabe que hay que tomar a la derecha en la estación para llegar al monumento, pero primero baja hacia los pequeños comercios en el sótano del edificio. En cinco minutos encuentra lo que busca, un pequeño fast-food donde pide un vaso con hielo.

Sube a la superficie y se dirige hacia el gran parque. Le duelen los dientes al morder el hielo y recuerda la sensación de cuando se te cae un diente, de pequeña. Esa sensación de succión fría en el agujero de la encía. El sabor a sangre en la boca.

La avenida conduce a una pequeña explanada y luego se adentra en el parque. Un círculo adoquinado y, en el centro, una estatua sobre un pedestal. La escultura, sin pretensiones, representa a tres niños. Una chiquilla con los brazos tendidos y dos niños más pequeños a sus pies.

Según la inscripción en el pedestal, la estatua se erigió en memoria de los miles de niños ejecutados allí durante la guerra.

Madeleine masca los cubitos de hielo y abandona el lugar siguiendo la avenida que se adentra en el parque. Su grito aún es interior, pero pronto podrá proferirlo.

Pueblo de Dala-Floda

Lleva nevando ya desde Hedemora y ha abandonado la idea de encontrar un cielo estrellado sobre la granja de Dala-Floda.

De todas formas, el cielo nunca es tan claro como en los recuerdos de infancia.

El bosque se vuelve más denso, ya no debe de estar muy lejos. La última vez que hizo ese trayecto era su padre quien

---

* «Veinte minutos. Y la zona será segura».

conducía, lo recuerda como una bruma de discusiones. Había llegado el momento de vender la granja y su madre se hacía falsas ilusiones sobre el dinero que se podría obtener de la venta.

Recuerda también otros viajes y, afortunadamente, los lugares donde él se detenía para que ella le satisficiera han cambiado de aspecto. Han ampliado la carretera y se han suprimido las áreas de descanso.

Atraviesa poblaciones familiares. Grangärde, Nyhammar y, un poco después, Björnbo. Todo parece diferente, más feo y más lúgubre, aunque sabe que es falso.

¿Cómo puede tener unos recuerdos tan luminosos, a pesar de todo lo que allí sufrió?

Quizá sea gracias a aquel verano, el de sus diez años, cuando conoció a Martin y a su familia. Unas semanas sin su padre, solo con tía Elsa en la casa vecina para vigilarla.

Un cruce más y luego la granja a la izquierda.

La casa sigue allí. Aparca la camioneta junto al seto y apaga el motor. El viento ha amainado un poco o quizá el bosque haga de parapeto. Los grandes copos de nieve caen lentamente en la oscuridad mientras ella se aproxima a la verja.

Como las otras casas de los alrededores, su antigua granja sigue siendo una segunda residencia y está desierta y a oscuras, pero la han reformado tanto que es casi irreconocible. Hay dos anexos, una terraza que recorre toda la fachada principal y las laterales, ventanas y puertas modernas y un tejado nuevo.

Esa mezcla de elementos antiguos y modernos es de un mal gusto ofensivo.

Regresa a la camioneta y se sienta en el asiento del conductor. Es incapaz de darle al contacto y se queda allí un rato. La nieve cae en silencio sobre el parabrisas y sus pensamientos alzan el vuelo y se remontan en el tiempo. Corrió a menudo con Martin junto a esa carretera, hacia la casa que sus padres tenían alquilada. Desde allí no puede verse y quizá sea esa la razón por la que no se decide a arrancar. Tiene miedo de sus recuerdos.

Tengo que bajar al lago, se dice dándole al contacto para seguir su camino. En el cruce se ve la casa, y solo le echa un vistazo que, sin embargo, le basta para comprobar que también la han ampliado y han construido una gran terraza. Está tan desierta como el resto del pueblo. Desde allí, la carretera desciende y ahora avista el lago un poco más allá. Hay hielo en la calzada, y circula con dos ruedas sobre el borde del ventisquero para no derrapar. Un último cruce y pasa por delante de un panel que señaliza una zona de baño autorizado.

Sale y abre las puertas traseras.

Doce bolsas llenas de fragmentos de su vida, millones de palabras y miles de imágenes que, todas, de una forma u otra, conducen a ella.

Conocerse a uno mismo puede ser un enigma.

Veinte minutos más tarde, ha alineado todas las bolsas de plástico en la playa cubierta de nieve.

El hielo aún no ha cuajado sobre el lago, por suerte. Se agacha junto a la orilla y sumerge sus dedos en el agua glacial.

Sus ojos se han acostumbrado un poco a la oscuridad y la luz reflejada por la nieve permite ver a lo lejos en el lago. La caída de la nieve es silenciosa. Un poco más lejos, más allá de las placas blancas que empiezan a formarse sobre la superficie del lago, sabe que hay una roca grande.

Cuando nadaba allí, de pequeña, el agua negra se cerraba alrededor de ella y la protegía del mundo exterior. Bajo la superficie, estaba la seguridad. Tenía la costumbre de nadar cuatro largos entre el viejo embarcadero y la roca desde la que se podía saltar al agua, cuatro veces cincuenta metros, y luego tumbarse en la playa al sol. Así fue como conoció a Martin.

Él tenía entonces tres años y ella fue su Pippi durante un largo y luminoso verano. Una Pippi Calzaslargas, una niña y sin embargo adulta, obligada a apañárselas sola.

Con Martin aprendió a ocuparse de los demás, pero todo se desmoronó seis años más tarde, cuando lo dejó solo a orillas del Fyrisån, en Uppsala.

Se ausentó cinco minutos. Y eso bastó.

Quizá fue un accidente, o tal vez no.

En todo caso fue ahí, junto al agua, donde la Chica Cuervo recibió su nombre. Ya existía en Victoria, pero como una sombra sin nombre.

Ahora está convencida de que la Chica Cuervo no es una de sus personalidades.

El batir de alas que siente bajo sus párpados y las manchas ciegas en su campo de visión indican otra cosa.

La Chica Cuervo es la reacción inmediata al estrés de un traumatismo. Un trastorno epiléptico del cerebro que, de muy joven, interpretó equivocadamente como una presencia extraña dentro de ella.

Regresa a la camioneta a por una toalla de su bolsa. Vuelve a la playa, se quita los zapatos y se arremanga el bajo de los pantalones.

Desde el primer paso que aventura en el agua siente el entumecimiento, como si el lago tuviera manos que la agarraran de los tobillos y se los apretaran con fuerza.

Espera un momento. El entumecimiento se transforma en un dolor agudo que parece casi calor. Cuando la sensación se vuelve agradable, regresa a la orilla a por una primera bolsa.

La arrastra hacia sí y la deja flotar en la superficie. Al cabo de una decena de metros, cuando el agua le llega a los muslos, vacía delicadamente el contenido.

Las palabras y las imágenes flotan suavemente sobre el agua negra como pequeñas placas de hielo. Vuelve a la orilla a por la siguiente bolsa.

Trabaja duro, bolsa tras bolsa. Al cabo de un rato, olvida el frío hiriente y se quita el pantalón, la chaqueta y el jersey. Vestida solo con bragas y una camiseta, se adentra más en el lago.

El agua le alcanza pronto el pecho y se olvida de respirar. El gélido abrazo del lago comprime sus músculos y ya no siente el duro fondo bajo sus pies. Alrededor de ella todo es blanco de papeles, que se le pegan a los brazos y al cabello. Es una sensación indescriptible. Eufórica, perfecta. Y en cierta manera, bajo ese entusiasmo, mantiene el control.

No tiene miedo. Si sufre un calambre, aún hace pie.

Todo se desvanecerá, piensa. Todos los papeles se acabarán deslavando, las palabras se disolverán en el agua y formarán un todo con ella.

El débil viento empuja el contenido de las bolsas hacia el centro del lago. Pequeñas placas de hielo que se hunden al deshacerse y desaparecen de la vista, más allá.

Una vez vaciada la última bolsa, vuelve a nado, pero, antes de salir, se tumba un momento boca arriba sobre unos decímetros de agua contemplando cómo cae la nieve. El frío es calor. Es una inmensa liberación.

Kiev–Babi Yar

Babi Yar. El barranco de las mujeres. Antaño, allí se encontraba el límite de la ciudad, un lugar inhóspito: los centinelas se alegraban la existencia invitando allí a sus mujeres y sus amantes.

El barranco de las mujeres era entonces símbolo del amor, pero recuerda el lugar tal como era aquel día de otoño, hace casi setenta años, y aún oye gemir la tierra.

En menos de cuarenta y ocho horas, los nazis exterminaron a la población judía de Kiev, más de treinta y tres mil personas arrojadas al barranco, que fue cubierto después de la masacre y hoy es un frondoso parque. Como siempre, la verdad es relativa.

Está enterrada en el suelo bajo esa aparente belleza, bajo la forma de un mal profundo.

Una pequeña abrazadera de madera. Apretando el dedo. Una vuelta de tuerca más. Y otra.

Hay que sentirlo. El dolor tiene que ser físico. Debe extenderse desde el dedo hasta el corazón, arrastrado por la sangre. Al apretar el dedo la abrazadera controla el dolor, que se vuelve meditación.

El dedo se pone morado. Otra vuelta de tuerca, y otra, y otra más. Los gritos de los muertos palpitan en su dedo.

A Viggo Dürer, nacido Gilah Berkowitz, le quedan aún diez minutos de vida y cae de rodillas delante del monumento, una menorá, un candelabro de siete brazos. Alguien ha colgado un ramo de flores de uno de los brazos más robustos.

Su cuerpo está viejo, los surcos en sus manos son profundos, su rostro está pálido y desvaído.

Lleva un abrigo gris con una cruz blanca a la espalda.

La cruz señala a un prisionero liberado del campo de concentración de Dachau, pero el abrigo no es suyo. Estaba destinado a un joven soldado danés llamado Viggo Dürer, y su libertad es por lo tanto falsa. Nunca ha sido libre, ni antes ni después de Dachau. A lo largo de setenta años ha estado prisionera, y por eso ha regresado aquí.

El contrato firmado con Madeleine se va a cumplir.

Reposará por fin en el fondo del barranco, junto a los que antaño envió a la muerte.

Otra vuelta de tuerca de la abrazadera. El dolor en el pulgar es casi mudo, las lágrimas le empañan la vista. Le quedan siete minutos de vida.

¿Qué es la conciencia?, piensa. ¿Los remordimientos? ¿Es posible arrepentirse de toda una vida?

Todo empezó cuando traicionó a su familia durante la Ocupación. La denunció a los alemanes por judía, y tuvieron que ir a Babi Yar con todas sus pertenencias en carretillas. La impulsaron los celos.

Era una *mamzer*, una bastarda que no pertenecía a la comunidad.

Ese día de otoño decidió que viviría toda su vida bajo otra identidad.

Pero quería ver una vez más a su padre y a sus dos hermanos mayores, y fue hasta allí. No lejos de donde se encuentra en ese momento, había entonces un bosquecillo rodeado de hierba alta. Se escondió allí, tumbada en el suelo, a apenas veinte metros del borde del barranco, y lo vio todo. El dolor palpita en su pulgar, mientras los recuerdos le vienen a la mente.

Un Sonderkommando alemán y dos batallones de la policía ucraniana se encargaban de la logística. Porque se trataba de un trabajo sistemático, casi industrial.

Vio a centenares de personas conducidas al barranco para ser aniquiladas.

La mayoría estaban desnudas, despojadas de todas sus pertenencias. Hombres, mujeres y niños. No se hacía distinción. Todos iguales ante el exterminio.

Otra vuelta de tuerca en su pulgar. El tornillo de madera chirría, pero el dolor parece haber desaparecido. Es solo una fuerte presión, que quema. Ha aprendido a alejar el sufrimiento psíquico con medios físicos. Cierra los ojos y luego mira de nuevo al frente.

Un policía ucraniano llegó empujando una vieja carretilla llena de recién nacidos que chillaban. Otros dos policías se le unieron para arrojar por turnos los pequeños cuerpos al barranco.

No vio a su padre, pero sí a sus hermanos.

Los alemanes habían juntado a un grupo de muchachos, dos o tres docenas, atados con un alambre de espino que penetraba profundamente en su carne desnuda. Los que seguían con vida se veían obligados a arrastrar a sus compañeros muertos o desvanecidos.

Sus dos hermanos formaban parte de ese grupo, y aún estaban vivos cuando se arrodillaron al borde del barranco y recibieron un tiro en la nuca.

Le deben de quedar cinco minutos de vida. Desatornilla la abrazadera y se la guarda en el bolsillo. El pulgar le palpita y reaparece el dolor.

Está arrodillada allí como sus hermanos, hoy como antaño. Entonces denunció a su familia, y ahí empezó todo.

Toda su vida emana de los acontecimientos de aquellos días de otoño.

Vivía en una sociedad de denunciantes. La dictadura de Stalin transformaba a los amigos en enemigos y ni siquiera los estalinistas más acérrimos estaban a salvo. Con la llegada de los alemanes, eso continuó, invirtiendo los papeles. A partir de ese momento se denunciaba a los judíos y a los comunistas, y ella hizo como los demás. Adaptarse y tratar de sobrevivir. Era imposible para una chiquilla judía, *mamzer* o no, pero del todo posible para un muchacho con buena salud.

No fue fácil disimular su sexo, sobre todo en Dachau, y probablemente no lo habría logrado sin la protección del oficial de los guardianes. Para él, ella era un hermafrodita, un *Ohrwürmer*, un forficúlido, a la vez hombre y mujer.

Mentalmente, Gilah Berkowitz es a la vez hombre y mujer, o ni uno ni otra, pero exteriormente siempre le ha sido más fácil desempeñar el papel de hombre, por sus ventajas sociales.

Incluso se casó con una chica del internado de Sigtuna, Henrietta Nordlund, un matrimonio de conveniencia. Ella mantenía a Henrietta a cambio de su silencio y de sus prestaciones regulares de esposa en sociedad.

No hubiera podido soñar con una esposa mejor, pero esos últimos años se había convertido en una carga.

Como Anders Wikström: fue necesario organizar un accidente.

La noche es silenciosa, los altos árboles mitigan el resplandor de la ciudad y solo le quedan tres minutos de vida. Designó a su verdugo hace diez años, cuando Madeleine era una cría de diez años.

La edad que ella tenía cuando traicionó a su padre y a sus hermanos.

Madeleine es ahora una adulta, con muchos muertos sobre su conciencia.

Gilah Berkowitz está atenta al ruido de pasos, pero todo sigue en silencio. Solo el viento entre los árboles y los muertos bajo tierra. Un débil gemido.

—*Holodomor* —murmura arrebujándose en el abrigo con la cruz blanca.

Las imágenes afluyen a su mente. Rostros desecados y cuerpos descarnados. Moscas sobre un cadáver de cerdo y el recuerdo de su padre a la mesa, con los cubiertos de plata y, en su plato, un pichón. Su padre cenó pichón y ella hierba.

El *Holodomor* es la hambruna instaurada por Stalin, un asesinato en masa que le costó la vida a su madre. La enterraron fuera de la ciudad, pero las tumbas fueron saqueadas por la multitud hambrienta, ya que los muertos recientes aún eran comestibles.

Durante la guerra, los nazis fabricaron guantes y jabón con piel y grasa humanas, objetos que ahora pueden contemplarse en el museo, previa compra de la correspondiente entrada.

Todo lo que está enfermo acaba en el museo.

Si ella está enferma, todo el mundo está enfermo, y se pregunta si realmente es casualidad que llegara a Dinamarca, el país del mundo donde se encuentran más cadáveres momificados de forma natural. Se les perforaba un agujero en el cráneo para hacer salir los malos espíritus y luego los enterraban en las turberas.

Y no lejos de Babi Yar se halla la laura de las Grutas, con las momias de los monjes que se encerraban en unos exiguos agujeros para acercarse a Dios. En la actualidad, sus cuerpos bajo las vitrinas parecen los de unos niños. Están cubiertos de telas, pero sus manos resecas sobresalen y, a veces, una mosca logra meterse debajo del cristal para chuparles de los dedos lo que queda por comer. Sus cadáveres en el fondo de grutas oscuras están expuestos al público, que paga el precio de una pequeña vela para ir a llorar su destino.

De repente, oye unos pasos, el repiqueteo lento pero decidido de los tacones sobre la piedra. Ya solo le queda un minuto de vida.

—*Konets* —susurra—. Ven.

Piensa en la obra que ha creado, sin poder explicar lo que ha hecho ni responder a la pregunta del porqué de su creación. El arte se hace a sí mismo porque es inexplicable e inmemorial.

Es la Gnosis, un juego de niños libre de todo objetivo determinado.

Si no hubiera visto morir a sus dos hermanos en Babi Yar, y si su madre no hubiera desaparecido durante la Gran Hambruna, no habría forzado a los dos hermanos kazajos a matarse entre ellos con los puños desnudos mientras ella lo contemplaba, disfrazada de su madre, una verdadera judía.

Mamzer es el nombre genérico de toda su vida. *Mamzer* es el remordimiento y la exclusión, la vida y la muerte al mismo tiempo, unos instantes congelados de lo que se ha perdido.

Hacerse adulto es un crimen contra la propia infancia al mismo tiempo que una negación de la Gnosis. Un niño no tiene sexo, y ser una criatura sin sexo supone aproximarse al origen. Descubrir el propio sexo es un acto criminal en contra del creador original.

Soy un insecto, piensa escuchando los pasos a su espalda. Aminoran y acaban deteniéndose por completo. Soy un ciempiés, un miriápodo para el que no hay explicación. Quien me comprendiera estaría tan enfermo como yo. No hay análisis posible. Devuélveme a la tierra gimiente.

Ya no piensa en nada cuando la bala atraviesa su cabeza inclinada, pero su cerebro registra una fuerte detonación y el batir de alas de los pájaros asustados en el cielo nocturno.

Luego las tinieblas.

Dala-Floda

Después de secarse y vestirse, se queda varias horas sentada a orillas del lago. Todo cuanto contenía la pequeña habitación está ahora disperso sobre una superficie de al menos cien metros cuadrados. Al principio parecían nenúfares, pero ahora no se ven más que manchas grises dispersas.

La corriente ha arrastrado algunos papeles hasta la orilla. Quizá algunas frases incomprensibles extraídas de un libro, tal vez una foto recortada de un periódico o una nota sobre Gao Lian o Solace Aim Nut.

Cuando llegue la primavera, esos papeles se descompondrán a su vez en la arena o en el fondo del lago.

Al atravesar de nuevo el pueblo, ha dejado de nevar y no dirige ni una sola mirada a las casas. Se concentra únicamente en la carretera que serpentea a través del bosque, hacia el sur.

Pronto la nieve desaparece de las cunetas, el bosque de coníferas da paso al bosque mixto donde arces y abedules cohabitan con los pinos y abetos. El paisaje se allana y la camioneta parece muy ligera sobre el asfalto.

El peso que ha dejado a sus espaldas permite que las ruedas giren más deprisa. Ya no tiene que cargar con esos fardos y le viene a la cabeza que la agencia de alquiler dispone de oficinas por todo el país, así que si quisiera podría devolver la camioneta en Escania.

Se mantiene un poco por encima del límite de velocidad

aunque no tiene prisa por llegar a destino. Cien kilómetros por hora es una velocidad meditativa.

En el fondo, tiene todo cuanto necesita. En el bolso lleva el monedero, el permiso de conducir, la tarjeta de crédito y una muda de ropa interior. En el asiento del pasajero está tendida la toalla mojada para que se seque con el vapor de la calefacción.

No tiene problemas de dinero y los gastos de su apartamento están domiciliados en su cuenta.

Se acerca a Fagersta. Siguiendo por la carretera 66 estará de vuelta en Estocolmo en unas horas, mientras que la carretera 68 va hacia el sur en dirección a Örebro.

Se detiene en un área de descanso, unos minutos antes del desvío.

Todo recto para regresar, para recuperar lo que fue. Si se desvía del itinerario, se dirige a la novedad.

Un viaje sin objetivo. Apaga el motor.

En el curso de las últimas semanas se ha desembarazado de su vida anterior. La ha demolido, hecho pedazos, y ha arrojado los trozos que no le pertenecían. Los falsos recuerdos han sido deconstruidos y los recuerdos ocultos extraídos de la ganga. Ha alcanzado la claridad y la pureza.

Catarsis.

Ya no pondrá nombres a sus rasgos de carácter, no volverá a alejarse de sí misma inventándose otras identidades. Se ha liberado de todos los nombres: Gao Lian, Solace Aim Nut, la Trabajadora, la Analista y la Quejica, la Reptil, la Sonámbula y la Chica Cuervo.

No volverá a esconderse, no dejará que partes extrañas a sí misma se ocupen de sus dificultades.

Todo cuanto le ocurre a partir de ahora le sucede a Victoria Bergman, y a nadie más.

Mira su reflejo en el retrovisor. Por fin se reconoce, ya no es el rostro deformado y sumiso que tenía cuando era Sofia Zetterlund quien decidía.

Es un rostro aún joven en el que no se lee remordimiento alguno, ningún rastro de una vida repleta de recuerdos dolorosos: ha aceptado finalmente todo lo ocurrido.

Su infancia y adolescencia como lo que fueron: un infierno.

Arranca y prosigue el camino. Un kilómetro, dos, y luego gira a la derecha, hacia el sur. Sus últimas dudas la abandonan mientras el bosque negro susurra en su ventanilla.

A partir de ahora ya no hará planes.

Todo cuanto pertenece al pasado no tiene ya nada que ver con su vida. Ese pasado ha hecho de ella lo que es, pero su historia ya no tiene que emponzoñarla. No tiene que volver a influir en sus decisiones y en su futuro. Ahora no es responsable de nadie más que de sí misma, y comprende que acaba de tomar una decisión crucial.

Una nueva señal informativa, pero sigue recto pensando en Jeanette. ¿Me vas a echar de menos?

Sí, pero lo superarás. Como siempre.

Yo también te echaré de menos. Puede que incluso te ame, pero aún no sé si es un sentimiento de veras. Así que es mejor que me marche.

Si se trata realmente de amor, regresaré. De lo contrario, ya está bien así. Entonces sabremos al menos que no había que esperar mucho de ello.

Amanece mientras circula a través de los bosques de Västmanland. Bosques y más bosques, interrumpidos aquí y allá por una tala de árboles, un prado o un campo. Pasa Riddarhyttan, la única población a lo largo de esa carretera, y, cuando empieza de nuevo el bosque, decide tirar de la cuerda hasta el final. Todo debe ser demolido, todo debe desaparecer.

Consulta su reloj. Las ocho y cuarto, lo que significa que Ann-Britt ya debe de haber llegado al trabajo. Coge su teléfono y marca el número. Ann-Britt responde al cabo de unos cuantos tonos. Victoria va al grano y le anuncia que ha decidido cerrar la consulta. Siente curiosidad por la reacción de Ann-Britt y le plantea si tiene alguna pregunta.

—No, no sé qué decir —responde la secretaria tras un silencio—. Es, cuando menos, muy repentino.
—¿Me echarás de menos? —pregunta Victoria.
Ann-Britt se aclara la voz.
—Sí, por supuesto. ¿Puedo preguntar por qué lo haces?
—Porque puedo hacerlo —responde.
De momento, esa explicación bastará.
Después de colgar, cuando se dispone a guardar el teléfono, nota las llaves en el bolsillo.
Saca el manojo de llaves y lo sostiene ante ella. Pesa, ahí están todas sus llaves. La de la consulta y todas las de su vivienda en Borgmästargatan. La llave del apartamento, la de la buhardilla y la de la lavandería, y otra que no recuerda qué abre. El garaje de las bicicletas, tal vez.
Baja el cristal y tira el manojo de llaves. Deja el cristal bajado y el frío invade el habitáculo.
No ha dormido desde hace casi dos días, pero no siente la menor fatiga.
Victoria se queda mirando su teléfono. ¿De qué va a servirle, en el fondo? Solo contiene obligaciones, números inútiles y una agenda llena de citas que Ann-Britt anulará. No tiene ningún sentido.
Se dispone a tirar también el teléfono, pero cambia de opinión.
Con una mano al volante, teclea con la otra un breve SMS que le envía acto seguido a Jeanette. «Perdón», escribe mientras cruza un puente.
Victoria Bergman ve por última vez su teléfono rebotando contra la barandilla antes de desaparecer en el agua negra.

Kiev–Catedral de Santa Sofía

Madeleine Silfverberg está sentada en un banco, a la sombra escasa de unos árboles en cuyas ramas se posan pájaros negros. El sol calienta a pesar de que el otoño ya está muy avanzado, y las cúpulas doradas del inmenso monasterio relucen ante ella en el cielo azul.

El flujo de paseantes es tranquilo y monótono, mientras que el edificio resplandece en blanco, verde y dorado.

Se pone los auriculares y enciende la radio. Un leve chisporroteo hasta que el receptor sintoniza una emisora: voces ucranianas, luego un acordeón, una sección de viento y por fin el redoble de un tambor de batería que pronto aporrea lo que parece un cruce histórico entre música klezmer y un hit bávaro. El contraste entre esa música y la calma reinante alrededor del monasterio es la imagen de su vida.

Nadie conoce su vibración interior.

La gente se limita a pasar, ocupada en sus asuntos. Fuera de ella, encerrados en sí mismos.

Se echa hacia atrás y alza la vista hacia el confuso entramado de ramas. Aquí y allá se ven los contornos de pájaros en tonos grises y negros, en relieve, como el árbol contra la planitud azul clara del cielo.

Un día de verano, diez años atrás, Viggo la llevó al faro rojo y blanco a orillas del Oddesund y estuvo varias horas de rodillas mientras él le explicaba su vida, y el cielo era el mismo que hoy.

Se levanta y se dirige hacia los muros blancos que protegen la zona del bullicio de la ciudad, al otro lado. En la radio, la música da paso a las voces, tan excitadas, exaltadas e intensas como la batería, el acordeón o los vientos.

Cuando ella tenía diez años, Viggo le habló de ese lugar, le explicó por qué los monjes se encerraban en las grutas bajo el claustro de Kievo-Petchersk. También le dijo que en la vida no había nada peor que los remordimientos, y ya en aquella época ella entendió qué le atormentaba.

Algo que había hecho de niño, cuando aún no era ni hombre ni mujer.

Hoy, ella ha hecho lo que él quería y todo ha acabado.

Él la convirtió en su confidente y ella nunca lo ha olvidado. A los diez años se sintió orgullosa de eso, pero hoy comprende que no ha sido más que su esclava.

Cruza el porche abovedado bajo el alto campanario mientras las voces callan en la radio y la música retoma el tempo desenfrenado, pero esta vez con una cantante acompañada por una tuba. Oye sus tacones repiquetear al mismo ritmo sobre las losas. Una vez que ha atravesado la explanada, al llegar a la calle, se quita los auriculares.

Un viejo que le recuerda a Viggo está sentado a una mesita en la esquina de la calle.

El mismo rostro, la misma postura, pero ese hombre viste unos harapos y, sobre la mesa tambaleante, se alinean vasos de diversos tamaños. Lo toma primero por un vendedor, pero, al verla, el viejo le dirige una sonrisa desdentada, humedece la punta de sus sucios dedos y roza el borde de uno de los vasos.

Cuando los vasos comienzan a vibrar bajo el vaivén de sus dedos, ve que están llenos de agua. Están dispuestos como las teclas de un piano, en tres octavas, en total treinta y seis vasos. Se queda petrificada ante él. Alrededor se oye el ruido de la circulación y de la gente, y en sus auriculares colgados al cuello el parloteo confuso de la radio, pero de la mesa frente a ella surgen sonidos que nunca ha oído.

El órgano de cristal del viejo suena como si viniera de otro mundo.

En el recinto del monasterio, un instante antes, la música era un caos que contrastaba con la calma del claustro.

Ahora es lo contrario.

Las notas de los vasos se mezclan y comunican una especie de balanceo, la impresión de flotar libremente en el aire o de mecerse en el mar. Los sonidos cristalinos y aflautados se elevan entre la caótica algarabía ambiental y crean una burbuja de paz.

En la acera, una cajita metálica con algunos billetes arrugados y, debajo de la mesa, cerca de los deslustrados zapatos del músico, un bidón de plástico con agua.

Comprende que el agua sirve para afinar el órgano de cristal a medida que el líquido se evapora de los vasos, y ve también que en el bidón hay grandes trozos de hielo.

Agua helada de isótopos purificados, como en su propio cuerpo.

Barrio de Kronoberg–Central de Policía

Después de hablar con Ivo Andrić, Jeanette se queda sentada a su mesa sin decir nada, frente a Jens Hurtig, que también está mudo. Acaban de oír al forense explicarles lo que sufrió Ulrika Wendin antes de morir de frío, y lo que les ha dicho los ha dejado sin palabras.

Ivo Andrić les ha hablado de momificación en vida, una técnica inmemorial utilizada, entre otros, por ciertas sectas del budismo japonés.

Con su voz reflexiva, pausada, les ha descrito el procedimiento en sí, que no requiere más que un local seco y una alimentación de oxígeno mínima. La grasa corporal se quema gracias a un régimen a base de grano, nueces, cortezas y raíces, mientras que los fluidos corporales se drenan con savia. En el caso de Ulrika Wendin, la de una especie de abedul de las montañas.

El forense también les ha hablado de privación sensorial: en un espacio cerrado, aislado del ruido y de la luz, se impiden las percepciones fundamentales. Ha subrayado que era muy raro que la víctima soportara mentalmente ese tratamiento más de unas horas. El entorno pobre en estímulos también resulta devastador para el cuerpo, y es un milagro que esa chica viviera tanto tiempo y que de facto lograra huir por sus propios medios.

Ahora escruta la expresión abrumada de Hurtig, sabiendo que comparten la misma sensación de impotencia, fracaso y culpabilidad.

Hurtig la mira a los ojos, pero también podría estar mirando el armario a través de ella. Ha sido culpa suya, de los dos.

A decir verdad, sobre todo es culpa mía, piensa ella. Si hubiera actuado más deprisa, siguiendo mi olfato en lugar de ser racional, habríamos podido salvarle la vida a Ulrika Wendin. Así de simple.

Jeanette sabe que en ese mismo instante dos policías acompañados por un pastor van a anunciarle a la abuela su fallecimiento. Hay gente dotada para ese tipo de misión, y Jeanette sabe que no es una de ellas. Amar de verdad a alguien puede ser aterrador, se dice pensando en Johan, quien pronto embarcará en el avión para regresar de Londres. Dentro de unas horas volverá a verle, satisfecho después de un magnífico fin de semana con su padre. Lo ha comprendido por el SMS recibido justo después del hallazgo del cadáver de Ulrika Wendin, medio cubierto por la nieve bajo un escuálido pino. Su muerte ha sido espantosa, y Jeanette nunca podrá olvidar el miedo que debió de pasar la chica.

Se enjuga unas lágrimas de las mejillas y mira a Hurtig. ¿Tiene gente a la que echar de menos? A sus padres, naturalmente. Parecen llevarse bien, y además han aprendido a vivir con la pérdida de un miembro de su familia. Alguien que nunca volverá.

Puede que la abuela de Ulrika Wendin no tenga a nadie con quien compartir su duelo. Al igual que Annette Lundström, la única superviviente de esa tortuosa cosecha.

Piensa en una familia de Sierra Leona que también ha perdido a alguien, y que pronto recibirá la confirmación de la policía.

Además de las fotografías del sótano de Viggo Dürer en Hundudden, los forenses han encontrado un vídeo: Samuel Bai, encadenado mientras luchaba por sobrevivir contra un hombre semidesnudo, el mismo que Jeanette y Hurtig encontraron muerto en la granja de Laponia.

Sobre su mesa, junto a la película de la muerte de Samuel Bai, una decena de clasificadores y numerosas carpetas apiladas, una de las cuales contiene las copias de las fotos de Viggo Dürer de los cadáveres de Thorildsplan, Svartsjö, Danvikstull y Barnängen. Que Dürer recibiera durante años tratamiento contra un cáncer de útero, o que el coche que chocó contra un árbol al dar marcha atrás cerca del lugar donde fue hallado el cadáver en la isla de Svartsjö fuera el mismo que estaba aparcado bajo una lona en Hundudden, todo ello no son más que detalles insignificantes.

El caso, sin embargo, no se cierra con la resolución de esos cuatro asesinatos. Se han documentado otros cuarenta cadáveres: todos los datos referentes al caso se comunicarán a Europol.

En el fondo, nada de todo eso tiene importancia, piensa Jeanette, ya que todas las personas implicadas han muerto. Incluido el asesino.

Los cuerpos carbonizados encontrados en el barco de Viggo Dürer eran con toda probabilidad los de Henrietta Dürer y Anders Wikström.

Dürer ha sido hallado muerto en un parque de Kiev con una bala en la cabeza. Un asesinato sobre la mesa de Iwan Lowynsky, también a la espera de que Europol se ocupe de ello.

Se acabó, piensa. Y, sin embargo, no estoy satisfecha.

Siempre queda algo que no encaja, que no se acaba de entender y te deja al final con preguntas sin respuestas. Todos los casos comportan ese tipo de decepción, pero a ella le es imposible acostumbrarse y aceptarlo. Como, por ejemplo, el hecho de no haber dado con Madeleine Silfverberg. ¿Quizá no era más que un espejismo? ¿Quizá los asesinatos de las antiguas alumnas de Sigtuna fueron obra de Hannah y Jessica? Sin duda nunca lo sabrá y tendrá que vivir con esa incertidumbre.

¿Qué haría yo si no tuviera a Johan? ¿Dimitir, marcharme? No, no tendría valor. ¿Quizá una excedencia para hacer otra cosa? Pero volvería al trabajo al cabo de una semana, no sé hacer otra cosa más que mi oficio. ¿O quién sabe?

No lo sabe, y se le ocurre que su vida privada está tan llena de preguntas sin respuesta como sus casos. ¿Tiene siquiera vida privada? ¿Una relación?

—¿En qué piensas? —dice de repente Hurtig.

Han estado en silencio tanto tiempo que Jeanette casi había olvidado que estaba sentado frente a ella.

En nuestra relación con los demás solo nos vemos fragmentariamente, piensa ella. La verdadera vida se desarrolla dentro de la cabeza y es difícil traducirla en palabras.

—En nada —responde Jeanette—. No estoy pensando absolutamente en nada.

Hurtig la mira con una sonrisa fatigada.

—Yo tampoco. Y la verdad es que sienta bastante bien.

Jeanette asiente con la cabeza. Oye pasos en el pasillo y unos débiles golpes en la puerta. Es Billing, que les mira muy serio al entrar y cerrar tras él.

—¿Qué tal? —pregunta con voz sorda.

Jeanette señala la pila de carpetas sobre su mesa.

—Nosotros hemos terminado, ahora Von Kwist tiene que venir a recoger todo esto.

—Bien, muy bien… —murmura el jefe de policía—. Si no me

equívoco, cuando todo se haga público van a surgir algunos problemas...

Billing parece agobiado. Jeanette comprende de inmediato de qué se trata.

—Sí, es inevitable —dice ella—. No podemos ocultar la implicación de Berglind en el caso.

—Lo peor es que eso es lo último que necesitábamos en este momento —suspira Billing—. La prensa nos va a machacar.

Menea la cabeza y se marcha dejando la puerta abierta.

¿La prensa?, se dice Jeanette. ¿Lo peor es que los periódicos van a hablar de nosotros?

Echa un vistazo a las carpetas de pruebas apiladas sobre su mesa preguntándose cómo reaccionará la prensa cuando se haga público que el predecesor de Billing, el antiguo jefe de policía Gert Berglind, estuvo implicado en la financiación de rodajes de películas pedófilas. No solo los van a machacar, habrá una verdadera masacre.

Cuando Hurtig sale de su despacho, recibe una llamada que le cambia el futuro para siempre. Raramente ocurren los milagros, así son las cosas, pero a veces suceden.

La llamada es de su banco, y sería de un tono totalmente impersonal de no ser por el carácter tan personal que contiene.

Alguien ha pagado la gran suma que les quedaba de hipoteca a ella y a Åke: dos millones cuatrocientas cincuenta y tres mil coronas.

—Perdón, ¿qué acaba de decir? —es lo único que consigue decir Jeanette.

—Es cierto —dice la voz al otro lado de la línea, como si fuera un castigo—. La persona en cuestión también ha transferido dos millones de coronas a su cuenta personal.

Jeanette se siente mareada. La máquina de café hace ruido en la cocina y las ventanas comienzan a cubrirse de una capa de hielo. La lluvia pronto dejará paso a la nieve.

—Debe de haber algún error.

—No, no lo hay. Hablé con la mujer que realizó la transacción, y estaba muy segura.

—¿La mujer?

—La persona ha preferido mantenerse anónima, pero me pidió que le dijera que Victoria Bergman sigue viva y está bien. ¿La conoce?

Comienza a pensar en los últimos seis meses: la foto de la chica de mirada desafiante en el anuario, la única que no estaba sonriendo. La que sufrió abusos sexuales por parte de su padre. Jeanette vio la película de la agresión en el internado de Sigtuna.

Y entonces recuerda la voz de Victoria Bergman por teléfono.

—Sí... —responde tras unos momentos de reflexión.

Gamla Enskede–Casa de los Kihlberg

Cuando Hurtig la acompaña a Gamla Enskede, el tiempo de Laponia ha llegado a Estocolmo y empieza a nevar.

No le ha hablado a Hurtig de las transacciones ni de Victoria Bergman.

Necesita pensar.

Posiblemente durante algún tiempo.

Si las cosas son como se imagina, puede que nunca se lo cuente a nadie.

No dicen ni una palabra durante el trayecto y se despiden con un caluroso abrazo. Unos grandes copos ligeros como bolas de algodón flotan sobre la calle mientras se baja del coche.

Vacía el buzón, que contiene publicidad y algunas facturas,

y cuando rodea la valla para llegar a la entrada ve algo que le despeja todas las dudas.

Un Audi nuevo está aparcado delante del garaje.

Del mismo tono rojo del coche que envió al desguace hace poco.

La comisaria Jeanette Kihlberg se queda de pie frente al coche durante mucho tiempo. Se siente desprovista de todo pensamiento racional, y cuando por fin reacciona, se le forma una sonrisa.

Luego el alivio.

Una maravillosa y liberadora sensación de alivio.

En otro momento y en otro lugar, tiene tiempo de pensar antes de que le vibre el teléfono.

Un SMS de Johan le dice que han aterrizado bien, y que lo primero que ha hecho Åke ha sido llamar a Alexandra por el dinero que no ha recibido.

Ve entonces otro mensaje que se le había pasado por alto. Probablemente lo habrá recibido mientras regresaba de Ånge.

Un mensaje de Sofia.

«Perdón».

Siempre demasiado tarde, piensa Jeanette.

Papel certificado por el Forest Stewardship Council®

Título original: *The Crow Girl*

Primera edición con esta presentación: noviembre de 2024

© 2010, 2011, 2012, Erik Axl Sund
Publicado por acuerdo con Salomonsson Agency
© 2015, 2024, Penguin Random House Grupo Editorial, S.A.U.
Travessera de Gràcia, 47-49. 08021 Barcelona
© 2015, 2024, Joan Riambau, por la traducción

Penguin Random House Grupo Editorial apoya la protección de la propiedad intelectual. La propiedad intelectual estimula la creatividad, defiende la diversidad en el ámbito de las ideas y el conocimiento, promueve la libre expresión y favorece una cultura viva. Gracias por comprar una edición autorizada de este libro y por respetar las leyes de propiedad intelectual al no reproducir ni distribuir ninguna parte de esta obra por ningún medio sin permiso. Al hacerlo está respaldando a los autores y permitiendo que PRHGE continúe publicando libros para todos los lectores. De conformidad con lo dispuesto en el artículo 67.3 del Real Decreto Ley 24/2021, de 2 de noviembre, PRHGE se reserva expresamente los derechos de reproducción y de uso de esta obra y de todos sus elementos mediante medios de lectura mecánica y otros medios adecuados a tal fin. Diríjase a CEDRO (Centro Español de Derechos Reprográficos, http://www.cedro.org) si necesita reproducir algún fragmento de esta obra.

Printed in Spain – Impreso en España

ISBN: 978-84-10352-44-5
Depósito legal: B-16.060-2024

Compuesto en M.I. Maquetación, S.L.

Impreso en Liberdúplex
Sant Llorenç d'Hortons (Barcelona)

RK52445